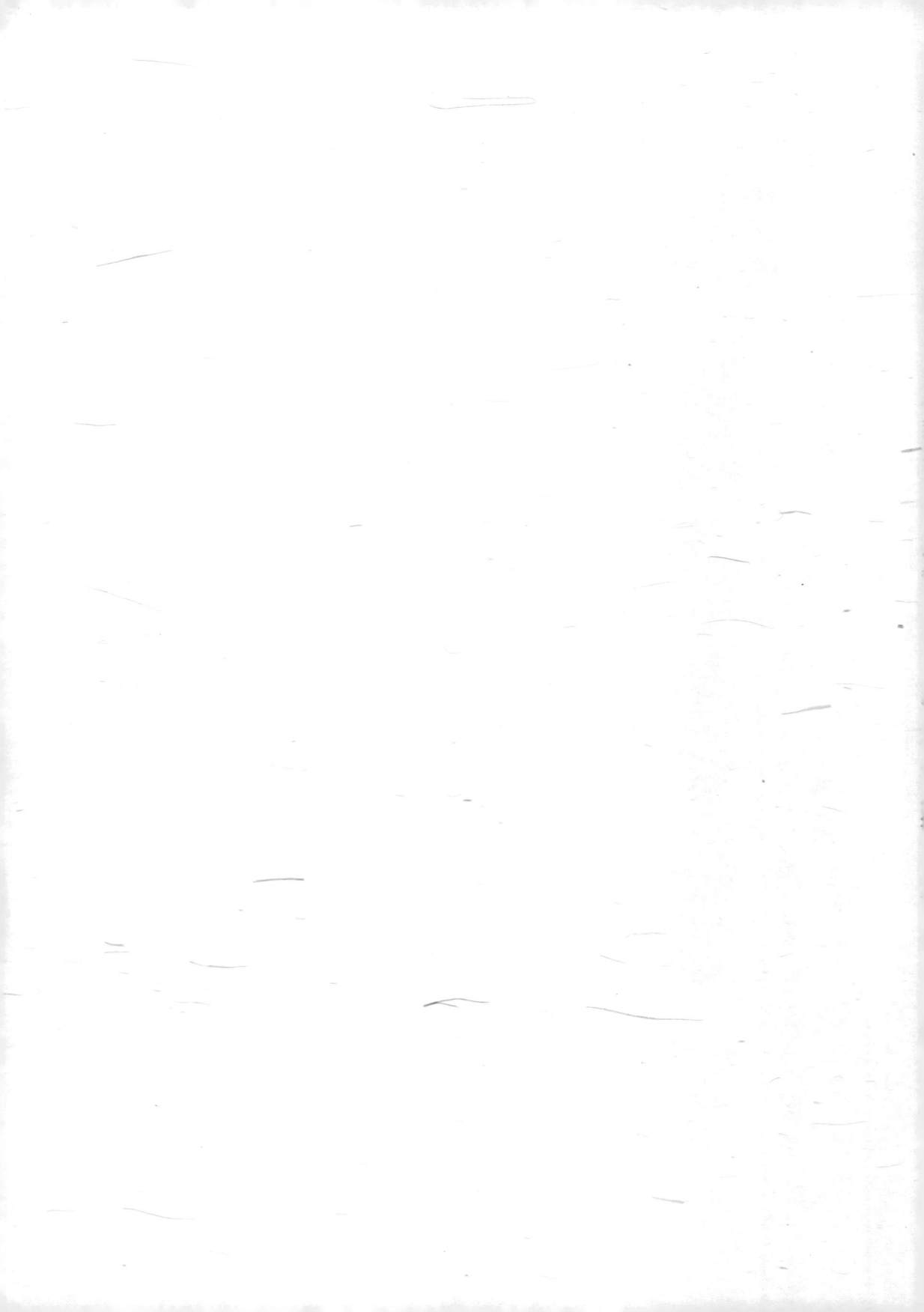

国家社科基金重大项目"中国汉传佛教文学思想史"（18ZDA239）阶段性成果

中国学术思想史

中国文学思想史
（先秦至北宋）

周　群　著

南京大学出版社

南京大学人文社会科学"九八五工程"重大项目
中 共 江 苏 省 委 宣 传 部
资 助 出 版

中 国 学 术 思 想 史

－ 学术与出版委员会 －

前　言

　　中国文学思想史研究是一个渐受学者关注的领域，虽然关注的程度尚不及与其相近的中国文学批评史研究。 上个世纪前期"文学批评"在学术界的肇兴，是际会于欧风美雨极盛中华的特定时期，其著述"大半依据英人森次巴力（Saintsbury）的《文学批评史》（*The History of Criticism*）"，但诚如罗根泽先生所说，"Criticism 的原来意思是裁判"，[①]而文学裁判的理论及文学的理论，则是其引申义。"中国文学批评史"研究肇始以来，即存在着这一名实不尽符合的矛盾。 陈钟凡先生在中国文学批评史的开山之作中说：

　　　　诗文之有评论，自刘勰、钟嵘以来，为书多矣。顾或究文体之源流，或第作者之甲乙，为例各殊，莫识准的，则以对于"批评"一词，未能确认其意义也。考远西学者言"批评"之涵义有五：指正，一也；赞美，二也；判断，三也；比较及分类，四也；鉴赏，五也。若夫批评文学，则考验文学作品之性质及其形式之学术也。[②]

　　陈钟凡先生借"远西学者"的"批评"内涵来绳尺中国古代的诗文评论，原因即在于中国古代诗文评论"为例各殊，莫识准的"。 但陈钟凡先生在论述之时，事实上还是将"文学批评"等同于"文学评论"。 如第三章《中国文学批评史总述》云："文学评论远西自希腊学者亚里斯多德以来，讫于今日，已成独立之学科矣；中国历代虽无此类专门学者，然古人对于文艺，欣赏之余，未尝不各标所见，加以量裁：如曹丕《典论·论文》，陆机《文赋》，挚虞《文章流别论》，李充《翰林论》，皆其嚆矢也。 惜曹陆之作，并属短篇，挚李之书，均归散佚；惟刘勰《文心雕龙》，钟嵘《诗品》独存，二者皆论文之专著也。 此外若

---

　　① 　以上引自罗根泽：《中国文学批评史》，上海书店出版社 2003 年版，第 5 页。
　　② 　陈钟凡：《中国文学批评史》第二章《文学批评》，上海：中华书局，民国十六年（1927）版，第 6 页。

《宋书·谢灵运传论》,《北史·文苑传叙》,《唐书·文苑传叙》等编,又属断代为书,未遑博综今古。此后论文之书,如历代诗话、词话,及诸家曲话,率零星破碎,概无统系可寻。"①毋庸讳言,"批评"与中国传统文论的内涵存在着明显乖隔,即使其后以"中国文学批评史"称名的著述当中,也不回避这一概念存在的复杂性,亦如罗根泽先生因"约定俗成"一样,姑且用之而已。如,顾易生、蒋凡所著的《中国文学批评通史·先秦两汉卷》中说:"本书所谓'文学批评',包括文学观念、理论、具体的文学批评、鉴赏以及其他有关文学理论批评的思想资料。其所以统称为'文学批评',是根据约定俗成以求简括。"②虽然借鉴西方理论不失为研究中国诗文理论发展史的一种途径,但由于中西文论存在着显著差异,以西方文论的解析方式观照中国古典文论,往往难以体现中国文学思想重直觉体悟、浑成含蕴的韵味。因此,我们不必刻意为中国古代文论的内涵寻求它解,而尽量从中国古代文学理论范畴的相互关系,言说背景、言说对象等途径,探索中国古代文论的原本内涵,寻求其演进的历史轨迹。

与中国文学批评史不同,中国文学思想史则是歧出于中国思想史之下,蕴含了中国思想史某些基因的学科,这对于准确理解与把握中国古代文学理论具有特殊作用。如,万物一体是中国古代思想的重要特征,中国古代文学也秉承了这一思想因子,《易传·系辞下》云:"物相杂,故曰文。"文的最初义即是状写自然物象。先秦时期的"文学",主要是指学问文献。孔子曰:"敏而好学,不耻下问,是以谓之文也。"(《论语·公冶长》)荀子曰:"人之于文学也,犹玉之于琢磨也。《诗》曰'如切如磋,如琢如磨',谓学问也。"③此之"文",是广义的"杂文学",是蕴含着多种学科的一体之学。可见,对文学内涵的理解便体现了中国思想文化的基本特征,从古代思想而非批评的角度可以直击文学理论的核心问题,而了无"削足"的苦恼。同时,从思想的角度,更易于揭示中国古代文学理论中范畴、命题产生的缘起与背景,从而可以更准确地揭示其内在意蕴。

---

① 陈钟凡:《中国文学批评史》第三章《中国文学批评史总述》,上海:中华书局,民国十六年(1927)版,第9页。

② 顾易生、蒋凡:《中国文学批评通史·先秦两汉卷》,上海古籍出版社1996年版,第1页。

③ [清]王先谦撰,沈啸寰、王星贤点校:《荀子集解》卷第十九《大略篇第二十七》,中华书局1988年版,第508页。

如，唐代以来，文道关系是文论的核心命题之一，道学乃性理之学，以这一命题为核心的文论显然是深植于思想史背景之上的。再如，汤显祖的"情生诗歌"论，是植根于"世总为情"①的本体思维基础上而形成的。晚明文学"性灵说"称盛，但其思想渊源之一在于佛教。屠隆云："佛为出世法，用以练养性灵。"②"写性灵者佛祖来印，骋意气者道人指呵。"③可见，从文学思想史的角度研究，对于揭示诸种深植于思想文化土壤之上的文论命题的内涵比"批评史"更加直接、更加深入，也更适合展示中国文论的神韵风采。

同时，从文学思想的角度来研究还可以更加全面地展示中国文论的历史图景。与狭义的批评史主要因就具体的作家作品而作的"裁判"不同，文学理论家表达文学思想不必因据具体的作家作品为对象。尽管思想的表达也会时常涉及具体的作家作品，但这些仅是表现其思想理论的材料或证据而已，目的不在于评论作家作品，而在于表达文学思想。因此，就文献体裁而言，与文学批评的著作多是诗文评类不同，文学思想散见于作家、批评家的各种体裁的著述之中，亦即四部分类法中几乎所有的集部著作都在中国文学思想史的视野之中。当然，形诸思想，需要具备一定的逻辑性与学理性。因此，我们力求将这些文献纳入研究视野但又持审慎的态度。尽管如此，拓宽文献视野以考察中国古代文学理论的流变史，是更加贴合中国古代文论承载形式的不二选择。这也是我们从思想而非批评的角度来研究中国文论史的又一客观历史原因。

中国文学思想经历了一个绵延不断的历史发展过程，但这种发展也具有一定的历时阶段性特征。"一代有一代之文学"（王国维《宋元戏曲考序》），文学思想同样也具有不同的时代特征。对此，郭绍虞先生曾对与文学思想史相关的文学批评史作了一个大概的时代分期："中国文学批评的发展大致可以分成三个时期：一是文学观念演进期，一是文学观念复古期，又一是文学批评完成期。从周秦到南北朝是文学观念演进期；从隋唐到北宋，是文学观念复古期。这两个时期造成中国文学批评分途发展的现象。前一时期的批评风气偏于文，重在从形式上去认识文学；后一时期的批评风气又偏于质，重在从内容上去认识文学。

---

① ［明］汤显祖著，徐朔方笺校：《汤显祖集·诗文集》第三十一卷《耳伯麻姑游诗序》，中华书局 1962 年版，第 1050 页。

② ［明］屠隆著：《佛法金汤》，台北：新文丰出版社 1993 年影印本。

③ ［明］屠隆著：《清言》，清立堂抄本。

因此，这两个时期的批评理论，可以说是跟着它对于文学的认识而改变它的主张的。 至于以后，从南宋一直到清代，才以文学批评本身的理论为中心，而文学观念只成为文学批评中的问题之一，我们假使就中国封建时代的文学批评来讲，那么在这个时期，可以说是这种文学批评的完成期。"①郭绍虞将整个文学批评史分为演进期、复古期与完成期，而如果从是否以文学批评本身的理论为中心进行分判，则以两宋之际划界，实际分为两个不同的历史阶段。 文学批评本身的理论是中国文学思想中重要内容，因此，这也可以作为我们对中国文学思想史作粗略分期的理据之一。《中国思想学术史》丛书中的《中国文学思想史》以两宋之际为界，进行分别撰述，既可以较详细地展示中国文学思想史的流脉，又基本符合客观的历史状貌。 需要特别指出的是，金人南下，北宋灭亡，虽然改变了历史的进程，但文学思想的神脉在厚重的历史文化包裹之下，并未被车辚马啸之声打断。 中国传统文化的生命力使宋前文学思想成为其后文学思想发展的逻辑起点与基础。 源自先秦的儒道思想仍然是宋后文学思想的基本背景，诗学缘情、言志，温柔敦厚的儒家诗教，兴观群怨的诗学功能，文质（文道）关系等，都是后世文学思想家讨论的核心论题。 文学思想家们多以得风雅传统自高，虽开新而常常以"率由旧章"的形式而展开。 同时，宋前文学思想的表现形式为宋后文学思想的演变起到了发凡起例的作用。 四库馆臣论诗文评类云："文章莫盛于两汉，浑浑灏灏，文成法立，无格律之可拘。 建安黄初，体裁渐备，故论文之说出焉。《典论》其首也，其勒为一书，传于今者，则断自刘勰、钟嵘。 勰究文体之源流，而评其工拙，嵘第作者之甲乙，而溯厥师承，为例各殊。 至皎然《诗式》备陈法律，孟棨《本事诗》旁采故实，刘攽《中山诗话》、欧阳修《六一诗话》又体兼说部，后所论著，不出此五例中矣。"②异彩纷呈的宋前文学历史，为后世文学思想的展开提供了丰富的师法范例。 高棅《唐诗品汇》，"终明之世，馆阁宗之"，③影响了有明一代文学思想的演变。 李攀龙《诗删》将宋元等诸自《郐》以下，忽略不选，正是其"诗自天宝以下，文自西京以下，誓不污我

---

① 郭绍虞著:《中国文学批评史》，上海古籍出版社 1979 年版，第 2—3 页。

② 〔清〕永瑢等撰:《四库全书总目》卷一九五《集部·诗文评类》，中华书局 1965 年版，第 1779 页上。

③ 〔清〕张廷玉等撰:《明史》卷二百八十六《林鸿附高棅传》，中华书局 1974 年版，第 7336 页。

毫素"①的矫激文学观的体现。钟惺、谭元春《诗归》的选作正是其文学思想的体现。世人谓"钟、谭一出，海内始知性灵二字"②，也与钟、谭所编《诗归》风行一时，乃至"家置一编，奉之如仲尼之删定"③有关。他们不但通过前人作品的选编而传达出了文学的意趣，而且往往引据宋前文学的实践与理论以开新说，如明代的复古派文学思想，就是以追慕秦汉之文、汉魏盛唐之诗为特征的。宗唐与宗宋更成为清代文学思想演进的核心论题之一。可见，宋前文学思想与实践开出的诸多法门，成为后世文学思想家言说其理论的重要依凭，并衍变成中国文学思想史新的篇章。当然，这将由本丛书另外学者来完成。兹絮语于卷首，聊以说明中国文学思想史因革相生的机制而已。

---

① 〔清〕钱谦益：《列朝诗集小传》丁集上《李按察攀龙》，古典文学出版社1957年版，第428页。

② 〔清〕钱谦益：《列朝诗集小传》丁集中《谭解元元春》，古典文学出版社1957年版，第572页。

③ 〔清〕钱谦益：《列朝诗集小传》丁集中《钟提学惺》，古典文学出版社1957年版，第570页。

目　录

第一章

先秦:文学思想萌芽与学术文化的共生期

先秦《韩非子》《墨子》《荀子》《吕氏春秋》等著作中虽然有"文学"的概念，但其内涵与今天学术的涵义比较接近。诚如郭绍虞先生所说："当时所谓'文学'，是和学术分不开的，文即是学，学不离文，所以兼有'文章''博学'两重意义。"①因此，用今天的学科分类标准来看，先秦文献多是综合性的文献。当然，这也是一个历时的动态过程，在战国中后期，学科分类的意识逐渐增强，如《荀子·儒效》篇中就曾对儒家的主要著作功能进行了分别说明："圣人也者，道之管也。天下之道管是矣，百王之道一是矣，故《诗》《书》《礼》《乐》之归是矣。（刘台拱曰："之"下当有"道"字，与上两"之道"对文。）《诗》言是，其志也；《书》言是，其事也；《礼》言是，其行也；《乐》言是，其和也；《春秋》言是，其微也。"②当然，这样的分类还是初步的，诸种经典文献之间的共通性才是他们论述的重点。荀子在上述言论之后，还有这样的陈述："故《风》之所以为不逐者，取是以节之也；《小雅》之所以为《小雅》者，取是而文之也；《大雅》之所以为《大雅》者，取是而光之也；《颂》之所以为至者，取是而通之也：天下之道毕是矣。"③诸经典共通于圣人管领的大道。因此，王先谦在注解"《诗》言是，其志也"时曰："是儒之志。"④这种共通性的特点，是先民受到历史条件（诸如物质的书写、精神的认知等）影响而产生的，虽然对早期文学思想的产生具有一定的消极影响，但同时也赋予了中国古代文学思想"先天"所禀赋的强烈的文以明道的基因，文道关系也成为中国文学思想史上的核心

---

① 郭绍虞：《中国文学批评史·绪论》，上海古籍出版社 1979 年版，第 3 页。
② 〔清〕王先谦撰：《荀子集解》卷第四，中华书局 1988 年版，第 133 页。
③ 〔清〕王先谦撰：《荀子集解》卷第四，中华书局 1988 年版，第 133—134 页。
④ 〔清〕王先谦撰：《荀子集解》卷第四，中华书局 1988 年版，第 133 页。

课题。 这也决定了研究中国文学思想史，必须在特定的学术文化背景之中进行考察。

第一节 "诗言志"与"季札观乐"

《诗经》《尚书》《国语》《左传》等上古文献中包含着丰富的文学观念。 其中《诗经》中有较多关于诗歌抒情言志功能的叙述。 如《魏风·园有桃》："心之忧矣，我歌且谣。"[1]《小雅·四月》："君子作歌，维以告哀。"[2]《小雅·白华》："啸歌伤怀，念彼硕人。"[3]《诗经》中的这些作品，不但以诗歌来抒写自己的情感以及对人生、社会的态度，而且还直接叙述了诗歌的功能与作用。 其中既有一己或忧或喜的情感，也有对社会的感触。 同时，还有对诗歌风格自身的描述和赞叹。 如《大雅·崧高》："吉甫作诵，其诗孔硕，其风肆好，以赠申伯。"[4]再如《大雅·烝民》："吉甫作诵，穆如清风，仲山甫永怀，以慰其心。"[5]

被朱自清称为中国诗论"开山的纲领"[6]的"诗言志"，则见载于《今文尚书·尧典》：

> 帝曰：夔！命汝典乐，教胄子。直而温，宽而栗，刚而无虐，简而无傲。
> 诗言志，歌永言，声依永，律和声，八音克谐，无相夺伦，神人以和。夔曰：
> 於予击石拊石，百兽率舞。[7]

---

① 〔唐〕孔颖达等：《毛诗正义》卷第五，〔清〕阮元校刻《十三经注疏》，中华书局 2009 年版，第 758 页。

② 〔唐〕孔颖达等：《毛诗正义》卷第十三，〔清〕阮元校刻《十三经注疏》，中华书局 2009 年版，第 993—994 页。

③ 〔唐〕孔颖达等：《毛诗正义》卷第十五，〔清〕阮元校刻《十三经注疏》，中华书局 2009 年版，第 1067 页。

④ 〔唐〕孔颖达等：《毛诗正义》卷第十八，〔清〕阮元校刻《十三经注疏》，中华书局 2009 年版，第 1223 页。

⑤ 〔唐〕孔颖达等：《毛诗正义》卷第十八，〔清〕阮元校刻《十三经注疏》，中华书局 2009 年版，第 1227 页。

⑥ 朱自清：《诗言志辨·序》，华东师范大学出版社 1996 年版，第 4 页。

⑦ 〔清〕孙星衍：《尚书今古文注疏》卷一，中华书局 2004 年版，第 69—71 页。

一般认为，《尧典》是由周代史官根据传闻编著，且经春秋战国时人的补订而成。古代诗乐相联，舜命夔以诗乐教其子，以养其良好的性情。该书简明地述及了诗歌乐曲的特征，从舜的叙述来看，"诗"最为重要，乃诗歌乐曲的根本，具有言志的功能。而"歌""声""律"则是诗的徐徐咏唱，或调和歌声。何谓"志"？朱自清先生指出，"志"已经指"怀抱"了。① 孔颖达训释《左传·昭公二十五年》中的"六志"时云："此六志《礼记》谓之'六情'。在己为情，情动为志，情、志一也。"②孔颖达的疏解在先秦作品中也得到了印证，庄忌《哀时命》中说："志憾恨而不逞兮，杼中情而属诗。"③可见，"志"与"情"具有互文的作用，"缘情"与"言志"具有一体的性质。从《尧典》虞舜所言来看，诗乐是一体的，"永言""依永"之声律，也具有一己的特征，带有明显的"情"的烙印。这在《诗经》尤其是《国风》中也得到了印证。诚如朱熹所说："凡《诗》之所谓风者，多出于里巷歌谣之作，所谓男女相与咏歌，各言其情者也。"④除《尧典》之外，先秦文献中还有一些类似的记载，如《左传·襄公二十七年》文子告叔向说"诗以言志"⑤，《庄子·天下》篇亦云"诗以道志"⑥，等等。

随着诗歌数量的增多，诗歌所言之志也具有了丰富的内容。这样，原本体现一己之志的诗，亦可以为他人所利用，借诗以明志。引他人之诗以明志的方法，使得诗歌增加了更多的社会功能，乃至于成为诸侯国贵族、卿大夫之间交际的工具。赋诗交流，成了身份的象征、喻志的手段。《国语》《左传》等文献中屡有这样的记载，《汉书·艺文志》则说："古者诸侯卿大夫，交接邻国，以微言相

① 朱自清：《诗言志辨·序》，华东师范大学出版社1996年版，第4页。

② 〔唐〕孔颖达等：《春秋左传正义》卷五十一，〔清〕阮元校刻《十三经注疏》，中华书局2009年版，第4579页。

③ 〔宋〕洪兴祖撰，白化文等点校：《楚辞补注》卷十四，中华书局1983年版，第259页。

④ 〔宋〕朱熹注，王华宝整理：《诗集传·序》，凤凰出版社2007年版，第2页。

⑤ 〔唐〕孔颖达等：《春秋左传正义》卷第三十八，〔清〕阮元校刻《十三经注疏》，中华书局2009年版，第4335页。

⑥ 〔清〕郭庆藩撰，王孝鱼点校：《庄子集释》卷十下，中华书局2012年版，第1067页。

感，当揖让之时，必称诗以喻其志，盖以别贤不肖，而观盛衰焉。"①诗歌的这一功能虽然其后有所弱化，但称《诗》、引《诗》以喻志说理，还是被广泛地沿用了。如宋明理学家论说天道人性，也往往引《诗》以言，一句"於穆不已"成了理学家们讨论生生不息之意的经典表述。这一方面与《诗经》被列为儒家经典有关，同时也因为诗歌在中国文化中占据特殊的地位。其实，这也是"诗言志"在非诗领域的延展，经典诗歌为言说者提供了明志、喻志的方便途径。这里面临着一个现实的问题：诗歌的作者与情境都不同，且引述者往往仅摘取片段，借诗喻志往往与原作悖离甚远。春秋时期人们并不讳言这样的差异。如《左传·襄公二十八年》中，卢蒲癸说："赋诗断章，余取所求焉。"②《左传》等文献中亦屡有这样的记载。尽管如此，这种引诗喻志的传统扩大了诗歌在社会生活中的影响力，提高了诗歌这一文学样式的地位。同时，也深化了人们对诗歌的理解。从这个意义上说，"赋诗断章，余取所求"作为"诗言志"的一种别样表现，是《诗经》对中国文化史产生影响的独特方式之一，应得到文学思想史的适当关注。

诗歌是作者言志的方法，接受者则可以通过诗歌了解作者的情感和意愿，为政者可以借诗了解民情。这样，诗歌原本的抒情言志功能，成了为政者了解民情，以便治政的有效手段。据《礼制·王制》记载："天子五年一巡守。岁二月，东巡守，……命大师陈诗，以观民风。"③《汉书·艺文志》云："古有采诗之官，王者所以观风俗，知得失。"④而据《左传·襄公十四年》记载，这种持木铎采诗的传统远古即已形成：

> 天子有公，诸侯有卿，卿置侧室。大夫有贰宗，士有朋友，庶人、工、
> 商、皂、隶、牧、圉皆有亲暱以相辅佐也……自王以下，各有父、兄、子、弟以

---

① 〔汉〕班固撰，〔唐〕颜师古注：《汉书·艺文志第十》，中华书局1962年版，第1755—1756页。

② 〔唐〕孔颖达等：《春秋左传正义》卷第三十八，〔清〕阮元校刻《十三经注疏》，中华书局2009年版，第4342页。

③ 〔唐〕孔颖达等：《礼记正义》卷第十一，〔清〕阮元校刻《十三经注疏》，中华书局2009年版，第2874—2875页。

④ 〔汉〕班固撰，〔唐〕颜师古注：《汉书·艺文志第十》，中华书局1962年版，第1708页。

补察其政。史为书，瞽为诗，工诵箴谏，大夫规诲，士传言，庶人谤，商旅于市，百工献艺。故《夏书》曰："道人以木铎徇于路。官师相规，工执艺事以谏。"正月孟春，于是乎有之。①

"史为书，瞽为诗"，"诗"与"书"并提，目的都在于"补察其政"。采辑与编著诗歌的目的不在于文学，而在于有助于治世。这对于提升诗歌在社会生活中的地位产生了一定的作用。关于借诗歌以见民风在历史文献中得到了印证，《左传》中季札观乐的记载可见其梗概。季札在观乐时做出的诸多评说，对儒家文艺思想具有一定的先导之功。

据《左传》记载，鲁襄公二十九年（前544），吴公子季札奉吴王"通嗣君"之命，历聘中原诸国。季札在鲁国观乐时充分论及了诗乐的中和之美，如他称《周南》《召南》"勤而不怨"，《邶》《鄘》《卫》"忧而不困"，《豳》"乐而不淫"，《魏》"大而婉，险而易行"，《小雅》"思而不贰，怨而不言"，《大雅》"曲而有直体"。对《颂》的评价更为全面具体，其中既有关于情感表达的"度"的含义，如"忧而不困""乐而不淫""哀而不愁，乐而不荒"等；亦有艺术手法的适中，如"曲而有直体"等；更多的则是态度、性情的中节和美，如"直而不倨，曲而不屈"等等②。这对孔子"乐而不淫，哀而不伤"，孜求中和的审美理想和"温柔敦厚"的儒家诗教具有显著的影响。

季札在观乐时已论及了诗乐的知政功能。如观二《南》时曰："始基之矣，犹未也。然勤而不怨矣。"观《邶》《鄘》《卫》时曰："吾闻卫康叔、武公之德如是。"观《王》时曰："其周之东乎？"观《郑》曰："其细已甚，民弗堪也，是其先亡乎！"观《齐》曰："泱泱乎，大风也哉！表东海者，其大公乎？"观《秦》曰："此之谓夏声。夫能夏则大，大之至也，其周之旧乎？"观《魏》曰："大而婉，险而易行，以德辅此，则明主也。"观《唐》曰："思深哉！其有陶唐氏之遗民乎？不然，何忧之远也。非令德之后，谁能若是？"观《陈》曰："国无主，其能久乎？"观《小雅》曰："其周德之衰乎？犹有先王之遗民焉。"观《大雅》

---

① 〔唐〕孔颖达等：《春秋左传正义》卷第三十二，〔清〕阮元校刻《十三经注疏》，中华书局 2009 年版，第 4250—4251 页。

② 〔唐〕孔颖达等：《春秋左传正义》卷第三十九，〔清〕阮元校刻《十三经注疏》，中华书局 2009 年版，第 4356—4359 页。

曰:"广哉,熙熙乎! 曲而有直体,其文王之德乎?"①可见,季札的文艺观是致用的文艺观。 通过诗乐以见政德厚薄、风俗兴衰,这是季札观乐的主要目的。诚如刘勰所云:"师旷觇风于盛衰,季札鉴微于兴废,精之至也。"②同时,儒家诗学尤重诗歌的社会功能,孔子曰:"小子何莫学夫诗? 诗可以兴,可以观,可以群,可以怨。 迩之事父,远之事君;多识于鸟兽草木之名。"其中的"观",郑玄解释为"观风俗之盛衰",朱熹释之为"考见得失。"③季札观乐而知政,实开孔子诗可以观的先河。

季札观乐,对后人论《诗经》具有重要的启示作用,如《毛诗序》所谓:"雅者,正也。 言王政之所由废兴也。 政有大、小,故有《小雅》焉,有《大雅》焉。"④这与季札观乐时所发出的关乎兴废的认识是一致的。《毛诗序》云:"《周南》《召南》,正始之道,王化之基。"⑤这显然是从季札闻《周南》《召南》所叹"美哉! 始基之矣"⑥而来。 而《毛诗·江有汜》的序文云:"《江有汜》,美媵也。 勤而无怨,嫡能悔过也。"⑦显然是从季札闻《二南》而叹"犹未也,然勤而不怨矣"⑧得到启示。 同样,《毛诗·淇奥》序文云:"《淇奥》,美武公之德也。 有文章,又能听其规谏,以礼自防,故能入相于周,美而作是诗

① 〔唐〕孔颖达等:《春秋左传正义》卷第三十九,〔清〕阮元校刻《十三经注疏》,中华书局 2009 年版,第 4356—4359 页。

② 〔南齐〕刘勰著,范文澜注:《文心雕龙注》卷二,人民文学出版社 1958 年版,第 101 页。

③ 程树德集释,程俊英、蒋见元点校:《论语集释》卷三十五,中华书局 1990 年版,第 1212—1213 页。

④ 〔唐〕孔颖达等:《毛诗正义》卷第一,〔清〕阮元校刻《十三经注疏》,中华书局 2009 年版,第 568 页。

⑤ 〔唐〕孔颖达等:《毛诗正义》卷第一,〔清〕阮元校刻《十三经注疏》,中华书局 2009 年版,第 569 页。

⑥ 〔唐〕孔颖达等:《春秋左传正义》卷第三十九,〔清〕阮元校刻《十三经注疏》,中华书局 2009 年版,第 4356 页。

⑦ 〔唐〕孔颖达等:《毛诗正义》卷第一,〔清〕阮元校刻《十三经注疏》,中华书局 2009 年版,第 614 页。

⑧ 〔唐〕孔颖达等:《春秋左传正义》卷第三十九,〔清〕阮元校刻《十三经注疏》,中华书局 2009 年版,第 4356 页。

也。"①也是得季札所谓"吾闻卫康叔、武公之德如是"②之意而发。可见,季札观乐堪称后世《诗》学的滥觞,影响了中国古代诗学的发展史。虽然孔子是儒家的至圣先师,但是儒家的文艺思想因子在季札观乐中得到了显现,季札在儒家文艺思想史上的作用理应得到重视。

第二节 孔子以诗论为核心的文学思想

孔子(前551—前479)名丘,字仲尼,鲁国陬邑(今山东曲阜)人,孔子是中国历史上第一位伟大的教育家,最重要的思想家,儒家创始人,其文学思想极大地影响了中国文学理论的发展。

一、关于诗的社会功能

孔子是先秦诸子中最为重视诗歌的一位学者。与先秦的士大夫们多借诗以喻志不同,他汲取了周王朝以诗观民风的方法,对诗歌的功能做了系统的论述。《论语·阳货》载:

> 子曰:"小子何莫学乎诗?诗可以兴,可以观,可以群,可以怨;迩之事父,远之事君;多识于鸟兽草木之名。"③

这是孔子对诗歌功能的全面阐发。事父事君,是指诗歌的政治、道德功能,这是关于诗歌致用功能的总纲领。识鸟兽草木之名,博物洽闻,乃是诗歌具有的认知、学习功能。"兴""观""群""怨"则是诗歌致用功能的具体表现。关于"兴",何晏《论语集释》引孔安国说是"引譬连类",朱熹谓其是"感发志

---

① 〔唐〕孔颖达等:《毛诗正义》卷第三,〔清〕阮元校刻《十三经注疏》,中华书局2009年版,第676页。

② 〔唐〕孔颖达等:《春秋左传正义》卷第三十九,〔清〕阮元校刻《十三经注疏》,中华书局2009年版,第4356页。

③ 程树德集释,程俊英、蒋见元点校:《论语集释》卷三十五,中华书局1990年版,第1212页。

意"①。 又说:"读《诗》,见不美者,令人羞恶;见其美者,令人兴起。 须是反复读,使《诗》与心相乳,人自然有感发处。"②即通过诗歌的意象触类而发,引起人们的想象,使心灵得到愉悦。 关于"观",何晏《集解》引郑玄注:"观风俗之盛衰。"朱熹谓之"考见得失"③。 这也就是中国古代采诗、征诗的主要目的。"群",何晏《论语集解》引孔安国注为"群居相切磋"。 孔氏的注释着意于"切磋",亦即可以通过诗歌交流互动。 朱熹则释之为"和而不流"④,即,以和处众,而非失之雷同。 朱熹等人的解释秉持着传统的中和思想,但他们似乎都脱离"群"之本意而刻意阐释了"群"的特点。 其实,"群"之本意,恰如杨倞在解释《荀子·非十二子》中"壹统类,而群天下之英杰"之"群"为"会合"之义一样。⑤"怨",孔安国的解释是"怨,刺上政"⑥,这是从诗怨的对象而言。 孔子论诗,多注重社会功能,对一己情感鲜有论及,因此,孔氏之论还是比较可信的。 值得注意的是,孔子认为,不满上政是可以以诗怨之的。 存礼教而可怨,以德政为依归,这是孔子论学的基本目的。 朱熹则依中和观念,谓之"怨而不怒"⑦,说的是怨的程度,这同样合乎孔子的论诗取向,如《论语·八佾》中孔子说:"《关雎》乐而不淫,哀而不伤。"⑧"兴观群怨"说,比较全面地总结了诗歌具有的抒情性和认识功能,成了后世理解《诗经》的重要津梁。 当然,如前所述,孔子诗论的核心是治政与德教。 因此,他对自己的儿子伯鱼

---

① 程树德集释,程俊英、蒋见元点校:《论语集释》卷三十五,中华书局 1990 年版, 第 1213 页。

② 〔明〕胡广等纂修,周群、王玉琴校注:《四书大全校注·论语集注大全》,武汉大学出版社 2015 年版,第 707 页。

③ 〔明〕胡广等纂修,周群、王玉琴校注:《四书大全校注·论语集注大全》,武汉大学出版社 2015 年版,第 707 页。

④ 〔明〕胡广等纂修,周群、王玉琴校注:《四书大全校注·论语集注大全》,武汉大学出版社 2015 年版,第 707 页。

⑤ 〔清〕王先谦撰,王星贤点校:《荀子集解》卷三,中华书局 1988 年版,第 95 页。

⑥ 程树德集释,程俊英、蒋见元点校:《论语集释》卷三十五,中华书局 1990 年版, 第 1212 页。

⑦ 〔宋〕朱熹:《四书章句集注·论语集注》卷九,中华书局 1983 年版,第178 页。

⑧ 程树德集释,程俊英、蒋见元点校:《论语集释》卷六,中华书局 1990 年版,第 198 页。

说:"女为《周南》《召南》矣乎? 人而不为《周南》《召南》,其犹正墙面而立也与?"①诚如朱熹所言:"《周南》《召南》,《诗》首篇名。 所言皆修身齐家之事。"②二《南》一直被儒家视为人伦之本、王化之基,所谓"正墙面而立"即一物不可见,一步不可行。 可见,孔子论诗是以人伦教化为本。

对于诗,孔子还说:"诵诗三百,授之以政,不达;使于四方,不能专对;虽多,亦奚以为?"③他对伯鱼说:"不学诗,无以言。"④孔子十分重视诗歌之用,达到了"不学诗,无以言"的地步,这也是对春秋时借诗喻志、"断章取义"的进一步发展,而将诗之功能推至极致。 孔子虽然提升了诗歌的地位,强化了诗歌的政治、伦理色彩,并对诗歌的功能进行了系统化的阐释,但是,孔子的诗论也存在着缺陷,这就是弱化了诗歌表达情感的审美愉悦功能。 事实上,《诗经》体现了诗之娱情悦性的作用。 如《烝民》中就有"吉甫作诵,穆如清风。 仲山甫永怀,以慰其心"。 对此诗,郑玄注曰:"吉甫作此工歌之诵,其调和人之性如清风之养万物然。 仲山甫述职多所思而劳。 故述其美以慰安其心。"⑤可见,吉甫作诗的目的,既非治政,亦非宣教,亦无讽谏之意,完全是怡情慰心。《诗经》中大量的作品经后世不断阐释,赋予了过多的美刺功能,其实,很多作品纯粹是表达个人情感,抒写个人的内心感受。 如《小雅·四月》:"君子作歌,维以告哀。"⑥但是,孔子则将《诗》纳入了其教化系统,他说:"兴于诗,立于礼,成于乐。"⑦对"兴于诗",朱熹的解释是:"诗本性情,有邪有正,其为言既易知,而吟咏之间,抑扬反复,其感人又易入。 故学者之初,所以兴起其好善

① 程树德集释,程俊英、蒋见元点校:《论语集释》卷三十五,中华书局 1990 年版,第 1213 页。

② 〔宋〕朱熹:《四书章句集注·论语集注》卷九,中华书局 1983 年版,第 178 页。

③ 程树德集释,程俊英、蒋见元点校:《论语集释》卷二十六,中华书局 1990 年版,第 900 页。

④ 程树德集释,程俊英、蒋见元点校:《论语集释》卷三十三,中华书局 1990 年版,第 1168 页。

⑤ 〔唐〕孔颖达等:《毛诗正义》卷第十八,〔清〕阮元校刻《十三经注疏》,中华书局 2009 年版,第 1227 页。

⑥ 〔唐〕孔颖达等:《毛诗正义》卷第十三,〔清〕阮元校刻《十三经注疏》,中华书局 2009 年版,第 993—994 页。

⑦ 程树德集释,程俊英、蒋见元点校:《论语集释》卷十五,中华书局 1990 年版,第 529 页。

恶恶之心，而不能自己者，必于此而得之。"①他将诗与礼乐一起，视为人生修养的重要环节。

二、关于"思无邪"

孔子不但有关于诗歌功能的论述，《论语·为政》中还有正面的诗学批评文字：

> 子曰：为政以德，譬如北辰，居其所而众星共之。子曰：《诗》三百，一言以蔽之曰：思无邪。子曰：道之以政，齐之以刑，民免而无耻。道之以德，齐之以礼，有耻且格。②

这是孔子唯一的一次对诗三百全面论述的文字，历代注家众说纷纭，莫衷一是。但这关系到对孔子、对《诗经》的全面评价，以及何以理解孔子的诗学批评思想，故略述如次。

首先，关于"思无邪"的含义。"思无邪"原是《诗·鲁颂·駉》中的一句。孔子引之而论及诗三百。但原诗是歌颂鲁僖公遵伯禽之法，"俭以足用，宽以爱民，务农重谷，牧于坰野"③，即不以坐骑践踏农田的德行。程树德在《论语集释》中有这样的按语："包《注》只云'归于正'，而皇《疏》谓此章举《诗》证'为政以德'之事，邢《疏》谓为政之道在于去邪归正。"④但是，原诗四章，分别有"思无疆""思无期""思无斁""思无邪"句，但"无期、无疆、无斁义不相远，非邪恶之邪也"⑤。认为心无邪恶与牧马之盛意义不相贯通，与"无期"等

---

① 〔宋〕朱熹：《四书章句集注·论语集注》卷四，中华书局 1983 年版，第 104—105 页。

② 程树德集释，程俊英、蒋见元点校：《论语集释》卷三，中华书局 1990 年版，第 61—68 页。

③ 〔唐〕孔颖达等：《毛诗正义》卷第二十，〔清〕阮元校刻《十三经注疏》，中华书局 2009 年版，第 1312 页。

④ 程树德集释，程俊英、蒋见元点校：《论语集释》卷三，中华书局 1990 年版，第 67 页。

⑤ 程树德集释，程俊英、蒋见元点校：《论语集释》卷三，中华书局 1990 年版，第 66 页。

也不相顾盼，认为"邪"乃"徐"的意思，并举《诗·邶·北风》"其虚其邪"，汉人引用时多作"其虚其徐"，可见"邪""徐"古通用，认为"虚""徐"二字一义。这样，《駉》中的"思无邪"并没有得性情之正的意思。其结论是："夫子盖言《诗》三百篇，无论孝子、忠臣、怨男、愁女皆出于至情流溢，直写衷曲，毫无伪托虚徐之意，即所谓'诗言志'者，此三百篇之所同也，故曰一言以蔽之。"①但是，郑氏所言，其实并没有解决"思无邪"与"思无期"等意思顾盼的问题。因此，以通假释"思无邪"难以令人信服。

"思无邪"中的另一个争议是"思"的词性词义问题。一种认为"思"是语气辞，如《项氏家说》："思，语辞也。用之句末，如'不可求思''不可泳思''不可度思''天惟显思'。用之句首，如'思齐大任''思媚周姜''思文后稷''思乐泮水'皆语辞也。"②俞樾在《曲园杂纂》中也认同项氏之说，且认为《駉》中的八个"思"字都是语辞③。但宋儒多解其为实词。如《朱子语类》："程子曰：'思无邪'，诚也。"朱熹说："行无邪，未是诚，思无邪，乃可为诚也。"④宋儒论孔以教化为归，对"思"的论解也有牵合之失。

其次，关于"一言以蔽之"。《诗经》中所有的诗歌都是得性情之正，那么《桑中》《溱洧》等向被视为淫诗的作品应做何解？ 朱熹认为孔子说的"思无邪"是对读诗者的要求，"只是要读《诗》者思无邪耳"⑤。他说："圣人刊定好底诗，便要人吟咏兴发其善心，不好底便要人起羞恶之心，皆要人'思无邪'。"⑥这样"一言以蔽之"即可通。这是朱熹独特的解释。诚如双峰饶氏所说："诸家皆谓作诗者如此，独《集注》以为诗之功用，能使学者如此。夫子恐人但知《诗》之有邪正，而不知诗之用，皆欲使人之归于正，故于其中揭此一句

① 程树德集释，程俊英、蒋见元点校：《论语集释》卷三，中华书局 1990 年版，第 67 页。

② 程树德集释，程俊英、蒋见元点校：《论语集释》卷三，中华书局 1990 年版，第 65 页。

③ 程树德集释，程俊英、蒋见元点校：《论语集释》卷三，中华书局 1990 年版，第 65 页。

④ ［宋］黎靖德编：《朱子语类》卷第二十三，中华书局 1986 年版，第 543 页。

⑤ ［明］胡广等纂修，周群、王玉琴校注：《四书大全校注·论语集注大全》，武汉大学出版社 2015 年版，第 351 页。

⑥ ［明］胡广等纂修，周群、王玉琴校注：《四书大全校注·论语集注大全》，武汉大学出版社 2015 年版，第 351 页。

以示人。 学者如此，则有以识读《诗》之意矣。"①但是，朱熹作《白鹿洞赋》曰："广青衿之疑问，乐菁莪之长育。"②仍用《序》说。 因此，朱熹持论并不一以贯之。 据此，学者认为朱熹虽驳诗《序》，但古序并不可废。 从《白鹿洞赋》乃用小序，可知其"未敢擅自信也"③。 但朱熹不废《诗序》与对"思无邪"的解释其实并不能完全等同。 朱熹之所以要释"思无邪"为对读诗者的要求，就是因为《诗经》中存在着"有邪"之诗的事实，是不得已曲为其说而已。

那么，孔子为何用"思无邪"一言以蔽诗三百？ 我们以为这是断章取义，借诗喻志的传统使其然。 孔子说"不学诗，无以言"，孔子也常有借诗以喻志的记载。 他拈出"思无邪"三字以概括诗经之大意，最大的可能即在于孔子借诗以喻志，引此而表达他对整个《诗经》的看法。 既然以通假释"邪"与"疆""期""斁"，意不相顾，那么，我们还是应从"邪"的本意求解。 从孔子立教的总体倾向来看，孔子孜求中道，如他说："《关雎》乐而不淫，哀而不伤。"即表达情感而不失其正。 朱熹释"怨"为"怨而不怒"可谓深得孔子之意。 这在堪称"思无邪"具体体现的《论语·八佾》中有载："子所雅言，《诗》《书》，执礼，皆雅言也。"④"雅言"即不失其正之言，而《诗》《书》即其典范。 孔子所谓"兴于《诗》，立于礼，成于乐"，亦即习《诗》乃立于礼的准备，而礼恰是"正"的体现，习《诗》自然需得"无邪"之精神。"思"为发语辞，那么，视《诗》为"无邪"，实乃孔子本意。 这从《为政篇》全篇大意中亦可以看出。 熊禾云："五章言政，皆以德为本，曰孝友曰孝慈，自一身一家而推之。"⑤而《駉》确有为政以德之意。《駉》极言骏马矫健之状。"美盛德之形容"，实为歌颂鲁僖公。 可见，该诗与《为政》中的上一章"为政以德"，下一章"道之以德，齐之以礼"其意正相贯通。 此之"无邪"，核心似在于为政之"无邪"。 孔

① 〔明〕胡广等纂修，周群、王玉琴校注：《四书大全校注·论语集注大全》，武汉大学出版社 2015 年版，第 351 页。

② 赵逵夫主编：《历代赋评注·宋金元卷》，巴蜀书社 2010 年版，第 413—414 页。

③ 程树德集释，程俊英、蒋见元点校：《论语集释》卷三，中华书局 1990 年版，第 65 页。

④ 程树德集释，程俊英、蒋见元点校：《论语集释》卷十四，中华书局 1990 年版，第 475 页。

⑤ 〔明〕胡广等纂修，周群、王玉琴校注：《四书大全校注·论语集注大全》，武汉大学出版社 2015 年版，第 349 页。

子极可能以"思无邪"代替《駉》诗的意旨，表达他对《诗经》的基本看法。 这样，《诗经》便成了他立教的重要文献，后世尊《诗》为经，与孔子的思想也正相吻合。

三、关于文的认识

"文"，是一个历时性的概念。 孔子重文，《论语》中有关"文""文章""文质"的论述甚多。 同时，孔子还直接使用了"文学"的概念，如《论语·先进》："德行：颜渊、闵子骞、冉伯牛、仲弓。 言语：宰我、子贡。 政事：冉有、季路。 文学：子游、子夏。"①但孔子所说的"文学"与今天的文学内涵迥然有异。 皇侃《论语义疏》引范宁的解释是："文学，谓善先王典文。"②邢昺《疏》云："若文章、博学，则有子游、子夏。"③他们理解的"文学"或是"典文"，亦即典籍文献；或是"文章、博学"。 因此，《论语》中有时将学习文献的态度与过程视为文，如《论语·公冶长》："子贡问曰：'孔文子何以谓之文也？'子曰：'敏而好学，不耻下问，是以谓之文也。'"④孔文子是卫大夫孔圉，勤学而下问，因此而得谥为文。 孔圉得谥的原因即在于"敏而好学，不耻下问"的学习态度。 显然，这并不具有现代意义上的文学内涵。 因此，我们讨论古代，尤其是魏晋之前的文学概念，则需要通过一系列相近、对立概念的比较以了解他们的文学观，对孔子亦然。

首先，孔子所论的"文"是与"仁""礼"相联系的概念。 如《论语·雍也》中孔子说："博学于文，约之以礼，亦可以弗畔矣夫！"⑤这在《论语》中有两次出现，另一次出现在《论语·颜渊》中，可见，这是孔子深思熟虑的观点。

① 程树德集释，程俊英、蒋见元点校：《论语集释》卷二十二，中华书局 1990 年版，第 742 页。
② 程树德集释，程俊英、蒋见元点校：《论语集释》卷二十二，中华书局 1990 年版，第 744 页。
③ 〔唐〕邢昺等：《论语注疏》卷第十一，〔清〕阮元校刻《十三经注疏》，中华书局 2009 版，第 5426 页。
④ 程树德集释，程俊英、蒋见元点校：《论语集释》卷十，中华书局 1990 年版，第 325 页。
⑤ 程树德集释，程俊英、蒋见元点校：《论语集释》卷十二，中华书局 1990 年版，第 417 页。

不但如此，《论语·子罕》中颜渊也说："夫子循循然善诱人，博我以文，约我以礼。"①在这里，孔子将"文"与"礼"并提，区别在于"博"与"约"。但两者究竟是何关系呢？朱熹说："博文，是道问学之事，于天下事物之理，皆欲其知之；约礼，是尊德性之事，于吾心固有之理，无一息而不存。"②朱熹将"礼"视为理，这是理学家的解法，未必符合孔子的原意。但他将博文视为道问学，即"博学于文"是知识论的意义。刘逢禄《论语述何》解释得更加具体："文，六艺之文。礼贯乎六艺，故董生云：'《春秋》者，礼义之大宗也。其事则齐桓、晋文，其文则史，可谓博矣。君子约之以礼义，继周以俟百世，非畔也。'"③显然，此之"六艺"，是指《诗》《书》《礼》《乐》《易》《春秋》。"文"主要是指文献典籍。孔子讲"文"和"礼"，所重并不相同，毛奇龄《论语稽求篇》云："此之博约，是以礼约文，以约约博也。博在文，约文又在礼也。"④但既然文以六艺为主，那么，文即与礼乐等具有密切的关系。约之以礼，即可见文之核心在于礼。对此，孔子还有一些论述，如《论语·宪问》中他说："文之以礼乐，亦可以为成人矣。"⑤此之"文"具有动词的含义，这样，"礼乐"便具有"文"的意义。他对于周代的赞美，亦与此有关，《论语·八佾》中他说："周监于二代，郁郁乎文哉！吾从周。"⑥周不同于夏、商二代之处，即在于周代具有礼乐制度。类似的表述还见于《论语·泰伯》：

> 大哉！尧之为君也。巍巍乎，唯天为大，唯尧则之。荡荡乎，民无能

---

① 程树德集释，程俊英、蒋见元点校：《论语集释》卷十七，中华书局 1990 年版，第 594 页。

② ［明］胡广等纂修，周群、王玉琴校注：《四书大全校注·论语集注大全》，武汉大学出版社 2015 年版，第 465 页。

③ 程树德集释，程俊英、蒋见元点校：《论语集释》卷十二，中华书局 1990 年版，第 417 页。

④ 程树德集释，程俊英、蒋见元点校：《论语集释》卷十二，中华书局 1990 年版，第 417 页。

⑤ 程树德集释，程俊英、蒋见元点校：《论语集释》卷二十八，中华书局 1990 年版，第 969 页。

⑥ 程树德集释，程俊英、蒋见元点校：《论语集释》卷六，中华书局 1990 年版，第 182 页。

名焉。巍巍乎其有成功也，焕乎其有文章。①

孔子认为，尧之德行广远无垠，就像天一样浩大而无法以言语形容。 功业彪炳，文章绚丽。 朱熹对"文章"的解释是："文章，礼乐法度也。"②相对于礼乐，仁更具有本质、内在的意义。 对此，孔子屡有论述。 如《论语·颜渊》中颜渊问仁时，孔子说："克己复礼为仁，一日克己复礼，天下归仁焉。"③《论语·八佾》中他又说："人而不仁，如礼何？ 人而不仁，如乐何？"④亦即礼乐的属性与本质取决于仁。 由此，我们在理解孔子论"文"时，需注意文之要在于礼，礼之要在于仁。

其次，文与质相对应。《论语·雍也》中，孔子说："质胜文则野，文胜质则史。 文质彬彬，然后君子。"⑤所谓史，是指专掌官府文书者。 此之"史"有文过之意。 辅广在《语孟答问》中说："先王盛时，史虽多闻习事，而诚实固无不足者。 世衰道微，习于外者多遗其内，故多闻习事之史，或有诚实不足者。"⑥孔子孜求文质符称，相得益彰。 对于两者之间孰轻孰重，虽然没有明言，但一般认为质比文更为重要。 如陈栎在《四书发明》中说："先有质而后有文，文所以文其质也。 文得其中，方与质称。 文不及则为野，文太过则为史，故文可损益，而质无损益。 学者损史之有余，补野之不足，使文质相称，则有彬彬之气象矣。"⑦这是说质与文近似于内容与形式。 而杨时的解释稍有不同："文质不

① 程树德集释，程俊英、蒋见元点校：《论语集释》卷十六，中华书局 1990 年版，第 549—551 页。

② 〔宋〕朱熹撰：《四书章句集注·论语集注》卷四，中华书局 1983 年版，第107 页。

③ 程树德集释，程俊英、蒋见元点校：《论语集释》卷二十四，中华书局 1990 年版，第 817 页。

④ 程树德集释，程俊英、蒋见元点校：《论语集释》卷五，中华书局 1990 年版，第142 页。

⑤ 程树德集释，程俊英、蒋见元点校：《论语集释》卷十二，中华书局 1990 年版，第 400 页。

⑥ 〔明〕胡广等纂修，周群、王玉琴校注：《四书大全校注·论语集注大全》，武汉大学出版社 2015 年版，第 457 页。

⑦ 〔明〕胡广等纂修，周群、王玉琴校注：《四书大全校注·论语集注大全》，武汉大学出版社 2015 年版，第 457 页。

可以相胜。 然质之胜文，犹之甘可以受和，白可以受采也。 文胜而至于灭质，则其本亡矣。"①文与质如同甘与和、采与白之间的关系。 白可以为采，甘可以为和，反之则不可。 这样的关系虽然有别于形式与内容，但孰轻孰重还是清楚的。 尽管如此，孔子还是充分认识到了"文"之不可或缺。 同时，此之"文"，显然具有文彩藻饰的含义。 孔子还将文质关系视为君子之道，亦即文还体现在言行修养方面，认为文过饰非不是君子所为。 言语行为体现着人的品质，论文与论人相兼相顾，这也是我们理解孔子文学思想时需要注意的一个特点。

最后，"四教"之一和为文次第。 孔子将文列于四教之一，《论语·述而》："子以四教：文、行、忠、信。"②文是指《诗》《书》等六艺典籍。 为人臣则忠，与朋友则信，而行乃诸善之总称。 其实孔子之四教，实乃文、行两教，忠、信都是行之分。 因此，王溏南对此颇有微辞，认为其中或有阙文，或失在弟子所记。 因为即便圣人，亦当慎取，不必尽信。 忠、信不应该别为二教。③ 其实，孔子列忠信于其中，正是要确立行的核心。 孔子在四教中虽然以文为先，但一般认为是依教人先后浅深的顺序排列。 此之"文"，即《诗》《书》六艺之文，先教而发蒙识理，知而后行。 对此，二程是这样解释的："教人以学文修行而存忠信也。 忠信，本也。"④在孔子的教化观念中，文是手段和准备，笃行忠信才是最终的目的。 这在孔子的其他论述中亦可得到佐证，如《论语·学而》：

> 子曰："弟子入则孝，出则弟，谨而信，泛爱众而亲仁。行有余力，则以学文。"⑤

在笃行孝弟，谨信爱众而亲仁的前提下，有余暇之时，则用来学文。 亦即

---

① 〔宋〕朱熹撰：《四书章句集注·论语集注》卷三，中华书局 1983 年版，第 89 页。

② 程树德集释，程俊英、蒋见元点校：《论语集释》卷十四，中华书局 1990 年版，第 486 页。

③ 详见程树德集释，程俊英、蒋见元点校：《论语集释》卷十四，中华书局 1990 年版，第 487 页。

④ 〔宋〕朱熹：《四书章句集注·论语集注》卷四，中华书局 1983 年版，第 99 页。

⑤ 程树德集释，程俊英、蒋见元点校：《论语集释》卷一，中华书局 1990 年版，第 27 页。

德行是本，习文为末。

可见，孔子对文的认识比较宽泛，而鲜有具体的现代意义上的文学观念的阐述，同时，"文"亦即六艺等文献典籍虽然被列入"四教"，但忠信之行才是核心。这一现象的产生，与孔子首先是一位博识的学者、以道德伦理最为称著的思想家，而不是一位纯粹的文艺家有关。但尽管如此，孔子也十分重视"文"的作用，云："言之无文，行而不远。"①孔子兼及文质，将文列为四教之一，从诸种关系中厘定文学地位的方法，都对其后的中国文学思想史产生了重要的影响。

四、《孔子诗论》

《诗经》是中国最早的诗歌总集，对其后诗歌的发展泽溉至深。因此，《诗经》的评论与接受是中国古代文学思想的重要内容。《论语》中孔子即有一些关于《诗》的论述，成为儒家诗学思想的重要源头。《诗经》与孔子关系至切，据《史记》记载，孔子"自卫返鲁，然后乐正，《雅》《颂》各得其所"②。《论语》中孔子论《诗》则散见于人生哲理的叙述之中，而上海博物馆藏战国楚竹简中有《孔子诗论》一篇。③ 对其作者，学界尚存争议。因为其中有六支简是以"孔子曰"的形式出现的，故马承源先生名其为《孔子诗论》。也有学者不认同此说，但都认为是体现儒门后学对《诗经》认识的文献。《孔子诗论》凡二十九支简，据马承源《孔子诗论·说明》："在本篇整理出的二十九支简中，完整者仅一简……馀简残损较多，统计全数约一千〇六字。"简文的内容分为四类：第一类是上下端留白的简（其余的均上下端写满）。"在这类简辞中不见评论诗的具体内容，只是概论《讼》《大夏》《少夏》和《邦风》。""第二类是论各篇《诗》的具体内容，通常是就固定的数篇诗为一组一论再论或多次论述。""第三类是单简上篇名纯粹是《邦风》的。""第四类是单支简文属于《邦风》《大夏》，《邦风》《少

① 〔唐〕孔颖达等：《春秋左传正义》卷第三十六，〔清〕阮元校刻《十三经注疏》本，中华书局 2009 年版，第 4311 页。

② 〔汉〕司马迁：《史记》卷一百二十一，中华书局 1982 年版，第 3115 页。

③ 竹简整理者马承源据其中五次出现"孔子曰"，认为其乃孔子论诗时"弟子就孔子授诗内容的追记"，遂命名为《孔子诗论》。李学勤认为是孔门儒者所撰，作者当是子夏，因此命名为《诗论》。（李学勤：《诗论的体裁和作者》，载《上博馆藏战国楚竹书研究》，上海书店出版社 2002 年版，第 57 页。）兹仍以整理者之命名为是。

夏》等并存的。"①马承源根据诗序中提供的内容，对这二十九支简进行了排序。 分别是，第一至四简为《诗序》，第五、六简为《讼》（今通行本《颂》），第七简为《大夏》（今通行本《大雅》），第八、九简为《少夏》（今通行本《小雅》），第十至十七简为《邦风》（今通行本《国风》），第十八至二十九简为《综论》。

《孔子诗论》为研究先秦儒家《诗》论提供了新的资料，其价值主要体现在以下几方面。

首先，有助于全面认识孔子以及先秦儒家的诗学思想。《孔子诗论》有与《论语》中体现的孔子《诗》学思想相互发明的内容，如孔子注重诗与礼乐的关系，《论语·泰伯》所谓："兴于《诗》，立于礼，成于乐。"②重点论述了诗、礼、乐在人的德行修养中不同的作用，但并无具体描述。《孔子诗论》第五简则有以《诗》明礼的具体记载："《清庙》，王德也，至矣。 敬宗庙之礼，以为其本，'秉文之德'，以为其（业业）。"③"王德"显然是指文王之德。《孔子诗论》认为，《清庙》是用于敬宗庙之礼的主要祭歌。《诗论》的这一理解，亦被后世论《诗》者所承祧，如孔疏："《礼记》每云升歌《清庙》，然则祭宗庙之盛，歌文王之德，莫重于《清庙》。"④除此，还有一些《诗》礼关系的文字，如第十简云："《关雎》以色喻于礼。"⑤第十二简云："反纳于礼，不亦能怡乎。"⑥这与《论语》中所表现的诗与礼乐的关系基本吻合。 尤其值得指出的是，现存文献中，孔子对于诗歌情感论鲜有论及，但《孔子诗论》中则有"乐无离情"的记载，使我们对于孔子或孔门弟子的文艺观念有了更加全面的认识。

① 马承源主编：《上海博物馆藏战国楚竹书（一）》，上海古籍出版社 2001 年版，第 121—122 页。

② 程树德集释，程俊英、蒋见元点校：《论语集释》卷十五，中华书局 1990 年版，第 529—530 页。

③ 马承源主编：《上海博物馆藏战国楚竹书（一）》，上海古籍出版社 2001 年版，第 17 页。

④ 〔唐〕孔颖达等：《毛诗正义》卷第十九，〔清〕阮元校刻《十三经注疏》，中华书局 2009 年版，第 1254 页。

⑤ 马承源主编：《上海博物馆藏战国楚竹书（一）》，上海古籍出版社 2001 年版，第 139 页。

⑥ 马承源主编：《上海博物馆藏战国楚竹书（一）》，上海古籍出版社 2001 年版，第 142 页。

其次，是了解诗与学术、艺术关系的一个窗口。 虽然《孔子诗论》竹简的来源尚不明确，但马承源等学者认为其极可能源出于楚。 根据其书写情况判断，与郭店简有相似之处。 李学勤先生认为，《孔子诗论》"涉及性、情、德、命之说，可与同出《性情论》（郭店简《性自命出》）等相联系"①。 如第一简，虽然仅二十三字，但具有作为诗序概论性的特点。 其中，后十五字尤为重要，也是诸注家聚讼最多的部分，马承源先生的释文是："诗亡离志，乐亡离情，文亡离言。"②而裘锡圭、李学勤先生则都认为"离"当为"隐"，"言"当为"意"③。 李学勤先生认为，第一简应该是第十二章，亦即是最后一章，而"实有总括全文之意"。 无论何说为是，都体现了此篇的重要，且都认为此简讲的是诗的言志功能。 其意大致是说为诗没有隐藏志的，乐没有隐藏情的，文没有隐藏意的。 此简为全篇的诸多议论奠定了学理基础，其后出现的几次"民性固然"（如第十六简、第二十简、第二十四简、第二十九简等）可视为从第一简开出的诗歌性情论。 这些评述体现了孔子之后思孟学派乃至《中庸》的思想痕迹，丰富了儒家诗论的内容。 同时，在诗乐一体的时代，《孔子诗论》对于诗、乐、文的区别，隐含着诗（歌词）有清晰的内容表达，而乐重在情感的抒发。 这反映了诗乐一体时代，歌词、乐曲相互作用，共同体现作者情志的真实情况。 由此亦可以看出，孤立地谈论"诗言志"易于失之偏颇，这也为我们了解《尚书·尧典》中的"诗言志，歌永言，声依永，律和声"④提供了又一佐证资料。

再次，对《诗》作精要之评，体现了论《诗》的一种新的形式。 先秦典籍中用《诗》、论《诗》各有特点，其中《左传·鲁襄公二十九年》记载的季札观乐最为详尽。 季札是对一国之风或雅颂做出概要性评述。《孔子诗论》则多为精要的一字之评。 如第二十一简："《宛丘》，吾善之。《猗嗟》，吾喜之。《鸤鸠》，

---

① 李学勤：《诗论的体裁和作者》，载《上博馆藏战国楚竹书研究》，上海书店出版社 2002 年版，第 52 页。

② 马承源主编：《上海博物馆藏战国楚竹书（一）》，上海古籍出版社 2001 年版，第 123 页。 文字均据马承源所改的现今通行文字。 下同。

③ 裘锡圭：《关于〈孔子诗论〉，载《经学今诠三编》，《中国哲学》第二十四辑，辽宁教育出版社 2002 年版；李学勤：《〈诗论〉简的编联与复原》，《中国哲学》2002 年第 1 期。

④ 〔唐〕孔颖达等：《尚书正义》卷第三，〔清〕阮元校刻《十三经注疏》，中华书局 2009 年版，第 276 页。

吾信之。《文王》，吾美之。"①据马承源先生推测，此简最后一字"清"之下应有残文，内容当是《清庙》，其评语应是"吾敬之"。 更有甚者，第二十二简则在第二十一简的基础上引据《诗》句而作的评论："旬有情，而亡望，吾善之。"②所谓"旬有情，而亡望"亦即今本《诗经·宛丘》中"洵有情兮，而无望兮"③。《孔子诗论》中引诗句而做简括的评论，体现了时人对《诗经》理解的精到与深入。 同时，其独特的言说形式，与先秦其他著作中的《诗》论颇多异趣，因此，有学者认为："这不是供人闭门研读的封闭文本，而是激发、敦促读者做出回应的开放文本。"④

最后，《孔子诗论》是《诗经》接受史上的重要一环。《孔子诗论》中涉及的《诗经》篇目大约有六十篇，有些与《毛诗》字型殊异，多为异体字使其然，实与《毛诗》关系较为密切。 曹道衡先生认为，《孔子诗论》反映了战国中期之前儒家对《诗经》的看法。"这种看法虽与后来的齐、鲁、韩、毛等汉代学者有区别，但无可否认的是他们都受到了《孔子诗论》等先秦儒家的影响。 其中《毛诗》似与《孔子诗论》的说法最近。"⑤同时，《孔子诗论》清晰地表现了诗以言志的功能，这与《尚书·尧典》中的表述形成了应和关系。 再如第三简评价《少夏》(《小雅》)曰："多言难，而悁怼者也，衰矣，少矣。"马承源先生释"难"字为："'难'者，系指《小雅》中《四牡》《常棣》《采薇》《杕杜》《沔水》《节南山》《正月》《十月之交》等等许多篇皆为叹忧难之诗。"⑥其"衰矣，少矣"之叹，极可能是指《小雅》中这些反映社会风气衰败，为政者少德的作品。 亦即汉儒所谓"变雅"之作。 可见，《孔子诗论》的内容与孔子及汉儒《诗》论颇多应合之处。 这组竹简是先秦到汉代《诗》论过渡的重要环节。

---

① 马承源主编：《上海博物馆藏战国楚竹书（一）》，上海古籍出版社 2001 年版，第 150 页。

② 马承源主编：《上海博物馆藏战国楚竹书（一）》，上海古籍出版社 2001 年版，第 151 页。

③ 〔唐〕孔颖达等：《毛诗正义》卷第七，〔清〕阮元校刻《十三经注疏》，中华书局 2009 年版，第 800 页。

④ 〔美〕柯马丁著，刘倩译，杨治宜校：《说〈诗〉：〈孔子诗论〉之文理与义理》，《文学遗产》2012 年第 3 期。

⑤ 曹道衡：《读战国楚竹书〈孔子诗论〉》，《北京大学学报》2002 年第 3 期。

⑥ 马承源主编：《上海博物馆藏战国楚竹书（一）》，上海古籍出版社 2001 年版，第 129 页。

第三节　孟子、荀子、《易传》的文学思想

孔子之后，先秦儒家文学思想主要体现在孟子、荀子和《易传》之中。　兹分别论之。

一、孟子的文学思想

孟子（约公元前 372—前 289），名轲，战国时邹（今山东邹县）人。　曾受业于孔子的孙子子思，是战国初期儒家的重要代表人物。　孟子与孔子一样，在文学思想史占据重要的地位，这是因为他论述了关于文学鉴赏和创作的重要方法。

首先，"以意逆志"说。　孟子精通《诗》《书》。　在《孟子》中，引用《诗》的就达 33 处之多。　其中《孟子·万章》上载：

> 咸丘蒙曰："舜之不臣尧，则吾既得闻命矣。《诗》云：'普天之下，莫非王土；率土之滨，莫非王臣。'而舜既为天子矣，敢问瞽瞍之非臣，如何？"曰："是诗也，非是之谓也。劳于王事而不得养父母也。曰：此莫非王事，我独贤劳也。故说《诗》者，不以文害辞，不以辞害志。以意逆志，是为得之。如以辞而已矣，《云汉》之诗曰：'周余黎民，靡有孑遗。'信斯言也，是周无遗民也。"①

孟子回答了学生咸丘蒙理解《诗经·北山》的困惑。　朱熹《孟子集注》云："文，字也。""辞，语也。"②"志"是指作者的写作目的。　而对于"意"则有不同的理解。　一说是读者之意。　如赵岐注《孟》云："意，学者之心意也。……人情不远，以己之意逆诗人之志，是为得其实矣。"③辅广说得更清楚："以文害

---

①　〔汉〕赵岐等：《孟子注疏》卷第九，〔清〕阮元校刻《十三经注疏》，中华书局 2009 年版，第 5950 页。

②　〔宋〕朱熹：《四书章句集注·孟子集注》卷九，中华书局 1983 年版，第 306 页。

③　〔汉〕赵岐等：《孟子注疏》卷第九，〔清〕阮元校刻《十三经注疏》，中华书局 2009 年版，第 5950 页。

辞，是泥一字之文，而害一句之辞也；以辞害意，是泥一句之辞，而害诗人设辞之意也。 意是己意，志是诗人之志，以我之意迎取诗人之志，然后可以得之。"①朱熹还有更为形象的描述："孟子说以意逆志者，以自家之意逆圣人之志，如人去路头迎接那人相似，或今日接著不定，明日接著不定，或那人来也不定，不来也不定，或更迟数日来也不定，如此方谓之以意逆志。"②另一说是诗人之意，即指作品本身的内在意旨。 清人吴淇说："诗有内有外，显于外者，曰文曰辞；蕴于内者，曰志曰意。 ……汉宋诸儒以'志'属古人，而'意'为自己之意。 夫我非古人，而以己意说之，其贤于蒙之见也几何矣！ 不知志者古人之心事，以意为舆，载志而游，或有方，或无方，意之所到，即志之所在，故以古人之意，求古人之志，乃就诗认诗，犹之以人治人也。"③前者认识的"以意逆志"具有现代接受美学的意味，虽然得到了诸注家的认同，尤其是朱熹之后，理学家对其颇多类似的描述，但也主要限于秉承朱学的论者持此说。 即使是宋人，亦有将"意"视为诗人之意的，如张九成在《孟子传》中对孟子此说深为敬服，认为此意即"诗人之意"④。 这是因为咸丘蒙提出的"率土之滨，莫非王臣"正切中了君臣父子之间矛盾的关键。 这是儒家经典《诗经》中一个有悖儒家伦理的独特反例。 如果是诗中之"意"，则有失经典的权威；如果经典不可置疑，儒家伦理纲常的逻辑性则受到挑战。 朱熹训之以读者之"己意"，则可以回避这一矛盾。 因此，朱熹及其弟子孜孜于以"己意"释之，实乃有释《诗》、释《孟》之外的思考。 这就是历代注《诗》者引《孟子》"以意逆志"时，一般仍将其作为诗中之意的原因。 如黄日评《硕人》诗云："虽然古人之观诗以意逆志，而不泥于章句之末，则此诗虽为美庄姜而作，未始不为学者之戒也。"⑤此之意，显然是指诗之意。 因此，将孟子"以意逆志"之"意"理解为诗歌之意有合理的一面。 同时，这种理解从《孟子》的整体文字中也得到了证实。 因为《北山》之"志"在于"大夫不均，我从事独贤"。 咸丘蒙则胶执于"率土之

---

① 〔明〕胡广等纂修，周群、王玉琴校注：《四书大全校注·孟子集注大全》，武汉大学出版社 2015 年版，第 952 页。

② 〔宋〕黎靖德编：《朱子语类》卷第一百三十七，中华书局 1986 年版，第3258 页。

③ 〔清〕吴淇：《六朝选诗定论·缘起》，清康熙间刻本。

④ 〔宋〕张九成：《孟子传》第二十二，四部丛刊三编景宋本。

⑤ 〔宋〕李樗：《毛诗集解》卷七，《景印文渊阁四库全书》第 71 册，第 167 页。

滨，莫非王臣"一句出现的伦理矛盾。而《北山》诗中此句仅是"我从事独贤"这一诘问的逻辑准备。孟子释咸丘蒙之疑的方法，就是要他通过了解《北山》的通篇大"意"，寻求作者之"志"，而不能因"普天之下"等"字""辞"以害意。当然，这样的辨析又是相对的，因为通过文、辞体现出的诗人之志又有隐晦含蓄的一面，否则便无"害"的可能。而含蓄的意蕴又需要通过读者的想象得以再现，这必然会带有读者的个性色彩。从这个意义上说，朱熹等理学家们所说的"当以己意迎取作者之志，乃可得之"①也具有合理的成分。正因为如此，释"意"为"学者之心意"的赵岐，在《孟子题辞》中又说："孟子长于譬喻，辞不迫切而意以独至。其言曰：'说诗者不以文害辞，不以辞害志，以意逆志，为得之矣。'斯言殆欲使后人深求其意以解其文，不但施于说诗也。"②这里所说的"意"都是指孟子著作中固有之意，而非读《孟》的"学者之心意"了。赵氏所言看似矛盾，实源于两者本具相通之处。

孟子的"以意逆志"说具有重要的理论意义。此前的思想家论及"文"时，注意到了文与质的关系，而"以意逆志"说，实际提出了"文""辞""意""志"等几个相关的概念，其顺序大概是由显到隐，由片断到全体，由表及里。孟子特别揭示了其间的联系与区别，一致性与差异性。其中核心的关系在于两个方面：一是"意"与"志"。"意"是作品的整体之"意"，"志"是作者所要表达的目的与意旨，"意"是了解作者之"志"的手段。但"意"与"志"之间同样存在着差异的可能。"意"可以通过阅读作品全部而获得，在作品形成之后已经定格，而作者之"志"则需要读者通过综合分析，探寻其写作目的。如注《诗》者推求作者婉曲的讽喻之旨，便是以意逆志的具体运用。二是"文""辞"与"意"。"意"通过"文""辞"得以表现，但作为具体的"文""辞"在形式上又不一定完全一致，即如一棵大树，其中的某一部分或虬枝盘曲，或旁枝歧出，方向各不相同，如果拘局于一枝一叶，则可能影响对整棵大树的观感。因此，孟子强调"说《诗》者"亦即读者不能拘于具体字句而影响对全篇的理解。

其次，"知人论世"说。比较而言，作品之"意"易寻，作者之"志"难觅，孟子提出了具体的了解作者的方法。《万章》篇云：

① ［宋］朱熹：《四书章句集注·孟子集注》卷九，中华书局 1983 年版，第306 页。
② ［汉］赵岐等：《孟子注疏·题辞解》，［清］阮元校刻《十三经注疏》，中华书局 2009 年版，第 5793 页。

孟子谓万章曰：一乡之善士，斯友一乡之善士；一国之善士，斯友一国之善士；天下之善士，斯友天下之善士，以友天下之善士为未足，又尚论古之人。颂其诗，读其书，不知其人可乎？是以论其世也。是尚友也。①

　　这是孟子关于如何"尚友"的一段论述，朱熹认为"尚，上同。言进而上也"。"尚友"即通过与优秀的朋友交往而取得进步。后世对"论其世"有不同的理解，朱熹认为，是指"论其当世行事之迹也"②，即"颂其诗，读其书"是"观其言"；"知其人"，"论其世"是"考其行"。但汉人赵岐的注则不同，他说："诵读其书者犹恐未知古人高下，故论其世以别之也。在三皇之世为上，在五帝之世为次，在三王之世为下。"③其实朱熹也曾引述了程伊川弟子尹焞的说法："是以论其世也，言上有古人，须当论其所遇之时如何，不可一概而论也。"④其意已与赵岐颇为相似。因此，后说似乎更加合理一些。即读前人之书，需要了解作者其人及其时代。这虽然不是对文学的论述，但是，孟子谈到的了解古人、学习古人，亦即阅读诗书的方法，其实也就涉及了文学批评的内容。这在孟子解《诗》时得到了印证，《告子》篇中有这样的记载：

　　公孙丑问曰："高子曰：'《小弁》，小人之诗也。'"孟子曰："何以言之？"曰："怨。"曰："固哉，高叟之为诗也！有人于此，越人关弓而射之，则己谈笑而道之；无他，疏之也。其兄关弓而射之，则己垂泣而道之；无他，戚之也。《小弁》之怨，亲亲也；亲亲，仁也。固矣，夫高叟之为诗也！"曰："《凯风》何以不怨？"曰："《凯风》，亲之过小者也；《小弁》，亲之过大者也。亲之过大而不怨，是愈疏也；亲之过小而怨，是不可矶也。愈疏，不孝也，不可

　　①　〔汉〕赵岐等：《孟子注疏》卷第十，〔清〕阮元校刻《十三经注疏》，中华书局2009年版，第5974页。
　　②　〔宋〕朱熹：《四书章句集注·孟子集注》卷十，中华书局1983年版，第324页。
　　③　〔汉〕赵岐等：《孟子注疏》卷第十，见〔清〕阮元校刻《十三经注疏》，中华书局2009年版，第5974页。
　　④　〔宋〕朱熹：《论孟精义·孟子精义》卷十一，《景印文渊阁四库全书》第198册，第495页。

矶，亦不孝也。"①

《小弁》是《小雅》中的一首，赵岐《孟子章句》云："《小弁》，《小雅》之篇，伯奇之诗也。""伯奇仁人而父虐之，故作《小弁》之诗。"②这个解释承三家诗而来。而朱熹则云："《小弁》，《小雅》篇名。周幽王娶申后，生太子宜臼，又得褒姒，生伯服，而黜申后，废宜臼，于是宜臼之傅为作此诗，以叙其哀痛迫切之情也。"③朱熹遵毛诗"刺幽王也"的说法。尽管对该诗的作者有不同的看法，但都认为诗歌的缘起是父虐子，是伤天地之太和，戾父子之至爱的行为，故而孟子认为父之"过大"。由于诗中表达了哀怨痛切的情绪，因此，高子称其为"小人之诗"。《凯风》是《邶风》中的一首，《诗序》谓其创作的本事为："《凯风》，美孝子也。卫之淫风流行，虽有七子之母，犹不能安其室。故美七子能尽其孝道，以慰其母心，而成其志尔。"④其后朱熹等人承《诗序》和郑玄之说。但这一说法似有牵强之嫌，魏源与王先谦据三家《诗》说，认为这是儿子感激继母劬劳而自责的作品，并以古人引述《凯风》多以颂母德的文献作依据，如汉明帝赐东平王书曰："今送光烈皇后衣巾一箧，可时奉瞻，以慰《凯风》寒泉之思。"⑤《衡方碑》："感邶人之《凯风》，悼《蓼仪》之勤劬。"⑥如是等等。魏源、王先谦所论甚是。从《凯风》全篇看，确实情感真挚，朴实动人，未见"亲之过"，而只见"己"之过。但不管《凯风》之"志"为何，都不妨碍我们理解孟子的解《诗》方法。在孟子看来，《小弁》与《凯风》都是表达对"亲之过"相关的作品，由于其"过"大小不一，如果过"小"而表达"怨"，那就有悖

① 〔汉〕赵岐等：《孟子注疏》卷第十二，〔清〕阮元校刻《十三经注疏》，中华书局 2009 年版，第 5996—5997 页。

② 〔汉〕赵岐等：《孟子注疏》卷第十二，〔清〕阮元校刻《十三经注疏》，中华书局 2009 年版，第 5997 页。

③ 〔宋〕朱熹：《四书章句集注·孟子集注》卷十二，中华书局 1983 年版，第 340 页。

④ 〔唐〕孔颖达等：《毛诗正义》卷第二，〔清〕阮元校刻《十三经注疏》，中华书局 2009 年版，第 635 页。

⑤ 〔清〕王先谦撰，王星贤点校：《诗三家义集疏》卷三上，中华书局 1987 年版，第 155 页。

⑥ 〔清〕王先谦撰，王星贤点校：《诗三家义集疏》卷三上，中华书局 1987 年版，第 155 页。

亲亲之仁；而如果亲之过"大"而仍不怨，则是坐视其亲陷于大恶，则可见父子之情浇薄，同样有悖亲亲之仁。因此，同样是"怨"，《小弁》则体现了亲亲之仁，但如果出现于《凯风》中则不可。不难看出，孟子对这两首诗的解释是以作者身份的不同、境遇的不同为根据的。这正是其"知其人""论其世"批评方法的具体实践。

最后，"养气"说。孟子的"以意逆志"与"知人论世"都是论述如何阅读作品。如何才能准确地评骘作品呢？孟子认为需要养浩然之气，《公孙丑上》有这样的记载：

> "敢问夫子恶乎长？"曰："我知言，我善养吾浩然之气。""敢问何谓浩然之气？"曰："难言也。其为气也，至大至刚，以直养而无害，则塞于天地之间。其为气也，配义与道，无是，馁也。是集义所生者，非义袭而取之也。行有不慊于心，则馁矣。……""何谓知言？"曰："诐辞知其所蔽，淫辞知其所陷，邪辞知其所离，遁辞知其所穷。生于其心，害于其政，发于其政，害于其事。圣人复起，必从吾言矣。""宰我、子贡善为说辞，冉牛、闵子、颜渊善言德行。孔子兼之，曰：'我于辞命则不能也。'然则夫子既圣矣乎？"①

虽然孟子所说的"浩然之气"是"配义与道"的，是一种道德修养论，但养气又是与"知言"联系在一起的。养气使"诐辞知其所蔽，淫辞知其所陷，邪辞知其所离，遁辞知其所穷"，因此，养气成了知言的条件，是鉴赏家的修养。对此，朱熹的解释是："人之有言，皆本于心。其心明乎正理而无蔽，然后其言平正通达而无病。"②养气才能持平正之心，发平正之言。孟子的"养气说"对后世的文学批评具有重要的影响。孟子讨论的"知言"主体应具有的修养与自觉，为文学批评家们提供了重要的思想资源。后世的文论家们将其运用于文学领域，赋予孟子的养气说以新的含义，并由作家所养之气发展到体现于文中之气，丰富了中国文学思想史的内涵。

---

① ［汉］赵岐等：《孟子注疏》卷第三，［清］阮元校刻《十三经注疏》，中华书局2009年版，第5840—5841页。

② ［宋］朱熹：《四书章句集注·孟子集注》卷三，中华书局1983年版，第233页。

二、荀子的文学思想

荀子（公元前 313—前 238）名况，字卿，亦称孙卿。 战国时赵国人。 是一位广泛汲取诸子之学的儒学思想家。

在中国儒学发展史上，随着理学的产生，孟子的地位得到了提升，孔孟并称，孟子被视为承祧孔子的儒学正脉。 但在战国至中唐这一段时间里，孔荀并称则颇为常见。 就对后世儒家文学观的影响而言，荀子比孟子更为重要。 这主要体现在以下几方面。

首先，"文学"内涵的变化及其意义。 古代"文学"概念的内涵颇为复杂，就儒家而言，孔子曾将弟子中卓荦者分为四类，其中以"文学"见长的是子游、子夏（见《先进》篇）。 皇侃疏云："文学，指博学古文。"①《孟子》通篇没有论及文学。 荀子则几次论及文学，如《荀子·非相》："禹跳，汤偏，尧、舜参牟子。 从者将论志意、比类文学邪？"②《荀子·王制》："虽庶人之子孙也，积文学，正身行，能属于礼义，则归之卿相士大夫。"③《荀子·性恶》："今之人化师法，积文学，道礼义者为君子。"④《荀子·大略》："人之于文学也，犹玉之于琢磨也。《诗》曰'如切如磋，如琢如磨'，谓学问也。 和之璧，井里之厥也，玉人琢之，为天下宝。 子赣、季路，故鄙人也，被文学，服礼义，为天下列士。"⑤荀子所说的"文学"与孔子的"文学"内涵十分相似。 同时，荀子论及文学还具有自己的特点，他将文学与德行修养结合得更紧，他所说的"积文学"即与"正身行""属于礼义"结合在一起。 荀子还明确将"文学"释为"学问"。"学问"主要是指儒学的经典文献，也就是道的载体。 这在其论及"言"时也得到了体现，《荀子·非相》云："言而非仁之中也，则其言不若其默也，其辩不若

---

① 引自屈守元笺疏：《韩诗外传笺疏》卷第五，巴蜀书社 2012 年版，第 232 页。

② 〔清〕王先谦撰，王星贤点校：《荀子集解》卷第三，中华书局 1988 年版，第 75 页。

③ 〔清〕王先谦撰，王星贤点校：《荀子集解》卷第五，中华书局 1988 年版，第 148—149 页。

④ 〔清〕王先谦撰，王星贤点校：《荀子集解》卷第十七，中华书局 1988 年版，第 435 页。

⑤ 〔清〕王先谦撰，王星贤点校：《荀子集解》卷第十九，中华书局 1988 年版，第 508 页。

其呐也；言而仁之中也，则好言者上矣，不好言者下也。"①荀子实际将文或言与道交融为一体了。 这一取向实乃后世文统道统论的滥觞。

其次，开启了征圣传统的先河。《荀子·正论》：

> 故所闻曰："天下之大隆，是非之封界，分职名象之所起，王制是也。"故凡言议期命，是非以圣王为师。②

之所以要以圣王为师，荀子还做了仔细的论证，《荀子·儒效》：

> 圣人也者，道之管也。天下之道管是矣，百王之道一是矣。故《诗》《书》《礼》《乐》之归是矣：《诗》言是，其志也；《书》言是，其事也；《礼》言是，其行也；《乐》言是，其和也；《春秋》言是，其微也。③

圣人乃"道之管"，《诗》《书》《礼》《乐》《春秋》都是圣人所述的道的体现。 由此可见，征于圣，即可原乎道。 这对后世的文论家产生了影响。 刘勰更认为征于圣还可见圣人之情，《文心雕龙·征圣》说："夫子文章，可得而闻，则圣人之情，见乎文辞矣。"又说："先王圣化，布在方册；夫子风采，溢于格言。"④因此，他的结论是："若征圣立言，则文其庶矣。"⑤将征圣作为文以传道的方法，对后世的文论产生了重要的影响。

最后，对文艺功能的认识。《荀子》中有《乐论》篇，批判了墨子的非乐思想，全面论述了文艺的社会功能，云：

① ［清］王先谦撰，王星贤点校：《荀子集解》卷第三，中华书局1988年版，第87页。

② ［清］王先谦撰，王星贤点校：《荀子集解》卷第十二，中华书局1988年版，第342页。

③ ［清］王先谦撰，王星贤点校：《荀子集解》卷第四，中华书局1988年版，第133页。

④ ［南朝齐］刘勰著，范文澜注：《文心雕龙注》卷一，人民文学出版社1958年版，第15页。

⑤ ［南朝齐］刘勰著，范文澜注：《文心雕龙注》卷一，人民文学出版社1958年版，第16页。

夫乐者，乐也，人情之所必不免也，故人不能无乐。乐则必发于声音，形于动静，而人之道，声音、动静，性术之变尽是矣。故人不能不乐，乐则不能无形，形而不为道，则不能无乱。先王恶其乱也，故制《雅》《颂》之声以道之，使其声足以乐而不流，使其文足以辨而不諰，使其曲直、繁省、廉肉、节奏足以感动人之善心，使夫邪污之气无由得接焉。是先王立乐之方也。①

荀子所说的"以钟鼓道志，以琴瑟乐心"②，道出了乐的两方面功能：表现思想、娱情悦性。荀子尤其关注音乐的社会效果："君子乐得其道，小人乐得其欲。以道制欲，则乐而不乱；以欲忘道，则惑而不乐。"好的乐，可以正人心；不好的乐，则可以坏纲纪。荀子的乐论，是其儒家思想的重要组成部分，他说："乐合同，礼别异。"③荀子还具体分析了音乐发挥社会功能的机制，音乐作为"治人之盛者"的原理是："动以干戚，饰以羽旄，从以磬管。故其清明象天，其广大象地，其俯仰周旋有似于四时。故乐行而志清，礼修而行成，耳目聪明，血气和平，移风易俗，天下皆宁，美善相乐。"④他又说：

夫声乐之入人也深，其化人也速，故先王谨为之文。乐中平则民和而不流，乐肃庄则民齐而不乱。民和齐则兵劲城固，敌国不敢婴也。如是，则百姓莫不安其处，乐其乡，以至足其上矣。然后名声于是白，光辉于是大，四海之民莫不愿得以为师。是王者之始也。乐姚冶以险，则民流僈鄙贱矣。流僈则乱，鄙贱则争。乱争则兵弱城犯，敌国危之。如是，则百姓不安其处，不乐其乡，不足其上矣。⑤

---

① 〔清〕王先谦撰，王星贤点校：《荀子集解》卷第十四，中华书局1988年版，第379页。

② 〔清〕王先谦撰，王星贤点校：《荀子集解》卷第十四，中华书局1988年版，第381页。

③ 〔清〕王先谦撰，王星贤点校：《荀子集解》卷第十四，中华书局1988年版，第382页。

④ 〔清〕王先谦撰，王星贤点校：《荀子集解》卷第十四，中华书局1988年版，第381—382页。

⑤ 〔清〕王先谦撰，王星贤点校：《荀子集解》卷第十四，中华书局1988年版，第380页。

荀子认为，音乐的产生源于人的自然欲求。音乐不是空洞的，可传道亦可致乱，统治者则需要立"乐之方"，他说："乐者，圣人之所乐也，而可以善民心。其感人深，其移风易俗，故先王导之以礼乐而民和睦。夫民有好恶之情而无喜怒之应则乱。先王恶其乱也，故修其行，正其乐，而天下顺焉。"①

在儒家文艺传统中，荀子是继孔子之后另一位十分重视乐的思想家。他全面发展了孔子的乐论。当然，先秦之乐与现代意义上的音乐有一定的区别，乐涉及文学尤其是诗歌的多种艺术形式。荀子论述诗歌时，也与音乐联系在一起，《儒效》篇云："诗者，中声之所止也。"②因此，音乐评论在某种意义上就是诗歌评论。在诗乐关系方面，荀子的思想代表了儒家的主流思想，对后世的文学批评具有重要的影响。

三、《易传》的文学观

《易传》是一部解释《易经》的著作，汉代人称其为"十翼"，撰著年代尚不能确考。《史记》《汉书》都认为它是孔子所作。但自宋代欧阳修以来，《易传》被认为是一部成书于战国以后的作品。也有学者认为今本《易传》内容比较复杂，既有孔子之前的文献，如《彖辞》《象辞》等；亦有孔门弟子所记的孔子关于《周易》的言论，以及孔子的《易序》佚文等。《易传》与《易经》一起，是儒家的六经之一。《易传》中论及文学的内容虽然不多，但影响不可忽视。

首先，《易传》中丰富的哲理对后世的文学思想多有启示。《易传》中的生成论为中国文化中的万物一体论奠定了学理基础，也为其后的文学本原论提供了理论支撑。如《系辞上》："《易》有太极，是生两仪，两仪生四象，四象生八卦，八卦定吉凶，吉凶生大业。"③《文心雕龙》即多次援《易传》立论，如《原道》篇云："人文之元，肇自太极，幽赞神明，《易》象惟先。庖牺画其始，仲尼翼其终。而《乾》《坤》两位，独制《文言》。言之文也，天地之心哉！若乃《河

---

① 〔清〕王先谦撰，王星贤点校：《荀子集解》卷第十四，中华书局 1988 年版，第 381 页。

② 〔清〕王先谦撰，王星贤点校：《荀子集解》卷第一，中华书局 1988 年版，第 11 页。

③ 〔唐〕孔颖达等：《周易正义》卷第七，〔清〕阮元校刻《十三经注疏》，中华书局 2009 年版，第 169—170 页。

图》孕乎八卦,《洛书》韫乎九畴,玉版金镂之实,丹文绿牒之华,谁其尸之? 亦神理而已。"①纪昀在评述这段文字时说:"解《易》者未发此义。"②其意是说,《易传》对文学的启示作用被经学家们忽视了。 刘勰则通过《易传》的一体论,阐释了世间万品,"动植皆文"。 人之文乃天地之心,此乃自然之理。"道之文",乃其立说之本,也是辞章文学能够鼓动天下的根本原因。 对此,刘勰同样援《易传·系辞》"鼓天下之动者存乎辞"以述之。③ 从这个意义上看,《易传》的一体论奠定了中国文学思想中宗经明道取向的基础。

再如《说卦》云:"立天之道,曰阴曰阳;立地之道,曰柔与刚;立人之道,曰仁与义。 兼三才而两之。 故易六画而成卦,分阴分阳,迭用柔刚。 故易六位而成章。"④这虽然并不是就文学而言,但阴柔阳刚之分,是其后文学风格论的重要依凭,桐城派的刚柔说即缘此而产生。《易传》阴阳、刚柔相统一,两者相依相存,但地位并不完全等同。 以"乾"卦为首的纯阳之象乃是万物生生不息的动力之源,《乾·文言》云:"大哉乾乎,刚健中正。"⑤一卦之内,阳爻居于上,是为"承",吉;阴爻居于上,是为"乘",不吉。 阳、刚统阴、柔。《易传》这一刚柔并济而以阳刚为主的思想,与《老子》有所不同,《老子》刚柔并济而以阴柔偏胜,它们都对中国古典美学与文学思想产生了影响。

《易》之道的核心在于变,在于生生,在于揭示"刚柔相推而生变化"⑥的道理。《易》之为名,即已揭示了其基本精神:"生生之谓易。"⑦在《周易》看来,

---

① 〔南朝齐〕刘勰著,范文澜注:《文心雕龙注》卷一,人民文学出版社 1958 年版,第 2 页。

② 戚良德辑校、刘咸炘阐说:《文心雕龙》,上海古籍出版社 2015 年版,第 6 页。

③ 〔唐〕孔颖达等:《周易正义》卷第七,〔清〕阮元校刻《十三经注疏》,中华书局 2009 年版,第 171 页。

④ 〔唐〕孔颖达等:《周易正义》卷第九,〔清〕阮元校刻《十三经注疏》,中华书局 2009 年版,第 196 页。

⑤ 〔唐〕孔颖达等:《周易正义》卷第一,〔清〕阮元校刻《十三经注疏》,中华书局 2009 年版,第 29 页。

⑥ 〔唐〕孔颖达等:《周易正义》卷第七,〔清〕阮元校刻《十三经注疏》,中华书局 2009 年版,第 158 页。

⑦ 〔唐〕孔颖达等:《周易正义》卷第七,〔清〕阮元校刻《十三经注疏》,中华书局 2009 年版,第 162 页。

变化乃宇宙人生的基本法则，"文"亦成于此。《系辞》上云："通其变，遂成天下之文。"①虽然《易传》中的"文"乃"物相杂故曰文"②，但这也是文采、文学概念的原初意思。 文论家们往往也缘此而论及文学的变化因革，诚如刘熙载所云："'通其变，遂成天地之文。'一阖一辟谓之变，然则文法之变可知已矣。"③《易》是他们重要的理论依凭。

其次，关于文、言、意、象的论述。《系辞》下有云："古者包牺氏之王天下也，仰则观象于天，俯则观法于地，观鸟兽之文，与地之宜，近取诸身，远取诸物，于是始作八卦，以通神明之德，以类万物之情。"④虽然这是描述八卦的缘起，但八卦是最早的文字，因此，这也是讨论的文字起源问题。 其意是说，八卦亦即文字是法自然而后成，而文学又是以文字作为载体的，因此，《系辞》所云，体现了文学自然论的取向。 类似的表述在《易传》中还有不少，如："易与天地准，故能弥纶天地之道，仰以观于天文，俯以察于地理。"⑤"圣人有以见天下之赜，而拟诸其形容，象其物宜，是故谓之象。"⑥《易传》还认为，虽然文字、语言是模拟效法自然而生，但并不能尽得自然的神韵："子曰：'书不尽言，言不尽意。'"⑦当然，《易传》主要是一部体现儒家思想的著作，儒家的圣人则能超越于常人之上，于是《易传》接着说："然则圣人之意，其不可见乎？ 子曰：'圣人立象以尽意，设卦以尽情伪，系辞焉以尽其言，变而通之以尽利，鼓

① 〔唐〕孔颖达等：《周易正义》卷第七，〔清〕阮元校刻《十三经注疏》，中华书局 2009 年版，第 167 页。

② 〔唐〕孔颖达等：《周易正义》卷第八，〔清〕阮元校刻《十三经注疏》，中华书局 2009 年版，第 188 页。

③ 〔清〕刘熙载撰，袁津琥校注：《艺概注稿》卷一，中华书局 2009 年版，第 181 页。

④ 〔唐〕孔颖达等：《周易正义》卷第八，〔清〕阮元校刻《十三经注疏》，中华书局 2009 年版，第 179 页。

⑤ 〔唐〕孔颖达等：《周易正义》卷第七，〔清〕阮元校刻《十三经注疏》，中华书局 2009 年版，第 160 页。

⑥ 〔唐〕孔颖达等：《周易正义》卷第七，〔清〕阮元校刻《十三经注疏》，中华书局 2009 年版，第 163 页。

⑦ 〔唐〕孔颖达等：《周易正义》卷第七，〔清〕阮元校刻《十三经注疏》，中华书局 2009 年版，第 170 页。

之舞之以尽神。'"①圣人之所以能超越常人，就是通过立象、设卦、系辞等手段，而能够尽意、尽言。《易传》所说的立象、立卦，虽然是就易象、易卦而言，但是这实际涉及了一个文学艺术形象性的问题。这超越于书、言之外的功能，即通过形象的路径而获得。

再次，关于"辞"与"诚"关系的论述。《乾·文言》云："子曰：'君子进德修业。忠信，所以进德也；修辞立其诚，所以居业也。'"②这是对《乾》卦九三爻辞"君子终日乾乾，夕惕若，厉无咎"③的阐释。何谓"辞""诚"？唐人孔颖达云："辞谓文教，诚谓诚实也。"④宋代的理学家则是这样解释的："'修辞立其诚'，文质之义。"⑤宋人王应麟亦云："今之'文'，古所谓'辞'也。"⑥因此，"修辞立其诚"往往被后世的注家视为文质、内外的关系。"修辞立其诚"与孔子所谓的"文质彬彬""辞达而已"，成为儒家文论中文质关系的重要源头。

第四节　老庄道家文学思想

虽然先秦时期孔墨并称"显学"，但是，从后世的影响来看，儒道思想影响最大。其中，儒学思想独显于政治、道德领域，影响为其他学派所无法企及。但就文学艺术而言，道家以其纯艺术精神的特点受到了学者的高度重视，影响不让于儒学。老子和庄子是先秦道家的代表人物。

---

① 〔唐〕孔颖达等：《周易正义》卷第七，〔清〕阮元校刻《十三经注疏》，中华书局 2009 年版，第 170—171 页。

② 〔唐〕孔颖达等：《周易正义》卷第一，〔清〕阮元校刻《十三经注疏》，中华书局 2009 年版，第 27 页。

③ 〔唐〕孔颖达等：《周易正义》卷第一，〔清〕阮元校刻《十三经注疏》，中华书局 2009 年版，第 22 页。

④ 〔唐〕孔颖达等：《周易正义》卷第一，〔清〕阮元校刻《十三经注疏》，中华书局 2009 年版，第 27 页。

⑤ 〔宋〕程颢、〔宋〕程颐撰，严佐之校点：《程氏遗书·师训》，华东师范大学出版社 2010 年版，第 172 页。

⑥ 〔宋〕王应麟撰，〔清〕翁元圻辑注，孙通海点校：《困学纪闻注》卷一《易》，中华书局 2016 年版，第 1 页。

一、老子的文学思想

老子（生卒年不详），《史记·老子韩非列传》载："楚苦县厉乡曲仁里人也，姓李氏，名耳，字聃，周守藏室之史也。"①但司马迁对其生平事迹又有疑问，乃至何人为老子也难以确定，或是老莱子，或为周太史儋，"世莫知其然否"。关于其著作，司马迁在其本传中载："著书上下篇，言道德之意五千余言。"②但今本《老子》的成书年代也颇有争议。近几十年来，又有《老子》文献出土，分别是郭店楚墓竹简《老子》与马王堆汉墓帛书《老子》。有学者认为，楚简类《老子》出于李耳老聃，帛、今本类《老子》出自太史儋。虽然此说尚未得到文献确认，但楚简类《老子》早于帛、今本类《老子》则是可以肯定的。老子纯粹的文学理论十分鲜见，但他提出了一些形上思维的方式，因此，老子的文学思想史意义主要在于精神、思维取向，而非具体的理论阐释。

首先，"大音希声，大象无形"③，尚自然之音。老子云："五色令人目盲，五音令人耳聋，五味令人口爽。"④这体现了老子否定礼乐而与儒家相对立的倾向。但郭店楚简《老子》乙组第 12 号简至 15 号简中段有"大成若讪"一句，似与今本第 45 章中的"大巧若讪"相对应。何谓"大成"，马王堆帛书《五行》第 303 行有这样的文字："大成也者，金声玉辰（振）之也。"《尚书·益稷》云："萧韶九成，凤凰来仪。"⑤"大成"，乃乐名"九成"。因此，有学者认为，老子并不非毁礼乐，"五色使人目盲"仅是老子针砭时弊之论。⑥如果将诸本《老子》之殊异视为道家思想的变化过程，其异致便不难被理解。老子关于音与声、象与形的关系对中国文学思想产生了深刻的影响，其"希声""无形"包含着丰富的审美意蕴，成为中国古典美学中最富韵味的一部分。当然，对"大音

① 〔汉〕司马迁：《史记》卷六十三，中华书局 1982 年版，第 2139 页。

② 〔汉〕司马迁：《史记》卷六十三，中华书局 1982 年版，第 2141 页。

③ 〔魏〕王弼注，楼宇烈校释：《老子道德经注校释》四十一章，中华书局 2008 年版，第 113 页。

④ 〔魏〕王弼注，楼宇烈校释：《老子道德经注校释》十二章，中华书局 2008 年版，第 27 页。

⑤ 〔唐〕孔颖达等：《尚书正义》卷第五，〔清〕阮元校刻《十三经注疏》，中华书局 2009 年版，第 302 页。

⑥ 魏启鹏：《楚简〈老子〉"大成若讪"发微》，《中国哲学史》2001 年第 3 期。

希声，大象无形"，后世的理解各有不同。 其中，王弼注影响最大，云："听之不闻名曰'希'，不可得闻之音也。 有声则有分，有分则不宫而商矣。 分则不能统众，故有声音，非大音也。"①王弼的诠释与老子"道可道，非常道；名可名，非常名"②的核心思想完全一致。 老子认为"常道"不可道而又道，名虽非常名而又强为之名。 这种源于道的正—反—合的思维方式形成的张力，以及音、象之浑沌窈渺的特征，体现于文学，则对后世妙在言外，"不着一字，尽得风流"，无声胜有声以及书画的布白、留空等表现手法，浑成蕴藉意境的形成及表现，都具有巨大而深刻的影响。

其次，"信言不美""见素抱朴"，尚质轻文，尚朴质自然，反对人为雕饰之美。 因"信言不美"的表述，老子常常被视为美的否定者。 但诚如刘勰所云："老子疾伪，故称'美言不信'，而五千精妙，则非弃美矣。"③"信言不美"，当与惩时弊而"疾伪"有关。 有学者训"信"为"申"，认为此句的含义是："申说的言辞并不完美，完美的言辞无须申说。"④参考老子"善者不辩，辩者不善"的态度，其说似可通。 当然，老子反对修饰之美，重质轻文的态度也毋庸讳言。王弼注"信言不美"云："实在质也。" 这是其"见素抱朴""复归于朴"的思想在语言艺术中的体现，王弼注"美言不信"云："本在朴也。"⑤这与孔子所说的"言之无文，行之不远"⑥迥异其趣。 与其相联系，老子屡屡有"婴儿"之喻，表现了返朴归真的基本取向："我独泊兮其未兆，如婴儿之未孩。"⑦"常德不

---

① ［魏］王弼注，楼宇烈校释：《老子道德经注校释》四十一章，中华书局 2008 年版，第 113 页。

② ［魏］王弼注，楼宇烈校释：《老子道德经注校释》一章，中华书局 2008 年版，第 1 页。

③ ［南朝齐］刘勰著，范文澜注：《文心雕龙注》卷七，人民文学出版社 1958 年版，第 537 页。

④ 详见苏铁生、刘宗永《从"信言不美，美言不信"看〈老子〉的美论》，《湘南学院学报》2005 年第 6 期。

⑤ ［魏］王弼注，楼宇烈校释：《老子道德经注校释》八十一章，中华书局 2008 年版，第 191 页。

⑥ 杨朝明、宋立林主编：《孔子家语通解》卷第九，齐鲁书社 2013 年版，第 476 页。

⑦ ［魏］王弼注，楼宇烈校释：《老子道德经注校释》二十章，中华书局 2008 年版，第 46 页。

离，复归于婴儿。"①等等。 老子复归婴儿之真纯自然之性这一思想与孟子"大人者，不失其赤子之心者也"②一起，成为明代心学家们的重要思想资源。 对晚明文学界影响巨大的心学思想家罗汝芳，论学即以"赤子良心，不学不虑为的"③。 李贽的"童心说"亦深受其濡染，而以绝假纯真为基本特征。

最后，"致虚极，守静笃"，"涤除玄览"的主体心理。 老子基于自然无为的人生哲学，混成寂寥而又周行不殆的无形大道的认识，提出常道之不可道的特征，使得主体涤除知识成见，绝圣弃智，以与混成大道同一，以归其根，曰："致虚极，守静笃。""归根曰静，是谓复命，复命曰常。"④以虚静之心观照万物，即其所谓"涤除玄览"。 对此，河上公注云："当洗其心，使洁净也。 心居玄冥之处，览知万事，故谓之玄览也。"⑤这样的认识方法深深地影响到了文学。 作家以澄彻心境观照万物，体悟自然，达到心与物游，其理论之源即在于老庄与佛禅。

老子的文学观是与其基本思维方式浑成共生的。 这种沉蕴于精神气质之中，体现为思维指向性构建的思想元素，是深植于中国文学思想基因之中，促进中国文学艺术发生、发展的原动力之一。 对老子文学思想的悟证和理解，需要我们注重精神气质而非技法特征的层面。 从这个意义上说，老子对文学的论述虽少，但深隐厚重，是中国文学思想中的"常道""常名"，"惚兮恍兮"，不易把握，但中国文学思想史必须"强为之名"。

二、庄子的文学思想

庄子（约前369—前286），名周，战国时宋国蒙人，曾为漆园吏。 庄子是战国时期道家的主要代表人物，其著述在《庄子》一书中。 但《庄子》并非都是

---

① 〔魏〕王弼注，楼宇烈校释：《老子道德经注校释》二十八章，中华书局2008年版，第73页。

② 〔汉〕赵岐等：《孟子注疏》卷第八，〔清〕阮元校刻《十三经注疏》，中华书局2009年版，第5930页。

③ 〔清〕黄宗羲著，沈芝盈点校：《明儒学案》卷三十四，中华书局2008年版，第762页。

④ 〔魏〕王弼注，楼宇烈校释：《老子道德经注校释》十六章，中华书局2008年版，第35页。

⑤ 王卡点校：《老子道德经河上公章句·能为第十》，中华书局1993年版，第35页。

庄子所作，一般认为其中的内篇为庄子自著，外篇、杂篇则多为庄子后学羼人的作品。即使如此，外、杂篇仍体现了庄子的基本思想。因此，我们讨论庄子的思想也是以《庄子》全书为据。

首先，法天贵真。老子尚素朴自然之质，庄子亦具有同样的思想。在《渔父》中，庄子托渔翁对孔子说：

> 真者，精诚之至也。不精不诚，不能动人。故强哭者虽悲不哀，强怒者虽严不威，强亲者虽笑不和。真悲无声而哀，真怒未发而威，真亲未笑而和。真在内者，神动于外，是所以贵真也……真者，所以受于天也，自然不可易也。故圣人法天贵真，不拘于俗。①

儒家虽然也主张"修辞立其诚"，注重作品的真情实感。但由于儒家所尚的礼乐文化是一种比较注重外在仪式的文化，因此，儒学是比较重视"文"饰的，所谓"言之无文，行之不远"。道家以道法自然为本，庄子论文也以贵真为是，而其根据亦在于"法天"，在于得天之真。得其真，便是精诚之至，精诚便能动人。庄子之"动人"虽然并不直接是指文学的效果，但完全适用于文学。"动人"源于精诚、源于本真、源于自然。庄子由法天而贵真，这与孔孟所倡的"善"不尽相同。"真"是指与客观事实相符称，"善"乃是修养所致。庄子之"真"乃自然呈现，儒家之"善"则是通过仁义礼乐，由外在的规约与仪范而实现的。显然，庄子以及道家的这一取向对中国古代文学思想产生了重大的影响，开启了与儒家不同的艺术呈现方式。这种方式不是文饰的，而是自然的。道家的这一审美取向与儒家的礼乐文明一起形成了中国古代文学思想的两大源头，后世的文论家们往往汲取、融汇而别开新面，衍成了各具特色、多姿多彩的文学思想发展史。

庄子还提出了一系列的"法天贵真"的方法，诸如"坐忘""心斋""物化"等。《庄子·人间世》中说："一若志，无听之以耳，而听之以心；无听之以心，而听之以气。听止于耳，心止于符。气也者，虚而待物者也。唯道集虚，虚

---

① 〔清〕郭庆藩集释，王孝鱼点校：《庄子集释》卷十上，中华书局 2012 年版，第1032 页。

者，心斋也。"①《庄子·大宗师》又说："堕肢体，黜聪明，离形去知，同于大通，此谓坐忘。"②庄子所谓"坐忘""心斋"，就是要心志纯一，虚寂心体，去除一切理智聪明，私念欲求，以同于大道。

对于"物化"，亦即与物化同为一，庄子曾以工倕为例说明之，《庄子·达生》：

> 工倕旋而盖规矩，指与物化而不以心稽，故其灵台一而不桎。忘足，履之适也；忘要，带之适也；知忘是非，心之适也；不内变，不外从，事会之适也。始乎适而未尝不适者，忘适之适也。③

工匠倕之所以能够"旋而盖规矩"，"指与物化"，就是因为能够保持心体纯一，乃至忘却身体的存在。"以天合天"，亦即以纯粹之心妙合自然，"旋"才能达到完美的境界。庄子所说的倕之画圆，恰可视为艺术表现的基本范则。将这些范则延宕至文学，便是创作主体当息虑澄心，妙合自然，才能创作出完美的作品。

其次，言意之辨。言意关系的问题是先秦文学思想中的重要内容，对此，《庄子》中提出了对后世影响甚大的命题："荃者所以在鱼，得鱼而忘荃；蹄者所以在兔，得兔而忘蹄；言者所以在意，得意而忘言。"④庄子以荃与鱼、蹄与兔以喻言与意的关系。关于言与意或文与质的关系，儒家主张文质彬彬，《易传·系辞》还载有孔子"书不尽言，言不尽意"⑤，但这似乎只是凸显卦象的铺垫，因为其后尚有这样的对话："然则其圣人之意，其不可见乎？子曰：'圣人立象以

---

① ［清］郭庆藩集释，王孝鱼点校：《庄子集释》卷二中，中华书局 2012 年版，第 147 页。

② ［清］郭庆藩集释，王孝鱼点校：《庄子集释》卷三上，中华书局 2012 年版，第 284 页。

③ ［清］郭庆藩集释，王孝鱼点校：《庄子集释》卷七上，中华书局 2012 年版，第 662 页。

④ ［清］郭庆藩集释，王孝鱼点校：《庄子集释》卷九上，中华书局 2012 年版，第 944 页。

⑤ ［唐］孔颖达等：《周易正义》卷第七，［清］阮元校刻《十三经注疏》，中华书局 2009 年版，第 170 页。

尽意，设卦以尽情伪。 系辞焉以尽其言。'"①庄子也是以意为本、言为末，这与《系辞》所言大致相似。 但是，荃、蹄之喻以突出"忘"的意味，这已暗含有言意对峙的取向。 更有甚者，庄子《秋水》篇还描述了不可言传意会的境界："可以言论者，物之精也；可以意致者，物之精也；言之所不能论，意之所不能察致者，不期精粗焉。"②言所不能论、意所不能察的乃是"不期精粗"的浑沦之境，这与《逍遥游》中所描述的正相符合。 对此，庄子《天道》篇还有这样的表述：

> 世之所贵道者书也，书不过语，语有贵也。语之所贵者，意也。意有所随。意之所随者，不可以言传也。而世因贵言传书。世虽贵之，我犹不足贵也，为其贵非其贵也。故视而可见者，形与色也；听而可闻者，名与声也。悲夫！世人以形色名声为足以得彼之情！夫形色名声果不足以得彼之情，则知者不言，言者不知，而世岂识之哉！③

庄子认为"彼之情"乃是超越于言、意之外，不可言说的。 庄子屡屡论述形式的相对性，乃至提出"知者不言，言者不知"。 中国艺术重含蓄蕴藉，古代文学思想史中追求味外味、言外意的论述代不乏人，庄子便是其理论源头之一。但是，庄子与其后的文论家们所论有两个方面的差异：其一，庄子是因其整个思想体系使之然。 道法自然是其"言者不知"论的根据。"不言"与无为等思想完全一致。 因此，庄子的"不言"，本质上是形上层面思想的体现，而并非针对文学而言。 其二，"味外之旨""言外之意"的前提是对通过语言描绘出的既有艺术形式的阅读理解而言，恰如画面的某部位的"留白"，绝非点墨全无的一张白纸。 也就是说，文学中的含蓄是指通过已由文字描述的形象，留给读者广阔的想象空间。 这与庄子所说的"不可言传""知者不言"不尽相同。 庄子所说的

---

① 〔唐〕孔颖达等：《周易正义》卷第七，〔清〕阮元校刻《十三经注疏》，中华书局 2009 年版，第 170—171 页。

② 〔清〕郭庆藩集释，王孝鱼点校：《庄子集释》卷六下，中华书局 2012 年版，第572 页。

③ 〔清〕郭庆藩集释，王孝鱼点校：《庄子集释》卷五中，中华书局 2012 年版，第488—489 页。

是对天地间万事万物，即他所说的"彼之情"的认识，是其"法天贵真"认识方法的自然要求。"言外之意"是指不尽言，而"不言"是指不能言。"言外之意"是指言不能尽达其意，庄子的"不言"是指抛弃形骸之言，而得其精神。 这在《德充符》的形象描绘中得到了证明。 鲁国之兀（刖足者）王骀，虽然"立不教，坐不议"，但弟子们能"虚而往，实而归"，从其游者与孔子相若。 这是因为王骀能"审乎无假而不与利迁"①，是真正得道之人。 在庄子看来，有道德的人是"才全而不形的"。 他描述的是形与道之间的对立与矛盾。 这与其言、意之辨是完全相通的。《庄子》中直接论及文学的并不多见，而主要是涉及宇宙观、方法论的哲学思维。 不过，庄子的哲学思想是以一种带有浓厚艺术色彩的方法表现出来的，以"谬悠之说，荒唐之言，无端崖之辞"写成，其天道自然的思想具有审美的属性。 如《知北游》："天地有大美而不言，四时有明法而不议，万物有成理而不说。 圣人者，原天地之美而达万物之理。"②《刻意》篇："澹然无极而众美从之。 此天地之道，圣人之德也。"③《天道》篇："朴素而天下莫能与之争美。"④庄子的美学论说表现的是一种超越于功利、伦理的纯粹的自然美。 这对于中国古代文论家们追求自然素朴，反对雕琢刻镂的审美取向起到了促进作用。 其后的刘勰"标自然为宗"，李白"清水出芙蓉，天然去雕饰"，都秉承了庄子的美学传统。

最后，"言""说""辞"：文学语言的多侧面论说。《庄子·杂篇》中有"寓言"一篇，王夫之《庄子解》认为这是全书的序例。 开篇即说："寓言十九，重言十七，卮言日出，和以天倪。"⑤其后分别对"寓言""重言""卮言"进行了解

---

① ［清］郭庆藩集释，王孝鱼点校：《庄子集释》卷五中，中华书局 2012 年版，第486 页。

② ［清］郭庆藩集释，王孝鱼点校：《庄子集释》卷七下，中华书局 2012 年版，第735 页。

③ ［清］郭庆藩集释，王孝鱼点校：《庄子集释》卷六上，中华书局 2012 年版，第537 页。

④ ［清］郭庆藩集释，王孝鱼点校：《庄子集释》卷五中，中华书局 2012 年版，第458 页。

⑤ ［清］郭庆藩集释，王孝鱼点校：《庄子集释》卷九上，中华书局 2012 年版，第947 页。

释："寓言十九，藉外论之。"①宋人陈瓘曰："盖十语而九虚无也。 虚无之说其可稽乎，无稽之言，不可听也。"②明人陈懿典也将寓言视为《庄子》一书的基本特征："寓言十九，庄生自名其书皆寓言也，读庄者解寓之意，则知庄义圆虚，庄文变化，不可以言思执着求矣。"③这些解释从不同的角度说明了《庄子》一书的文学性。《庄子》一书中十占其九的"寓言"都是"虚无"的"无稽"之言，是通过虚构的艺术形象寄寓作者的思想。 从这个意义上说，《庄子》一书，就是一部文学性极强的著作，这在先秦诸子中是独一无二的。 庄子所谓"重言"，一般认为是指其引用年高德劭者之言，且多为说明事理的虚构杜撰之言。 事实上，"重言"与"寓言"相杂，亦相似。 所谓"卮言"，卮是酒器。 郭象注曰："夫卮，满则倾，空则仰，非持故也。 况之于言，因物随变，唯彼之从，故曰日出。 日出，谓日新也，日新则尽其自然之分，自然之分尽则和也。"④可见，庄子所谓卮言，实乃自然抒写之言，是了无拘执的"曼衍"之言。 在《天下篇》中，他有这样一段自述：庄周"以谬悠之说，荒唐之言，无端崖之辞，时恣纵而不傥，不以觭见之也。 以天下为沈浊，不可与庄语。 以卮言为曼衍，以重言为真，以寓言为广。 独与天地精神往来，而不敖倪于万物"⑤。 庄子自谓其作是通乎大道而又谬悠难羁，瑰玮諔诡，其言、其说、其辞恍忽变幻，然而又不敖倪万物，实乃现实世界的奇诡反映，这正是文学想象的基本特征。 庄子虽然专门的文学之论并不很多，但《庄子》中奇幻的想象，"谬悠""荒唐""无端崖"的言辞，其独特的言说方式，为中国文学增添了缤纷异彩。 其汪洋恣肆的言说风格向后世文论家展示了别样的批评方式，开启了无尽的法门。

---

① 〔清〕郭庆藩集释，王孝鱼点校：《庄子集释》卷九上，中华书局2012年版，第948页。

② 〔宋〕陈瓘：《四明尊尧集》卷九，清光绪章景祥翠竹室刻本。

③ 〔明〕陈懿典：《题何生寓言十九》，《陈学士先生初集》卷二十九，明万历刻本。

④ 〔清〕郭庆藩集释，王孝鱼点校：《庄子集释》卷九上，中华书局2012年版，第947页。

⑤ 〔清〕郭庆藩集释，王孝鱼点校：《庄子集释》卷十下，中华书局2012年版，第1098—1099页。

第五节　先秦墨家、法家的文学思想

　　首先，墨家文学思想。　墨家文学思想主要体现在《墨子》之中，《墨子》并非墨子自著，而是墨家思想的集大成之作。　墨子稍晚于孔子，据《淮南子·要略》载："墨子学儒者之业，受孔子之术，以为其礼烦扰而不悦，厚葬靡财而贫民，（久）服伤生而害事，故背周道而用夏政。"①可见，墨学虽然与儒学有所不同，但他是从习孔而开始的。　墨子与孔子一样，追随者甚众。　据《吕氏春秋·当染》记载：孔墨"徒属弥众，弟子弥丰，充满天下。"②《韩非子·显学》也曾说："世之显学，儒墨也。"③

　　墨学文艺观最重要的特点是非乐论。　虽然墨学与儒学的文学观有相通之处，但差异更加明显，尤其集中在对礼乐文化的态度上。　孔子法周公之礼，重礼乐文明，所谓"言之无文，行之不远"。　墨子虽然也法先王，但所法的乃尧舜禹，尤其是禹"背周道而用夏政"④。　他推尊夏禹是因为"昔禹之湮洪水、决江河而通四夷九州也"⑤。　重事功致用，以有益于民生为根本。　他的非乐论也是建立在这一基础之上的。《墨子》的目录中，有《非乐》上、中、下三篇。　中、下两篇已佚。　上篇曰：

　　　　子墨子言曰：仁之事者，必务求兴天下之利，除天下之害，将以为法乎天下。利人乎，即为；不利人乎，即止。且夫仁者之为天下度也，非为其目之所美，耳之所乐，口之所甘，身体之所安，以此亏夺民衣食之财，仁者弗为也。是故子墨子之所以非乐者，非以大钟、鸣鼓、琴瑟、竽笙之声以为不

---

　　①　〔汉〕刘安编，何宁集释：《淮南子集释》卷二十一，中华书局 1998 年版，第 1459 页。

　　②　〔秦〕吕不韦编，许维遹集释，梁运华整理：《吕氏春秋集释》卷第二，中华书局 2009 年版，第 53 页。

　　③　〔战国〕韩非著，〔清〕王先慎集解，钟哲点校：《韩非子集解》卷第十九，中华书局 1998 年版，第 456 页。

　　④　〔汉〕刘安编，何宁集释：《淮南子集释》卷二十一，中华书局 1998 年版，第 1459 页。

　　⑤　〔清〕郭庆藩集释：《庄子集释》卷十下，中华书局 2012 年版，第 1077 页。

乐也,非以刻镂华文章之色以为不美也,非以犓豢煎炙之味以为不甘也,非以高台厚榭邃野之居以为不安也。虽身知其安也,口知其甘也,目知其美也,耳知其乐也,然上考之不中圣王之事,下度之不中万民之利,是故子墨子曰:为乐非也。[①]

可见,墨子并不是完全否认音乐具有的美感愉悦作用,他之所"非",是"非以大钟、鸣鼓、琴瑟、竽笙之声以为不乐也,非以刻镂华文章之色以为不美也,非以犓豢煎炙之味以为不甘也,非以高台厚榭邃野之居以为不安也"。墨子的"非乐论"是建立在"民财不足,冻饿死者不可胜数"[②]基础之上的。制造乐器"必将厚措敛乎万民",乐器不像舟车具有实用价值,乐队又需要许多青年男女组成,这又必将"亏夺民衣食之财"。欣赏音乐又会使统治者荒疏国政,"废君子听治"[③]。其非乐与非攻、节用、节葬一样,是针对当时奢糜铺张的礼乐活动而言的,《非儒》中他对儒家的指责亦在于"繁饰礼乐以淫人"[④]。他"非"的是"大钟、鸣鼓、琴瑟、竽笙"等宫廷贵族之乐,因为这些乐"上考之不中圣王之事,下度之不中万民之利"。非乐的目的是要避免"国家乱而社稷危""仓廪府库不实"[⑤]。墨子的非乐论是与其先质后文的观点相联系的,他与弟子禽滑厘有这样的一段问答。墨子说:"今当凶年,有欲予子随侯之珠者,不得卖也,珍宝而以为饰,又欲予子一钟粟者。得珠者不得粟,得粟者不得珠,子将何择?"禽滑厘曰:"吾取粟耳,可以救穷!"墨子曰:"诚然,则恶在事夫奢也。长无用,好末淫,非圣人之所急也。故食必常饱,然后求美;衣必常暖,然后求丽;居必常安,然后求乐。为可长,行可久,先质而后文。此圣人之务。"[⑥]墨子所谓质,是指基本的物质需求,文则是满足了基本的物质需求之后的精神享受。"乐"显然在"文"之列。墨子的非乐论讨论的是艺术与社会的关系问题,

---

① 〔清〕孙诒让注,孙启治点校:《墨子闲诂》卷八,中华书局2001年版,第249—250页。

② 〔清〕孙诒让注,孙启治点校:《墨子闲诂》卷六,中华书局2001年版,第160页。

③ 〔清〕孙诒让注,孙启治点校:《墨子闲诂》卷八,中华书局2001年版,第254页。

④ 〔清〕孙诒让注,孙启治点校:《墨子闲诂》卷九,中华书局2001年版,第291页。

⑤ 〔清〕孙诒让注,孙启治点校:《墨子闲诂》卷八,中华书局2001年版,第258页。

⑥ 〔清〕孙诒让注,孙启治点校:《墨子闲诂·墨子佚文》,中华书局2001年版,第657—658页。

带有鲜明的功利色彩，反映的是庶民的愿望。《非乐》篇是先秦时期最早的详细讨论音乐的文献，其后荀子作《乐论》，再到《乐记》，观点虽然不一，但都对音乐艺术的认识起到了促进作用。 当然，墨子的非乐论具有明显的片面性，他对音乐基本是否定的，客观上抹杀了音乐具有的愉情悦性、陶冶情操的审美效果。墨子立论的出发点在于生民，但片面而极端，遂使其非乐论具有明显的消极影响。

墨子虽然批评儒家"弦歌鼓舞，习为声乐，此足以丧天下"[①]，对歌舞音乐一并排斥，但对《诗经》极为熟悉。 现存的《墨子》一书中，引《诗》就达 11 处之多（包括逸诗 3 篇），论《诗》5 处。 但墨家用诗，诚如罗根泽先生所说，"只是'断章取义'，以为自己立说的一种帮助而已"[②]，体现了墨家功利致用的立场。

其次，法家文学观。 法家是战国时期重要的学术流派。 与孔子重文完全不同，法家对文艺采取了绝对否定的态度。 这在其代表人物商鞅与韩非的言论中得到了体现。

商鞅（前 390—前 338），战国时卫国（今河南黄县）人，姬姓公孙氏，名鞅。 因战功而获商、於等十五邑为封地，故称为商鞅。 商鞅的思想主要保存在商鞅学派的集体之作《商君书》中。 商鞅将礼乐、《诗》《书》视为"六蝨"之一。《商君书·农战》中他还说：

> 善为国者，官法明，故不任知虑；上作壹，故民不偷营；则国力抟。国力抟者强，国好言谈者削。故曰：农战之民千人，而有《诗》、《书》辩慧者一人焉，千人者皆怠于农战矣。农战之民百人，而有技艺者一人焉，百人者皆怠于农战矣。国待农战而安，主待农战而尊。夫民之不农战也，上好言而官失常也。常官则国治，壹务则国富。国富而治，王之道也。故曰：王道作外身作壹而已矣。今上论材能知慧而任之，则知说慧之人希主好恶，使官制物，以适主心；是以官无常，国乱而不壹。辩说之人而无法也。如此，则民务焉得无多，而地焉得无荒？《诗》、《书》、礼、乐、善、修、仁、廉、

①　[清]孙诒让注，孙启治点校：《墨子闲诂》卷十二，中华书局 2001 年版，第 458 页。
②　罗根泽：《中国文学批评史》，上海书店出版社 2003 年版，第 40 页。

辩、慧，国有十者，上无使守战。国以十者治，敌至必削，不至必贫。国去此十者，敌不敢至，虽至必却。兴兵而伐，必取；按兵不伐，必富……今夫螟螣蚵蠋，春生秋死，一出而民数年不食。今一人耕而百人食之，此其为螟螣蚵蠋亦大矣。虽有《诗》《书》，乡一束，家一员，独无益于治也，非所以反之之术也，故先王反之于农战……今世主皆忧其国之危而兵之弱也，而强听说者。说者成伍，烦言饰辞而无实用。主好其辩，不求其实，说者得意，道路曲辩，辈辈成群。……故民离上而不臣者成群。此贫国弱兵之教也。①

商鞅认为，《诗》《书》"辩慧者"的存在，影响农战。 商鞅认为《诗》《书》及其"辩慧者"人数众多，但"烦言饰词，而无实用"。 更为重要的是，商鞅认为，辩说者的"高言伪议"，使民众"舍农游令，而以言相高"，产生了"民难上"，使"不臣者成群"，这样就影响了统治的基础。 前者是从经济方面言，后者是从政治方面言。 因此，商鞅认为治国需明法而"不任知虑"，不使产生"民难上""不臣成群"的局面。 显然，商鞅否定《诗》《书》，目的在于愚民，强化专制统治。 对此，商鞅《垦令》等篇中表述得更加清楚："无以外权爵任与官，则民不贵学问，又不贱农。 民不贵学问则愚，愚则无外交，无外交，则国勉农而不偷。 民不贱农，则国安不殆。"②而《诗》《书》"辩慧者"正是启示民智者，他说："故事《诗》《书》谈说之士，则民游而轻其君；事处士，则民远而非其上。"③

在先秦诸子之中，法家堪称排斥文艺最烈的一个学术流派。 其排斥文艺的直接目的是维护君上的统治以及使民安心农战。 但商鞅并非不懂文艺具有的审美愉悦功能，他说："人主处匡床之上，听丝竹之声而天下治。"④当然，艺文之

① ［战国］商鞅著，［清］孙诒让校注，祝鸿杰点校：《商子校本》卷第一，中华书局 2014 版，第 26—28 页。

② ［战国］商鞅著，［清］孙诒让校注，祝鸿杰点校：《商子校本》卷第一，中华书局 2014 版，第 21 页。

③ ［战国］商鞅著，［清］孙诒让校注，祝鸿杰点校：《商子校本》卷第二，中华书局 2014 版，第 40 页。

④ ［战国］商鞅著，［清］孙诒让校注，祝鸿杰点校：《商子校本》卷第四，中华书局 2014 版，第 75 页。

用，仅限于"人主"而已。 同时，商鞅排斥文艺还在于其急于强秦，以实现争霸中原，完成一统的目的。 以农战为治国之先，并不意味着他不知文教的作用。这在其对于商、周盛明之世的描述与期盼之中都有流露，《商君书·赏刑》云：

> 汤、武既破桀、纣，海内无害，天下大定，筑五库，藏五兵，偃武事，行文教，倒载干戈，搢笏作为乐，以申其德。当此时也，赏禄不行而民整齐。故曰：明赏之犹，至于无赏也。①

"偃武事，行文教"是商鞅重视农战的最终目的。 在商鞅看来，农战是途径、手段，文教是理想、目的。 因此，讨论商鞅对于文学、艺术的真实认识，需要全面了解其思想，既要看到他摒斥艺文的一面，又要看到他倾力于耕战，急切富国强兵，称霸中原，最终的目的是实现大行文教于天下的理想。

法家思想集大成者是韩非。 韩非（前280—前233），战国韩国新郑（今河南郑州新郑市）人。 韩非与李斯都师承荀子，韩非的文艺观也与商鞅相仿，且对文艺排斥更烈。《韩非子·八说》篇中他公开提出"息文学而明法度"②。 在《五蠹》中，他有这样的表述："工文学者非所用，用之则乱法。"③又说："今修文学，习言谈，则无耕之劳而有富之实，无战之危而有贵之尊，则人孰不为也！是以百人事智而一人用力。 事智者众则法败，用力者寡则国贫，此世之所以乱也。"④在《亡征》篇中，他也有类似的表述："好辩说而不求其用，滥于文丽而不顾其功者，可亡也。"⑤韩非与商鞅都将耕战与文学对立起来，体现了法家独崇事功的思想倾向。 韩非对商鞅"燔诗书乃以明法令"的做法颇为推崇，认为

---

① 〔战国〕商鞅著，〔清〕孙诒让校注，祝鸿杰点校：《商子校本》卷第四，中华书局2014版，第68页。

② 〔战国〕韩非著，〔清〕王先慎集解，钟哲点校：《韩非子集解》卷第十八，中华书局1998年版，第425页。

③ 〔战国〕韩非著，〔清〕王先慎集解，钟哲点校：《韩非子集解》卷第十九，中华书局1998年版，第449页。

④ 〔战国〕韩非著，〔清〕王先慎集解，钟哲点校：《韩非子集解》卷第十九，中华书局1998年版，第452页。

⑤ 〔战国〕韩非著，〔清〕王先慎集解，钟哲点校：《韩非子集解》卷第五，中华书局1998年版，第110页。

商鞅的这些做法经"孝公行之，主以尊安，国以富强"①。 韩非等法家人物之所以鄙弃并排斥艺文，最根本的原因是他们主张通过国家机器颁行的法典规范人们的行为，法的遵行不需要执行者的辩说；而儒家是以德行修养与教化作为政治的基础，因此，韩非所竭力排斥的"修文学，习言谈"，在儒家是实行政治教化的必由之途。 法家与儒家文学思想的殊异，根本在于政治理念的不同。 与商鞅一样，韩非对于文艺自身的特点亦有一定的认识。 如《解老》中，就有关于文质关系的论述：

> 礼为情貌者也，文为质饰者也。夫君子取情而去貌，好质而恶饰。夫恃貌而论情者，其情恶也；须饰而论质者，其质衰也。何以论之？和氏之璧不饰以五采，隋侯之珠不饰以银黄，其质至美，物不足以饰之。夫物之待饰而后行者，其质不美也。②

韩非认为美之根据在于质，在于客观自然。 韩非还论述了质与饰，亦即内容与形式之间的关系，认为"文为质饰者"，质为先而饰为次，这些都是平允理性的认识。 但可惜的是韩非论证的核心不是这种关系，他认为需要文饰者其质则不美。 而至美者，无物可饰之。 韩非将质与饰对立起来，认为君子当"取情而去貌，好质而恶饰"，这与儒家文质彬彬之论显然不同。 他在《难言第三》篇中说："多言繁称，连类比物，则见以为虚而无用。"③在《外储说左上·说》中，韩非还通过对墨子的评论，表达了文与用之间时常出现的相悖情况：

> 楚王谓田鸠曰："墨子者，显学也。其身体则可，其言多不辩，何也？"
> 曰："昔秦伯嫁其女于晋公子，令晋为之饰装，从文衣之媵七十人，至晋，晋人爱其妾而贱公女。此可谓善嫁妾而未可谓善嫁女也。楚人有卖其珠于

---

① 〔战国〕韩非著，〔清〕王先慎集解，钟哲点校：《韩非子集解》卷第四，中华书局 1998 年版，第 97 页。

② 〔战国〕韩非著，〔清〕王先慎集解，钟哲点校：《韩非子集解》卷第六，中华书局 1998 年版，第 133 页。

③ 〔战国〕韩非著，〔清〕王先慎集解，钟哲点校：《韩非子集解》卷第一，中华书局 1998 年版，第 21 页。

郑者,为木兰之柜,薰以桂椒,缀以珠玉,饰以玫瑰,辑以羽翠,郑人买其椟而还其珠。此可谓善卖椟矣,未可谓善鬻珠也。今世之谈也,皆道辩说文辞之言,人主览其文而忘有用。墨子之说,传先王之道,论圣人之言以宣告人。若辩其辞,则恐人怀其文忘其直,以文害用也。此与楚人鬻珠,秦伯嫁女同类,故其言多不辩。"①

墨子以致用为的,但在韩非看来,墨辩恰恰是以文害用的失败例证。 无论韩非之说是否符合实际,但都表现了其对文与用相悖的认识。 韩非与儒家从不同的方面阐释了文与质的关系,共同成就了先秦文学理论的多元色彩。 需要指出的是,法家排斥艺文的倾向在秦朝统治者那里得到了体现,"焚书坑儒"的文化悲剧,虽然有复杂的社会原因,但统治者以法家思想治国,轻忽文教,这是不容回避的因素之一。

---

① 〔战国〕韩非著,〔清〕王先慎集解,钟哲点校:《韩非子集解》卷第十一,中华书局 1998 年版,第 266 页。

第二章

两汉:正统文学思想的确立期

　　秦朝统治者以排斥艺文的法家思想为治国之本,在这样的思想笼罩之下,秦朝还发生了焚书坑儒的文化悲剧。 汉王朝建立伊始,有鉴于秦朝推重法治、鄙薄文教、不久而失国的现实,更由于汉初时战乱甫定,民不聊生,因此,汉初的统治者采取了与民休息的策略,生产得到复苏。 与秦朝轻视文艺不同,汉朝的统治者一般都雅好文艺,直到东汉后期的灵帝,喜好文学,"自造《皇羲篇》五十章,因引诸生能为文赋者"①。 这为汉代文艺的复兴营造了良好的政治环境。随着儒学独尊,儒家文艺观也占据正统地位,并影响了中国文学思想发展的基本路向。

第一节 《诗大序》

　　据《汉书·儒林传》记载:"汉兴……言《诗》,于鲁则申培公,于齐则辕固生,燕则韩太傅。"②《鲁诗》《韩诗》在文帝时立于学宫,《齐诗》在景帝时立于学宫。 武帝时河间献王刘德聘毛亨的传人毛苌为博士设馆传授《毛诗》,但此时三家诗已处于垄断地位,《毛诗》只能以私学在民间流传。 三家诗亡佚后,宋末王应麟作《诗考》,开始了《三家诗》的辑佚工作。 其后,清人的辑佚成就尤大,王先谦的《诗三家义集疏》是集大成之作。 从中可见三家诗乃今文经学,多有附会政教之说,解《诗》渐离《诗》之本义。 如,《鲁诗》对《关雎》有这

---

　　① 〔南朝宋〕范晔撰,〔唐〕李贤等注:《后汉书》卷六十下《蔡邕列传》,中华书局 1965 年版,第 1991 页。

　　② 〔汉〕班固撰,〔唐〕颜师古注:《汉书》卷八十八,中华书局 2002 年版,第 3593 页。

样的解释：

> 周渐将衰,康王晏起,毕公喟然,深思古道,感彼关雎,性不双侣,愿得
> 周公,配以窈窕,防微消渐,讽谕君父。孔氏大之,列冠篇首。①

为一首质朴的民间情歌赋予了特定的寄托,难以令人信服,也就丧失了解诗的价值。 古文《毛诗》则经过学者的努力,逐渐取代了三家诗而独传于后世。

《毛诗》和三家诗都有《序》以点明诗旨,《序》亦即题解。 现存的《毛诗》在三百篇前均有序,其中在《周南·关雎》小序后面有一段较长的文字,总论《诗经》一书,六朝时学者将其称为《大序》,其余各篇的题解称为《小序》。《诗大序》的作者,有孔子、卜商（子夏）、毛亨等多种说法,南朝宋人范晔提出为汉儒卫宏所作。《后汉书·卫宏传》云:"九江谢曼卿善《毛诗》,乃为其训,宏从曼卿受学,因作《毛诗序》,善得《风》《雅》之旨,于今传于世。"②此说虽得到了不少学者的认同,但也有学者认为卫宏之《序》并不是今传的大、小《序》。 今传的大、小《序》并非出于一时一人之手,其中可能保留了一些先秦的材料,毛亨等人可能具有整理之功。《毛诗》得以取代三家诗的地位,郑玄作笺至为重要,郑玄的《诗谱序》与《毛诗序》具有相似的诗学价值。

现存的《毛诗序》中的小《序》多较为简括,而大《序》堪称是我国第一篇诗歌专论,殊为重要。 兹将《诗大序》与郑玄的《诗谱序》结合在一起,概括一下这两篇重要诗学文献的核心思想:

首先,关于诗歌的产生与特点。《诗谱序》对诗歌的起源有这样的论述:

> 诗之兴也,谅不于上皇之世。大庭、轩辕逮于高辛,其时有亡载籍,亦
> 蔑云焉。《虞书》曰:"诗言志,歌永言,声依永,律和声。"然则诗之道放于

---

① 引自〔清〕王先谦撰,吴格点校:《诗三家义集疏》卷一,中华书局1987年版,第4页。

② 〔南朝宋〕范晔撰,〔唐〕李贤等注:《后汉书》卷七十九下《儒林列传》,中华书局1965年版,第2575页。

此乎！①

　　郑玄堪称是第一位对诗歌起源时间进行系统分析的学者。 他认为，上皇之世（伏羲）还没有诗歌，大庭（神农）、轩辕、少昊、高阳、高辛之时，可能有诗，但尚不见载于文献。 至陶唐、有虞氏之时，诗歌确已产生。《虞书》所载，对《诗大序》具有启示之功。

　　《诗大序》承祧了《虞书》的论述，云：

　　　　诗者，志之所之也，在心为志，发言为诗。情动于中而形于言，言之不足，故嗟叹之，嗟叹之不足，故永歌之，永歌之不足，不知手之舞之、足之蹈之也。②

　　当然，这其中可能还有《乐记》的氤氲激荡作用。《礼记·乐记》云："诗，言其志也；歌，咏其声也；舞，动其容也。 三者本于心，然后乐器从之。"又云："故歌之为言也，长言之也。 说之，故言之；言之不足，故长言之；长言之不足，故嗟叹之；嗟叹之不足，故不知手之舞之，足之蹈之也。"③《诗大序》和《乐记》都对《虞书》进行了新的阐释与发展。 两者都揭示了诗、歌、舞蹈之间的密切关系。 当然，重点略有不同。《乐记》侧重说明了乐因诗、歌、舞而生，目的是追寻乐之本源。《诗大序》则在论及诗、歌、舞之间的一体与互补关系的同时，着重讨论了诗抒情言志的特点，侧重于主体的因素。《乐记》对乐的论述则更加具体全面，云："凡音之起，由人心生也。 人心之动，物使之然也，感于物而动，故形于声。 ……乐者，音之所由生，其本在人心之感于物也。"④认为乐之所生，既"本于人心"，又是"感于物"；既本于主观情感，又因物而起，是客观现实的反映。 由于诗乐之间密切的关系，《诗大序》与《乐记》产生的年

---

① 〔汉〕毛亨传，郑玄笺，〔唐〕孔颖达疏：《毛诗正义·诗谱序》，北京大学出版社 1999 年版，第 4 页。

② 〔汉〕毛亨传，郑玄笺，〔唐〕孔颖达疏：《毛诗正义》卷第一，北京大学出版社 1999 年版，第 6 页。

③ 〔清〕孙希旦撰：《礼记集解》卷三十八，中华书局 1989 年版，第 1006、1038 页。

④ 〔清〕孙希旦撰：《礼记集解》卷三十七，中华书局 1989 年版，第 976 页。

代应大致相似,《乐记》中表现出的较完整的艺术观也透露出了汉代的诗学讯息,这也是《诗大序》讨论诗与政教关系的逻辑起点。

其次,诗与政教的关系。《诗》被奉为儒家经典,被赋予了政治伦理色彩。这在《诗大序》中得到了体现:

> 治世之音,安以乐,其政和。乱世之音,怨以怒,其政乖。亡国之音,哀以思,其民困。①

这与《礼记·乐记》的记载完全相同。但《诗大序》用之于言诗。既然诗、乐的风格与世运相关,那么诗歌便具有观世、淑世,辅助教化,乃至救治衰敝世风的作用。《诗大序》接着说:

> 故正得失,动天地,感鬼神,莫近于诗。先王以是经夫妇,成孝敬,厚人伦,美教化,移风俗。……至于王道衰,礼义废,政教失,国异政,家异俗,而《变风》《变雅》作矣。国史明乎得失之迹,伤人伦之废,哀刑政之苛,吟咏情性,以风其上,达于事变而怀其旧俗者也。故变风发乎情,止乎礼义。发乎情,民之性也;止乎礼义,先王之泽也。②

从治世而言,先王借诗以成就道德教化之业;就衰世而言,诗同样具有风上救弊之功,这就是《变风》《风雅》产生的缘起。但"变"并不离儒家诗教,"变"而有止,即"止乎礼义"。在儒家看来,礼义乃政教之本,是先王留存的精神遗产,诗歌也依循于此。"变",在百姓自然情感与先王礼义之间得到了统一。诗歌或规箴,或讽喻,或叹怀,以达到归慕圣王旧俗,救衰拯弊的目的。

最后,诗之六义与正变。《诗大序》云:"故诗有六义焉:一曰风,二曰赋,

---

① 〔汉〕毛亨传,郑玄笺,〔唐〕孔颖达疏:《毛诗正义》卷第一,北京大学出版社1999年版,第8页。

② 〔汉〕毛亨传,郑玄笺,〔唐〕孔颖达疏:《毛诗正义》卷第一,北京大学出版社1999年版,第10—15页。

三曰比，四曰兴，五曰雅，六曰颂。"①此之六"义"，并不是《诗大序》首倡。《周礼·春官·大师》即已提出"六诗"之说，与"六义"同。《周礼》显然成书于《诗大序》之前。可见，《诗》具"六义"古已有之。但《周礼》语焉不详，《诗大序》则对其中的《风》《雅》《颂》作了阐释：

> 上以风化下，下以风刺上，主文而谲谏，言之者无罪，闻之者足以戒，故曰风。……是以一国之事，系一人之本，谓之风。言天下之事，形四方之风，谓之雅。雅者，正也，言王政之所由废兴也。政有小大，故有小雅焉，有大雅焉。颂者，美盛德之形容，以其成功，告于神明者也。是谓四始，《诗》之至也。②

《诗大序》从两方面阐释了"风""雅"的含义。一是就功能与特征言，风或化下，或刺上。郑玄笺："风化、风刺，皆谓譬喻，不斥言也。"雅则被训为正。但雅并非都是述天子政事之美，不仅述其"兴"，还有刺其恶，以状其"废"的作用。孔颖达正义曰："若王之齐正天下失其理，则刺其恶，幽、厉小雅是也。"③二是就所记之事地域广狭而言：风表现诸侯一国之事，雅表现天下之事，而颂则是祭祀时赞美祖先的诗歌。

《诗大序》特别阐述了诗歌作者的个体性问题，谓其"系一人之本"。显然，《诗大序》的作者视《诗》为文人创作。比较而言，"六义"中的"赋""比""兴"更具文学思想意义。虽然《诗大序》中并未论及，但郑玄在《周礼·春宫·大师》注中说："赋之言铺，直铺陈今之政教善恶。比，见今之失，不敢斥言，取比类以言之；兴，见今之美，嫌于媚谀，取善事以喻劝之。"又引先郑（郑众）之说："比者，比方于物也；兴者，托事于物。"④他们通过对赋、比、

---

① 〔汉〕毛亨传，郑玄笺，〔唐〕孔颖达疏：《毛诗正义》卷第一，北京大学出版社1999年版，第11页。

② 〔汉〕毛亨传，郑玄笺，〔唐〕孔颖达疏：《毛诗正义》卷第一，北京大学出版社1999年版，第13—19页。

③ 〔汉〕毛亨传，郑玄笺，〔唐〕孔颖达疏：《毛诗正义》卷第一，北京大学出版社1999年版，第13页。

④ 〔清〕孙诒让：《周礼正义》卷四十五，中华书局2008年版，第1842—1843页。

兴的阐释，探讨了《诗经》的基本表现方法，深化了对早期诗歌艺术特征的认识，对后代诗学理论的发展产生了深远的影响。当然，由于他们将《诗经》主要视为教化的工具，对《诗经》的解释往往也借助"兴"的手段而赋予了过多的教化内容，牵合穿凿的现象颇为经见。

关于《诗》之正变，《诗大序》中已有论及，即所谓："至于王道衰，礼义废，政教失，国异政，家殊俗，而变风变雅作矣。"亦即《风》、《雅》中有王朝兴盛时的作品，是为"正"；王朝衰落时的作品，是为"变"。《诗大序》对于正、变分别是哪些作品未做说明，郑玄的《诗谱序》则详细论述了《诗》的演变历史，考述了正变的具体时限：

> 周自后稷播种百谷，黎民阻饥，兹时乃粒，自传于此名也。陶唐之末，中叶公刘亦世修其业，以明民共财。至于大王、王季，克堪顾天。文、武之德，光熙前绪，以集大命于厥身，遂为天下父母，使民有政有居。其时《诗》，风有《周南》《召南》，雅有《鹿鸣》《文王》之属。及成王，周公致大平，制礼作乐，而有颂声兴焉，盛之至也。本之由此风、雅而来，故皆录之，谓之《诗》之正经。后王稍更陵迟，懿王始受谮亨齐哀公。夷身失礼之后，邶不尊贤。自是而下，厉也幽也，政教尤衰，周室大坏，《十月之交》《民劳》《板》《荡》勃尔俱作。众国纷然，刺怨相寻。五霸之末，上无天子，下无方伯，善者谁赏，恶者谁罚？纪纲绝矣。故孔子录懿王、夷王时诗，讫于陈灵公淫乱之事，谓之变风、变雅。以为勤民恤功，昭事上帝，则受颂声，弘福如彼；若违而弗用，则被劫杀，大祸如此。吉凶之所由，忧娱之萌渐，昭昭在斯，足作后王之鉴，于是止矣。①

郑玄认为，成王、周公之前的诗作，乃为正。周室衰落则自懿王始，《周本纪》云："懿王立，王室遂衰，诗人作刺。"孔颖达《正义》曰："大率变风之作，多在夷厉之后。"②尤其值得注意的是，郑玄在历述了正、变之《诗》的具体时限

---

① 〔汉〕毛亨传，郑玄笺，〔唐〕孔颖达疏：《毛诗正义·诗谱序》，北京大学出版社 1999 年版，第 6—9 页。

② 〔汉〕毛亨传，郑玄笺，〔唐〕孔颖达疏：《毛诗正义·诗谱序》，北京大学出版社 1999 年版，第 8 页。

之后，实际还总结了正变的标准："勤民恤功，昭事上帝"则为正；"违而弗用"则为变。郑玄《诗谱序》更注重《诗》的历时变化，与《诗大序》具有互文之功。

第二节 《淮南子》的文学思想

《淮南子》是淮南王刘安和其门客所作，又名《淮南鸿烈》。东汉高诱注曰："鸿，大也；烈，明也，以为大明道之言也。"[①]可见，这是一部形上层面的著作。高诱序言中谓其"旨近老子"，这样的判断是符合实际的，一方面以道家思想为基本特征；另一方面，仅是"近"而已。"近"者，既是指对道家思想有所变异，又是指兼融儒、道、法、墨等，尤其是具有较浓厚的儒家色彩，这就是高诱在序言中所说的"出入经道"。《淮南子》的立言宗旨提示我们在理解其文艺思想时，需要从"鸿烈"的道体维度，从文学、艺术思想的汇通之中把握其意蕴。同时，认识《淮南子》的文学观，还应注意到这一现象：《淮南子》中道家思想的表达有时是附赘于主体理论的论述过程之后，但似乎又是作者最为着意的部分。因此，我们似应不胶执于作者的附赘属性，而应关注其整体思想。

首先，对礼乐的认识。《淮南子》尚自然之乐，以内生乐，内外相应，云："内不得于中，禀授于外而以自饰也，不浸于肌肤，不浃于骨髓，不留于心志，不滞于五藏。故从外入者，无主于中，不止。从中出者，无应于外，不行。"[②]对于儒家的礼乐则有所非议，云："仁义立而道德迁矣，礼乐饰则纯朴散矣。"[③]但《淮南子》认为儒家经典乃衰世之作，最终还是以自然之道为本："王道缺而《诗》作；周室废，礼义坏，而《春秋》作。《诗》《春秋》，学之美者也，皆衰世之造也，儒者循之以教导于世，岂若三代之盛哉！以《诗》《春秋》为古之道而贵之，又有未作《诗》《春秋》之时。夫道其缺也，不若道其全也。诵先王之《诗》《书》，不若闻得其言；闻得其言，不若得其所以言；得其所以言者，言弗

---

① ［汉］刘安编，刘文典集解：《淮南鸿烈集解·叙目》，中华书局2013年版，第2页。
② ［汉］刘安编，刘文典集解：《淮南鸿烈集解》卷一《原道训》，中华书局2013年版，第35页。
③ ［汉］刘安编，刘文典集解：《淮南鸿烈集解》卷十一《齐俗训》，中华书局2013年版，第343页。

能言也。"①但《淮南子》又明显带有儒家思想的印记，承认圣人作乐的社会效果："夫人相乐，无所发貌，故圣人为之作乐以和节之。"②且认为观乐知世的作用是："乐听其音则知其俗；见其俗则知其化。孔子学鼓琴于师襄，而谕文王之志，见微以知明矣。延陵季子听鲁乐而知殷、夏之风，论近以识远也。作之上古，施及千岁而文不灭，况于并世化民乎？"③同样，也承认礼的作用："礼者，实之文也，仁者，恩之效也。"④当然，《淮南子》认为应该因时而变："五帝异道而德覆天下；三王殊事而名施后世，此皆因时变而制礼乐者。"⑤又说："先王之制，不宜则废之；末世之事，善则著；是故礼乐未始有常也。故圣人制礼乐，而不制于礼乐。"⑥这种通变观是汲取道家自然运化的神韵，儒道兼通而形成的。

其次，自然与法度的统一。道家思想是《淮南子》文艺观的基本底色。这主要表现在两个方面。其一，从音乐和诗歌等文艺样式的形成来看，《淮南子》认为源于自然或社会生活。《主术训》云："乐生于音，音生于律，律生于风，此声之宗也。"⑦其"风"即承《庄子·齐物论》而来，是"大块噫气"的自然之音。同时，《淮南子》又发展了道家思想，认为社会生活也成为诗歌的重要源头："今夫举大木者，前呼邪许，后亦应之，此举重劝力之歌也。"⑧其二，从艺术表现风格来看，《淮南子》总体上主张艺术应因自然之化，崇尚朴素自然之

---

① ［汉］刘安编，刘文典集解：《淮南鸿烈集解》卷十三《氾论训》，中华书局 2013 年版，第 427 页。

② ［汉］刘安编，刘文典集解：《淮南鸿烈集解》卷八《本经训》，中华书局 2013 年版，第 266 页。

③ ［汉］刘安编，刘文典集解：《淮南鸿烈集解》卷九《主术训》，中华书局 2013 年版，第 275—276 页。

④ ［汉］刘安编，刘文典集解：《淮南鸿烈集解》卷十一《齐俗训》，中华书局 2013 年版，第 356 页。

⑤ ［汉］刘安编，刘文典集解：《淮南鸿烈集解》卷十三《氾论训》，中华书局 2013 年版，第 425 页。

⑥ ［汉］刘安编，刘文典集解：《淮南鸿烈集解》卷十三《氾论训》，中华书局 2013 年版，第 426 页。

⑦ ［汉］刘安编，刘文典集解：《淮南鸿烈集解》卷九《主术训》，中华书局 2013 年版，第 296 页。

⑧ ［汉］刘安编，刘文典集解：《淮南鸿烈集解》卷十二《道应训》，中华书局 2013 年版，第 380—381 页。

美。"已雕已琢，还反于朴"（《原道训》），以道家审美为归趣，认为"瑶碧玉珠，翡翠玳瑁"，乃人力不能为的"大巧"①。 但《淮南子》在抒写自然的同时，又认为法度是艺术样式的一个基本要素，《缪称训》云："输子阳谓其子曰：'良工渐乎矩凿之中。'矩凿之中，固无物而不周。"②《氾论训》又云："譬犹师旷之施瑟柱也，所推移上下者无寸尺之度，而靡不中音。 故通于礼乐之情者能作音，有本主于中，而以知榘彟之所周者也。"③与自然相对应的另一个维度则是人工美。《淮南子》在崇尚自然的同时，也肯定艺术表现的作用。 在《修务训》中又认为毛嫱、西施等天生丽质的美人，如果饰物有别，美丑效果会迥然不同，这实际又肯定了人工美的效果。 更进一步，《淮南子》还提出了艺术创作应表现内在精神，亦即所谓"君形者"的问题，云："画西施之面，美而不可说；规孟贲之目，大而不可畏；君形者亡焉。"高诱注："生气者，人形之君。 规画人形，无有生气，故曰君形亡。"④"君形者"，就是主宰人的形体者。《淮南子》实乃提出了艺术创作中传神的问题。 与此相联系，《淮南子》还提出了艺术、审美多样性或个性特征的问题，所谓："佳人不同体，美人不同面，而皆说（悦）于目。"⑤对艺术表现方法的认识，是《淮南子》文艺观中最具价值的部分之一，这本身就是对艺术规律亦即法度的肯定。

再次，对艺术接受的认识。《淮南子》在论述艺术固有之法时，还论述了受众之于艺术生命的意义，云："夫无规矩，虽奚仲不能以定方圆；无准绳，虽鲁般不能以定曲直。 是故钟子期死，而伯牙绝弦破琴，知世莫赏也；惠施死，而庄子寝说言，见世莫可为语者也。"⑥同时，《淮南子》还论述了接受者的差异

---

① 〔汉〕刘安编，刘文典集解：《淮南鸿烈集解》卷二十《泰族训》，中华书局2013年版，第664页。

② 〔汉〕刘安编，刘文典集解：《淮南鸿烈集解》卷十《缪称训》，中华书局2013年版，第329页。

③ 〔汉〕刘安编，刘文典集解：《淮南鸿烈集解》卷十三《氾论训》，中华书局2013年版，第425页。

④ 〔汉〕刘安编，刘文典集解：《淮南鸿烈集解》卷十六《说山训》，中华书局2013年版，第540页。

⑤ 〔汉〕刘安编，刘文典集解：《淮南鸿烈集解》卷十七《说林训》，中华书局2013年版，第564页。

⑥ 〔汉〕刘安编，刘文典集解：《淮南鸿烈集解》卷十九《修务训》，中华书局2013年版，第654页。

性:"夫歌《采菱》,发《阳阿》,鄙人听之,不若此《延路》《阳局》(鄙歌曲也),非歌者拙也,听者异也。"①他还以治世与音乐为例对鉴赏者的水平提出要求:"三代之法不亡,而世不治者,无三代之智也。六律具存,而莫能听者,无师旷之耳也。故法虽在,必待圣而后治;律虽具,必待耳而后听。"②《淮南子》中这些类似于箴言的表述,事实上蕴含着三个艺术作品接受维度的问题:其一,接受者的差异性,决定了作品也应有不同文化层面的定位。这对于以公共接受为目的的作品创作颇具意义。其二,作品的功能实现包含着作家情感的自然发抒与受众接受程度两种不同的维度。其三,接受者(知音)的存在,是影响作品生命力的重要条件。儒家文艺观虽然注重兴观群怨,但对于受众的差异性鲜有论及,《淮南子》深化了文艺作品价值实现途径的认识。

最后,"文情理通"与文质观。《淮南子》以道家的自然观为本,也偶有非文之论,如:"是故至人之治也,掩其聪明,灭其文章,依道废智,与民同出于公。"③但并不完全否认"文"的作用,所谓"必有其质,乃为之文"。《淮南子》以儒家尊奉的诗乐为例,说明了声、词、情之间的关系:

> 今夫《雅》《颂》之声,皆发于词,本于情,故君臣以睦,父子以亲。故《韶》《夏》之乐也,声浸乎金石,润乎草木。今取怨思之声,施之于弦管,闻其音者,不淫则悲;淫则乱男妇女之辩,悲则感怨思之气,岂所谓乐哉!……故无声者,正其可听者也;其无味者,正其足味者也。④

《淮南子》认为《雅》《颂》等作品具有"君臣以睦,父子以亲"的社会功能。同时,在《修务训》中还说:"诵《诗》《书》者期于通道略物,而不期于

---

① [汉]刘安编,刘文典集解:《淮南鸿烈集解》卷十八《人间训》,中华书局2013年版,第619—620页。

② [汉]刘安编,刘文典集解:《淮南鸿烈集解》卷二十《泰族训》,中华书局2013年版,第680页。

③ [汉]刘安编,刘文典集解:《淮南鸿烈集解》卷一《原道训》,中华书局2013年版,第30页。

④ [汉]刘安编,刘文典集解:《淮南鸿烈集解》卷二十《泰族训》,中华书局2013年版,第693页。

《洪范》《商颂》。"①亦即面向客观的事理，而不是高唱庙堂赞歌。 当然，以"无声"为至音则体现了《淮南子》立言"旨近老子"的特色。 同时，"发于词，本于情"的表述亦颇具意义。 因为《淮南子》论及的"情"，多指自然情感，是绝对摒弃外在规约，"有感而自然者也"。 是"愤于中而形于外者"，"譬若水之下流，烟之上寻也"。② 与儒家所说的"发乎情，止乎礼义"不同。 自然之"情"（尤以悲怨情感为著）是"质"的基本内涵。"文情理通"是其文质观的具体体现。《缪称训》云：

> 申喜闻乞之歌而悲，出而视之，其母也。艾陵之战也，夫差曰："夷声阳，句吴其庶乎？"同是声，而取信焉异，有诸情也。故心哀而歌不乐，心乐而哭不哀。夫子曰："弦则是也，其声非也。"文者，所以接物也；情，系于中而欲发外者也。以文灭情则失情，以情灭文则失文。文情理通，则凤麟极矣，言至德之怀远也。③

所谓"文情理通"，是指文采、音声与情感要协调畅达。 这对于其后的诗歌情感论的发育与流行不无意义。 对文与质，《淮南子》也沿用了《论语》中的"话头"，但又以道家思想济之："锦绣登庙，贵文也；圭璋在前，尚质也。 文不胜质，之谓君子。"④与孔子所说的"质胜文则野，文胜质则史。 文质彬彬，然后君子"稍有不同，《淮南子》尚质而反对华伪："是故神越者其言华，德荡者其行伪。"⑤

《淮南子》一书，较典型地体现了儒学独尊之前汉代前期文艺观的基本风

---

① 〔汉〕刘安编，刘文典集解：《淮南鸿烈集解》卷十九《修务训》，中华书局 2013 年版，第 657 页。

② 〔汉〕刘安编，刘文典集解：《淮南鸿烈集解》卷十一《齐俗训》，中华书局 2013 年版，第 354 页。

③ 〔汉〕刘安编，刘文典集解：《淮南鸿烈集解》卷十《缪称训》，中华书局 2013 年版，第 329 页。

④ 〔汉〕刘安编，刘文典集解：《淮南鸿烈集解》卷十《缪称训》，中华书局 2013 年版，第 323 页。

⑤ 〔汉〕刘安编，刘文典集解：《淮南鸿烈集解》卷二《俶真训》，中华书局 2013 年版，第 60 页。

貌。 在这部综合性的思想著作中，论述音乐的内容多于文学，也从一个侧面体现了音乐是当时更易于接受且影响更大的艺术形式。 但诗乐有一体共存的历史渊源，因此，《淮南子》中论乐的内容亦可作为研究其文学观念的素材。 刘安所著的《离骚传》已失传，虽班固《离骚序》中有征引，但内容与司马迁《史记》中所载有别，姑在司马迁一节中论及。

第三节　司马迁

司马迁（约前145—前90?），字子长，左冯翊夏阳（今陕西韩城）人。 西汉史学巨匠、文学家。 司马迁承其父司马谈之业，任太史令，以名山事业为志。 在《太史公自序》中说："以拾遗补艺，成一家之言，厥协《六经》异传，整齐百家杂语，藏之名山，副在京师，俟后世圣人君子。"[①]后因李陵事件被处宫刑，身心受到了极大的摧残。 但为了未竟的事业，隐忍苟活，引古代圣哲志士为精神依凭，发愤著书，其《太史公自序》云：

> 夫《诗》《书》隐约者，欲遂其志之思也。昔西伯拘羑里，演《周易》；孔子厄陈、蔡，作《春秋》；屈原放逐，著《离骚》；左丘失明，厥有《国语》；孙子膑脚，而论兵法；不韦迁蜀，世传《吕览》；韩非囚秦，《说难》《孤愤》；《诗三百篇》，大抵贤圣发愤之所为作也。此人皆意有所郁结，不得通其道也，故述往事，思来者。于是卒述陶唐以来，至于麟止，自黄帝始。[②]

虽然其中的记述尚有不核之处，且司马迁所列也大多为非文学性作品，作者的发愤也仅是主观情感中的一种。 但司马迁所述对后世文论具有显著的影响，意义有二：其一，作品是受作家主观情感的影响而产生的，这与《毛诗序》"情动于中而形于言"具有异曲同工之处。 其二，痛苦的人生经历可以激励作者的志向，坚定其创作的决心。 司马迁的"发愤著书"受到了后世文论家的认同，

---

① 〔汉〕司马迁撰，〔南朝宋〕裴骃集解，〔唐〕司马贞索引，张守节正义：《史记》卷一百三十《太史公自序》，中华书局1982年版，第3319—3320页。

② 〔汉〕司马迁撰，〔南朝宋〕裴骃集解，〔唐〕司马贞索引，张守节正义：《史记》卷一百三十《太史公自序》，中华书局1982年版，第3300页。

所谓"悲愤出诗人""不平则鸣""穷而后工"等都明显受"发愤著书"的影响。

司马迁在文学思想史上的另一个贡献是通过传记品评作家作品。《史记》是一部历史巨著，其创立的纪传体成为中国古代正史文献的基本范式。 司马迁在《史记》中列入了文学家的传记，如《屈原贾生列传》《司马相如列传》等，首开后世正史文苑传的先河。 在这些传记中，司马迁以史家独有的"不虚美，不隐恶"的"实录"精神，树立了史家文学批评的典范。 其中颇能体现其文学旨趣的主要在于对屈原和司马相如的评价。

在《屈原贾生列传》中，司马迁依据屈原的人品、文品对《离骚》进行了评价，体现了知人论世的原则：

> 屈平之作《离骚》，盖自怨生也。《国风》好色而不淫，《小雅》怨诽而不乱。若《离骚》者，可谓兼之矣。上称帝喾，下道齐桓，中述汤武，以刺世事。明道德之广崇，治乱之条贯，靡不毕见。其文约，其辞微，其志洁，其行廉，其称文小而其指极大，举类迩而见义远。其志洁，故其称物芳。其行廉，故死而不容。自疏濯淖污泥之中，蝉蜕于浊秽，以浮游尘埃之外，不获世之滋垢，皭然泥而不滓者也。推此志也，虽与日月争光可也。[①]

司马迁对屈原评价极高，虽然《离骚》兼《国风》《小雅》之胜的极评并非始于司马迁，而是出自刘安。 但司马迁所述的内容多于班固《离骚序》中所引，且见录于《屈原贾生列传》而未标刘安之名，显然已成为司马迁自己的认识，因此，我们径可视其为司马迁本人对《离骚》的评价。 从这段文字中可以窥见司马迁品鉴作品的基本要素。 内容："上称帝喾，下道齐桓，中述汤武，以刺世事。 明道德之广崇，治乱之条贯，靡不毕见。"既有讽谏，亦有赋陈。 形式："其文约，其辞微。""其称文小而其指极大，举类迩而见义远。"或象征，或寄托。 文约而义丰，宛曲隐微。 方法："其志洁，故其称物芳。 其行廉，故死而不容。"知人论世，由文而及人。 司马迁对屈原以及《离骚》的褒赞，还在于《离骚》与《史记》相仿佛，都是忧郁悲慨之作："忧愁幽思而作《离骚》"，"信

---

① 〔汉〕司马迁撰，〔南朝宋〕裴骃集解，〔唐〕司马贞索引，张守节正义：《史记》卷八十四《屈原贾生列传》，中华书局1982年版，第2482页。

而见疑，忠而被谤，能无怨乎？ 屈平之作《离骚》，盖自怨生也"①。 撰其传而寄己意。"发愤著书"，既是司马迁的自评，也是品鉴屈原与《离骚》时隐然存在的心理背景。

对于司马相如的赋作，时人的评价颇多异致，司马迁在《司马相如列传》用大量的篇幅载录了《天子游猎赋》(《文选》分题为《上林赋》《子虚赋》)全文，以体现作品的风格，指出了"无是公言天子上林广大，山谷水泉万物，及子虚言楚云梦所有甚众，侈靡过其实"的不足以及"其卒章归之于节俭，因以风谏"②的旨趣。 同时，司马迁在《列传》中还依据史实或在引述他人异见的基础上，抒以己见，"成一家之言"。 对于司马相如，司马迁有这样的总体评述：

> 太史公曰：《春秋》推见至隐，《易》本隐之以显，《大雅》言王公大人而德逮黎庶，《小雅》讥小己之得失，其流及上。 所以言虽外殊，其合德一也。 相如虽多虚辞滥说，然其要归引之节俭，此与《诗》之风谏何异。③

对于司马相如的赋作，司马迁既肯定了"与《诗》之风谏何异"的价值，也指出了其"多虚辞滥说"的不足，显示了史家文论征实持正的特征。 同样，对司马相如"多虚辞滥说"的批评，也体现了史家司马迁对文学特征的认识不足。

第四节　扬　雄

扬雄（前53—18），字子云，蜀郡成都（今四川成都）人。 西汉末年的文学家、哲学家和语言学家。 扬雄少而好学，"博览无所不见"。 扬雄的儒家思想色彩甚浓，自谓"非圣哲之书不好也"④，深受古人的影响也体现在其著述中。 扬

① 〔汉〕司马迁撰，〔南朝宋〕裴骃集解，〔唐〕司马贞索引，张守节正义：《史记》卷八十四《屈原贾生列传》，中华书局1982年版，第2482页。

② 〔汉〕司马迁撰，〔南朝宋〕裴骃集解，〔唐〕司马贞索引，张守节正义：《史记》卷一百一十七《司马相如列传》，中华书局1982年版，第3043、3002页。

③ 〔汉〕司马迁撰，〔南朝宋〕裴骃集解，〔唐〕司马贞索引，张守节正义：《史记》卷一百一十七《司马相如列传》，中华书局1982年版，第3073页。

④ 〔汉〕班固撰，〔唐〕颜师古注：《汉书》卷八十七《扬雄传》，中华书局1962年版，第3514页。

雄模拟《周易》而作《太玄》，模拟《论语》而作《法言》。 语言学著述有《方言》等。

扬雄的文学观念主要体现在《法言》之中。 对于其创作缘起，其自序云：

> 雄见诸子各以其知舛驰，大氐诋訾圣人，即为怪迂，析辩诡辞，以挠世事。虽小辩，终破大道而惑众，使溺于所闻而不自知其非也。及太史公记六国，历楚汉，讫麟止，不与圣人同，是非颇谬于经。故人时有问雄者，常用法应之，撰以为十三卷，象《论语》，号曰《法言》。①

可见，《法言》乃力辩诸子、尊奉孔子的著作，其文学观念亦具传统儒学的特色。 同时，扬雄又能兼融儒道，超越于儒学，提出了颇多新见。

首先，明道、征圣、宗经的取向。 扬雄"窃自比于孟子"，承荀子关于明道、征圣、宗经的思想，而着意于三者的一体性。 就明道与宗经的关系言："舍五经而济乎道者，末矣。"就征圣与宗经的关系言："在则人，亡则书，其统一也。"②后世征圣都是孔子亡故之后，"亡则书"，即求诸经典是征圣的唯一途径。 三者的归趣在于宗经，宗经是以尊经为前提的，为此，扬雄有一系列关于经的特征的描述：

经是善辩的：

> 或问，五经有辩乎？ 曰："惟五经为辩。说天者莫辩乎《易》，说事者莫辩乎《书》，说体者莫辩乎《礼》，说志者莫辩乎《诗》，说理者莫辩乎《春秋》。舍斯，辩亦小矣。"③

经是言而有文的：

---

① ［汉］班固撰，［唐］颜师古注：《汉书》卷八十七《扬雄传》，中华书局 1962 年版，第 3580 页。

② ［汉］扬雄著，汪荣宝注疏：《法言义疏·吾子》，中华书局 1987 年版，第 81、67、82 页。

③ ［汉］扬雄著，汪荣宝注疏：《法言义疏·寡见》，中华书局 1987 年版，第 215 页。

或曰:"良玉不雕,美言不文,何谓也?"曰:"玉不雕,璞璠不作器;言不文,典谟不作经。"①

经是符称事理的:

　　或问:"君子尚辞乎?"曰:"君子事之为尚。事胜辞则伉,辞胜事则赋,事、辞称则经。"②

　　这显示了扬雄以儒家为本的文学观。扬雄崇儒而不胶执。他虽批判诸子,但又对诸子有所汲取。如,在《法言·问道》中有这样的对话:"或曰:'庄周有取乎?'曰:'少欲。'邹衍有取乎? 曰:'自持。'"③同样,对于儒家经典,他也不墨守,而是讲求通变,因时损益:

　　或曰:"经可损益与?"曰:"《易》始八卦,而文王六十四,其益可知也。《诗》《书》《礼》《春秋》,或因或作,而成于仲尼,其益可知也。故夫道非天然,应时而造者,损益可知也。"④

　　"经"可损益,"道"也可损益,且必须损益。这是因为扬雄所谓"道",并非先天固有,而是随着人对事物认识的变化,"应时而造"的。扬雄摒除了"道"所具有的神秘色彩,"道"是因乎自然之化、通达灵活的存在。他还说:"道也者,通也,无不通也。"⑤在这样的天道观影响下的文论必然带有自然论的色彩,他所谓"鸿文无范"(《太玄·文》)便体现了这一特色。同时,这又与征圣的取向并不矛盾,因为在扬雄看来,不但"圣人固多变"⑥,而且"圣人之辞,浑浑若川,顺则便,逆则否者,其惟川乎"⑦? 又说:"圣人之言,似于水

①　[汉]扬雄著,汪荣宝注疏:《法言义疏·寡见》,中华书局1987年版,第221页。
②　[汉]扬雄著,汪荣宝注疏:《法言义疏·吾子》,中华书局1987年版,第60页。
③　[汉]扬雄著,汪荣宝注疏:《法言义疏·问道》,中华书局1987年版,第134页。
④　[汉]扬雄著,汪荣宝注疏:《法言义疏·问神》,中华书局1987年版,第144页。
⑤　[汉]扬雄著,汪荣宝注疏:《法言义疏·问道》,中华书局1987年版,第109页。
⑥　[汉]扬雄著,汪荣宝注疏:《法言义疏·君子》,中华书局1987年版,第509页。
⑦　[汉]扬雄著,汪荣宝注疏:《法言义疏·问神》,中华书局1987年版,第163页。

火，……水测之而益深，穷之而益远；火用之而弥明，宿之而弥壮。"①扬雄将圣人之言喻为水火，而水火之质又是恍惚变化，了无定质的。可见，扬雄的明道、征圣、宗经，既有执守儒家传统的一面，也有通变自然的一面。如，他反对过分雕琢，主张自然为文，《吾子》中有这样的对话："或曰：'女有色，书亦有色乎？'曰：'有。女恶华丹之乱窈窕也，书恶淫辞之湄法度也。'"②又说："雕截之文，徒费日也。"③宗经而尚自然，这与当时文坛浮丽之风盛行不无关系。

其次，关于辞赋和屈原的评论。扬雄早年雅好辞赋，服膺司马相如弘丽温雅的赋作，乃至"每作赋，常拟之为式"（《汉书·扬雄传》），被汉成帝召为文学侍从时，曾作《甘泉》《河东》《羽猎》《长杨》四赋，虽然表达了讽谏之意，但委婉含蓄，讽谏效果不显。因此，扬雄对辞赋的作用渐而成疑，《汉书·扬雄传》载：

> 雄以为赋者，将以风也，必推类而言，极丽靡之辞，闳侈钜衍，竞于使人不能加也，既乃归之于正，然览者已过矣。往时武帝好神仙，相如上《大人赋》，欲以风，帝反缥缥有陵云之志。由是言之，赋劝而不止，明矣。又颇似俳优淳于髡、优孟之徒，非法度所存，贤人君子诗赋之正也，于是辍不复为。④

在《法言》中，扬雄对赋作的态度发生了重大变化：

> 或问："吾子少而好赋？"曰："然。童子雕虫篆刻。"俄而，曰："壮夫不为也。"或曰："赋可以讽乎？"曰："讽乎？讽则已，不已，吾恐不免于劝也。"或曰："雾穀之组丽。"曰："女工之蠹矣。"⑤

---

① 〔汉〕扬雄著，汪荣宝注疏：《法言义疏·问道》，中华书局 1987 年版，第 117 页。

② 〔汉〕扬雄著，汪荣宝注疏：《法言义疏·吾子》，中华书局 1987 年版，第 57 页。

③ 〔汉〕扬雄著，郑万耕注疏：《太玄校释》，中华书局 2014 年版，第 140 页。

④ 〔汉〕班固撰，〔唐〕颜师古注：《汉书》卷八十七《扬雄传》，中华书局 1962 年版，第 3575 页。

⑤ 〔汉〕扬雄著，汪荣宝注疏：《法言义疏·吾子》，中华书局 1987 年版，第 45 页。

扬雄认为赋的写作动机与实际效果相悖离，遂而鄙夷，视其为"壮夫不为"之作，因此，对司马相如的评价也发生了变化，谓其赋"文丽用寡"（《法言·君子》）。当然，扬雄似乎又并不一概排斥赋，《法言·吾子》载：

> 或问："景差、唐勒、宋玉、枚乘之赋也益乎？"曰："必也淫。""淫，则奈何？"曰："诗人之赋丽以则，辞人之赋丽以淫。如孔氏之门用赋也，则贾谊升堂，相如入室矣，如其不用何？①"

扬雄将赋分为两类：一是诗人之赋，一是辞人之赋。《史记·屈原列传》载："楚有宋玉、唐勒、景差之徒者，皆好辞而以赋见称。"②扬雄认为，他们的赋作都是"丽以淫"之作，亦即都属于"辞人之赋"。何谓"淫"？《诗·关雎序》孔颖达疏云："淫者，过也。过其度量，谓之为淫。"③可见，扬雄所谓"淫"指的是赋作的夸张细腻、宏大铺衍的艺术描写，超越了讽谏这个度。如此看来，作为文学体裁的赋，几乎都属于"辞人之赋"。何谓"诗人之赋"，汪荣宝《法言义疏》云："诗人之赋，谓六义之一之赋，即诗也。"④所言甚是，这从扬雄谓孔氏之门不用赋作得到了证明。而《诗》经孔子删定，乃当时的共识，因此，作为"六义"之"赋"，当与"孔门"不悖。而作为"六义"之赋，根据郑玄等人的理解，当是《诗》中直陈其事的表现手法，与其后的赋作迥然有异。如此看来，扬雄肯定的仅是作为直陈其事表现手法的赋，而对于辞赋这一文体则是一概否定了。对于扬雄的这一立场，有论者认为失之偏颇，有摒斥艺文之嫌。其实扬雄对于赋具有的"丽"，亦即铺陈描写的艺术手法是肯定的，他对赋褒贬的标准是"淫"还是"则"。换言之，从接受的角度言，关键在于能否体会出讽喻谲谏之意，如果以"极靡丽之辞"，使读者"缥缥有凌云之志"，致使

---

① ［汉］扬雄著，汪荣宝注疏：《法言义疏·吾子》，中华书局 1987 年版，第 49 页。

② ［汉］司马迁撰，［南朝宋］裴骃集解，［唐］司马贞索引，张守节正义：《史记》卷八十四《屈原贾生列传》，中华书局 1982 年版，第 2491 页。

③ ［汉］毛亨传，郑玄笺，［唐］孔颖达疏：《毛诗正义》，北京大学出版社 1999 年版，第 21 页。

④ ［汉］扬雄著，汪荣宝注疏：《法言义疏·吾子》，中华书局 1987 年版，第 50 页。

"劝而不止"①，便是"淫"。 相反，对于"丽以则"，虽词采华丽，但铺陈夸饰而有度，则是持肯定的态度。 由此可见，扬雄评价赋作的最终标准在于作品的功能效益。 文以致用，这是扬雄文论的又一显著特点。

扬雄将"辞人之赋"的时间起点定于"宋玉、唐勒、景差"之后，显然，屈原不在"辞人"之列。 但《离骚》又是辞赋之祖，显然有别于"六义"之赋。引起这一矛盾的根本原因在于扬雄认为《离骚》是传承《诗》之精神的作品。其实，这并非扬雄一人之见，刘安在《离骚传》中认为《离骚》兼得《国风》《小雅》之长，其后刘勰在《文心雕龙·辨骚》中说："扬雄讽味，亦言体同诗雅。"②其意正与扬雄同。 没有了"辞人之赋"的羁束，扬雄对屈原的评鉴更显从容。 他对屈原的遭际十分同情，对作品甚为仰慕，对此，《汉书·扬雄传》载：

> 又怪屈原文过相如，至不容，作《离骚》，自投江而死，悲其文，读之未尝不流涕也。以为君子得时则大行，不得时则龙蛇，遇不遇命也，何必湛身哉？乃作书，往往摭《离骚》文而反之，自岷山投诸江流以吊屈原，名曰《反离骚》；又旁《离骚》作重一篇，名曰《广骚》；又旁《惜诵》至《怀沙》一卷，名曰《畔牢愁》。③

扬雄拟屈原与拟司马相如有所不同：拟相如但最终弃之，因其"丽以淫"；对屈原则不同，其晚年所作的《法言》曾对屈原与司马相如进行比较：

> 或问：屈原、相如之赋孰愈？曰：原也过以浮，如也过以虚。过浮者蹈

---

① 〔汉〕班固撰，〔唐〕颜师古注：《汉书》卷八十七《扬雄传》，中华书局 1962 年版，第 3575 页。

② 〔南朝梁〕刘勰著，范文澜注：《文心雕龙注》卷一《辨骚第五》，人民文学出版社 1958 年版，第 46 页。

③ 〔汉〕班固，〔唐〕颜师古注：《汉书》卷八十七《扬雄传》，中华书局 1962 年版，第 3515 页。

云天,过虚者华无根。然原上援稽古,下引鸟兽,其著意子云,长卿亮不可及。①

在扬雄看来,司马相如赋作空洞浮泛,如无根之花。屈原的作品能够"上援稽古,下引鸟兽",内容与意蕴都比较明晰,为司马相如所不及。当然,扬雄认为屈原也有如同"蹈云天"的"过以浮"之不足。显然,这是指屈赋浪漫奇诡的色彩。扬雄为文务求致用,对屈原的评价也未必允洽,但这并不影响他对屈原的赞叹:"或问:'屈原智乎?'曰:'如玉如莹,爰变丹青。如其智!如其智!'"(《法言·吾子》)汪荣宝《法言义疏》释之为:"'如玉如莹,爰变丹青',即泥而不滓,可与日月争光之义。再言'如其智'者,谓谁如屈原之智。"②可见,扬雄对屈原其人其文都是肯定的。

除此,扬雄对文学的一些基本问题亦有论及,如,扬雄一般不直接以传统的文质概念论文,而往往代之以两种方式表现。一是以形象的比喻,如,他说:"圣人虎别,其文炳也。君子豹别,其文蔚也。辩人狸别,其文萃也。"③(《法言·吾子》)二是以华实、事辞等范畴代之。如,他说:"实无华则野,华无实则贾,华实副则礼。"④又云:"君子事之为尚。事胜辞则伉,辞胜事则赋,事、辞称则经。"⑤以华实、事辞相符称,将传统的文质关系以更加具体的体现文学审美特征的范畴以代之,既体现了其承祧原始儒家文质观的取向,以及西汉儒学独尊时文坛出现的新变化,也是文学理论更加深入具体的表现。对于心为本体的文学观,云:"故言,心声也;书,心画也。声画形,君子小人见矣。声画者,君子小人之所以动情乎?"⑥对于诗乐为心声,前人亦有相似的论述,《礼记·乐记》云:"情动于中,故形于声。"《诗·关雎序》:"情动于中而形于言。"而扬雄的论述更加细密深入。一方面,他分别言与书,从心声、心画两方面论之。汪

---

① 〔汉〕扬雄著,汪荣宝注疏:《法言义疏·法言逸文》,中华书局1987年版,第606页。

② 〔汉〕扬雄著,汪荣宝注疏:《法言义疏·吾子》,中华书局1987年版,第58页。

③ 〔汉〕扬雄著,汪荣宝注疏:《法言义疏·吾子》,中华书局1987年版,第72页。

④ 〔汉〕扬雄著,汪荣宝注疏:《法言义疏·修身》,中华书局1987年版,第97页。

⑤ 〔汉〕扬雄著,汪荣宝注疏:《法言义疏·吾子》,中华书局1987年版,第60页。

⑥ 〔汉〕扬雄著,汪荣宝注疏:《法言义疏·问神》,中华书局1987年版,第160页。

荣宝注云："声发成言，画纸成书。 书有文质，言有史野。"①细化了文学创作及流布的过程，客观上分别了口传文学与见诸文本的文学作品。 另一方面，从创作与接受两方面论述了发言于心、动情于人的关系。 情是作者、作品与接受者之间联系的纽带。 扬雄从传播、接受的角度对文学规律的认识，颇具新意。

第五节　班固与王逸

班固（32—92）字孟坚，扶风安陵（今陕西咸阳）人。 东汉史学家、文学家。 著有《汉书》以及诗赋等文章，后人辑为《班兰台集》。 还参加白虎观会议，记录整理成《白虎通义》。 班固在其著述中体现了汉代儒家文学思想的一些特征。

首先，《汉书·艺文志》中的文学观念。《汉书·艺文志》是班固在刘向《别录》、刘歆《七略》的基础上"删其要"而完成的，其中融摄了刘向、刘歆父子以及班固等多人的思想。《汉书·艺文志》专列《诗赋略》，将诗赋从其他著作中别出。 对辞赋的重视，显示了文学地位的提高。 此前《诗经》被列为学官则是因其作为儒家经典，经学家解《诗》的目的也是为了说明圣王教化之功。《汉书·艺文志》之《诗赋略》中虽然也列有歌诗二十八家，但此之"歌诗"不是《诗经》之诗，而是纯粹文学意义的诗。 如《高祖歌诗》、《汉兴以来兵所诛灭歌诗》十四篇、《李夫人及幸贵人歌诗》三篇、《诏赐中山靖王子哈及孺子妾冰未央材人歌诗》四篇、《左冯翊秦歌》诗三篇、《京兆尹秦歌诗》五篇等。 而《诗经》类则在《六艺略》之中，共录有《诗》六家，四百一十六卷。 对于《诗赋略》中的民间歌谣有精到的论述："自孝武立乐府而采歌谣，于是有代赵之讴，秦楚之风，皆感于哀乐，缘事而发。"②这与《艺文志》中论《诗经》基本固守传统之说显然要通脱近实得多，着重论及了其抒情（"感于哀乐"）和叙事（"缘事而发"）两方面的功能，拓展了人们对诗歌功能的认识，了无牵合附会的解《诗》之风。 这是在《诗》被尊为经典之后，学人们对诗歌本身难得的一次不受

---

① 〔汉〕扬雄著，汪荣宝注疏：《法言义疏·问神》，中华书局 1987 年版，第 160 页。
② 〔汉〕班固撰，〔唐〕颜师古注：《汉书》卷三十，中华书局 1962 年版，第 1756 页。

经典光芒笼罩的自由评说。当然，对于《诗》，《艺文志》也有论及，主要简述了《诗》在汉代流播的概貌：

> 《书》曰："诗言志，歌咏言。"故哀乐之心感，而歌咏之声发。诵其言谓之诗，咏其声谓之歌。故古有采诗之官，王者所以观风俗，知得失，自考正也。孔子纯取周诗，上采殷，下取鲁，凡三百五篇，遭秦而全者，以其讽诵，不独在竹帛故也。汉兴，鲁申公为《诗》训故，而齐辕固、燕韩生皆为之传。或取《春秋》，采杂说，咸非其本义。与不得已，鲁最为近之。三家皆列于学官。又有毛公之学，自谓子夏所传，而河间献王好之，未得立。①

对于诗的特征，《艺文志》继承了"诗言志"的传统，并且强调了诗歌"观风俗，知得失，自考正"的社会功能。

《艺文志》还凸显了辞赋在汉代独特的地位。《诗赋略》著录诗赋百六家，千三百一十八篇。分为五类，一类为歌诗，而赋分为四类：屈原赋、陆贾赋、孙卿赋、杂赋。从《汉书·艺文志》可以看出，赋是汉代的主要文学样式。同时，也体现了当时艺术分类更加明晰。与此前诗乐互融不同，《汉书·艺文志》将歌诗与辞赋的分列体现了文学与音乐舞蹈等艺术形式的分野，其《诗赋略序》载："传曰：'不歌而诵谓之赋，登高能赋可以为大夫。'"②当然，将诗赋别出，应该主要体现了刘歆的思想。《艺文志序》有这样的记载：

> ……（刘）会向卒，哀帝复使向子侍中奉车都尉歆卒父业。歆于是总群书而奏其《七略》，故有《辑略》，有《六艺略》，有《诸子略》，有《诗赋略》，有《兵书略》，有《术数略》，有《方技略》。③

---

① 〔汉〕班固撰，〔唐〕颜师古注：《汉书》卷三十，中华书局 1962 年版，第 1708 页。

② 〔汉〕班固撰，〔唐〕颜师古注：《汉书》卷三十，中华书局 1962 年版，第 1755 页。

③ 〔汉〕班固撰，〔唐〕颜师古注：《汉书》卷三十，中华书局 1962 年版，第 1701 页。

序文还简述了辞赋的发展概况：

> 　　春秋之后，周道寖坏，聘问歌咏不行于列国，学《诗》之士逸在布衣，而贤人失志之赋作矣。大儒孙卿及楚臣屈原离谗忧国，皆作赋以风，咸有恻隐古诗之义。其后宋玉、唐勒，汉兴枚乘、司马相如，下及扬子云，竞为侈丽闳衍之词，没其风谕之义。是以扬子悔之，曰："诗人之赋丽以则，辞人之赋丽以淫。如孔氏之门人用赋也，则贾谊登堂，相如入室矣，如其不用何！"自孝武立乐府而采歌谣，于是有代赵之讴，秦楚之风，皆感于哀乐，缘事而发，亦可以观风俗，知薄厚云。①

对于赋，班固强调讽喻之旨。褒孙卿、屈原，而贬宋玉以下赋家，观点与扬雄基本一致。对于乐府诗"观风俗，知薄厚"的功能亦予以肯定。

除此，在诸子部，《艺文志》列有小说十五家，千三百八十篇。其序曰：

> 　　小说家者流，盖出于稗官。街谈巷语，道听途说者之所造也。孔子曰："虽小道，必可观者焉，致远恐泥，是以君子弗为也。"然亦弗灭也。闾里小知者之所及，亦使缀而不忘。如或一言可采，此亦刍荛狂夫之议也。②

所列的小说家著作今已不存，内容亦不得其详，但据班固的注文可略窥其中一二。有些显然不是后世小说的内容，如："《周考》七十六篇，考周事也。""《宋子》十八篇，孙卿道宋子，其言黄老意。"等等。但有些作品可能具有虚构的成分，如："《黄帝说》四十篇，迂诞依托。"③就语言风格而言，可能文艺色彩较浓。班固谓其"语言浅薄"，"君子弗为"，虽含轻贱之意，但也透露出了

---

　　①　〔汉〕班固撰，〔唐〕颜师古注：《汉书》卷三十，中华书局 1962 年版，第 1756 页。

　　②　〔汉〕班固撰，〔唐〕颜师古注：《汉书》卷三十，中华书局 1962 年版，第 1745 页。

　　③　〔汉〕班固撰，〔唐〕颜师古注：《汉书》卷三十，中华书局 1962 年版，第 1744 页。

这些著作的风格特征。从这个意义上说，这些小说家言，或可视为古代小说的滥觞。刘向将其录于《七略》，显然没有忽视这类作品的存在。班固带有贬意的注文，显示了其对小说类作品的看法。《汉书·艺文志》史家论文的特点十分明显，其中多考述何人何时所作，以及是否为"依托"而成。基于史家的征实立场，"其语浅薄""迂诞依托"等诸种评论也就不足为怪了。

其次，对屈原和《离骚》的评价。班固对屈原和《离骚》的评价与刘安、司马迁等人都有所不同，受扬雄的一些影响而贬意更浓。班固曾作《离骚经章句》，已亡佚。现仅存《离骚序》和《离骚赞序》。

班固认为刘安对《离骚》的评价"似过其真"（《离骚序》）。对于《离骚》中奇幻瑰丽的描写亦有不满，认为其"多称昆仑、冥婚、宓妃虚无之语，皆非法度之政、经义所载"（《离骚序》）。班固以史家的立场评赋，对文学作品的虚构特色，浪漫奇幻的风格缺乏理解，品评失之偏颇。但对于《离骚》弘博丽雅的文风则予以肯定与推赞：

> 然其文弘博丽雅，为辞赋宗，后世莫不斟酌其英华，则象其从容。自宋玉、唐勒、景差之徒，汉兴，枚乘、司马相如、刘向、扬雄，骋极文辞，好而悲之，自谓不能及也。虽非明智之器，可谓妙才者也。[1]

但是，班固对屈原与浊势相抗，最终愤而投江的行为表达了不满，其避世宿命的人生态度与屈原迥然不同。《离骚序》云：

> 且君子道穷，命矣。故潜龙不见是而无闷。《关雎》哀周道而不伤，蘧瑗持可怀之智，宁武保如愚之性，咸以全命避害，不受世患。故大雅曰："既明且哲，以保其身。"斯为贵矣。今若屈原，露才扬己，竞乎危国群小之间，以离谗贼。然责数怀王，怨恶椒、兰，愁神苦思，强非其人，忿怼不容，沈江而死，亦贬絜狂狷景行之士。[2]

---

① ［清］严可均编：《全上古三代秦汉三国六朝文》，《全后汉文》卷二十五，中华书局1958年版，第611页。

② ［清］严可均编：《全上古三代秦汉三国六朝文》，《全后汉文》卷二十五，中华书局1958年版，第1221页。

班固对屈原高洁不屈的人生态度不能理解，避世与抗争，忧国与保身，忿怼与俯应，种种人生态度与志向的差异，影响了班固对屈原的公允评价。或许，对屈原的品评与班固所受的政治压力有关。班固曾因私修国史而下狱，其后虽然《汉书》得到了朝廷的认可，但汉明帝仍然干预。在这种恐惧心态的驱使之下，对屈原"责数怀王"的指责便不难理解。而"全命避害"，则可视为对屈原之惋叹。这样，班固另一些对屈原的侧面评价或许更能体现其对屈原的真实态度，如《冯奉世传赞》中云："谗邪交乱，贞良被害，自古而然。故伯奇放流，孟子宫刑，申生雉经，屈原赴湘，《小弁》之诗作，《离骚》之辞兴。"①《奏记东平王苍》中说："昔卞和献宝，以离断趾；灵均纳忠，终于沈身。而和氏之璧，千载垂光；屈子之篇，万世归善。"②等等。

班固对司马迁的评价基本墨守其父班彪之评（见《后汉书·班彪列传》），《汉书·司马迁列传赞》云：

> 故司马迁据《左氏》《国语》，采《世本》《战国策》，述《楚汉春秋》，接其后事，讫于大汉。其言秦汉，详矣。至于采经摭传，分散数家之事，甚多疏略，或有抵梧。亦其涉猎者广博，贯穿经传，驰骋古今，上下数千载间，斯以勤矣。又其是非颇缪于圣人，论大道则先黄老而后六经，序游侠则退处士而进奸雄，述货殖则崇势利而羞贱贫，此其所蔽也。然自刘向、扬雄博极群书，皆称迁有良史之材，服其善序事理，辨而不华，质而不俚，其文直，其事核，不虚美，不隐恶，故谓之实录。乌呼！以迁之博物洽闻，而不能以知自全，既陷极刑，幽而发愤，书亦信矣。迹其所以自伤悼，《小雅·巷伯》之伦。夫唯《大雅》"既明且哲，能保其身"，难矣哉！③

与评骘屈原的背景相仿佛，班固论司马迁同样受到了汉明帝视《史记·秦始

① ［汉］班固撰，［唐］颜师古注：《汉书》卷七十九，中华书局 1962 年版，第 3308 页。

② ［清］严可均编：《全上古三代秦汉三国六朝文》，《全后汉文》卷二十五，中华书局 1958 年版，第 1217 页。

③ ［汉］班固撰，［唐］颜师古注：《汉书》卷六十二《司马迁传》，中华书局 1962 年版，第 2737—2738 页。

皇本纪》为"微文剌讥，贬损当世，非谊士也"的政治压力，因此，班固对司马迁的评价，一依正统为是。 他虽然称引了刘向、扬雄对司马迁的赞辞，肯定了《史记》的实录精神，称赞其涉猎广博、贯穿经传、驰骋古今的学殖，但是，又对《史记》提出了诸多批评，其中"采经摭传，分散数家之事，甚多疏略，或有抵梧"，似指史料方面的不足，但因其并未细述，故而我们无从评析其是否允洽。 而班氏父子对司马迁大加挞伐的重点是所谓"是非颇缪于圣人"，以及"论大道""序游侠""述货殖"等方面。 班氏父子所评显然有失公允。 司马迁不胶执于儒家立场，《货殖列传》《游侠列传》中体现出的许多进步观点，正是司马迁超迈于时代的卓荦之见。"是非颇缪于圣人"，正是史学家司马迁理论勇气的体现，"先黄老而后六经"恰恰反映了汉代统治思想变迁的真实面貌。 由此看来，"所蔽"者正是班氏父子本人。 班氏父子的责难，从一个侧面体现了当时儒家思想独盛的状况。 从这个意义上看，班固父子评史论文之失，乃时代使其然。

王逸（生卒年不详），字叔师，南郡宜城（今属湖北）人。 东汉文学家，顺帝时官至侍中，所著《楚辞章句》是现存最早的《楚辞》注本。 明人张溥辑有《王叔师集》一卷。

王逸的文学思想主要体现在对屈原的评价方面。 其《楚辞章句序》云：

> 昔者孔子睿圣明哲，天生不群，定经术，删《诗》、《书》，正礼乐，制作《春秋》，以为后王法。门人三千，罔不昭达。临终之日，则大义乖而微言绝。其后周室衰微，战国并争，道德陵迟，谲诈萌生。于是杨、墨、邹、孟、孙、韩之徒，各以所知著造传记，或以述古，或以明世。而屈原履忠被谮，忧悲愁思，独依诗人之义而作《离骚》，上以讽谏，下以自慰。遭时阉乱，不见省纳，不胜愤懑，遂复作《九歌》以下凡二十五篇。楚人高其行义，玮其文采，以相教传。①

在王逸看来，屈原的作品，是承祧了孔子的儒学传统，以及《诗经》的文脉。 将屈赋与儒家经典相联系，足以显示其对屈赋的推尊，也是第一次将《诗经》之外的纯文学作品推尊至如此的地位。

---

① 　［宋］洪兴祖：《楚辞补注》，中华书局 1983 年版，第 47、48 页。

王逸还对受班固批评的刘安《离骚传》予以高度评价："至于孝武帝，恢廓道训，使淮南王安作《离骚经章句》，则大义粲然。后世雄俊，莫不瞻慕，舒肆妙虑，缵述其词。"①王逸针对班固对屈原的指责，进行了有力的驳斥：

> 且人臣之义，以忠正为高，以伏节为贤。故有危言以存国，杀身以成仁。是以伍子胥不恨于浮江，比干不悔于剖心，然后忠立而行成，荣显而名著。若夫怀道以迷国，详愚而不言，颠则不能扶，危则不能安，婉娩以顺上，逡巡以避患，虽保黄耇，终寿百年，盖志士之所耻，愚夫之所贱也。②

王逸认为屈原具有峻洁的人格："膺忠贞之质，体清洁之性，直若砥矢，言若丹表，进不隐其谋、退不顾其命，此诚绝世之行，俊彦之英也。"他还援《诗经》和孔子以驳班固所谓"露才扬己""责数怀王"之说：

> 且诗人怨主刺上，曰："呜呼小子，未知臧否。匪面命之，言提其耳。"风谏之语，于斯为切。然仲尼论之，以为大雅。引此比彼，屈原之词，优游婉顺，宁以其君不智之故，欲提携其耳乎？而论者以为"露才扬己"，"怨刺其上"，"强非其人"，殆失厥中矣。③

针对班固指斥屈赋"皆非法度之政，经义所载"的观点，王逸也进行了驳议：

> 夫《离骚》之文，依托《五经》以立义焉："帝高阳之苗裔"，则"厥初生民，时惟姜嫄"也；"纫秋兰以为佩"则"将翱将翔，佩玉琼琚"也；"夕揽洲之宿莽"，则《易》"潜龙勿用"也；"驷玉虬而乘鹥"，则"时乘六龙以御天"也；"就重华而陈辞"，则《尚书》咎繇之谋谟也；"登昆仑而涉流沙"，则《禹贡》之敷土也。故智弥盛者其言博，才益多者其识远。屈原之词，诚博

---

① 〔宋〕洪兴祖：《楚辞补注》，中华书局1983年版，第48页。
② 〔宋〕洪兴祖：《楚辞补注》，中华书局1983年版，第48页。
③ 〔宋〕洪兴祖：《楚辞补注》，中华书局1983年版，第49页。

远矣。①

王逸驳斥班固，为屈原辩，其基本方法是寻求屈原及其作品与孔圣、儒家经典的逻辑关系，可谓煞费苦心，辩驳有力。 在王逸看来，屈原恍若儒学宗师。在儒学占统治地位的时代，这种牵合附会的方法固然能够理解，但也遮蔽了屈原作品所具有的独特光采。 序文最后还论述了屈原对后世文学的巨大影响：

> 自（屈原）终没以来，名儒博达之士，著造词赋，莫不拟则其仪表，祖式其模范，取其要妙，窃其华藻，所谓金相玉质，百世无匹，名垂罔极，永不刊灭者矣！②

王逸品评文学依经立义的方法，在经学占据统治地位的时代，既提升了文学的地位，又束缚了文学批评的视野，使批评家难以依循文学自身的规律评论作家作品，并反馈于文学。 在其后的漫长的中国历史当中，由于经学作为封建统治合法性的依据，长盛而不衰，文学批评和文学理论的发展也长期匍匐于经学之下。 王逸堪称首开风气。

第六节　王　充

王充（27—约97），字仲任，会稽上虞（今浙江上虞）人，东汉思想家。 著有《讥俗节义》《政务》《论衡》《养性书》等。 传世的唯《论衡》一书。 这是一部论辩性很强的著作。 其犀利的思想锋芒，也将有关文学的关键性问题揭示了出来。

首先，文与质，亦即内容与形式的关系。 王充常设喻以说明，诸如，实核与皮壳、华与实等等。 他说："夫华与实，俱成者也，无华生实，物希有之。 ……文章之人，滋茂汉朝者。"③又说：

---

① 〔宋〕洪兴祖：《楚辞补注》，中华书局1983年版，第49页。
② 〔宋〕洪兴祖：《楚辞补注》，中华书局1983年版，第49页。
③ 〔汉〕王充著，黄晖校释：《论衡校释》卷十三《超奇篇》，中华书局1990年版，第616页。

> 龙鳞有文,于蛇为神;凤羽五色,于鸟为君;虎猛,毛蚡蜦;龟知,背负文。四者体不质,于物为圣贤。且夫山无林,则为土山;地无毛,则为泻土;人无文,则为仆人。土山无麋鹿,泻土无五谷,人无文德,不为圣贤。上天多文而后土多理,二气协和,圣贤禀受,法象本类,故多文彩。①

可见,王充虽然"务实诚",重视内容,但他对形式也十分重视,认为:"人有文,质乃成。""文辞施设,实情敷烈。"②他以自然和人类为喻,说明文与质不可分,不可缺。 他的目的是要克服经学家重质轻文的偏见。 但是,王充对辞赋总体持否定的态度,他说:

> 以敏于赋颂,为弘丽之文为贤乎? 则夫司马长卿、扬子云是也。 文丽而务巨,言眇而趋深,然而不能处定是非,辩然否之实。虽文如锦绣,深如河汉,民不觉知是非之分,无益于弥为崇实之化。③

又说:

> 孝武皇帝好仙,司马长卿献《大人赋》,上乃仙仙有凌云之气。孝成皇帝好广宫室,扬子云上《甘泉颂》,妙称神怪,若曰非人力所能为,鬼神力乃可成。皇帝不觉,为之不止。长卿之赋如言仙无实效;子云之颂,言奢有害,孝武岂有仙仙之气者? 孝成岂有不觉之惑哉?④

王充轻视辞赋是缘于其崇实的思想。 在王充看来,辞赋之"外壳"与其"核实"并不符称,其铺张弘丽之辞,虽欲讽谏而"皇帝不觉",这些辞赋没有

---

① 〔汉〕王充著,黄晖校释:《论衡校释》卷二十八《书解篇》,中华书局 1990 年版,第 1149—1150 页。

② 〔汉〕王充著,黄晖校释:《论衡校释》卷二十八《书解篇》,中华书局 1990 年版,第 1149 页。

③ 〔汉〕王充著,黄晖校释:《论衡校释》卷二十七《定贤篇》,中华书局 1990 年版,第 1117 页。

④ 〔汉〕王充著,黄晖校释:《论衡校释》卷十四《谴告篇》,中华书局 1990 年版,第 641—642 页。

"定是非，辩然否"之效。 王充将它们视为文质不符之作。 但对于可以作为"国之符"的表里符称的鸿文典册，他予以了高度评价："文人之休，国之符也。望丰屋知名家，睹乔木知旧都。 鸿文在国，圣世之验也。"王充推尚的是这样的著作："极笔墨之力，定善恶之实，言行毕载，文以千数，传流于世，成为丹青，故可尊也。"①文质相称，华实相副，实诚与文墨相兼相依，这是王充论文以及品评文学作品的标准。

其次。 重独创，反模拟。 王充主张为文当写真情实感，所谓"精诚由中，故其文语感动人深"②。 作家实诚之情各各不同，时代也在变化，意奋而笔纵之时，风格、意象也各具特色，因此，独创而非模拟，是情见于辞的必然要求，他说：

> 饰貌以强类者失形，调辞以务似者失情。百夫之子，不同父母，殊类而生，不必相似；各以所禀，自为佳好。文必有与合然后称善，是则代匠斲不伤手，然后称工巧也。文士之务，各有所从，或调辞以巧文，或辩伪以实事。必谋虑有合，文辞相袭，是则五帝不异事，三王不殊业也。美色不同面，皆佳于目；悲音不共声，皆快于耳。酒醴异气，饮之皆醉；百谷殊味，食之皆饱。谓文当与前合，是谓舜眉当复八采，禹目当复重瞳。③

王充认为，古圣昔贤的文章之所以能够传世，就在于其是表现独立见解，而不是因袭前人的著述，他说："孔子得《史记》以作《春秋》，及其立义创意，褒贬赏诛，不复因《史记》者，眇思自出于胸中也。"王充的这一思想在区分学人的种类与境界时也得到了体现，他说："故夫能说一经者为儒生，博览古今者为通人，采掇传书以上书奏记者为文人，能精思著文连结篇章者为鸿儒。"④其中

① ［汉］王充著，黄晖校释：《论衡校释》卷二十《佚文篇》，中华书局 1990 年版，第 869 页。

② ［汉］王充著，黄晖校释：《论衡校释》卷十三《超奇篇》，中华书局 1990 年版，第 612 页。

③ ［汉］王充著，黄晖校释：《论衡校释》卷三十《自纪篇》，中华书局 1990 年版，第 1201 页。

④ ［汉］王充著，黄晖校释：《论衡校释》卷十三《超奇篇》，中华书局 1990 年版，第 606、607 页。

最高的境界是鸿儒。 鸿儒远胜儒生、通人、文人：

> 故夫鸿儒，所谓超而又超者也。以超之奇，退与儒生相料，文轩之比
> 于敝车，锦绣之方于缊袍也，其相过，远矣。如与俗人相料，太山之巅壏，
> 长狄之项跖，不足以喻。故夫丘山以土石为体，其有铜铁，山之奇也。铜
> 铁既奇，或出金玉。然鸿儒，世之金玉也，奇而又奇矣。①

王充所谓"鸿儒"，特点是能"精思著文，连结篇章"，与"说一经"的儒
生，"博览古今"的通人，"采掇传书以上书奏记"的文人都不同。 鸿儒最重要的
特点是"精思"，即具有精深的独立的思想，能够"兴论立说"，"眇思自出于胸
中"，且能"连结篇章"，"出膏腴之辞"，著之于文。 说到底，鸿儒是自运之
儒，是具有独创精神，成一家之言的学者，而不是胶执于注疏经典的经师。 他
认为君山（桓谭）为鸿儒之甲，超胜司马迁、扬雄等人，其特征是"笔能著文，
则心能谋论，文由胸中而出，心以文为表。 观见其文，奇伟俶傥，可谓得论
也"②。

王充反对模拟还在于时代在变迁，文亦当随之而变，作品空洞无物，模拟因
袭的重要原因是尊古卑今。 他批评道："夫知古不知今，谓之陆沉，然则儒生，
所谓陆沉者也。"③又说："汉有实事，儒者不称；古有虚美，诚心然之。 信久远
之伪，忽近今之实，斯盖三增、九虚所以成也。"④可见，王充所"疾"，也包括
古之"虚妄"。 他品评文人以才之深浅为标准，品鉴作品则以文之真伪为的，而
不以古今为绳尺，他说：

> 盖才有浅深，无有古今；文有伪真，无有故新。广陵陈子回、颜方，今

---

① ［汉］王充著，黄晖校释：《论衡校释》卷十三《超奇篇》，中华书局 1990 年版，
第 607 页。

② ［汉］王充著，黄晖校释：《论衡校释》卷十三《超奇篇》，中华书局 1990 年版，
第 609 页。

③ ［汉］王充著，黄晖校释：《论衡校释》卷十二《谢短篇》，中华书局 1990 年版，
第 555 页。

④ ［汉］王充著，黄晖校释：《论衡校释》卷二十《须颂篇》，中华书局 1990 年版，
第 856 页。

尚书郎班固,兰台令杨终、傅毅之徒,虽无篇章,赋颂记奏,文辞斐炳,赋象屈原、贾生,奏象唐林、谷永,并比以观好,其美一也。当今未显,使在百世之后,则子政、子云之党也。①

王充本人也践履了"古今一"的观念。他并不唯古是尊,而是勇敢地对前贤的作品进行质疑,《问孔》《刺孟》《非韩》篇集中体现了这一观念。

最后,真实性问题的得与失。"疾虚妄""务实诚"是《论衡》"兴论立说"的核心。《论衡》中"疾"其"虚"的篇幅甚多,篇名即有《书虚篇》《变虚篇》《异虚篇》《感虚篇》《福虚篇》《祸虚篇》《龙虚篇》《雷虚篇》《道虚篇》九篇。"疾虚妄""务实诚"是贯及《论衡》的核心价值取向。正如他在《对作篇》中所说:"《论衡》九虚、三增,所以使俗务实诚也。"②同时,《论衡》中还有"语增""儒增"和"艺增"三篇,王充对"增"亦有批评:

> 世俗所患,患言事增其实,著文垂辞,辞出溢其真,称美过其善,进恶没其罪。何则?俗人好奇,不奇,言不用也。故誉人不增其美,则闻者不快其意;毁人不益其恶,则听者不惬于心。闻一增以为十,见百益以为千,使夫纯朴之事,十剖百判;审然之语,千反万畔。③

当然,王充对于"增"与"虚"的态度似乎稍有不同:"增"是有事实基础的量的差异,因此,他有时对适当的夸饰又有所肯定:"夫为言不益,则美不足称;为文不渥,则事不足褒。"④而"虚"则是完全没有事实根据的,如在《书虚篇》中,他对传说中延陵季子出游时,见路有遗金,便叫砍柴的人"取彼地金来",但季子"耻吴之乱,吴欲共立以为主,终不肯受,去之延陵,终身不还",

---

① 〔汉〕王充著,黄晖校释:《论衡校释》卷二十九《案书篇》,中华书局1990年版,第1174页。

② 〔汉〕王充著,黄晖校释:《论衡校释》卷二十九《对作篇》,中华书局1990年版,第1184页。

③ 〔汉〕王充著,黄晖校释:《论衡校释》卷八《艺增篇》,中华书局1990年版,第381页。

④ 〔汉〕王充著,黄晖校释:《论衡校释》卷八《儒增篇》,中华书局1990年版,第359页。

国君都不做，怎么可能贪一点金子呢？ 更何况，"季子未去吴乎？ 公子也；已去吴乎？ 延陵君也。 公子与君，出有前后，车有附从，不能空行于途，明矣"①。 王充认为这是没有事实根据的虚构。 对于此类的虚构，《论衡》一一予以明辨驳斥。 这也使得《论衡》对文学作品虚构、夸张、想象的表现手法颇多微辞。 因此，当讨论到文学特征时，王充所论往往不得要领，乃至将上古神话如共工怒触不周山等斥之为"浮妄虚伪，没夺正是"②。 基于这样的认识，王充对《诗经》中的一些诗句也进行了令人啼笑皆非的考求：

> 诗曰："维周黎民，靡有孑遗。"是谓周宣王之时，遭大旱之灾也。诗人
> 伤旱之甚，民被其害，言无有孑遗一人不愁痛者。夫旱甚，则有之矣；言无
> 孑遗一人，增之也。夫周之民，犹今之民也。使今之民也，遭大旱之灾，贫
> 赢无蓄积，扣心思雨；若其富人谷食饶足者，廪困不空，口腹不饥，何愁之
> 有？天之旱也，山林之间不枯，犹地之水，丘陵之上不湛也。山林之间，富
> 贵之人，必有遗脱者矣，而言"靡有孑遗"，增益其文，欲言旱甚也。③

由此可见，王充其实并不理解文学作品中夸张、想象的艺术手法。 将真实胶柱于对事物完全客观的描摹，实际上已否定了"文"的功能。 他之所以列举儒家经典中增饰之辞，就是要说明一切文章典籍都有失其本、离其实的现象，因为：

> 蜚流之言，百传之语，出小人之口，驰间巷之间，其犹是也。诸子之
> 文，笔墨之疏，人贤所著，妙思所集，宜如其实，犹或增之。傥经艺之言，如
> 其实乎？言审莫过圣人，经艺万世不易，犹或出溢，增过其实。增过其实，

---

① 〔汉〕王充著，黄晖校释：《论衡校释》卷四《书虚篇》，中华书局 1990 年版，第 168—169 页。

② 〔汉〕王充著，黄晖校释：《论衡校释》卷二十九《对作篇》，中华书局 1990 年版，第 1183 页。

③ 〔汉〕王充著，黄晖校释：《论衡校释》卷二十七《艺增篇》，中华书局 1990 年版，第 385—386 页。

皆有事为，不妄乱误以少为多也。然而必论之者，方言经艺之增与传语异也。①

王充所处的时代，谶纬神学盛行，"张皇鬼神，称道灵异"，因此，《论衡》是一部针砭时弊的力作。《论衡》以科学精神破斥迷信，在思想史上具有独特的地位。 如果就史学或学术思想史的角度而言，虚妄与增饰等有违历史真实的叙述手法理应摒弃。 但是，夸张与想象等表现手法则是文学的重要特征，王充将艺术真实与生活真实混为一谈，显然对于文学的特征不甚理解。 在《对作篇》中，王充论述了《论衡》之旨：

> 是故《论衡》之造也，起众书并失实，虚妄之言胜真美也。故虚妄之语不黜，则华文不见息；华文放流，则实事不见用。故《论衡》者，所以铨轻重之言，立真伪之平，非苟调文饰辞，为奇伟之观也。其本皆起人间有非，故尽思极心，以机世俗。世俗之性，好奇怪之语，说虚妄之文。何则？实事不能快意，而华虚惊耳动心也。是故才能之士，好谈论者，增益实事，为美盛之语；用笔墨者，造生空文，为虚妄之传。听者以为真然，说而不舍；览者以为实事，传而不绝。不绝，则文载竹帛之上；不舍，则误入贤者之耳。至或南面称师，赋奸伪之说；典城佩紫，读虚妄之书。明辨然否，疾心伤之，安能不论？②

王充期以斥虚妄之文，兴真美之言、真美之文。"真"是王充论文的核心。唯其真，才能便于用。"真"见诸事事物物，则为"实"；见诸情感意识则为"实诚"。 虽然王充所论之文内涵还比较驳杂，持论亦有偏颇之失，但这是文学思想史上第一次如此详细地论及作品真实性的问题。 他在《佚文篇》中有这样的表述："'《诗》三百，一言以蔽之，曰思无邪。'《论衡》篇以十数，亦一言也，曰

---

① 〔汉〕王充著，黄晖校释：《论衡校释》卷二十七《艺增篇》，中华书局 1990 年版，第 381 页。

② 〔汉〕王充著，黄晖校释：《论衡校释》卷二十九《对作篇》，中华书局 1990 年版，第 1179 页。

'疾虚妄'。"①"疾虚妄"是遮诠，其表诠即是真实。 正如王充所言，先秦尤其是儒家文学观已较充分地论述了文学有助于圣王教化的功能，其劝善成德的作用已得到充分的阐释，即使论及言志抒情，也是乐而不淫，怨而不伤，"思无邪"。但对文学的真实性问题则鲜有系统论述，《论衡》则弥补了这一缺失。 同时，王充在孜求真的基础上，还提出了审美的要求，孜求美与善的统一，这在《论衡》中屡有言及，如："古贤文之美善可甘"（《别通篇》）、"美善不空"（《佚文篇》）。 在《论衡》"疾虚妄"（亦即求真）的背景之下，真、善、美的统一并付之于用，是王充追求的为文的理想境界。 王充矫激的求真态度客观上将生活真实与艺术真实的问题凸显了出来。

---

① ［汉］王充著，黄晖校释：《论衡校释》卷二十《佚文篇》，中华书局 1990 年版，第 870 页。

第三章

魏晋:中国文学思想的发展期

第一节　曹丕、曹植

曹丕（187—226），字子桓，沛国谯（今安徽亳县）人。曹操之子。建安十六年（211）为五官中郎将、副丞相。二十二年（217）立为魏太子。二十五年（220）曹操卒，袭位为魏王、丞相，同年代汉自立。在位七年，谥文帝。曹丕爱好文学，所写的乐府诗形式多样，《燕歌行》二首在七言诗的发展史上占有重要地位。建安后期，曹丕、曹植兄弟与陈琳、王粲等人游处，"行则连舆，止则按席"，"觞酌流行，丝竹并奏。酒酣耳热，仰而赋诗"①。后人辑有《魏文帝集》。他的爱好与创作，促进了建安文坛的繁荣。文学观念主要见于《典论·论文》以及一些书信之中。

《典论》是曹丕精心结撰之作，据《三国志·魏志·文帝传》裴松之注引胡冲《吴历》云："帝以素书所著《典论》及诗赋饷孙权，又以纸写一通与张昭。"②《魏志》载：明帝太和四年二月戊子，曾"以文帝《典论》刻石立于庙门之外"及太学，可见曹丕对这部书的珍视。但全书已佚，现存的完整篇章仅其中的《论文》与《自叙》。

《典论·论文》虽然篇幅不足千字，但在中国文学思想史上占据重要地位。此前虽然也有文学专论，但都是对具体作品或文体的论述，如《诗大序》《离骚

---

① 〔清〕严可均编：《全上古三代秦汉三国六朝文》，《全三国文》卷七《又与吴质书》，中华书局1958年版，第2177页。

② 〔晋〕陈寿撰，〔南朝宋〕裴松之注：《三国志·魏志》卷二，中华书局1982年版，第89页。

序》《楚辞章句序》，等等。《典论·论文》则是一篇综论文学价值、特征以及不同的文体、作家的论文，具有重要的影响。

首先，文学的价值："经国之大业，不朽之盛事。"曹丕从尚用的角度论述了文学的价值和作用，他将文章（曹丕所说的文章指诗赋、散文等）与事功等同，将文学的作用和意义提到了前人从未企及的高度。就整个社会和国家而言，文学是"经国之大业，不朽之盛事"。就个人的人生价值而言："年寿有时而尽，荣乐止乎其身；二者必至之常期，未若文章之无穷。是以古之作者，寄身于翰墨，见意于篇籍，不假良史之辞，不托飞驰之势，而声名自传于后。故西伯幽而演《易》，周旦显而制《礼》，不以隐约而弗务，不以康乐而加思。"[1]曹丕在《与王朗书》中也表达了类似的思想："生有七尺之形，死惟一棺之土。惟立德扬名，可以不朽，其次莫如著篇籍。疫疠数起，士人雕落，余独何人，能全其寿？故论撰所著《典论》、诗、赋，盖百余篇。"[2]值得注意的是，在儒家文献被奉为经典的时代，尊经论学，以实现人生价值是古代儒士们常见的人生进路，汉代今古文经学之争在某种程度上也是人生利益之争，文学常常不被人们重视。但曹丕则不然，他将诗赋与自己所撰的《典论》并提，都是可以"全其寿"的因素。曹丕将最切己的人生寿夭乃至何以"不朽"的方法与文学实践结合起来，足见曹丕对文学价值的认同之高。作为一国之君的曹丕，他的认识对于文学发展的推动作用自不待言。

其次，文学的特质之一："文以气为主"。在《典论·论文》中，曹丕提出了"文以气为主"的论断，他说："文以气为主，气之清浊有体，不可力强而致。譬诸音乐，曲度虽均，节奏同检，至于引气不齐，巧拙有素，虽在父兄，不能以移子弟。"[3]"气"是中国古代重要的哲学范畴，如《管子·心术下》云："气者，身之充也。"[4]《孟子》也说："吾善养吾浩然之气。"[5]《荀子·修身》则提出了"治气养心"说："治气养心之术：血气刚强，则柔之以调和；知虑渐深，则一之以易

---

① 　［清］严可均编：《全上古三代秦汉三国六朝文》，《全三国文》卷八，中华书局1958年版，第2195页。

② 　［清］严可均编：《全上古三代秦汉三国六朝文》，《全三国文》卷七，中华书局1958年版，第2179页。

③ 　［清］严可均编：《全上古三代秦汉三国六朝文》，《全三国文》卷八，中华书局1958年版，第2195页。

④ 　黎翔凤：《管子校注第三十七》《心术下》，中华书局2011年版，第778页。

⑤ 　［清］焦循：《孟子正义》卷六《公孙丑章句上》，中华书局1987年版，第199页。

良；勇胆猛戾，则辅之以道顺；齐给便利，则节之以动止……凡治气养心之术，莫径由礼，莫要得师，莫神一好。"①荀子将气与人的性情结合起来进行考察，说明性情与气具有内在联系。 汉魏时期元气论盛行，元气是一种本体性范畴。 在这样的思想背景之下，曹丕将气运用于文学理论之中。 曹丕所论的文中之气具有什么涵义呢？ 此之气与人，亦即作者有关，这从其"虽在父兄，不能以移子弟"中得到了证明。 他在《典论·论文》中另有两处论及"气"："徐干时有齐气"，"孔融体气高妙"。② 这两处论气都是指人所秉有的气。 虽然"齐气"是指齐地民风所具的舒缓之气，但也是通过作家徐干体现出来的。 除此，在《又与吴质书》中，曹丕还说过："公干（刘桢）有逸气，但未遒耳。"③是指刘桢体现出的性情与风格。 由此可见，曹丕所说的"文以气为主"，主要是指受作者性情影响的体现于作品中的整体风格。 气之清浊，是指作家才性的不同类型，"清"大约是指俊逸超迈的才性，"浊"似指凝重沉郁的个性。 事实上，曹丕在品评作家时，也是秉守着"以气为主"的认识，分判作家不同的才性以及作品中不同的风格。 如"应场和而不壮，刘桢壮而不密。"徐干"时有齐气"，孔融"体气高妙"，等等。 曹丕"文以气为主"的观念深入到了文学作品本体，并将其与作家的个性特征综合起来考察，深化了对作品风格成因的认识。 此前的文论在论及作家的个性情感时，强调要"发乎情，止乎礼义"。 在论及作品风格时也多以社会因素进行诠释，以外在的规约来解释和限制风格的差异，即所谓"治世之音安以乐"，"乱世之音怨以怒"，等等。 这些认识虽然具有合理的因素，但不能解释同一时期不同作家的风格差异。 同时，因为"气"具有流注不拘的特性，因此，文气说实际上也冲决了儒家温柔敦厚的诗教束缚，并对建安文坛产生了直接影响。 刘勰说建安文坛"慷慨以任气"，实乃允评。 由此可见，当文学不再背负着过多的政治教化功能，而依循自身的规律发展时，文坛必然会走向缤纷多彩。

再次，文学体裁的区别："文本同而末异。"魏晋之前的文论不涉及文体的区

---

① 〔清〕王先谦：《荀子集解》卷第一《劝学篇第一》，中华书局1988年版，第25—26页。

② 〔清〕严可均编：《全上古三代秦汉三国六朝文》，《全三国文》卷八，中华书局1958年版，第2194页。

③ 〔清〕严可均编：《全上古三代秦汉三国六朝文》，《全三国文》卷七，中华书局1958年版，第2178页。

分和差异。自曹丕的《典论·论文》之后，陆机、挚虞、刘勰详论文体，将中国古代文论向前大大推进了一步。而首论文体的当推曹丕。《典论·论文》中有这样简要的论述：

> 夫文本同而末异，盖奏议宜雅，书论宜理，铭诔尚实，诗赋欲丽。此四科不同，故能之者偏也；唯通才能备其体。①

曹丕从本末的关系，将文体分为四类八科，奏议、书论，晋以后人称其为无韵之笔；铭诔、诗赋则是有韵之文。曹丕判分文体虽然尚不十分细密，但肇始之功不可磨灭。曹丕还对不同的文体提出了具体的要求，他分别以一字精要地状其特点："雅""理""实""丽"。曹丕所论颇具针对性，如铭诔是东汉以后兴起的一种文章样式，诚如宋人胡寅所说："东汉而后，贤士大夫多由铭诔以传。国朝官至卿监，即附史立传，史之体略而直，志铭之义婉而详。"②铭诔多有虚谀之辞。据记载，蔡邕为郭泰撰碑文时说："吾为人作铭，未尝不有惭容，唯为郭有道碑颂无愧耳。"③可见谀墓之辞是普遍现象。桓范在《世要论·铭诔》中更是痛斥了汉末公卿牧守"所在宰莅，无清惠之政，而有饕餮之害。为臣无忠诚之行，而有奸欺之罪。背正向邪，附下罔下"。④但是，对这些本应加诸绳墨的罪人，门生故吏往往"合集财货，刊石纪功，称述勋德"。"势重者称美，财富者文丽。"其流弊乃至于"欺曜当时，疑误后世"⑤。在此背景之下，曹丕提出"铭诔尚实"，既是文体发展的需要，也是针砭时弊之论。对于"诗赋欲丽"，明人皇甫汸在《解颐新语》中说："《典论》诗赋欲丽，建安以前之体也；《文赋》缘情绮靡，泰始以后之体也。"⑥皇甫氏所言甚是，从《典论》到《文赋》对辞赋的不同论述，可以大致窥

---

① 〔清〕严可均编：《全上古三代秦汉三国六朝文》，《全三国文》卷八，中华书局1958年版，第2194—2195页。

② 〔宋〕胡寅撰：《斐然集》卷二十六《右朝奉大夫集英殿修撰翁公神道碑》，《文渊阁四库全书》第1137册第701页。

③ 〔南朝宋〕刘义庆著，徐震堮校笺：《世说新语校笺》卷上《德行第一》，中华书局1984年版，第3页。

④ 〔清〕严可均编：《全上古三代秦汉三国六朝文》，《全三国文》卷三十七，中华书局1958年版，第2526页。

⑤ 同上。

⑥ 〔明〕周子文：《艺薮谈宗》卷三，明刻本，第24页B。

见辞赋的发展脉络。 值得注意的是，时人尤重辞赋的讽谕劝诫功能，而曹丕则纯粹从审美的角度求"丽"，显示了其论文迥异于儒家正统的新取向。

曹丕认为，文体各具特点，作家也"鲜能备善"，又说："故能之者偏也，唯通才能备其体。"而"通才"十分罕见。 曹丕所见的"今之文人"，其中卓荦者"王粲长于辞赋"，"干之《玄猿》《漏卮》《圆扇》《橘赋》，虽张、蔡不过也。 然于他文，未能称是。 陈琳、阮瑀之章表书记，今之隽也"①。"孔璋章表殊健，微为繁富。""（公干）五言诗之善者，妙绝时人。""元瑜书记翩翩。"②都有一偏之胜。他所称颂的"于学无所遗，于辞无所假"的七子，虽然"咸以自骋骥騄于千里，仰齐足而并驰"③，但即使这样的卓荦者，也无一是众体备善的通才。 这从一个侧面佐证了文人秉气清浊有别的文气说的合理性。

最后，文学批评者之戒："贵远贱今，向声背实"，"文人相轻，自古而然"。

在《典论·论文》与《与吴质书》等著述中，曹丕称扬的都是当代的文人，尤其是以建安七子为主，且都不是众体兼备的通才。 据此，他对文学批评时两种不良风气提出了批评。 其一，"贵远贱近，向声背实"。 曹丕以及魏晋文人在品鉴作家、作品时明显有别于两汉的倾向是弱化了崇古风气。 这与魏晋时期文化相对多元，子学有所复兴，经学相对弱化的思想背景有关。 据史载："自初平之元至建安之末，天下分崩，人怀苟且，纪纲既衰，儒道尤甚。"④他们在阐论文学观念，评论文学历史时，往往不必宗经复古。 这一时期文的自觉表现之一就是作家对自身文学价值的肯认与尊重。 曹丕陶醉于与七子们游处的情形之中："行则连舆，止则接席，何曾须臾相失。 每至觞酌流行，丝竹并奏，酒酣耳热，仰而赋诗。"⑤他看到的是一时才隽怀文抱质，各展风华的现实情景。 同时，曹丕将文学视为经国的大业，必然是当代文人经当代之国，而作为"不朽之盛事"，古圣昔贤之作已垂

① ［清］严可均编：《全上古三代秦汉三国六朝文》，《全三国文》卷八，中华书局1958 年版，第 2194 页。

② ［清］严可均编：《全上古三代秦汉三国六朝文》，《全三国文》卷七，中华书局1958 年版，第 2177 页。

③ ［清］严可均编：《全上古三代秦汉三国六朝文》，《全三国文》卷八，中华书局1958 年版，第 2194 页。

④ ［元］马端临：《文献通考》卷四十一，中华书局 1958 年版，第 1199 页。

⑤ ［清］严可均编：《全上古三代秦汉三国六朝文》，《全三国文》卷七，中华书局1958 年版，第 2177 页。

诸历史，不朽之业的逻辑承绪者则是代代文人不断"寄身于翰墨，见意于篇籍"的努力。克服常人"贵远贱近，向声前实"之弊，是曹丕对当时文坛发出的忠告，同时，也是文学自觉时代的一个重要标志。其二，"文人相轻，自古而然"。曹丕作《典论·论文》，某种程度上是因这种文人旧习而发。他认为文人才性各有偏胜，以气论文都与矫除这一旧习有关。他还分析了造成这一状况的原因：一方面，"人善于自见"，即俚语所说"家有弊帚，享之千金"，善于看到自己的优点；另一方面，又"暗于自见，谓己为贤"，亦即不能看到自己的缺点，结果是"各以所长，相轻所短"。曹丕提出的解决办法是，认识到才性有别，"文非一体，鲜能备善"，"审己以度人"，这样才能"免于斯累乃作论文"①。这既是他的自警，也是对文学批评家提出的箴言。

曹植（192—232），字子建，曹丕之弟。封陈王，谥思，世称陈思王。曹植才思敏捷，文学成就为"三曹"之冠，是建安、曹魏时期著名的作家。后人编有《曹子建集》。

曹植的文学成就卓异，被称为"建安之杰"，其文学观既有与曹丕相通之处，亦有独得之见，在《与杨德祖书》中表现得最为集中。

首先，创作与批评互动的重要性。曹植与曹丕相似，认为人非全才，鲜有备善。他举例说："以孔璋之才，不闲于辞赋，而多自谓能与司马长卿同风，譬画虎不成反为狗者也。"作者往往"人人自谓握灵蛇之珠，家家自谓抱荆山之玉"，自视甚高，而看不到自己的弱点。他又说：

> 世人之著述，不能无病。仆常好人讥弹其文，有不善者，应时改定。昔丁敬礼尝作小文，使仆润饰之，仆自以才不过若人，辞不为也。敬礼云："卿何所疑难乎？文之佳丽，吾自得之，后世谁相知定吾文者耶？"吾常叹此达言，以为美谈。②

---

① 〔清〕严可均编：《全上古三代秦汉三国六朝文》，《全三国文》卷八，中华书局1958年版，第2194页。

② 〔清〕严可均编：《全上古三代秦汉三国六朝文》，《全三国文》卷十六，中华书局1958年版，第2280页。

曹植在《与吴季重书》中亦云："夫文章之难，非独今也，古之君子，犹亦病诸。"①因此，作品需要改进是正常的。他的态度是，"好人讥弹其文，有不善者，应时改定"，虚心纳言。他以丁敬礼（丁廙，字敬礼）为例，说明了作家具有诚挚的态度，才能使批评者言者无忌。同时，他认为批评者的素质直接影响批评的效果，"盖有南威之容，乃可以论于淑媛；有龙渊之利，乃可以议于断割"，批评了"刘季绪才不能逮于作者，而好诋诃文章，掎摭利病"。曹植注重批评者的文学修养固然不无道理，但批评与创作各有自身的特点，胶执于批评家的创作成就必然会限制批评的自由。曹植此论似有偏颇，与其称颂丁敬礼之言为"达言"也有乖舛。曹植还有一些关于创作与批评关系的论述，他在《与杨祖德书》中说：

> 昔田巴毁五帝，罪三王，訾五伯于稷下，一旦而服千人，鲁连一说，使终身杜口。刘生（刘季绪）之辩，未若田氏，今之仲连，求之不难，可无叹息乎！人各有所好尚，兰茝荪蕙之芳，众人之所好，而海畔有逐臭之夫；《咸池》《六英》之发，众人所共乐，而墨翟有非之之论，岂可同哉！②

如同作家"能之者偏也"一样，从批评者的角度而言，虽然也有"众人之所好"，"众人所共乐"，但对于各种文体、各种风格批评者的喜好也略有不同，因此，作家对此也需要有选择与思考的过程。同样，作者也有不同的审美情趣，创作风格，他说："世之作者，或好烦文博采，深沈其旨者；或好离言辨白，分毫析厘者。所习不同，所务各异，言势殊也。"③批评家也应认识到作家的特点，谨慎准确地提出批评。他自己就是这样力行的："夫钟期不失听，于今称之。吾亦不敢妄叹者，畏后世之嗤余也。"④曹植从诸方面分析了创作与批评的关系，将批评

---

　　①　［清］严可均编：《全上古三代秦汉三国六朝文》，《全三国文》卷十六，中华书局1958年版，第2281页。

　　②　以上引自［清］严可均编：《全上古三代秦汉三国六朝文》，《全三国文》卷十六，中华书局1958年版，第2280页。

　　③　转引自《文心雕龙·定势》。

　　④　［清］严可均编：《全上古三代秦汉三国六朝文》，《全三国文》卷十六，中华书局1958年版，第2280页。

之于创作的意义论述得更加全面公允。

其次，对辞赋等文学价值的认识。与曹丕稍有不同，曹植对文学价值的认识似乎没有曹丕高，他在《与杨德祖书》中说：

> 辞赋小道，固未足以揄扬大义，彰示来世也。昔扬子云先朝执戟之臣耳，犹称壮夫不为也。吾虽德薄，位为蕃侯，犹庶几戮力上国，流惠下民，建永世之业，流金石之功，岂徒以翰墨为勋绩，辞颂为君子哉！若吾志不果，吾道不行，则将采史官之实录，辩时俗之得失，定仁义之衷，成一家之言。虽未能藏之于名山，将以传之同好，此要之白首，岂可以今日论乎！①

曹植要实现的人生价值首先在于"建永世之业，流金石之功"，而不仅仅以"翰墨为勋绩，辞赋为君子"。建文学之业，只是"志未果"的无奈选择。对此，鲁迅有这样的评述："这里有两个原因，第一，子建的文章做得好，一个人大概总是不满意自己所做而羡慕他人所为的，他的文章已经做得好，于是他便敢说文章是小道；第二，子建活动的目标在于政治方面，政治方面不甚得志，遂说文章是无用了。"②鲁迅结合曹植的经历对《与杨德祖书》进行了合乎情理的解读。当然，"辞赋小道"观念形成的确切原因仍有值得讨论的余地，这首先需要了解这封信写于何时。《与杨德祖书》中云："仆少小好为文章，迄至于今，二十有五年矣。"曹植生于初平二年（191），建安二十一年（216）时二十五岁，当时太子之位尚未确立，曹植深受曹操的宠爱。因此，"建永世之业，流金石之功"，既是曹植对其心腹杨修的真心表白和对其实现理想有所助益的期冀，同时，也是向曹操表明自己不仅仅是一个"以翰墨为功绩"，而是志存高远，有经世治国理想的有为之士。总之，以辞章翰墨为胜场的曹植竟有"辞赋小道"一说，似含有复杂的政治因素，这从曹植的文学实践中也可以得到印证：当其"愿得展功勤，输力于明君"而难遂时，还是"骋我径寸翰，流藻垂华芬"（《薤露行》）。文学是伴其一生的事业。因此，了解曹植的文学观，尚需结合其生平、创作实践等因素进行综

---

① 〔清〕严可均编：《全上古三代秦汉三国六朝文》，《全三国文》卷十六，中华书局1958年版，第2280页。

② 鲁迅：《魏晋风度及文章与药及酒之关系》，《鲁迅全集》第三卷《而已集》，人民文学出版社2005年版，第526页。

合分析。 如，在《与杨德祖书》中，曹植从观政的角度，肯定了民间文学的价值，云："夫街谈巷说，必有可采；击辕之歌，有应风雅。 匹夫之思，未易轻弃也。"曹氏父子正是从乐府诗中获取了丰富的营养，为建安文坛增添了一道亮丽的风景。

最后，"洋洋皓皓"，"雅好慷慨"的审美理想。 曹植的诗文既有风骨又是藻彩，受到了历代学者的推崇。 他主张作品要"文义相扶"（《答明帝诏表》），质文相洽，体现时代精神。 曹植曾选编自己的作品为《前录》，在其序文中云：

> 故君子之作也，俨乎若高山，勃乎若浮云，质素也如秋蓬，摛藻也如春葩，泛乎洋洋，光乎暐暐，与《雅》《颂》争流可也。 余少而好赋，其所尚也，雅好慷慨。[①]

曹植认为，好的作品当具有如高山般的庄严，云彩般郁勃的气象。 内容如秋蓬般素朴纯粹，辞采如春葩般绚丽多姿。 气象宏大，洁白明亮。 其审美理想在作品中得到了完美的体现。 曹植自谓"雅好慷慨"。 这既是曹植个人的审美取向，也是建安文坛的时代特征。 其后刘勰在《文心雕龙·时序》中论建安文学时即引此为特质，云："观其时文，雅好慷慨。"[②]此之"慷慨"，即曹植所昭示的俨若高山的风骨，"泛乎洋洋，光乎皓皓"的气象。 明人胡应麟称赞曹植的诗歌"词藻宏富，而气骨苍然"[③]，即指其作品中体现出了具有时代特征的审美理想。

第二节　陆机《文赋》

陆机（261—303），字士衡，吴郡吴县（今江苏苏州）人。 吴丞相陆逊之孙，吴大司马陆抗之子。 陆机少有异才，文章冠世，是西晋太康时期的代表作家。 吴亡后与其弟陆云一起到洛阳。 晋太常张华素重其名，一见如故，说："伐吴之役，

---

① ［清］严可均编：《全上古三代秦汉三国六朝文》《全三国文》卷十六，中华书局1958年版，第2286页。

② ［南朝梁］刘勰著，范文澜注：《文心雕龙注·时序第四十五》，人民文学出版社1958年版，第673—674页。

③ ［明］胡应麟：《诗薮》内编卷一，上海古籍出版社1979年版，第19页。

利获二俊。"①在西晋统治集团内部的斗争中，陆机入狱，后被成都王司马颖、吴王司马晏所营救，得以免死徙边，又遇赦而止。陆机认为成都王司马颖推功不居，礼贤下士，于是投效司马颖，曾官至平原内史。太安初年，司马颖与河间王司马颙起兵讨伐长沙王司马乂，陆机奉令率兵，大败，受构陷被司马颖所杀。著有《陆平原集》（一名《陆士衡集》）。陆机的作品"才高辞赡，举体华美"②。注重排偶，体现了西晋文学发展的新取向。钟嵘《诗品》中誉其为"太康之英"。其文学理论主要体现在《文赋》一文中。

关于《文赋》的写作缘起，其序文云：

> 余每观才士之所作，窃有以得其用心。夫放言遣辞，良多变矣。妍蚩好恶，可得而言。每自属文，尤见其情。恒患意不称物，文不逮意。盖非知之难，能之难也。故作《文赋》，以述先士之盛藻，因论作文之利害所由，他日殆可谓曲尽其妙。至于操斧伐柯，虽取则不远；若夫随手之变，良难以辞逮。盖所能言者，具于此云。③

可见，陆机作《文赋》，通过分析作品得失的原因，目的是提出才士作文之"能"，以克服"意不称物，文不逮意"的现象。从序文即可看出，这是一篇典型的讨论文学规律的文章。陆机以赋的形式为文士们提出了纾解作文之难的途径。

一、创作准备与过程

陆机对作家创作前的准备有细致的描述。要点有二：一是知识学养的结累，即他所谓"颐情志于典坟"，"咏世德之骏烈，诵先人之清芬；游文章之林府，嘉丽藻之彬彬"。其二是生活的感兴，即"玄览"于物："遵四时以叹逝，瞻万物而思纷；悲落叶于劲秋，喜柔条于芳春。"正是积学与触物，激发起了作者创作的灵感与逸兴："心懔懔以怀霜，志眇眇而临云。"进而援笔为文，一展襟怀："慨投篇

---

①　［唐］房玄龄：《晋书》卷五十四《陆机本传》，中华书局 2003 年版，第 1472 页。

②　［南朝梁］钟嵘著，王叔岷笺证：《钟嵘诗品笺证稿》卷上《晋平原相陆机诗》，中华书局 2007 年版，第 171 页。

③　［晋］陆机撰，张少康集释：《文赋集释》，上海古籍出版社 1984 年版，第 1 页。

而援笔，聊宣之乎斯文。"①值得注意的是，陆机论述创作准备时，虽然也涉及骏烈的世德，但更多描写的是感时咏物，即物而抒情。这与先秦两汉论为文起兴大多带有政治、社会等功利的色彩不同，如《诗大序》所谓"伤人伦之废，哀刑政之苛，吟咏情性"②，等等。陆机所论，着重在于文学自身的抒情性及作家主体一己之感兴等特征。

与酝酿阶段直观地感受四时风物不同，进入构思阶段首先是"收视反听"，即摒绝直观的感觉，做到心灵澄明，心境专一，进而发挥作家的想象力："耽思傍讯，精骛八极，心游万仞。""浮天渊以安流，濯下泉而潜浸。"情感与物象渐而清晰："情瞳胧而弥鲜，物昭晰而互进。"超越于感官之外的运思打破了时空、古今之限，诸种意象汇陈于脑际。在操觚运笔之时，则含英咀华，采撷精妙的辞藻："倾群言之沥液，漱六艺之芳润。"遣辞或迟滞或流利："于是沈辞怫悦，若游鱼衔钩而出重渊之深；浮藻联翩，若翰鸟缨缴而坠曾云之峻。收百世之阙文，采千载之遗韵。谢朝华于已披，启夕秀于未振。"③有时吐辞艰涩，如同重渊之中垂钓而鱼鲜问饵；有时出语骏利，如飞鸟中箭而忽坠层云。对于谋篇遣辞的过程，陆机说：

> 然后选义按部，考辞就班。抱景者咸叩，怀响者毕弹。……罄澄心以凝思，眇众虑而为言。笼天地于形内，挫万物于笔端。始踯躅于燥吻，终流离于濡翰。理扶质以立干，文垂条而结繁。信情貌之不差，故每变而在颜。思涉乐其必笑，方言哀而已叹。或操觚以率尔，或含毫而邈然。④

因为陆机是一位创作经验很丰富的作家。他对于创作中的甘苦以及特点状写得十分精彩。如，对于创作时的灵感，他说：

> 若夫应感之会，通塞之纪，来不可遏，去不可止。藏若景灭，行犹响起。

---

① 〔晋〕陆机撰，张少康集释：《文赋集释》，上海古籍出版社1984年版，第14页。
② 〔汉〕毛亨传、郑玄笺、〔唐〕孔颖达疏：《毛诗正义》卷第一，北京大学出版社1999年版，第15页。
③ 〔晋〕陆机撰，张少康集释：《文赋集释》，上海古籍出版社1984年版，第25页。
④ 〔晋〕陆机撰，张少康集释：《文赋集释》，上海古籍出版社1984年版，第43页。

方天机之骏利,夫何纷而不理。思风发于胸臆,言泉流于唇齿。纷葳蕤以
驰骛,唯毫素之所拟。文徽徽以溢目,音泠泠而盈耳。及其六情底滞,志往
神留,兀若枯木,豁若涸流,揽营魂以探赜,顿精爽于自求。理翳翳而愈伏,
思乙乙其若抽。是以或竭情而多悔,或率意而寡尤。①

陆机根据自己的创作体验,对灵感兴发乃可遇而不可求,颇为困惑:"时抚空
怀而自惋,吾未识夫开塞之所由。"但他形象地描绘了灵感活动的特点,不可勉
强,创作时应顺兴而为,即他所说的:"或竭情而多悔,或率意而寡尤。"灵感是
作家、文艺理论家们常常言及的创作现象,陆机状写其飘忽不定的特点,强调应
顺势而为,因兴而作,自然抒写,当"六情底滞,志往神留,兀若枯木,豁若涸
流"之时,刻意而为,必将会"竭情而多悔"②。 因此,陆机描写灵感,亦即强调
自然为文。

陆机还重点叙述了以下几方面的关系:

学养与创新。 陆机认为作家当"颐情志于典坟","收百世之阙文,采千载之
遗韵"。 积学储宝,以丰厚的腹笥为创作做好准备。 但是,他更重作家的独创,
即他所谓"谢朝华于已披,启夕秀于未振"。 力辟暗合于前人:"必所拟之不殊,
乃暗合乎曩篇。 虽杼轴于予怀,怵他人之我先。 苟伤廉而愆义,亦虽爱而必
捐。"③即使表达己意时与前人无意间雷同,也必须割爱。 当然,创新并不意味着
割断历史,无视前贤。 创新是以"诵先人之清芬","游文章之林府"为基础的,
可以借前人之作而点铁成金,化腐朽为神奇:"或袭故而弥新,或沿浊而更清。"
在陆机看来,积学与创新共存,积学的目的在于创新。

形式与内容。《文赋》的创作缘起,便是要解决"意不称物,文不逮意"的问
题,揭示物—意—文之间的关系是《文赋》的创作旨趣。 由感四时景物到作者构
思的意象,再到意巧而辞妍,文质相得,内容与形式的关系是贯及《文赋》全篇的
核心问题。 陆机既强调以意为本,文以传意,所谓"理扶质以立干,文垂条而结

---

① 〔晋〕陆机撰,张少康集释:《文赋集释》,上海古籍出版社 1984 年版,第168 页。
② 〔晋〕陆机撰,张少康集释:《文赋集释》,上海古籍出版社 1984 年版,第168 页。
③ 〔晋〕陆机撰,张少康集释:《文赋集释》,上海古籍出版社 1984 年版,第104 页。

繁。信情貌之不差，故每变而在颜”[1]。“辞程才以效伎，意司契而为匠。”[2]同时，陆机更重视为文的技巧、辞采的选择、声韵的谐美。这就是他所谓“嘉丽藻之彬彬”，“倾群言之沥液，漱六艺之芳润”，“收百世之阙文，采千载之遗韵，谢朝华于已披，启夕秀于未振”。“其会意也尚巧，其遣言也贵妍”，“暨音声之迭代，若五色之相宣”。他论及了“辞害而理比”，“言顺而义妨”，“离之则双美，合之则两伤”的义理相害之病，描述了“立片言而居要”之巧，状写了清词丽句之“离众绝致”：“形不可逐，响难为系。块孤立而特峙，非常音之所纬。”陆机论列了诸种因辞害意的文病：“或寄辞于瘁音，言徒靡而弗华。混妍蚩而成体，累良质而为瑕。”“或遗理以存异，徒寻虚而逐微。言寡情而鲜爱，辞浮漂而不归。”等等。陆机屡屡表现出对“短韵”的不屑，以及对为文技法与形式的特别关注。《文赋》本质上就是一篇讨论意与文的关系以及为文技法的杰作。

情感与物境。对于诗歌，先秦两汉的文论家多论其具有言志的功能，虽然言志并不绝对排斥缘情，但重点仍有不同。“志”往往被赋予合乎教化功能的思想与情感，是具有较严格边界与特质的情感，即所谓“发乎情，止乎礼义”。而陆机则说“诗缘情而绮靡”，将抒写情感作为诗歌的基本特质，而了无伦理教化的要求。对于情感的抒写方法，陆机论述较多的是感物而兴，以及情与物，情与景的相融相兼：“情曈昽而弥鲜，物昭晰而互进。”他特别注重四时风物对于情感的触发作用：“遵四时以叹逝，瞻万物而思纷。悲落叶于劲秋，喜柔条于芳春。”当然，四时景物也仅是触发作者创作之“机”而已，因为作者之“悲”与“喜”在此前已内在于胸，这在陆机的《感时赋》中得到了印证：“矧余情之含瘁，恒睹物而增酸。历四时以迭感，悲此岁之已寒。”[3]先有“瘁”“酸”“悲”之情，才因四时迭变而增此感伤。事实上，陆机由四时风物而抒情叹怀在其作品中得到了丰富的表现：“步寒林以凄恻，玩春翘而有思。”“感秋华于衰木，瘁零露于丰草。”[4]《思归赋》开篇即由四时迁变说起：“节运代序，四时相推，寒风肃杀，白露沾衣”，而

① ［晋］陆机撰，张少康集释：《文赋集释》，上海古籍出版社1984年版，第43页。

② ［晋］陆机撰，张少康集释：《文赋集释》，上海古籍出版社1984年版，第71页。

③ ［清］严可均编：《全上古三代秦汉三国六朝文》，《全晋文》卷九十六，中华书局1958年版，第4016页。

④ ［清］严可均编：《全上古三代秦汉三国六朝文》，《全晋文》卷九十六，中华书局1958年版，第4022页。

其真正的创作缘起则是"怀归之思，愤而成篇"①。 借物以起兴，原是古典诗歌的重要表现手法，先秦诗歌中的"兴"，是"先言他物以引起所咏之词"②，有些兴仅有音律的联系，或仅有发端的作用，而未必有意义上的关联。 但陆机有所不同，他状写的多为四时风物，而"悲落叶于劲秋"更多于"喜柔条于芳春"，是触景生情。 陆机对于物境与情感之间的论述及实践，为中国古代情境、意境等美学范畴的产生提供了铺垫，情景交融的表现手法成为中国古代文学最为重要的特征之一。

二、风格的多样性

先秦两汉的文学由于较多受到现实功利的影响，对于作品风格的讨论多局限于如何合乎规范，尤其是温柔敦厚的儒家诗教以及乐而不淫，哀而不伤等等。 作品风格的多样性是文学更加完美地体现不同作家与读者审美趣味的必然要求，也是文学挣脱政治束缚，走向自觉的必然之途。 对此，陆机认为，"体有万殊，物无一量"，不同的文体，不同的作家，风格也应各具特色。

首先，作家的性情与审美趣味有别，作品的风格也有所不同。 他说："夸目者尚奢，惬心者贵当，言穷者无隘，论达者唯旷。"③即，喜好辞藻者崇尚浮艳，追求惬意者崇尚贴切，文辞简约者作品局促，言语畅达者作品旷逸。 关于作家的个性才情与风格的关系成为后代文论家们讨论文学繁盛以及破斥剽袭模拟之病的一个重要途径。 从刘勰所说的"慷慨者逆声而击节，酝藉者见密而高蹈，浮慧者观绮而跃心，爱奇者闻诡而惊听"④，再到晚明时期李贽、屠隆等人对个性与风格关系更加细密的论述，文学的堂庑也随之更加壮阔，色彩也更加丰富。

其次，不同文体具有不同的风格。 对此，陆机有详密的论述：

> 诗缘情而绮靡，赋体物而浏亮。碑披文以相质，诔缠绵而凄怆。铭博

---

① ［清］严可均编：《全上古三代秦汉三国六朝文》，《全晋文》卷九十六，中华书局1958 年版，第 4021 页。

② ［宋］朱熹，王华宝整理：《诗集传》卷一，凤凰出版社 2007 年版，第 2 页。

③ ［晋］陆机撰，张少康集释：《文赋集释》，上海古籍出版社 1984 年版，第 71 页。

④ ［南朝梁］刘勰著，范文澜注：《文心雕龙注》卷十《知音第四十八》，人民文学出版社 1958 年版，第 714 页。

约而温润，箴顿挫而清壮。颂优游以彬蔚，论精微而朗畅。奏平彻以闲雅，说炜晔而谲诳。虽区分之在兹，亦禁邪而制放。要辞达而理举，故无取乎冗长。[①]

陆机论及了诗、赋、碑、诔、铭、箴、颂、论、奏、说等十种文体以及特征。分类比曹丕更加细密。对文的总体要求，陆机提出："要辞达而理举，故无取乎冗长。"亦即为文当精要简明，同时还要文质相兼。其中，陆机对于诗歌风格的论述尤其值得关注。与传统的儒家诗学注重诗歌的社会功能不同，陆机直接论及诗歌的审美特征与创作动因。所谓"缘情"，就是诗歌乃因诗人情感激发而作，这承绪了《诗大序》"吟咏性情"的传统。所谓"绮靡"，李善注为"精妙之言"。后世亦有学者将"缘情"与"绮靡"联系起来理解，云："缘情者，质也；绮靡者，文也。"[②]但如果仅将"绮靡"理解为"言"的审美形态，或仅将其绝对地理解为"文"，似过于拘执。相对而言，明人顾起元的理解可能更为近实：

> 昔士衡《文赋》有曰："诗缘情而绮靡。"玷斯语者，谓为六代之滥觞，不知作者内激于志，外荡于物。志与物泊然相遭于标举兴会之时，而旖旎佚丽之形出焉。绮靡者，情之所自溢也，不绮靡不可以言情。[③]

绮靡是美好华丽之意。顾起元认为"绮靡"是情之自溢之诗体现出的整体风貌。而明人黄汝亨更将绮靡与名花名姝联系起来，他说：

> 陆士衡有云："诗缘情而绮靡。"绮自情生者也，万物之色艳冶心目，无之非绮，惟名花名姝二者来香国呈媚姿，令人飘飘摇摇而不自禁，则情为之萦然，明有情人也。[④]

---

① 〔晋〕陆机撰，张少康集释：《文赋集释》，上海古籍出版社 1984 年版，第 71 页。

② 〔明〕黄省曾：《五岳山人集》卷三十《答武林方九叙童汉臣书一首》，明嘉靖刻本，第 12 页 B。

③ 〔清〕黄宗羲编：《明文海》卷二百六十七《锦研斋次草序》，清涵芬楼钞本，第 10 页 B。

④ 〔明〕黄士亨：《寓林集》卷三《绮咏小序》，明天启四年刻本，第 28 页 B。

陆机所论的诗歌，没有道德、教化方面的要求与制约，只有内发于心并呈现于外的美好的气象与意境。无疑，这是有别于儒家传统诗学规范，而依循诗歌本色审美特征，对诗歌进行的一种新的诠释与要求。就陆机的思想倾向而言，他"伏膺儒术，非礼不动"①。何以在诗歌中了无传统儒家诗学的色彩？这只能从魏晋以来文学的发展大势来寻求答案。魏晋时期对文学自身规律的讨论渐成风气，文学的审美功能、娱悦功能为文人们所重视，并体现在文学的创作与理论探讨之中。对于陆机明显越出儒家诗学的藩篱，后世的论者往往时有物议，如明人徐祯卿即说："诗缘情而绮靡，则陆生之所知，固魏诗之渣秽耳。"②在徐祯卿看来，绮靡之诗，乃文胜质衰的体现。陆机之"不经"，正体现了其独到之处。

第三节　左思、皇甫谧的赋论及挚虞的《文章流别论》

左思（生卒年不详），字太冲，齐国临淄（今山东淄博临淄）人。晋武帝时为秘书郎。晋惠帝时，京师大乱，举家迁冀州，数年病卒。左思是太康年间杰出的诗人和辞赋家。作有《三都赋》《咏史诗》等。

据《晋书·左思》本传记载，左思作《三都赋》"构思十年，门庭藩溷皆著笔纸，遇得一句，即便疏之。自以所见不博，求为秘书郎。及赋成，时人未之重。思自以其作不谢班张，恐以人废言，安定皇甫谧有高誉，思造而示之。谧称善，为其赋序"③。除了皇甫谧之外，还有刘逵、卫瓘、挚虞等人为之作序。挚虞的序已亡佚，存世诸序中最具价值的是左思自序和皇甫谧序。

左思对于赋的认识与此前的赋论家颇多不同，此前的赋论家多注重讽谕劝戒，但这是在赋体"极丽靡之辞，闳侈巨衍"的艺术追求与文学"尚用"传统之间不得已的选择，实际效果便大打折扣，"相如上《大人赋》，欲以风，帝反缥缥有陵云之志"④，便是明证。因此，扬雄之无奈，枚乘"自悔类倡"⑤也就不足为奇

①　［唐］房玄龄：《晋书》卷五十四，中华书局2003年版，第1467页。

②　［清］何文焕辑：《历代诗话·谈艺录》，中华书局2004年版，第766页。

③　［唐］房玄龄：《晋书》卷九十二，中华书局2003年版，第2376页。

④　［汉］班固撰，［唐］颜师古注：《汉书》卷八十七下，中华书局1962年版，第3575页。

⑤　［汉］班固撰，［唐］颜师古注：《汉书》卷五十一，中华书局1962年版，第2367页。

了。 左思为赋则取征实一途，赋以状物，以达其用。 他在《三都赋序》中描述了自己的创作旨趣：

> 余既思摹《二京》而赋《三都》，其山川城邑，则稽之地图，其鸟兽草木，则验之方志。风谣歌舞，各附其俗；魁梧长者，莫非其旧。何则？发言为诗者，咏其所志也；升高能赋者，颂其所见也。美物者贵依其本，赞事者宜本其实。匪本匪实，览者奚信？且夫任土作贡，《虞书》所著；辩物居方，《周易》所慎。聊举其一隅，摄其体统，归诸诂训焉。①

据《晋书·左思传》记载："造《齐都赋》，一年乃成。 复欲赋三都，会妹芬入宫，移家京师，乃诣著作郎张载访岷邛之事。 遂构思十年，门庭藩溷皆著笔纸，遇得一句，即便疏之。 自以所见不博，求为秘书郎。"②经过十年磨砺，《三都赋》出，一时洛阳纸贵。 左思的赋作以明物见长，卫权在序文中谓其"山川土域，草木鸟兽，奇怪珍异，金皆研精所由，纷散其义矣"③，其创作的经历正体现了《三都赋序》的旨趣。 对于何以取征实之途，他通过对前人赋作的评骘，历述了赋作闳丽而"非用"的矛盾：

> 盖诗有六义焉，其二曰赋。扬雄曰："诗人之赋丽以则。"班固曰："赋者，古诗之流也。"先王采焉，以观土风。见"绿竹猗猗"，则知卫地淇澳之产；见"在其版屋"，则知秦野西戎之宅。故能居然而辨八方。然相如赋《上林》而引"卢橘夏熟"，扬雄赋《甘泉》而陈"玉树青葱"，班固赋《西都》而叹以出比目，张衡赋《西京》而述以游海若。假称珍怪，以为润色，若斯之类，匪啻于兹。考之果木，则生非其壤；校之神物，则出非其所。于辞则易为藻饰，于义则虚而无征。且夫玉卮无当，虽宝非用；侈言无验，虽丽非经。而

---

① 〔清〕严可均编：《全上古三代秦汉三国六朝文》，《全晋文》卷七十四，中华书局1958年版，第3763页。

② 〔唐〕房玄龄：《晋书》卷九十二，中华书局2003年，第2376页。

③ 〔唐〕房玄龄：《晋书》卷九十二，中华书局2003年，第2376页。

论者莫不诋讦其研精,作者大氏举为宪章。积习生常,有自来矣。①

"玉卮无当,虽宝非用;侈言无验,虽丽非经。"为了发挥辞赋的社会效用,左思提出了明物、博物,"考之果木""校之神物"的方法。其实,当时的赋论家也认识到了辞赋创作中"虚"与"实"的问题,常常言及形象化的文辞与现实之间的矛盾。如挚虞反对"假象过大","逸辞过壮","辩言过理","丽靡过美"②等等。左思的征实之论为赋作开辟了多识博物的途径,丰富了赋论的内容。但是,就文学的特质而言,这种"稽之地图""验之方志"的方法,必然会摒弃夸张、虚构的表现手法,这不能不说是在文学自觉的时代,赋论呈现出的一种倒退的倾向。

比较而言,皇甫谧的《三都赋序》则体现了折衷调和的色彩。皇甫谧(215—282),字士安,自号玄晏先生,安定朝那(今宁夏固原东南)人,少年时游荡无度。后躬自稼穑,带经而农,博综典籍百家之言。屡征不仕,以著述为务。《三都赋序》乃因左思之请而作。一方面支持左思之论,称赞左思之作。与左思征实之论相似,皇甫谧《三都赋序》亦云:"不率典言,并务恢张,其文博诞空类。大者罩天地之表,细者入毫纤之内,虽充车联驷,不足以载;广厦接榱,不容以居也。""而长卿之俦,过以非方之物,寄以中域,虚张异类,托有于无。祖构之士,雷同影附,流宕忘反,非一时也。"他推许左思的《三都赋》:"作者又因客主之辞,正之以魏都,折之以王道,其物土所出,可得披图而校。体国经制,可得案记而验,岂诬也哉!"另一方面,他又对赋作"文必极美""辞必尽丽"的特征予以肯定:"然则赋也者,所以因物造端,敷弘体理,欲人不能加也。引而申之,故文必极美;触类而长之,故辞必尽丽。"同样,他对司马相如、扬雄等人的赋作总体还是肯定的,云:"其中高者,至如相如《上林》,扬雄《甘泉》,班固《两都》,张衡《二京》,马融《广成》,王生《灵光》,初极宏侈之辞,终以约简之

---

① 〔清〕严可均编:《全上古三代秦汉三国六朝文》,《全晋文》卷七十四,中华书局1958年版,第3763页。

② 〔清〕严可均编:《全上古三代秦汉三国六朝文》,《全晋文》卷七十七,中华书局1958年版,第3810页。

制，焕乎有文，蔚尔鳞集，皆近代辞赋之伟也。"①皇甫谧论赋之所以兼采众说，与其对辞赋的认识有关。他一方面将诗、赋并称，说："孔子采万国之风，正雅颂之名，集而谓之《诗》。诗人之作，杂有赋体。子夏序《诗》曰：一曰风，二曰赋。故知赋者，古诗之流也。"②古人推尊诗之外的不同文体，常常寻求这些文体与诗之间的源流、总分关系作为根据。赋以及后起的词，都借径于此。因其具有"古诗之流"的品性，当具有"风雅之则"。另一方面，又承认赋体"文必极美，触类而长之，故辞必尽丽"的美学特点。皇甫谧对辞赋的综汇众说，肯定了辞赋发展的主脉。当然，皇甫谧的融通之论并没有真正解决辞赋"丽"与"用"之间的固有矛盾。

挚虞（？—311）字仲洽，京兆长安（今陕西西安西北）人。晋泰始（265—274）年间举贤良，拜中郎，官至太常卿。永嘉年间，洛阳荒乱，饥饿而死。据《晋书·挚虞传》记载："虞撰《文章志》四卷，……又撰古文章，类聚区分为三十卷，名曰《流别集》，各为之论，辞理惬当，为世所重。"③《隋书·经籍志》著录挚虞有"《文章流别集》四十一卷"，"《文章流别志、论》二卷"。可见，《文章流别集》当是一部规模宏大的总集，并附有志和论。《隋书·经籍志》认为这是总集的开始："总集者，以建安之后，辞赋转繁，众家之集，日以滋广，晋代挚虞，苦览者之劳倦，于是采摘孔翠，芟剪繁芜，自诗赋下，各为条贯，合而编之，谓为《流别》。是后文集总钞，作者继轨，属辞之士，以为覃奥，而取则焉。"④总集的选编是文学创作繁荣的结果和重要标志。总集以类为聚，"各为条贯"，既是作品的集大成，也体现了各类文体的流变。同时，总集的编选，需要"采摘孔翠，芟剪繁芜"，编者的取舍也是品鉴的过程，因此，大量总集的出现，必然对文学理论和文学批评具有促进作用。但《文章流别集》及其志和论都早已亡佚。明张溥《汉魏六朝百三名家集》、清严可均《全晋文》、张鹏一《关陇丛书》有

---

① 以上引自〔清〕严可均编：《全上古三代秦汉三国六朝文》，《全晋文》卷七十一，中华书局 1958 年版，第 3744—3745 页。

② 〔清〕严可均辑：《全上古三代秦汉三国六朝文》，《全晋文》卷七十一《三都赋序》，中华书局 1958 年版，第 3745 页。

③ 〔唐〕房玄龄：《晋书》卷五十一，中华书局 1973 年版，第 1427 页。

④ 〔唐〕魏征、〔唐〕令狐德棻：《隋书》卷三十五，中华书局 2002 年版，第 1089—1090 页。

《志》、《论》佚文的辑本。

对于史书著录的挚虞的《文章流别集》和《文章志》的内容与价值，刘师培在《蒐集文章志材料方法》中说："文学史者，所以考历代文学之变迁也。古代之书，莫备于晋之挚虞。虞之所作，一曰《文章志》，一曰《文章流别》。志者，以人为纲者也；流别者，以文体为纲者也。"①对于《文章志》是否是《文章流别》中所附之志别出，学术界有争议。但从现存的佚文来看，"志"是作者小传及其著述篇目，如果列入《文章流别集》之中，作家与作品统为一体，便大致具有了刘师培所说的文学史的性质。对于"论"，今存有十余则，主要是文体论。现存的佚文主要论述的文体有：颂、赋、诗、七、箴、铭、诔、哀辞、哀策、对问、碑、图谶。从现存的材料可以看出，挚虞对作品的分类远比曹丕、陆机细致，后世的学者对其也多有褒赞，如，钟嵘《诗品序》说："挚虞《文志》，详而博赡，颇曰知言。"②颜延之《庭诰》说："挚虞文论，足称优洽。"③

从现存的材料来看，挚虞的文学观念基本沿袭了儒家的传统的观念。他强调文学的教化功能："文章者，所以宣上下之象，明人伦之叙，穷理尽性，以究万物之宜者也。"遣辞用语明显带有儒家文献《周易》《孟子》的痕迹。他将文学的产生与先王德泽、功烈结合在一起："王泽流而诗作，成功臻而颂兴，德勋立而铭著，嘉美终而诔集。"在挚虞看来，雅重于风，颂重于诗："言一国之事，系一人之本，谓之风。言天下之事，形四方之风，谓之雅。""后世之为诗者多矣，其功德者谓之颂，其馀则总谓之诗。颂，诗之美者也。"④挚虞论文尊古宗经，他论颂依《诗经》为本，以颂圣王之德为是。他批评其后的一些作品已不合古意："扬雄《赵充国颂》，颂而似雅；傅毅《显宗颂》，文与《周颂》相似，而杂以风雅之意。若马融《广成》《上林》之属，纯为今赋之体，而谓之颂，失之远矣。"这基本恪守了汉儒对《诗经》中颂"美盛德之形容"的传统。不但如此，他还说："古之诗有三言、四言、五方、六言、七言、九言。古诗率以四言为体，而时有一句二句杂

---

① 刘师培：《中国中古文学史讲义》附录，上海古籍出版社 2000 年版，第 114 页。

② 〔南朝梁〕钟嵘著，王叔岷笺证：《钟嵘诗品笺证稿·诗品总序》，中华书局 2007 年版，第 100 页。

③ 〔清〕严可均辑：《全上古三代秦汉三国六朝文》，《全宋文》卷三十六，中华书局 1958 年版，第 5273 页。

④ 〔清〕严可均辑：《全上古三代秦汉三国六朝文》，《全晋文》卷七十七，中华书局 1958 年版，第 3809 页。

在四言之间，后世演之，遂以为篇。"这显然不合事实。挚虞将三言至九言各体都溯源于《诗经》，显示了宗经的倾向。当五言流行之时，他还以《诗经》为代表的四言诗为雅正之音，说："雅音之韵，四言为正。"①由此可见挚虞论诗秉持的还是崇古尊雅的传统观念。挚虞对诗体的论述虽然并不合乎事实，但是他是较早注意诗体问题的文论家。

挚虞对于当时一些新的文学观念也有所承绪或发展。如，他对于陆机的缘情说隐然有承祧之意，说："诗虽以情志为本，而以成声为节。"对于赋，他有这样的论述：

> 赋者，敷陈之称，古诗之流也。古之作诗者，发乎情，止乎礼义。情之发，因辞以形之；礼义之旨，须事以明之。故有赋焉，所以假象尽辞，敷陈其志。前世为赋者有孙卿、屈原，尚颇有古诗之义，至宋玉则多淫浮之病矣。《楚辞》之赋，赋之善者也。故扬子称赋莫深于《离骚》。贾谊之作，则屈原俦也。古诗之赋，以情义为主，以事类为佐。今之赋，以事形为本，以义正为助。情义为主，则言省而文有例矣；事形为本，则言富而辞无常矣。文之烦省，辞之险易，盖由于此。夫假象过大，则与类相远；逸辞过壮，则与事相违；辩言过理，则与义相失；丽靡过美，则与情相悖。此四过者，所以背大体而害政教，是以司马迁割相如之浮说，扬雄疾辞人之赋丽以淫。②

虽然挚虞论赋基本沿袭了扬雄、班固的观点，但他对于"古诗之赋"（亦即扬雄所谓"诗人之赋"）与"今之赋"（亦即扬雄所谓"辞人之赋"）之间的区别，不同于扬雄所说的"丽以则"与"丽以淫"。挚虞认为"古诗之赋"的特点在于"以情义为主，以事类为佐"。而"今之赋"则是"以事形为本，以义正为助"。扬雄揭示的是两种赋作辞采绚丽的程度有别，而挚虞则揭示了两种赋的内容区别：一是"情义"，一是"事形"，而以"情义"为尚。论赋尚情，这是挚虞的独到之论。比较而言，挚虞对于两种赋作的认识更为准确、更为具体。

① ［清］严可均辑：《全上古三代秦汉三国六朝文》，《全晋文》卷七十七，中华书局1958年版，第3810页。
② ［清］严可均辑：《全上古三代秦汉三国六朝文》，《全晋文》卷七十七，中华书局1958年版，第3810页。

第四节 葛洪《抱朴子》

葛洪（283—363），字稚川，自号抱朴子，丹阳句容（今江苏句容）人。 生于世代簪缨之家，祖父为吴国大鸿胪，父历任吴会稽太守和晋邵陵太守。 父亲逝世后，家道遂贫。 葛洪刻苦好学，自谓："于众书乃无不暗诵精持。 曾所披涉，自正经、诸史、百家之言，下至短杂文章，近万卷。"①《晋书·葛洪传》云："洪博闻深洽，江左绝伦，著述篇章，富于班马。 又精辩玄赜，析理入微。"②曾任丞相掾、咨议参军等职。 著有《抱朴子》内外篇等。《抱朴子外篇·自叙》云："其《内篇》言神仙方药、鬼怪变化、养生延年、禳邪却祸之事，属道家；其《外篇》言人间得失，世事臧否，属儒家。"③他的文学观主要体现在《抱朴子》外篇中。

首先，传统文学观的再申论：助教尚用。 葛洪学识渊博，儒道兼擅，在文学方面他有承绪儒家传统的一面，这与魏晋时期尤重辞采藻饰，以及缘情写意的风气有所不同。 他提倡文章当具有现实功能："制器者珍于周急，而不以采饰外形为善；立言者贵于助教，而不以偶俗集誉为高。 若徒阿顺谄谀，虚美隐恶，岂所匡失弼违，醒迷补过者乎？"④助教化、敦民俗是文学的社会功能，他说："不能拯风俗之流遁，世涂之凌夷，通疑者之路，赈贫者之乏。 何异春华不为肴粮之用，苌蕙不救冰寒之急。 古诗刺过失，故有益而贵；今诗纯虚誉，故有损而贱也。"⑤基于这样的认识，他流露出对徒有虚华之表的诗赋的轻贱之意，在记述自己为文为学经历时说："洪年十五六时，所作诗赋杂文，当时自谓可行于代。 至于弱冠，更详省之，殊多不称意。""洪年二十余，乃计作细碎小文，妨弃功日，未若立一家

① 〔晋〕葛洪著，杨明照校笺：《抱朴子外篇校笺》卷五十，中华书局1991年版，第655页。

② 〔唐〕房玄龄：《晋书》卷七十二，中华书局2003年版，第1913页。

③ 〔晋〕葛洪著，杨明照校笺：《抱朴子外篇校笺》卷五十，中华书局1991年版，第698页。

④ 〔晋〕葛洪著，杨明照校笺：《抱朴子外篇校笺》卷四十二，中华书局1991年版，第414页。

⑤ 〔晋〕葛洪著，杨明照校笺：《抱朴子外篇校笺》卷四十，中华书局1991年版，第398页。

之言，乃草创子书。"①显然，他所谓"细碎小文"是指诗赋杂文。 同样，他还批评世人"贵爱诗赋浅近之细文，忽薄深美富博之子书，以磋切之至言为骙拙，以虚华之小辩为妍巧"②。 徒有饰弄华藻的辞赋，往往有虚美隐恶之弊，因此，他更青睐可立一家之言的子书。 葛洪人生这一变化的根本原因其实在于尚质实有用、力戒虚美的为文观念，因此，他对一些鲜有致用之功的子书同样不屑："著书者徒饰弄华藻，张磔迂阔，属难验无益之辞，治靡丽虚言之美，有似坚白厉修之书、公孙刑名之论，虽旷笼天地之外，微入无间之内，立解连环，离同合异，鸟影不动，鸡卵有足，犬可为羊，大龟长蛇之言，适足示巧表奇以诳俗。 何异乎画敖仓以救饥，仰天汉以解渴？"为达"救饥""解渴"之效，他主张文章当明白易晓："君子之开口动笔，必戒悟蔽，式整雷同之倾邪，磋碏流遁之暗秽。"③"书犹言也若人谈语，故为知有；胡、越之接，终不相解。 以此教戒，人岂知之哉？ 若言以易晓为辨，则书何故以难知为好哉？"④葛洪助教尚用的文论之所以与当时文坛风气有别，与其含茹学术，而不仅仅以辞章见擅的个人因素不无关系。

其次，文章与德行关系的新解说。 春秋时期鲁国大夫叔孙豹称"立德""立功""立言"为"三不朽"，但随着以讲仁德为要的儒学成为经学，立德与立言的地位发生了变化，德行为本、文章为末几成共识。 对此，葛洪提出了不同的看法，他说："德行为有事，优劣易见；文章微妙，其体难识。 夫易见者，粗也；难识者，精也。 夫唯粗也，故铨衡有定焉；夫唯精也，故品藻难一焉。"⑤两者相较，德行为粗而文章为精，轻重自现。 他又说：

文章之与德行，犹十尺之与一丈。 谓之余事，未之前闻。夫上天之所

① 〔晋〕葛洪著，杨明照校笺：《抱朴子外篇校笺》卷五十，中华书局 1991 年版，第 695、697 页。

② 〔晋〕葛洪著，杨明照校笺：《抱朴子外篇校笺》卷三十二，中华书局 1991 年版，第 105 页。

③ 以上引自〔晋〕葛洪著，杨明照校笺：《抱朴子外篇校笺》卷四十二，中华书局 1991 年版，第 416—419 页。

④ 〔晋〕葛洪著，杨明照校笺：《抱朴子外篇校笺》卷三十，中华书局 1991 年版，第 78 页。

⑤ 〔晋〕葛洪著，杨明照校笺：《抱朴子外篇校笺》卷三十二，中华书局 1991 年版，第 107 页。

以垂象，唐、虞之所以为称，大人虎炳，君子豹蔚，昌、旦定圣谥于一字，仲尼从周之郁，莫非文也。八卦生鹰隼之所被，六甲出灵龟之所负。文之所在，虽贱犹贵。犬羊之鞟，未得比焉。且夫本不必皆珍，末不必悉薄，譬若锦绣之因素地，珠玉之居蚌、石，云雨生于肤寸，江河始于咫尺。尔则文章虽为德行之弟，未可呼为余事也。①

葛洪以文章与德行并为兄弟。 他对德行为本、文章为末的传统观念进行了别样的解释，本末之谓并非轻重之别，他举素地之本与锦绣之末，蚌石之本与珠玉之末进行比较，锦绣绚丽远过于素地，珠玉之珍奇远过于蚌石。 同样，润物的甘霖生于肤寸，浩翰的江河始于咫尺之源，其"末"无不比"本"重要与实用。 因此，决不可小文章大德行，呼文章为余事。 同样，立言与立功相比较，著书立论不亚于建功立业，他说："缴飞钩沉，罾举罝仰，而有获同功；树勋立言，出处殊涂，而所贵一致。"②

当然，葛洪之"文章"并不等同于纯粹意义上的文学，而是包含文学、各种实用文体以及子书在内的学术文献。 显然，虚美无用之文并不在葛洪所论的文章之列。

最后，今胜于古的文学发展观。 本于助教尚用的文学功能论，葛洪对崇古非今的文学观提出了批评，认为社会是不断进步的，文章亦应如此：

且夫古者事事醇素，今则莫不雕饰，时移世改，理自然也。至于厕锦丽而且坚，未可谓之减于襄衣；轺辂妍而又牢，未可谓之不及椎车也。……若舟车之代步涉，文墨之改结绳，诸后作而善于前事，其功业相次千万者，不可复缕举也。世人皆知之快于曩矣，何以独文章不及古邪？③

① 〔晋〕葛洪著，杨明照校笺：《抱朴子外篇校笺》卷三十二，中华书局 1991 年版，第 113 页。

② 〔晋〕葛洪著，杨明照校笺：《抱朴子外篇校笺》卷三十八，中华书局 1991 年版，第 289 页。

③ 〔晋〕葛洪著，杨明照校笺：《抱朴子外篇校笺》卷三十，中华书局 1991 年版，第 77—78 页。

这种发展的文学观贯及《抱朴子》中有关篇章之中，如，《尚博篇》的末段云：

> 又世俗率神贵古昔而黩贱同时，虽有追风之骏，犹谓之不及造父之所御也；虽有连城之珍，犹谓之不及楚人之所泣也；虽有疑断之剑，犹谓之不及欧冶之所铸也；虽有起死之药，犹谓之不及和、鹊之所合也；虽有超群之人，犹谓之不及竹帛之所载也；虽有益世之书，犹谓之不及前代之遗文也。是以仲尼不见重于当时，《太玄》见蚩薄于比肩也。俗士多云：今山不及古山之高，今海不及古海之广，今日不及古日之热，今月不及古月之朗。何肯许今之才士，不减古之枯骨？重所闻，轻所见，非一世之所患矣。①

葛洪痛快淋漓地对神贵古昔、黩贱同时之俗进行了驳诘，这为其文学发展观奠定了基础，他说：

> 且夫《尚书》者，政事之集也，然未若近代之优文、诏、策、军书、奏、议之清富赡丽也。《毛诗》者，华彩之辞也，然不及《上林》《羽猎》《二京》《三都》之汪濊博富也。然则古之子书，能胜今之作者，何也？……今诗与古诗俱有义理，而盈于差美。方之于士，并有德行，而一人偏长艺文，不可谓一例也。比之于女，俱体国色，而一人独闲百伎，不可混为无异也。若夫俱论宫室，而奚斯"路寝"之颂，何如王生之赋灵光乎？同说游猎，而《叔畋》《卢铃》之诗，何如相如之言上林乎？并美祭祀，而《清庙》《云汉》之辞，何如郭氏《南郊》之艳乎？等称征伐，而《出车》《六月》之作，何如陈琳《武军》之壮乎？则举条可以觉焉。近者夏侯湛、潘安仁并作补亡诗：《白华》《由庚》《南陔》《华黍》之属，诸硕儒高才之赏文者，咸以古诗三百，未有足以偶二贤之所作也。②

---

① 〔晋〕葛洪著，杨明照校笺：《抱朴子外篇校笺》卷三十二，中华书局1991年版，第118—120页。
② 〔东晋〕葛洪著，杨明照校笺：《抱朴子外篇校笺》卷三十，中华书局1991年版，第69—75页。

葛洪从"清富赡丽""博富"的角度论述了近世文章胜于古代，因此而得出辞赋胜《诗经》的结论。可见，葛洪是在肯定内容的前提之下主要从审美的角度得出的结论。今人何以信耳而疑目，尊古贱今，葛洪认为，这与一些评论者学力浅薄而致盲目崇拜有关：

> 古之著书者才大思深，故其文隐而难晓；今人意浅力近，故露而易见。
> 以此易见，比彼难晓，犹沟浍之方江河，蚁垤之并嵩、岱矣。①

"难晓"的原因是："且古书之多隐，未必昔人故欲难晓。或世异语变，或方言不同；经荒历乱，埋藏积久，简编朽绝，亡失者多；或杂续残缺，或脱去章句。是以难知，似若至深耳。"文章书籍是给人看的，易晓才合理："若言以易晓为辨，则书何故以难知为好哉！"可见，"隐而难晓"不但不是古文胜今文的根据，而恰恰是今文胜古文的表现。

总体而言，葛洪的文学观是发展的文学观，其中既带有魏晋文坛的色彩：重视为文的技巧与审美；也有秉持传统的一面：对于文学助教尚用功能的认识，等等。他实际企求的是文学作品内容的丰富、义理的深刻与文采的赡丽华美相统一，即他所谓："繁华晔晔，则并七曜以高丽；沈微沦妙，则侪玄渊之无测。"②显然，葛洪的文论是颇具积极意义的。

---

① 〔东晋〕葛洪著，杨明照校笺：《抱朴子外篇校笺》卷三十，中华书局1991年版，第65页。

② 〔东晋〕葛洪著，杨明照校笺：《抱朴子外篇校笺》卷四十，中华书局1991年版，第399页。

第四章

南北朝：中国文学思想的繁盛期

第一节　文笔说

　　文体由总而分，是文学发展的必然结果，也是人们对文学认识更加深入的表现。　文体分类促进了对文体特征的理解。　发生这一变化的诱因之一是随着作品数量的增多，编辑与著录作品时需要以类相分，以便检索。　比较易行的方法是以押韵为标准。　押韵的诗、赋、铭、颂等归为一类，不押韵脚的诏、奏、表、论等归为另一类。　如，葛洪在《抱朴子外篇自叙》中述及自己至建武年间已创作的作品时说："碑、颂、诗、赋百卷，军书、檄移、章表、笺记三十卷。"①这显然是以押韵为别。　可见，这种分类方法在南朝之前即已形成。《宋书·颜竣传》云：

　　　　太祖(宋文帝)问(颜)延之："卿诸子谁有卿风？"对曰："竣得臣笔，测得臣文，㷮得臣义，跃得臣酒。"②

　　"文""笔"显然是指两种不同的文体大类。　颜延之言文笔而不诠释，可见宋文帝已明白其意，亦即文笔相分此时已成共识。　当然，以文笔称文章由来已久，如，汉代王充在《论衡·超奇篇》中云："（周）长生死后，州郡遭忧，无举奏之吏，以故事结不解，征诣相属，文轨不尊，笔疏不续也。　岂无忧上之吏哉？　乃其

---

　　①　〔东晋〕葛洪著，杨明照校笺：《抱朴子外篇校笺》附录，中华书局1991年版，第698页。

　　②　〔南朝梁〕沈约：《宋书》卷七十五，中华书局1974年版，第1959页。

中文笔不足类也。"①但此之"文笔"泛指文章,而不是文体分类。 明确对文、笔进行定义的是刘勰,他在《文心雕龙·总术篇》中说:

> 今之常言,有文有笔。以为无韵者笔也,有韵者文也。夫文以足言,理兼诗书。别目两名,自近代耳。②

"今之常言"说明"文""笔"之分乃南朝共识。"别目两名,自近代耳",体现了在距刘勰之前不长时间才分判文、笔两目的。"近代"究竟为何时? 刘勰虽未言明,但《文心雕龙》中的"近代"多指刘宋初年,如《明诗篇》:"宋初文咏,体有因革,庄老告退,而山水方滋……此近世之所竞也。"③但据《世说新语·文学篇》记载:"乐令(乐广)善于清言,而不长于手笔。 将让河南尹,请潘岳为表。潘云:'可作耳,要当得君意。'乐为述己所以为让,标位二百许语,潘直取错综,便成名笔。"④可见,晋人已称无韵之章表为笔。 刘勰在《文心雕龙》中分判更加精细,其押韵之文有:诗、赋、颂、赞、祝、盟、铭、箴、诔、碑、哀、吊,不押韵之笔有:史传、诸子、论、说、诏、策、移、封禅、章、表、启、议、对、书信等。 介于两者之间的是杂文(刘勰举三体:对问、七、连珠)、谐辞(带有讽刺的诙谐文)。 范文澜《文心雕龙注》说:"《杂文》《谐隐》,笔文杂用,故列在文笔二类之间。"⑤由此可见,文、笔在南朝时已有较明确的分判。 当然,使用还比较随意,意义宽窄也往往因人而异,这从刘勰对较早提出文、笔分判的颜延年的批评中可以看出。 在《文心雕龙·总术》中,刘勰在对文笔定义之后,即引颜延年

---

① 〔东汉〕王充著,黄晖校释:《论衡校释》卷第十三,中华书局 1990 年版,第613 页。

② 〔南朝梁〕刘勰著,范文澜注:《文心雕龙注》卷九《总术第四十四》,人民文学出版社 1958 年版,第 655 页。

③ 〔南朝梁〕刘勰著,范文澜注:《文心雕龙注》卷二《明诗第六》,人民文学出版社1958 年版,第 67 页。

④ 〔南朝宋〕刘义庆著,徐震堮校笺:《世说新语校笺》,中华书局 1984 年版,第137 页。

⑤ 〔南朝梁〕刘勰著,范文澜注:《文心雕龙注》卷一,人民文学出版社 1958 年版,第 5 页。

之说：“笔之为体，言之文也；经典则言而非笔，传记则笔而非言。”①对此，黄侃《文心雕龙札记》云：“颜延年之说，今不知所出，宜在所著之《庭诰》中。”②颜延年实乃文体三分法，即文、笔、言。范文澜《文心雕龙注》对颜延年的三分法有这样的诠释：“此言字与笔字对举，意谓直言事理，不加彩饰者为言，如《礼经》《尚书》之类是；言之有文饰者为笔，如《左传》《礼记》之类是；其有文饰而又有韵者为文。”③可见，颜氏三分是依文饰为标准，但何以文饰则并未详论。颜氏之论带来了这样一个难题：在重文体形式之美的南朝，重文轻笔乃时风众势，但言之文饰尚不及笔，则经有不及传之虞。同时，颜氏将传记列入“笔”，史传类的专著亦在其列，这样就扩大了笔的范围。颜氏的文体三分说有一定的合理性，因为上古文献普遍较为质朴，此后渐重形式，笔、言之分也顺应了这一大势。但也有不甚周密之处，诚如范文澜所言：“盖《文言》，经典也，而实有文饰，是经典不必皆言矣；况《诗》三百篇，又为韵文之祖耶？”正是在这样的背景之下，刘勰在《文心雕龙》中对其进行了驳议：

> 请夺彼矛，还攻其楯矣。何者？《易》之《文言》，岂非言文？若笔果（原作“不”，据刘永济《文心雕龙校释》改）言文，不得云经典非笔矣。将以立论，未见其论立也。予以为发口为言，属翰曰笔。④常道曰经，述经曰传。经传之体，出言入笔。笔为言使，可强可弱。六（原作“分”，据黄侃《文心雕龙札记》改）经以典奥为不刊，非以言笔为优劣也。⑤

刘勰论文主张宗经征圣，他认为儒家经典是“象天地，效鬼神，参物序，制人

---

① ［南朝梁］刘勰著，范文澜注：《文心雕龙注》卷九《总术第四十四》，人民文学出版社1958年版，第655页。

② 黄侃：《文心雕龙札记·总术第四十四》，中华书局2006年版，第262页。

③ ［南朝梁］刘勰著，范文澜注：《文心雕龙注》卷九，人民文学出版社1958年版，第658页。

④ 原作“属笔曰翰”，杨明照《校注拾遗》：“按《论衡·书解篇》：‘出口为言，集札为文。’又：‘出口为言，著文为篇。’又按以下文‘出言入笔，笔为言使’及‘非以言笔为优劣也’验之，‘属笔曰翰’当乙作‘属翰曰笔’。”（黄叔琳注、李详补注、杨明照校注拾遗：《增订文心雕龙校注》卷九《总术第四十四》，中华书局2012年版，第529—530页。）

⑤ ［南朝梁］刘勰著，范文澜注：《文心雕龙注》卷九《总术第四十四》，人民文学出版社1958年版，第655页。

纪，洞性灵之奥区，极文章之骨髓者也"①。 因此，刘勰认为，"发口为言，属翰曰笔"，只要将语言记录下来，便是笔。 至于记录得好与不好，亦即文饰程度如何，则无妨其是笔还是言，即他所谓"笔为言使，可强可弱"。 可见，刘勰与颜延年的认识区别主要在于是否将儒家经典单列为言。 这体现了两者对于儒学的态度。 虽然颜延年亦有重视《诗经》之论，如，他在《庭诰》中说："咏歌之书，取其连类合章，比物集句，采风谣以达民志，《诗》为之祖。"②但根据刘勰的记载，颜延年所论的"经典"当是有"传"的经典，亦即经典乃是大致而言，并不是严格的"六经"，而有可能将《诗经》排除在外。 因为如果将有韵之诗列于"言"，这在以声韵分判文笔较为流行的时期实在难以理解。 那么，他是否有轻视笔、言，亦即轻视经典之意呢？ 这显然是存在的。 其一，刘勰的反驳有言："六经以典奥为不刊，非以言笔为优劣也。"刘勰认为不能以言、笔之间的优劣来判经典，经典因其典奥而成为不刊之作。 颜氏的态度在刘勰的驳议中自可推得。 其二，颜氏的审美取向是崇尚弘丽藻饰。 如，他在《庭诰》中说："及秦勒望岱，汉祀郊宫，辞著前史者，文变之高制也。 虽雅声未至，弘丽难追矣。"③汲黯、班固等人已对汉代的郊庙歌辞进行了讥讽，谓其不合旧典，但颜延之因其"弘丽难追"而尊其为"文变之高制"。 颜延之不无轻忽经典之意，体现了六朝时期思想界多元共生，子学兴盛的时风。 刘勰宗经征圣，有标举经典以纠矫过于追求藻饰风习之义。由此亦可见，刘勰与颜延之文笔论的殊异，背后蕴含着学术取向的不同。

除此，萧绎（梁元帝）在《金楼子·立言篇》中也论及文笔：

> 古人之学者有二，今人之学者有四。夫子门徒，转相师受，通圣人之经者谓之儒。屈原、宋玉、枚乘、长卿之徒，止于辞赋，则谓之文。今之儒，博穷子史，但能识其事，不能通其理者，谓之学。至如不便为诗如阎纂，善为章奏如伯松，若此之流，泛谓之笔。吟咏风谣，流连哀思者，谓之文。……

---

① ［南朝梁］刘勰著，范文澜注：《文心雕龙注》卷一《宗经第三》，人民文学出版社1958 年版，第 21 页。

② ［清］严可均编：《全上古三代秦汉三国六朝文》，《全宋文》卷三十六，中华书局1958 年版，第 5273 页。

③ ［清］严可均编：《全上古三代秦汉三国六朝文》，《全宋文》卷三十六，中华书局1958 年版，第 5273 页。

笔退则非谓成篇,进则不云取义,神其巧惠笔端而已。至如文者,维须绮縠纷披,宫徵靡曼,唇吻适会,情灵摇荡。而古之文笔,今之文笔,其源又异。①

　　萧绎论文笔与刘勰、颜延之等人基本继承晋人以是否押韵脚为标准颇有不同。 萧绎所谓文有声律要求:"宫徵靡曼,唇吻适会";有内容与情感的规约:"吟咏风谣,流连哀思","情灵摇荡";有绚丽的词采:"绮縠纷披"。 萧绎对文做了更为全面的规范与要求,而更近于纯文学的概念。 对于笔,虽然也有"神其巧惠"的创作要求,但"退则非谓成篇,进则不云取义",要求远比文宽松。 萧绎的文笔说体现了南朝文论家对文学形式提出了更高的要求。

　　总之,文笔二分,或文笔言三分说,在古代文体学发展史上具有两种不同的功能和价值:一是概判,通过作品大类的分判,归纳大类之同,探讨同一大类的共性;一是细别,亦即对于各种具体的体裁进行深入分析,总结其基本特征,分判相近文体的各自特质与创作要求。 这两者都是在作品数量增多、作品功能更加专一的时期文学走向自觉与成熟的体现。 其后,随着唐代诗歌走向极盛,文笔渐而被诗笔所代替,如殷璠《河岳英灵集》论陶翰云:"历代词人,诗笔双美者鲜矣,今陶生实谓兼之。"②又如窦蒙《述书赋注》云:"时议论诗则曰王维、崔颢;论笔则曰王缙、李邕。"③不久以后,诗文又渐而代替诗笔,这大致是由于古文运动的深入,古文数量的增加和地位的提高,渐而与诗共同成为最主要的体裁。 这种变化诚如明清之际的冯班所言:"南北朝以有韵为文,无韵为笔。 至于唐季,凡文章皆谓文,与诗对言。"④

第二节　沈约和声律论

　　沈约(441—513),字休文,吴兴武康(今浙江德清)人。 在南齐时,与萧衍

　　① 〔南朝梁〕萧绎著,许逸民校笺:《金楼子校笺》卷四,中华书局 2011 年版,第966 页。
　　② 〔宋〕计有功著,王仲镛校笺:《唐诗纪事校笺》卷第二十,中华书局 2007 年版,第 651 页。
　　③ 〔清〕董诰等:《全唐文》卷四百四十七,中华书局 1983 年版,第 4573 页。
　　④ 〔清〕冯班:《钝吟杂录》卷三《正俗》,中华书局 2013 年版,第 41 页。

（梁武帝）、谢朓、王融、萧琛、范云、任昉、陆倕俱在竟陵王萧子良的门下，号称"竟陵八友"。历仕宋、齐、梁三朝。梁时，官至尚书令。沈约善为诗文，为文坛领袖。据《梁书·沈约本传》载："谢玄晖（朓）善为诗，任彦升（昉）工于文章，约兼而有之，然不能过也。"①著作除了《四声谱》之外，还有《晋书》《宋书》《齐纪》等。今存《宋书》，其他著作均已亡佚。明人辑有《沈隐侯集》。

沈约在文学思想史上的贡献主要体现于声律论。《南齐书·陆厥传》载：

> 永明末，盛为文章。吴兴沈约、陈郡谢朓、琅琊王融以气类相推毂。汝南周颙善识声韵。约等文皆用宫商，以平、上、去、入为四声，以此制韵，不可增减，世呼为"永明体"。②

《梁书·庾肩吾传》亦载："齐永明中，文士王融、谢朓、沈约文章始用四声，以为新变。"③

可以看出，"文章始用四声"的是王融、谢朓和沈约。对于何人作用最显，文献有不同的记载。钟嵘《诗品序》云：

> 齐有王元长（融）者，尝谓余云："宫商与二仪俱生，自古词人不知之，惟颜宪子（延之）乃云'律吕音调'，而其实大谬。唯见范晔、谢庄颇识之耳。尝欲进《知音论》，未就。"王元长创其首，谢朓扬其波。④

而阮逸在《中说·天地篇注》中云："四声韵起自沈约。"⑤《梁书·沈约传》亦载："（沈约）又撰《四声谱》，以为在昔词人，累千载而不悟，而独得胸衿，穷其妙旨。"⑥可见，声律论始自王融还是沈约众说不一，但王融、谢朓都享年不

---

①　〔唐〕姚思廉：《梁书》卷十三，中华书局1973年版，第242页。

②　〔南朝梁〕萧子显：《南齐书》卷五十二，中华书局1972年版，第898页。

③　〔唐〕姚思廉：《梁书》卷四十九，中华书局1973年版，第690页。

④　〔南朝梁〕钟嵘著，王叔岷笺证：《钟嵘诗品笺证稿·诗品总序》，中华书局2007年版，第111页。

⑤　〔隋〕王通著，张沛校注：《中说校注》第二《天地篇》，中华书局2013年版，第43页。

⑥　〔唐〕姚思廉：《梁书》卷十三，中华书局1973年版，第243页。

永，唯沈约由齐入梁，官至尚书，位尊誉隆，且撰有专著《四声谱》。 虽声律论未必始于沈约，但集其成则几无疑问。 当然，《南齐书·陆厥传》中还提及周颙，《南史·周颙传》云："（周颙）始著《四声切韵》，行于时。"①可见，永明声律论非一人独创。 尽管如此，沈约应是其中最主要的人物，这从甄深、陆厥等人的攻讦都集中于沈约一人也可以看出。 据《南齐书》记载，陆厥曾致信沈约说："自魏文属论，深以清浊为言，刘桢奏书，大明体势之致。 岨峿妥帖之谈，操末续颠之说，兴玄黄于律吕，比五色之相宣，苟此秘未睹，兹论为何所指邪？ 故愚谓前英已早识宫徵，但未屈曲指的，若今论所申。"②陆厥所论虽有一些道理，但总体颇为牵强。 曹丕在《典论·论文》中论及文气之清浊时，曾将其与音乐相比况，谓其"曲度虽均，节奏同检；至于引气不齐，巧拙有素"③。 但所论在于节奏，在于气之不齐，与声韵尚有不同。 而所谓"操末续颠之说"，则是转述陆机《文赋》所言。 陆机《文赋》云："苟达变而识次，犹开流以纳泉。 如失机而后会，恒操末以续颠，谬玄黄之袟叙，故淟涊而不鲜。"④陆机虽然述及了声调问题，但所尚的主要是自然之音，并且陆机是以描述的语言状写其大致情状，与沈约等人具体的讨论四声、音韵尚有不同。 沈约的《四声谱》虽已不存，但名之曰"谱"，必是细密之极的以声韵、文字对应的一部专著，决非陆机几句形象描摹的俪辞所能代替。 同时，声律论的形成是与运用结合在一起的。 运用，乃声律论的一大关键。从这个意义上说，"永明体"之称更准确地体现了声律论的要害所在。 换言之，声律见之于用，方形成"体"，而其成功的运用，恰在永明年间。 其中创作"皆用宫商"的沈约即是其主要代表。

声律论的核心是依四声以制韵。 关于四声的起源，迄今尚无定论。 陈寅恪先生认为"四声"与转读佛经有密切的关系。 他在《四声三问》中说：

所以适定为四声，而不为其他数之声者，以除去本易分别，自为一类之

①　［唐］李延寿：《南史》卷三十四，中华书局1975年版，第895页。

②　［南朝梁］萧子显：《南齐书》卷五十二，中华书局1972年版，第898—899页。

③　［清］严可均编：《全上古三代秦汉三国六朝文》，《全三国文》卷八，中华书局1958年版，第2195页。

④　［清］严可均编：《全上古三代秦汉三国六朝文》，《全晋文》卷九十七，中华书局1958年版，第4026页。

入声,复分别其余之声为平上去三声。综合通计之,适为四声也。但其所
以分别其余之声为三者,实依据及摹拟中国当日转读佛经之三声。而中国
当日转读佛经之三声又出于印度古时声明论之三声也。……中国文士依
据及摹拟当日转读佛经之声,分别定为平、上、去之三声,合入声共计之,适
成四声。①

但郭绍虞先生对此存有疑问,他说:

　　四声之定,固然与当时转读佛经之声调有关,但决不能只凭这一点来
说明这问题。因为这只是近因而不是远因;何况这只是人为的次要的原
因,而不合语言自然演变的主要原因。求其远因,则四声之起可能还与以
前经师一字两读之例有关。经师为了分别字义,于是"好"又有"呼报反"之
读;"恶"又有"乌路反"之读。这种分别,并不是古音之旧,但对四声之分,
却起了推动作用。钱大昕《音韵答问》谓:"自葛洪、徐邈等创立凡例,强生
分别,而休文据以定四声,习俗相移,牢不可破,而汉魏以前之正音,遂无可
考矣。"(《潜研堂文集》卷十五)这正说明了文字读音由混而析的过程。文
字读音有此倾向,而古文字的部分阳声,也有转化为上、去二声的情况。这
就说明汉字的读音早已打好了这个基础,所以沈约等受到转读佛经声调的
影响,自然会受到启发而创为四声之论。②

　　四声的发现,是一个待解的学术问题。当然,就文学思想史而言,应该重点
关注四声及制韵对于诗歌发展的影响问题。
　　据《南齐书·陆厥传》可知,永明声律论的要素主要有二:一是四声,即平、
上、去、入;二是"制韵",即利用四声制定出创作诗歌的规范。虽然沈约《四声
谱》今已不传,但沈约在《宋书·谢灵运传论》中有一段论声律的文字:

　　若夫敷衽论心,商榷前藻,工拙之数,如有可言。夫五色相宣,八音协

---

　　①　陈寅恪:《金明馆丛稿初编》,上海古籍出版社 1980 年版,第 328—329 页。
　　②　郭绍虞:《照隅室古典文学论集·声律说考辨》,上海古籍出版社 1983 年版,第
266 页。

畅，由乎玄黄律吕，各适物宜。欲使宫羽相变，低昂互节，若前有浮声，则后须切响。一简之内，音韵尽殊；两句之中，轻重悉异。妙达此旨，始可言文。至于先士茂制，讽高历赏，子建函京之作，仲宣霸岸之篇，子荆零雨之章，正长朔风之句，并直举胸情，非傍诗史，正以音律调韵，取高前式。自骚人以来，多历年代，虽文体稍精，而此秘未睹。至于高言妙句，音韵天成，皆暗与理合，匪由思至。张、蔡、曹、王，曾无先觉，潘、陆、谢、颜，去之弥远。世之知音者，有以得之，知此言之非谬。如曰不然，请待来哲。①

这段文字主要有两层意思：其一，对声律论的描述。总体要求是"宫羽相变，低昂互节"。宫、羽本是五音中的两种，但此处显然并非实指，许是指平仄。陈澧《切韵考》释之曰："此皆但言宫羽，盖宫为平，羽亦为仄欤？"②"低昂互节"则是指文字的音节高下互相变化。总之，这是指一联中的文字音节需高低相间，抑扬相对，以求和谐之美。具体而言则是："若前有浮声，则后须切响。一简之内，音韵尽殊；两句之中，轻重悉异。""浮声""切响"，何焯谓其"即是轻重"③。这是沈约依四声以制诗韵的具体方法。其二，历举"先士茂制"以释四声制韵的范例。所谓"子建'函京'之作"，即曹植《又赠丁仪王粲》中之"从军度函谷，驱马过西京"。"仲宣'霸岸'之篇"则是指王粲《七哀诗》中的"南登灞陵岸，回首望长安"。"子荆'零雨'之章"是指孙楚《征西官属送于陟阳侯作诗》中的"晨风飘歧路，零雨被秋草"。"正长'朔风'之句"是指王赞《杂诗》中的"朔风动秋草，边马有归心"。这些诗句体现了"一简之内，音韵尽殊。两句之中，轻重悉异"的音律美。所谓"一简之内，音韵尽殊"，依刘师培先生的解释则是："谓一句之内，不得两用同纽之字及同韵之字也。"④而"两句之中，轻重悉异"，则是当指每一句结尾声调的不同。

沈约是否论及八病，颇有疑问。论四声的南朝文献，如《梁书·沈约传》《宋书·谢灵运传论》等均无记述"八病"的文字，仅在《南史·陆厥传》中提到平

---

① ［南朝梁］沈约：《宋书》卷六十七，中华书局1974年版，第1779页。

② ［清］陈澧：《切韵考》卷七，北京：中国书店1984年版，第280页。

③ ［清］何焯著，崔高维点校：《义门读书记》卷四十九，中华书局1987年版，第968页。

④ 刘师培：《中国中古文学史讲义》，上海古籍出版社2000年版，第105页。

头、上尾、蜂腰、鹤膝四病。 因此，清代纪昀在《沈氏四声考》中认为沈约仅言四声五言，不言八病，八病之说始于唐人。 纪昀所论也有明显不确，因为隋人王通《中说·天地篇》有引李伯药所言："吾上陈应、刘，下述沈、谢，分四声八病，刚柔清浊，各有端序。"①其中已有"四声八病"的记载。 对《中说》中这段话，阮逸注曰："四声韵起自沈约，八病未详。"②也就是说，当时对于"八病"说出于何人，已不可知。 最早将"八病"与沈约相关联的是初唐的卢照邻，他在《南阳公集序》中说："八病爰起，沈隐侯永作拘囚。"③其后皎然等人也认为"八病"乃沈约所创。 对"八病"的内容，此前的文献没有系统的论列，直至宋代李淑的《诗苑类格》、魏庆之的《诗人玉屑》中始有较详细的记载，对其内容的理解歧义甚大。 更难以圆通的是，以此八病来绳尺沈约的作品，病犯颇为多见。 因此，宋人理解的八病已非沈约所言之八病。 但清代末年从日本传回中国一部《文镜秘府论》，此书中"文二十八种病"一节列举的前八种，就是平头、上尾、蜂腰、鹤膝、大韵、小韵、傍纽、正纽。 此书由日僧遍照金刚编成，遍照金刚于唐德宗时来华，宪宗时归国，带回大量著作，删去其中诗文的作者而成此书。《文镜秘府论》中解释这八病时征引的是齐梁至初唐的材料，因此，一般认为这是最为接近原意的解释。 兹引述如下：

一、平头："平头诗者，五言诗第一字不得与第六字同声，第二字不得与第七字同声。同声者，不得同平、上、去、入四声，犯者名为犯平头。"

二、上尾："上尾诗者，五言诗中，第五字不得与第十字同声，名为上尾。"

三、蜂腰："蜂腰诗者，五言诗一句之中，第二字不得与第五字同声。言两头粗，中央细，似蜂腰也。"

四、鹤膝："鹤膝诗者，五言诗第五字不得与第十五字同声。言两头细，中央粗，似鹤膝也，以其诗中央有病。"

五、大韵："大韵诗者，五言诗若以'新'为韵，上九字中，更不得安'人'

---

① ［隋］王通著，张沛校注：《中说校注》卷二：中华书局 2013 年版，第 43 页。

② ［隋］王通著，张沛校注：《中说校注》，中华书局 2013 年版，第 43 页。

③ ［唐］卢照邻著，李云逸校注：《卢照邻集校注》，中华书局 1998 年版，第321 页。

'津''邻''身''陈'等字,既同其类,名犯大韵。……除非故作叠韵,此即不论。"

六、小韵:"小韵诗,除韵以外,而有迭相犯者,名为犯小韵病也。"

七、傍纽(亦名大纽):"傍纽诗者,五言诗一句之中有'月'字,更不得安'鱼''元''阮''愿'等之字,此即双声,双声即犯傍纽。"

八、正纽:(亦名小纽):"正纽者,五言诗'壬''衽''任''入'四字为一纽,一句之中,已有'壬'字,更不得安'衽''任''入'等字。如此之类,名为犯正纽之病也。"①

尽管如此,这样的解释仍有令人费解之处,郭绍虞《中国文学批评史》中对蜂腰、鹤膝的解释质疑道:"(一)与蜂腰鹤膝的名称没有关系。(二)永明体的声律只讲两句间的关系,此却论到三句。(三)后来的律体诗也不以此为病犯。"因此,郭绍虞先生认为《蔡宽夫诗话》中的解释最为近是。蔡氏谓:"所谓蜂腰鹤膝者盖又出于双声之变。若五字首尾皆浊音而中一字清,即为蜂腰;首尾皆清音而中一字浊,即为鹤膝。"②但蔡氏依何为据尚不清楚。同时,清音、浊音乃后世所说的声母,而不是永明体所要求的声调、韵母。因此,"八病"之首倡者、内容都需进一步讨论。尽管如此,永明声律论在诗歌发展史上仍具有巨大的影响。永明体之前的汉魏古诗一般依内容而形成自然之音,永明体则给诗歌在音律上提出人工的规范。此前的诗与音乐的关系比较密切,采取的是歌的音节,以五音状其声。而南朝诗歌则与音乐逐渐疏离,诗歌供吟诵之用,主要通过四声和韵达到"宫羽相变,低昂互节"之效。永明声律论为其后律诗的形成打下了声律学的基础。诗歌的形式逐渐走向严整,音律的要求逐渐严格,永明体作为古诗到律诗之间的过渡,其作用不应被忽视。当然,这也衍成了拘泥形式、过分雕琢之病,流波一直延及唐初,《文镜秘府论》云:"声谱之论郁起,病犯之名争兴,家制格式,

① 〔日〕遍照金刚著,卢盛江校考:《文镜秘府论汇校汇考》,中华书局 2006 年版,第 913、931、949、973、1000、1008、1015、1039 页。

② 详见郭绍虞:《中国文学批评史·永明体与声律问题》,上海古籍出版社 1979 年版,第 90 页。

人谈疾累，徒竟文华，空事拘检，灵感沈秘，雕弊实繁。"①当然，这一现象的产生究竟与沈约有多大关系尚有商榷的余地。因为，八病是否为沈约所倡尚有疑问。即便是，后人所理解的"八病"是否合乎沈约原意也是待解之谜。

第三节　裴子野、萧子显

随着对文学表现形式的重视，齐梁时代文学理论取得了空前的成就，其中以刘勰和钟嵘最为卓异。除此之外，一些位高誉隆的史学大家也论文衡艺，他们或保守，或激进，与刘勰、钟嵘一起，共同谱写了这一时代文学理论的绚丽篇章。

首先，裴子野激进的儒家文学观。裴子野（469—530），字几原，河东闻喜（今属山西）人。生于史学世家，曾祖父裴松之注《三国志》，祖父裴骃作《史记集解》。裴子野历仕齐梁两朝，梁时官至鸿胪卿、领步兵校尉。裴子野也具史才，所著《宋略》（已佚）即得到沈约的称赞。

《梁书》本传谓其"为文典而速，不尚丽靡之词，其制作多法古，与今文体异"。② 他不但文风独立于时，而且撰文批评当时流行的绮靡文风。其文在类书《文苑英华》七四二"论文"中题为《雕虫论》。其言曰：

> 宋明帝博好文章，才思朗捷，常读书奏，号称七行俱下。每有祯祥，及幸宴集，辄陈诗展义，且以命朝臣。其戎士武夫，则托请不暇，困于课限，或买以应诏焉。于是天下向风，人自藻饰，雕虫之艺，盛于时矣。
>
> 古者四始六艺，总而为诗，既形四方之风，且彰君子之志，劝美惩恶，王化本焉。后之作者，思存枝叶，繁华蕴藻，用以自通。若悱恻芳芬，楚骚为之祖；靡漫容与，相如扣其音。由是随声逐影之俦，弃指归而无执。赋诗歌颂，百帙五车。蔡邕等之俳优，扬雄悔为童子。圣人不作，雅郑谁分？其五言为家，则苏李自出，曹刘伟其风力，潘陆固其枝叶。爰及江左，称彼颜谢。箴绣鞶帨，无取庙堂。宋初迄于元嘉，多为经史。大明（宋孝帝年号）之代，

① ［日］遍照金刚著，卢盛江校考：《文镜秘府论汇校汇考》，中华书局 2006 年版，第 887 页。

② ［唐］姚思廉：《梁书》卷三十，中华书局 1973 年版，第 443 页。

实好斯文。高才逸韵，颇谢前哲，波流相尚，兹有笃焉。自是间阎少年，贵游总角，罔不摈落六艺，吟咏情性。学者以博依为急务，谓章句为专鲁。淫文破典，斐尔为功，无被于管弦，非止乎礼义。深心主卉木，远致极风云，其兴浮，其志弱，巧而不要，隐而不深。讨其宗途，亦有宋之风也。若季子聆音，则非兴国；鲤也趋室，必有不敢。荀卿有言，"乱代之征，文章匮而采"，斯岂近之乎！①

　　裴子野不满当时文坛"人自藻饰，雕虫之艺，盛于时矣"的状况，认为"天下向风"的原因与宋明帝博好文章有关。他通过对《诗经》以来的文学史的评介，体现了其文学观念。

　　裴子野笔下的文学流变史，是一部重教化、斥情性，厚古薄今，重质轻文的历史。他尊《诗经》为典范，标榜其"形四方之风，彰君子之志"。裴子野视野中的《诗经》完全是一部教化的经典："劝美惩恶，王化本焉。"这几乎与《毛诗序》所谓"正得失，动天地，感鬼神，莫近于《诗》。先王以是经夫妇，成孝敬，厚人伦，美教化，移风俗"相仿佛，而忽略了《诗大序》中《诗经》"情动于中而形于言"②，缘情言志的一面，这不能不说是文学观念的一种倒退。裴子野对辞赋的评价与《诗经》迥然不同，他对楚辞与屈原的评价基本承袭了班固等人的观点，认为屈赋"悱恻芳芬"，忧愁幽思之情太过。同时，认为屈赋的形式"繁华蕴藻"，语含贬意，尚不及班固在批评屈原"露才扬己"之后，尚充分肯定"其文弘博丽雅，为辞赋宗，后世莫不斟酌其英华，则象其从容"③。汉赋以辞采繁富而著称，裴子野对其同样贬斥。既因辞采的"靡漫容与"，更因其"随声逐影之俦，弃指归而无执。赋诗歌颂，百帙五车"，失去了讽谕之旨。与圣人所删的《诗经》相比，汉赋只能是乱人心性的郑卫之音。对于汉代以来的五言诗，裴子野说："其五言为家，则苏李自出，曹刘伟其风力，潘陆固其枝柯。爰及江左，称彼颜谢。篆绣鞶帨，无取庙堂。"肯定了李陵、苏武、曹植和刘桢，称赞了曹植、刘桢的"风

　　① 〔宋〕李昉编：《文苑英华》卷七四二，《文渊阁四库全书》第 1340 册第 233 页。
　　② 以上引自〔汉〕毛亨传，郑玄笺，〔唐〕孔颖达疏：《毛诗正义》卷第一，北京大学出版社 1999 年版，第 10、6 页。
　　③ 〔清〕严可均编：《全上古三代秦汉三国六朝文》，《全汉文》卷二十五，中华书局 1958 年版，第 1221 页。

力"，批评了潘岳、陆机、颜延之和谢灵运。　这些品评中，裴子野同样表现了厚古薄今、贬弃藻饰的文学观。　对潘岳、陆机、颜延之、谢灵运的批评，即指其错彩镂金的诗歌形式并无教化功利之效，有舍本逐末之嫌。　在裴子野看来，五言诗自汉代以来，"颇谢前哲，波流相尚"，呈每况愈下之势。　对于齐梁文学的批评，言辞更为峻厉，其原因主要是："摈落六艺，吟咏情性。""淫文破典，斐尔为功。无被于管弦，非止乎礼义。"完全是以经学家的面孔来绳尺文学，即使传统儒学难以否认的作为文学的基本功能的"吟咏情性"也痛加指诃。　最后竟以荀子"乱代之征，文章匿而采"，说明了齐梁文坛华美藻饰之风危害之烈。

不难看出，裴子野秉持的是典型的儒家传统文学观。　裴子野是针对齐梁时期文坛盛行华艳浮靡之风，文学脱离社会的现实而发的，虽然持论不尽公允，但在文坛华靡之风盛行之时，不啻是一帖清醒剂。　据《隋书·经籍志》记载："梁简文之在东宫，亦好篇什。　清辞巧制，止乎衽席之间；雕琢蔓藻，思极闺闱之内。　后生好事，递相放习，朝野纷纷，号为宫体。　流宕不已，讫于丧亡。"[1]明乎此，我们就不难理解裴子野之所以对齐梁文坛大张挞伐了。　由此也可以看出，即使是标举形式最盛之时，传统文论仍然绵延不绝，影响犹在。　同时，这也体现了儒家文论仍是纠矫文坛靡丽浮艳之风的有效资源。

其次，萧子显的文学观。　萧子显（约489—约537）字景阳，兰陵（今江苏常州西北）人，齐高帝萧道成之孙，齐豫章文献王嶷第八子。　入梁，官至吏部尚书。　据其《自序》载，朝宴之时，梁武帝谓其"今云物甚美，卿得不斐然赋诗"。诗成之后，梁武帝称其"可谓才子"[2]。　著有《后汉书》《南齐书》等。　原有文集二十卷，已佚。　萧子显自述其作品"体兼众制，文备多方"。《南齐书·文学传论》以及《自序》体现了其文学见解。

在《南齐书·文学传论》中，萧子显对文学有这样的论述：

> 文章者，盖情性之风标，神明之律吕也。蕴思含毫，游心内运，放言落纸，气韵天成。莫不禀以生灵，迁乎爱嗜，机见殊门，赏悟纷杂。若子桓之品藻人才，仲治之区判文体，陆机辨于《文赋》，李充论于《翰林》，张际擿句

---

① 〔唐〕魏征、〔唐〕令狐德棻：《隋书》卷三十五，中华书局1973年版，第1090页。

② 〔唐〕姚思廉：《梁书》卷三十五，中华书局1973年版，第512页。

褒贬,颜延图写情兴,各任怀抱,共为权衡。属文之道,事出神思,感召无象,变化不穷。俱五声之音响,而出言异句;等万物之情状,而下笔殊形。①

与裴子野强调文学有益王道教化的功能迥然不同,萧子显重点描述了文学的两方面特征:一是创作主体抒写情感,是内发而非外感,是主体精神的流溢与外现;就创作过程而言,也是动于中而形于言,"气韵天成"的自然抒写。 因此,风格也缤纷多姿,即他所谓"迁乎爱嗜,机见殊门,赏悟纷杂"。 二是审美的形式,即具有声韵之美。

同时,萧子显还有关于文学感物而兴的论述,他在《自序》中说:"若乃登高目极,临水送归,风动春朝,月明秋夜,早雁初莺,开花落叶,有来斯应,每不能已也。"②这与其关于文学乃"情性之风标",创作乃"游心内运"恰成互补,使其文学观更显严整与全面。 虽然古代诗歌起兴的传统由来已久,但作用主要是比喻或诗之发端,昭明诗歌题旨是兴的主要功能,恰如郑玄在《周礼·大师》注所言:"兴,见今之美,嫌于媚谀,取善事以喻劝之。"③兴之所发,意在明理。 起兴有事有物,物之中既有植物也有动物。 但萧子显所述则不同,他所感兴的因自然风物而焕发起"不能已"的诗情文思。 萧子显在朝宴时的赋诗经历也印证了他描述的创作体验:"天监十六年,始预九日朝宴,稠人广坐,独受旨云:'今云物甚美,卿得不斐然赋诗?'"诗成而帝兴,谓其"才子"④。 可见,这是因物而产生诗情,与传统的因明理而起兴明显有别。

萧子显认为,作家的性情有别,作品的风格各异,为此,他围绕创作主体有这样的论述:

> 若夫委自天机,参之史传,应思悱来,勿先构聚。言尚易了,文憎过意,吐石含金,滋润婉切。杂以风谣,轻唇利吻,不雅不俗,独中胸怀。轮扁斫轮,言之未尽,文人谈士,罕或兼工。非唯识有不周,道实相妨,谈家所习,理胜其辞,就此求文,终然醫夺。故兼之者鲜矣。

① [南朝梁] 萧子显:《南齐书》卷五十二,中华书局 1972 年版,第 907 页。
② [唐] 姚思廉:《梁书》卷三十五,中华书局 1973 年版,第 512 页。
③ [清] 孙诒让:《周礼正义》卷四十五,中华书局 2015 年版,第 2220 页。
④ [唐] 姚思廉:《梁书》卷三十五,中华书局 1973 年版,第 512 页。

赞曰:学亚生知,多识前仁。文成笔下,芬藻丽春。①

　　萧子显认为,作者既有自然禀赋(天机),也需重视学植,参之史传。这就是他所谓"学亚生知,多识前仁"。同时,还要善于汲取民间文学的营养。创作的过程是才情与学养自然抒写的过程,而不可刻意为文。只有这样,作品才能自然流畅,音韵和美,即所谓"吐石含金,滋润婉切"。虽然文人需有学植修养,但擅为诗赋的文人与论虚说无的清谈之士并不相同,区别在于"谈家所习,理胜其辞",而文人所制则是"芬藻丽春",文道兼擅者十分鲜见。萧子显对六朝时期两种最具特质的士人做了区分,显示了对文学主体的认识更加精密,更加深入。

　　作为一代之史的文学传论,萧子显客观地历述了一代文坛的基本状况,恰如五星奎聚,众体皆备,缤纷多姿。尤其对全盛时期的五言诗的品评,显示了其对新兴文体的肯认。云:

　　　　吟咏规范,本之雅什,流分条散,各以言区。若陈思《代马》群章,王粲《飞鸾》诸制,四言之美,前超后绝。少卿离辞,五言才骨,难与争鹜。桂林湘水,平子之华篇;飞馆玉池,魏文之丽篆。七言之作,非此谁先。卿、云巨丽,升堂冠冕,张、左恢廓,登高不继,赋贵披陈,未或加矣。显宗之述傅毅,简文之摘彦伯,分言制句,多得颂体。裴颁内侍,元规凤池,子章以来,章表之选。孙绰之碑,嗣伯喈之后,谢庄之诔,起安仁之尘,颜延《杨瓒》,自比《马督》,以多称贵,归庄为允。王褒《僮约》,束皙《发蒙》,滑稽之流,亦可奇玮。五言之制,独秀众品。②

　　萧子显列述了四言、五言、七言之卓荦篇什,并且赋、颂、章表、碑、诔等不同的文体,但他认为"五言之制,独秀众品",诗坛正处于五言诗的成熟时期。萧子显的评价与钟嵘正相顾盼,钟嵘在列述了建安之杰曹植、太康之英陆机、元嘉之雄谢灵运等人之后,云:"斯皆五言之冠冕,文词之命世也。"又云:"五言居文词之要,是众作之有滋味者也,故云会于流俗。岂不以指事造形,穷情写物,

　　①　〔南朝梁〕萧子显:《南齐书》卷五十二,中华书局1972年版,第908、909页。
　　②　〔南朝梁〕萧子显:《南齐书》卷五十二,中华书局1972年版,第907—908页。

最为详切者邪！"①萧子显之论与钟嵘《诗品》一起记述了五言诗繁盛时期的文坛状况。

萧子显还论及文学的变化，其旨趣有二。一是主体有别，风格不同，云："属文之道，事出神思，感召无象，变化不穷。俱五声之音响，而出言异句；等万物之情状，而下笔殊形。"二是文学体裁也不断发生变化，即后世所谓"一代有一代之文学"。萧子显认为，与"事久则渎"的自然规律一样，文学样式也应变化常新，云："习玩为理，事久则渎。在乎文章，弥患凡旧。若无新变，不能代雄。"②

萧子显对当时文坛的三种倾向颇有不满：

"一则启心闲绎，托辞华旷，虽存巧绮，终致迂回。宜登公宴，本非准的。而疏慢阐缓，膏肓之病，典正可采，酷不入情。此体之源，出灵运而成也。"③萧子显本于"情性之风标"的文学观，认为发端于谢灵运的诗歌，虽然文辞华旷典正，但乏于情感而理有偏胜。

"次则缉事比类，非对不发，博物可嘉，职成拘制。或全借古语，用申今情，崎岖牵引，直为偶说。唯睹事例，顿失清采。此则傅咸五经、应璩指事，虽不全似，可以类从。"④这类作品拘于工整对偶，炫呈学问，枯燥乏情。钟嵘认为傅玄、傅咸"长虞父子，繁富可嘉"。应璩的诗歌"祖袭魏文，善为古语"⑤。萧子显对此类诗歌的批评，实本于其区分文人谈士，以及主张为文重情性、讲气韵的文学观。

"次则发唱惊挺，操调险急，雕藻淫艳，倾炫心魂，亦犹五色之有红紫，八音之有郑卫。斯鲍照之遗烈也。"⑥鲍照的诗歌成就卓著，杜甫有"俊逸鲍参军"之说，但也有刻意而为的痕迹。萧子显崇尚自然为文而"不以力构"。钟嵘对鲍照的评价也与此相似，谓："（鲍照）贵尚巧似，不避危仄，颇伤清雅之调。故言险

---

① ［南朝梁］钟嵘著，王叔岷笺证《钟嵘诗品笺证稿》，中华书局 2007 年版，第 69 页。

② ［南朝梁］萧子显：《南齐书》卷五十二，中华书局 1972 年版，第 907—908 页。

③ ［南朝梁］萧子显：《南齐书》卷五十二，中华书局 1972 年版，第 908 页。

④ ［南朝梁］萧子显：《南齐书》卷五十二，中华书局 1972 年版，第 908 页。

⑤ 以上引自［南朝梁］钟嵘著，王叔岷笺证《钟嵘诗品笺证稿》，中华书局 2007 年版，第 335、236 页。

⑥ ［南朝梁］萧子显：《南齐书》卷五十二，中华书局 1972 年版，第 908 页。

俗者，多以附照。"①

　　萧子显所谓"今之文章"是包含骈文在内的诸种文体，《文学传论》中论及了赋、颂、章表、碑、诔等不同的文体，同时他在"文学传"中论列了诸如丘巨源《与尚书令袁粲书》、陆厥《与沈约书》等骈文。　事实上，萧子显论列的"今之文章"三体中的作家几乎都有骈文作品，且都有萧氏所论的倾向。　萧氏对于这些作家品评颇为严苛，与其对骈文的态度有关。　他在《文学传论》中批评的"托辞华旷"，"缉事比类，非对不发，博物可嘉，职成拘制。　或全借古语，用申今情，崎岖牵引，直为偶说"，明显针对骈文而发。　萧子显批评这些作品仅有"启心闲绎""宜登公宴"之用，贬意甚显。　但萧子显并不一概否定骈文以及当时的整个文坛。　在《文学传论》中，他既有对前贤的赞佩，亦有对时人的肯认，如："颜、谢并起，乃各擅奇；休、鲍后出，咸亦标世。"他以"遮诠"之法对文坛流弊进行批评，背后的"表诠"则在于追求文学具有"情性之风标，神明之律吕"文质彬彬之效。　在审美与表现形式上，既含蓄蕴藉："吐石含金，滋润婉切"，又要"不雅不俗，独中胸怀"。　在文学的因与革方面，认为"若无新变，不能代雄"，主张"朱蓝共妍，不相祖述"。　萧子显对"今之文章"三种倾向的批评，多追根溯源，或"出灵运而成"，或类从于"傅咸五经，应璩指事"，或"多以附照"，鲜有自得。②

第四节　萧统、萧纲、萧绎

　　萧统（501—531），字德施，南兰陵（今江苏常州西北）人。　梁武帝（萧衍）长子，武帝天监元年（502）立为太子，未继位而卒。　谥昭明，世称昭明太子。著有《文集》二十卷、《正序》十卷、《文章英华》二十卷，均已失传，后人辑有《昭明太子集》。　主持编选对后世影响甚大的《文选》三十卷。　还曾整理陶潜诗文，编成《陶渊明集》。　萧统学识渊博，据《梁书·昭明太子传》记载："（萧统）引纳才学之士，赏爱无倦。　恒自讨论篇籍，或与学士商榷古今，闲则继以文

　　①　〔南朝梁〕钟嵘著，王叔岷笺证：《钟嵘诗品笺证稿》卷中《宋参军鲍照》，中华书局 2007 年版，第 282 页。

　　②　〔南朝梁〕萧子显：《南齐书》卷五十二，中华书局 1972 年版，第 908—909 页。

章著述，率以为常。 于时东宫有书几三万卷，名才并集，文学之盛，晋、宋以来未之有也。"①

《文选》所选的基本上是单篇论文，这与萧统在《文选序》中表述的思想有关：

> 若夫姬公之籍，孔父之书，与日月俱悬，鬼神争奥，孝敬之准式，人伦之师友，岂可重以芟夷，加之剪截？老庄之作，管孟之流，盖以立意为宗，不以能文为本，今之所撰，又以略诸。若贤人之美辞，忠臣之抗直，谋夫之话，辨士之端，冰释泉涌，金相玉振。所谓坐狙丘，议稷下，仲连之却秦军，食其之下齐国，留侯之发八难，曲逆之吐六奇，盖乃事美一时，语流千载。概见坟籍，旁出子史，若斯之流，又亦繁博，虽传之简牍，而事异篇章，今之所集，亦所不取。至于记事之史，系年之书，所以褒贬是非，纪别异同，方之篇翰，亦已不同。若其赞论之综缉辞采，序述之错比文华，事出于沈思，义归乎翰藻，故与夫篇什，杂而集之。②

萧统详述了其选文标准，不但子书不在他的选文之列，且经、史亦然。 萧统在序文中提出不能割裂择取的种种理由：经书或因不可"重以芟夷，加之剪截"；子书或因以意为本，而不可拘文，或因其繁博；史书因其"褒贬是非，纪别异同"而不可抽节单出。 当然，这仅是"遮诠"，更有"表诠"，即选列"事出于沈思，义归于翰藻"，精心结构，具有审美价值的作品。 这样，萧统将史书中的赞、论、序、述别出，原因则在于其"综缉辞采""错比文华"，具有与单篇文章相似的独特审美价值。 其实，萧统选择史书中这类作品也是因其"事出于沈思"之作，其综论的性质而具有相对独立的结构。 可见，萧统之"文"，是具有辞采之美的精心结构之作，是别出于经、史（赞论等除外）、子之外的一种文类。"文"的范围受到了较严格的限制。 对此，清人阮元有这样的评述："昭明所选，名之曰文。 盖必文而后选也，非文则不选也。 经也，子也，史也，皆不可专名之为文也，故《昭明

---

① ［唐］姚思廉：《梁书》卷八《昭明太子本传》，中华书局 1973 年版，第 167 页。

② ［南朝梁］萧统编，［唐］李善注：《文选》，上海古籍出版社 1986 年版，第 2—3 页。

文选序》后三段特明其不选之故。 必沈思翰藻，始名之为文，始以入选也。"①

萧统在对"文"的范围作了较严格限定的基础上，还对具体的文类进行了概括说明，他列述了诗、颂、箴、论、铭、诔、赞以及"诏诰教令之流，表奏笺记之列，书誓符檄之品，吊祭悲哀之作，答客指事之制，三言八字之文，篇辞引序，碑碣志状"等各体不同的体裁后，概括了其共同的特点是："譬陶匏异器，并为入耳之娱；黼黻不同，俱为悦目之玩。"②萧统不分实用性文体与文艺性文体，以"入耳之娱""悦目之玩"一体论之，似乎令人费解，其实，这是萧统强调实用性文体在辞采、声律等方面的审美要求。 但萧统也并不是一味重视文章的藻饰而轻视内容。 他在《答湘东王（萧绎）求文集及〈诗苑英华〉书》中云："夫文典则累野，丽亦伤浮。 能丽而不浮，典而不野，文质彬彬，有君子之致，吾尝欲为之，但恨未逮耳。 观汝诸文，殊与意会。 至于此书，弥见其美，远兼邃古，傍暨典坟，学以聚益，居焉可赏。"③追求的是"丽而不浮，典而不野"。 虽然萧统所处的时代藻饰之风盛行，但他的审美观基本承续了儒家传统。

就文学史观而言，萧统认为文学是发展变化的，《文选序》开篇即云：

> 式观元始，眇觌玄风。冬穴夏巢之时，茹毛饮血之世，世质民淳，斯文
> 未作。逮乎伏羲氏之王天下也，始画八卦，造书契，以代结绳之政，由是文
> 籍生焉。《易》曰："观乎天文，以察时变；观乎人文，以化成天下。"文之时义
> 远矣哉！若夫椎轮为大辂之始，大辂宁有椎轮之质；增冰为积水所成，积水
> 曾微增冰之凛。何哉？盖踵其事而增华，变其本而加厉；物既有之，文亦宜
> 然。随时变改，难可详悉。④

萧统认为，文学产生于远古，其发展也与万事万物一样，经历一个由初始而

成熟，由质朴到华美"随时变改"的过程。 从其椎轮与大辂、积水与增冰的比喻来看，他是承认后出转精，后世胜于前代的。 本于这样的文学观，萧统虽然深受儒家思想濡染，但他与刘勰不同，并没有宗经征圣之论。 这既与其将经、史、子与文区分有关，同时，也是其后出转精的文学观的必然结果。 踵事增华、变本加厉之说，体现了萧统对词藻、声律、骈偶等文学形式的重视和肯定。

萧统的文学观还在对陶潜明的评价中得到了体现。 他在《陶潜明集序》中，对陶潜明的诗文极为推崇，谓其"文章不群，辞彩精拔，跌宕昭彰，独超众类，抑扬爽朗，莫之与京。 横素波而傍流，干青云而直上。 语时事则指而可想，论怀抱则旷而且真"。 慕其文而及其人："余素爱其文，不能释手，尚想其德，恨不同时。"①陶渊明的作品洗净铅华，以枯淡出腴润，在辞尚华靡的南朝文人心目中地位并不高。 萧统则在《文选》中予陶渊明以一席之地，选录了颇能代表陶渊明风格的八篇作品，为陶渊明对后世产生影响打通了一个渠道。 同样值得注意的是，他在《陶渊明集序》中还有这样一段评述：

> 白璧微瑕，惟在《闲情》一赋。扬雄所谓劝百而讽一者，卒无讽谏，何足摇其笔端？惜哉！亡是可也！……尝谓有能观渊明之文者，驰竞之情遣。鄙吝之意祛，贪夫可以廉，懦夫可以立，岂止仁义可蹈，抑乃爵禄可辞。不必傍游泰华，远求柱史，此亦有助于风教也。②

《闲情赋》描写的是眷恋一位女子的作品，情感炽烈，刻画女子也很传神。萧统认为陶渊明的其他作品有助于风教，《闲情赋》乃白璧微瑕。 这段评述使后世对萧氏是否为陶潜明知音产生了怀疑。 其实，萧统之用意诚如明人郭子章所说："昭明责备之意，望陶以圣贤。"③同时，这也体现了萧统文学观以儒为本的事实。身为太子的萧统，如果不是早逝，将要身荷平治天下的重任，赞赏文学具有"贪夫

---

① ［清］严可均编：《全上古三代秦汉三国六朝文》，《全梁文》卷二十，中华书局1958年版，第6133页。

② ［清］严可均编：《全上古三代秦汉三国六朝文》，《全梁文》卷二十，中华书局1958年版，第6133页。

③ 《豫章诗话》卷一，载吴文治主编：《明诗话全编》（五），江苏古籍出版社1997年版，第5019页。

可以廉，懦夫可以立"的功能，有助风教，这才是作为太子之身的萧统的心理脉络。

萧纲（503—551），即梁简文帝，字世缵。武帝第三子，昭明太子同母弟，萧统卒后，立为太子。即位两年后，为侯景所废，旋即遇害。据《梁书·简文帝本纪》载："读书十行俱下。九流百氏，经目必记；篇章辞赋，操笔立成。博综儒书，善言玄理。"曾"引纳文学之士，赏接无倦，恒讨论篇籍，继以文章"。[①] 与徐摛、庾肩吾等人一道写作了大量轻艳的"宫体诗"。后人辑有《梁简文帝集》。

萧统去世后，萧纲被立为太子，他曾致书其弟萧绎，对当时的文坛提出批评：

> 比见京师文体，懦钝殊常，竞学浮疏，争为阐缓。玄冬修夜，思所不得。既殊比兴，正背风骚。若夫六典三礼，所施则有地；吉凶嘉宾，用之则有所。未闻吟咏情性，反拟《内则》之篇，操笔写志，更摹《酒诰》之作，迟迟春日，翻学《归藏》，湛湛江水，遂同《大传》。吾既拙于为文，不敢轻有掎摭。但以当世之作，历方古之才人，远则扬、马、曹、王，近则潘、陆、颜、谢，而观其遣辞用心，了不相似。若以今文为是，则古文为非；若昔贤可称，则今体宜弃；俱为盍各，则未之敢许。[②]

萧纲认为当时京师冗长芜蔓的作品，内容浮廓，与比兴传统、风骚之旨正相违背。他认为作品功能有别，不可刻意胶执于儒家《礼》《书》等经典以达抒情言志之效。历代才士各抒怀抱之作，都各有存在的价值。他用《诗经》《离骚》吟咏情性的传统，批评了京师文坛"懦钝""浮疏""阐缓"的风习。实则将抒情性文学作品与经传传统区隔开来，这与萧统在《文选序》中将经、史、子与文学篇什相区别有相通之处。接着，萧纲又批评了当时效仿谢灵运、裴子野的风气：

> 又时有效谢康乐、裴鸿胪文者，亦颇有惑焉。何者？谢客吐言天拔，出于自然，时有不拘，是其糟粕。裴氏乃是良史之才，了无篇什之美。是为学

---

① ［唐］姚思廉：《梁书》卷四，中华书局1973年版，第109页。
② ［清］严可均编：《全上古三代秦汉三国六朝文》，《全梁文》卷十一，中华书局1958年版，第6021页。

谢则不届其精华，但得其冗长；师裴则蔑绝其所长，惟得其所短。谢故巧不可阶，裴亦质不宜慕。①

可见，萧纲肯定了谢灵运诗歌所长在于"吐言天拔，出于自然"，但批评了其"时有不拘，是其糟粕"。这与他批评京师文体的"阐缓"是相通的。对于裴子野，则称其为良史而并无篇什之美，这也与萧统分别史与篇什之文的观念相通。但萧纲更重形式之美，他感叹当时文坛精于藻饰尚且不够，巴人下里尚能流行一时，云：

故玉徽金铣，反为拙目所嗤；巴人下里，更合郢中之听。阳春高而不和，妙声绝而不寻，竟不精讨锱铢，核量文质。有异巧心，终愧妍手。是以握瑜怀玉之士，瞻郑邦而知退；章甫翠履之人，望闽乡而叹息。诗既若此，笔又如之。徒以烟墨不言，受其驱染，纸札无情，任其摇襞。甚矣哉，文之横流，一至于此。②

萧纲的文论与裴子野的《雕虫论》迥然有异：一重于教化功能，一重于形式之美，两者恰成对照。他所称扬的都是精于声律辞采的文人，云："至如近世谢朓、沈约之诗，任昉、陆倕之笔，斯实文章之冠冕，述作之楷模。"③

萧纲是宫体诗的领袖和重要作家。宫体诗以描摹女子体貌、神情、服饰、形态为主，虽然格调不高，但其刻画人物，状写神情意态都较为细腻，在诗歌发展史上占有一定的地位。萧纲在给"东宫四友"之一新渝侯萧暎的信中，对宫体诗有这样的评述：

垂示三首，风云吐于行间，珠玉生于字里，跨蹑曹、左，含超潘、陆，双鬓

---

① 〔清〕严可均编：《全上古三代秦汉三国六朝文》，《全梁文》卷十一，中华书局1958年版，第6021页。

② 〔清〕严可均编：《全上古三代秦汉三国六朝文》，《全梁文》卷十一，中华书局1958年版，第6022页。

③ 〔清〕严可均编：《全上古三代秦汉三国六朝文》，《全梁文》卷十一，中华书局1958年版，第6022页。

向光，风流已绝；九梁插花，步摇为古。高楼怀怨，结眉表色；长门下泣，破粉成痕。复有影里细腰，令与真类；镜中好面，还将画等。此皆性情卓绝，新致英奇。①

　　萧纲借对萧暎宫体诗的评价，提出优秀宫体诗在诗歌史上具有"跨蹑曹、左，含超潘、陆"的地位，是"性情卓绝，新致英奇"之作，而不再以"止乎礼义"的儒家传统为规范。但是，作为太子与一国之君的萧纲又不可以完全摆脱儒学传统，他何以在宫体诗抒写性情与社会人生方面修德慎行之间实现平衡呢？他曾对其子萧大心有这样的告诫："立身之道，与文章异。立身先须谨重，文章且须放荡。"②萧纲一改传统的"知人论世"传统，而将立身与文章区别开来。因此而受到后世学者的指责，如清人陈殿桂谓之"惊为鸩毒"③。其实，萧纲所谓"放荡"乃是指文学创作时精骛八极的想象，是与现实生活与人生不尽相同的艺术所具有的特征。从这个意义上说，萧纲的"放荡"说是文学的概念逐渐清晰时，对文学自身特色的一种有益描述。孟子时代文体较为混沦，文主要是指应用与写实之文，在此背景之下，知人论世是一种重要的诠释方法。但当文学自身的特点逐渐成熟，想象与虚构等成为文学的独特表现手法，由此而认识"放荡"，便不难理解萧纲为何对年仅十三岁的儿子提出这样的人生与创作忠告了。

　　萧绎（508—555），即梁元帝，字世诚。武帝第七子，封湘东王。侯景作乱时，萧绎举兵讨伐。即帝位于江陵，在位三年，为西魏军所虏，被杀。据《梁书·元帝本纪》载："与裴子野、刘显、萧子云、张缵及当时才秀为布衣之交，著述辞章，多行于世。"④后人辑有《梁元帝集》。

　　据《隋书·经籍志》载，梁元帝萧绎曾撰有《金楼子》十卷，明代时散佚。清代修《四库全书》，从《永乐大典》中辑其遗文六卷。在《金楼子·立言》中有

---

　　①　〔清〕严可均编：《全上古三代秦汉三国六朝文》，《全梁文》卷十一，中华书局1958年版，第6020页。

　　②　〔清〕严可均编：《全上古三代秦汉三国六朝文》，《全梁文》卷十一，中华书局1958年版，第6019页。

　　③　〔清〕陈殿桂：《与袁堂文集》卷三《弦阁吟草自题》，《四库未收书辑刊》，07辑第18册，第182页。

　　④　〔唐〕姚思廉：《梁书》卷五，中华书局1973年版，第136页。

关于文笔之分的论述，已见于本章第一节。 萧绎认为文之特点是："吟咏风谣，流连哀思者，谓之文。"又说："至如文者，惟须绮縠纷披，宫徵靡曼，唇吻适会，情灵摇荡。"①突出了对抒情性作品审美特征的认识。 就文学性而言，萧绎的论述比萧统更加纯粹与精致。 萧绎在《立言》中对前贤和时人做了品评，云："曹子建、陆士衡，皆文士也，观其辞致侧密，事语坚明，意匠有序，遣言无失。"肯定了其文学的成就，但还些许惋惜地说："虽不以儒者命家，此亦悉通其义也。"②其崇儒抑文之意不难意会。 这一思想倾向还体现在他所撰的《内典碑铭集林序》中：

> 夫世代亟改，论文之理非一；时事推移，属词之体或异。但繁则伤弱，率则恨省。存华则失体，从实则无味。或引事虽博，其意犹同；或新意虽奇，无所倚约。或首尾伦帖，事似牵课；或翻复博涉，体制不工。能使艳而不华，质而不野；博而不繁，省而不率；文而有质，约而能润；事随意转，理逐言深，所谓菁华，无以间也。③

萧绎虽然因碑铭而发，实际表达的则是他的文学观。 他认为，文体是随着时事推移而发生变化的。 更重要的是，因应这一文学走向自觉的时期，萧绎还第一次提出了文学理论也应因时而变。 同时，萧绎在为文诸因素的关系方面提出了自己的见解。 在文采与风格方面"艳而不华，实而不野"；在措词的繁简方面"博而不繁，省而不率"，"约而能润"；在文质关系方面"文而有质"；在事与意、理与言的关系方面"事随意转，理逐言深"。 萧绎注重为文的均衡和谐之美，这与萧统的文论颇多相通之处。

虽然萧绎也是宫体诗的重要作家，但并没有丢弃儒家文学的传统。 他在《金楼子·立言》篇中说：

---

① ［南朝梁］萧绎著，许逸民校笺：《金楼子校笺》卷四《立言篇第九下》，中华书局2011年版，第966页。

② ［南朝梁］萧绎著，许逸民校笺：《金楼子校笺》卷四《立言篇第九下》，中华书局2011年版，第966页。

③ ［清］严可均编：《全上古三代秦汉三国六朝文》，《全梁文》卷十七，中华书局1958年版，第6105—6106页。

诸子兴于战国,文集盛于二汉,至家家有制,人人有集。其美者足以叙
情志,敦风俗;其弊者只以烦简牍,疲后生。往者既积,来者未已。①

个人著述之优秀者可"叙情志""敦风俗",既有娱悦性情、抒发怀抱的作
用,又有益风教的社会功能,这与萧纲的文论颇有不同。

第五节　颜之推、苏 绰

颜之推(531—约591),字介,琅琊临沂(今山东临沂)人,萧绎自立为帝
后,颜之推为散骑侍郎。 江陵为西魏所破后,投奔北齐,官至黄门侍郎。 齐亡入
周,后又仕于隋。 文学观主要体现在《颜氏家训·文章》中。

颜之推学识渊博,崇奉儒学,这也体现在其文学观之中。《家训·文章》开篇
即说:"夫文章者,原出五经:诏命策檄,生于《书》者也;序述论议,生于《易》
者也;歌咏赋颂,生于《诗》者也;祭祀哀诔,生于《礼》者也;书奏箴铭,生于
《春秋》者也。"②他认为儒家五经乃各类文章之源。 据于此,他认为有裨世教的
实用文体应居于文章之首。 当然,他也肯定了文学具有陶冶性灵、愉情悦性的功
能,云:

朝廷宪章,军旅誓诰,敷显仁义,发明功德,牧民建国,施用多途。至于
陶冶性灵,从容讽谏,入其滋味,亦乐事也。行有余力,则可习之。③

本于文学的致用原则,对文章诸要素之间的关系,颜之推通过形象的比喻,
提出了颇为新颖的观点,云:"文章当以理致为心肾,气调为筋骨,事义为皮肤,

①　〔南朝梁〕萧绎著,许逸民校笺:《金楼子校笺》卷四《立言篇第九上》,中华书局
2011年版,第852页。

②　〔北齐〕颜之推著,王利器集解:《颜氏家训集解》卷四《文章》,中华书局1993
年版,第237页。

③　〔北齐〕颜之推著,王利器集解:《颜氏家训集解》卷四《文章》,中华书局1993
年版,第237页。

华丽为冠冕。"①他将文章的理致（亦即题旨）置于首位，其次则为气调（当是指内在的劲健文势）。 而事义（用材料论证义理）、华丽的辞采则是表面的皮肤与外在的冠冕。 这显示了颜之推以内容为本，又注意内容、形式之间统一的文论观，与刘勰所谓"以情志为神明，事义为骨髓，辞采为肌肤，宫商为声气"②有异曲同工之妙。 他又说："吾见世中文学之士，品藻古今，若指诸掌，及有试用，多无所堪。 ……其余文义之士，多迂诞浮华，不涉世务，纤微过失，又惜行捶楚，所以处于清高，益护其短也。"③经历过家国之痛的颜之推，对于清谈误国有深切的体察，因此，他怀着一种怨怼的情绪，针砭世风。 就文体而言："吟啸谈谑，讽咏辞赋。 事既优闲，材增迂诞，军国经纶，略无施用。"④就文风而言：

> 今世相承，趋末弃本，率多浮艳。辞与理竞，辞胜而理伏；事与才争，事繁而才损。放逸者流宕而忘归，穿凿者补缀而不足。时俗如此，安能独违？但务去泰去甚耳。必有盛才重誉，改革体裁者，实吾所希。⑤

颜之推由南而北，对南北朝的文风有真切的体察，他不满南朝文坛"趋末弃本，率多浮艳"之病，发出了改革文体的呼声。 从这个意义上说，颜之推是隋代杨坚、李谔乃至初唐陈子昂文体改革的先驱。

颜之推虽然推重实用文体，但他对诗歌等纯文学形式有很高的鉴赏能力，如《家训·文章篇》云：

> 王籍《入若耶溪》诗云："蝉噪林逾静，鸟鸣山更幽。"江南以为文外断

———————————

① 〔北齐〕颜之推著，王利器集解：《颜氏家训集解》卷四《文章》，中华书局 1993 年版，第 267 页。

② 〔南朝梁〕刘勰著，范文澜注：《文心雕龙注》卷九《附会第四十三》，人民文学出版社 1958 年版，第 650 页。

③ 〔北齐〕颜之推著，王利器集解：《颜氏家训集解》卷四《涉务》，中华书局 1993 年版，第 317—318 页。

④ 〔北齐〕颜之推著，王利器集解：《颜氏家训集解》卷三《勉学》，中华书局 1993 年版，第 166 页。

⑤ 〔北齐〕颜之推著，王利器集解：《颜氏家训集解》卷四《文章》，中华书局 1993 年版，第 267 页。

绝,物无异议。简文(萧纲)吟咏,不能忘之,孝元(萧绎)讽味,以为不可复得,至《怀旧志》载于籍传。范阳卢询祖,邺下才俊,乃言:"此不成语,何事于能?"魏收亦然其论。《诗》云:"萧萧马鸣,悠悠旆旌。"《毛传》曰:"言不喧哗也。"吾每叹此解有情致,籍诗生于此耳。①

颜之推认为,深受南朝文人喜爱的王籍的诗句,是受到《诗经·车攻》的影响而成。 对北方文人卢询祖和魏收对王籍诗句的不解未置然否,而对王籍诗歌深为赞叹,可见其文学鉴赏能力在魏收等北朝著名文人之上,由此亦可见其对纯艺术之文并未否定。 同样,颜之推在重视文之理致的同时,并不反对藻饰之于文学的作用,云:"古人之文,宏才逸气,体度风格,去今实远;但缉缀疏朴,未为密致耳。 今世音律谐靡,章句偶对,讳避精详,贤于往昔多矣。 宜以古之制裁为本,今之辞调为末,并须两存,不可偏弃也。"②他主张以古为本,以今为末,古今融会,兼采其长,质文相济。

颜之推对南北文人审美差异性有较深切的体察,除了上述对王籍诗歌赞美之外,对萧悫《秋诗》的理解也可以看出:

> 兰陵萧悫,梁室上黄侯之子,工于篇什。尝有《秋诗》云:"芙蓉露下落,杨柳月中疏。"时人未之赏也。吾爱其萧散,宛然在目。颍川荀仲举、琅邪诸葛汉,亦以为尔。而卢思道之徒,雅所不惬。③

南北文学的异致是当时颇为关注的问题,《隋书·文学传序》有一段精要的论述:"江左宫商发越,贵于清绮;河朔词义贞刚,重乎气质。 气质则理胜其词,清绮则文过其意。 理深者便于时用,文华者宜于咏歌,此南北词人得失之大较也。"④从颜之推所举的两例来看,他认为南人的审美趣味高于北人。 但从文求致

① 〔北齐〕颜之推著,王利器集解:《颜氏家训集解》卷四《文章》,中华书局 1993 年版,第 295 页。
② 〔北齐〕颜之推著,王利器集解:《颜氏家训集解》卷四《文章》,中华书局 1993 年版,第 268—269 页。
③ 〔北齐〕颜之推著,王利器集解:《颜氏家训集解》卷四《文章》,中华书局 1993 年版,第 296 页。
④ 〔唐〕魏征,〔唐〕令狐德棻撰:《隋书》卷七十六,中华书局 1973 年版,第 1730 页。

用的方面来看，他似乎对南方文人又有不满，其中交织着的是珍视而怨的复杂情绪。不忘故国的心境使其对南方文人的批评带有一股爱而痛的独特情怀。

颜之推学识渊博，早年"博览群书，无不该洽，词情典丽，甚为西府所称。"①他在论及文章时，无论是溯源五经，还是用事而"不使人觉，若胸臆语"，都体现了其对学养的重视。但他对文学的特征有深切的感悟，认为文学创作需独特的才能，创作时"必乏天才，勿强操笔"。为文的"逸气"，需驭之裕如："凡为文章，犹人乘骐骥，虽有逸气，当以衔勒制之，勿使流乱轨躅，放意填坑岸也。"②他对抒写性灵的创作过程有这样的描述："文章之体，标举兴会，发引性灵，使人矜伐，故忽于持操，果于进取。今世文士，此患弥切，一事惬当，一句清巧，神厉九霄，志凌千载，自吟自赏，不觉更有傍人。"③颜氏的目的是说性灵易汩没理性，文人易于自矜而致祸，但也准确地指出了作家创作时神厉九霄，志凌千载的特点。颜之推认为"自古文人，多陷轻薄"，对许多作家倔强凌物的性情多有批评，对作家峻洁脱俗的品格时有物议，这固然是其告诫子孙立身避祸的方法，但也显示了其圆滑而鲜气节的人格缺陷。

苏绰（498—546），字令绰，武功（今属陕西）人。官至大行台度支尚书，领著作，兼司农卿。深受宇文泰信任，据《北史·苏绰传》载：

> 属周文（宇文泰）与公卿往昆明池观渔，行至城西汉故仓地，顾问左右，莫有知者。或曰："苏绰博物多通，请问之。"周文乃召绰问，具以状对。周文大悦，因问天地造化之始，历代兴亡之迹。绰既有口辩，应对如流。周文益嘉之，乃与绰并马徐行至池，竟不设网罟而还。遂留绰至夜，问以政道，卧而听之。绰于是指陈帝王之道，兼述申、韩之要。周文乃起，整衣危坐，不觉膝之前席。语遂达曙不厌。诘朝，谓周惠达曰："苏绰真奇士，吾方任之以政。"④

---

① 〔唐〕李百药：《北齐书》卷四十五《颜之推传》，中华书局1972年版，第617页。

② 〔北齐〕颜之推著，王利器集解：《颜氏家训集解》卷四《文章》，中华书局1993年版，第266页。

③ 〔北齐〕颜之推著，王利器集解：《颜氏家训集解》卷四《文章》，中华书局1993年版，第237页。

④ 〔唐〕李延寿：《北史》卷六十三，中华书局1974年版，第2230页。

宇文泰对其宠遇日隆，据《北史·苏绰传》载："自有晋之季，文章竞为浮华，遂以成俗。 周文欲革其弊，因魏帝祭庙，群臣毕至，乃命绰为《大诰》，奏行之。 ……自是之后，文笔皆依此体。"①苏绰依宇文泰之命撰写的《大诰》，模仿《尚书》的古奥文体，并要求朝廷也以此为规范遵行。 宇文泰与苏绰以复古的形式实施文体与文化改革，这与北朝的文化状况有关。 北朝的文化不及南朝发达，随着南北交流，尤其是魏孝文帝实施汉化政策以后，北方文人多艳羡南朝文风，如北朝文坛领袖邢邵师法沈约，魏收师法任昉，两人各自形成朋党，互相攻讦，据《北史·魏收传》载：

> 始收比温子升、邢邵稍为后进，邵既被疏出，子升以罪死，收遂大被任用，独步一时。议论更相訾毁，各有朋党。收每议陋邢文。邢又云："江南任昉，文体本疏，魏收非直模拟，亦大偷窃。"收闻乃曰："伊常于沈约集中作贼，何意道我偷任。"任、沈俱有重名，邢、魏各有所好。②

由此可见，当时北方规仿南朝的风气何等盛行。 但南朝浮华的风气逐渐侵蚀了北朝原本刚健有为的民风，贵族们往往流连诗酒，文人们也追求词采富丽，声律和美。 在这样的文化氛围之中，宇文泰与苏绰力图纠矫这一风气，他们采取的途径并不是恢复北朝粗犷外向的文化传统，而是通过归慕儒家传统，以"复古"的形式，重新构建质朴典正的文风。 苏绰以传统的阴阳变化说明文质递变的规律，在《大诰》中说："惟天地之道，一阴一阳；礼俗之变，一文一质。 爰自三五，以迄于兹，匪惟相革，惟其救弊；匪惟相袭，惟其可久。 惟我有魏，承乎周之末流，接秦、汉遗弊，袭魏、晋之华诞，五代浇风，因而未革，将以穆俗兴化，庸可暨乎！"③这实际上是苏绰站在儒家的立场对北朝的礼俗以及包含着的文学历史进行的审视，认为，一文一质，质文代变乃天地之道，提出应"克捐厥华，即厥实，背厥伪，崇厥诚"，方法则是"一乎三代之彝典"④，企图以儒学化的途径革除奢靡的世风和浮华的文风，其方法似有迂执之嫌，尤其是现代学者多认为宇文泰、

---

① 〔唐〕李延寿：《北史》卷六十三，中华书局1974年版，第2239、2242页。
② 〔唐〕李延寿：《北史》卷五十六，中华书局1974年版，第2034页。
③ 〔唐〕李延寿：《北史》卷六十三，中华书局1974年版，第2241页。
④ 〔唐〕李延寿：《北史》卷六十三，中华书局1974年版，第2241页。

苏绰的文体改革，以《尚书》为据，违背了文学的发展规律。其实这一改革是实用文体的改革，主要特指诏告文书等。当然这也会对文学活动产生一定的影响。事实上，史家对苏绰的褒赞多于贬斥，褒之者谓其"自宇文泰起接隋唐，百年中精神气脉，全在苏绰一人"①。四库馆臣在明人梅鼎祚的《后周文纪》提要中亦有对宇文泰、苏绰改革的评价：

> 然宇文泰为丞相时，干戈扰攘之中，实独能专崇儒术，厘正文体。……大统十一年六月，患晋氏以来文章浮华，命苏绰作《大诰》，宣示群臣。仍命自今文章咸依此体。今观其一代诏敕，大抵温醇雅令，有汉魏之遗风。即间有稍杂俳偶者，亦摛词典重，无齐梁绮艳之习。……无平不陂，无往不复，六朝靡丽之风极而将返，实至周而一小振，未可以流传之寡而忽之也。②

其实，苏绰欲以谟诰变俪偶的做法也仅是期以变革的口号而已。他所撰的《六条诏书》被宇文泰"常置诸坐右，又令百司习诵之"，乃至"其牧守令长非通六条及计帐者，不得居官"③。可见其文体对当时的官宦士人影响至巨。但该文以散笔为主，自然易晓，几无典奥之病，了无"一乎三代之彝典"的痕迹。诚如清人张谦宜所言："六朝文惟苏绰《六条诏书》最有理致。盖生于关西，不染浮华者。于北人中，又在邢子才上。"④即使是作为文笔典范的《大诰》也不是真正规仿《尚书》之作。诚如刘知几所谓"貌异而心同"，"其所拟者非如图画之写真，镕铸之象物，以此而似也。其所以为似者，取其道术相会，义理玄同，若斯而已"⑤。由此可见，苏绰和宇文泰改革的真正目的并不是复归先秦古奥的文体，而是借儒学传统，以质文代变的口号，革除南朝骈俪藻饰之病，复归和淳质朴的

---

① 〔宋〕叶适：《习学记言序目》卷三十五，中华书局1977年版，第525页。

② 〔清〕永瑢等：《四库全书总目》卷一八九《后周文纪提要》，中华书局1965年版，第1722页。

③ 〔唐〕李延寿：《北史》卷六十三，中华书局1974年版，第2239页。

④ 〔清〕张谦宜：《絸斋论文》卷五，《历代文话》第4册，复旦大学出版社2007年版，第3922页。

⑤ 〔唐〕刘知几著，〔清〕浦起龙通释，王煦华整理：《史通通释·模拟》，上海古籍出版社2009年，第206页。

文风。 从这个意义上说，他们的目的与其后的唐代古文运动有异曲同工之处。当然，韩、柳之起衰振颓，影响还主要限于私人著述，而唐代的公翰官书仍以骈体文为主。 可见，文体改革何其困难。 明乎此，我们对宇文泰、苏绰改制终未成功，对其"一乎三代之彝典"的做法，也许会多一份理解。

第五章

繁盛期专论之一：刘勰《文心雕龙》

第一节　刘勰的生平和《文心雕龙》的创作

　　在中国文学思想史上，《文心雕龙》占据极其重要的地位。　自沈约称其"深得文理"①之后，唐代渐为学界所重，且流播于日本、朝鲜，对中国乃至东亚文学思想产生了重要的影响。《文心雕龙》堪称中国文学思想史上的一座丰碑。

　　刘勰（465—521），字彦和，祖籍东莒（今山东莒县），西晋末年永嘉之乱时其祖先迁至江南，世居京口（今江苏镇江）。　曾祖刘仲道曾参与刘裕的开国大业。　其父刘尚官至越骑校尉。　刘勰早年丧父，家贫而好学，终身未婚娶。　青年时即随僧祐在定林寺（上定林寺，在今南京紫金山）十余年，帮助僧祐对大量佛经"区别部类，录而序之"②。　虽身在丛林之中，但博览中国文化典籍，为撰著《文心雕龙》而积学储宝，诚如其在《文心雕龙·程器》中所云：

　　　　是以君子藏器，待时而动，……固宜蓄素以弸中，散采以彪外，梗楠其质，豫章其干；摛文必在纬军国，负重必在任栋梁，穷则独善以垂文，达则奉时以骋绩。③

　　刘勰自幼家贫，在重视门第的南朝，没有权势的荫庇与依恃，没有"奉时以骋

---

　　①　〔唐〕姚思廉：《梁书》卷五十《刘勰传》，中华书局 1973 年版，第 712 页。
　　②　〔唐〕姚思廉：《梁书》卷五十《刘勰传》，中华书局 1973 年版，第 710 页。
　　③　〔南朝梁〕刘勰著，范文澜注：《文心雕龙注》卷十，人民文学出版社，1958 年版，第 720 页。

绩"的机会，在定林寺中力学精思，"独善以垂文"，撰成《文心雕龙》五十篇。据《梁书·刘勰传》记载："既成，未为时流所称。勰自重其文，欲取定于沈约。约时贵盛，无由自达，乃负其书，候约出，干之于车前，状若货鬻者。约便命取读，大重之，谓为深得文理，常陈诸几案。"[①]

天监初年，刘勰近四十岁时才进入仕途，先后担任中军临川王萧宏记室、车骑仓曹参军、太末（今浙江衢州市）令、南康王萧绩记室兼东宫通事舍人、步兵校尉兼东宫通事舍人等职，深受昭明太子萧统的赏识。当时刘勰的文名已为时人所重，京师寺塔及名僧碑志，都请其撰文。梁武帝命刘勰与慧震在定林寺撰写经证。完成后，遂出家为僧，改名慧地，不到一年便去世。据《梁书·刘勰传》载，当时有文集行于世，但《隋书·经籍志》中未见其著作，似早已亡佚。刘勰的著作，除《文心雕龙》之外，现存的仅《灭惑论》和《梁建安王造剡山石城寺石像碑》两篇。

关于《文心雕龙》的成书时间，历代目录学著作皆题为梁刘勰著，但四库馆臣认为其著于齐代，清人刘毓崧在《书〈文心雕龙〉后》一文中，根据《文心雕龙·时序》篇中的文字作为内证，提出《文心雕龙》成书于南齐之末，云：

> 观于《时序》篇云"暨皇齐驭宝，运集休明：太祖以圣武膺箓，世祖以睿文纂业，文帝以贰离含章，高宗以上哲兴运，并文明自天，缉遐景祚。今圣历方兴，文思光被"云云。此篇所述，自唐虞以至刘宋，皆但举其代名，而特于齐上加一皇字，其证一也。魏晋之主，称谥号而不称庙号，至齐之四主，惟文帝以身后追尊，止称为帝，余并称祖称宗，其证二也。历朝君臣之文，有褒有贬，独于齐则极力颂美，绝无规过之词，其证三也。[②]

同时，刘毓崧还根据刘勰负书于沈约车前，则沈约应是"贵盛"之时而得出同样的结论。沈约在东昏侯（萧宝卷）时，虽品秩渐崇，但尚未登及枢要。在和帝时则官至骠骑司马，迁梁台吏部尚书，兼右仆射。"其委任隆重，即元勋宿将，莫

---

① ［唐］姚思廉撰：《梁书》卷五十《刘勰传》，中华书局 1973 年版，第 712 页。

② ［清］刘毓崧：《书〈文心雕龙〉后》，《通义堂文集》卷十四，《清代诗文集汇编》编纂委员会编《清代诗文集汇编》第 670 册，上海古籍出版社 2010 年版，第 514 页。

敢望焉。"①因此，断定"东昏之亡，在和帝中兴元年十二月，去禅代之期不满五月，勰之负书干约，当在此数月中"②。学者多认同此说。但也有认为刘毓崧的结论不能成立，仍应是梁代之作。理由是称"皇齐"不一定是齐代当世，并引《南齐书·高帝本纪》中的"此皇齐所以集大命也"③乃梁代大臣萧子显所言为据。入梁以后，沈约的地位之显赫、恩宠之隆盛，更远非齐代所能及。同时，《太平御览》所引《梁书》本传文中并无"初"字，而有"自齐入梁"句④，证明在宋代以前的《梁书》中，明确指出刘勰写作《文心雕龙》是在梁代。总之，该书的具体创作时间尚存疑问，有待进一步考证。

作为中国文学批评史上最为完备、最为系统的一部专著，《文心雕龙》惊现于沈约车前以自达，响贯齐梁之间的文坛，这与当时的品评需要有关。对此，刘知几《史通·自叙》云："词人属文，其体非一，譬甘辛殊味，丹素异彩，后来祖述，识昧圆通，家有诋诃，人相掎摭，故刘勰《文心》生焉。"⑤就是说，文坛在呼唤较公认的衡文论艺的理论标准。这也是当时文论渐成规模的氛围使其然。如清人李元度所云："逮建安黄初，体裁渐备，于是论文之说出，《典论》其首也。嗣是晋挚虞有《文章流别》，梁刘勰有《文心雕龙》，任昉有《文章缘起》，宋陈骙有《文则》，王正德有《余师录》，李涂有《文章精义》。"但尽管文论如此之盛，李元度又说："然自《雕龙》外，卷帙无多，其说亦未备。"⑥《文心雕龙》是其中体大思精、最为详备的一部。这也是刘勰创作时所孜求的目标，对此，他在《序志》中说：

　　　　详观近代之论文者多矣：至于魏文述典，陈思序书，应玚《文论》，陆机

---

　　①　《书〈文心雕龙〉后》，《通义堂文集》卷十四，《清代诗文集汇编》第670册，第514页。

　　②　《书〈文心雕龙〉后》，《通义堂文集》卷十四，《清代诗文集汇编》第670册，第515页。

　　③　〔梁〕萧子显：《南齐书》卷二《高帝下》，中华书局1972年版，第39页。

　　④　〔南朝梁〕刘勰著，黄叔琳注，李详补注，杨明照校注拾遗：《增订文心雕龙校注》，中华书局2012年版，第18页。

　　⑤　〔唐〕刘知几著，〔清〕浦起龙通释，王煦华整理：《史通通释》卷十，上海古籍出版社2009年版，第271页。

　　⑥　以上引自〔清〕李元度：《古文话序》，郑奠、谭全基编：《古汉语修辞学资料汇编》，商务印书馆，1980年版，第590页。

《文赋》，仲洽《流别》，宏范《翰林》，各照隅隙，鲜观衢路；或臧否当时之才，或铨品前修之文，或泛举雅俗之旨，或撮题篇章之意。魏典密而不周，陈书辩而无当，应论华而疏略，陆赋巧而碎乱，《流别》精而少巧，《翰林》浅而寡要。又君山公幹之徒，吉甫士龙之辈，泛议文意，往往间出，并未能振叶以寻根，观澜而索源。不述先哲之诰，无益后生之虑。①

正是刘勰惩前贤之不足，立志著述，成就"树德立言"之业。为此，他在《文心雕龙·序志》中云：

> 夫宇宙绵邈，黎献纷杂，拔萃出类，智术而已。岁月飘忽，性灵不居，腾声飞实，制作而已。夫有肖貌天地，禀性五才，拟耳目于日月，方声气乎风雷，其超出万物，亦已灵矣。形同草木之脆，名逾金石之坚，是以君子处世，树德建言，岂好辩哉？不得已也！②

《文心雕龙》撰成后，褒赞之声不绝，明人冯允中谓其为"作者之指南，艺林之关键，大可以施庙堂资制作，小亦可以舒情写物，信乎其为书之奇也"③，清人黄叔琳称之为"艺苑之秘宝"④。那么，这究竟是怎样的一部"秘宝"与"书之奇"呢？对此，《文心雕龙·序志》中有这样一段简明的概括；

> 夫"文心"者，言为文之用心也。……盖《文心》之作也，本乎道，师乎圣，体乎经，酌乎纬，变乎骚，文之枢纽，亦云极矣。若乃论文叙笔，则囿别区分，原始以表末，释名以章义，选文以定篇，敷理以举统，上篇以上，纲领明矣。至于割情析采，笼圈条贯，摛神性，图风势，苞会通，阅声字，崇替于时序，褒贬于才略，怊怅于知音，耿介于程器，长怀序志，以驭群篇，下篇以

---

① ［南朝梁］刘勰著，范文澜注：《文心雕龙注》卷十《序志第五十》，人民文学出版社 1958 年版，第 726 页。

② ［南朝梁］刘勰著，范文澜注：《文心雕龙注》卷十《序志第五十》，第 725 页。

③ 转引自《增订文心雕龙校注》附录《序跋第七·明冯允中序》，中华书局 2012 年版，第 945 页。

④ ［南朝梁］刘勰著，范文澜注：《文心雕龙注·黄校本原序》，人民文学出版社 1958 年版，第 2 页。

下,毛目显矣。位理定名,彰乎大易之数,其为文用,四十九篇而已。①

  对于"文心",章学诚云:"古人论文,惟论文辞而已矣。 刘勰氏出,本陆机氏说而昌论文心。"②诚如章氏所言,陆机《文赋》即有"余每观才士之所作,窃有以得其用心"③之言。 明人叶联芳认为其义乃"用心于文者也"④。 具体而言,概分为五个部分。 第一部分从《原道》到《辨骚》是为文之枢纽,亦即创作的总纲领。 用刘勰的话可概括为"本乎道,师乎圣,体乎经,酌乎纬,变乎骚",亦即为文当以道为本,通过师习圣人,体悟经典,从纬书与离骚中汲取营养。 既要有传统之志,又要因时变化,文质相兼。 第二部分从《明诗》到《书记》则是所谓"论文叙笔",亦即分论有韵与无韵的各种文体。 述其演变历史、创作要求。 第三部分从《神思》到《总术》是分论创作中的具体问题,包括构思、风格、变化以及创作技法等。 第四部分从《时序》到《程器》分论文学批评问题,包括文学史论:"崇替于时序";作家论:"褒贬于才略";鉴赏论:"怊怅于知音";文学功能论:"耿介于程器",即文人通过"文"而"发挥事业",通过"文"以"达于政事",亦即黄叔琳所谓"于文外补修行立功"⑤。 第五部分是全书序言:"长怀序志,以驭群篇。"刘勰精心结构,孜求逻辑的严整:"位理定名,彰乎大易之数。"亦即取《周易·系辞上》所谓"大衍之数五十,其用四十有九"⑥,在形式上以易道谋篇。 纪昀在评价刘勰之自谓"同之与异,不屑古今,擘

  ① [南朝梁]刘勰著,范文澜注:《文心雕龙注》卷十《序志第五十》,人民文学出版社 1958 年版,第 725—727 页。

  ② [清]章学诚:《文史通义·文德》,[清]章学诚著,叶瑛校注《文史通义校注》卷三,中华书局 1985 年版,第 278 页。

  ③ [晋]陆机:《文赋》,郭绍虞主编《中国历代文论选》第 1 册,上海古籍出版社2001 年版,第 170 页。

  ④ 转引自《增订文心雕龙校注》附录《序跋第七·明叶联芳序》,第 949 页。

  ⑤ [清]黄叔琳:《文心雕龙辑注·程器第四十九》眉批,转引自黄霖辑校《〈文心雕龙〉评本批语汇辑(续篇)》,王元化主编《学术集林》卷 16,上海远东出版社 1999 年版,第 229 页。

  ⑥ [清]李道平撰,潘雨廷点校:《周易集解纂疏·系辞上第八》,中华书局 1994 年版,第 578 页。

肌分理，唯务折衷。 按辔文雅之场，环络藻绘之府，亦几乎备矣"①时说："结处自负不浅。"②确实，《文心雕龙》乃刘勰饱饫博览，品评与汲取时贤往哲作品而后成。 其精思妙解，自由驰骋于文苑艺林，张旗立说，完成了这一中国古代文论的集大成之作。

对于刘勰的贡献，清人纪昀有诗云："刘勰工谈艺，严将甲乙分。 雕龙详辨体，雌雉借论文。 芳陇宜呼侣，词场竞作群。 彩翎矜画本，锦臆斗花纹。 古有飞腾人，兹惟绮丽闻。 一翔旋踬躅，五色漫纷纭。 脱鞲风生翮，盘空气籋云。 饥鹰称独出，转忆鲍参军。"③

第二节 《文心雕龙》的思想基础

《文心雕龙》这一伟构得以问世，是基于这样的背景：六朝文学逐渐摆脱经学的束缚，文人们抒写情怀，状写山水的诗赋等纯文学的作品层出不穷，文学理论的著述更见系统深入。 刘勰适逢其会，创作了这一部辉煌巨著。 但尽管六朝时期学术文化界呈现了较为自由的氛围，儒家正统的地位并未改变，佛道教也渐为文人们所热衷。 魏晋南北朝又是子学复兴的时期，尤其是魏晋之后，才士放达，玄风振起。 这一切共同成就了中国学术思想史上鲜见的缤纷多姿的繁盛局面，为《文心雕龙》的问世提供了丰富的学术资源。 这一阶段的文学是刚刚从经学的母体中分离不久的"新生儿"，还带着浓厚的母体因子。 因此，我们理解和评价《文心雕龙》首先需要参悟其思想元素，这样才能尽量趋近作者的思路。《文心雕龙》是基于多元思想作用下创作出的一部文论巨著。

"原道""征圣""宗经"：儒家思想为基调。 对此，论者的观点比较一致。 元人钱惟善在《文心雕龙序》中说："当二家滥觞横流之际，孰能排而斥之？ 苟知以道为原，以经为宗，以圣为征，而立言著书，其亦庶几可取乎。 呜呼！ 此《文心

---

① ［南朝梁］刘勰著，范文澜注：《文心雕龙注》卷十《序志第五十》，人民文学出版社 1958 年版，第 727 页。

② ［清］纪昀：《文心雕龙辑注·序志第五十》眉批，转引自《〈文心雕龙〉评本批语汇辑（续篇）》，《学术集林》卷 16，第 230 页。

③ ［清］纪昀：《纪文达公遗集·诗集》第十六卷《赋得雌窜文囿》，《清代诗文集汇编》第 354 册，第 623 页。

雕龙》所由述也。 夫佛之盛，莫盛于晋宋齐梁之间，而通事舍人刘勰生于梁，独不入于彼而归于此，其志宁不可尚乎！"①刘勰在叙述《文心雕龙》缘起时云：

> 予生七龄，乃梦彩云若锦，则攀而采之。齿在逾立，则尝夜梦执丹漆之礼器，随仲尼而南行；旦而寤，乃怡然而喜，大哉圣人之难见哉，乃小子之垂梦欤！自生人以来，未有如夫子者也。敷赞圣旨，莫若注经；而马郑诸儒，弘之已精，就有深解，未足立家。唯文章之用，实经典枝条，五礼资之以成，六典因之致用，君臣所以炳焕，军国所以昭明，详其本源，莫非经典。而去圣久远，文体解散，辞人爱奇，言贵浮诡，饰羽尚画，文绣鞶帨，离本弥甚，将遂讹滥。盖周书论辞，贵乎体要；尼父陈训，恶乎异端：辞训之异，宜体于要。于是搦笔和墨，乃始论文。②

刘勰生当佛学盛行之时，随僧祐十余年，帮助其修《出三藏记集》，精通释籍，但《文心雕龙》是一部儒学思想极为鲜明的著作，诚如清人张曰班所说："夫文章与时高下，时至齐梁，佛学昌炽，而文随以靡，其衰甚矣！当斯之际，不见汉魏浑朴古雅之气，徒相赏于藻丽、秾纤、澹远、韶秀之中。不善学之，但沿其卑靡浮艳之习，未有不颓波日下者。有能深于文理，折衷群言，究其指归，而不谬于圣人之道者，则断推刘勰一人而已。"③《文心雕龙》中几无佛学痕迹的根本原因在于，刘勰虽然仕途不达，但期以用世仍是其人生最大的抱负，他说："士之登庸，以成务为用。"④"安有丈夫学文，而不达于政事哉？"⑤"摛文必在纬军国，负重必在任栋梁。"⑥同时，刘勰创作《文心雕龙》时，虽然佛教盛极一时，但这一时期的佛教尚处于译经阶段，对于佛教与文学之间的关系鲜有系统研究。

① 转引自《增订文心雕龙校注》附录《序跋第七·元钱惟善序》，第 944 页。
② ［南朝梁］刘勰著，范文澜注：《文心雕龙注》卷十《序志第五十》，人民文学出版社 1958 年版，第 725—726 页。
③ 转引自《增订文心雕龙校注》附录《品评第二·清张曰班》，第 652 页。
④ ［南朝梁］刘勰著，范文澜注：《文心雕龙注》卷十《程器第四十九》，人民文学出版社 1958 年版，第 719 页。
⑤ ［南朝梁］刘勰著，范文澜注：《文心雕龙注》卷十《程器第四十九》，人民文学出版社 1958 年版，第 720 页。
⑥ ［南朝梁］刘勰著，范文澜注：《文心雕龙注》卷十《程器第四十九》，人民文学出版社 1958 年版，第 720 页。

刘勰在定林寺从事的也是区别佛教经论部类，录而序之，亦即主要是关于佛教文献目录的工作。

《文心雕龙》中最为论者称引为受佛教影响甚深的根据主要有两点。一是《论说》篇中有云："然滞有者，全系于形用；贵无者，专守于寂寥：徒锐偏解，莫诣正理；动极神源，其般若之绝境乎！"①刘勰虽然有以般若为正理、以佛为尚的倾向，但这仅仅是其剂"有""无"之偏而已，仅是对思想史的一个态度，而非对文学本身的品评，与文学观念并无关涉。二是认为"原道"之"道"是佛道的，往往引"玄圣创典，素王述训"②为据，认为"玄圣"乃佛陀，"'玄圣'（佛）创《佛经》之典，孔子述'玄圣'所创之佛典为儒家之六经，故孔子之所述为'训'"③。六朝时期确实有称佛陀为"玄圣"的例子，如，支遁《四月八日赞佛诗四首》其二："太块挥冥枢，昭昭两仪映。万品诞游华，澄清凝玄圣。释迦乘虚会，圆神秀机正。"④再如，宗炳说："色不自色，虽色而空，缘合而有，本自无有，皆如幻之所作，梦之所见。虽有非有，将来未至，过去已灭，见在不住，又无定有。凡此数义，皆玄圣致极之理。"⑤刘勰深谙佛学，自然有可能以"玄圣"称佛陀。但这仍难以说通，原因有三。其一，孔子从未有述及释迦牟尼的文献，何以释典述训？其二，"玄圣""素王"对举乃出于《庄子》："以此处上，帝王天子之德也；以此处下，玄圣素王之道也。"⑥此之"玄圣"显然与佛陀无涉。同样，《后汉书》中有："故先命玄圣，使缀学立制。"⑦注曰："玄圣谓孔丘也。《春秋

---

① 〔南朝梁〕刘勰著，范文澜注：《文心雕龙注》卷四《论说第十八》，人民文学出版社 1958 年版，第 327 页。

② 〔南朝梁〕刘勰著，范文澜注：《文心雕龙注》卷一《原道第一》，人民文学出版社 1958 年版，第 2 页。

③ 马宏山：《论〈文心雕龙〉的纲》，《中国社会科学》1980 年第 4 期。

④ 〔晋〕释支遁：《四月八日赞佛诗四首·其二》，〔晋〕释支遁撰，〔明〕皇甫涍辑《支道林集》，顾廷龙主编，《续修四库全书》编纂委员会编《续修四库全书》第 1304 册，上海古籍出版社 2002 年版，第 45 页。

⑤ 〔南朝宋〕宗炳：《宗炳答何衡阳书难释白黑论》，〔梁〕释僧祐撰，李小荣校笺《弘明集校笺》卷第三，上海古籍出版社 2013 年版，第 183 页。

⑥ 〔清〕王先谦撰，沈啸寰点校《庄子集解》卷四《天道》，中华书局 1987 年版，第 114 页。

⑦ 〔南朝宋〕范晔撰，〔唐〕李贤等注：《后汉书》卷四十下，中华书局 1965 年版，第 1376 页。

演孔图》曰：'孔子母徵在梦感黑帝而生，故曰玄圣。'"①孙绰在《游天台山赋》中亦云："天台山者，盖山岳之神秀者也。涉海则有方丈蓬莱，登陆则有四明天台。皆玄圣之所游化，灵仙之所窟宅。"②此之"玄圣"显然是指神仙。其三，从行文来看，此节所说的是中国传统的圣王先哲："爰自风姓，暨于孔氏，玄圣创典，素王述训：莫不原道心以敷章，研神理而设教。"③其中的"风姓"即指伏羲。《史记·三皇本纪》载："太皞庖牺氏，风姓。"④纪昀评曰："此'玄圣'当指伏羲诸圣，若指孔子，于下句为复。"⑤纪氏所释甚确。《原道》篇引《周易》甚多，因此，"玄圣创典"，当以伏羲画《易》典为是，这也与刘勰于本篇中所说的"幽赞神明，《易》象惟先。庖牺画其始，仲尼翼其终"⑥相应合。如此看来，《文心雕龙》中虽然偶尔出现过"般若"等佛教名相，但佛学的影响主要体现在思维方法上，尤其是在定林寺"区别部类，录而序之"的经历，使刘勰通过对佛学经论的编序悟到了一些对《文心雕龙》的谋篇构思以及持论态度方面的启示。诚如饶宗颐先生在《文心与阿毗昙心》一文中所说："我则谓其书（《文心雕龙》）体例实与释氏无关，惟居正之态度，完全符合释氏正道之宗旨。持以论文，故与当日'文章且须放荡'之风尚乖违，在在见其坚定之立场，足为一时之针砭。"⑦

　　虽然《文心雕龙》体现了鲜明的儒学色彩，并将其贯注于全书，但儒家思想又有限制文学发展的一面，尤其是其注重教化、止乎礼义的文学观，往往给文学自由想象与自然抒情戴上精神的镣铐。幸运的是，刘勰生逢子学盛行的时代，且精

　　①　〔南朝宋〕范晔撰，〔唐〕李贤等注：《后汉书·班彪列传第三十下》附《班固列传》注，《后汉书》卷四十下，中华书局1965年版，第1377页。

　　②　〔东晋〕孙绰：《游天台山赋》，〔梁〕萧统编、〔唐〕李善注《文选》第十一卷，上海古籍出版社1986年版，第493页。

　　③　〔南朝梁〕刘勰著，范文澜注：《文心雕龙注》卷一《原道第一》，人民文学出版社1958年版，第2—3页。

　　④　〔唐〕司马贞：《三皇本纪》，〔汉〕司马迁著，〔日〕泷川资言编著《史记会注考证》，北京：新世界出版社2008年版，第25页。

　　⑤　〔清〕纪昀：《文心雕龙·原道第一》评语，〔南朝梁〕刘勰著，〔清〕黄叔琳注，〔清〕纪昀评、李详补注、刘咸炘阐说、戚良德辑校《文心雕龙》，上海古籍出版社2015年版，第7页。

　　⑥　〔南朝梁〕刘勰著，范文澜注：《文心雕龙注》卷一《原道第一》，人民文学出版社1958年版，第2页。

　　⑦　饶宗颐：《文心与阿毗昙心》，饶芃子主编、中国文心雕龙学会编《文心雕龙研究荟萃》，上海书店1992年版，第343页。

通佛学，这使其思想的锋芒超越了儒学的矩矱。他主张文以原道，此之"道"既是"儒家之道"，又是自然之道。他说：

> 夫玄黄色杂，方圆体分，日月叠璧，以垂丽天之象；山川焕绮，以铺理地之形：此盖道之文也。仰观吐曜，俯察含章，高卑定位，故两仪既生矣。惟人参之，性灵所钟，是谓三才；为五行之秀，实天地之心。心生而言立，言立而文明，自然之道也。①

对这一段文字的解读，儒焉？道焉？论者莫衷一是。认为是儒家者，往往从其援经儒家经典（尤其是《易传》）得到证明，如"含章""两仪""三才""五行"等都出自《易传》；认为是道家者，往往从"自然之道"中得到佐证。其实儒道本有交集之处：就文献而言，《周易》既是儒家经典，亦有道家的思想因子；就天地人三才之间的关系而言，道有补益儒学之功。视"自然之道"为道家的观点，主要在于道家尚自然，儒家重名教。但自然又有二义：一是本然，天然，自然而然之意，就词性而言，具形容词的含义；一是指日月星辰山川草木虫鱼等自然万物，具名词性质。形容词之自然与名教相对立，与儒思想多有乖悖之处。而名词意义的自然则是涉及宇宙论、天道观等，这是儒道都曾关涉的内容。《老子》所谓"人法地，地法天，天法道，道法自然"②，"道"乃万物之母，是最高的抽象本体。但儒家对此亦有论及，尤其是儒家《易》学论涉较多。刘勰《原道》所要表述的是文当原乎自然之道。因此，此之道并不意味着与儒学的疏离。自然所具有的两方面的含义在审美领域得到了融合，以自然万物的本色为美，反对藻饰，就是因自然万物之自然而然状态呈现之。道家强调朴素为美，自然为美。庄子认为："朴素而天下莫能与之争美。"③刘勰在《原道》中说：

> 傍及万品，动植皆文：龙凤以藻绘呈瑞，虎豹以炳蔚凝姿；云霞雕色，有

---

① ［南朝梁］刘勰著，范文澜注：《文心雕龙注》卷一《原道第一》，人民文学出版社1958 年版，第 1 页。

② 朱谦之：《老子校释》二十五章，中华书局 2000 年版，第 103 页。

③ ［清］王先谦撰，沈啸寰点校：《庄子集解》卷四《天道第十三》，中华书局 1987 年版，第 114 页。

逾画工之妙；草木贲华，无待锦匠之奇；夫岂外饰？盖自然耳。至于林籁结响，调如竽瑟；泉石激韵，和若球锽；故形立则章成矣，声发则文生矣。①

　　这其实是儒道的结合体，因为道家虽然以朴素为美，但又是从根本上摒弃艺文的。刘勰所论之文，乃"动植皆文"，"声发而文生"，是通过自然的路径而涉及文，声乃自然之声，乃"林籁结响，调如竽瑟；泉石激韵，和若球锽"，亦即庄子所谓"天籁"。可见，刘勰所论，体现了儒道融合的倾向。《原道》在得道家神韵的同时，无碍于持守儒学的基本立场，尤其是《原道》篇的后半部分，以清晰的儒学观念论述了文的产生与发展。《原道》通篇不但尊奉孔子，如"至夫子继圣，独秀前哲，镕钧六经，必金声而玉振"②；还远溯儒家所尊奉的尧舜之世，谓"唐虞文章，则焕乎始盛"③等。为何刘勰以儒道结合而阐释为文之道？这是因为就刘勰的本意而言，他是站在儒家的立场以论文的。《原道》《征圣》《宗经》是一个有机的整体，这就是他所谓的"道沿圣以垂文，圣因文而明道"④。同时，刘勰论文心，宗儒乃其必然选择，因为就儒释道三家而言，佛教传入中土伊始，正面论述文学的理论资源甚少，而道家本质上是反对文饰，反对人类创造的文艺的，如《老子》说："五色令人目盲，五音令人耳聋。"⑤《庄子》也说："且夫失性有五：一曰五色乱目，使目不明；二曰五声乱耳，使耳不聪。"⑥这样，就传统的学术思想资源而言，儒家思想乃刘勰阐论文学的不二选择。孔子说："不言，谁知其志？言之无文，行而不远。"⑦肯定"文"之于"言"的作用。又说："辞，达而已矣。"⑧

　　① 〔南朝梁〕刘勰著，范文澜注：《文心雕龙注》卷一《原道第一》，人民文学出版社1958年版，第1页。

　　② 〔南朝梁〕刘勰著，范文澜注：《文心雕龙注》卷一《原道第一》，人民文学出版社1958年版，第2页。

　　③ 〔南朝梁〕刘勰著，范文澜注：《文心雕龙注》卷一《原道第一》，人民文学出版社1958年版，第2页。

　　④ 〔南朝梁〕刘勰著，范文澜注：《文心雕龙注》卷一《原道第一》，人民文学出版社1958年版，第3页。

　　⑤ 朱谦之：《老子校释》十二章，中华书局2000年版，第45页。

　　⑥ 〔清〕王先谦撰，沈啸寰点校：《庄子集解》卷三《天地》，中华书局1987年版，第111页。

　　⑦ 〔东周〕左丘明：《左传·襄公二十五年》，〔清〕洪亮吉撰，李解民点校《春秋左传诂》卷十三，中华书局1987年版，第578页。

　　⑧ 程树德撰，程俊英、蒋见元点校《论语集释》卷三十二《卫灵公下》，中华书局1990年版，第1127页。

主张文质相符称："质胜文则野，文胜质则史。 文质彬彬，然后君子。"①这为刘
勰论文提供了基础。 但是，六朝时期藻饰之风过盛，使文学几成纯粹的艺术摆
设，而这又违背了刘勰"唯务折衷"②、期求公允至当的原则。 诚如纪昀所说：
"齐梁文藻，日竞雕华。 标自然以为宗，是彦和吃紧为人处。"③因此，他需要以
道家的自然观纠矫藻饰华靡之偏。 同时，就文学的功能而言，儒家文学观由于
过于注重文学的社会功能，限制了文学自身的发展空间。 就文学的风格而言，
儒家的温柔敦厚，乐而不淫，哀而不伤限制了风格的多样性，限制了文学的发
展。 道家的自然美学观恰可济儒学之不足，从而使得刘勰文学理论的廓庑更加
宽阔，阐发理论更加舒展自然，也更加适应文学发展至六朝时的现状。

正由于刘勰是错综众说而为其所用，因此，他在引据先贤论说时往往参以己
意。 如，他对老子"信言不美，美言不信"④做了这样的评价："老子疾伪，故
称美言不信；而五千精妙，则非弃美矣。"⑤这样，老子就不是一意追求简质淳
朴、摒弃艺术的思想家，而是承认且以五千言的《道德经》践履了对美言的孜
求。 不难看出，刘勰笔下的老子已不是原本意义上的老子。 明乎此，我们则不
必胶执于刘勰所原之"道"究竟是儒家之道，还是道家之道，而应该认为是刘勰
融摄诸家而自我体认之道。

第三节 "文之枢纽"论

在《序志》篇中，刘勰云："盖《文心》之作也，本乎道，师乎圣，体乎经，
酌乎纬，变乎骚，文之枢纽，亦云极矣。"⑥亦即《文心雕龙》中的《原道》《征

---

① 《论语集释》卷十二《雍也下》，中华书局 1990 年版，第 400 页。

② 〔南朝梁〕刘勰著，范文澜注：《文心雕龙注》卷十《序志第五十》，人民文学出
版社 1958 年版，第 727 页。

③ 〔清〕纪昀：《文心雕龙·原道第一》评语，戚良德辑校：《文心雕龙》，上海古
籍出版社 2015 年版，第 6 页。

④ 朱谦之：《老子校释》八十一章，中华书局 2000 年版，第 310 页。

⑤ 〔南朝梁〕刘勰著，范文澜注：《文心雕龙注》卷七《情采第三十一》，人民文学
出版社 1958 年版，第 537 页。

⑥ 〔南朝梁〕刘勰著，范文澜注：《文心雕龙注》卷十《序志第五十》，人民文学出
版社 1958 年版，第 727 页。

圣》《宗经》《正纬》《辨骚》讨论的是为文最为核心的问题。 五篇之中，概可分为两类，一类是以儒家思想为核心的"原道""征圣""宗经"；另一类是则是与经典异而益于文的纬书与楚骚，即"正纬"与"辨骚"。

一、原道、征圣、宗经

刘勰以儒家思想作为文之枢纽，是对儒家思想的全面认同，《文心雕龙》开篇即以《原道》《征圣》《宗经》三篇论述文学与儒家思想的密切关系。 道、圣、经综合一体："道沿圣以垂文，圣因文而明道。"①圣与经、文的关系是："圣贤书辞，总称文章。"②"子政论文，必征于圣；稚圭劝学，必宗于经。"③圣与道的关系是，圣人"莫不原道心以敷章"④。

就征圣、宗经而言，其内容相关性十分明显，乃至纪昀评《征圣》篇云："此篇却是装点门面。 推到究极，仍是宗经。"⑤所言大致符合事实，这是因为圣人之文，即为经典。 当然，刘勰分篇而论，其实尚有一些区别。《征圣》主要是总体概括圣人文章的基本特点；《宗经》主要是分体说明五经为文之渊薮，分述五经的为文特色，要义在于体裁不同，风格不一。

就圣而言，他说："征之周孔，则文有师矣。"但实际上主要论及的是孔子之文。 在刘勰看来，圣人能"鉴周日月，妙极机神"，"妙极生知，睿哲惟宰"。圣人之作，乃刘勰崇奉的极致，他将圣人之作视为"含章之玉牒，秉文之金科"。 就圣人之制而言，又各有特点："或简言以达旨，或博文以该情，或明理以立体，或隐义以藏用。"刘勰对圣人之文做了概括，在显与隐的关系方面："体要与微辞偕通，正言共精义并用。"其要义在于说明圣人之文因文体不同，能做

---

① ［南朝梁］刘勰著，范文澜注：《文心雕龙注》卷一《原道第一》，人民文学出版社 1958 年版，第 3 页。

② ［南朝梁］刘勰著，范文澜注：《文心雕龙注》卷七《情采第三十一》，人民文学出版社 1958 年版，第 537 页。

③ ［南朝梁］刘勰著，范文澜注：《文心雕龙注》卷一《征圣第二》，人民文学出版社 1958 年版，第 16 页。 唐写本作"论文必征于圣，窥圣必宗于经"。

④ ［南朝梁］刘勰著，范文澜注：《文心雕龙注》卷一《原道第一》，人民文学出版社 1958 年版，第 2—3 页。

⑤ ［清］纪昀：《文心雕龙·征圣第二》评语，戚良德校辑：《文心雕龙》，上海古籍出版社 2015 年版，第 11 页。

到显隐得宜，相得益彰。 在华与实的关系方面："圣文之雅丽，固衔华而佩实者
也。"①黄侃以为："此彦和《征圣》篇之本意。 文章本之圣哲，而后世专尚华
辞，则离本浸远，故彦和必以华实兼言。"②从《文心雕龙》的立意来看，也以华
实相符为期。

刘勰崇儒和宗经征圣，主要是从儒家经典和孔子为文的典范作用来论述的，
而并不是在讲儒家经义：《易》在于"旨远辞文，言中事隐"③，赞其表现手法之
隐曲，文质兼胜。"《书》实记言，而训诂茫昧，通乎《尔雅》，则文意晓然"，
是论述《尚书》的功能及其阅读方法。《尚书》看似佶屈聱牙，茫昧难解，其实是
因为词意古今有别，只要借助于《尔雅》，即可"文意晓然"，因此，子夏感叹其
"昭昭若日月之明，离离如星辰之行"。《诗经》虽然需借《尔雅》训诂，但与
《尚书》的风格并不相同，刘勰谓其"摛风裁兴，藻辞谲喻"。《礼》则"章条纤
曲"，以整饬严谨胜。《春秋》则"婉章志晦，谅以邃矣"。 同时，刘勰还分析了
五经的区别："《尚书》则览文如诡，而寻理即畅；《春秋》则观辞立晓，而访义
方隐。"④其义诚如张立斋所注："《尚书》文艰义简，理近而顺，初思之易解，
《春秋》辞显句约，骤求之难得。"⑤刘勰论及不同文体的风格差异，但溯其源则
都可及于儒家经典，他说："故论说辞序，则《易》统其首；诏策章奏，则《书》
发其源；赋颂歌赞，则《诗》立其本；铭诔箴祝，则《礼》总其端；纪传铭檄，
则《春秋》为根：……百家腾跃，终入环内者也。"⑥五经开启了文章的无穷法
门。 后世文坛产生的种种流弊，如"楚艳汉侈"等，都是因为未能宗经归本所
致。 援经典以论文，看似是一种调和稳实的论学方式，其实不然，因为儒者解

---

① 以上引自〔南朝梁〕刘勰著，范文澜注：《文心雕龙注》卷一《征圣第二》，人民
文学出版社 1958 年版，第 15—17 页。

② 黄侃著，黄延祖重辑：《文心雕龙札记·征圣第二》，中华书局 2006 年版，
第 16 页。

③ 以上引自〔南朝梁〕刘勰著，范文澜注：《文心雕龙注》卷一《宗经第三》，人民
文学出版社 1958 年版，第 21 页。

④ 以上引自〔南朝梁〕刘勰著，范文澜注：《文心雕龙注》卷一《宗经第三》，人民
文学出版社 1958 年版，第 21—22 页。

⑤ 张立斋：《文心雕龙注订》，转引自〔梁〕刘勰著，詹锳义证《文心雕龙义证·宗
经第三》，上海古籍出版社 1989 年版，第 74 页。

⑥ 〔南朝梁〕刘勰著，范文澜注：《文心雕龙注》卷一《宗经第三》，人民文学出版
社 1958 年版，第 21—22 页。

经不是考求名物就是探索义理，都是注经或通过注经以抒己意，核心在于彰显儒家政教伦理，对六经之于文学的作用则甚少关注，乃至于六经之中的唯一诗集，学人们关注的也是其"美盛德之形容"①，或"上以风化下，下以风刺上"②，亦即诗歌的政教功能。后世的理学家们也往往借《诗》以说理，从"於穆不已"中体悟其天道生生或文王德性纯粹之意，视《诗》为经而非文学作品。而刘勰则不同，他之着意点在于风格而非经义本身，这为儒家文学观开启了新的境界，并对后世文论产生了影响。如明代屠隆就有这样的论述："夫六经之所贵者道术，固也，吾知之，即其文字，奚不盛哉!《易》之冲玄，《诗》之和婉，《书》之庄雅，《春秋》之简严，绝无后世文人学士纤秾佻巧之态，而风骨格力，高视千古。若《礼·檀弓》《周礼·考工记》等篇，则又峰峦峭拔，波涛层起，而姿态横出，信文章之大观也。"③

二、正纬、辨骚

刘勰在论"文之枢纽"之时，尚有《正纬》《辨骚》两篇。其意在《序志》中已有揭示："酌乎纬，变乎骚。"④即对纬书参酌而用之，将楚辞视为《风》《雅》的变体。对此，宋人胡寅《题〈酒边词〉》有云："诗出于《离骚》《楚词》，而《离骚》者，变风变雅之怨而迫、哀而伤者也;其发乎情则同，而止乎礼义则异。"⑤当然，纬书需"正"，楚辞、《离骚》需"辨"的原因则各有不同。要而言之，刘勰认为纬书失之伪，楚辞偏于奇。

刘勰所论之纬，实乃谶纬。这从其"六经彪炳，而纬候稠叠;孝论昭晰，而

---

① 《毛诗序》，郭绍虞主编：《中国历代文论选》第 1 册，上海古籍出版社 2001 年版，第 63 页。

② 《毛诗序》，郭绍虞主编：《中国历代文论选》第 1 册，上海古籍出版社 2001 年版，第 63 页。

③ ［明］屠隆撰，李亮伟、张萍校注《由拳集校注》卷之二十三《文论》，浙江大学出版社，2016 年版，第 636 页。

④ ［南朝梁］刘勰著，范文澜注：《文心雕龙注》卷十《序志第五十》，人民文学出版社 1958 年版，第 727 页。

⑤ ［宋］胡寅：《题酒边词》，郭绍虞主编：《中国历代文论选》第 2 册，上海古籍出版社 2001 年版，第 360 页。

钩谶葳蕤"①可以看出。 虽然素来谶纬并称，但两者实有区别。 胡应麟《四部正伪》云："世率以'谶''纬'并论。 二书虽相表里而实不同，'纬'之名所以配'经'，故自《六经》《语》《孝》而外无复别出；《河图》《洛书》等纬皆《易》也。'谶'之依附《六经》者，但《论语》有谶八卷，余不概见。 以为仅此一种；偶阅《隋·经籍志注》附见十余家，乃知凡谶皆托古圣贤以名其书，与纬体制迥别。 盖其说尤诞妄，故隋禁之，后永绝。"②谶纬盛行于东汉，因得到光武帝的提倡而风靡一时，乃至大儒郑玄不但在注解经书时经常采引纬书，且直接为纬书作注。 诚如纪昀在评《文心雕龙·正纬》时所说："此在后世为不足辨论之事，而在当日则为特识。 康成千古通儒，尚不免以纬注经，无论文士也。"③虽然南朝宋孝武帝、梁武帝曾下令禁止，纬书流行之势得到了扼制，但南朝辞赋骈文喜欢用典，文人仍多采用纬书。《文选》李善注中征引纬书之处在在可见。 颜师古云："俗间儒士，不涉群书，经纬之外，义疏而已。"④由此亦可以看出，纬书对文人创作仍有相当的影响。 对此，刘勰深致不满，他列述了纬书的种种伪谬："经正纬奇，倍擿千里"，与经书乖违；纬乃神教，而不同于经之圣训，"圣训宜广，神教宜约；而今纬多于经，神理更繁"，经、纬繁简倒置；符谶出于天命，托于孔子则伪（这体现了刘勰的认识局限，符谶是为宣扬君权神授而造作的，并非出自天命）；图箓出于商周之前，而经书则出于春秋末的孔子之手，"先纬后经，体乖织综"。 刘勰论列了纬书的"乖道谬典"之处，显示了与宗经相顾盼的理路。 同时，刘勰正纬尚有分别真正的符谶与后世伪造符谶的意味。 正因为如此，他说："原夫图箓之见，乃昊天休命，事以瑞圣，义非配经。""前世符命，历代宝传，仲尼所撰，序录而已。"这是刘勰认为的真符谶。 而后世伎数之士所为，假名于孔子，则是乖道谬典之作。 因此，刘勰之"正纬"真正指向的是起于哀、平之世的伪作。 刘勰对谶纬的这种不彻底的认识，根本原因在于图谶

① ［南朝梁］刘勰著，范文澜注：《文心雕龙注》卷一《正伪第四》，人民文学出版社 1958 年版，第 30 页。

② ［明］胡应麟著，顾颉刚校点：《四部正伪·谶纬诸书》，北京书局，1929 年，第 12 页。

③ ［清］纪昀：《文心雕龙·正纬第四》评语，戚良德校揖：《文心雕龙》，上海古籍出版社 2015 年版，第 22 页。

④ ［北齐］颜之推撰，王利器集解：《颜氏家训集解（增补本）》卷第三《勉学第八》，中华书局 1993 年版，第 183 页。

乃"昊天休命"，关乎君权神授，是统治者合法性、权威性的根据。因此，不但刘勰不能否定，即使是王充也在《论衡·宣汉》中赞美符瑞，其原因亦在于此。同时，理解刘勰对"真"符谶的肯定，也是讨论其文学价值的基点。

刘勰虽然力矫后世纬书之"伪"，但并没有对其一概否定，他认为谶纬之作"无益经典，而有助文章"。因为骈体文的限制，他没有详论对文章有何助益，但指出这些作品有两个特点："事丰奇伟，辞富膏腴。"所谓"事丰奇伟"通过他所列举的"羲农轩皞之源，山渎钟律之要，白鱼赤乌之符，黄金紫玉之瑞"①，可以大致推出："羲农轩皞"中多神话想象的内容，"山渎钟律"当指崇山大川之景、音律悠扬之妙，"白鱼赤乌"列述武王渡河得白鱼赤乌的生动故事，"黄金紫玉之瑞"则是纬书中关于政治晏清的形象描绘。据《礼·斗威仪》记载："君乘金而王，其政象平，黄银见，紫玉见于深山。"②可见，刘勰对谶纬文学价值的肯定是全面的，涉及想象、音律、景物题材以及"辞富膏腴"的文学语言，等等。

"正纬"是依经而正之，谶纬为文学平添了丰富的营养，其奇伟之事，膏腴之辞，遂使"后来辞人，采摭英华"③而"奇文郁起"④，写就了文学的新篇章。这恰恰又是其"辨骚"的前提。从这个意义上说，"正纬"乃是"宗经"与"辨骚"之间重要的一环，三者共同构成了"文之枢纽"。

关于"辨骚"。以《离骚》为代表的楚辞是继《诗经》之后对中国文学产生重要影响的新兴文学体裁，但刘勰为何不将其置于"论文叙笔"的文体论中，而作为"文之枢纽"的一部分呢？这可能有以下几方面的原因：

首先，刘勰之"辨骚"是辨经与骚的关系。他以"四家"举楚辞以"方经"，而"孟坚谓不合传"等"褒贬任声，抑扬过实"的现象⑤而展开论述。楚辞、屈原与《诗》、圣的关系是他贯及全篇的核心论题。他认为楚辞中有与

---

① 以上引自〔南朝梁〕刘勰著，范文澜注：《文心雕龙注》卷一《正纬第四》，人民文学出版社 1958 年版，第 30—31 页。

② 转引自〔南朝〕刘勰著，陆侃如、牟世金译注《文心雕龙译注·正纬》注释，齐鲁书社 2009 年版，第 124 页。

③ 〔南朝梁〕刘勰著，范文澜注：《文心雕龙注》卷一《正纬第四》，人民文学出版社 1958 年版，第 31 页。

④ 〔南朝梁〕刘勰著，范文澜注：《文心雕龙注》卷一《辩骚第五》，人民文学出版社 1958 年版，第 45 页。

⑤ 详见〔南朝梁〕刘勰著，范文澜注：《文心雕龙注》卷一《辨骚第五》，人民文学出版社 1958 年版，第 46 页。

《风》《雅》一样的部分：典诰之体，规讽之旨，比兴之义，忠怨之辞。

其次，《离骚》是"文之枢纽"中的辞章典范。刘勰虽然原道、征圣、宗经，论及了文体之源，但并没有论及其作为文学之文的本体。五经之中多"典诰"文字，虽然《诗》是文学作品，但已恭列于经，因此，仅能作为"宗"的对象，而非文之主体。刘勰指出楚辞与《诗经》等经典的不同主要有四个方面，即作品中所表现出来的诡异之辞、谲怪之谈、狷狭之志、荒淫之意。在刘勰看来，虽然楚辞不及经典纯雅，但又自有特点，即他所谓"乃雅颂之博徒，而词赋之英杰也"，"虽取镕经意，亦自铸伟辞"。或"朗丽以哀志"，或"绮靡以伤情"，或"瑰诡而慧巧"，或"耀艳而深华"，或"标放言之致"，或"寄独往之才"①。他对楚辞总体的认识是："气往轹古，辞来切今，惊采绝艳，难与并能矣。"②充分肯定了楚辞的文学特征，无论是与风雅异趣的微瑕，还是其"难与并能"的独特风格，都是"文"而非"经"的特质。

再次，楚辞是楚国的诗歌，但同时又开启了辞赋文学之源。迄至刘勰作《文心雕龙》之时，抒情小赋仍然风靡文坛，因此，对于刘勰将《辨骚》列于"文之枢纽"，应结合辞赋发展史来考察。对于楚辞的影响，刘勰说："枚贾追风以入丽，马扬沿波而得奇，其衣被词人，非一代也。故才高者菀其鸿裁，中巧者猎其艳辞，吟讽者衔其山川，童蒙者拾其香草。若能凭轼以倚《雅》《颂》，悬辔以驭楚篇，酌奇而不失其真，玩华而不坠其实，则顾盼可以驱辞力，欬唾可以穷文致，亦不复乞灵于长卿，假宠于子渊矣。"③而《离骚》又是楚辞的代表。诚如刘勰在《诠赋》篇中所云："及灵均唱《骚》，始广声貌。然赋也者，受命于《诗》人，拓宇于《楚辞》也。"④

复次，就全书的结构而言，《辨骚》与其后"论文叙笔"的内容有所不同。

---

① ［南朝梁］刘勰著，范文澜注：《文心雕龙注》卷一《辨骚第五》，人民文学出版社1958年版，第47页。

② ［南朝梁］刘勰著，范文澜注：《文心雕龙注》卷一《辨骚第五》，人民文学出版社1958年版，第47页。

③ ［南朝梁］刘勰著，范文澜注：《文心雕龙注》卷一《辨骚第五》，人民文学出版社1958年版，第47—48页。

④ ［南朝梁］刘勰著，范文澜注：《文心雕龙注》卷二《诠赋第八》，人民文学出版社1958年版，第134页。

"论文叙笔"是对各体之文"原始以表末，释名以章义，选文以定篇，敷理以举统"①，内容局限于文体论。但《辨骚》则主要论述的是楚辞与《诗》为代表的经典的同与异。其中的"异"既有内容方面的，也有辞采表现方面的，所谓"绮靡以伤情"，"气往轹古，辞来切今，惊采绝艳，难与并能"②，等等。不但有文体论，亦有创作论，更有批评论，其中对屈原《离骚》的评价占据了相当大的篇幅。可见，《辨骚》体乖于"论文叙笔"而与"文之枢纽"相通。

最后，刘勰对楚辞与《离骚》的评价是以《雅》《颂》为基点的，体现了他对文学的基本态度。刘勰所谓"酌奇而不失其贞，玩华而不坠其实"是以"凭轼以倚《雅》《颂》，悬辔以驭楚篇"为前提的，以《雅》《颂》为标准而绳尺楚辞。刘勰以经为贞、为实，以楚辞为奇、为华，这涉及对文学重要特质之一的认识问题。刘勰认为《离骚》的最大特色在于"奇"，即他所谓"《风》《雅》寝声"，"奇文郁起"。"奇"也是楚辞及《离骚》与《诗经》的异质所在。虽然刘勰对其不无微辞，所谓"托云龙，说迂怪，丰隆求宓妃，鸩鸟媒娀女，诡异之辞也；康回倾地，夷羿弹日，木夫九首，土伯三目，谲怪之谈也"③，但他并不完全反对"奇"，而是主张"执正以驭奇"而不能"逐奇而失正"④。刘永济《文心雕龙校释》谓："奇华者，采之外彰者也。贞实者，道之内蕴者也。"⑤在刘永济看来，奇华正是文学的表现形式。刘勰也对于后世得楚辞之"奇"予以了肯定："枚贾追风以入丽，马扬沿波而得奇，其衣被词人，非一代也。"⑥刘勰通过对《楚辞》与儒家经典的比较，肯定了"取镕经旨，自铸伟辞"的特征，是文学史上与《诗经》不同的新的篇章。显然，这样的内容理应归诸"文之枢纽"，而不

---

① ［南朝梁］刘勰著，范文澜注：《文心雕龙注》卷十《序志第五十》，人民文学出版社 1958 年版，第 727 页。

② ［南朝梁］刘勰著，范文澜注：《文心雕龙注》卷一《辨骚第五》，人民文学出版社 1958 年版，第 47 页。

③ ［南朝梁］刘勰著，范文澜注：《文心雕龙注》卷一《辨骚第五》，人民文学出版社 1958 年版，第 46—47 页。

④ ［南朝梁］刘勰著，范文澜注：《文心雕龙注》卷六《定势第三十》，人民文学出版社 1958 年版，第 531 页。

⑤ 刘永济校释：《文心雕龙校释附征引文录·辨骚第五》，武汉大学出版社 2013 年版，第 8 页。

⑥ ［南朝梁］刘勰著，范文澜注：《文心雕龙注》卷一《辨骚第五》，人民文学出版社 1958 年版，第 47 页。

同于其后的"论文叙笔"。

《文心雕龙》中的前五篇论述了"文之枢纽",其中前三篇为一组,正面陈述为文之正理,偏于内容;后两篇为一组,通过"酌乎纬""辨乎骚",论述了"纬""骚"与"经"的关系,偏重于讨论文学形式。作者虽然对于"纬"与"骚"或有微辞,但恰恰体现了刘勰"经"与"文"分途的认识取向。

第四节 "论文叙笔"

刘勰在论述"文之枢纽"五篇之后,自《明诗》至《书记》二十篇,则是"论文叙笔""囿别区分"。《明诗》至《谐隐》论有韵之文,其中《杂文》《谐隐》体兼文笔;《史传》至《书记》是叙无韵之笔。刘勰论及了三十余种文体,其中既有"诗""乐府"等文学体裁,也有"史传""诸子"类非文学作品。何以为序? 文笔之判仅是分别其荦荦大者。但如果我们依章学诚"文章之用多而文体分"[①],亦即以文章的功用为标准来分析刘勰论述文体的次序,便不难看出,从《明诗》到《书记》基本依循的是由内而外,与《大学》修身、齐家、治国、平天下持大致相似的路径。如,《明诗》主要论述的是作家表达内在的情志,所谓"在心为志,发言为诗","诗者,持也,持人情性","人禀七情,应物斯感,感物吟志,莫非自然"[②]。诗之流变过程,其"情变之数可监"[③]。其后的《乐府》《诠赋》基本沿着这一路径,渐而视阈不断开阔,拓展至心物互动,所谓"体物写志","睹物兴情","情以物兴,故义必明雅;物以情观,故词必巧丽"[④]。至《颂赞》则由写人之情性,感物吟志,外拓为"美盛德而述形容"[⑤],述写天子之德。《祝盟》由颂天子之德变而为告于神明。《铭箴》或记功德,表誓戒,或

---

① [清]章学诚著,叶瑛校注:《文史通义校注》卷四《黠陋》,中华书局 1985 年版,第 429 页。

② [南朝梁]刘勰著,范文澜注:《文心雕龙注》卷二《明诗第六》,人民文学出版社 1958 年版,第 65 页。

③ [南朝梁]刘勰著,范文澜注:《文心雕龙注》卷二《明诗第六》,人民文学出版社 1958 年版,第 67 页。

④ [南朝梁]刘勰著,范文澜注:《文心雕龙注》卷二《诠赋第八》,人民文学出版社 1958 年版,第 134—136 页。

⑤ [南朝梁]刘勰著,范文澜注:《文心雕龙注》卷二《颂赞第九》,人民文学出版社 1958 年版,第 156 页。

攻疾防患，都是由己及人。《诔碑》《哀吊》则由生而及死。 经过《杂文》与《谐隐》的过渡，由"论文"转而"叙笔"。《史传》与《诸子》，文之用不断延展、外拓，文章的功用更加庄重。《史传》则"史之为任，乃弥纶一代，负海内之责，而赢是非之尤，秉笔荷担，莫此之劳"①。《诸子》则"入道见志"②，"辨雕万物，智周宇宙"③。《论说》则由"博明万事"进而"适辨一理"④。 其后的《诏策》《檄移》《封禅》都属于"王言"，因为"国之大事，唯祀与戎"。 同样，《章表》《奏启》《议对》都是论臣下言事。《书记》则是记诸种杂体应用文。 由此可见，"叙笔"的内容，几乎都关乎治国平天下的外王之业。 但就"论文"与"叙笔"两者的关系来看，刘勰更重视文学性色彩较浓的"文"。 这与此前曹丕在《典论·论文》中所谓"盖文章，经国之大业，不朽之盛事"⑤，以经世为第一诉求不同。 刘勰将诗、乐府、赋等文学作品排列于前，体现了刘勰较之曹丕等人具有更高的文学自觉意识。

在这二十篇当中，刘勰论述了不同的文体。 其内容包括：

一、"原始以表末"，考镜源流。 如《乐府》，他首先寻源于经典，以《尚书·舜典》中的"声依永，律和声"⑥为据。 其后再远绍三皇五帝之音，四方之声："钧天九奏，既其上帝；葛天八阕，爰乃皇时。 自咸英以降，亦无得而论矣。 至于涂山歌于候人，始为南音；有娀谣乎飞燕，始为北声；夏甲叹于东阳，东音以发；殷整思于西河，西音以兴。"⑦刘勰对各种文类几乎都历述其源流，其"原始以表末"与"选文以定篇"一起，共同组成了一部各种文体的流变史。

---

① 〔南朝梁〕刘勰著，范文澜注：《文心雕龙注》卷四《史传第十六》，人民文学出版社1958年版，第287页。

② 〔南朝梁〕刘勰著，范文澜注：《文心雕龙注》卷四《诸子第十七》，人民文学出版社1958年版，第307页。

③ 〔南朝梁〕刘勰著，范文澜注：《文心雕龙注》卷四《诸子第十七》，人民文学出版社1958年版，第310页。

④ 〔南朝梁〕刘勰著，范文澜注：《文心雕龙注》卷四《诸子第十七》，人民文学出版社1958年版，第310页。

⑤ 〔魏〕曹丕：《典论·论文》，郭绍虞主编：《中国历代文论选》第1册，上海古籍出版社2001年版，第159页。

⑥ 〔清〕孙星衍撰，陈抗、盛冬铃点校：《尚书今古文注疏》卷一《尧典第一》，中华书局2004年版，第70页。

⑦ 〔南朝梁〕刘勰著，范文澜注：《文心雕龙注》卷二《乐府第七》，人民文学出版社1958年版，第101页。

二、"释名以章义"，即阐释文体名称的含义。释名基本秉持了宗经征圣的原则，如他释名乐府云："乐府者，声依永，律和声也。"①依《尚书·舜典》的原文为据。释赋云："赋者，铺也，铺采摛文，体物写志也。"②似乎亦受到经学家的影响，《周礼·春官·大师》郑注："赋之言铺，直铺陈今之政教善恶。"③同样，释"盟"云："盟者，明也。驲毛白马，珠盘玉敦，陈辞乎方明之下，祝告于神明者也。"④对"盟"的解释，也有得于郑注，《周礼·秋官·叙官》"司盟"郑注："盟，以约辞告神，杀牲歃血，明著其信也。"⑤

三、"选文以定篇"，遴选各种文体代表性作家作品进行品评。如《诠赋》云：

> 观夫荀结隐语，事数自环；宋发巧谈，实始淫丽；枚乘《菟园》，举要以会新；相如《上林》，繁类以成艳；贾谊《鵩鸟》，致辨于情理；子渊《洞箫》，穷变于声貌；孟坚《两都》，明绚以雅赡；张衡《二京》，迅发以宏富；子云《甘泉》，构深玮之风；延寿《灵光》，含飞动之势：凡此十家，并辞赋之英杰也。⑥

从众多的文章之中遴选出卓荦者予以品评，显示了刘勰出色的文学眼光。其中的许多评论为后世所推赞，遂成为受到文坛广泛称引的允评，诸如："建安之初，五言腾踊：文帝陈思，纵辔以骋节；王徐应刘，望路而争驱。并怜风月，狎池苑，述恩荣，叙酣宴，慷慨以任气，磊落以使才。""宋初文咏，体有因革，

---

① 〔南朝梁〕刘勰著，范文澜注：《文心雕龙注》卷二《乐府第七》，人民文学出版社1958年版，第101页。

② 〔南朝梁〕刘勰著，范文澜注：《文心雕龙注》卷二《诠赋第八》，人民文学出版社1958年版，第134页。

③ 转引自范文澜《文心雕龙注》此句注释，第136页。

④ 〔南朝梁〕刘勰著，范文澜注：《文心雕龙注》卷二《祝盟第十》，人民文学出版社1958年版，第177页。

⑤ 〔清〕孙诒让撰，王文锦、陈玉霞点校：《周礼正义》卷六十五，中华书局1987年版，第2716页。

⑥ 〔南朝梁〕刘勰著，范文澜注：《文心雕龙注》卷二《诠赋第八》，人民文学出版社1958年版，第135页。

庄老告退，而山水方滋。"①等等。 当然，由于刘勰身处注重辞采的时代，对于质朴自然的诗人诗作有遗珠之憾，尤其是陶渊明也未被列入"晋世群才"。 就对陶渊明的认识而言，刘勰不及萧统。 萧统曾对陶渊明有这样的推赞："其文章不群，辞彩精拔，跌宕昭彰，独超众类，抑扬爽朗，莫之与京。"②

四、"敷理以举统"，敷陈各类文体的规范、风格等。 这是刘勰文体论中最具理论色彩的部分，也为其后的创作论做了理论铺垫。 如，他在论及赋的特征时云：

> 原夫登高之旨，盖睹物兴情。情以物兴，故义必明雅；物以情观，故词必巧丽。丽词雅义，符采相胜，如组织之品朱紫，画绘之著玄黄，文虽新而有质，色虽糅而有本，此立赋之大体也。③

刘勰论述了辞赋创作中物、情、义、词等要素，其基本特质在于，"丽词雅义，符采相胜"。 刘勰认为，赋首先要具有明雅之义，其次才是巧丽之词。 他所说的文之质、色之本，是指"风轨""劝戒"的旨趣。 为此，他还以遮诠之法述辞赋之本的内涵：

> 然逐末之俦，蔑弃其本，虽读千赋，愈惑体要，遂使繁华损枝，膏腴害骨，无贵风轨，莫益劝戒：此扬子所以追悔于雕虫，贻诮于雾縠者也。④

虽然刘勰诠赋"选文定篇"时，称颂的十家"辞赋之英杰"未必都以"丽词雅义"为标准，品评与规范并不完全一致，但其总括辞赋的特色时能兼及"雅义"与"丽词"，显示了其纠矫辞赋浮靡之弊的努力。

① ［南朝梁］刘勰著，范文澜注：《文心雕龙注》卷二《明诗第六》，人民文学出版社 1958 年版，第 66—67 页。
② ［梁］萧统：《陶渊明集序》（节录），郭绍虞主编：《中国历代文论选》第 1 册，上海古籍出版社 2001 年版，第 335 页。
③ ［南朝梁］刘勰著，范文澜注：《文心雕龙注》卷二《诠赋第八》，人民文学出版社 1958 年版，第 136 页。
④ ［南朝梁］刘勰著，范文澜注：《文心雕龙注》卷二《诠赋第八》，人民文学出版社 1958 年版，第 136 页。

对于各种文体的源流，刘勰往往承《宗经》《征圣》中所论，溯其源于经，然后述其变。 如，他论及辞赋的流变史时说："及灵均唱《骚》，始广声貌。 然赋也者，受命于《诗》人，拓宇于《楚辞》也。 于是荀况《礼》《智》，宋玉《风》《钓》，爰锡名号，与诗画境，六义附庸，蔚成大国。 遂客主以首引，极声貌以穷文，斯盖别诗之原始，命赋之厥初也。"①如，《书记》中所谓"《春秋》聘繁，书介弥盛"②，曹学佺评之曰："论文必本于经，故中肯綮。"③再如，论及铭箴之体时也追述至远圣昔贤："昔帝轩刻舆几以弼违，大禹勒筍簴而招谏，成汤盘盂，著日新之规，武王户席，题必戒之训，周公慎言于金人，仲尼革容于欹器，则先圣鉴戒，其来久矣。"④语及论说，便谓："昔仲尼微言，门人追记，故仰其经目，称为《论语》。"⑤论及诏策，则寻经典以为证："《诗》云'畏此简书'；《易》称'君子以制数度'；《礼》称'明君之诏'；《书》称'敕天之命'。"⑥"本经典以立名目"是《文心雕龙》"论文叙笔"的基本叙述方法。 当然，这还是显性的宗法儒家文艺思想，更多的则是隐性的承祧。 如，他在述诗乐流变时有这样的婉叹："自雅声浸微，溺音腾沸，秦燔乐经，汉初绍复，制氏纪其铿锵，叔孙定其容与；于是武德兴乎高祖，四时广于孝文，虽摹韶夏，而颇袭秦旧，中和之响，阒其不还。"⑦刘勰一依雅乐为尚，体现了"务塞淫滥"的旨趣，这与孔子以及《乐记》的取向完全一致。 孔子认为郑声淫而恶郑声。《乐

① 〔南朝梁〕刘勰著，范文澜注：《文心雕龙注》卷二《诠赋第八》，人民文学出版社 1958 年版，第 134 页。

② 〔南朝梁〕刘勰著，范文澜注：《文心雕龙注》卷五《书记第二十五》，人民文学出版社 1958 年版，第 455 页。

③ 〔明〕曹学佺：《文心雕龙·书记第二十五》眉批，转引自《〈文心雕龙〉评本批语汇辑（续篇）》，《学术集林》卷 16，第 196 页。

④ 〔南朝梁〕刘勰著，范文澜注：《文心雕龙注》卷三《箴铭第十一》，人民文学出版社 1958 年版，第 193 页。

⑤ 〔南朝梁〕刘勰著，范文澜注：《文心雕龙注》卷四《论说第十八》，人民文学出版社 1958 年版，第 326 页。

⑥ 〔南朝梁〕刘勰著，范文澜注：《文心雕龙注》卷四《诏策第十九》，人民文学出版社 1958 年版，第 358 页。

⑦ 〔南朝梁〕刘勰著，范文澜注：《文心雕龙注》卷二《乐府第七》，人民文学出版社 1958 年版，第 101 页。

记》亦云："郑卫之音，乱世之音也。"①《乐记》中还记述了子夏与魏文侯的一段对话："（子夏对魏文侯曰）：'今君之所好者，其溺音乎！'文侯曰：'敢问溺音何从出也？'子夏对曰：'郑音好滥，淫志；宋音燕女，溺志；卫音趋数，烦志；齐音敖辟，乔志。此四者，皆淫于色而害于德，是以祭祀弗用也。'"刘勰所谓"雅声""中和之响"当然是指《礼记》中所说的"治世之音"，亦即孔子所说的《韶》等"雅乐"。因此，他对"丽而不经""靡而非典"的作品都持贬意，唯"至宣帝雅颂，颇效《鹿鸣》"②。可见，秉持儒家传统的雅正之风，是其论诗乐的基本立场。当然，宗经也限制了刘勰的视野以及对于作家作品的品评。如，对于乐府，由于他一依雅声为标准，排斥新乐，遂使其对曹操等人的作品亦多贬意："魏之三祖，气爽才丽，宰割辞调，音靡节平。观其《北上》众引，《秋风》列篇，或述酣宴，或伤羁戍，志不出于淫荡，辞不离于哀思，虽三调之正声，实《韶》《夏》之郑曲也。"③这就将建安时期曹氏父子五言诗"慷慨以任气，磊落以使才"的腾诵繁盛之景与其乐府成就分判两途，迥然有别。这样的评价显然有失公允。庆幸的是，刘勰并没有完全受到"宗经"的牢笼，他还有"弥纶群言"的"师心独见"，这是刘勰结构其"体大而思精"伟构的重要思想基础。

刘勰"论文叙笔"的部分较之于此前的《典论·论文》《文赋》《文章流别志论》对文体的论述更加详密细致，内容更加丰富，结构也更为严整。既是文体专论，又是一部分体文章流变史。刘勰许多精辟的评鉴与论述，体现了其高妙复杂的文学思想与审美观念。

第五节 创作论

刘勰在《序志》中说《文心雕龙》中"上篇以上"是彰明纲领，"下篇以下"

---

① ［清］孙希旦撰，沈啸寰等点校：《礼记集解》卷三十七《乐记第十九》：中华书局 1989 年版，第 981 页。

② ［南朝梁］刘勰著，范文澜注：《文心雕龙注》卷二《乐府第七》，人民文学出版社 1958 年版，第 101—102 页。

③ ［南朝梁］刘勰著，范文澜注：《文心雕龙注》卷二《乐府第七》，人民文学出版社 1958 年版，第 102 页。

则是显其"毛目"。 后者主要是论述创作的具体方法，即自《神思》到《总术》，以及《物色》《程器》诸篇，系统地论述了文学创作中的种种环节与要素。这是《文心雕龙》的核心部分，主要讨论了以下诸方面的内容。

一、陶钧文思

刘勰虽然在"文之枢纽"之中论述了文学创作与儒家经典之间的关系，但主要说明"经"与"文"的外在联系，而并不是讨论"文"本身的问题。 与其不同的是，自《神思》篇之后，刘勰从创作主体的角度，讨论了"文"之创作本身的问题。《神思》篇讨论了创作酝酿与构思的过程与特点，是《文心雕龙》创作论中最为重要的一篇，亦即刘勰自己所说的"驭文之首术，谋篇之大端"。 概有以下几方面的内涵。

首先，以心写物："神与物游"。 刘勰谓其"神思"，准确地道出了文学构思的特点。 诚如曹学佺所说："文，神物也，故以《神思》先之。"①何谓神思？刘勰说："古人云：形在江海之上，心存魏阙之下。 神思之谓也。"即精神、思绪可以不囿于身体的存在而能够自由地进行艺术想象。 刘勰充分展示了文学想象的特点，即他所谓"寂然凝虑，思接千载；悄焉动容，视通万里；吟咏之间，吐纳珠玉之声；眉睫之前，卷舒风云之色：其思理之致乎。 故思理为妙，神与物游"。 刘勰所状写的神思，亦即作家的构思是一种超越于时空、超越于客观物象的精神遐思与想象。"神"或"心"说的是创作主体，"物"则是外在于"心"的客观存在。 文学作品反映世界，秉持的是艺术真实的原则，是对生活的艺术再现，即虽本于生活，但又超越生活，是对生活的审美观照。 刘勰以"游"状写"神"与"物"之间的关系，这是一种流动、飘逸而非拘执复制的关系。 其间存在着一定的审美观照的空间，在这个空间中作家都是自由的摄取并进行艺术的再现，其中还有"思理为妙"的环节，亦即需经过作家主观精神的过滤与融裁。正因为是作家的审美之"游"、艺术之"游"，因此，他说："神居胸臆，而志气统其关键；物沿耳目，而辞令管其枢机。"外在之物，是经作家的审美观照而通过作家文辞表现出来的艺术世界。 显然，刘勰所论的心物关系是具有强烈主体

① ［明］曹学佺：《文心雕龙·神思第二十六》眉批，转引自《〈文心雕龙〉评本批语汇辑（续篇）》，《学术集林》卷16，第198页。

意识的关系，这在其状写运思过程时表现得更加清楚：

> 夫神思方运，万涂竞萌，规矩虚位，刻镂无形，登山则情满于山，观海则意溢于海，我才之多少，将与风云而并驱矣。[①]

刘勰"神与物游"之"物"，似是指主体之外的大千世界，亦即作家神思所及的意欲再现的客观内容，而与其后《物色》篇中的"物"仅指自然风物稍有不同。

其次，运思准备："贵在虚静"与"积学以储宝"的统一。在艺术构思阶段，刘勰认为当摒除杂虑，"贵在虚静，疏瀹五藏，澡雪精神"[②]。因为只有"虚静"，才能使"枢机方通"，才能"物无隐貌"。如果没有虚静之心，则"关键将塞"，"神有遁心"。但刘勰之"虚静"是否就是庄子所谓"心斋""坐忘"的虚寂之境？庄子论虚静，是要达到与道体的统一，要实现"天地与我并生，而万物与我为一"[③]。虽然刘勰所说的"疏瀹五藏，澡雪精神"等也是源自《庄子·知北游》，但含义则不尽相同。庄子所说的虚静是要"形如槁木，心如死灰"，但刘勰则是要清除杂念，为学、才、情留下舒展的空间。不是要与道体的同一，而是要博求多识，蕴酿丰沛的情感，还要"积学以储宝，酌理以富才"[④]。对于学与才的关系，刘勰认为，才情迟速不一，但并不影响作品的成就："若夫骏发之士，心总要术，敏在虑前，应机立断；覃思之人，情饶歧路，鉴在疑后，研虑方定。机敏故造次而成功，虑疑故愈久而致绩。"[⑤]刘勰认为"博

---

① 以上引自〔南朝梁〕刘勰著，范文澜注：《文心雕龙注》卷六《神思第二十六》，人民文学出版社 1958 年版，第 493—494 页。

② 〔南朝梁〕刘勰著，范文澜注：《文心雕龙注》卷六《神思第二十六》，人民文学出版社 1958 年版，第 493 页。

③ 〔清〕王先谦撰：《庄子集解》卷一《齐物论第二》，中华书局 1987 年版，第 19 页。

④ 〔南朝梁〕刘勰著，范文澜注：《文心雕龙注》卷六《神思第二十六》，人民文学出版社 1958 年版，第 493 页。

⑤ 〔南朝梁〕刘勰著，范文澜注：《文心雕龙注》卷六《神思第二十六》，人民文学出版社 1958 年版，第 494 页。

见为馈贫之粮"①，渊博的学识可对才情有所补益。 对于学与理的关系，刘勰认为"贯一为拯乱之药"②，为文不可溺于博识，而应有一贯之理，统贯于文，即"博而能一"。 纪昀认为，刘勰"补出'积学''酌理'，方非徒骋聪明"③，即认为学、理对于才具有补益之效。 刘勰要求作家具有深厚的学养，有丰富的知识积累、理性的认识能力和卓越的才华。 要而言之，为文之前需有两方面的准备：一是培育"志气"，即作家的自在精神；二是准备"辞令"，亦即以恰当的语言表现内在之"神"与外在之"物"。

最后，自然为文："无务苦虑"，"不必劳情"。 当具体创作时，刘勰重点论述了思、意、言之间的关系，以及创作时这三者之间的或疏或密的甘苦。 虽然在运笔之前，刘勰也述及了"规矩虚位，刻镂无形"的修饰努力，但他孜求的是按情感的自然流注，思、意自身的逻辑力量而形成的作品。 他说："登山则情满于山，观海则意溢于海，我才之多少，将与风云而并驱矣。 方其搦翰，气倍辞前，暨乎篇成，半折心始。"④即写成的作品与开始的构思并不一致，搦翰写意十分不易，即他所谓"意翻空而易奇，言征实而难巧"⑤。 思、意、言之间的浃洽与乖悖是创作中的最大难题，他说："是以意授于思，言授于意；密则无际，疏则千里；或理在方寸而求之域表，或义在咫尺而思隔山河。"⑥作家的创作往往是思如泉涌，文意奔放，故曰"易奇"。 但这必须一一通过文辞缀辑而成，并不容易，故曰"难巧"。 言以达意，意秉于思，这是刘勰以及作家们追求的境界。 这一切都应按其自然的逻辑得以实现。 因此，他说："是以秉心养术，无

① 〔南朝梁〕刘勰著，范文澜注：《文心雕龙注》卷六《神思第二十六》，人民文学出版社 1958 年版，第 495 页。

② 〔南朝梁〕刘勰著，范文澜注：《文心雕龙注》卷六《神思第二十六》，人民文学出版社 1958 年版，第 495 页。

③ 〔清〕纪昀：《文心雕龙·神思第二十六》评语，《文心雕龙》，第 175 页。

④ 〔南朝梁〕刘勰著，范文澜注：《文心雕龙注》卷六《神思第二十六》，人民文学出版社 1958 年版，第 493—494 页。

⑤ 〔南朝梁〕刘勰著，范文澜注：《文心雕龙注》卷六《神思第二十六》，人民文学出版社 1958 年版，第 494 页。

⑥ 〔南朝梁〕刘勰著，范文澜注：《文心雕龙注》卷六《神思第二十六》，人民文学出版社 1958 年版，第 494 页。

务苦虑，含章司契，不必劳情也。"①纪昀的解释是："意在游心虚静，则腠理自解，兴象自生，所谓自然之文也。"②即循自然之理，"秉心养术"，以持正的心境、深厚的学养，依循写作的方法与规律，而不必穷搜力索，求得思、意、言的符称谐合。

《神思》篇是刘勰创作论的重要篇章，具体生动地描述了创作的特征、过程。论述了"思接千载""视通万里"的艺术想象，"神与物游"的酝酿构思过程，"贵在虚静"的创作心理，以及思、意、言关系，"博而能一"的严整逻辑，等等。刘勰《神思》所论的创作特征，是指艺术之文，亦即文学作品，而不是他"论文叙笔"时所论及的广义之"文"。

二、风格体势

作品的风格与作家的修养、性情等因素有关，《体性》篇论述的就是作家与作品风格之间的关系。刘勰认为，显于外的风格是由作家的才、气、学、习所决定的，他说："辞理庸俊，莫能翻其才；风趣刚柔，宁或改其气；事义浅深，未闻乖其学；体式雅郑，鲜有反其习。"③其形成的原因则是"情性所铄，陶染所凝"④，亦即才、气乃先天性情所定，学、习乃后天陶染所成。据此，刘勰将作品分为八种不同的风格，分别是：典雅、远奥、精约、显附、繁缛、壮丽、新奇、轻靡。虽然此前也有关于不同风格的论述，但都不及刘勰所论详密。如，萧子显在《南齐书·文学传论》中总结作者的风格略有三体："一则启心闲绎，讬辞华旷，虽存巧绮，终致迂回。""次则缉事比类，非对不发。""次则发唱惊挺，操调险急，雕藻淫艳，倾炫心魂。"⑤陆机《文赋》亦云："故夫夸目者尚

---

① ［南朝梁］刘勰著，范文澜注：《文心雕龙注》卷六《神思第二十六》，人民文学出版社 1958 年版，第 494 页。

② ［清］纪昀：《文心雕龙·神思第二十六》评语，《文心雕龙》，第 175 页。

③ ［南朝梁］刘勰著，范文澜注：《文心雕龙注》卷六《体性第二十七》，人民文学出版社 1958 年版，第 505 页。

④ ［南朝梁］刘勰著，范文澜注：《文心雕龙注》卷六《体性第二十七》，人民文学出版社 1958 年版，第 505 页。

⑤ ［梁］萧子显撰：《南齐书》卷五十二，中华书局 1972 年版，第 908 页。

奢，惬心者贵当，言穷者无隘，论达者唯旷。"①刘勰所论则更为详细，且刘勰在叙述不同的风格时还隐然略有褒贬，其中，对于新奇、轻靡，一是"摈古竞今，危侧趣诡"②，一是"浮文弱植，缥缈附俗"③，微有贬意。 对典雅等风格则颇为推崇，谓"童子雕琢，必先雅制"④。 尽管如此，他认为作家才性不同，习染不一，不同的作者当有自各不同的风格："八体虽殊，会通合数，得其环中，则辐辏相成。"⑤同时，刘勰还论述了风格形成原因，即作家的个性（性）决定了作品的风格（体），而"性"又是由"才""气""学""习"所决定的。 此前，曹丕认为作为人的气质、才性之气，是影响文学风格的决定性因素，他说："文以气为主，气之清浊有体，不可力强而致。"⑥此之气完全是自然禀受的，"虽在父兄，不能以移子弟"⑦。 刘勰将才、气与学、习共同作为人的"性"，既有天资所禀，又有后天陶染，较之于曹丕所论更加全面公允。 刘勰说："才力居中，肇自血气；气以实志，志以定言，吐纳英华，莫非情性。"⑧他所谓"血气"是指作家的气质，气质决定才力。 据此而成的文词都是为了表现作家的情性。 与作为天资禀赋的"才"比较，"气"既是作家所禀的刚柔有别的血气，又是体现于作品中的气韵。 尤其值得注意的是，刘勰很重视后天陶染对于文人性情以及作品风格的重要影响，如，他说："八体屡迁，功以学成。""摹体以定习，因性以练

---

① 〔晋〕陆机：《文赋》，郭绍虞主编：《中国历代文论选》第1册，上海古籍出版社2001年版，第171页。

② 〔南朝梁〕刘勰著，范文澜注：《文心雕龙注》卷六《体性第二十七》，人民文学出版社1958年版，第505页。

③ 〔南朝梁〕刘勰著，范文澜注：《文心雕龙注》卷六《体性第二十七》，人民文学出版社1958年版，第505页。

④ 〔南朝梁〕刘勰著，范文澜注：《文心雕龙注》卷六《体性第二十七》，人民文学出版社1958年版，第506页。

⑤ 〔南朝梁〕刘勰著，范文澜注：《文心雕龙注》卷六《体性第二十七》，人民文学出版社1958年版，第506页。

⑥ 〔魏〕曹丕：《典论·论文》，郭绍虞主编：《中国历代文论选》第1册，上海古籍出版社2001年版，第158页。

⑦ 〔魏〕曹丕：《典论·论文》，郭绍虞主编：《中国历代文论选》第1册，上海古籍出版社2001年版，第158—159页。

⑧ 〔南朝梁〕刘勰著，范文澜注：《文心雕龙注》卷六《体性第二十七》，人民文学出版社1958年版，第506页。

才。"①事实上，他在论述"文之枢纽"之时，无不是后天习染的结果。

与风格相关，刘勰在《定势》篇中还论述了为文之势，所谓"势"，刘勰说："势者，乘利而为制也。"②也就是为文的自然趋势。关于情、体、势之间的关系，刘勰说："夫情致异区，文变殊术，莫不因情立体，即体成势也。"③亦即，作者才性不同，作品风格亦有差异，势则是风格所具有的体式与趋势。显然，刘勰所论的势，乃是由风格决定并体现出的特征。如果说《体性》论述了创作主体与风格的关系，那么，《定势》论述的则是风格在作品中的体现，即刘勰所谓"即体成势"。势乃是源于性情，本于风格的自然、必然之势，即如同圆者自转，方者自安一样，云："是以模经为式者，自入典雅之懿；效骚命篇者，必归艳逸之华。"④这与陆机《文赋》中所谓"诗缘情而绮靡，赋体物而浏亮"⑤的意思颇为相通。但刘勰所论之势又不限于此，他还论述了"势"之复杂的情形："然渊乎文者，并总群势；奇正虽反，必兼解以俱通；刚柔虽殊，必随时而适用。"⑥这样，即体成势便形成了千姿百态的作品风格，促使文学的发展与新变。"文之体指实强弱，使其辞已尽而势有余。"⑦已尽之文而犹存之"势"，实乃是指慷慨雄健风格的体势，可见，见之于文的势是一种具有动感的内在力量。刘勰认为，文之势尚需词彩的润色与矫饰，云："情固先辞，势实须泽。"⑧通过适当的"泽"的功夫，方可使"失体成怪"，"逐奇而失正"，"势流不反"的现象

① 〔南朝梁〕刘勰著，范文澜注：《文心雕龙注》卷六《体性第二十七》，人民文学出版社 1958 年版，第 506 页。

② 〔南朝梁〕刘勰著，范文澜注：《文心雕龙注》卷六《定势第三十》，人民文学出版社 1958 年版，第 529—530 页。

③ 〔南朝梁〕刘勰著，范文澜注：《文心雕龙注》卷六《定势第三十》，人民文学出版社 1958 年版，第 529 页。

④ 〔南朝梁〕刘勰著，范文澜注：《文心雕龙注》卷六《定势第三十》，人民文学出版社 1958 年版，第 530 页。

⑤ 〔晋〕陆机：《文赋》，郭绍虞主编：《中国历代文论选》第 1 册，上海古籍出版社 2001 年版，第 171 页。

⑥ 〔南朝梁〕刘勰著，范文澜注：《文心雕龙注》卷六《定势第三十》，人民文学出版社 1958 年版，第 530 页。

⑦ 〔南朝梁〕刘勰著，范文澜注：《文心雕龙注》卷六《定势第三十》，人民文学出版社 1958 年版，第 531 页。

⑧ 〔南朝梁〕刘勰著，范文澜注：《文心雕龙注》卷六《定势第三十》，人民文学出版社 1958 年版，第 531 页。

得到矫正。刘勰在自然与修饰之间的平衡，目的是求文势能得作家性情、作品风格之正。

在综论风格八体之后，刘勰在《风骨》篇中讨论了劲健生动的气韵风格及其形成机理。《体性》中讨论的是八种风格与主体之间的对应关系，而《风骨》中所论的则是较为普遍意义上的关于情、气、辞诸要素构成文之风骨的内在机制。他说："怊怅述情，必始乎风，沈吟铺辞，莫先于骨。故辞之待骨，如体之树骸；情之含风，犹形之包气。"①风与情相关，骨以辞显，如，他说："练于骨者，析辞必精，深乎风者，述情必显。"②魏晋以来，时有以风骨论艺的记载，与刘勰大致同时的南齐谢赫在《古画品录》中评曹不兴画时说："观其风骨，名岂虚成。"③其"六法"之中，"一，气韵，生动是也；二，骨法，用笔是也"④。可见，在画中，风是指生动的气韵，骨是指朗健的笔法。刘勰在论及建安文学时，也以"梗概而多气"状写文坛风貌。比较而言，刘勰更重风，诚如曹学佺所评："风骨二字，虽是分重，然毕竟以风为主，风可以包骨，而骨必待乎风也；故此篇以风发端，而归重于气，气属风也。"⑤刘勰论风多及于气，但对于两者究竟是何种关系，后来学者看法不一。黄叔琳说："气是风骨之本。"⑥而纪昀并不认同，说："气即风骨，更无本末，此评未是。"⑦我们认为，刘勰所论的"气"主要与"风"相关，或者说与风具有同一性的意义。如，他说："诗总六义，风冠其首，斯乃化感之本源，志气之符契也。""情之含风，犹形之包气。"

---

① ［南朝梁］刘勰著，范文澜注：《文心雕龙注》卷六《风骨第二十八》，人民文学出版社 1958 年版，第 513 页。

② ［南朝梁］刘勰著，范文澜注：《文心雕龙注》卷六《风骨第二十八》，人民文学出版社 1958 年版，第 513 页。

③ ［清］严可均编：《全上古三代秦汉三国六朝文·全齐文》卷二十五，中华书局 1958 年版，第 5861 页。

④ 转引自周振甫《文心雕龙今译：附词语简释·风骨第二十八》，中华书局 2013 年版，第 262 页。

⑤ ［明］曹学佺：《文心雕龙·风骨第二十八》眉批，转引自《〈文心雕龙〉评本批语汇辑（续篇）》，《学术集林》卷 16，第 201 页。

⑥ ［清］黄叔琳：《文心雕龙辑注·风骨第二十八》眉批，转引自《〈文心雕龙〉评本批语汇辑（续篇）》，《学术集林》卷 16，第 201 页。

⑦ ［清］纪昀：《文心雕龙辑注·风骨第二十八》眉批，转引自《〈文心雕龙〉评本批语汇辑（续篇）》，《学术集林》卷 16，第 201 页。

"索莫乏气，则无风之验也。""相如赋仙，气号凌云，蔚为辞宗，乃其风力遒也。"①唯一将"骨"与"气"相联系是"骨劲而气猛"②。 其实，此之"气猛"正是状写"风"的特征，而与"骨劲"并列。 刘勰在系统讨论了八种风格之后，又着重论述了"风骨"这种劲健的风格，具有矫文坛"习华随侈，流遁忘反"③之弊的意趣。 从其大量引述曹丕之论来看，他是期望恢复建安文学"梗概而多气"的文风。 这也许是他论风骨而尤其重"气"的时代因素。

三、状风物

中国古代文论首重言志、缘情的功能，写景状物则是在文学发展到一定阶段后，文学反映的内容不断扩展的结果。 同时，借物抒怀，即景生情，也是文学表现手法更加丰富的体现。 如，陆机《文赋》云："悲落叶于劲秋，喜柔条于芳春。"④刘勰在《神思》中论述了神思的触发之机是"心与物游"，在论及情与物的关系时也说："登山则情满于山，观海则意溢于海。"⑤不但如此，《文心雕龙》中还有《物色》篇，专门从物、情、辞之间的关系讨论自然景物的形貌变化在作品中的表现。

何谓"物色"？ 王应麟《困学纪闻》认为"物色"出自《淮南子》⑥，其实，此前的《吕氏春秋》中即有"瞻肥瘠，察物色"⑦，但《吕氏春秋》之"物色"，是指动物的皮毛形态。 这显然与刘勰所论之"物色"意义不同。 与刘勰

---

① ［南朝梁］刘勰著，范文澜注：《文心雕龙注》卷六《风骨第二十八》，人民文学出版社 1958 年版，第 513 页。

② ［南朝梁］刘勰著，范文澜注：《文心雕龙注》卷六《风骨第二十八》，人民文学出版社 1958 年版，第 514 页。

③ ［南朝梁］刘勰著，范文澜注：《文心雕龙注》卷六《风骨第二十八》，人民文学出版社 1958 年版，第 514 页。

④ ［晋］陆机：《文赋》，郭绍虞主编：《中国历代文论选》第 1 册，上海古籍出版社 2001 年版，第 170 页。

⑤ ［南朝梁］刘勰著，范文澜注：《文心雕龙注》卷六《神思第二十六》，人民文学出版社 1958 年版，第 493—494 页。

⑥ ［宋］王应麟撰，［清］翁元圻辑注，孙通海点校：《困学纪闻注》卷十九《评文》，中华书局 2016 年版，第 2227 页。

⑦ ［秦］吕不韦著，许维遹：《吕氏春秋集释》卷第八《仲秋纪第八》，中华书局，2009 年，第 176 页。

大致同时的《文选》中有"物色类"，李善注曰"四时所观之物色而为之赋"，又云"有物有文曰色，风虽无正色，然亦有声"①，指的是物之形貌。《文心雕龙》之"物色"与《文选》之"物色"义大致相似。 刘勰虽曾被召至萧统之门，但此时《文心雕龙》已撰成，因此，刘勰之"物色"主要体现了其独得之义。 具体意蕴为何？ 范文澜认为"盖物色犹言声色，即《声律》篇以下诸篇之总名"②。但释之"声色"缺乏语源上的根据，也与《物色》篇的内容有明显乖隔。 难解之处主要在于"色"，一般认为是万物的色彩。 但无论是《文选》中的"物色类"还是《物色篇》中都涉及一些无色之声的内容。 如，"物色类" 中收有《风赋》《秋兴赋》《雪赋》《月赋》。 其中的《风赋》殊难理解。 同样，《物色》篇所涉的内容，既有流连"万象之际"，又有沉吟"视听之区"。"属采附声"，涉及了"采"与"声"两方面的内容。 因此，此之色，显然不是色彩之意。 但如果我们联系到刘勰具有深厚的佛学修养，曾随僧祐在定林寺整理佛学文献十余年，最终还出家为僧。 因此，如果以佛教的角度诠释"物色"似乎更加圆通。 佛学有所谓两种色：一是内色，即眼耳鼻舌身之五根；二是外色，即色声香味触之五境。《阿毗昙论》中又有三种色：一是可见有对色，指青黄等色尘；二是不可见有对色，指声等五尘，眼等五根；三是不可见无对色。《俱舍论》认为，色蕴通于假实。 虽然《俱舍论》是 5 世纪顷北印度犍陀罗人世亲早年未信仰大乘佛教时的著作，陈天嘉四年（563）真谛译出的，但"色"这一佛教重要名相，刘勰当十分了解。 从刘勰"物色之动，心亦摇焉"③，我们清楚地看到外色与内色之间的感应关系。 因此，理解物色，我们不必胶执于李善"风虽无正色，然亦有声"的牵强之说，而应该从刘勰的学术背景寻求答案。

在《物色》篇中，刘勰描述了自然景物与作家情感的对应关系：

> 春秋代序，阴阳惨舒，物色之动，心亦摇焉。盖阳气萌而玄驹步，阴律凝而丹鸟羞，微虫犹或入感，四时之动物深矣。若夫珪璋挺其惠心，英华

---

① 转引自《文心雕龙注》，第 695 页。

② 〔南朝梁〕刘勰著，范文澜注：《文心雕龙注》卷十《物色第四十六》，人民文学出版社 1958 年版，第 695 页。

③ 〔南朝梁〕刘勰著，范文澜注：《文心雕龙注》卷十《物色第四十六》，人民文学出版社 1958 年版，第 693 页。

秀其清气,物色相召,人谁获安? 是以献岁发春,悦豫之情畅;滔滔孟夏,
郁陶之心凝;天高气清,阴沈之志远;霰雪无垠,矜肃之虑深。岁有其物,
物有其容;情以物迁,辞以情发。一叶且或迎意,虫声有足引心。况清风
与明月同夜,白日与春林共朝哉!①

　　刘勰在这段文字中提供了许多思想信息:不同的自然景观给作者不同的心灵
感应和情感暗示,这比陆机所说的"瞻万物而思纷"②要具体深入;"情以物迁,
辞以情发",简明地揭示了物、情、辞三者之间的关系,比传统的单向度的起兴
论内涵更加丰富,并且指出"辞"在审美主、客体之间的作用,这比钟嵘所谓
"气之动物,物之感人,故摇荡性情,形诸舞咏"③表述得更加完整;自然景物
的纷披多姿给创作主体多维度的丰富启示,即他所谓"一叶且或迎意,虫声有足
引心。况清风与明月同夜,白日与春林共朝哉"。

　　刘勰还揭示了创作主体与客体的互动机制。 一方面,"写气图貌,既随物以
宛转";另一方面,"属采附声,亦与心而徘徊"。④ 主客之间的互相融摄,即他
所说的人与"山沓水匝,树杂云合""春日迟迟,秋风飒飒"之间"情往似赠,兴
来如答"的关系。 乃至钱锺书认为"心亦吐纳""情往似赠"八字已包赅了西方
美学所称的"移情"作用。 刘勰突出了作家对物象的凭借、表现等主体性作
用:"诗人感物,联类不穷",是说诗人会因物而起无尽想象。"以少总多,情貌
无遗矣",诗人以精妙的语言惟妙惟肖地描绘自然景物。 同时,刘勰还提出了审
美主客体不一致的问题:"物有恒姿,而思无定检,或率尔造极,或精思愈疏。"
自然物态是恒定的,但主体的情思千差万别,因此,有时情与景会,自然灵气恍
惚而来,率尔操觚,即成佳什。 但如果情、景有碍,则虽镂心苦索仍然不得要
领。 因此,创作时当"因方以借巧,即势以会奇"。

　　① 〔南朝梁〕刘勰著,范文澜注:《文心雕龙注》卷十《物色第四十六》,人民文学
出版社 1958 年版,第 693 页。
　　② 〔晋〕陆机:《文赋》,郭绍虞主编:《中国历代文论选》第 1 册,上海古籍出版社
2001 年版,第 170 页。
　　③ 〔梁〕钟嵘著,曹旭集注:《诗品集注:(增订本)·诗品序》,上海古籍出版社
2011 年版,第 1 页。
　　④ 〔南朝梁〕刘勰著,范文澜注:《文心雕龙注》卷十《物色第四十六》,人民文学
出版社 1958 年版,第 693 页。

刘宋以来"庄老告退，而山水方滋"，作家往往以恬情闲适的心态状写自然成一时风气。对此，刘勰进行了较细致的描述，即其所谓"体物为妙，功在密附。故巧言切状，如印之印泥，不加雕削，而曲写毫芥。故能瞻言而见貌……四序纷迴，而人兴贵闲；物色虽繁，而析辞尚简；使味飘飘而轻举，情晔晔而更新"。这便是对境无心，一念不起，妙得自然之趣。《文心雕龙》及时反映了文坛动向。"若乃山林皋壤，实文思之奥府。"①作家可借江山之助。刘勰将自然风物在创作中的作用提到了一个新的高度。

四、写情采

刘勰以儒家思想为主，儒家讲中和之美，以文质彬彬为尚。对于情与辞，孔子说过"情欲信，辞欲巧"②。刘勰在文与质、情与采的关系方面也秉承了儒家思想，这贯及于《文心雕龙》全篇，其中《情采》篇对情与采的关系进行了全面深刻的论述。

刘勰所在的齐梁之世，文风趋于缛丽藻饰，文胜而质衰。对此，文论家们也各自提出了自己的文质观，如陆机说："诗缘情而绮靡。""理扶质以立干，文垂条而结繁。"③刘勰对于情志与辞采的关系在《附会》篇在也有论及："必以情志为神明，事义为骨髓，辞采为肌肤，宫商为声气。"④情志、事义、辞采、宫商乃一有机整体。情志为内在精神，辞采为外在肌肤。刘勰纠矫时弊之义灿然可见。对此，《情采》篇体现得更加显豁。诚如纪昀对《情采》篇之评："齐梁文胜而质亡，故彦和痛陈其弊。"⑤关于质（情）与文（采、辞）的关系，刘勰说：

　　夫水性虚而沦漪结，木体实而花萼振，文附质也。虎豹无文，则鞟同

---

①　以上引自〔南朝梁〕刘勰著，范文澜注：《文心雕龙注》卷十《物色第四十六》，人民文学出版社 1958 年版，第 693—695 页。

②　〔清〕朱彬撰，饶钦农点校：《礼记训纂》卷三十二《表记》，中华书局 1996 年版，第 799 页。

③　〔晋〕陆机：《文赋》，郭绍虞主编：《中国历代文论选》第 1 册，上海古籍出版社 2001 年版，第 171 页。

④　〔南朝梁〕刘勰著，范文澜注：《文心雕龙注》卷九《附会第四十三》，人民文学出版社 1958 年版，第 650 页。

⑤　〔清〕纪昀：《文心雕龙·情采第三十一》评语，《文心雕龙》，第 195 页。

犬羊,犀兕有皮,而色资丹漆,质待文也。①

夫铅黛所以饰容,而盼倩生于淑姿;文采所以饰言,而辩丽本于情性。故情者,文之经;辞者,理之纬;经正而后纬成,理定而后辞畅,此立文之本源也。②

刘勰一方面肯定质文应相互符称,文应附质,质需待文。另一方面,以经与纬的关系喻情与辞、质与文。通过其《宗经》《正纬》篇可以看出,经是"恒久之至道,不刊之鸿教"③,经正而纬奇。他列述了纬之"伪"的四个方面。比较其情与辞的关系,以"淑姿"与"铅黛"喻之。对此,杨慎有这样的批注:"予尝戏云:美人未尝不粉黛,粉黛未必皆美人。"④刘勰认为文当写情之真,情则是衡鉴辞之真伪的依据,一如以经正纬一样,云:

昔诗人什篇,为情而造文;辞人赋颂,为文而造情。何以明其然?盖《风》《雅》之兴,志思蓄愤,而吟咏情性,以讽其上,此为情而造文也;诸子之徒,心非郁陶,苟驰夸饰,鬻声钓世,此为文而造情也:故为情者要约而写真,为文者淫丽而烦滥。而后之作者,采滥忽真,远弃《风》《雅》,近师辞赋,故体情之制日疏,逐文之篇愈盛。故有志深轩冕,而泛咏皋壤;心缠几务,而虚述人外:真宰弗存,翩其反矣。⑤

不难看出,《情采》篇的立言旨趣在于纠矫文坛之弊。其弊之特征是"采滥忽真,远弃风雅"。根源是"真宰弗存","言与志反"。为此,他提出了"贲象

---

① [南朝梁]刘勰著,范文澜注:《文心雕龙注》卷七《情采第三十一》,人民文学出版社 1958 年版,第 537 页。

② [南朝梁]刘勰著,范文澜注:《文心雕龙注》卷七《情采第三十一》,人民文学出版社 1958 年版,第 538 页。

③ [南朝梁]刘勰著,范文澜注:《文心雕龙注》卷一《宗经第三》,人民文学出版社 1958 年版,第 21 页。

④ [明]杨慎:《文心雕龙·情采第三十一》评点,转引自《〈文心雕龙〉评本批语汇辑(续篇)》,《学术集林》卷16,第206页。

⑤ [南朝梁]刘勰著,范文澜注:《文心雕龙注》卷七《情采第三十一》,人民文学出版社 1958 年版,第 538 页。

穷白，贵乎反本"①的疗救药方。《易·序卦》云："贲者饰也。"②《杂卦》云："贲，无色也。"③《贲卦》象曰："白贲无咎。"④王弼注："处饰之终，饰终反素，故在其质素，不劳文饰，而无咎也。"⑤就是说，文饰发展到极致就又回到质素。 当然，刘勰并没有因救弊而失圆融持正之准，他说："心定而后结音，理正而后摛藻。"⑥又说："言以文远，诚哉斯验。 心术既形，英华乃赡。"⑦刘勰救弊而不失持正，丰富了传统的文质观念。

五、知通变

对于文学的发展史，刘勰在《时序》篇中有专门论述。 刘勰认为，作者亦应知通变之术，云：

> 夫设文之体有常，变文之数无方，何以明其然耶？凡诗赋书记，名理相因，此有常之体也；文辞气力，通变则久，此无方之数也。名理有常，体必资于故实；通变无方，数必酌于新声：故能骋无穷之路，饮不竭之源。然绠短者衔渴，足疲者辍涂，非文理之数尽，乃通变之术疏耳。故论文之方，譬诸草木，根干丽土而同性，臭味晞阳而异品矣。⑧

《文心雕龙》崇儒宗经，儒家经典《周易》是一部论述变化及其规律的著

---

① 〔南朝梁〕刘勰著，范文澜注：《文心雕龙注》卷七《情采第三十一》，人民文学出版社 1958 年版，第 538 页。

② 〔清〕李道平撰，潘雨廷点校：《周易集解纂疏》卷十《序卦》，中华书局 1994 年版，第 722 页。

③ 〔清〕李道平撰，潘雨廷点校：《周易集解纂疏》卷十《杂卦》，中华书局 1994 年版，第 731 页。

④ 〔清〕李道平撰，潘雨廷点校：《周易集解纂疏》卷四《贲卦》，中华书局 1994 年版，第 252 页。

⑤ 〔魏〕王弼著，楼宇烈校释：《王弼集校释》，中华书局 1980 年版，第 328 页。

⑥ 〔南朝梁〕刘勰著，范文澜注：《文心雕龙注》卷七《情采第三十一》，人民文学出版社 1958 年版，第 538—539 页。

⑦ 〔南朝梁〕刘勰著，范文澜注：《文心雕龙注》卷七《情采第三十一》，人民文学出版社 1958 年版，第 539 页。

⑧ 〔南朝梁〕刘勰著，范文澜注：《文心雕龙注》卷六《通变第二十九》，人民文学出版社 1958 年版，第 519 页。

作。《易·系辞上》："参五以变，错综其数。 通其变，遂成天地之文。"①又云："阖户谓之坤，辟户谓之乾，一阖一辟谓之变，往来不穷谓之通。"②刘勰的目的是要在依循恒常之体的前提下，通达穷途，变化求新。 其途径主要体现在"文辞气力"的变通，畅发新声之技法的改进等，亦即文辞的雅俗、繁简，气势、风格的刚柔、缓急方面。

刘勰在考察刘宋之前文学发展历史时，指出了其"志合文则"，"序志述时"的普遍规律，此乃"常"。 但各个时代的文风有别，由质朴到藻丽文饰脉络清晰可寻。"黄歌《断竹》，质之至也。"③但其后渐而"广""文""缛""丽"。 他对往古的文学演变是这样认识的：

> 摧而论之，则黄唐淳而质，虞夏质而辨，商周丽而雅，楚汉侈而艳，魏晋浅而绮，宋初讹而新。从质及讹，弥近弥澹。④

刘勰虽然肯定"文辞气力，通变则久"⑤，但对唐虞到宋初的文学轨迹的总结则是"由质及讹"。 刘勰所谓"讹"，当是《定势》篇中所谓"自近代辞人，率好诡巧，原其为体，讹势所变，厌黩旧式，故穿凿取新"⑥。刘勰一方面主张"通变则久"，但另一方面对文学史的整体判断是"从质及讹"。 从这一看似矛盾的结论中我们可以窥见其两方面的情感纠结：一方面，他以崇儒宗经为本，因此而有是古之论。 同时，晋宋以来的文坛之弊，又使其有"贱今"之评。 另一方面，文学必然要发展，模拟因袭为刘勰所不屑，创作《文心雕龙》目的就是要

———————————

　　① 〔清〕李道平撰，潘雨廷点校：《周易集解纂疏》卷八《系辞上第八》，中华书局1994年版，第591页。

　　② 〔清〕李道平撰，潘雨廷点校：《周易集解纂疏》卷八《系辞上第八》，中华书局1994年版，第599—600页。

　　③ 〔南朝梁〕刘勰著，范文澜注：《文心雕龙注》卷六《通变第二十九》，人民文学出版社1958年版，第519页。

　　④ 〔南朝梁〕刘勰著，范文澜注：《文心雕龙注》卷六《通变第二十九》，人民文学出版社1958年版，第520页。

　　⑤ 〔南朝梁〕刘勰著，范文澜注：《文心雕龙注》卷六《通变第二十九》，人民文学出版社1958年版，第519页。

　　⑥ 〔南朝梁〕刘勰著，范文澜注：《文心雕龙注》卷六《定势第三十》，人民文学出版社1958年版，第531页。

为创作指示门径。因此，他提出"数必酌于新声"①，推陈而出新。但是，新的效果则不可一概而论，他对于淳质、质辨、丽雅、侈艳的变化轨迹还是肯定的，因为这也是"广""文""缛""丽"的过程。通观《文心雕龙》全篇，刘勰是主张质文符称的。正如其所说："虎豹无文，则鞹同犬羊，犀兕有皮，而色资丹漆，质待文也。"②在他看来，这是有益的新变。但是，自楚汉以来，"侈而艳"，"浅而绮"，终至"讹而新"。所谓"讹"，乃是新奇而失正，绮靡而失真。所谓"淡"，乃是味之淡，因轻浅而寡味。为了矫正这一风气，他提出了"练青濯绛，必归蓝蒨，矫讹翻浅，还宗经诰"③的途径。因此，他的通变是"斟酌乎质文之间，而橧括乎雅俗之际"④，即兼及古今、雅俗、奇正，以促进文学的发展。

刘勰还指出作家创作之时识通变的途径与方法：

> 先博览以精阅，总纲纪而摄契；然后拓衢路，置关键，长辔远驭，从容按节，凭情以会通，负气以适变，采如宛虹之奋鬐，光若长离之振翼，乃颖脱之文矣。⑤

刘勰的目的在于以开阔的视野，宏大的胸襟，博览精阅，缘情为文，创作出新颖的作品。对于通变的规律，刘勰有这样精要的总结：

> 文律运周，日新其业。变则其久，通则不乏。趋时必果，乘机无怯。

---

① 〔南朝梁〕刘勰著，范文澜注：《文心雕龙注》卷六《通变第二十九》，人民文学出版社 1958 年版，第 519 页。

② 〔南朝梁〕刘勰著，范文澜注：《文心雕龙注》卷七《情采第三十一》，人民文学出版社 1958 年版，第 537 页。

③ 〔南朝梁〕刘勰著，范文澜注：《文心雕龙注》卷六《通变第二十九》，人民文学出版社 1958 年版，第 520 页。

④ 〔南朝梁〕刘勰著，范文澜注：《文心雕龙注》卷六《通变第二十九》，人民文学出版社 1958 年版，第 520 页。

⑤ 〔南朝梁〕刘勰著，范文澜注：《文心雕龙注》卷六《通变第二十九》，人民文学出版社 1958 年版，第 521 页。

望今制奇，参古定法。①

继承与变革，法古与开新，是历代文学家都需面对的首要问题。 对此，刘勰做出了精彩的回答，既要"参古定法"，更要立足于"望今制奇"。"变则其久，通则不乏"是永恒的发展规律。"若无新变，不能代雄"②，因此，"日新其业"是文学孜求的目标和发展的根本动力。

六、论技法

《文心雕龙》从《熔裁》到《总术》是讨论文章的写作技巧，尤其是文辞章句的修饰方法的问题。 其中《熔裁》《附会》《章句》主要讨论的是谋篇章句的技巧，其余诸篇主要讨论修辞之法。

写作时，当情理、风格、辞采都初发之时，常"意或偏长"，"辞或繁杂"，于是需要修正调适，权衡损益，斟酌浓淡，"隐括情理，矫揉文采"③，即所谓："规范本体谓之熔，剪截浮词谓之裁。"④纪昀认为，"熔"，"犹今人所谓炼意"；"裁"，"犹今人所谓炼词"。⑤ 当创作之初，刘勰提出需"先标三准"，分别是"设情以位体"，"酌事以取类"，"撮辞以举要"。⑥ 亦即在"草创鸿笔"之先，要对文章的情、事、辞作系统考虑，在此基础上方能"舒华布实，献替节文"⑦。 反之，如果不守此三准，则会"委心逐辞，异端丛至，骈赘必多"⑧。

---

① ［南朝梁］刘勰著，范文澜注：《文心雕龙注》卷六《通变第二十九》，人民文学出版社 1958 年版，第 521 页。

② ［梁］萧子显撰：《南齐书》卷五十二《文学》，中华书局 1972 年版，第 908 页。

③ ［南朝梁］刘勰著，范文澜注：《文心雕龙注》卷七《熔裁第三十二》，人民文学出版社 1958 年版，第 543 页。

④ ［南朝梁］刘勰著，范文澜注：《文心雕龙注》卷七《熔裁第三十二》，人民文学出版社 1958 年版，第 543 页。

⑤ ［清］纪昀：《文心雕龙辑注·熔裁第三十二》评语，戚良德辑校：《文心雕龙》，上海古籍出版社 2015 年版，第 198 页。

⑥ ［南朝梁］刘勰著，范文澜注：《文心雕龙注》卷七《熔裁第三十二》，人民文学出版社 1958 年版，第 543 页。

⑦ ［南朝梁］刘勰著，范文澜注：《文心雕龙注》卷七《熔裁第三十二》，人民文学出版社 1958 年版，第 543 页。

⑧ ［南朝梁］刘勰著，范文澜注：《文心雕龙注》卷七《熔裁第三十二》，人民文学出版社 1958 年版，第 543 页。

刘勰尚简厌繁，这在其裁削繁冗之辞中亦可看出。当"三准"既定之后，他对字句提出了这样的标准："句有可削，足见其疏；字不得减，乃知其密。"①可见，刘勰之"熔裁"，乃是意旨的提炼、文词的删简。精简乃是刘勰一以贯之的为文之道。

对文之层次，刘勰在《章句》篇中做了专门论述："故章者，明也；句者，局也。局言者，联字以分疆；明情者，总义以包体：区畛相异，而衢路交通矣。"②他认为，篇、章、句、字之间的关系，是以总统分，"振本而末从，知一而万毕"③的关系。何为"附会"？刘勰有清晰的表述："谓总文理，统首尾，定与夺，合涯际，弥纶一篇，使杂而不越者也。"④可见，"附会"是对原始要终的全面考虑。对此，纪昀有更清晰的诠释："'附会'者，首尾一贯，使通篇相附而会于一，即后来所谓章法也。"⑤核心在于首尾呼应，会归于一，即"驱万途于同归，贞百虑于一致"⑥。"附会"在于经略全篇，即他所谓"诎寸以信尺，枉尺以直寻，弃偏善之巧，学具美之绩"⑦。

刘勰虽然对于六朝精镂细刻的文风进行了纠矫与批评，但他衡文论艺必然会带有时代气息，这在其论述具体的语言技法方面也得到了体现。在《声律》《丽辞》《事类》等篇中，他基本执守了《附会》篇中所说的"情志为神明，事义为骨髓，辞采为肌肤，宫商为声气"⑧的总体原则。既注意为文的审美趣味，又要矫

---

① 〔南朝梁〕刘勰著，范文澜注：《文心雕龙注》卷七《熔裁第三十二》，人民文学出版社 1958 年版，第 543 页。

② 〔南朝梁〕刘勰著，范文澜注：《文心雕龙注》卷七《章句第三十四》，人民文学出版社 1958 年版，第 570 页。

③ 〔南朝梁〕刘勰著，范文澜注：《文心雕龙注》卷七《章句第三十四》，人民文学出版社 1958 年版，第 570 页。

④ 〔南朝梁〕刘勰著，范文澜注：《文心雕龙注》卷九《附会第四十三》，人民文学出版社 1958 年版，第 650 页。

⑤ 〔清〕纪昀：《文心雕龙辑注·附会第四十三》评语，戚良德辑校：《文心雕龙》，上海古籍出版社 2015 年版，第 245 页。

⑥ 〔南朝梁〕刘勰著，范文澜注：《文心雕龙注》卷九《附会第四十三》，人民文学出版社 1958 年版，第 651 页。

⑦ 〔南朝梁〕刘勰著，范文澜注：《文心雕龙注》卷九《附会第四十三》，人民文学出版社 1958 年版，第 651 页。

⑧ 〔南朝梁〕刘勰著，范文澜注：《文心雕龙注》卷九《附会第四十三》，人民文学出版社 1958 年版，第 650 页。

正"习华随侈，流遁忘反"①的弊端。 如，他论声律，既要"吹律胸臆，调钟唇吻"②，又说"割弃支离，宫商难隐"③，即既要声律与情思的和谐，又不能逐新趋异，喉舌纠纷，使声律成患。 在《丽辞》篇中，一方面提倡骈辞俪语："造化赋形，支体必双；神理为用，事不孤立。 夫心生文辞，运裁百虑，高下相须，自然成对。"④另一方面又提出丽辞当以文气为本："若气无奇类，文乏异采，碌碌丽辞，则昏睡耳目。"⑤在《事类》中，他一方面认为学问典故是创作的重要资源，"群言之奥区"，"才思之神皋"⑥。 但是，用典在于述意，目的在于"众美辐辏，表里发挥"⑦，要自如地表己理，述己意，"凡用旧合机，不啻自其口出，引事乖谬，虽千载而为瑕"⑧。 刘勰在论述词语技巧时，提出了许多新颖的见解，如，关于用事，他说："综学在博，取事贵约，校练务精，捃理须核。"⑨关于丽辞，他说："契机者入巧，浮假者无功。"⑩关于夸饰，他说："饰穷其要，则心声锋起，夸过其理，则名实两乖。 若能酌《诗》《书》之旷旨，翦扬马之甚泰，使夸而有节，饰而不诬，亦可谓之懿也。"⑪这些都是深刻精到之论。

---

① 〔南朝梁〕刘勰著，范文澜注：《文心雕龙注》卷六《风骨第二十八》，人民文学出版社 1958 年版，第 514 页。

② 〔南朝梁〕刘勰著，范文澜注：《文心雕龙注》卷七《声律第三十三》，人民文学出版社 1958 年版，第 554 页。

③ 〔南朝梁〕刘勰著，范文澜注：《文心雕龙注》卷七《声律第三十三》，人民文学出版社 1958 年版，第 554 页。

④ 〔南朝梁〕刘勰著，范文澜注：《文心雕龙注》卷七《丽辞第三十五》，人民文学出版社 1958 年版，第 588 页。

⑤ 〔南朝梁〕刘勰著，范文澜注：《文心雕龙注》卷七《丽辞第三十五》，人民文学出版社 1958 年版，第 589 页。

⑥ 〔南朝梁〕刘勰著，范文澜注：《文心雕龙注》卷八《事类第三十八》，人民文学出版社 1958 年版，第 615 页。

⑦ 〔南朝梁〕刘勰著，范文澜注：《文心雕龙注》卷八《事类第三十八》，人民文学出版社 1958 年版，第 616 页。

⑧ 〔南朝梁〕刘勰著，范文澜注：《文心雕龙注》卷八《事类第三十八》，人民文学出版社 1958 年版，第 616 页。

⑨ 〔南朝梁〕刘勰著，范文澜注：《文心雕龙注》卷八《事类第三十八》，人民文学出版社 1958 年版，第 616 页。

⑩ 〔南朝梁〕刘勰著，范文澜注：《文心雕龙注》卷七《丽辞第三十五》，人民文学出版社 1958 年版，第 588 页。

⑪ 〔南朝梁〕刘勰著，范文澜注：《文心雕龙注》卷八《夸饰第三十七》，人民文学出版社 1958 年版，第 609 页。

第六节　批评论和文学史论(《知音》《才略》《时序》)

文学的发展与批评、鉴赏不可分,《文心雕龙》中的《知音》与《才略》是与文学批评相关的篇章,提出了文学批评的普遍规律与原则。

其一,批评需克服贵古贱今、崇己抑人、信伪迷真之习。刘勰认为,文学鉴赏与批评需克服"贱同而思古"①等偏向,以公允持正之心衡鉴作家与作品。对于克服贵古贱今之习,他说:"夫古来知音,多贱同而思古,所谓'日进前而不御,遥闻声而相思'也。昔《储说》始出,《子虚》初成,秦皇汉武,恨不同时。"②贵古贱今是中国文学批评史上的普遍现象,诚如王充所云:"前人之业,菜果甘甜,后人新造,蜜酪辛苦。"③以至于在中国文学史上,文士们往往借复古以张新说。刘勰将"贱同而思古"视为批评的第一不良之习,确有针砭之功。

对于克服崇己抑人之习,他说:"既同时矣,则韩囚而马轻,岂不明鉴同时之贱哉?至于班固傅毅,文在伯仲,而固嗤毅云'下笔不能自休'。及陈思论才,亦深排孔璋,敬礼请润色,叹以为美谈;季绪好诋诃,方之于田巴,意亦见矣。故魏文称'文人相轻',非虚谈也。"④

对于克服信伪迷真,他说:"至如君卿唇舌,而谬欲论文,乃称史迁著书,咨东方朔;于是桓谭之徒,相顾嗤笑,彼实博徒,轻言负诮,况乎文士,可妄谈哉!"⑤在刘勰看来,楼护"学不逮文",致使信伪迷真。

其二,论述文学鉴赏与批评之不易,需要鉴赏家与批评家具有博洽之识,平允之理。文学作品所涉内容十分广泛,有渊博的学识才能品鉴得宜。刘勰在列

---

① 〔南朝梁〕刘勰著,范文澜注:《文心雕龙注》卷十《知音第四十八》,人民文学出版社 1958 年版,第 713 页。

② 〔南朝梁〕刘勰著,范文澜注:《文心雕龙注》卷十《知音第四十八》,人民文学出版社 1958 年版,第 713 页。

③ 〔东汉〕王充著,黄晖校释:《论衡校释》卷第十三《超奇篇》,北京:中华书局,1990 年,第 615 页。

④ 〔南朝梁〕刘勰著,范文澜注:《文心雕龙注》卷十《知音第四十八》,人民文学出版社 1958 年版,第 713—714 页。

⑤ 〔南朝梁〕刘勰著,范文澜注:《文心雕龙注》卷十《知音第四十八》,人民文学出版社 1958 年版,第 714 页。

举了楚人以雉为凤，魏民以夜光为怪石，宋客以燕砾为宝珠等例子之后，指出"文情难鉴，谁曰易分"①。 同时，鉴赏者的知识、性情、爱好不一，鲜有圆该众体之识，难免为偏好所使，往往"会己则嗟讽，异我则沮弃，各执一隅之解"②，遂使"东向而望，不见西墙"③，而不能穷尽万端之变。 因此，刘勰对评鉴者提出了严格的要求与方法。 其要求是：

> 凡操千曲而后晓声，观千剑而后识器；故圆照之象，务先博观。阅乔岳以形培塿，酌沧波以喻畎浍，无私于轻重，不偏于憎爱，然后能平理若衡，照辞如镜矣。④

衡鉴文学作品应该执守理性，这与文学创作时作家饱醮情感，任情适性不同，但是，批评家的主体特征往往难以完全遮蔽，更何况有些批评家本身就是情感沛溢的作家，因此，"会己则嗟讽，异我则沮弃"的现象屡见不鲜。 这是文学批评中难以纾解之题。 为此，刘勰提出了解题之法，即批评家当博观，提高批评者的修养。 对此，历代文学家亦有论及，如曹植在《与杨德祖书》中云："盖有南威之容，乃可以论于淑媛；有龙渊之利，乃可以议于断割。"⑤清人薛雪亦批评偏嗜之论者："如喜清幽者，则绌痛快淋漓之作为愤激，为叫嚣；喜苍劲者，必恶宛转悠扬之作为纤巧，为卑靡。 殊不知天地赋物，飞潜动植，各有一性。"⑥但这些都不及刘勰论述得深刻、细致。

其三，提出了文学鉴赏与批评的方法：

---

① ［南朝梁］刘勰著，范文澜注：《文心雕龙注》卷十《知音第四十八》，人民文学出版社 1958 年版，第 714 页。

② ［南朝梁］刘勰著，范文澜注：《文心雕龙注》卷十《知音第四十八》，人民文学出版社 1958 年版，第 714 页。

③ ［南朝梁］刘勰著，范文澜注：《文心雕龙注》卷十《知音第四十八》，人民文学出版社 1958 年版，第 714 页。

④ ［南朝梁］刘勰著，范文澜注：《文心雕龙注》卷十《知音第四十八》，人民文学出版社 1958 年版，第 714—715 页。

⑤ ［魏］曹植：《与杨德祖书》，郭绍虞主编：《中国历代文论选》第 1 册，上海古籍出版社 2001 年版，第 166 页。

⑥ ［清］薛雪：《一瓢诗话》，载［清］丁福保编，郭绍虞点校：《清诗话》（下册），中华书局 1963 年版，第 685 页。

将阅文情,先标六观:一观位体,二观置辞,三观通变,四观奇正,五观事义,六观宫商,斯术既形,则优劣见矣。①

与"六观"相顾盼,刘勰在《宗经》中还有这样一段表述:

文能宗经,体有六义:一则情深而不诡,二则风清而不杂,三则事信而不诞,四则义直而不回,五则体约而不芜,六则文丽而不淫。②

"六观"与"六义"有何关联?"六义"乃刘勰在"文之枢纽"中的《宗经》中提出,论述的是文能宗经的六种表现。而宗经又是刘勰《文心雕龙》贯及全篇的神脉,是影响创作、批评的关乎文学特征的总体性原则。"六观"则是"阅文情"时应掌握的方法,是仅限于批评鉴赏过程的观赏技法。持守"六义"者得乎雅正,反之则诡诞不经。"六观"旨在分辨优劣。前者乃是非之别,后者则是程度不同。

除此,刘勰还指出,欲成知音,还需据文以逆作者之志,云:"夫缀文者情动而辞发,观文者披文以入情,沿波讨源,虽幽必显。"③刘勰区分了创作与评论两种不同的精神活动路向。前者由情而发辞,后者则是披文入情,亦即通过作品的文辞而深入体悟作家的情感,通过作品的外在形式把握作品的内容。这充分揭示了批评、鉴赏审美活动的特点。这是刘勰对于中国文学批评的一个重要贡献。

与《知音》着重论述文学批评的特点不同,《时序》是论文学变化之大势,《才略》则是论作家。《序志》中谓之"崇替于《时序》,褒贬于《才略》"④,可见其是文学史论与作家批评。这两篇又互相补益,纪昀谓之:"《时序》篇总论

---

① 〔南朝梁〕刘勰著,范文澜注:《文心雕龙注》卷十《知音第四十八》,人民文学出版社 1958 年版,第 715 页。

② 〔南朝梁〕刘勰著,范文澜注:《文心雕龙注》卷一《宗经第三》,人民文学出版社 1958 年版,第 23 页。

③ 〔南朝梁〕刘勰著,范文澜注:《文心雕龙注》卷十《知音第四十八》,人民文学出版社 1958 年版,第 715 页。

④ 〔南朝梁〕刘勰著,范文澜注:《文心雕龙注》卷十《序志第五十》,人民文学出版社 1958 年版,第 727 页。

其世,《才略》篇各论其人。"①因此,这两篇可视为刘勰运用文学批评观对于文学史与作家的评鉴。

《时序》所论,类似于其"论文叙笔"时的"原始以表末"。当然那是分别叙述各类文体的流变,而《时序》所述的则是自上古至两晋时文运升降大势。在其篇末的赞语中概述其大概为"蔚映十代,辞采九变"②。刘勰通过历述文学的变化历史,重在说明变化的规律是"文变染乎世情,兴废系乎时序"③。刘勰所述的乃是"时运交移,质文代变"④亦即政治、学术文化与文学的互动历史。刘勰既列述了时运与文学密切联系的成功范例,如,刘勰述及建安文学时,谓之"观其时文,雅好慷慨,良由世积乱离,风衰俗怨,并志深而笔长,故梗概而多气也"⑤。再如,"幽厉昏而《板》《荡》怒,平王微而《黍离》哀"⑥。因此,刘勰认为:"歌谣文理,与世推移,风动于上,而波震于下者。"⑦同时,刘勰也提出了时、文相悖的教训,如其述及两晋时云:"自中朝贵玄,江左称盛,因谈余气,流成文体。是以世极迍邅,而辞意夷泰,诗必柱下之旨归,赋乃漆园之义疏。"⑧更值得一提的是,刘勰注意到了文学与学术文化的区别,他通过历述汉代的学术文化和文学的流变,说明了文学与学术文化之间的复杂关系:

逮孝武崇儒,润色鸿业,礼乐争辉,辞藻竞骛:柏梁展朝谦之诗,金堤

中国文学思想史(先秦至北宋)

---

① 〔清〕纪昀:《文心雕龙辑注·才略第四十七》评语,戚良德辑校:《文心雕龙》,上海古籍出版社 2015 年版,第 274 页。

② 〔南朝梁〕刘勰著,范文澜注:《文心雕龙注》卷九《时序第四十五》,人民文学出版社 1958 年版,第 675 页。

③ 〔南朝梁〕刘勰著,范文澜注:《文心雕龙注》卷九《时序第四十五》,人民文学出版社 1958 年版,第 675 页。

④ 〔南朝梁〕刘勰著,范文澜注:《文心雕龙注》卷九《时序第四十五》,人民文学出版社 1958 年版,第 671 页。

⑤ 〔南朝梁〕刘勰著,范文澜注:《文心雕龙注》卷九《时序第四十五》,人民文学出版社 1958 年版,第 673—674 页。

⑥ 〔南朝梁〕刘勰著,范文澜注:《文心雕龙注》卷九《时序第四十五》,人民文学出版社 1958 年版,第 671 页。

⑦ 〔南朝梁〕刘勰著,范文澜注:《文心雕龙注》卷九《时序第四十五》,人民文学出版社 1958 年版,第 671 页。

⑧ 〔南朝梁〕刘勰著,范文澜注:《文心雕龙注》卷九《时序第四十五》,人民文学出版社 1958 年版,第 675 页。

制恤民之咏：征枚乘以蒲轮，申主父以鼎食，擢公孙之对策，叹兒宽之拟奏；买臣负薪而衣锦，相如涤器而被绣；于是史迁寿王之徒，严终枚皋之属，应对固无方，篇章亦不匮，遗风余采，莫与比盛。……爰自汉室，迄至成哀，虽世渐百龄，辞人九变，而大抵所归，祖述《楚辞》，灵均余影，于是乎在。①

汉代自孝武崇儒之后，儒学独尊，"礼乐争辉"，但是，汉代的文学同样"辞藻竞骛"，这是因为孝武在崇儒的同时，亦重文学"润色鸿业"之功。《汉武帝纪赞》云："孝武初立，卓然罢黜百家，表章六经，遂畴咨海内，举其俊茂，与之立功。兴太学，修郊祀，改正朔，定历数，协音律，作诗乐，建封禅，礼百神，绍周后，号令文章，焕焉可述。"②文坛因此而能兴盛多姿。对此，刘勰的结论尤其值得注意，他认为终西汉一代，文学流变的根据则是"祖述《楚辞》，灵均余影，于是乎在"。在刘勰看来，《楚辞》虽有同于风雅的一面，更有"异乎经典"的"诡异之辞""谲怪之谈""狷狭之志""荒淫之意"在。刘永济认为楚辞的学术之本在于纵横家，说："战国诸子朋兴，齐楚称盛，齐尚雄辩，楚富丽辞，皆出纵横之诡俗；西汉文变虽多，不外屈宋余响。"③汉武帝以降，学术崇儒，而文苑则楚辞余风流韵沾溉一代。可见，刘勰对于"文变染乎世情，兴废系乎时序"的复杂性，以及对文学自身特点有较全面深刻的认识。

统观《时序》篇，刘勰以世情与文学的关系为纽带，梳理了上古迄于两晋的文学发展脉络，其中的品评点示，践履了《知音》篇中的文学批评观念。同时也是其以批评秘诀"六观"对中国文学历史进行的一次"通变"巡览。

与《时序》系统地叙述文学因时势而迁变的历史不同，《才略》是以作家才情为据对主要作家进行的一次历时考察。因此，《才略》可视为一篇作家批评通论。黄叔琳谓之"上下百家，体大而思精，真文囿之巨观"④。刘勰在《序志》

---

①　[南朝梁]刘勰著，范文澜注：《文心雕龙注》卷九《时序第四十五》，人民文学出版社1958年版，第672页。

②　[东汉]班固：《汉书》卷六《武帝纪第六》，中华书局1962年版，第212页。

③　刘永济：《文心雕龙校释附征引文录·时序第四十五》，武汉大学出版社2013年版，第134页。

④　[清]黄叔琳：《文心雕龙辑注·才略第四十七》眉批，转引自《〈文心雕龙〉评本批语汇辑（续篇）》，《学术集林》卷16，第226页。

中说："褒贬于《才略》"，其"褒贬"之中充分体现了其批评标准。 刘勰在有限的篇幅里，以简练的语言对上古到两晋的作家进行了全景式的扫描与点评。 其中不乏真知卓见。 如，对于曹丕、曹植的评论就与俗情有别：

> 魏文之才，洋洋清绮，旧谈抑之，谓去植千里。然子建思捷而才俊，诗丽而表逸；子桓虑详而力缓，故不竞于先鸣；而乐府清越，《典论》辩要，迭用短长，亦无懵焉。但俗情抑扬，雷同一响，遂令文帝以位尊减才，思王以势窘益价，未为笃论也。①

　　曹氏昆仲才情孰为上？ 孰为次？ 一般多认为子建过于子桓。 对子建的褒赞之辞甚多，如，《魏志·陈思王植传评》："陈思文才富艳，足以自通后叶。"②鱼豢《魏略·武略王传》论曰："植之华采，思若有神。"③稍后的钟嵘更是明显地扬曹植而抑曹丕："陈思之于文章也，譬人伦之有周、孔，鳞羽之有龙凤……故孔氏之门如用诗，则公幹升堂，思王入室。"④而在评曹丕时则云："新歌百许篇，率皆鄙直如偶语。"⑤但刘勰则迥乎时议，指出曹丕"以位尊减才"，曹植"以势窘益价"。 刘勰之论也得到了后代部分学者的认同。 如明人王世贞云："曹公莽莽，古直悲凉。 子桓小藻，自是乐府本色。 子建天才流丽，虽誉冠千古，而实逊父兄。 何以故？ 材太高，辞太华。"⑥清人王夫之更径言："曹子建铺排整饰，立阶级以赚人升堂，用此致诸趋赴之客，容易成名。 伸纸挥毫，雷同一律。 子桓精思逸韵，以绝人攀跻，故人不乐从，反为所掩。 子建以是压倒

---

　　① ［南朝梁］刘勰著，范文澜注：《文心雕龙注》卷十《才略第四十七》，人民文学出版社 1958 年版，第 700 页。

　　② ［晋］陈寿撰，陈乃乾点校《三国志》卷十九《陈思王植传》，中华书局 1982 年版，第 577 页。

　　③ 转引自《三国志·魏书·陈思王植传》注，《三国志》卷十九，中华书局 1982 年版，第 578 页。

　　④ ［梁］钟嵘著，曹旭集注：《诗品上·魏陈思王植诗》，《诗品集注（增订本）》，上海古籍出版社 1994 年版，第 97—98 页。

　　⑤ ［梁］钟嵘著，曹旭集注：《诗品中·魏文帝诗》，《诗品集注（增订本）》，上海古籍出版社 1994 年版，第 202 页。

　　⑥ 丁福保辑：《历代诗话续编·艺苑卮言》，中华书局 2006 年版，第 987 页。

阿兄，夺其名誉。实则子桓天才骏发，岂子建所能压倒邪？"①钟嵘与王夫之颇有执其一端，俯仰过甚之失。刘勰的评价则较为持正，其实他对曹植的成就也深为赞许，如《章表》篇云："陈思之表，独冠群才。"②刘勰与俗情迥异，主要在于"位尊减才""势窘益价"，亦即意在去除文才之外的因素，客观准确地评价两人的成就，这种批评方法与态度无疑是公允的。

《文心雕龙》是中国古代最重要的文学理论著作，对后世文学思想产生了巨大影响。如，刘知几撰《史通》即有追慕《文心雕龙》之意，诚如清人孙梅所说："《史通》一书，所心摹手追者，《文心雕龙》也。观其纵横辨博，固足并雄；而丽藻遒文，犹或未逮。"③殷璠《河岳英灵集》、高仲武《中兴间气集》中《文心雕龙》的余风流韵清晰可寻。后世论者也是褒评不绝，如，章学诚谓其"体大而虑周"④，谭献谓其"文苑之学，寡二少双"⑤。《文心雕龙》影响的一个重要表征即在于文献目录的记载，自敦煌唐写本《文心雕龙》始，其后宋代的目录学著作《崇文总目》《遂初堂书目》《郡斋读书志》《直斋书录解题》等书中都载有《文心雕龙》。现存最早的刻本是元至正本。迄至明代，校刊《文心雕龙》蔚成风气，版本甚多，据李详《文心雕龙黄注补正序》说："《文心雕龙》有明一代校者十数家，朱郁仪、梅子庚、王损仲其尤也。"⑥迄至清代，对《文心雕龙》的研究与刊刻更加繁多，乃至形成了专门研究《文心雕龙》的学问——"龙学"。

《文心雕龙》是一部体大思精，"弥纶群言"的文学理论著作。刘勰在充分汲取前人文论的基础之上而融汇一体，形成了一部体系完整、逻辑严密的文学理

---

①　〔清〕王夫之著，戴鸿森笺注：《薑斋诗话笺注》卷二，上海古籍出版社 2012 年版，第 105—106 页。

②　〔南朝梁〕刘勰著，范文澜注：《文心雕龙注》卷五《章表第二十二》，人民文学出版社 1958 年版，第 407 页。

③　〔清〕孙梅：《四六丛话》，转引自《增订文心雕龙校注》附录《品评第二·清孙梅》，第 646—647 页。

④　〔清〕章学诚著，叶瑛校注：《文史通义校注》卷五《诗话》，中华书局 1985 年版，第 559 页。

⑤　〔清〕谭献：《复堂日记》，转引自《增订文心雕龙校注》附录《品评第二·清谭献》，第 654 页。

⑥　李详：《文心雕龙黄注补正序》，转引自《增订文心雕龙校注》附录《序跋第七·近人李详文心雕龙黄注补正序》，第 966 页。

论巨著。刘勰以冲融平和的学术态度，援史以立论，其思想、方法乃至辞采沾溉了一代代的文人。同时，《文心雕龙》还是一部具有世界影响的文学理论著作。据目前的文献所知，至迟在9世纪末已传至日本、新罗。目前，全书已被译成日、英、韩、意等文字，其中的部分篇章还被译成法文和德文。《文心雕龙》的成就与影响诚如鲁迅所言："篇章既富，评骘自生，东则有刘彦和之《文心》，西则有亚里士多德之《诗学》，解析神质，包举洪纤，开源发流，为世楷式。"①当然，由于时代的关系，《文心雕龙》也存在着些许不足，如，由于其奉儒家经典为范则，称其"圣文之雅丽，固衔华而佩实"②，夸大了其文学色彩，乃至对《楚辞》等文学形式的新变缺少公允的评价。在宗经以及纠矫时弊的观念影响之下，对于古今关系，虽说"望今制奇，参古定法"③，但实则对于"今"，尤其是刘宋以来的文学批评甚多，谓其"讹而新"④。对于民间的俗文学语多不屑，谓其"淫辞在曲，正响焉生"⑤。刘勰虽然对当时的华靡文风多有批评，但《文心雕龙》本身即以骈体文写成，《丽辞》篇中说："体植必两，辞动有配。"⑥"炳烁联华，镜静含态。玉润双流，如彼珩珮"⑦，夸大了对偶的必然性，等等。《文心雕龙》虽然历代褒评不绝，但也不乏冷峻的批评。正是这些对《文心雕龙》不同的学术见解，使其影响更加深入。"《龙》学"而非"《龙》赞"，这是《文心雕龙》之幸，也是中国文学思想史之幸。

---

① 鲁迅：《诗论题记》，转引自《增订文心雕龙校注》附录《品评第二·近人鲁迅》，第661页。

② ［南朝梁］刘勰著，范文澜注：《文心雕龙注》卷一《征圣第二》，人民文学出版社1958年版，第16页。

③ ［南朝梁］刘勰著，范文澜注：《文心雕龙注》卷六《通变第二十九》，人民文学出版社1958年版，第521页。

④ ［南朝梁］刘勰著，范文澜注：《文心雕龙注》卷六《通变第二十九》，人民文学出版社1958年版，第520页。

⑤ ［南朝梁］刘勰著，范文澜注：《文心雕龙注》卷二《乐府第七》，人民文学出版社1958年版，第102页。

⑥ ［南朝梁］刘勰著，范文澜注：《文心雕龙注》卷七《丽辞第三十五》，人民文学出版社1958年版，第590页。

⑦ ［南朝梁］刘勰著，范文澜注：《文心雕龙注》卷七《丽辞第三十五》，人民文学出版社1958年版，第590页。

第六章

繁盛期专论之二：钟嵘与《诗品》

  《诗品》是与《文心雕龙》并称的一部文学理论著作。 与《文心雕龙》兼论诗文不同，《诗品》专门对汉魏至南朝齐、梁时代的五言诗进行了系统的述评，是我国现存最早的一部诗论专著，备受后代推崇。 中国古代的诗话著作丰富，《诗品》实乃其先导。 清人章学诚云：

>   诗话之源，本于钟嵘《诗品》。然考之经传，如云："为此诗者，其知道乎？"又云："未之思也，何远之有？"此论诗而及事也。又如"吉甫作诵，穆如清风，其诗孔硕，其风肆好"，此论诗而及辞也。事有是非，辞有工拙，触类旁通，启发实多。江河始于滥觞。后世诗话家言，虽曰本于钟嵘，要其流别滋繁，不可一端尽矣。《诗品》之于论诗，视《文心雕龙》之于论文，皆专门名家，勒为成书之初祖也。①

  钟嵘（约468—518），字仲伟，颍川长社（今河南长葛）人。 钟嵘在齐永明年间为国子生时，"明《周易》"，齐时为安国令，迁司徒行参军。 入梁后，曾先后为临川王行参军，衡阳王元简出守会稽，以钟嵘为记室，专掌文翰。 据《梁书》本传载："时居士何胤筑室若邪山，山发洪水，漂拔树石，此室独存，元简命嵘作《瑞室颂》以旌表之，辞甚典丽。"②后迁晋安王记室。 卒于官。 据《梁书》本传记载："尝品古今五言诗，论其优劣，名为《诗评》。"③《隋书·经籍

---

  ① ［清］章学诚著，叶瑛校注：《文史通义校注》卷五《诗话》，中华书局1985年版，第559页。

  ② ［唐］姚思廉：《梁书》卷四十九《钟嵘传》，中华书局1973年版，第694页。

  ③ ［唐］姚思廉：《梁书》卷四十九《钟嵘传》，中华书局1973年版，第694页。

志》云："《诗评》三卷。 钟嵘撰，或曰《诗品》。"①可见，《诗评》乃其原名，又名《诗品》。 其后正史艺文志往往多称《诗评》；目录学著作如《郡斋读书志》《直斋书录解题》《崇文总目》《遂初堂书目》，诗话笔记类《吟窗杂录》《困学纪闻》《石林诗话》等，则多作《诗品》；《竹庄诗话》《诗话总龟》《诗人玉屑》《苕溪渔隐丛话》等两名并称。 其后原名渐废，都称《诗品》。《诗品》一书评述了自汉魏至齐梁 122 位五言诗诗人和无名氏的《古诗》一组，分为上、中、下三品，每品一卷。 据现存最早的元延祐七年（1320）圆沙书院刊宋章如愚《群书考索》本，全书原有序文（从"气之动物"至"均之于谈笑耳"）与《梁书》钟嵘本传所载的相同。 目前通行的《诗品序》最早是清人何文焕编《历代诗话》时，将原序与上品后序（自"序曰：一品之中"至"请寄知者尔"）、中品后序（"序曰：昔曹、刘殆文章之圣"至"文采之邓林"）合并而置于书首。 序文的总体论述与品文的分别评述共同体现了钟嵘的诗学思想和审美旨趣。《诗品》乃钟嵘晚年所作。 对于《诗品》在中国文学思想史上的地位，章学诚通过与《文心雕龙》比较，对其特色和影响有这样的评论：

> 《诗品》之于论诗，视《文心雕龙》之于论文，皆专门名家，勒为成书之初祖也。《文心》体大而虑周，《诗品》思深而意远；盖《文心》笼罩群言，而《诗品》深从六艺溯流别也。论诗论文，而知溯流别，则可以探源经籍，而进窥天地之纯，古人之大体矣。此意非后世诗话家流所能喻也。②

一、尚"自然英旨"

钟嵘的《诗品》与《文心雕龙》一样，都因齐梁文坛沉溺声病、堆砌词藻和用典用事的现状而发。 比较而言，《诗品》的现实针对性更强，其锋芒所指，一方面是诗坛"庸音杂体，各各为容"③的现象；另一方面，是批评"王公缙绅之

---

① 〔唐〕魏征等：《隋书》卷三十五《经籍志》，中华书局 1973 年版，第 1084 页。

② 〔清〕章学诚著，叶瑛校注：《文史通义校注》卷五《诗话》，中华书局 1985 年版，第 559 页。

③ 〔梁〕钟嵘著，曹旭集注：《诗品集注（增订本）·序》，上海古籍出版社 2011 年版，第 65 页。

士，每博论之余，何尝不以诗为口实，随其嗜欲，商榷不同？ 淄渑并泛，朱紫相夺，喧议竞起，准的无依"①的乱象。《诗品序》虽然说"其人既往，其文克定；今所寓言，不录存者"②，但他还是对晚近乃至当代的作家如沈约、范云、任昉、江淹等都一一分别品第评骘，其中有些言辞十分峻厉。 他对沈约、任昉评价不高，与其拘泥声韵、喜用典故的文学取向有关。 刘勰论及声律，认为"声含宫商，肇自血气"③，是作品不可或缺的，而主张"声有飞沈，响有双叠"④。他反对的仅是"吃文为患"⑤。 对用事的作用，刘勰予以肯定，谓之："综学在博，取事贵约，校练务精，捃理须核。"⑥而钟嵘则明确表示反对，《诗品序》云：

> 若乃经国文符，应资博古；撰德驳奏，宜穷往烈。至乎吟咏情性，亦何贵于用事？⑦

钟嵘认为经国、颂德、驳议等应用文书，虽然应该称引古人，以资凭鉴。但是对于吟咏情性之作，则不应以用典为上。 显然，对于诗歌，钟嵘主张自然抒写，他对当时溺于用典的文坛现象批评甚厉：

> 颜延、谢庄，尤为繁密，于时化之。故大明、泰始中，文章殆同书抄。近任昉、王元长等，词不贵奇，竞须新事。尔来作者，寖以成俗。遂乃句无

①　［梁］钟嵘著，曹旭集注：《诗品集注（增订本）·序》，上海古籍出版社 2011 年版，第 74 页。

②　［梁］钟嵘著，曹旭集注：《诗品集注（增订本）·中》，上海古籍出版社 2011 年版，第 219 页。

③　［南朝梁］刘勰著，范文澜注：《文心雕龙注》卷七《声律第二十三》，人民文学出版社 1958 年版，第 552 页。

④　［南朝梁］刘勰著，范文澜注：《文心雕龙注》卷七《声律第二十三》，人民文学出版社 1958 年版，第 552 页。

⑤　［南朝梁］刘勰著，范文澜注：《文心雕龙注》卷七《声律第二十三》，人民文学出版社 1958 年版，第 553 页。

⑥　［南朝梁］刘勰著，范文澜注：《文心雕龙注》卷八《事类第三十八》，人民文学出版社 1958 年版，第 616 页。

⑦　［梁］钟嵘著，曹旭集注：《诗品集注（增订本）·中》，上海古籍出版社 2011 年版，第 220 页。

虚语,语无虚字,拘挛补纳,蠹文已甚。①

　　钟嵘在评颜延之时,颇多赞佩之辞,谓其"情喻渊深,动无虚发;一句一字,皆致意焉"②等。 但对其"喜用古事,弥见拘束"③深致不满。 在源自《国风》一系的诸诗人中,除谢超宗等成就不大的几位诗人之外,唯有颜延之被列为中品,其余都是上品。"喜用古事",是钟嵘不将其列入上品的最根本原因。 他评任昉时亦云:"昉既博学,动辄用事,所以诗不得奇。 少年士子,效其如此,弊矣!"④反对雕刻用事是钟嵘论诗的重要特征。

　　与鄙于用事的态度相联系,钟嵘还论列了得"自然英旨"的"古今胜语":

　　　"思君如流水",既是即目;"高台多悲风",亦唯所见;"清晨登陇首",羌无故实;"明月照积雪",讵出经史?⑤

　　钟嵘慨叹,"自然英旨,罕值其人"⑥,其结论是:"观古今胜语,多非补假,皆由直寻。"⑦他认为名篇佳什乃诗人以直接的审美观照,自然抒写而后得,并不是加诸事义,"且表学问"而成的"拘挛补纳"之作。

　　关于宫商之辨,四声之论。 钟嵘反对拘挛于声律,主张自然和谐的声韵

中国文学思想史(先秦至北宋)

---

① 〔梁〕钟嵘著,曹旭集注:《诗品集注(增订本)·中》,上海古籍出版社 2011 年版,第 228 页。

② 〔梁〕钟嵘著,曹旭集注:《诗品集注(增订本)·中》,上海古籍出版社 2011 年版,第 351 页。

③ 〔梁〕钟嵘著,曹旭集注:《诗品集注(增订本)·中》上海古籍出版社 2011 年版,第 351 页。

④ 〔梁〕钟嵘著,曹旭集注:《诗品集注(增订本)·中》,上海古籍出版社 2011 年版,第 419 页。

⑤ 〔梁〕钟嵘著,曹旭集注:《诗品集注(增订本)·中》,上海古籍出版社 2011 年版,第 220 页。

⑥ 〔梁〕钟嵘著,曹旭集注:《诗品集注(增订本)·中》,上海古籍出版社 2011 年版,第 228 页。

⑦ 〔梁〕钟嵘著,曹旭集注:《诗品集注(增订本)·中》,上海古籍出版社 2011 年版,第 220 页。

美。"但令清浊通流，口吻调利，斯为足矣。"①云："昔曹、刘殆文章之圣，陆、谢为体贰之才。 锐精研思，千百年中，而不闻宫商之辨，四声之论。"②这些诗人不拘宫商声律而成就卓著并非偶然，这是因为"古曰诗颂，皆被之金竹，故非调五音，无以谐会"。"故三祖之词，文或不工，而韵入歌唱。 此重音韵之义也，与世之言宫商异矣。 今既不备于管弦，亦何取于声律耶？"③因此，他对王融、沈约等人所倡的声病说以及形成的流弊深为不满，云："王元长创其首，谢朓、沈约扬其波。 三贤咸贵公子孙，幼有文辨。 于是士流景慕，务为精密。 襞绩细微，专相凌架。 故使文多拘忌，伤其真美。"④钟嵘对于诗歌声律的批评不无苛刻之处，因为声律乃诗歌文体的基本特征之一，但钟嵘所论与当时文坛"转拘声韵，弥为丽靡"⑤的风气有直接的关系，所倡的"自然英旨""真美"是对当时诗坛华靡浮泛之风的纠矫，他追求的是"干之以风力，润之以丹彩"⑥，文质相兼的审美境界。 这在其品评诗人及诗歌时也得到了体现：他评张协的诗云："词彩葱蒨，音韵铿锵。"⑦钟嵘最推重的诗人是曹植，评曰：

> 其源出于《国风》，骨气奇高，词彩华茂。情兼雅怨，体被文质。粲溢今古，卓尔不群。嗟乎！ 陈思之于文章也，譬人伦之有周、孔，鳞羽之有龙凤，音乐之有琴笙，女工之有黼黻。⑧

---

①　［梁］钟嵘著，曹旭集注：《诗品集注（增订本）·下》，上海古籍出版社 2011 年版，第 452 页。

②　［梁］钟嵘著，曹旭集注：《诗品集注（增订本）·下》，上海古籍出版社 2011 年版，第 438 页。

③　［梁］钟嵘著，曹旭集注：《诗品集注（增订本）·下》，上海古籍出版社 2011 年版，第 442 页。

④　［梁］钟嵘著，曹旭集注：《诗品集注（增订本）·下》，上海古籍出版社 2011 年版，第 452 页。

⑤　［唐］李延寿：《南史》卷五十《庾易传》附《庾肩吾传》，中华书局 1975 年版，第 1247 页。

⑥　［梁］钟嵘著，曹旭集注：《诗品集注（增订本）·序》，上海古籍出版社 2011 年版，第 47 页。

⑦　［梁］钟嵘著，曹旭集注：《诗品集注（增订本）·上》，上海古籍出版社 2011 年版，第 185 页。

⑧　［梁］钟嵘著，曹旭集注：《诗品集注（增订本）·上》，上海古籍出版社 2011 年版，第 117—118 页。

　　由此可见，钟嵘所谓"得自然英旨"仅是与用事、声病相对立，而与"词彩华茂"并不相碍，这样我们就不难理解他何以将陶潜列为中品，而不及刘桢、潘岳、张协、谢灵运等人了。 他对陶潜的评语乃是"文体省静，殆无长语"，"风华清靡，岂直为田家语耶"①，力避世人所认为的陶诗"质直""田家语"的评论。 由此亦可见，钟嵘的文学自然论带有明显的时代特征。

　　二、感物说

　　对于诗之感物，早在《礼记·乐记》中即有表述，云："人心之动，物使之然也。 感于物而动，故形于声。"②但这样的声音为"诗言志"所遮蔽。 诗人之"志"往往被儒家的道德理想所束缚，"迩之事父，远之事君"的社会功能是评价诗歌的主要标准。 无论是言志还是缘情，都说明文学最初关注的是人生，文学表现的是关于人的道德、情感，等等。 即使是写自然风物，也是作为起兴或比喻等表现手法来使用，以使对现实人生的描述更加生动形象。 但迄至六朝时期，文学开拓出了更加广阔的天地。 感物而兴，或径以描绘山水风物为题材的作品逐渐多见，并在文论中得到了体现。 如陆机《文赋》："遵四时以叹逝，瞻万物而思纷；悲落叶于劲秋，喜柔条于芳春。 心懔懔以怀霜，志眇眇而临云。"③刘勰《文心雕龙·物色》篇："春秋代序，阴阳惨舒，物色之动，心亦摇焉。""是以诗人感物，联类不穷。"④钟嵘也提出了自己的诗歌"感物说"：

　　　气之动物，物之感人，故摇荡性情，形诸舞咏。欲以照烛三才，晖丽万

　　有。灵祇待之以致响，幽微藉之以昭告。动天地，感鬼神，莫近于诗。⑤

---

　　① 〔梁〕钟嵘著，曹旭集注：《诗品集注（增订本）·中》，上海古籍出版社 2011 年版，第 336—337 页。

　　② 〔清〕朱彬撰，饶钦农点校：《礼记训纂》卷十九《乐记》，中华书局 1996 年版，第 559 页。

　　③ 〔晋〕陆机：《文赋》，郭绍虞主编：《中国历代文论选》第 1 册，上海古籍出版社 2001 年版，第 170 页。

　　④ 〔南朝梁〕刘勰著，范文澜注：《文心雕龙注》卷十《物色第四十六》，人民文学出版社 1958 年版，第 693 页。

　　⑤ 〔梁〕钟嵘著，曹旭集注：《诗品集注（增订本）·序》，上海古籍出版社 2011 年版，第 1 页。

又云：

> 若乃春风春鸟，秋月秋蝉，夏云暑雨，冬月祁寒，斯四候之感诸诗者也。嘉会寄诗以亲，离群托诗以怨。至于楚臣去境，汉妾辞宫，或骨横朔野，或魂逐飞蓬，或负戈外戍，杀气雄边；塞客衣单，孀闺泪尽；又士有解佩出朝，一去忘返；女有扬娥入宠，再盼倾国：凡斯种种，感荡心灵，非陈诗何以展其义，非长歌何以释其情？故曰："《诗》可以群，可以怨。"使穷贱易安，幽居靡闷，莫尚于诗矣。故词人作者，罔不爱好。①

钟嵘在论述诗歌的创作缘起时，依循的是这样的逻辑顺序：气—物—人—诗。 此之"气"并不是孟子、刘勰等人所说的养气之气；换言之，不是人之内在之气，而是作为本体论的超越层面的气。 由此可见，钟嵘的感物说是由形上层面而发，带有万物一体色彩的诗学新见。 虽然先秦两汉时期天人合一的思想早就形成，但这仅是思想家的哲学玄思，他们或说"天地与我并生，而万物与我为一"②，或说"尽其心者，知其性也。 知其性，则知天矣"③，但是，都没有直接将其延展于文学领域。 文学被儒家道德教化所裹挟，刘勰论文时，将天人合一的思想延宕至文苑，但又为"道"所驱遣，云："文之为德也大矣，与天地并生者何哉？ 夫玄黄色杂，方圆体分，日月叠璧，以垂丽天之象；山川焕绮，以铺理地之形：此盖道之文也。"④此之"道"乃儒家之道，事实上又回归于儒家的话语体系之中。 正因为如此，他在《物色》篇中他所说的引起物色之动的"阴阳惨舒"，虽然说的是生成论中的两仪，但淡化了抽象的色彩。 周振甫《文心雕龙注释》谓之："陆机《文赋》，'悲落叶于劲秋'是阴惨，'喜柔条于芳春'是阳舒。"⑤直接

---

① ［梁］钟嵘著，曹旭集注：《诗品集注（增订本）·序》，上海古籍出版社 2011 年版，第 56—64 页。

② ［清］王先谦撰，沈啸寰点校：《庄子集解》卷一《齐物论第二》，中华书局 1987 年版，第 19 页。

③ ［清］焦循撰，沈文倬点校：《孟子正义》卷二十六《尽心章句上》，中华书局 1987 年版，第 877 页。

④ ［南朝梁］刘勰著，范文澜注：《文心雕龙注》卷一《原道第一》，人民文学出版社 1958 年版，第 1 页。

⑤ 周振甫：《文心雕龙·物色》注释，［南朝梁］刘勰著，周振甫注：《文心雕龙注释》，人民文学出版社 1981 年版，第 495 页。

将情感与两仪比附，天地、阴阳乃至万物的独立性还没有凸显出来。 比较而言，钟嵘不但以超越之"气"，更通过较严密的逻辑关系，说明了由气至于诗之间的次第关联。 钟嵘所论的四时风物，并不是被动地为人所用的抒情言志的"辅料"，而是外在于人的独立存在，是感诸诗的主动因素，是灵祇之所待，幽微之所藉。 这样，三才之间的关系才真正在诗苑并且通过诗歌得到体现。 物的独立，从一个侧面体现了儒家教化观念在文论中的弱化，这对于拓展文学的视阈，让文学自由地依其规律，展示自己的特点具有重要的作用。 钟嵘的贡献在于，当建安之后山水风物独立地成为诗人们题咏的对象之后，他将这一诗坛新气象升华到本体论的层面进行了理论阐释。

将四时景物、山水田园视为独立的审美对象，并不意味着排斥诗歌抒写人生。 事实上，钟嵘在确立了这样的前提，拓展了文学的空间之后，还是从容地讨论了文学最重要的功能：反映现实人生，即所谓"嘉会寄诗以亲，离群托诗以怨"。 他对儒家诗学"兴观群怨"的功能论中，突出了"群"与"怨"，尤其是后者的作用。 自孔子提出诗可以怨之后，论者的诠释与演绎也不尽相同。 汉人孔安国释之为"怨，刺上政"①。 司马迁在《史记·屈原贾生列传》中论屈原及《离骚》时说："信而见疑，忠而被谤，能无怨乎？ 屈平之作《离骚》，盖自怨生也。"②可见，秦汉之前，论及诗歌社会功能的"怨"，无论是怨刺上政，还是君臣之怨，都带有较为浓烈的政治色彩，这也是孔子论诗的本意。 而钟嵘论及的诗之怨，乃是源于一己遭际而产生的怨怼之情，离群、去境、辞宫、衣单、泪尽等种种不同的人生境遇，都可以产生这种自然情感，远非君臣关系所能羁束。 这是钟嵘借传统儒家的诗学范畴，使诗歌表现内容挣脱传统的政治、道德束缚的有益拓展。 这在其品评诗歌时也得到了体现，如，他评李陵："使陵不遭辛苦，其文亦何能至此！"③评刘琨："琨既体良才，又罹厄运，故善叙丧乱，多感恨之词。"④他

---

① 见程树德撰，程俊英等点校：《论语集释》卷三十五《阳货下》，中华书局1990年版，第1212页。

② ［西汉］司马迁：《史记》卷八十四《屈原贾生列传》，中华书局1982年版，第2482页。

③ ［梁］钟嵘著，曹旭集注：《诗品集注（增订本）·上》，上海古籍出版社2011年版，第106页。

④ ［梁］钟嵘著，曹旭集注：《诗品集注（增订本）·中》，上海古籍出版社2011年版，第310页。

们通过陈诗以展义，长歌以骋情，并不是为了道德教化，而是因现实人生或大或小的生活而产生的心灵感荡，发而为之。诗中之义、之情，是缘于现实生活的自然流溢。就主体的表现方式而言，不是精神教主俯视人寰的高调教化，也不是臣子隐曲幽微的讽谏，而是社会各阶层人们的自然之情、油然之义。他们或是楚臣，或是汉妾，或是塞客，或是媚闺。因此，钟嵘所谓的感物之物，既是自然风物，又是现实的人生境遇。从这个意义上说，钟嵘所论的诗境真正实现了万物一体。由于解决了这样的本体隔阂，先秦时期比兴经常出现物境与情感两隔的现象便得到了根本解决。自然万物既可作为独立的歌咏对象，有其自身的美感，并唤起诗人的审美感应，也可以因创作主体的情感观照而移情于物，使物象着染了作者浓郁的主观情感。而这一切都是自然抒写，真实流注。这就挣脱了文学状写自然、抒写人生的羁绊，文学走上了独立而非辅教的道路。

三、"滋味说"

五言诗发展至晋代，玄言诗盛行于诗坛，迄至齐梁时代，余风犹存。针对玄言诗"理过其辞，淡乎寡味"，"平典似《道德论》"①之弊，钟嵘提出"滋味说"以济之：

> 夫四言，文约意广，取效《风》、《骚》，便可多得。每苦文烦而意少，故世罕习焉。五言居文词之要，是众作之有滋味者也，故云会于流俗。岂不以指事造形，穷情写物，最为详切者邪！故诗有六义焉：一曰兴，二曰比，三曰赋。文已尽而意有余，兴也；因物喻志，比也；直书其事，寓言写物，赋也；弘斯三义，酌而用之，干之以风力，润之以丹彩，使咏之者无极，闻之者动心，是诗之至也。若专用比兴，则患在意深，意深则词踬。若但用赋体，则患在意浮，意浮则文散。嬉成流移，文无止泊，有芜漫之累矣。②

钟嵘从文学进化的观念出发，认为五言诗比四言诗在指事造形，穷情写物方面更加详切，因此，是"众作之有滋味者"。他还借《诗大序》中的诗之六义中

---

① 　［梁］钟嵘著，曹旭集注：《诗品集注（增订本）·序》，上海古籍出版社 2011 年版，第 28 页。

② 　［梁］钟嵘著，曹旭集注：《诗品集注（增订本）·序》，上海古籍出版社 2011 年版，第 43—53 页。

的兴、比、赋三义来说明之。钟嵘所论之"兴"，与传统的"三义"又有不同。对于"比"，郑玄《周礼·大师》注："比者，比方于物也。"①挚虞《文章流别论》说："比者，喻类之言也。"②朱熹《诗经集传》说："比者，以彼物比此物也。"③但钟嵘所说的比本体与喻体更明确的，一是物，一是志。这与其物感说正相契合，只不过一是"物之感人"，一是"物之喻人"。由此可见，物与人乃钟嵘诗歌表现对象的两端，这与刘勰的解释颇为相似，《文心雕龙》云："何谓为比，盖写物以附意，飏言以切事者也。"④这体现了"山水方滋"，文学的视阈开阔之后，文论家们不尽受儒家牢笼时的时代特征。对于"兴"，钟嵘的诠说则别为一解，独具新意。《诗》之"六义"中的"兴"，多认为是起的意思，具有肇起与比喻的作用。如，郑玄《周礼·大师》注："兴，见今之美，嫌于媚谀，取善事以喻劝之。"⑤何晏《论语集解》引孔安国说："兴，引譬连类。"⑥朱熹《诗经集传》说兴是"先言他物以引起所咏之辞也"⑦。《文心雕龙·比兴》亦云："兴者，起也。附理者切类以指事，起情者依微以拟议。"⑧这些都是从表现手法的角度，多就肇端而言。而钟嵘则是从审美的角度，就余韵而言。钟嵘对"兴"的别解，体现了文学自觉时期的特征，也是"滋味"之所在。这实乃"六经注我"的解释。对此，黄侃《文心雕龙札记·比兴》云："钟记室云：文已尽而意有余，兴也；因物喻志，比也。其解比兴，又与诂训乖殊。"⑨陈衍《诗品平

① ［清］孙诒让撰，汪少华整理：《周礼正义》卷四十五，中华书局 2015 年版，第 2220 页。

② ［晋］挚虞：《文章流别论》，郭绍虞主编：《中国历代文论选》第 1 册，第 190 页。

③ 转引自程俊英、蒋见元：《诗经注析·螽斯》小引，中华书局 1991 年版，第 14 页。

④ ［南朝梁］刘勰著，范文澜注：《文心雕龙注》卷八《比兴第三十六》，人民文学出版社 1958 年版，第 601 页。

⑤ ［清］孙诒让撰，汪少华整理：《周礼正义》卷四十五，中华书局 2015 年版，第 2220 页。

⑥ 见程树德撰，程俊英等点校：《论语集释》卷三十五《阳货下》，中华书局 1990 年版，第 1212 页。

⑦ ［宋］朱熹注，王华宝整理：《诗集传》卷第一《关雎》，凤凰出版社 2007 年版，第 2 页。

⑧ ［南朝梁］刘勰著，范文澜注：《文心雕龙注》卷八《比兴第三十六》，人民文学出版社 1958 年版，第 601 页。

⑨ 黄侃著，黄延祖重辑：《文心雕龙札记·比兴第三十六》，中华书局 2006 年版，第 212 页。

议》："钟记室以'文已尽而意有余'为兴，殊与诗人因所见而起兴之恉不合。"①其实，钟嵘显然深明三义之古意，这从他将赋、比、兴的排列次第变为兴、比、赋中亦可得到证明。 学者批评其"乖殊"，恰恰正体现了钟嵘的独创精神。

何以能使诗歌达到"使咏之者无极，闻之者动心"的美学效果呢？ 钟嵘提出"干之以风力，润之以丹彩"的方法。 所谓"风力"，大约相当于曹植"骨气奇高"中之"骨气"，《文心雕龙》中之"风骨"。《诗品序》中的"建安风力尽矣"②即可证明这一含义。 因此，王叔岷说："'干之以风力。'此建安诗所长也。'润之以丹采'，此齐、梁诗所长也。"③同时，钟嵘在评陶潜诗时也曾说过："协左思风力。"④钟嵘认为左思"野于陆机，而深于潘岳"⑤。 但后世学者或改"野"为"浅"，或不认同"野"，谓太冲是豪放，"非野也"⑥。 胡应麟《诗薮》外编卷二："太冲以气胜者也。"⑦亦即左思以气韵胜，这与建安之"风骨"尚有些许不同，与意趣、气势，乃至情绪相关。 这在其评左思诗"文典以怨"⑧中得到了证明，而与曹植的"情兼雅怨"颇有相通之处。"润之以丹彩"，则是诗使"咏之者无极"的辞采要求，这在其评论诗人时常常涉及。 如，他对王粲的诗"文秀而质羸"⑨感到遗憾。 而陆机的诗则"举体华美"，"咀嚼英华，

①　［梁］钟嵘著，曹旭集注：《诗品集注（增订本）·序》，上海古籍出版社 2011 年版，第 51 页。

②　［梁］钟嵘著，曹旭集注：《诗品集注（增订本）·序》，上海古籍出版社 2011 年版，第 28 页。

③　王叔岷：《诗品总序》笺证，《钟嵘诗品笺证稿》，中华书局 2007 年版，第 75 页。

④　［梁］钟嵘著，曹旭集注：《诗品集注（增订本）·中》，上海古籍出版社 2011 年版，第 336 页。

⑤　［梁］钟嵘著，曹旭集注：《诗品集注（增订本）·上》，上海古籍出版社 2011 年版，第 193 页。

⑥　参见［梁］钟嵘著，曹旭集注：《诗品集注（增订本）·上》，《晋记室左思诗》校异，上海古籍出版社 2011 年版，第 194 页。

⑦　［梁］钟嵘著，曹旭集注：《诗品集注（增订本）·上》，上海古籍出版社 2011 年版，第 196 页。

⑧　［梁］钟嵘著，曹旭集注：《诗品集注（增订本）·上》，上海古籍出版社 2011 年版，第 193 页。

⑨　［梁］钟嵘著，曹旭集注：《诗品集注（增订本）·上》，上海古籍出版社 2011 年版，第 142 页。

厌饫膏泽"①。张协的诗"词彩葱蒨,音韵铿锵,使人味之,亹亹不倦"②,亦即辞采秀美,音韵铿锵。将张协高置上品,殊难理解,但从其"使人味之,亹亹不倦",可见其孜求"滋味"的审美理想。

不难看出,所谓"干之以风力"的审美效果主要在于"闻之者动心","润之以丹彩"的审美效果主要在于"咏之者无极"。这在其评张协诗中得到了佐证。要而言之,钟嵘之"滋味",乃是具有劲健的气韵,华茂的词采,谐和的音韵,"文已尽而意有余"的艺术境界。当然,钟嵘的"滋味说"其意在为五言诗张目。从这个意义上说,钟嵘是一位文学进化论者,这与刘勰一以宗经为是不尽相同。钟嵘的"滋味说"对我国诗歌以及诗学产生了重要的影响。中国古典诗歌以含蓄蕴藉的美学特征著称于世,钟嵘的"滋味说",以及其后司空图的"韵味说"、严羽的"妙悟说"、王士禛的"神韵说"等不断发展,揭示了中国古典诗歌基本的审美特征。

四、分品第与溯流别

钟嵘对于批评界的"淆乱"之状,并没有用通论文体特征等传统的方法,而是通过品第优劣、明其褒贬的形式来区分淄渑,分别朱紫,平喧息议,标其准的。云:

> 陆机《文赋》,通而无贬;李充《翰林》,疏而不切;王微《鸿宝》,密而无裁;颜延论文,精而难晓;挚虞《文志》,详而博赡,颇曰知言:观斯数家,皆就谈文体,而不显优劣。至于谢客集诗,逢诗辄取;张骘《文士》,逢文即书。诸英志录,并义在文,曾无品第。③

对前代批评家的作品,唯挚虞《文章流别志》被钟嵘称为"颇曰知言",概因为挚虞的《文章流别论》,对于各体之文"溯其起源,考其正变,以明古今各

---

① [梁]钟嵘著,曹旭集注:《诗品集注(增订本)·上》,上海古籍出版社 2011 年版,第 162 页。

② [梁]钟嵘著,曹旭集注:《诗品集注(增订本)·上》,上海古籍出版社 2011 年版,第 185—186 页。

③ [梁]钟嵘著,曹旭集注:《诗品集注(增订本)·中》,上海古籍出版社 2011 年版,第 236 页。

体之异同，于诸家撰作之得失，亦多评品"①。这样的条贯评品方法，恰与钟嵘《诗品》的取向颇多相似之处。但挚虞之流别乃是文体，而钟嵘"致流别"则是"辨彰清浊，掎摭病利"②，即品别风格，显其优劣。他遴选了五言诗作者百二十人，列入不同的流派，分为上、中、下三品。可见，分品第与溯流别是钟嵘不同于其他诸家的批评方式。

关于品第。钟嵘将诗人分为三品，以示其成就高下。采取这种方法的原因，钟嵘在《诗品序》中说："昔九品论人，《七略》裁士，校以宾实，诚多未值。至若诗之为技，较尔可知。"③可见，钟嵘从东汉以来的九品论人以及刘歆《七略》分类判分学术的方法中得到了启发。其实，品第之风在南朝齐梁之间尤为盛行，品第衡文论艺的著述甚多，如谢赫有《古画品》，庾肩吾有《书品》，沈约有《棋品》，梁武帝有《围棋品》等。正是在这样的背景之下，钟嵘才一改此前的文论家们仅论文体而不显优劣的传统，以三品升降之法，"辨彰清浊，掎摭病利"。

钟嵘将 120 位诗人以"三品升降"，详见下表：

品类＼朝代	汉	魏	晋	宋	齐	梁
上品	古诗之外李陵班姬	曹植 刘桢 王粲	阮籍 陆机 潘岳 张协 左思	谢灵运		
中品	秦嘉 徐淑	曹丕 何晏 应璩	嵇康 张华 孙楚 王赞 张翰 潘尼 陆云 石崇 曹摅 何劭 刘琨 卢谌 郭璞 袁宏 郭泰机 顾恺之	谢世基 顾迈 戴凯 陶潜 颜延之 谢瞻 谢混 袁淑 王微 王僧达 谢惠连 鲍照	谢朓 江淹	范云 丘迟 任昉 沈约

---

①　刘师培：《魏晋文学之变迁》，《中国中古文学史讲义》，上海古籍出版社 2000 年版，第 71 页。

②　［梁］钟嵘著，曹旭集注：《诗品集注（增订本）·中》，上海古籍出版社 2011 年版，第 243—244 页。

③　［梁］钟嵘著，曹旭集注：《诗品集注（增订本）·序》，上海古籍出版社 2011 年版，第 79 页。

品类＼朝代	汉	魏	晋	宋	齐	梁
下品	班固 郦炎 赵壹	曹操 曹睿 曹彪 徐干 阮瑀	欧阳建 应场 嵇含　阮侃 嵇绍　枣据 张载　傅玄 傅咸　缪袭 夏侯湛 王济　杜预 孙绰　许询 戴逵　殷仲文	傅亮　何长瑜 羊曜璠　范晔 刘骏　刘铄 刘宏　谢庄 苏宝生　陵修之 任昙绪　戴法兴 区惠恭	释惠休　释道猷 释宝月　萧道成 张永　王文宪 谢超宗　丘灵鞠 刘祥　檀超 钟宪　颜测 顾则心　毛伯成 吴迈远　许瑶之 鲍令晖　韩兰英 张融　孔稚珪 王融　刘绘 江祜　王少 卞彬　卞铄 袁嘏　张欣泰 陆厥	范缜 虞羲 江洪 鲍行卿 孙察

　　被钟嵘列为上品的，汉代有古诗和李陵与班姬二人，魏晋有八人，刘宋一人。列为中品的诗人晋宋最多。因此，在钟嵘心目中真正体现五言诗主体流脉的是魏、晋、宋时期的一些诗人，亦即他在《诗品序》中所指出的那样："陈思为建安之杰，公干、仲宣为辅；陆机为太康之英，安仁、景阳为辅；谢客为元嘉之雄，颜延年为辅。"①除颜延年之外，钟嵘将建安、太康、元嘉时期五言诗的代表诗人都列为上品。显然，在钟嵘的心目中，这三个时期正是五言诗的鼎盛时期。与其形成鲜明对比的则是：齐梁时代的诗人无一上品。其中齐代的下品诗人最多。钟嵘对一百多位诗人进行"三品升降"，当然是他根据诗人的艺术成就做出的。同时，他对其中的部分诗人还进行"致流别"，厘别源流与分置品级具有密切的关系，源上而流下是全书的基本原则。由于他所评的是五言诗，因此，虽然远溯《诗经》与《楚辞》，但《诗》《骚》毕竟不是五言诗，钟嵘没有刘勰那样受宗经的羁束，他将诗人远溯《诗经》《楚辞》，主要根据艺术风格，尤其是骨气与辞采方面的特征。因此，他认为代表五言诗的最高水平是曹植。比较而言，齐梁时期的品第普遍较低，这一方面是因为全书源上而流下的原则使其

---

　　①　［梁］钟嵘著，曹旭集注：《诗品集注（增订本）·序》，上海古籍出版社 2011 年版，第 34 页。

然，更重要的是他认为颜延之以来的繁密，王融、沈约等人的拘挛，使诗坛失去了自然之趣。因此，其品第随着时代的推移而逐渐降格，主要体现了他对晚近诗风的不满，与宗经并无多少关涉。

当然，对于钟嵘的置品，后人也有一些不解处。如，明代王世贞对于钟嵘"折衷情文，裁量事代"①颇为认可，但是对于其沿波讨源的方法不甚认同，认为"迈、凯、昉、约滥居中品。至魏文不列乎上，曹公屈第乎下，尤为不公"②。元美所评不无道理，除曹丕、曹操之外，陶潜、鲍照、谢朓等人的品第明显偏低。或许是因为这与曹植"骨气奇高""情兼雅怨"的诗歌风貌不甚相符。清人王士禛云："明远篇体惊奇，在延年之上。谢之与鲍，分路扬镳。仲伟之品，于明远多微词，愚所未解矣。"③再如《艺概》卷二载："野者，诗之美也。故表圣《诗品》中有'疏野'一品。若钟仲伟谓左太冲'野于陆机'，野乃不美之辞。然太冲是豪放，非野也，观《咏史》可见。"④其实，后人殊难理解的一个重要因素在于文献亡逸太多。诚如《四库提要》所云："梁代迄今，邈逾千祀，遗篇旧制，什九不存，未可以掇拾残文，定当日全集之优劣。"⑤四库馆臣所言甚是。据《野客丛书》载："钟嵘《诗品》谓郭景纯游仙之作，词多慷慨，乖远玄度，而云奈何虎豹姿，又云戢翼栖榛梗，乃是坎壈咏怀，非列仙之趣也。考今文选景纯游仙诗七章，无奈何虎豹姿、戢翼栖榛梗之句。此盖别章，删去而不载于选耳。"⑥

如果说以品第的方法论文衡艺乃南朝时的一代之风，那么沿波溯源"致流别"的方法则主要是钟嵘的创造。虽然钟嵘自己说是有得于"《七略》裁士"，但《七略》"裁士"所依乃文类之别，被他称为"知言"的挚虞的《文章流别》，所"别"的也是文体之异。钟嵘的"流别"则主要是诗歌的风格。虽然萧子显在《南齐书·文学传论》中也曾将诗歌分成三个流派，并追述其或"出灵运而

①　丁福保辑：《历代诗话续编·艺苑卮言》，中华书局 2006 年版，第 1001 页。
②　丁福保辑：《历代诗话续编·艺苑卮言》，中华书局 2006 年版，第 1001 页。
③　〔清〕王士禛著，袁世硕主编：《王士禛全集》，齐鲁书社 2007 年版，第 1758 页。
④　〔清〕刘熙载撰，袁津琥校注：《艺概注稿》卷二，中华书局 2009 年版，第 250 页。
⑤　转引自王叔岷：《诗品导论》，《钟嵘诗品笺证稿》，中华书局 2007 年版，第 40 页。
⑥　〔宋〕王楙撰，王文锦点校：《野客丛书》卷第二十三，中华书局 1987 年版，第 265 页。

成"，或"傅咸五经，应璩指事，虽不全似，可以类从"，或为"鲍照之遗烈"①。但论述十分简括，而《诗品》则标示了三十余位诗人的渊源所自，其规模与细密程度均非萧子显可比。

钟嵘将三十多位诗人的作品风格追溯到《国风》《小雅》和《楚辞》。其中，源自《小雅》的仅阮籍一人，可姑置不论。源自《国风》的有《古诗》作者、曹植、陆机、谢灵运、颜延之、谢超宗等人。源自《楚辞》的人数最多，包括李陵、班姬、王粲、曹丕等人。但就其品第而言，源出于《小雅》的仅阮籍一人，为上品。出于《国风》的除颜延之为中品，谢超宗等七人为下品以外，其余的曹植、刘桢、左思、陆机、谢灵运都是上品。而《离骚》一系的21人，除李陵、王粲等5人是上品之外，其余如陶潜、嵇康、鲍照、谢朓等人都是中品。源自《诗经》的诗人品第明显较《楚辞》的为高。

在所有诗人中，钟嵘对源自《国风》的曹植评价最高，曰："其源出于《国风》，骨气奇高，词彩华茂。情兼雅怨，体被文质。粲溢今古，卓尔不群。嗟乎！陈思之于文章也，譬人伦之有周、孔，鳞羽之有龙凤，音乐之有琴笙，女工之有黼黻。俾尔怀铅吮墨者，抱篇章而景慕，映余晖以自烛。故孔氏之门如用诗，则公干升堂，思王入室，景阳、潘、陆，自可坐于廊庑之间矣。"②得曹植之流脉的，如陆机"才高词赡，举体华美"③，乃是文质兼美。但《国风》系的自颜延之列为中品后，谢超宗等七人均为下品，钟嵘扬《国风》显而易见，但何以唯有置于下品的"檀、谢七君"谱入源流？这也许与七人传承的是曹植、陆机、颜延之以来的五言诗之正脉，不可不表有关。如许文雨《钟嵘诗品讲疏》云："大抵颜、陆以华旷典正为宗；休、鲍以雕藻淫艳相尚。颜、陆师古，不愧正统之派；休、鲍炫时，直如异军突起耳。"④就钟嵘所论列的七位诗人来看，谢超宗乃谢灵运裔孙，刘祥乃刘穆之曾孙，颜测乃颜延之次子，而钟宪则是钟嵘自己的

① 〔梁〕萧子显撰：《南齐书》卷第五十三《文学》，中华书局1972年版，第908页。

② 〔梁〕钟嵘著，曹旭集注：《诗品集注（增订本）·上》，上海古籍出版社2011年版，第117—118页。

③ 〔梁〕钟嵘著，曹旭集注：《诗品集注（增订本）·上》，上海古籍出版社2011年版，第162页。

④ 转引自《钟嵘诗品笺证稿》，中华书局2007年版，第379页。

从祖父，谓其"得士大夫之雅致"①并不难理解。这七位诗人中，除钟宪《登群峰标望海》、顾则心《望瀚前水竹》存世外，其余的作品都已不存，在当时诗坛声望显然不能与颜延之并论。钟嵘列出心目中成就并不高的七位诗人的渊源所自，或许是暗示齐梁文风衰敝自颜延之始。钟嵘虽然在《诗品序》中对"轻荡之徒，笑曹、刘为古拙，谓鲍照羲皇上人"②的现象进行了批评，但他是在将建安作为五言诗的极致，是对当时文坛模袭鲍、谢现象的不满，而并不是对鲍照本人诗歌的批评。事实上，即使在这样的语境中，所说的也是"师鲍照，终不及'日中市朝满'"③，亦即鲍照之不可及。就刘宋诗坛来看，钟嵘对鲍照的评价高过颜延之。对鲍、休，尤其是鲍照并无多少贬意。引述其从祖钟宪所说的"大明、泰始中，鲍、休美文，殊已动俗"④，显然含有褒赞的意味，鲍、休美文所动的文坛之俗，乃颜延之等人"文章殆同书抄"之"俗"。他在评惠休之诗时还引羊曜璠的话："颜公忌照之文，故立休、鲍之论。"⑤这显然是对颜延之所为表示不屑。他并不认同休、鲍并称，谓之"恐商、周矣"⑥。他评鲍照："得景阳之諔诡，含茂先之靡嫚。骨节强于谢混，驱迈疾于颜延。总四家而擅美，跨两代而孤出。"⑦其"疾于颜延"，当是指颜氏喜欢用典的不足。惠休曾对谢灵运与颜延之的诗歌有这样的比较："谢诗如芙蓉出水，颜诗如错彩镂金。"⑧钟嵘

---

① ［梁］钟嵘著，曹旭集注：《诗品集注（增订本）·下》，上海古籍出版社2011年版，第575页。

② ［梁］钟嵘著，曹旭集注：《诗品集注（增订本）·序》，上海古籍出版社2011年版，第69页。

③ ［梁］钟嵘著，曹旭集注：《诗品集注（增订本）·序》，上海古籍出版社2011年版，第69页。

④ ［梁］钟嵘著，曹旭集注：《诗品集注（增订本）·下》，上海古籍出版社2011年版，第575页。

⑤ ［梁］钟嵘著，曹旭集注：《诗品集注（增订本）·下》，上海古籍出版社2011年版，第560页。

⑥ ［梁］钟嵘著，曹旭集注：《诗品集注（增订本）·下》，上海古籍出版社2011年版，第560页。

⑦ ［梁］钟嵘著，曹旭集注：《诗品集注（增订本）·中》，上海古籍出版社2011年版，第381页。

⑧ ［梁］钟嵘著，曹旭集注：《诗品集注（增订本）·中》，上海古籍出版社2011年版，第351页。

深以为然，并认为"颜终身病之"①。而齐代"祖袭颜延"的"檀、谢七君"都被列为下品，正是代表了齐代时文坛衰弱的象征。短短的几句评论文字中，竟三次述及"颜"氏："祖袭颜延"，"传颜、陆体"，"颜诸暨最荷家声"②。不难看出，在钟嵘看来，齐代文坛的衰弱，隐然存在着这样的逻辑关系：由颜延之肇其端，经齐代谢超宗等七人为中介，衍至梁代的任昉等人使流弊更甚。这在《诗品序》中也得到了证明："颜延、谢庄，尤为繁密，于时化之。故大明、泰始中，文章殆同书抄。近任昉、王元长等，词不贵奇，竞须新事。尔来作者，寝以成俗。遂乃句无虚语，语无虚字，拘挛补纳，蠹文已甚。但自然英旨，罕值其人。"③鲜得自然英旨，乃是齐梁诗无上品的根本原因。虽然现存的诗歌中任昉的用事痕迹并不明显，但钟嵘既已言之凿凿，必有所据。现存任氏的诗歌仅二十余首，而据史载，原有集三十四卷，亡逸的诗歌甚多。这种诗风的流衍乃是"浸以成俗"，而"鲍、休美文，殊已动俗"，显然是褒鲍、休而贬颜延之一脉。由此可见，齐梁诗病，在钟嵘看来，主要乃颜延之所承袭的《国风》一脉之末流所衍。而王融、沈约等的"拘挛补纳"，更辅成了诗坛之病。钟嵘述颜延之及谢超宗的诗学流脉其意似在于此。

与《国风》系相比较，《楚辞》一系上品少而中品多，且都是源出于李陵。而李陵因其特殊的遭际，以"多凄怆，怨者之流"④为特色。同样，班姬之诗源出于李陵，也是"怨深文绮"⑤。同时，《楚辞》的辞采较为华美，源出于《楚辞》的诗人也具有这一特色，如王粲"文秀而质羸"⑥。承王粲的这一系的人数

① ［梁］钟嵘著，曹旭集注：《诗品集注（增订本）·中》，上海古籍出版社 2011 年版，第 351 页。
② ［梁］钟嵘著，曹旭集注：《诗品集注（增订本）·下》，上海古籍出版社 2011 年版，第 575 页。
③ ［梁］钟嵘著，曹旭集注：《诗品集注（增订本）·中》，上海古籍出版社 2011 年版，第 228 页。
④ ［梁］钟嵘著，曹旭集注：《诗品集注（增订本）·上》，上海古籍出版社 2011 年版，第 106 页。
⑤ ［梁］钟嵘著，曹旭集注：《诗品集注（增订本）·上》，上海古籍出版社 2011 年版，第 113 页。
⑥ ［梁］钟嵘著，曹旭集注：《诗品集注（增订本）·上》，上海古籍出版社 2011 年版，第 142 页。

较多，其中尤以张华的影响最大，《晋书·张华传》谓其"名重一世，众所推服"①。但钟嵘对张华的评价并不高，谓其"其体华艳，兴托多奇。巧用文字，务为妍冶"，"儿女情多，风云气少"②。许文雨《钟嵘诗品讲疏》谓之"盖仲宣、士衡皆有得于陈思之文，仲伟此云茂先诗源出王粲，当亦言其文耳"③。据谢灵运《拟魏太子邺中集·王粲诗序》："家本秦川，贵公子孙，遭乱流离，自伤情多。"④钟嵘谓其"源出于王粲"⑤，概是因为他们都借诗以寄情。钟嵘对鲍照等人的评价显然高于张华，但由于源上流下的原则，张华列于中品，鲍照、谢朓等人不能高于张华。因此，就出现了这样的矛盾现象：对张华虽多贬意，但由于其近于"源"，置品时还有这样特别的表述："今置之甲科疑弱，抑之中品恨少，在季、孟之间矣。"⑥因此，张华于《楚辞》系即如同颜延之于《国风》系的作用一样，是对其后诗人置品的关键人物。

对于曹丕，钟嵘认为其"源出于李陵"，这也得到了后世学者的认同。胡应麟云："魏文杂诗《漫漫秋夜长》，独与属国（苏武）并驰，然去少卿（李陵）尚一线也。"⑦陈延杰则认为"魏文诗感往增怆，其高古似陵"⑧。但钟嵘又指出其诗"率皆鄙直如偶语"⑨，亦即语言质朴本色，这与《楚辞》辞采华茂的风格显然不同，似更有得于《国风》。胡应麟谓其诗与苏武并驰，苏武诗如归入《古诗》，则曹丕属于《国风》一脉。受曹丕影响的几位诗人也显示了与《国风》而非《楚辞》相近的特色。如"祖袭魏文"的应璩"善为古语，指事殷勤，雅意深

① 〔唐〕房玄龄等撰:《晋书》卷三十六《张华传》，中华书局1974年版，第1070页。
② 〔梁〕钟嵘著，曹旭集注:《诗品集注（增订本）·中》，上海古籍出版社2011年版，第275页。
③ 〔梁〕钟嵘著，曹旭集注:《诗品集注（增订本）·中》，上海古籍出版社2011年版，第278页。
④ 转引自《钟嵘诗品笺证稿》附录，中华书局2007年版，第550页。
⑤ 〔梁〕钟嵘著，曹旭集注:《诗品集注（增订本）·中》，上海古籍出版社2011年版，第275页。
⑥ 〔梁〕钟嵘著，曹旭集注:《诗品集注（增订本）·中》，上海古籍出版社2011年版，第275页。
⑦ 转引自《钟嵘诗品笺证稿》附录，中华书局2007年版，第215页。
⑧ 转引自《钟嵘诗品笺证稿》附录，中华书局2007年版，第214页。
⑨ 〔梁〕钟嵘著，曹旭集注:《诗品集注（增订本）·中》，上海古籍出版社2011年版，第256页。

笃，得诗人激刺之旨"①。而陶潜"其源出于应璩"，"笃意真古"②。这些都显示了曹丕一系实乃介乎《国风》与《楚辞》之间，而尤近《国风》。钟嵘之所以将其归入《楚辞》一系，概是因为他虽然对于用事、声病摒斥甚烈，但所尚的是体披文质。钟嵘在扬《诗》抑《骚》观念的驱使之下，对《诗经》的特征虽然没有正面的论述，但他心目中得《诗经》正脉，"其源出于《国风》"的曹植，"词彩华茂。情兼雅怨，体被文质。粲溢今古"③。因此，曹丕一系显然并不符合钟嵘心目中的《国风》正统，只得置诸《楚辞》系而已。

钟嵘沿波讨源、原始要终的方法，清晰地说明了文学的继承与发展的关系。这与中国古代一贯注重"辨章学术，考镜源流"的传统是一致的，尤其是经学独尊之后，这样的风气更遍及各个领域。刘勰《文心雕龙》在"论文叙笔"时，也从经典中找寻文体起源。钟嵘承"《七略》裁士"的方法，品评诗人而注意"致流别"。但是不同作家风格、诗歌的风貌的形成是诸种复杂因素作用的结果，并非简单的线形条贯所能涵盖。《诗品》中的"致流别"也有简单化而颇值商榷之处。如，钟嵘认为陶潜"源出于应璩，又协左思风力"，此论最受后人物议。叶梦得、许学夷、沈德潜等人都认为钟嵘的结论有失公允，提出陶潜乃"六朝第一流人物，其诗自能旷世独立"④，谓其源出应璩，且将其列为中品，是"一言不智，难辞厥咎"⑤。而对"又协左思风力"一般较易理解。从左思诗歌的胸次高旷、笔力雄迈和陶诗音节苍凉激越、辞句挥洒自如中隐然可见"同其风力"之处。

钟嵘所论对其渊源并不完全是单一化的线型描述，有些则是兼宗博取，如，

---

① ［梁］钟嵘著，曹旭集注：《诗品集注（增订本）·中》，上海古籍出版社 2011 年版，第 296 页。

② ［梁］钟嵘著，曹旭集注：《诗品集注（增订本）·中》，上海古籍出版社 2011 年版，第 336 页。

③ ［梁］钟嵘著，曹旭集注：《诗品集注（增订本）·上》，上海古籍出版社 2011 年版，第 117—118 页。

④ ［清］沈德潜著，孙之梅、周芳批注：《说诗晬语》卷上，凤凰出版社 2010 年版，第 95 页。

⑤ 《说诗晬语》卷上，第 95 页。

谢灵运"其源出于陈思，杂有景阳之体"①，曹丕"其源出于李陵，颇有仲宣之体则"②，鲍照"其源出于二张（张协、张华）"③。同时，他还通过比较以表现相关诗人的风格。如，评鲍照云："得景阳之诹诡，含茂先之靡嫚。骨节强于谢混，驱迈疾于颜延。总四家而擅美，跨两代而孤出。"④再如，他评王粲诗云："方陈思不足，比魏文有余。"⑤评江淹诗云："筋力于王微，成就于谢朓。"⑥评范云、丘迟的诗云："当浅于江淹，而秀于任昉。"⑦正是这种经纬错综交织的关系，组成了钟嵘心目中复杂的诗人成就图景。

《诗品》中的许多观点是因当时的诗风而发，且是专论五言诗，但其品评诗人的精到论述被后世广泛称引。钟嵘品第诗人、沿波溯源的方法，孜求自然英旨、诗之"滋味"的审美取向，对中国古代诗歌审美旨趣的形成具有促进作用。虽然其品评、其溯流别不无失当与牵强之处，但其引出的"话头"影响了后世的诗话以及诗歌理论。《诗品》是论五言诗的专著，这客观上为其挣脱儒家传统思想的束缚提供了可能。事实上，钟嵘通过与四言诗的对比，提出"五言居文词之要，是众作之有滋味者"⑧，从一个侧面宣告了文学摆脱了经学的束缚，这既得益于六朝时期经学相对衰弱的历史机遇，更是文学艺术形式、理论更加成熟的结果。

---

① ［梁］钟嵘著，曹旭集注：《诗品集注（增订本）·上》，上海古籍出版社 2011 年版，第 201 页。

② ［梁］钟嵘著，曹旭集注：《诗品集注（增订本）·中》，上海古籍出版社 2011 年版，第 256 页。

③ ［梁］钟嵘著，曹旭集注：《诗品集注（增订本）·中》，上海古籍出版社 2011 年版，第 381 页。

④ ［梁］钟嵘著，曹旭集注：《诗品集注（增订本）·中》，上海古籍出版社 2011 年版，第 381 页。

⑤ ［梁］钟嵘著，曹旭集注：《诗品集注（增订本）·上》，上海古籍出版社 2011 年版，第 142 页。

⑥ ［梁］钟嵘著，曹旭集注：《诗品集注（增订本）·中》，上海古籍出版社 2011 年版，第 403 页。

⑦ ［梁］钟嵘著，曹旭集注：《诗品集注（增订本）·中》，上海古籍出版社 2011 年版，第 412 页。

⑧ ［梁］钟嵘著，曹旭集注：《诗品集注（增订本）·序》，上海古籍出版社 2011 年版，第 43 页。

第七章

隋与唐代前期：盛世文学思想形成的背景及呈现

第一节　隋代文论和唐初史学家的文学观

隋代国祚较短，文学思想总体上重道轻文、强调文学的政教功能，其中较为突出的是李谔与王通。

李谔（生卒年不详），字士恢，赵郡（今河北赵县）人。历仕北齐、北周、隋三朝。在隋文帝杨坚在为北周丞相之前，即深自结纳。代周称帝后，任李谔为比部、考功二曹侍郎，赐爵南和伯，迁治书侍御史。多条为政建议为隋文帝采纳，其中，李谔针对当时"属文之家，体尚轻薄，递相师效，流宕忘反"①的现实，上书建议改革文风。全文载于《隋书》《北史》本传之中。

西魏宇文泰与苏绰针对当时北朝受南朝浮华风习的影响而渐失关陇贵族文化自信的现状，为了保持河溯词义贞刚、重乎气质的传统，他们曾进行了一次文书改革，方法是苏绰模仿《尚书》的文体作《大诰》，要求公文均依此体。但由于这种"一乎三代之彝典"，文辞古奥的公文模式是以行政命令形式颁行的，因此，不久就以失败而告终，六朝的轻靡华艳的文风又逐渐盛行。为此，隋文帝杨坚又"普诏天下，公私文翰，并宜实录"，乃至当时泗州刺史司马幼因文表华艳，"付所司治罪"。虽然这对公卿大臣的文风产生了影响，但外州远县的状况并没有得到改变，为此，李谔上书要求进一步整肃文风。据载，李谔上书后，

---

① 〔唐〕魏征、〔唐〕令狐德棻撰：《隋书》卷六十六《李谔本传》，中华书局1973年版，第1544页。

隋文帝将李谔"所奏颁示天下，四海靡然向风，深革其弊"①。 李谔上书变革浮华文风，与此前的苏绰有所不同，苏绰用古代彝典为范，作《大诰》为遵行的标准。 李谔的上书着重于文之致用功能，以求简求实为主要目标，基本取向还是儒家传统的文以辅教。 其上书云：

> 臣闻古先哲王之化民也，必变其视听，防其嗜欲，塞其邪放之心，示以淳和之路。五教六行为训民之本；《诗》《书》《礼》《易》为道义之门。故能家复孝慈，人知礼让。正俗调风，莫大于此。其有上书献赋，制诔镌铭，皆以褒德序贤，明勋证理。苟非惩劝，义不徒然。降及后代，风教渐落。魏之三祖，更尚文词，忽君人之大道，好雕虫之小艺。下之从上，有同影响，竞骋文华，遂成风俗，江左齐、梁，其弊弥甚，贵贱贤愚，唯务吟咏。遂复遗理存异，寻虚逐微，竞一韵之奇，争一字之巧。连篇累牍，不出月露之形；积案盈箱，唯是风云之状。世俗以此相高，朝廷据兹擢士。禄利之路既开，爱尚之情愈笃。于是闾里童昏，贵游总羽，未窥六甲，先制五言。至如羲皇、舜、禹之典，伊、傅、周、孔之说，不复关心，何尝入耳。以傲诞为清虚，以缘情为勋绩，指儒素为古拙，用词赋为君子。故文笔日繁，其政日乱，良由弃大圣之轨模，构无用以为用也。损本逐末，流遍华壤，递相师祖，久而愈扇。②

作为治书侍御史的李谔既总结了前朝的教训，又指出了当时文风之弊，具有强烈的现实针对性。 但是，李谔对文风的批评与其后的陈子昂等人"一扫六代之纤弱"③的文学改革有显著的区别。 陈子昂追慕汉魏风骨，以革除六朝彩丽竞繁的文风，因此，这是一次文学改革。 李谔的文风改革则不同，虽然李谔还是沿用儒家的文道结合的观点，谓之"《诗》《书》《礼》《易》，为道义之门"，但

---

① 〔唐〕魏征、〔唐〕令狐德棻撰：《隋书》卷六十六《李谔本传》，中华书局 1973 年版，第 1546 页。

② 〔唐〕魏征、〔唐〕令狐德棻撰：《隋书》卷六十六《李谔本传》，中华书局 1973 年版，第 1544—1545 页。

③ 〔宋〕刘克庄著，辛更儒笺校：《刘克庄集笺校》卷一七三《诗话》，中华书局 2011 年版，第 6691 页。

是，李谔上书的内容不是文学改革，而是否定文学的文风改革。 他将公文与文学对立起来，在他看来，"尚文词"是与"君人之大道"相对立的"雕虫之小技"。 李谔上书具有强烈现实针对性的同时，对文学的审美作用一概予以否定，显然是偏激之论。 公文与文艺作品具有不同的功能，不同的特色，李谔将其合而论之，将状写风云月露的文艺作品看作"风教渐落"的原因，这是有失偏颇，且有碍文学发展的。 在文学思想史上，李谔也成为自南朝裴子野之后又一位全面否定文学作品价值的学者。 当然，李谔所论也与中国古代长期以来文学作品承担着过多的功能不无关系。 明道、辅教、讽谏等都通过文人的作品得以体现，因此，虽然曹丕即已提出了"文本同而末异，盖奏议宜雅，书论宜理，铭诔尚实，诗赋欲丽"，但不分文体而笼统提出风格标准的现象屡屡出现。 体裁不同，风格有别，是文学发展的必然要求，这从李谔持论与为文实践的矛盾中也得到了证明：李谔虽然激烈反对"竞骋文华"，但他的上书恰恰是一篇偶对迭出、文华甚著的文章。 同时，李谔的上书还提出了擢士标准的问题，当时"以缘情为勋绩"，"用词赋为君子"。 为人、为文、为政虽然有一定的联系，但人的才能各有偏胜，仅以文章作为擢士标准易失之偏颇。 李谔的上书正面提出了这一重要的问题，其意义已超越了文学理论之外。

王通（584 或 585—617），字仲淹，河东郡龙门县（今山西省万荣县）人。曾任蜀郡司户书佐、蜀王侍读。 仁寿三年（603）春，赴长安见隋文帝，上《太平十二策》，不用而归。 自大业元年（605）后，居乡潜心著述。 大业九年（613）修成王氏六经，并收徒讲学，后屡辞征召不就，病卒于家。 私谥为文中子。 门人薛收、姚义规仿《论语》记录其言行，谓之《中说》。 王通曾著《续诗》《续书》等"王氏《六经》"，以承孔子者自居，生前即被视为"王孔子"，"当时伟人，咸出其门"[①]，其学被誉为"河汾道统"。 王通的文学思想也体现了强烈的儒学色彩，对其后的古文家有先导之功。

王通注重文学的教化功能。 门人薛收问《续诗》要义时，王通说：

> 有四名焉，有五志焉。何谓四名？一曰化，天子所以风天下也；二曰

---

① ［唐］刘禹锡撰，卞孝萱校订：《刘禹锡集》卷三《唐故宣歙池等州都团练观察处置使宣州刺史兼御史中丞赠左散骑常侍王公神道碑》，中华书局 1990 年版，第 45 页。

政,蕃臣所以移其俗也;三曰颂,以成功告于神明也;四曰叹,以陈诲立诚于家也。凡此四者,或美焉,或勉焉,或伤焉,或恶焉,或诚焉,是谓五志。①

王通"四名"之中的"颂",仍依传统之说,"化""政""叹"更仔细地论述了教化主体不尽相同的特征。他将"化""政"与《诗经》之《雅》与《风》相比附,云:"《续诗》之有'化',其犹先王之有'雅'乎?《续诗》之有'政',其犹列国之有'风'乎?"②天子风天下谓之化,蕃臣移一方民俗谓之政。但王通尚有以诗齐家之意:家长陈诲立诚于家。诗以教化是依傍于《大学》的结构,由天下、国、家组成的一个系统。王通"四名"中出现的依《大学》论诗的取向,客观上已带有后世理学家的论学色彩。

《中说·天地篇》中,尚有一段王通与李伯药论诗的对话:

李伯药见子而论诗,子不答。伯药退谓薛收曰:"吾上陈应、刘,下述沈、谢,分四声八病,刚柔清浊,各有端序,音若埙篪,而夫子不应我,其未达欤?"薛收曰:"吾尝闻夫子之论诗矣:上明三纲,下达五常,于是征存亡,辩得失;故小人歌之以贡其俗,君子赋之以见其志,圣人采之以观其变。今子营营驰骋乎末流,是夫子之所痛也,不答则有由矣。"③

可见,对于诗,王通以明纲常为目的,赋之以见其志,采之以观其变,从致用的角度以言诗,而不屑于声韵、风格。反之则被视为"营营驰骋乎末流"。将致用的功能与审美的形式完全脱离开来,其轻文之论臻于极致。他对六朝文人,除颜延之、王俭、任昉数人"有君子之心,其文约以则"有所认可之外,对谢灵运、沈约、鲍照、江淹、吴筠、孔珪、谢庄、王融、徐陵、庾信、刘绰兄弟、王子建兄弟、谢朓、江摠等人都有严苛之评。且因文而废人。如,"或问孝绰兄弟,子曰:'鄙人也,其文淫。'或问湘东王兄弟,子曰:'贪人也,其文

① 〔隋〕王通:《中说校注》卷一《王道篇》,中华书局 2013 年版,第 8 页。
② 〔隋〕王通:《中说校注》卷三《事君篇》,中华书局 2013 年版,第 85 页。
③ 〔隋〕王通:《中说校注》卷二《天地篇》,中华书局 2013 年版,第 43 页。

繁.'"①总体而言，王通对拘于形式的作品甚为鄙视。相反，对曹植等人则多有褒赞，谓之："君子哉，思王也！其文深以典。"②王通将人品与文品完全等同起来，人品决定文品。王通所论，体现了"继素王之道"的一面。孔子曰："有德者必有言，有言者不必有德"③，但孔子还是留下了文胜而德不符的可能，王通则将德与言完全对应，文因德而成。这是文随其德的绝对的文德观。

王通重道轻文，还体现在对史传类作品的评价上，如：

> 房玄龄问史，子曰："古之史也辩道，今之史也耀文。"问文，子曰："古之文也约以达，今之文也繁以塞。"④

一般认为，王通的诗文理论是本于其儒家的学术系统而形成的。王通誉著一时，也在于其对孔学的全面体认与承绍，时人与后世也是从这个角度来厘定其历史作用的，如，薛收《隋故征君文中子碣铭》云："要道之本，中和之节，九畴六艺之能事，元亨利贞之至美，悉备之矣。……可以比姑射于尼岫、拟河汾于洙泗矣。"⑤唐人皮日休准确地揭示了其对韩愈的启导之功，云："夫孟子、荀卿翼传孔道，以至于文中子。……文中之道，旷百祀而得室授者，惟昌黎文公耳。"⑥因此，他受到了唐宋以来倡"古道""古文"的文论家，诸如柳开、王禹偁、孙复、石介等人的推崇。如，石介云："若孟轲氏、扬雄氏、王通氏、韩愈氏，祖述孔子而师尊之，其智足以为贤。"⑦当然，我们还应注意这样的事实：王通弟子虽然将其视若醇儒，乃至是孔子再世，但事实并非如此。王通生乎隋唐

---

① ［隋］王通：《中说校注》卷三《事君篇》，中华书局 2013 年版，第 80 页。

② ［隋］王通著，张沛校注：《中说校注》卷三《事君篇》，中华书局 2013 年版，第 83 页。

③ 程树德：《论语集释》卷二十八《宪问上》，中华书局 1990 年版，第 951 页。

④ ［隋］王通著，张沛校注：《中说校注》卷三《事君篇》，中华书局 2013 年版，第 84 页。

⑤ ［隋］王通著，张沛校注：《中说校注》附录《历代评论辑要》，中华书局 2013 年版，第 283 页。

⑥ ［隋］王通著，张沛校注：《中说校注》附录《历代评论辑要》，中华书局 2013 年版，第 284 页。

⑦ ［宋］石介著，陈植锷点校：《徂徕石先生文集》卷七《尊韩》，中华书局 1984 年版，第 79 页。

之际，是经历了子学兴盛、佛学流行之后，儒学复兴而未兴之时。 王通虽然以承圣自居，但不免带有时代的色彩。 如，他说："《诗》《书》盛而秦世灭，非仲尼之罪也；虚玄长而晋室乱，非老、庄之罪也；斋戒修而梁国亡，非释迦之罪也。《易》不云乎：'苟非其人，道不虚行。'"①不难看出，王通之"道"，并非醇儒之道。 这是理解王通文论中文道关系时需要辨明的。 他认为三教通契之机在于中道。② 由于三教通契，王通论学颇具性理之学的色彩，其《叙篇》中论及《中论》诸篇的逻辑关系时云："夫阴阳既燮，则理性达矣，穷理尽性以至于命，故次之以《立命篇》。 通性命之说者，非《易》安能至乎？ 关氏《易》之深者也，故次之《关朗篇》终焉。"③《易》虽未被宋人见列于"四书"，但其实是宋代理学家言天道的主要学理依凭。 从这个意义上说，王通对宋学的影响更甚于对唐代学术的影响，这也是其被宋代理学文论家们推崇的重要原因之一。

当然，王通虽然名显一时，但从其著述及其影响来看尚有一些难解之谜：虽有"王孔子"之誉，但《隋书》无传。 加之《续经》佚失，《中说》窜乱，著述与其名难以附称。 宋代司马光即已有这样的感叹："余读其书，想其为人，诚好学笃行之儒，惜也其自任太重，其子弟誉之太过，使后之人莫之敢信也。"④王通文学思想虽然对后世古文家的文道论有发轫之功，但影响并非如推崇者所说的"文中之与仲尼，犹日而月之也"那样显豁。

唐代立国之初即着意修史，太宗即位后赓续其事，据《唐会要》载，"至贞观三年，于中书置秘书内省以修五代史"⑤，陆续编成了《晋书》《北齐书》《周书》《梁书》《陈书》《隋书》《南史》《北史》等史书。 总领其事的大多是唐初名臣，他们以政治家的资禀修史，所修史书中颇多关于"文学"的记载与论述。

① 〔隋〕王通著，张沛校注：《中说校注》卷四《周公篇》，中华书局 2013 年版，第 113 页。

② 《中说校注》卷五《问易篇》："子读《洪范·谠议》，曰：'三教于是乎可一矣。'"张沛注曰："《洪范》五'皇极'者，义贵中道尔。" 见《中说校注》卷五《问易篇》，中华书局 2013 年版，第 135 页。

③ 〔隋〕王通著，张沛校注：《中说校注·叙篇》，中华书局 2013 年版，第 264 页。

④ 〔隋〕王通著，张沛校注：《中说校注》附录《历代评论辑要》，中华书局 2013 年版，第 289 页。

⑤ 〔宋〕王溥撰：《唐会要》卷六十三，清武英殿聚珍版丛书本。

这些杰出的政治家都具有宏阔的视野，他们在官修史著中论及文学，多具有持正允洽的特点，其中，诸史《文苑传序》《隋书经籍志》以及《周书·王褒庾信传论》中表现得最为充分。

对于"文"之本质及其功能，魏征《隋书·文学传序》云：

> 《易》曰："观乎天文，以察时变；观乎人文，以化成天下。"《传》曰："言，身之文也，言而不文，行之不远。"故尧曰则天，表文明之称；周云盛德，著焕乎之美。然则文之为用，其大矣哉！上所以敷德教于下，下所以达情志于上。大则经纬天地，作训垂范，次则风谣歌颂，匡主和民。或离谗放逐之臣，途穷后门之士，道辖轲而未遇，志郁抑而不申，愤激委约之中，飞文魏阙之下，奋迅泥滓，自致青云，振沉溺于一朝，流风声于千载，往往而有。是以凡百君子，莫不用心焉。①

魏征依凭《易》道，从哲学的维度对文学的功能进行了全面概述，这也是当时史家论文较普遍的理论取向。《周书·王褒庾信传论》中也有类似的表述："两仪定位，日月扬晖，天文彰矣；八卦以陈，书契有作，人文详矣。"②当然，从天地人三才一体的哲学维度论文，根本目的还是在于经世，在于以文化成天下，这也与他们是史家、政治家，而不同于纯粹的文论家有关，他们认为文具有经纬乾坤、弥纶中外之功。对此，房玄龄《晋书·文苑传序》亦云：

> 夫文以化成，惟圣之高义，行而不远，前史之格言，是以温洛祯图，绿字符其丕业；苑山灵篆，金简成其帝载。既而书契之道聿兴，钟石之文逾广，移风俗于王化，崇孝敬于人伦，经纬乾坤，弥纶中外，故知文之时义大哉远矣！③

---

① 〔唐〕魏征、〔唐〕令狐德棻撰：《隋书》卷七十六，中华书局 1973 年版，第1729 页。

② 〔唐〕令狐德棻等撰：《周书》卷四十一，中华书局 1971 年 11 月，第 1 版，第742 页。

③ 〔唐〕房玄龄等撰：《晋书》卷九十二，中华书局 1974 年 11 月，第 1 版，第 2369 页。

《北齐书》虽然也有关于缘情的记述，云："然文之所起，情发于中。 人有六情，禀五常之秀；情感六气，顺四时之序。"①但这并不是申论缘情传统，而是在强调"君上""帝资"情欲之于文的巨大影响："江左梁末，弥尚轻险，始自储宫，刑乎流俗，杂悬滞以成音，故虽悲而不雅。 爰逮武平，政乖时蠹，唯藻思之美，雅道犹存，履柔顺以成文，蒙大难而能正。 原夫两朝叔世，俱肆淫声，而齐氏变风，属诸弦管，梁时变雅，在夫篇什。 莫非易俗所致，并为亡国之音，而应变不殊，感物或异，何哉？ 盖随君上之情欲也。"②将缘情与宏大的历史叙事相结合，这当然是正史序志的体裁使其然。 同时，也体现了唐代初年史家以经世的角度论文的共同趋向。

基于文以致用的文学观，初唐史家在历述文学历史时，都反对浮靡文风，《隋书·文苑传序》：

> 梁自大同之后，雅道沦缺，渐乖典则，争驰新巧。简文、湘东，启其淫放，徐陵、庾信，分路扬镳。其意浅而繁，其文匿而彩，词尚轻险，情多哀思。格以延陵之听，盖亦亡国之音乎！③

与魏征一样，令狐德棻批评庾信之文"其体以淫放为本，其词以轻险为宗，故能夸目侈于红紫，荡心逾于郑卫"，而被视为"词赋之罪人"④。 他们不约而同地批评柔靡浮艳，过分追求声藻辞彩的梁陈宫体。 但是，与王通对六朝文学几乎一概批评不同，魏征在纵论文学发展历史时显得比王通等人平允理性得多，云：

> 宋玉、屈原，激清风于南楚，严（忌）、邹（阳）、枚（乘）、马（司马相如），陈盛藻于西京，平子（张衡）艳发于东都，王粲独步于漳、滏。爰逮晋氏，见称潘、陆，并黼藻相辉，宫商间起，清辞润乎金石，精义薄乎云天。永嘉已

---

① 〔唐〕李百药撰：《北齐书》卷四十五，中华书局1972年11月，第1版，第602页。
② 〔唐〕李百药撰：《北齐书》卷四十五，中华书局1972年版，第1版，第602页。
③ 〔唐〕魏征、〔唐〕令狐德棻撰：《隋书》卷七十六，中华书局1973年1版，第1730页。
④ 〔唐〕令狐德棻等撰：《周书》卷四十一，中华书局1971年版，第744页。

后，玄风既扇，辞多平淡，文寡风力。降及江东，不胜其弊。宋、齐之世，下逮梁初，灵运高致之奇，延年错综之美，谢玄晖之藻丽，沈休文之富溢，辉焕斌蔚，辞义可观。梁简文之在东宫，亦好篇什，清辞巧制，止乎衽席之间，雕琢蔓藻，思极闺闱之内。后生好事，递相放习，朝野纷纷，号为宫体。流宕不已，讫于丧亡。陈氏因之，未能全变。其中原则兵乱积年，文章道尽。后魏文帝，颇效属辞，未能变俗，例皆淳古。齐宅漳滨，辞人间起，高言累句，纷纭络绎，清辞雅致，是所未闻。①

魏征只对玄言诗，以及梁简文之后的宫体予以批评，对自屈宋以来的文学大势总体予以高度评价。他们重质尚用而不否定作品的审美功能，对艺术规律及技法有深入的论述，如令狐德棻云："原夫文章之作，本乎情性。覃思则变化无方，形言则条流遂广。虽诗赋与奏议异轸，铭诔与书论殊途，而撮其指要，举其大抵，莫若以气为主，以文传意。考其殿最，定其区域，撷六经百氏之英华，探屈、宋、卿、云之秘奥。其调也尚远，其旨也在深，其理也贵当，其辞也欲巧。然后莹金璧，播芝兰，文质因其宜，繁约适其变，权衡轻重，斟酌古今，和而能壮，丽而能典，焕乎若五色之成章，纷乎犹八音之繁会。夫然，则魏文所谓通才足以备体矣，士衡所谓难能足以逮意矣。"②魏征对于江淹、沈约等人的艺术追求也高度肯认，谓其"学穷书圃，思极人文，缛采郁于云霞，逸响振于金石。英华秀发，波澜浩荡，笔有余力，词无竭源"。他们孜求综汇南北，斟酌古今，以文学展示大唐的恢宏气象。《隋书·文学传论》认为："江左宫商发越，贵于清绮；河朔词义贞刚，重乎气质。"南北各有其短："气质则理胜其词，清绮则文过其意。"亦各有所长："理深者便于时用，文华者宜于咏歌。"③他们孜求唐代文坛呈现出融会南北之长的气象："掇彼清音，简兹累句，各去所短，合其两长，则文质斌斌，尽善尽美矣。"这些史家的文论，虽然以重教化经世为本，但文理兼顾，会通南北，鲜有偏颇之论。初唐史家允洽冲和的文质观念，纠矫

　　① 〔唐〕魏征、〔唐〕令狐德棻撰：《隋书》卷三十五，中华书局 1973 年版，第 1090 页。

　　② 〔唐〕令狐德棻等撰：《周书》卷四十一，中华书局 1971 年版，第 745 页。

　　③ 〔唐〕魏征、〔唐〕令狐德棻撰：《隋书》卷七十六，中华书局 1973 年版，第 1730 页。

了隋代李谔、王通等人的轻文之偏，为唐代文苑异采竞呈提供了宽缓的氛围与环境。

刘知几（661—721），字子玄，彭城（今江苏徐州）人，历仕武后、中宗、睿宗、玄宗四朝，官至左散骑常侍。 是初唐著名的史学家，《史通》是其所撰的一部史学名著，共五十二篇，其中的《体统》《纰漏》《弛张》三篇已亡佚。 宋黄庭坚说："论文则《文心雕龙》，评史则《史通》。"《史通》以论史为主，但其中也涉及了写作的普遍性问题，具有"牵文搭史"①的特征。 刘知己在《史通·载文》中说：

> 夫观乎人文，以化成天下；观乎国风，以察兴亡。是知文之为用，远矣大矣。若乃宣、僖善政，其美载于周诗；怀、襄不道，其恶存乎楚赋。读者不以吉甫、奚斯为谄，屈平、宋玉为谤者，何也？盖不虚美，不隐恶故也。是则文之将史，其流一焉，固可以方驾南、董，俱称良直者矣。②

刘知几认为文、史之间"本"虽异而"流"可以为一。 其"流"即是文之"用"，可以"化成天下"，"以察兴亡"。 但具备这一功能的文是以"不虚美，不隐恶"，"良直"为条件的。 刘知几论史，是从宏阔的文化背景之下展开的，其中也包含文学观。 其《自叙》云：

> 若《史通》之为书也，盖伤当时载笔之士，其义不纯，思欲辨其指归，殚其体统。夫其书虽以史为主，而余波所及，上穷王道，下掞人伦，总括万殊，包吞千有，自《法言》已降，迄于《文心》而往，固以纳诸胸中，曾不蒂芥者矣。③

---

① 浦起龙语，载［唐］刘知几著，［清］浦起龙通释《史通通释》卷五《载文》，上海古籍出版社 2009 年版，第 114 页。

② ［唐］刘知几著，［清］浦起龙通释：《史通通释》卷五，上海古籍出版社 2009 年版，第 114 页。

③ ［唐］刘知几著，［清］浦起龙通释：《史通通释》卷十《自叙》，上海古籍出版社 2009 年版，第 271 页。

与《文心雕龙》因当时人们对文体的认识淆乱不清而著一样，《史通》也是有感于"载笔之士，其义不纯"的现状而发。所谓"载笔之士"，是指史家。刘知几有感于当时的史家为六朝文坛浮靡之风所染，遂作《史通》，以正史家体统，但又不限于史。虽然不像刘勰那样系统地"原道""征圣""宗经"，由经学而论及文学，但刘知己也孜求"总括万殊，包吞千有"，颇具造端宏伟的气象，其中也受到《文心雕龙》的影响而"纳诸胸中"。因此，刘知己不以纯粹的史家，而是以文章大家扬雄自况，"期以述者自命"。刘知几所谓"述者"，是比"文士"品鉴意识更强的理论批评者，即其所谓"有与夺焉，有褒贬焉，有鉴诫焉，有讽刺焉。其为贯穿者深矣，其为网罗者密矣，其所商略者远矣，其所发明者多矣"①。"论"，乃刘知己孜求的目标。刘知己在辨识史体之中涉及了文、史的关系而又不失史学本位。基于这样的目的，刘知己历述了文、史的分合历史，云："昔尼父有言：'文胜质则史。'盖史者当时之文也，然朴散淳销，时移世异，文之与史，皎然异辙。故以张衡之文，而不闲于史；以陈寿之史，而不习于文。"②可见，文史原本相联，但随着时代的迁变而"皎然异辙"。刘知己痛切于史学的，并非文体与史体浑一无别，而是文之丽淫无识，以之入于史局，遂成流弊，云："但自世重文藻，词宗丽淫，于是沮诵失路，灵均当轴。每西省虚职，东观仍才，凡所拜授，必推文士。遂使握管怀铅，多无铨综之识；连章累牍，罕逢微婉之言。"③显然，刘知己的核心思想是反对文之淫丽无识，而这其实同样也是当时文论家面临的大问题。从这个意义上说，刘知己论文体与史体其"流"，亦即社会功能方面的趋同，体现了史论家刘知己和文论家们在克除文坛徒重文藻骈俪风习方面的异曲同工之效。史论家刘知己为唐代古文运动的兴起也具有助推之功。

史体以记叙为本，刘知己以宏阔的视野以述史，其中述及的叙事方法也具文论意义。刘氏论叙事，特点有二。其一为简要，云："夫国史之美者，以叙事为

---

① 〔唐〕刘知几著，〔清〕浦起龙通释：《史通通释》卷十《自叙》，上海古籍出版社 2009 年版，第 271 页。

② 〔唐〕刘知几著，〔清〕浦起龙通释：《史通通释》卷九《核才》，上海古籍出版社 2009 年版，第 232 页。

③ 〔唐〕刘知几著，〔清〕浦起龙通释：《史通通释》卷九《核才》，上海古籍出版社 2009 年版，第 233 页。

工，而叙事之工者，以简要为主。"①具体而言，叙事之省，又有省句与省字两类，目的是达到"骈枝尽去，而尘垢都捐，华逝而实存，滓去而沭在"②的境界。 其二为用晦，云："自圣贤述作，是曰经典，句皆韶、夏，言尽琳琅，秩秩德音，洋洋盈耳。 譬夫游沧海者，徒惊其浩旷；登太山者，但嗟其峻极。 必摘以尤最，不知何者为先。 然章句之言，有显有晦。 显也者，繁词缛说，理尽于篇中；晦也者，省字约文，事溢于句外。 然则晦之将显，优劣不同，较可知矣。 夫能略小存大，举重明轻，一言而巨细咸该，片语而洪纤靡漏，此皆用晦之道也。"③较之于简要，用晦更具有文学价值。"事溢于句外"，即含蓄蕴藉之意。同时，他所标举的经典，"句皆韶、夏，言尽琳琅"，也主要是从审美的角度而言。 当然，"略小存大，举重明轻"，"一言而巨细咸该，片语而洪纤靡漏"，则又基本回归于简要之义。 刘知己讥弹往哲，"呵古则工，而自为则拙"④，力推简要但又自成冗复，学人对《史通》的物议，并非完全是无稽之论。

当然，刘知己论及简要，期求达到"损之又损，而玄之又玄，轮扁所不能语斤，伊挚所不能言鼎"的地步，似有持论太过之失。 论者遂有这样的讥评："如行地者，碾足之外，不留寸土，尚可以行乎？"⑤过于尚简，排斥闲笔，实质也就是否定了富有艺术性的细节描写的价值。 对此，浦起龙有这样的同情理解："刘公时所睹诸近史，如何、臧之两《晋》，南北之八朝，其所载记，太半皆骈章俪句，嘲己哗世之篇，展卷烂然，浮文妨要。 公有激于此，束之窄僚之途，所谓矫枉者直必过，读者谅之而已。"⑥浦氏为刘知己辩说并非凿空之言，刘知己痛陈这样的现实：汉代以降"史道陵夷，作者芜音累句，云蒸泉涌。 其为文也，大抵编字不只，捶句皆双，修短取均，奇偶相配。 故应以一言蔽之者，辄足为二言；

① 〔唐〕刘知几著，〔清〕浦起龙通释：《史通通释》卷六《叙事》，上海古籍出版社 2009 年版，第 156 页。

② 〔唐〕刘知几著，〔清〕浦起龙通释：《史通通释》卷六《叙事》，上海古籍出版社 2009 年版，第 158 页。

③ 〔唐〕刘知几著，〔清〕浦起龙通释：《史通通释》卷六《叙事》，上海古籍出版社 2009 年版，第 161 页。

④ 宋祁语，引自胡应麟《少室山房笔丛》乙部《史书占毕》一，明万历刻本。

⑤ 转引自〔唐〕刘知几著，〔清〕浦起龙通释：《史通通释》卷六《叙事》，上海古籍出版社 2009 年版，第 159 页。

⑥ 〔唐〕刘知几著，〔清〕浦起龙通释：《史通通释》卷六《叙事》，上海古籍出版社 2009 年版，第 159 页。

应以三句成文者，必分为四句。弥漫重沓，不知所裁"①。关于叙事简要之论，虽然是因唐初的诸史（尤其是《晋书》）冗滥的现实而发，但其源是六朝以来骈俪藻饰的文风，这与其后的古文运动实乃殊途同归。

史体之中，既有典正的正史，亦有野史杂记类作品。而野史杂记又近乎小说家言，因此，刘知己综论史学，必然又旁通小说。对此，他一依真实为本，以实录征实的史学方法来衡鉴小说等作品。当然，他也承认上古"外传"的辅史功能，云："其余外传，则神农尝药，厥有《本草》；夏禹敷土，实著《山经》；《世本》辨姓，著自周室；《家语》载言，传诸孔氏。是知偏记小说，自成一家。而能与正史参行，其所由来尚矣。"②但他多指出其后此类"外传"与传统史家著作的乖悖之处。这些作品或"皆言多鄙朴，事罕圆备，终不能成其不刊，永播来叶，徒为后生作者削稿之资焉"；或"真伪不别，是非相乱"；或"无益风规，有伤名教者矣"③。他说："晋世杂书，谅非一族，若《语林》《世说》《幽明录》《搜神记》之徒，其所载或诙谐小辩，或神鬼怪物。其事非圣，扬雄所不观；其言乱神，宣尼所不语。皇朝新撰《晋史》，多采以为书。夫以干、邓之所粪除，王、虞之所糠秕，持为逸史，用补前传，此何异魏朝之撰《皇览》，梁世之修《遍略》，务多为美，聚博为功，虽取说于小人，终见嗤于君子矣。"④刘知几强调文学的致用功能，对于纠矫华靡不实之风具有积极的意义。但不可否认的是，刘知几对文学审美愉悦的功能认识不足，这与其重历史真实而排拒艺术真实的史家立场有关。

第二节　陈子昂与李白

陈子昂（约 659—700），字伯玉，梓州射洪（今四川射洪）人。早年曾作

---

① 〔唐〕刘知几著，〔清〕浦起龙通释：《史通通释》卷六《叙事》，上海古籍出版社 2009 年版，第 162 页。

② 〔唐〕刘知几著，〔清〕浦起龙通释：《史通通释》卷十《杂述》，上海古籍出版社 2009 年版，第 253 页。

③ 以上引自〔唐〕刘知几著，〔清〕浦起龙通释：《史通通释》卷十《杂述》，上海古籍出版社 2009 年版，第 255 页。

④ 〔唐〕刘知几著，〔清〕浦起龙通释：《史通通释》卷五《采撰》，上海古籍出版社 2009 年版，第 108 页。

《感遇诗》三十首，京兆司功王适见之而惊叹其"必为天下文宗矣"①。 光宅进士，武则天时拜麟台正字。 后被诬陷，冤死狱中。 有《陈伯玉集》传世，友人卢藏用为之序。

陈子昂推重建安风骨与正始之音的诗歌审美取向，对唐代文坛风气的转变产生了重要作用，受到了历代学者的褒赞。 黄庭坚云："文章盖自建安以来，好作奇语，故其气象衰薾，其病至今犹在。 唯陈伯玉、韩退之、李习之，近世欧阳永叔、王介甫、苏子瞻、秦少游乃无此病耳。"②刘克庄谓之"一扫六代之纤弱"③，明人吴讷对于其在诗歌史上的地位有这样公允之评："三谢以降，正音日靡。 唐兴，沈、宋变为近体，至陈伯玉始力复古作，迨李杜后出，诗道大兴，而作者日盛矣。"④就五言古诗而言，王渔洋云："唐五言古诗凡数变，约而举之，夺魏晋之风骨，变梁陈之俳优，陈伯玉之力最大，曲江公继之，太白又继之。"⑤陈子昂不但诗文响贯一代，流沛后世，而且提出了复古以开新的文学主张，力倡"风骨"与"兴寄"，其诗学主张主要见于《与东方左史虬修竹篇序》：

> 文章道弊五百年矣。汉魏风骨，晋宋莫传，然而文献有可征者。仆尝暇时观齐梁间诗，彩丽竞繁，而兴寄都绝，每以永叹。思古人，常恐逶迤颓靡，风雅不作，以耿耿也。一昨于解三处见明公《咏孤桐篇》，骨气端翔，音情顿挫，光英朗练，有金石声。遂用洗心饰视，发挥幽郁，不图正始之音，复睹于兹，可使建安作者相视而笑。解君云："张茂先、何敬祖，东方生与其比肩。"仆亦以为知言也。故感叹雅制，作《修竹诗》一首，当有知音以传示之。⑥

① 〔后晋〕刘昫等撰：《旧唐书》卷一百九十中，中华书局 1975 年版，第 5018 页。

② 〔宋〕黄庭坚撰：《豫章黄先生文集》第十九《与王观复书三首》，四部丛刊景宋乾道刊本。

③ 〔宋〕刘克庄著，辛更儒笺校：《刘克庄集笺校》卷一七三《诗话》，中华书局 2011 年版，第 6691 页。

④ 〔明〕吴讷：《晦庵先生五言诗钞序》，引自祝尚书编：《宋集序跋汇编》卷第三二，中华书局 2010 年版，第 1501 页。

⑤ 〔清〕王士禛著，张宗柟纂集，戴鸿森校点：《带经堂诗话》卷四《纂辑类》，人民文学出版社 1963 年版，第 93 页。

⑥ 〔清〕彭定求等编：《全唐诗》卷八十三，中华书局 1960 年版，第 895—896 页。

陈子昂期在传衍汉魏风骨，承绍齐梁以来中绝的兴寄传统。他借复古以开新，开启了后世文学变革的新途径。所谓"汉魏风骨"，是指慷慨苍凉的风格和悲慨刚健的气韵，陈子昂谓东方虬的《咏孤桐》诗"骨气端翔，音情顿挫，光音朗练，有金石声"，便是其"汉魏风骨"的注脚。陈子昂所谓"兴寄"，是针对齐梁诗风而言，是与"彩丽竞繁"对立的，因此，陈子昂所谓"兴寄"，并不能仅仅理解为与比兴相关的表现手法，而应与悲慨沉雄的情感相联系，指诗歌具有丰富深刻的内涵。只有继承兴寄传统，才能追步建安、正始的作者，而能与其"相视而笑"。

陈子昂倡"风骨"与"兴寄"的诗论，是一种以"复"求"变"的理论。这是陈子昂开启的另一个重要的矫文坛弊习，别开文学新面的方法。其后的皎然在《诗式》中将陈子昂与沈佺期、宋之问进行比较，云："陈子昂'复'多而'变'少，沈宋'复'少而'变'多。"其实皎然仅述及了陈子昂诗学的表象而已。陈子昂何以借复古而开新？这是因为陈子昂时期的初唐文坛，齐梁旧习仍然存在。上官仪等宫廷诗人虽然在形式上有所创新，但"绮错婉媚"的诗风仍然限制了诗歌反映社会生活的能力，很难体现唐代元气淋漓的社会文化气象。陈子昂推尚建安风骨、正始之音，目的是要拓展诗人挥洒才情的空间，尽情地表现初唐昂扬进取的时代精神。他复兴风雅传统、汉魏风骨，是要借经典的权威，普遍认同的审美理想来增强廓清诗坛逶迤颓靡之风的力量。"复"仅是陈子昂诗学理想的表象，"变"，亦即开诗坛新风乃是其最终归趣。陈子昂开启的借复古以开新的途径为后世所效慕。唐代韩柳的古文运动虽然标榜的是"学古道则欲兼通其辞"①，但他主张"言必己出"，"务去陈言"，其实是在古代散文基础上的创新与发展。同样，宋代的古文运动也是以矫变时风为目的。诚如清人孙梅所说："宋初诸公，骈体精敏工切，不失唐人矩矱。至欧公倡为古文，而骈体亦一变其格。始以排奡古雄，争胜古人。"因此，他们托古之名而行变革文体之实，使文坛的风气为之一变，受到了后世的普遍称许。与其稍有不同的是，明代文坛的复古运动，虽然前后相承，绵延最久，但最受人诟病，原因即在他们摹拟剿袭而鲜有自得，丢失了始于陈子昂的借"复"之名而求"变"的传统。因

---

① ［唐］韩愈著，刘真伦、岳珍校注：《韩愈文集汇校笺注》卷十二《题哀辞后》，中华书局 2010 年版，第 1296 页。

此，后代得陈子昂以复求变精神的文人，都能起到对文坛积弊有廓清之功，开拓文坛新境界的效果。

陈子昂重风骨、兴寄的审美取向在其创作中也得到了体现。 从其"念天地之悠悠，独怆然而涕下"的苍凉咏叹可见其"汉魏风骨"，从他《感遇》诗中体味到的阮籍《咏怀》诗的韵味，恰可见其"正始之音"。 他的知音卢藏用在《右拾遗陈子昂文集序》中赞叹其文学功绩乃"道丧五百岁而得陈君"，其"崛起江汉，虎视函夏，卓立千古，横制颓波，天下翕然，质文一变"①。 他以复古的形式，开启了文坛的新貌。 清人毛先舒曾对陈子昂的律体有这样的允评："陈伯玉律体，清雄为骨，绵秀为姿，设色妍丽，寓意苍远。 由初入盛，此公变之，沈宋堂皇，悉皆祖构于此。"②陈子昂之独创，受到了后人的高度评价，方回曰："陈拾遗子昂，唐之诗祖也。 不但《感遇》三十八首为古体之祖，其律诗亦近体之祖也。"③其越齐梁而追汉魏，"横制颓波"，重风骨而轻形式，"质文一变"，为唐代诗歌的繁荣注入了沉雄刚毅的气韵。

继踵陈子昂诗学取向而起的是唐代大诗人李白。 李白（701—762），字太白，号青莲居士。 绵州昌隆（今四川江油）人。 李白也借复古以开新，并将其完美地运用到创作实践之中。 其诗学观念主要体现在以下两个方面：

首先，以《风》《雅》为归，广泛汲取前人诗学精华。

大雅久不作,吾衰竟谁陈? 王风委蔓草,战国多荆榛。龙虎相啖食,兵戈逮狂秦。正声何微茫,哀怨起骚人。扬马激颓波,开流荡无垠。废兴虽万变,宪章亦已沦。自从建安来,绮丽不足珍。圣代复元古,垂衣贵清真。群才属休明,乘运共跃鳞。文质相炳焕,众星罗秋旻。我志在删述,垂辉映千春。希圣如有立,绝笔于获麟。④

①　〔清〕董诰等编：《全唐文》卷二百三十八，中华书局 1983 年版，第 2402 页。

②　〔清〕毛先舒：《诗辩坻》卷三，载郭绍虞编选，富寿荪校点：《清诗话续编》，上海古籍出版社 1983 年版，第 51 页。

③　〔元〕方回选评，李庆甲汇评校点：《瀛奎律髓汇评》卷一，上海古籍出版社 1986 年版，第 1 页。

④　〔唐〕李白著，〔清〕王琦注：《李太白全集》卷之二《古风》其一，中华书局 1977 年版，第 87 页。

这体现了李白对唐之前诗歌历史的认识：以《诗经》为正声，对其后的文学多有微辞。综合李白的其他表述来看，他崇奉《诗经》的态度显而易见，如《赠常侍御》："大贤有卷舒，季叶轻风雅。匡复属何人，君为知音者。"①"交乃意气合，道因风雅存。"②"而欲继风雅，岂惟清心魂？"(《过彭蠡湖》)"文以述大雅，道以通至精，卷舒天地之心，脱落神仙之境。"③等等。但对《楚辞》以降的文学历史，李白并非如《古风》中所表现的充满贬抑之意。如，对于《离骚》和屈原，他在《笑歌行》中说："平生不解谋此身，虚作《离骚》遣人读。"在《江上吟》中说："屈平词赋悬日月，楚王台榭空山丘。"④可见，李白对屈宋与《离骚》虽然不像对《诗经》那样奉为高标，但其诗歌明显得了《庄》《骚》的沾溉，诚如刘熙载所言："太白诗以《庄》《骚》为大源，而于嗣宗之渊放，景纯之俊上，明远之驱迈，玄晖之奇秀，亦各有所取，无遗美焉。"⑤对于"自从建安来，绮丽不足珍"，后人亦多异议，如，沈德潜认为"不足珍"并不包括建安："昌黎云：'齐梁及陈隋，众作等蝉噪。'太白则云：'自从建安来，绮丽不足珍。'是从来作豪杰语。'不足珍'，谓建安以后也。《谢朓楼饯别》云：'蓬莱文章建安骨'一语可证。"⑥事实上，李白对六朝诗人还有诸多表述，如，他对谢灵运《登池上楼》中的"池塘生春草"推崇尤甚，说："梦得春草句，将非惠连谁？"(《感时留别从兄徐王延年从弟延陵》)"昨梦见惠连，朝吟谢公诗，东风引碧草，不觉生华池。"(《书情寄从弟邠州长史昭》)"他日相思一梦君，应得池塘生春草。"(《送舍弟》)对于小谢，他在诗歌中屡有称叹："蓬莱文章建安骨，中间小谢又清发。"(《宣州谢朓楼饯别校书叔云》)"解道'澄江净如练'，令人长忆谢玄晖。"(《金陵城西楼月下吟》)"我吟谢朓诗上语，朔风飒飒吹飞雨。"(《酬殷明佐见赠五云裘歌》)"独酌板桥浦，古人谁可征？玄晖难再得，洒洒气

---

① 〔唐〕李白著，〔清〕王琦注：《李太白全集》卷之十一《赠常侍御》，中华书局1977年版，第566页。

② 〔唐〕李白著，〔清〕王琦注：《李太白全集》卷之十五《别韦少府》，中华书局1977年版，第743页。

③ 〔唐〕李白著，〔清〕王琦注：《李太白全集》卷之二十七《奉饯十七翁二十四翁寻桃花源序》，中华书局1977年版，第1257页。

④ 〔唐〕李白著，〔清〕王琦注：《李太白全集》卷之七，中华书局1977年版，第374页。

⑤ 〔清〕刘熙载：《艺概注稿》卷二《诗概》，中华书局2009年版，第280页。

⑥ 〔清〕沈德潜选注：《唐诗别裁集》卷二，上海古籍出版社1979年版，第43页。

填膺。"（《秋夜板桥浦泛月独酌怀谢朓》）"诺谓楚人重，诗传谢朓清。"（《送储邕之武昌》）等等。　李白受六朝诗歌的浸染是时人共识，杜甫对李白的推服就与其诗似六朝有关："李侯有佳句，往往似阴铿。"（《与李十二白同寻范十隐居》）"白也诗无敌，飘然思不群。　清新庾开府，俊逸鲍参军。"（《春日忆李白》）因此，对于李白"自从建安来，绮丽不足珍"，周中孚认为只是"英雄欺人语耳"①。　清人恒仁云："太白诗'自从建安来，绮丽不足珍'。　太白五言未必突过建安，此特一时夸诩之言耳。"②李白深受建安以来文学的濡染，因此，对于"绮丽不足珍"，学者又有这样的理解："是说从建安以后，'绮丽'已极为普遍，并不珍贵了，并不是要否定'绮丽'，认为它不好。"③我们认为，李白是以诗歌的形式而非严谨的论述语言表达其诗学旨趣的，因此，需要综合体悟李白的整体情感意趣，尤其需要结合李白"垂辉映千春"的"我志"来理解。　孟棨《本事诗》有这样的记载："李白才逸气高，与陈拾遗子昂齐名，先后合德。　其论诗云：齐、梁以来，艳薄斯极，沈休文又尚以声律，将复古道，非我而谁？"虽然《本事诗》记载不尽为史家所信，但所记与李白诗歌中所表达的"我志"正相符合。　其"大雅久不作，吾衰竟谁陈"的气概，诚如胡震亨所说："统论前古诗源，志在删诗垂后。"④"吾衰竟谁陈"虽然看似有老倦之意，其实表达的恰恰正是舍我其谁的担负文学重光的意识。　对此，赵翼的认识可谓深契李白本意："青莲一生本领，即在五十九首《古风》之第一首，开口便说《大雅》不作，骚人斯起，然词多哀怨，已非正声；至扬、马益流宕；建安以后，更绮丽不足为法；迨有唐文运肇兴，而己适当其时，将以删述，继获麟之后。　是其眼光所注，早已前无古人，后无来者，直欲于千载后上接《风》、《雅》。　盖自信其才分之高，趋向之正，足以起八代之衰，而以身任之，非徒大言欺人也。"⑤在归慕"大雅"的背景之下，在"起八代之衰"的承荷意识趋使之下，"绮丽不足珍"的表述便不难理解了。

---

① 〔清〕周中孚撰：《郑堂札记》卷一，清光绪刻本。

② 〔清〕恒仁撰：《月山诗话》，清艺海珠尘本。

③ 张少康：《中国文学理论批评史》第十一章《初盛唐的文学理论批评》，北京大学出版社 2005 年版，第 275 页。

④ 引自〔唐〕李白著，瞿蜕园、朱金城校注：《李白集校注》卷《古风五十九首》评笺，上海古籍出版社 1980 年版，第 92 页。

⑤ 〔清〕赵翼：《瓯北诗话》，人民文学出版社 1963 年版，第 3 页。

其次，崇尚清真自然的审美理想。李白有诗云："圣代复元古，垂衣贵清真。"（《古风五十九首》之一）后人往往将"清真"视为李白诗歌的基本特征，如，"李句云，'圣代复元古，垂衣贵清真'。此自青莲本色，老杜知而咏之，云，'白也诗无敌，飘然思不群。'夫惟清真乃出群而无敌矣。"①所谓"清真"，亦即其所尚的清新自然的审美理想。这与诗人的德行有关："玉隐且在石，兰枯还见春。俄成万里别，立德贵清真。"②在学术方面又有得于道家、道教："右军本清真，潇洒在风尘。山阴遇羽客，要此好鹅宾。扫素写道经，笔精妙入神。书罢笼鹅去，何曾别主人？"③"倾家事金鼎，年貌可长新。所愿得此道，终然保清真。"④清真又需金丹道教修持得以保全，因此，司马承祯称其"有仙风道骨"。李白的诗歌中也有时人对其称呼的记载："长安一相见，呼我谪仙人。"（《对酒忆贺监二首》）这种凭借道教而保有的绝俗"清真"的资禀，化成诗学审美风格，则是自然贵真，弃绝雕琢，这在其《古风》之三十五中得到了体现：

> 丑女来效颦，还家惊四邻。寿陵失本步，笑杀邯郸人。一曲斐然子，雕虫丧天真。棘刺造沐猴，三年费精神。功成无所用，楚楚且华身。大雅思文王，颂声久崩沦。安得郢中质，一挥成风斤。⑤

虽然李白这首诗还是企求追思大雅，但用喻以《庄子》为多，孜求的是不丧天真的文学观，这与《本事诗》中所记载的"齐、梁以来，艳薄斯极，沈休文又尚以声律，将复古道，非我而谁"为同一意旨，尚清真与崇自然是一体相生的。如果说李白的"清真"主要从道教丹鼎之中得到启示，那么，崇尚自然则主要得于道家思想。他的诗学自然观在《日出入行》中得到了充分的展现：

---

① ［明］郑鄤：《峚阳草堂诗文集·文集》卷八《刘小善制义序》，民国二十一年活字本。

② ［唐］李白著，［清］王琦注：《李太白全集》卷三十《南陵五松山别荀七》，中华书局 1977 年版，第 1396 页。

③ ［唐］李白著，［清］王琦注：《李太白全集》卷二十二《王右军》，中华书局 1977 年版，第 1028 页。

④ ［唐］李白著，［清］王琦注：《李太白全集·古近体诗共六十五首》卷二十四《避地司空原言怀》，中华书局 1977 年版，第 1117 页。

⑤ ［唐］李白著，［清］王琦注：《李太白全集》卷二，中华书局 1977 年版，第 133 页。

日出东方隈，似从地底来。历天又入海，六龙所舍安在哉？其始与终古不息，人非元气，安得与之久徘徊？草不谢荣于春风，木不怨落于秋天。谁挥鞭策驱四运？万物兴歇皆自然。羲和，羲和，汝奚汨没于荒淫之波？鲁阳何德？驻景挥戈。逆道违天，矫诬实多。吾将囊括大块，浩然与溟涬同科。①

该诗的主旨是要委顺造化之自然。其"囊括大块，浩然与溟涬同科"的气势，既是人生的态度，也可视其为文为诗的基本取向。诗人从"草不谢荣于春风，木不怨落于秋天"中感悟到的自然之道规范了他的人生与创作，云："吾不凝滞于物，与时推移，出则交平诸侯，遁则以俯视巢、许。朱绂狎我，绿萝未归，恨不得同栖烟林，对坐松月。"（《冬夜于随州紫阳先生餐霞楼送烟子元演隐仙城山序》）这种人生观与宇宙观见之于诗歌，便是崇尚自然清新的风格，即所谓"清水出芙蓉，天然去雕饰"（《经乱离后天恩流夜郎忆旧游书怀赠江夏韦太守良宰》）。他对于谢灵运的推重，亦与佳句"池塘生春草"有关。这样的佳句正是清水芙蓉般的率真自然之作。同样，他对谢朓的推重也在于诗之"清发"。可见，清新自然是李白审美理想，也是其品评前代诗人的绳尺。他炉火纯青、自然挥洒、不假雕琢的诗歌艺术正体现了他的审美理想。他的天纵才情视诗律为无物，而又自然中律。诚如朱熹所说："李太白诗如无法度，乃从容于法度中，盖圣于诗者。"王安石将"清水出芙蓉，天然去雕饰"视为李白独有的审美理想，而与其后的杜甫、韩愈相区别，他们共同组成了唐代诗歌不同的艺术境界："诗人各有所得，'清水出芙蓉，天然去雕饰'，此李白所得也；'或看翡翠兰苕上，未掣鲸鱼碧海中'，此老杜所得也；'横空盘硬语，妥帖力排奡'，此韩愈所得也。"②李白诗歌纵横奇辟，光怪陆离而又得自然之趣。诚如明人王世贞所云："太白以气为主，以自然为宗，以俊逸高畅为贵；子美诗以意为主，以独造

---

① 〔唐〕李白著，〔清〕王琦注：《李太白全集》卷三《日出入行》，中华书局1977年版，第211页。

② 〔宋〕魏庆之：《诗人玉屑》卷十二《品藻古今人物》，中华书局2007年版，第360页。

为宗，以奇拔沉雄为贵。"①清人乔忆说："盛唐诗有极不工者，气象却好；晚唐诗有极工者，气象却不好。"②这种气象是一种浑成自然的境界，是超越于精工诗律之外的。李白诗歌俊逸洒脱，天然浑成的风格，正体现了盛唐的恢张气韵，这也是李白诗学审美取向的价值与影响所在。

第三节　殷璠与杜甫

通过选本表现编选者的审美旨趣，是中国古代文学批评史上的一个重要形式。殷璠的《河岳英灵集》是盛唐诗歌选本，基本反映了盛唐诗坛的概貌。殷璠，丹阳（今属江苏）人。生平事迹不详，主要生活于唐开元、天宝年间。著有《丹阳集》（已佚）。今存《河岳英灵集》是一部盛唐时期的名家诗选，选录了常建、李白、王维等24位诗人的234首诗歌。其书名的缘起，乃是"粤若王维、王昌龄、储光羲等二十四人，皆河岳英灵也，此集便以河岳英灵为号"（《河岳英灵集叙》）。所选诗歌的范围是"起甲寅，终癸巳"，即从玄宗开元二年（714）到天宝十二年（753），并且"品藻各冠篇额"（《河岳英灵集叙》）。其自叙云：

> 夫文有神来、气来、情来，有雅体、野体、鄙体、俗体。编纪者能审鉴诸体，委详所来，方可定其优劣，论其取舍。至如曹、刘诗多直语，少切对，或五字并侧，或十字俱平，而逸驾终存。然挈瓶庸受之流，责古人不辨宫商徵羽，词句质素，耻相师范。于是攻异端，妄穿凿，理则不足，言常有余，都无兴象，但贵轻艳。虽满箧笥，将何用之？自萧氏以还，尤增矫饰。武德初，微波尚在。贞观末，标格渐高。景云中，颇通远调。开元十五年后，声律风骨始备矣。③

唐代以来，经过陈子昂等人追求汉魏风骨与风雅兴寄，诗坛风气翕然一变。

①　［唐］李白著，［清］王琦注：《李太白全集》卷之十四《附录》四，中华书局1977年版，第1535页。

②　［清］乔亿撰：《剑溪说诗》卷下，清乾隆刻本。

③　［唐］殷璠编：《河岳英灵集·前记》，中华书局2014年版，第156页。

其后李白承陈子昂而起，谓："梁、陈以来，艳薄斯极，沈休文又尚以声律，将复古道，非我而谁！此诗乃自明其素志欤？"①齐梁宫掖之风，扫地以尽。对于这样的诗坛近况，诗学理论界尚未能够得到正视与总结。殷璠通过选诗与评论，为诗界提供了理论支撑与创作范则。他对魏晋至唐开元年间的诗歌发展史进行了简明允洽的评述，肯定了曹植、刘桢等人"诗多直语"，但"逸驾终存"，批评了齐梁轻艳空洞的诗风，认为唐代诗歌至开元年间已声律风骨兼备，十分准确地总结了时至盛唐诗坛新的风貌。这既清除了靡弱艳薄之病，又继承了齐梁以来新体诗讲求声律的传统。新体诗至武后、中宗时期的沈佺期、宋之问等人手中得以完成，开启了诗坛新局。而声律是新体诗的重要特征，也是与唐诗发展密切相关的理论问题。对于声律，殷璠在《集论》中有专门论述：

> 论曰：昔伶伦造律，盖为文章之本也。是以气因律而生，节假律而明，才得律而清焉。宁预于词场，不可不知音律焉。孔圣删诗，非代议所及。自汉魏至于晋宋，高唱者十有余人，然观其乐府，犹有小失。齐梁陈隋，下品实繁，专事拘忌，弥损厥道。夫能文者匪谓四声尽要流美，八病咸须避之，纵不拈二，未为深缺。即"罗衣何飘飘，长裾随风还"，雅调仍在，况其他句乎？故词有刚柔，调有高下，但令词与调合，首末相称，中间不败，便是知音。而沈生虽怪，曹、王曾无先觉，隐侯言之更远。璠今所集，颇异诸家，既闲新声，复晓古体，文质半取，风骚两挟。言气骨则建安为传，论宫商则太康不逮，将来秀士，无致深憾。②

自沈约等人提出"声病说"以来，文论家如钟嵘等人就对过分追求声律的现象有所批评。殷璠在声律论方面明显超越了当时文人的认识，准确而公允。一方面，肯定了声律的作用，认为声律"为文章之本"，因此，"预于词场，不可不知音律"；另一方面，又对齐梁以后"专事拘忌，弥损厥道"的现象提出批评。殷璠的《河岳英灵集》选录盛唐诗歌，呈现出的便是诗坛声律、风骨兼备的诗坛

---

① 引自〔唐〕李白著，〔清〕王琦注：《李太白全集》卷之二，中华书局 1977 年版，第 89 页。

② 〔唐〕殷璠编，傅璇琮等整理：《河岳英灵集·前记》，中华书局 2014 年版，第 157—158 页。

新气象："既闲新声，复晓古体；文质半取，风骚两挟；言气骨则建安为俦，论宫商则太康不逮。"在殷璠看来，盛唐诗歌既承绪了汉魏诗歌遒劲的风骨，又充分汲取了六朝以来的声律理论，使近体诗更加成熟。

《河岳英灵集》曾屡次提到"兴象"。 如，评孟浩然："至如'众山遥对酒，孤屿共题诗'，无论兴象，兼复故实。"[①]在序中评论近代的文风为："理则不足，言常有余，都无兴象，但贵轻艳。""兴象"一词，实乃殷璠首倡，其后被诗论家们广泛使用，成为中国诗学批评中的一个重要范畴。 当然，诗论家赋予"兴象"的内涵稍有不同，殷璠所论的"兴象"，我们尚需结合他所评的作品进行分析。 在评论陶翰诗时，将"兴象"与"风骨"并列："既多兴象，复备风骨"，说明了风骨是与兴象相对立的范畴。 从殷璠选取的陶翰诗歌来看，凡十一首。 其中《古塞下曲》《燕歌行》《出萧关怀古》等显然是属于具"风骨"的作品，而《乘潮至渔浦作》《宿天竺寺》等或写海潮迅疾，或写山幽路僻，都以状写"境""象"为主。 如，《宿天竺寺》：

> 松柏乱岩口，山西微径通。天开一峰见，宫阙生虚空。正殿倚霞壁，千楼摽石丛。夜来猿鸟静，钟梵寒云中。岑翠映湖月，泉声乱溪风。心超诸境外，了与悬解同。明发气候改，起视长崖东。湖色浓荡漾，海光渐曈昽。葛仙迹尚在，许氏道犹崇。独往古来事，幽怀期二公。[②]

与写边庭绝域的慷慨抒怀不同，这首诗是缘境起兴，即诗中所谓"心超诸境外，了与悬解同"。 除此，殷璠所选的陶翰的其他诗歌可清晰地看到触景生情、缘境起兴的例子。 如，《经杀子谷》中："疏芜尽荒草，寂历空寒烟。 到此空垂泪，非我独潸然。"《出萧关怀古》中："大漠横万里，萧条绝人烟。 孤城当瀚海，落日照祁连。 怆然苦寒奏，怀哉式微篇。 更悲秦楼月，夜夜出胡天。"《晚出伊阙寄河南裴中丞》中，从"长川黯已暮，千里寒气白"之境中引出了"家本渭水西，异日何所适"的感怀，等等。 他在评孟浩然诗时说："浩然诗，文彩苹

---

① ［唐］殷璠编，傅璇琮等整理：《河岳英灵集》卷下《孟浩然》，中华书局 2014 年版，第 232 页。

② ［唐］殷璠编，傅璇琮等整理：《河岳英灵集》卷上，中华书局 2014 年版，第 200—201 页。

茸，经纬绵密，半遵雅调，全削凡体。 至如'众山遥对酒，孤屿共题诗'，无论兴象，兼复故实。"所引的诗出自《永嘉上浦馆逢张八子容》。 所谓"故实"，乃是指该诗与谢灵运《登江中孤屿》暗合。 在这里，殷璠认为，"兴象"可以与"故实"亦即用典兼融，也就是说，适当的用事对诗歌的"兴象"是有帮助的。参考其对孟浩然诗的总体评价，可见其所谓"兴象"，是风调雅驯、结构绵密、文采沛然的。 除了以上三处述及"兴象"之外，殷璠尚有一些品评而及"兴"的，如，他评常建诗云："建诗似初发通庄，却寻野径，百里之外，方归大道。所以其旨远，其兴僻。"评刘眘虚诗："情幽兴远。"而常建、刘眘虚的诗歌是以描写田园风光、山林逸趣为主。 不难看出，殷璠所谓"兴象"是一个具有较丰富内涵的诗学范畴，就其与"风骨""故实"相对应与比较而言，"兴象"以状写山水田园更为见长，通过写景寄兴，而达到的一种幽远雅逸艺术境界。

与注重兴象相联系，殷璠在《序》中论述入唐以后的诗风流变时说："贞观末，标格渐高。 景云中，颇通远调。"①殷璠固然肯定了开元十五年后，声律风骨兼备，近体诗成熟的诗坛新局面，但同时也肯定了此前贞观、景云年间诗人们克服萧氏以来矫饰轻靡之风的努力。 这种努力的表现就在于"标格渐高"和"颇通远调"。 简言之，即诗坛渐而格高调远，这是由轻靡矫饰向声律风骨兼备转变的重要环节。 殷璠在其品评诗人时亦经常涉及格与调。 如评储光羲："储公诗，格高调逸，趣远情深。"②评祖咏："咏诗剪刻省静，用思尤苦，气虽不高，调颇凌俗。"③评李白："其为文章，率皆纵逸。 至如《蜀道难》等篇，可谓奇之又奇。 然自骚人以还，鲜有此体调也。"④殷璠所谓的格与调，是本乎声律而又超越声律之上的风格论。 格高调远的审美取向，对其后的诗学产生了显著的影响，如，明代复古派以格古调逸相尚，视其为盛唐诗歌的主要艺术特征。

殷璠论诗重雅尚奇。 关于雅，如，他评王维的诗"词秀调雅"⑤，孟浩然的诗"半遵雅调，全削凡体"，⑥评储光羲的诗，"削尽常言，挟风雅之道，得浩然

① ［唐］殷璠编：《河岳英灵集·前记》，中华书局 2014 年版，第 156 页。
② ［唐］殷璠编：《河岳英灵集·储光羲》，中华书局 2014 年版，第 239 页。
③ ［唐］殷璠编：《河岳英灵集·祖咏》，中华书局 2014 年版，第 262 页。
④ ［唐］殷璠编：《河岳英灵集·李白》，中华书局 2014 年版，第 171 页。
⑤ ［唐］殷璠编：《河岳英灵集·王维》，中华书局 2014 年版，第 181 页。
⑥ ［唐］殷璠编：《河岳英灵集·孟浩然》，中华书局 2014 年版，第 232 页。

之气"。① 崇雅调而贬俗体，这与其重兴象、尊高格是相通的。 与贬俗体相联系，他还尚奇，如，他评李白的诗歌，称颂《蜀道难》等篇，"奇之又奇"②；评刘眘虚的诗歌"思苦词奇"③；岑参的诗歌"语奇体峻，意亦造奇。 至如长风吹白茅，野火烧枯桑，可谓逸矣"。④ 雅正与新奇在《文心雕龙》中是迥然不同的风格。 刘勰视经为雅，骚为奇，并且认为"雅与奇反"，但殷璠则认为雅正与新奇并行不悖，可相兼相融，这与其持中平和的论诗方法有关。 同时，也是盛唐诗坛群星璀璨、异采纷呈、各各殊绝寡伦的繁盛局面使其然。 从殷璠所选的诗歌来看，大多为古体。 古体诗风格古雅沉厚，近体诗在殷璠所在的盛唐时代已蔚成大国，但就制式而言，乃是新奇之制。 从体式的角度而言，处于盛唐时代的殷璠，以宽宏的胸襟含英咀华，平正客观地看待这两种不同诗体所取得的凌轹前修的巨大成就，必将对雅正与新奇的风格兼崇并举。 这是殷璠既崇雅又尚奇的时代因素。

殷璠通过选诗、评诗而体现其诗歌美学思想，这开启了古代文学批评的又一重要样式，并对文学的发展产生了重要的影响。 殷璠的《河岳英灵集》是唐人选唐诗中最能体现盛唐诗歌气象且对后世影响最大的一部。 五代孙光宪在《白莲集序》中说："有唐御宇，诗律尤精。 列姓字，掇英秀，不啻十数家。 惟丹阳殷璠，优劣升黜，咸当其分。 世之深于诗者，谓其不诬。"⑤殷璠之后，高棅的《唐诗品汇》，李攀龙的《唐诗选》，钟惺的《唐诗归》《古诗归》，王士祯的《唐贤三昧集》等都对诗坛的审美取向产生了显著影响，即如受到钱谦益等人苛评的《唐诗归》，当时也是文人们"家置一编，奉之如尼丘之删定"。 借选诗以表达审美取向，进而对诗坛产生的影响可见一斑。

唐代与李白声名相埒的诗人杜甫，对诗坛的影响凌越百代，其诗学观念在诗学思想史上同样具有一定的影响。 杜甫（712—770），字子美，河南巩县（今河南巩义）人。 初唐诗人杜审言之孙。 曾做过左拾遗、检校工部员外郎等小官。 有《杜工部集》。 杜甫与李白齐名，但其影响更远超李白，这从后世"千家注

① ［唐］殷璠编：《河岳英灵集·储光羲》，中华书局 2014 年版，第 239 页。
② ［唐］殷璠编：《河岳英灵集·李白》，中华书局 2014 年版，第 171 页。
③ ［唐］殷璠编：《河岳英灵集·刘眘虚》，中华书局 2014 年版，第 186 页。
④ ［唐］殷璠编：《河岳英灵集·岑参》，中华书局 2014 年版，第 215 页。
⑤ ［清］董浩等编：《全唐文》卷九百，中华书局 1983 年版，第 9391 页。

杜"的现象就可以看出，元初的萧士赟曾感叹道："唐诗大家，数李、杜为称首。古今注杜诗者号千家，注李诗者曾不一二见，非诗家一欠事与"①，杜甫被后世标为诗法之祖。同时，他通过诗歌表现出的诗学观同样对后世具有启示作用，为师杜者所效慕。其诗学观主要体现在《戏为六绝句》《解闷》《偶题》《春日忆李白》《奉赠韦左丞丈》等作品之中。其中，《戏为六绝句》开启了以诗论诗的先河。

首先，"转益多师"的师法取向。在中国古代诗学发展史上，诗论家们源于不同的性情、学养与社会环境而形成的各具鲜明特色的诗学思想，开拓了中国诗学历史长河的宽度，丰富了中国诗学的内涵，并为习诗者提供了各自不同的师法取向与路径。但不同的诗学观念需要一些大家以平允持正的态度综罗融汇方可开出一新的境界。杜甫是公认的诗歌集大成者。如，元稹在《唐检校工部员外郎杜君墓系铭并序》中云："至于子美，盖所谓上薄风雅，下该沈宋，古傍苏李，气夺曹刘，掩颜谢之孤高，杂徐庾之流丽，尽得古今之体势，而兼今人之所独专矣。"②后世诗人，各得杜诗一体，便体现了不同的风格。据载："宋时王苏黄三家各得杜之一体，涪翁于苏迥不相同，苏门诸人其初略不之许，坡翁独深器重，以为绝伦，眼高一世而不必人之同乎己也如此。"③恰如胡应麟所说："杜若地负海涵，包罗万汇。"杜甫这一成就是其"转益多师"的取法观念决定的。"转益多师"既是其师法实践经验的总结，也是沾溉后世无数学子的习诗门径。他说："读书破万卷，下笔如有神。"要善于学习，广综博取，以广阔的胸襟多方取益，不管是前人还是古人，都应该虚心学习，有裨于诗歌创作："不薄今人爱古人，清词丽句必为邻。窃攀屈宋宜方驾，恐与齐梁作后尘。"又云："未及前贤更勿疑，递相祖述复先谁？别裁伪体亲《风》《雅》，转益多师是汝师。"杜甫这种博取兼收的师习态度，是其成就"诗圣"之业的重要前提，诚如杨伦所说："《风》《骚》有真《风》《骚》，汉魏有真汉魏，下而至于齐梁初唐莫不有真面目焉。循流溯源以上追《三百篇》之旨，则皆吾师也。苟徒放言高论，而不能虚心以集

---

① ［唐］李白著，［清］王琦注：《李太白全集》卷三十三附录三，中华书局 1977 年版，第 1511 页。

② ［唐］元稹撰，冀勤点校：《元稹集》卷第五十六，中华书局 2010 年版，第 691 页。

③ ［明］彭大翼：《山堂肆考》卷一百二十八《文学》，文渊阁四库全书本。

益，亦终不离于伪体而已矣。 此公之所以为集大成欤。"①杜诗的这一特点是其优容宽广的师法取向决定的。 杜甫的诗论一如其从容涵雅的诗歌一样，持论平正稳实，了无诗论家常有的矫激之失。 诚如张上若评《戏为六绝句》时所言："读《六绝》，可以知诗学矣。 趋今议古，世世相同，惟大家持论极平，着眼极正。"②

杜甫宽宏的容受态度，开启了诗学批评的新风。 杜甫的诗歌穷天地万物古今之变，历山川兵火治乱兴衰之迹，号称"诗史"，这与其广综博取、牢笼百家有直接的关系。 清人毕沅论之曰："公崛起盛唐，绍承家学，其诗发源于《三百篇》及楚《骚》、汉魏《乐府》，吸群书之芳润，撷百代之精英，抒写胸臆，镕铸伟辞，以鸿博绝丽之学，自成一家言。"③杜甫了无"文人相轻"之习，评论古今诗人多正面肯定其成就，显示了"集大成者"的优容气度，如，其《偶题》诗云：

> 文章千古事，得失寸心知。作者皆殊列，名声岂浪垂。骚人嗟不见，
> 汉道盛于斯。前辈飞腾入，余波绮丽为。后贤兼旧制，历代各清规。④

作者殊列，名不浪垂，他对历代文章清规体式源流兼收，一体肯认。 这与其《戏为六绝句》中表达的思想是相通的。 杜甫对历代诗人们多能见其优长，如，北朝诗人庾信一生大约以554年梁朝灭亡为界，分为两个阶段，前期染南朝靡丽之习，与徐陵的瑰丽文风并称为徐庾体；但后期羁旅北国，心中蕴藏的亡国之痛与飘泊情感在作品中流溢出来，给人以沉郁苍凉之感，具有老成清俊的特色。 杜甫屡称庾信，不言其前期的轻艳文风而称叹其后期清新老成之境。 诗云："庾信文章老更成，凌云健笔意纵横。 今人嗤点流传赋，不觉前贤畏后

---

① 〔唐〕杜甫著，〔清〕杨伦笺注：《杜诗镜诠》卷九，上海古籍出版社1998年版，第399页。

② 〔清〕张溍：《读书堂杜工部诗文集注解·诗集批注》卷七《戏为六绝句》，齐鲁书社，2014年版，第496页。

③ 引自〔唐〕杜甫著，〔清〕杨伦笺注：《杜诗镜铨》卷首，上海古籍出版社1998年版，第1页。

④ 〔唐〕杜甫著，〔清〕仇兆鳌注：《杜诗详注》卷十八《偶题》，中华书局1979年版，第1541页。

生。"（《戏为六绝句》）"庾信生平最萧瑟，暮年诗赋动江关。"（《咏怀古迹》）称赞李白时也以庾信相比："白也诗无敌，飘然思不群。清新庾开府（庾信），俊逸鲍参军（鲍照）。"（《春日忆李白》）对于六朝时受到贬抑的陶潜，杜甫也推崇甚至。杜甫精于炼句遣辞，谓之："为人性僻耽佳句，语不惊人死不休。"（《江上值水如海势聊短述》）其诗的末两句为："焉得思如陶谢手，令渠述作与同游。"根据杨伦的理解，"末句因已偶无佳句，而思及古人"。也就是说在杜甫看来，陶渊明、谢灵运是妙于结构佳句的能手。同时，他对谢朓、何逊、阴铿的诗歌也有较高的评价，称谢朓的诗"每篇堪讽诵"（《寄岑嘉州》），"诗接谢宣城"（《陪裴使君登岳阳楼》）。又云："熟知二谢将能事，颇学阴何苦用心"（《解闷》其七），"阴何尚清省"（《秋日夔府咏怀奉寄郑监李宾客一百韵》）。何逊、阴铿以山水诗著称，声律甚严，乃唐代近体诗的前驱者，杨伦对杜甫称叹何逊、阴铿的理解是："学阴何，当指五言句法"。对初唐诗风变革产生重要影响的陈子昂，杜甫也十分推崇，在《冬到金华山观因得故拾遗陈公学堂遗迹》《送梓州李使君之任》《陈拾遗故宅》等诗中都有述及。如《陈拾遗故宅》云：

> 有才继骚雅，哲匠不比肩。公生扬马后，名与日月悬。……终古立忠义，《感遇》有遗篇。①

杜甫对当代诗人李白、王维、孟浩然亦深表钦敬，称李白："笔落惊风雨，诗成泣鬼神。"（《寄李十二白二十韵》）称王维："最传秀句寰区满，未绝风流相国能。"（《解闷》十二首之八）对孟浩然也"复忆襄阳孟浩然，清诗句句尽堪传。"（《解闷》十二首之六）不难看出，庾信之愀怆，鲍照之俶诡，陶潜之闲远，李白之恢张，王维之清空，孟浩然之散朗，诸种不同风格的诗人都受到了杜甫的推举，显示了宽广的师法取径。不但如此，杜甫还远溯《诗》《骚》，孜求"别裁伪体亲风雅"（《戏为六绝句》），又称赞"文雅涉风骚"（《题柏大兄弟山居屋壁》），"风骚共推激"（《夜听许十损诵诗爱而有作》），"有才继骚雅"（《陈拾遗故宅》）。比较而言，对于《楚辞》及其作家的论述更加频繁，如，

---

① 〔唐〕杜甫著，〔清〕仇兆鳌注：《杜诗详注》卷十一《陈拾遗故宅》，中华书局1979年版，第948—949页。

"先生有才过屈宋"（〈醉时歌〉），"羁离交屈宋"（《赠郑十八贲》），"不必伊周地，皆登屈宋才"（《秋日荆南述怀三十韵》），"迟迟恋屈宋，渺渺卧荆衡"（《送覃二判官》）。 他从楚辞中领悟到的不但是清词丽句，还有风流儒雅的精神风致。"作者名殊列，名声岂浪垂？"鉴赏者不可执于一己之好。 杜甫以"集大成者"的宽宏之心，本于"历代各清规"的文学史观，为诗学批评提供了平允的环境。 他对前代诗人的论述，既是诗学批评，又是"不薄今人爱古人"，"转益多师是吾师"的习诗方法。

其次，注重艺术探求。 杜甫的诗学观念在诗学实践中得到了完美的体现。"诗圣"丰富的创作体悟是其思想观念的重要呈现形式，对后世诗学的影响远过于一般的诗论著述。 杜甫的成就与其艺术的不懈追求密切相关。 声韵和美，用字奇警，这缘自于其精工的锤炼。 他说："为人性僻耽佳句，语不惊人死不休。"（《江上值水如海势聊短述》）性耽佳句，屡屡在诗歌中得到表现："故人得佳句，独赠白头翁。"（《奉答岑参补阙见赠》）"词人取佳句，刻画竟谁传？"（《白盐山》）等等。 这些佳句注重艺术形式，尤其是声韵的谐和洽浃，乃至"晚节渐于诗律细"。 正是因其对艺术的不懈追求，才能创作出具有动人心魄的艺术魅力的诗句，所谓"思飘云物动，律中鬼神惊"。 杜甫对声调格律等艺术形式精研细判，了然于胸，因此，创作时全然不觉形式的拘束，自由畅达地抒写情感，即所谓"有情且赋诗，事迹可两忘"（《四松》）。 作诗自然挥洒："老去诗篇浑漫与，春来花鸟莫深愁。""赋诗宾客间，挥洒动八垠。 乃知盖代手，才力老益神。"这种炉火纯青的"浑漫与"的自在和"诗律细"的精工在杜甫这里融而为一。 诚如清人仇兆鳌所说："'律细'言用心精密，'漫与'，言出手纯熟。熟从精处得来，两意未尝不合。"①积学储宝于胸中，下笔时一气呵成，这正是杜甫超越一般诗人的独到之处，也是后人步武杜甫所孜求的目标。 清人方东树对习杜者提出四个要领，技法与自然的统一是其核心："学于杜者，须知其言高旨远，一也；奇警而出之自然，流吐不费力，二也；随意喷薄，不装点做势安排，三也；沉着往来，不拘一定而自然中律，四也。"②

杜甫对诗法的探求还表现在其诗歌艺术风格的形成方面，杜甫《戏为六绝

---

① ［唐］杜甫著，［清］仇兆鳌注：《杜诗详注》卷十八《遣闷戏呈路十九曹长》，中华书局 1979 年版，第 1603 页。

② ［清］方东树：《昭昧詹言》卷十四，人民文学出版社 1961 年版，第 382 页。

句》云：“才力应难跨数公，凡今谁是出群雄？ 或看翡翠兰苕上，未掣鲸鱼碧海中。”对于“翡翠兰苕”与“鲸鱼碧海”这两种不同的风格，向来认为杜甫更尚后者，而其胜场亦在于此，诚如清人张云章所说：“自杜少陵有言，‘或看翡翠兰苕上，未掣鲸鱼碧海中’，后之言诗者无不以为不易之论矣。 窃谓‘兰苕翡翠’亦有不可得而少之者，视乎其时，因乎其地，即其事而施之称焉而可耳。 夫‘鲸鱼掣海’，喻其才力之雄鸷，子美盖自有之，故托言以见意，当时诗人惟太白可以语此。 故二人并称。”①亦即一般认为“鲸鱼碧海”乃是李杜所独有的雄鸷之状。 对此，钱谦益云：“‘翡翠兰苕’，指当时研揣声病，寻章摘句之徒。‘鲸鱼碧海’则所谓浑涵汪洋，千汇万状，兼古人而有之者也。”②对于钱氏的解释，杨伦在《杜诗镜铨》中称为“旧注”，而据其对《戏为六绝句》的总述，谓“下四章俱属推开，旧解仍粘定前文，故多辗转不合”③。 可见，对于将“翡翠兰苕”坐实于“研揣声病，寻章摘句之徒”并不认同。 杨氏的暗示有一定的合理性，杜甫所谓“翡翠兰苕”与“鲸鱼碧海”当是喻不同的诗学风格，指难以臻达的审美境界。 与“鲸鱼碧海”之喻相关，杜甫还有关于作品风格的直接表述，这就是“沉郁顿挫”。 其《进雕赋表》中有云：“臣之述作，虽不足以鼓吹《六经》，先鸣诸子，至于沈郁顿挫，随时敏捷，而扬雄、枚皋之流，庶可企及也。”这是杜甫向唐玄宗表达自己具有辞赋才能，赋作的特点是沉郁顿挫。 论者还将其视为杜甫诗歌的主要特征。 如，邵子湘云：“沈郁顿挫，少陵本色。”④严羽将其视为与李白相区别的主要特征：“子美不能为太白之飘逸，太白不能为子美之沉郁。”⑤杨伦在评杜甫《幽人》诗时云：“同一学仙语，在太白则俊逸清

① 〔清〕张云章撰：《朴村文集》卷八《顾编修西湖识浅集序》，清康熙华希闵等刻本。

② 〔唐〕杜甫著，〔清〕仇兆鳌注：《杜诗详注》卷十一《戏为六绝句·其四》，中华书局 1979 年版，第 900 页。

③ 〔唐〕杜甫著，〔清〕杨伦笺注：《杜诗镜铨》卷九，上海古籍出版社 1998 年版，第 397 页。

④ 〔唐〕杜甫著，〔清〕杨伦笺注：《杜诗镜铨》卷三，上海古籍出版社 1998 年版，第 146 页。

⑤ 〔宋〕严羽著，郭绍虞校释：《沧浪诗话校释·诗评》，人民文学出版社 1961 年版，第 168 页。

新，在少陵则沈郁顿挫，自是笔性所至，不可强耳"①等等，这些多指其诗歌风格。虽然"沉郁"与"顿挫"并非杜甫首创，但两词联用则始于杜甫。沉郁与顿挫原本多用于音乐等艺术活动的风格、节奏等，而杜甫所述的"沉郁顿挫"则是与"随时敏捷"相对应的，大致"沉郁"重在内涵，"顿挫"重在形式。关于沉郁，清人陈廷焯在《白雨斋词话》中的一段表述颇能体现后世人们对杜甫这一诗风的认识："所谓沉郁者，意在笔先，神余言外。写怨夫思妇之怀，寓孽子孤臣之感。凡交情之冷淡，身世之飘零，皆可于一草一木发之。而发之又必若隐若现，欲露不露，反复缠绵，终不许一语道破。匪独体格之高，亦见性情之厚。"②而顿挫则与章法结构、声调抑扬有关，大致指波澜起伏、回环往复。可见，后人对杜甫沉郁顿挫的理解，是指与杜诗中悲悯情怀、忧时伤事的情感相关的风格、意蕴及表现形式。这当然与杜甫所要表述的"随时敏捷"相对应的沉思苦吟风致并不完全一致。后人对"沉郁顿挫"的理解，与宋代以来的崇杜风尚一起，成为诗学发展史上的一个标志性的审美境界，对其后的诗歌审美取向产生的影响比一般的诗论更为具体、显著。

---

① ［唐］杜甫著，［清］杨伦笺注：《杜诗镜铨》卷二十，上海古籍出版社 1998 年版，第 1001 页。

② ［清］陈廷焯撰：《白雨斋词话全编》卷一，中华书局 2013 年版，第 1165 页。

第八章

中唐诗歌理论的多元发展

第一节　皎然和《诗式》

皎然，俗姓谢，出家后名皎然，字清昼。唐湖州长城（今浙江长兴）人。生卒年不详，约生于玄宗开元八年（720）前后，约卒于德宗贞元八年（792）至贞元二十年（804）之间。博通典籍，工律诗。与释灵澈、处士陆羽、张志和等过从甚密，又"常与韦应物、卢幼平、吴季德、李萼、皇甫曾、梁肃、崔子向、薛逢、吕渭、杨达，或簪组，或布衣，与之交结，必高吟乐道，道其同者，则然始定交哉"①。皎然不但有诗学专著《诗式》五卷、《评论》三卷、《诗议》一卷（后两种已佚，部分内容尚存日人遍照金刚所著的《文镜秘府论》等著作中），且有《杼山集》十卷，诗歌也声名较著，宋人严羽曾说："释皎然之诗，在唐诸僧之上。"②颜真卿、韦应物等人对其作品也甚为推重，并相与酬唱。皎然诗歌的理论与创作相得益彰，在中国文学思想史上写下了重要的一页。

首先，以用事为标准的自然与格法的统一。皎然将格分为五种："不用事第一，作用事第二，直用事第三，有事无事第四。有事无事，情格俱下第五。"③将"不用事"列为上格，"作用事"列为次格。所谓"作用事"，李壮鹰注为："诗中虽涉及事典，但并不直用其原意，而是经过构思，或引古事作比，或褒贬

---

① 〔唐〕释福林：《唐湖州杼山然传》，〔清〕董诰等编：《全唐文》卷九一九，中华书局 1983 年版，第 9574 页。

② 〔宋〕严羽著，郭绍虞校释：《沧浪诗话校释》，人民文学出版社 1961 年版，第 188 页。

③ 〔唐〕皎然著，李壮鹰校注：《诗式校注》，人民文学出版社 2003 年版，第 30 页。

古事，以申自己的命意，皆属于作用事一类。"①可见，"作用事"与自然并不违碍。 即使其论及对句，亦强调对偶之中得自然之趣，云："夫对者，如天尊地卑、君臣父子，盖天地自然之数。 若斤斧迹存，不合自然，则非作者之意。 又诗家对语，二句相须，如鸟有翅，若惟擅工一句，虽奇且丽，何异乎鸳鸯五色，只翼而飞者哉？"②他推重曹植的诗歌，原因即在于曹植之诗是自然之作，谓之"不拘对属；偶或有之，语与兴驱，势逐情起，不由作意，气格自高"。③ 他视不用事之作为极品，云："其五言，周时已见滥觞，及乎成篇，则始于李陵、苏武。 二子天予真性，发言自高，未有作用。"④皎然对谢灵运最为尊崇。 在他看来，谢诗也是发乎自然之作，云："曩者尝与诸公论康乐，为文真于情性，尚于作用，不顾词彩而风流自然。"⑤其《诗议》说："《古诗》以讽兴为宗，直而不俗，丽而不朽，格高而词温，语近而意远，情浮于语，偶象则发，不以力制，故皆合于语而生自然。"⑥但皎然之自然，又是依循法度之自然，这也是其以"式"名之的原因，他说：

> 或云，诗不假修饰，任其丑朴，但风韵正、天真全，即名上等。予曰：不然。无盐阙容而有德，曷若文王太姒有容而有德乎？又云，不要苦思，苦思则丧自然之质。此亦不然。⑦

皎然之"自然"，是诗人苦思而后得的审美境界，"自然"与精思巧运相统一，这与宋人梅尧臣所谓"唯造平淡难"颇为相似。 因此，他在《诗有六至》中有这样颇具理论张力的表述："至险而不僻，至奇而不差，至丽而自然，至苦而无迹，至近而意远，至放而不迁。"⑧使赋诗者熟悉技法，"无天机者坐致天机"，这也

① ［唐］皎然著，李壮鹰校注：《诗式校注》，人民文学出版社 2003 年版，第 31 页。
② ［唐］皎然著，李壮鹰校注：《诗式校注》，人民文学出版社 2003 年版，第 57 页。
③ ［唐］皎然著，李壮鹰校注：《诗式校注》，人民文学出版社 2003 年版，第 110 页。
④ ［唐］皎然著，李壮鹰校注：《诗式校注》，人民文学出版社 2003 年版，第 103 页。
⑤ ［唐］皎然著，李壮鹰校注：《诗式校注》，人民文学出版社 2003 年版，第 118 页。
⑥ ［唐］皎然著，李壮鹰校注：《诗式校注》，人民文学出版社 2003 年版，第 373 页。
⑦ ［唐］皎然著，李壮鹰校注：《诗式校注》，人民文学出版社 2003 年版，第 39 页。
⑧ ［唐］皎然著，李壮鹰校注：《诗式校注》，人民文学出版社 2003 年版，第 26 页。

是他作《诗式》的目的。 在他看来："希世之珠，必出骊龙之颔，况通幽含变之文哉？"①诗歌之自然，之"易"，乃"贵成章以后，有其易貌，若不思而得也"②。 同时，皎然之自然，还与其赋诗乃是得天地之运化的哲学玄思有关，他在《诗式序》中说：

> 夫诗者，众妙之华实，六经之菁英，虽非圣功，妙均于圣。彼天地日月、元化之渊奥、鬼神之微冥，精思一搜，万象不能藏其巧。其作用也，放意须险，定句须难，虽取由我衷，而得若神授。至如天真挺拔之句，与造化争衡，可以意冥，难以言状，非作者不能知也。③

皎然之自然，是因乎天道的自然发用过程。 但发"用"也就是创作，则是指因循诗法的过程，是"放意须险，定句须难"艰苦运思的创作。 因为是得乎天道之"体"，其"用"的最高境界即是孜求"与造化争衡"的"天真挺拔之句"。 不难看出，皎然论诗之"自然"，也有得乎自然之道的意蕴。 皎然是一位有较深厚思想底蕴的诗家，他以体用论诗便体现了这一特点。 就体而言，诗乃众妙之华实，六经之菁英。 无论是于儒于道，皎然都充分肯定了诗歌的地位。 当经学占统治地位时，文人时有"壮夫不为"之慨。 六朝时文学的地位有所提高，有所谓"经国之大业，不朽之盛事"。 但是，宗经征圣乃是文论家们论文叙笔的基础与前提。 比较而言，皎然对诗歌地位的认识有过于前人，他视诗歌为"六经之菁英"，亦即经典中最具审美价值的一部分。 就其所论的诗之"作用"中"取由我衷"来看，此之"诗"又非"六经"之一的《诗》，而是就文学样式之一的诗歌而言。 皎然的论述不啻是对经学与诗学关系的重新厘定。 对于具两重意以上，含文外之旨的诗歌，"若遇高手如康乐公览而察之，但见情性，不睹文字，盖诣道之极也"。 诗中所含之道，"尊之于儒，则冠六经之首；贵之于道，则居众妙之门；精之于释，则彻空王之奥"④。"但见情性，不睹文字"的诗之道，乃

---

① 〔唐〕皎然著，李壮鹰校注：《诗式校注》，人民文学出版社 2003 年版，第 376 页。

② 〔唐〕皎然著，李壮鹰校注：《诗式校注》，人民文学出版社 2003 年版，第 376 页。

③ 〔唐〕皎然著，李壮鹰校注：《诗式校注·诗式序》，人民文学出版社 2003 年版，第 1 页。

④ 〔唐〕皎然著，李壮鹰校注：《诗式校注》，人民文学出版社 2003 年版，第 42 页。

道之极。 可见，在皎然看来，诗歌是与三教有关而又超越于三教之外的存在。这是对诗歌价值的再提升。 诗歌之所以具六经菁英之美，皎然认为，这是由诗歌于森罗万象之中独具的灵妙特征所决定的。 诗人"精思一搜"，天地日月之象，元化渊奥之理，鬼神微冥之秘，无不可见诸诗行。 皎然得洪州禅法，他也以洪州禅"作用见性"的思想论诗。 事实上，皎然之论"作用"，也往往与"真性""情性"相联系，如他评李陵、苏武："二子天予真性，发言自高，未有作用。"①云："曩者尝与诸公论康乐，为文真于情性，尚于作用，不顾词彩而风流自然。"②可见，"作用"在皎然的话语体系中也是与"性"相联系的一对概念，这也印证了其"作用"乃本于佛学。 在阐明诗之体高妙无碍之后，他又以"作用"层面论诗："放意须险，定句须难。"在皎然看来，诗之"性体"如此高妙，其"作用"亦当有独特的要求，想落天外，苦思敏求，才能不落于平庸。 对此，其《诗议》中亦有类似的论述："固须绎虑于险中，采奇于象外。"③不难看出，皎然所理解的诗学体系，乃是参诸释氏，尤其是洪州禅法所构建的，因此，在皎然的话语系统中，一些传统诗学命题也具有了不同的含义。《诗式》中述及"诗教"凡四见，《昼上人集》中亦有两见。 其中，"西汉之初，王泽未竭，诗教在焉"④；"……天机素少，选又不精，多采浮浅之言以诱蒙俗，特与瞽夫偷语之便，何异借贼兵而资盗粮，无益于诗教矣"⑤；以及《昼上人集》中《五言答苏州韦应物郎中》："诗教殆沦缺，庸音互相倾。 忽观风骚韵，会我凤昔情"⑥等论述尚具有传统"诗教"的含义，其余的"诗教"概念了无怨刺上政之诗的主文谲谏、温柔敦厚的意味，而主要是指诗歌所应持守的原则或诗歌的基本特征。如，他创作《诗式》目的是"使无天机者坐致天机，若君子见之，庶几有益于诗教矣"⑦。 他在《三不同》中云："其次偷意，事虽可罔，情不可原，若欲一例平

① 〔唐〕皎然著，李壮鹰校注：《诗式校注》，人民文学出版社2003年版，第103页。
② 〔唐〕皎然著，李壮鹰校注：《诗式校注》，人民文学出版社2003年版，第118页。
③ 〔唐〕皎然著，李壮鹰校注：《诗式校注》，人民文学出版社2003年版，第376页。
④ 〔唐〕皎然著，李壮鹰校注：《诗式校注》，人民文学出版社2003年版，第103页。
⑤ 〔唐〕皎然著，李壮鹰校注：《诗式校注》，人民文学出版社2003年版，第42页。
⑥ 〔唐〕皎然撰：《昼上人集》卷一，四部丛刊初编景印江安傅氏双鉴楼藏宋写本。
⑦ 〔唐〕皎然著，李壮鹰校注：《诗式校注·诗式序》，人民文学出版社2003年版，第1页。

反，诗教何设？"①《七言题秦系山人丽句亭》中云："独将诗教领诸生，但看青山不爱名。 满院竹声堪愈疾，乱床花片足忘情。"②这样的变异与皎然的学术背景关系甚切。 皎然"外学超然，诗兴闲适"③，因此，既无怨刺上政的内涵，也无温柔敦厚的追求，而纯粹是诗歌艺术本身之"教"。

在性体与作用统一的前提下，皎然的诗论具有了别样的色彩。 如：他辨诗之体，旨在将"德体风味"融会为"众美归焉"。 其《辨体有一十九字》云：

> 夫诗人之思初发，取境偏高，则一首举体便高；取境偏逸，则一首举体便逸。才性等字亦然。体有所长，故各功归一字。偏高偏逸之例，直于诗体；篇目风貌，不妨一字之下，风律外彰，体德内蕴，如车之有毂，众美归焉。其一十九字，括文章德体风味尽矣。……其比、兴等六义，本乎情思，亦蕴乎十九字中，无复别出矣。④

皎然述此十九体云：

> 高：风韵朗畅曰高。逸：体格闲放曰逸。贞：放词正直曰贞。忠：临危不变曰忠。节：持操不改曰节。志：立性不改曰志。气：风情耿介曰气。情：缘境不尽曰情。思：气多含蓄曰思。德：词温而正曰德。诫：检束防闲曰诫。闲：情性疏野曰闲。达：心迹旷诞曰达。悲：伤甚曰悲。怨：词调凄切曰怨。意：立言盘泊曰意。力：体裁劲健曰力。静：非如松风不动、林狖未鸣，乃谓意中之静。远：非如渺渺望水、杳杳看山，乃谓意中之远。⑤

这十九种诗体，是性与作用，外在之风律与内蕴之体德的完美结合，是诗歌中呈现出的意境、风貌等。 其中既有内容方面的贞、忠、节、志，又是艺术形式方面

---

① 〔唐〕皎然著，李壮鹰校注：《诗式校注》，人民文学出版社 2003 年版，第 59 页。

② 〔唐〕皎然撰：《昼上人集》卷三，四部丛刊初编景印江安傅氏双鉴楼藏宋写本。

③ 〔元〕辛文房：《皎然上人传》，傅璇琮主编《唐才子传校笺》2 册，中华书局 1995 年版，第 205 页。

④ 〔唐〕皎然著，李壮鹰校注：《诗式校注》，人民文学出版社 2003 年版，第 69 页。

⑤ 〔唐〕皎然著，李壮鹰校注：《诗式校注》，人民文学出版社 2003 年版，第 69 页。

的达、怨、闲等。 论者往往对皎然标准不一有些许遗憾，但其实这正体现了皎然体用浑一的论诗取向。 一体性是他论及十九体的第一个特征。 如：他所谓"德"并不是传统意义上的德性，而是指本于德性而主要体现于遣辞用语方面的温婉平正。 再如：他所述的"情"，是"缘境不尽"之情，情与境是一体而生的，情缘境显，情境互融。 皎然此论可视为古代意境说的端倪。 他所谓的"比兴等六艺，本乎情思"也是说明诗歌内容与审美形式、表现手法的一体性。 艺术性是其第二个特征。 揭示诗歌艺术与审美的境界是其分辨十九体的目的。如，他所谓静，非现实之"静"，而是艺术的、审美的境界，谓之"非如松风不动、林狖未鸣，乃谓意中之静"。 同样，"远"也是"非如渺渺望水、杳杳看山，乃谓意中之远"，等等。 这一认识特征，源于皎然深厚的学术底蕴。

其次，"复变之道"：复古与开新相结合的文学观。 皎然在《复古通变体》条云：

> 作者须知复、变之道，反古曰复，不滞曰变。若惟复不变，则陷于相似之格，其状如驽骥同厩，非造父不能辨，能知复、变之手，亦诗人之造父也。以此相似一类，置于古集之中，能使弱手视之眩目，何异宋人以燕石为玉璞，岂知周客嘘唏而笑哉！又，复变二门，复忌太过，诗人呼为膏肓之疾，安可治也。如释氏顿教，学者有沈性之失，殊不知性起之法，万象皆真。夫变若造微，不忌太过，苟不失正，亦何咎哉！如陈子昂复多而变少，沈、宋复少而变多，今代作者不能尽举。吾始知复、变之道岂惟文章乎？在儒为权，在文为变，在道为方便。后辈若乏天机，强效复古，反令思扰神沮，何则？夫不工剑术，而欲弹抚干将太阿之铗，必有伤手之患，宜其诫之哉！①

皎然的复古通变之道是与学术思想相联系的。 在复古与通变之间，更重通变。他认为，如果不通变，则会"陷于相似之格"。 对于复，他"忌太过"。 而对于变的态度则不然，谓："夫变若造微，不忌太过，苟不失正，亦何咎哉！"变通是皎然论为文之道的主导方面。 他认为陈子昂"复多而变少"，这是因为初唐陈子

---

① 〔唐〕皎然著，李壮鹰校注：《诗式校注》，人民文学出版社 2003 年版，第 330 页。

昂于齐梁偶丽轻艳余风犹存之时，以追求汉魏风骨与风雅兴寄，对初唐诗风的转变发挥了重大作用。而沈佺期、宋之问则"复少而变多"，这是因为沈、宋将五律、七律新体诗臻于成熟。诚如元稹所言："沈宋之流，研练精切，稳顺声势，谓之为律诗。由是而后，文变之体极焉。"[①]不难看出，陈子昂之推重建安风骨与正始之音，实乃借复古之名以纠诗坛之弊，开诗坛新貌之实。皎然认为陈子昂"复多而变少"，体现了其重诗歌形式的一面。因此，他对唐人卢藏用关于陈子昂的褒赞提出了批评。卢藏用在《右拾遗陈子昂文集序》中云："道丧五百岁而得陈君。"卢氏之论得到了杜甫、韩愈等人的应和，他们对陈子昂之于诗坛的贡献极推崇。杜甫谓之"有才继骚雅，名与日月悬。"颜真卿则不以为然，并影响了皎然。胡震亨《唐音癸签》载："……独颜真卿有异论。真卿尝云：'沈隐侯之论谢康乐也，乃云灵均已来，此秘未睹；卢黄门之序陈拾遗也，而云道丧五百岁而得陈君。若激昂颓波，虽无害过正；榷其中论，亦伤于厚诬。'僧皎然采而著之《诗式》。"[②]诚如胡震亨所述，皎然在《论卢藏用〈陈子昂集序〉》中云：

卢黄门《序》，评贾谊、司马迁"宪章礼乐，有老成之风"；让长卿、子云："'王公大人'之言，溺于流辞"。又云："道丧五百年而有陈君乎！"予因请论之曰：司马子长《自序》云，周公卒五百岁而有孔子，孔子卒五百岁而有司马公。迩来年代既遥，作者无限，若论笔语，则东汉有班、张、崔、蔡；若但论诗，则魏有曹、刘、三傅，晋有潘岳、陆机、阮籍、卢谌，宋有谢康乐、陶渊明、鲍明远，齐有谢吏部，梁有柳文畅、吴叔庠，作者纷纭，继在青史，如何五百之数独归于陈君乎？藏用欲为子昂张一尺之罗盖，弥天之宇，上掩曹、刘，下遗康乐，安可得耶？又，子昂《感寓》三十首，出自阮公《咏怀》，《咏怀》之作，难以为俦。子昂诗曰："荒哉穆天子，好与白云期。宫女多怨旷，层城蔽蛾眉。"曷若阮公"三楚多秀士，朝云进荒淫。朱华振芬芳，高蔡相追寻。一为黄雀哀，涕下谁能禁"？此《序》或未湮沦千载之下，当有识

① ［唐］元稹著，冀勤点校：《元稹集》卷五十六《唐故工部员外郎杜君墓系铭》，中华书局 2010 年版，第 691 页。

② ［明］胡震亨编：《唐音癸签》卷五，上海古籍出版社 1981 年版，第 44—45 页。

者，得无抚掌乎？①

皎然对于卢藏用的批评，弱化了陈子昂纠矫六朝以来绮靡诗风的作用，没有认识到陈子昂名为复建安之风，实乃革新的实质。失允毋庸讳言。但是，皎然之论也不无积极意义：卢藏用之论有文学退化论的色彩，认为孔子以天纵之才，使"数千百年文章粲然可观也"，但"孔子殁二百岁而骚人作，于是怨丽浮侈之法行焉"。至陈子昂之前，则是"道丧五百年而有陈君"，否定了文学的发展，而皎然则肯定了文学不断发展的史实，认为"迩来年代既遥，作者无限"。展示了一部文学的渐进历史。

再次，"精之于释，则彻空之奥"：佛学在皎然诗论中的独特作用。皎然乃一诗僧。对于皎然的方外经历，《宋高僧传》载："幼负异才，性与道合，初脱羁绊，渐加削染。登戒于灵隐戒坛守直律师边，听毗尼道，特所留心。于篇什中，吟咏情性，所谓造其微矣。文章隽丽，当时号为释门伟器哉。后博访名山，法席罕不登听者。然其兼攻并进，子史经书，各臻其极。凡所游历，京师则公相敦重，诸郡则邦伯所钦，莫非始以诗句牵劝，令入佛智、行化之意，本在乎兹。"②从该传记中不难看出，皎然当时已声名较著。他虽然从守直律师受戒，但守直并不拘守律宗，而是一位能兼综诸家的僧人。当然，就现存皎然的《天台和尚法门义赞》《二宗禅师赞》等作品来看，他受天台与禅宗的影响较大，而禅宗的意趣在皎然的诗歌中表现尤多，如"从遣鸟喧心不动，任教香醉境常冥"③就颇得法融所谓"心寂境如：不遣不拘"的意趣；"世事花上尘，惠心空中境"④，又有慧能所谓"但行直心，不着法相"的禅味。当然，皎然的方外经历也体现在诗论之中，他之"作用"即带有浓厚的佛学色彩。求文外之旨，也颇具禅味，云："两重意已上，皆文外之旨，若遇高手如康乐公览而察之，但见

---

① ［唐］皎然著，李壮鹰校注：《诗式校注》，人民文学出版社 2003 年版，第 221—222 页。

② ［宋］赞宁撰，范祥雍点校：《宋高僧传》卷二九，中华书局 1987 年版，第 728 页。

③ ［唐］皎然：《杼山集》卷三《同李著作纵题尘外上人院》，《景印文渊阁四库全书》第 1071 册，804 页。

④ ［唐］皎然：《杼山集》卷二《白云上人精舍寻杼山禅师兼示崔子向何山道上人》，《景印文渊阁四库全书》第 1071 册，788 页。

情性，不睹文字，盖诣道之极也。"①皎然认为诗人的佛学修养，对诗歌颇有助益。 如，评谢灵运云："康乐公早岁能文，性颖神彻，及通内典，心地更精，故所作诗，发皆造极，得非空王之道助邪?"②作为一名释氏诗论家，佛学思想是其诗论形成的重要因子，云："向使此道尊之于儒，则冠六经之首；贵之于道，则居众妙之门；精之于释，则彻空王之奥。"③概而言之，有以下几方面。

其一，关于境界。 皎然在《诗式》中有"取境"一目，说的是诗歌"由先积精思，因神王而得"的创作过程。"取境"本乎佛学，本指取著所对之境，而生贪爱，从而染心成执。《大乘义章》："取执境界，说名为取。"对于境，《诗议》中也说：

> 夫境象非一，虚实难明。有可睹而不可取，景也；可闻而不可见，风也。虽系乎我形，而妙用无体，心也；义贯众象，而无定质，色也。凡此等，可以偶虚，亦可以偶实。④

皎然记述了境象所涉的内容。 既有虚，也有实；既有可睹之景以及作家通过精思而妙手天成的艺术形象，也有不可见之心体。 对于境界静寂的特征，他以佛学所谓不动心为是。《辩体有一十九字》论及"静"与"远"时云："静：非如松风不动、林狖未鸣，乃谓意中之静。 远：非如渺渺望水，杳杳看山，乃谓意中之远。"⑤皎然对谢灵运礼敬殊甚，曰：

> 且如"池塘生春草"，情在言外；"明月照积雪"，旨冥句中。风力虽齐，取兴各别。……情者如康乐公"池塘生春草"是也。抑由情在言外，故其辞似淡而无味，常手览之，何异文侯听古乐哉?《谢氏传》曰："吾尝在永嘉西堂作诗，梦

① ［唐］皎然著，李壮鹰校注：《诗式校注》，人民文学出版社 2003 年版，第 42 页。
② ［唐］皎然著，李壮鹰校注：《诗式校注》，人民文学出版社 2003 年版，第 118 页。
③ ［唐］皎然著，李壮鹰校注：《诗式校注》，人民文学出版社 2003 年版，第 42 页。
④ ［唐］皎然：《诗议》，转引自郭绍虞主编《中国历代文论选》第 2 册，上海古籍出版社 2001 年版，第 88 页。
⑤ ［唐］皎然著，李壮鹰校注：《诗式校注》，人民文学出版社 2003 年版，第 71 页。

见惠连,因得'池塘生春草',岂非神助乎?"①

对谢灵运的尊崇,固然是因视其为远祖,同时,还与谢灵运得"空王之道",尤其是禅宗有关。 他们都受佛学的影响,而尤重诗歌的"文外之旨""情在言外"。 皎然与其后司空图等人似有不同,司空图等人得之于禅法的内敛与冲淡,而皎然论诗主张高逸,作诗要"虽尚高逸,而离迂远"②。 他在《辩体有一十九字》中,首以高、逸为基础,云:"风韵朗畅曰高","体格闲放曰逸"③。这与司空图所尚的冲淡有所区别,其原因则在于:皎然所尚的审美取向并不局限于清空一格,而且还是朗畅的高韵,闲放的逸趣,这与一般受禅学影响的论者有所不同。 究其原因,与其受到洪州禅"起心动念,弹指动目,所作所为,皆是佛性全体之用,更无别用。 全体贪嗔痴,造善造恶,受乐受苦,此皆是佛性"④,不假修为的悟道途径以及皎然博洽的学术取向有关。

其二,以佛喻诗。 皎然常以佛教喻诗歌,如:他在论及复变二门之时,认为"复忌太过,诗人呼为膏肓之疾,安可治也,如释氏顿教,学者有沈性之失,殊不知性起之法,万象皆真"。⑤ 顿教即顿成之教,是与渐教相对而言的。 渐教认为需历劫修行,方可出生死轮回之苦,而顿教则是顿悟佛果之法。 皎然认为顿教学者往往单提明心见性,而误解了性起论承认万象皆真的方面,他以顿、渐二教持论过于绝对之失,说明"复忌太过",并且以之说明一些顿教学者天性尚欠,草率言顿而不得要领。 由此他对当时文坛陈因有余的现状提出了批评:"吾始知复、变之道岂惟文章乎? 在儒为权,在文为变,在道为方便。 后辈若乏天机,强效复古,反令思扰神沮,何则? 夫不工剑术,而欲弹抚干将太阿之铗,必有伤手之患,宜其诫之哉。"⑥可见,皎然重顿教,尚通变。 对"复",他忌其太过;对于"变","不忌太过,苟不失正,亦何咎哉"⑦? 以佛教顿渐二教

① 〔唐〕皎然著,李壮鹰校注:《诗式校注》,人民文学出版社 2003 年版,第 153 页。
② 〔唐〕皎然著,李壮鹰校注:《诗式校注》,人民文学出版社 2003 年版,第 22 页。
③ 〔唐〕皎然著,李壮鹰校注:《诗式校注》,人民文学出版社 2003 年版,第 69 页。
④ 〔唐〕宗密:《中华传心地禅门师资承袭图》卷一,《续藏经》第 63 册,第 33 页上。
⑤ 〔唐〕皎然著,李壮鹰校注:《诗式校注》,人民文学出版社 2003 年版,第 330 页。
⑥ 〔唐〕皎然著,李壮鹰校注:《诗式校注》,人民文学出版社 2003 年版,第 330 页。
⑦ 〔唐〕皎然著,李壮鹰校注:《诗式校注》,人民文学出版社 2003 年版,第 330 页。

为喻，阐明了尚通变的诗学主张。

其三，以中道论诗。 皎然与天台宗的关系甚切，他曾为神皓作《唐洞庭山福愿寺律和尚坟塔铭》。 神皓是昙一的弟子，既是律师，也精通天台，皎然谓其"学精三藏天台宗旨"。 同时，皎然还与天台湛然大师的弟子元浩友善，《宋高僧传》中谓其"与武丘山元浩、会稽灵澈为道交"①。 可见，皎然对天台教义有充分的理解。 事实上，他在论诗时体现的中道观，带有明显的天台宗中道实相的色彩。 在《文镜秘府论·南卷》"论文意"中有云：

> 且文章关其本性，识高才劣者，理周而文窒；才多识微者，句佳而味少。是知溺情废语，则语朴情暗；事语轻情，则情阙语淡。巧拙清浊，有以见贤人之志矣。抵而论，属于至解，其犹空门证性，有中道乎！何者？或虽有态而语嫩，虽有力而意薄，虽正而质，虽直而鄙，可以神会，不可言得，此所谓诗家之中道也。②

佛教龙树论师所造的《中论》偈曰："因缘所生法，我说即是空，亦为是假名，亦是中道义。"③认为有为无为的一切诸法当体性空，意在破除由于假名认识所执着的实在。 认为"空"并非相对于"有"的"无"，而是"不"，是泯、破的意思，是超越有无的"中道"。"中道"在中国佛教中占据重要的地位，其理论也各有不同，法相以唯识为中道，三论以八不为中道，天台以实相为中道，华严以法界为中道。 显然，就方法论而言，中道观是离有无而超绝于二者之上的观法。 皎然正是用"中道"的方法来论诗的，在识高才劣，或才多识微，语朴情暗或情阙语淡诸方面，皎然追求的是"至解"。 这个"至解"就是"诗家之中道"，就是不落一边、不执一端的审美方法。 在《诗式》中，这样的方法随处可见，如，他所谓"诗有四不"，云："气高而不怒，怒则失于风流；力劲而不露，露则伤于斤斧；情多而不暗，暗则蹶于拙钝；才赡而不疏，疏则损于筋脉。"④他

① ［宋］赞宁撰，范祥雍点校：《宋高僧传》卷二九，中华书局1987年版，第728页。
② ［日］遍照金刚撰，庐盛江校考：《文镜秘府论汇校汇考》，中华书局2006年版，第1442页。
③ ［唐］沙门吉藏：《中观论疏》卷一，民国四年金陵刻经处刻本。
④ ［唐］皎然著，李壮鹰校注：《诗式校注》，人民文学出版社2003年版，第17页。

还主张"要力全而不苦涩，要气足而不怒张"①。皎然论诗是超逸而灵动的，这与其深谙佛学中道观有直接的关系。皎然所谓的"诗有四离"云："虽有道情，而离深僻；虽用经史，而离书生；虽尚高逸，而离迂远；虽欲飞动，而离轻浮。"②"诗有六至"云："至险而不僻，至奇而不差，至丽而自然，至苦而无迹，至近而意远，至放而不迂。"③这些显然都是中观之法。他所说的"至解"，就是适度和谐的中道。而所谓"可以神会，不可言得"，显然不是儒家的中庸、中和，因为儒家的中庸和中和是指"过"与"不及"之间的中节点，或差别性的共存。皎然所说的"中道"，是"空门证性"所得，是"可以神会，不可言得"的。可见，佛学的中道观对于皎然的诗学思想产生了重要作用。

最后，"放意须险，定句须难"：诗歌创作方法的诸多论述。《诗式》是一部诗论专著，讨论诗歌技法是其主要内容。如：开篇之"明势""明作用""明四声"，便论述了诗歌创作的诸要领。"明势"条述诗歌之气象，云：

> 高手述作，如登荆、巫，觇三湘、鄢、郢山川之盛，萦回盘礴，千变万态。文体开阖作用之势，或极天高峙，崒焉不群，气腾势飞，合沓相属，奇势在工，或修江耿耿，万里无波，欸出高深重复之状，奇势互发。古今逸格，皆造其极妙矣。④

皎然所谓"势"，是诗歌的"开阖作用之势"，是指诗歌的整体气象与风貌。皎然所尚的是"千变万态""气腾势飞"的奇势。即使是状"修江耿耿，万里无波"，也是为了"欸出高深重复之状"，这与刘勰所谓"势者，乘利而为制也。如机发矢直，涧曲湍回，自然之趣也"⑤颇为相似。当然，皎然之论势，期在得其"逸格"。

"明作用"条述诗歌之技巧，云：

---

① 〔唐〕皎然著，李壮鹰校注：《诗式校注》，人民文学出版社 2003 年版，第 20 页。
② 〔唐〕皎然著，李壮鹰校注：《诗式校注》，人民文学出版社 2003 年版，第 22 页。
③ 〔唐〕皎然著，李壮鹰校注：《诗式校注》，人民文学出版社 2003 年版，第 26 页。
④ 〔唐〕皎然著，李壮鹰校注：《诗式校注》，人民文学出版社 2003 年版，第 11 页。
⑤ 〔南齐〕刘勰著，范文澜注：《文心雕龙注》卷六《定势第三十》，人民文学出版社 1958 年版，第 529—530 页。

作者措意，虽有声律，不妨作用，如壶公瓢中自有天地日月。时时抛针掷线，似断而复续，此为诗中之仙。拘忌之徒，非可企及矣。①

皎然所谓"作用"，是与性体相通而见于诗歌中的艺术想象及技巧，是形成诗歌体势的主体要素，是诗人之"措意"过程。这在《诗式》卷二"池塘生春草，明月照积雪"条中得到了体现："夫诗人作用，势有通塞，意有盘礴。"②皎然强调的是虽有声律而又得自然之趣的艺术思维。但对于诗歌中是否见作用之迹，皎然则并没有明确的褒贬，如，他说："其五言，周时已见滥觞，及乎成篇，则始于李陵、苏武。二子天予真性，发言自高，未见作用。《十九首》辞精义炳，婉而成章，始见作用之功，盖是汉之文体。"③又云："曩者尝与诸公论康乐，为文真于情性，尚于作用。"④皎然对谢康乐评价尤高，可见其于"作用"并无多少贬意，这在"明作用"条亦即得到佐证。"始见作用之功，盖是汉之文体。"可见，皎然认为"作用"是与文体的变迁相联系的。皎然"明作用"，可见其重视作家运思、构思的技巧。对此，他在《诗式》卷一"取境"条中云：

或云，诗不假修饰，任其丑朴，但风韵正、天真全，即名上等。予曰：不然。无盐阙容而有德，曷若文王太姒有容而有德乎？又云：不要苦思，苦思则丧自然之质，此亦不然。夫不入虎穴，焉得虎子？取境之时，须至难至险，始见奇句。成篇之后，观其气貌，有似等闲，不思而得，此高手也。有时意静神王，佳句纵横，若不可遏，宛如神助。不然。盖由先积精思，因神王而得乎！⑤

皎然认为诗歌也需要假以修饰，承认精思苦索是诗人创作时普遍经历的环节。"看似等闲，不思而得"是成篇之后留给鉴赏者的印象。对于作家来说，诗歌意境的酝酿和构思则是"至难至险"的过程，积思而后神王。正因为如此，

① ［唐］皎然著，李壮鹰校注：《诗式校注》，人民文学出版社 2003 年版，第 13 页。
② ［唐］皎然著，李壮鹰校注：《诗式校注》，人民文学出版社 2003 年版，第 153 页。
③ ［唐］皎然著，李壮鹰校注：《诗式校注》，人民文学出版社 2003 年版，第 103 页。
④ ［唐］皎然著，李壮鹰校注：《诗式校注》，人民文学出版社 2003 年版，第 118 页。
⑤ ［唐］皎然著，李壮鹰校注：《诗式校注》，人民文学出版社 2003 年版，第 39 页。

他并不太介意作品中是否可见作用之功。皎然所尚的自然之趣，是讲究艺术技巧，尊重艺术规律基础上的自然。皎然所述，乃是深谙创作三昧的经验之谈。

"明四声"条述诗歌声律，云：

> 乐章有宫商五音之说，不闻四声。近自周颙、刘绘流出，宫商畅于诗体。轻重低昂之节，韵合情高，此未损文格。沈休文酷裁八病，碎用四声，故风雅殆尽。后之才子，天机不高，为沈生弊法所媚，懵然随流，溺而不返。①

皎然并不排斥声律的作用，认为其轻重低昂的音律，尚不碍为诗之格，但对于沈约的八病十分不满，认为其违背了风雅传统，其病在于"碎"。与声律相联系，皎然也论及对偶，云：

> 夫对者，如天尊地卑，君臣父子，盖天地自然之数。若斤斧迹存，不合自然，则非作者之意。②

在皎然看来，对偶乃自然之用。作品中的对偶亦应以自然为依归，而不着斤斧痕迹，以"不滞"为是。

皎然认为作品当深于体势、作用、声对、用事等技法，方可使作品给人以审美享受。这种效果就是"气象氤氲""意度盘礴""用律不滞""用事不直"。其"诗有四深"条云：

> 气象氤氲，由深于体势；意度盘礴，由深于作用；用律不滞，由深于声对；用事不直，由深于义类。③

总之，皎然对于诗歌的表现手法甚为重视，其理想的境界是尊重艺术规律而

---

① 〔唐〕皎然著，李壮鹰校注：《诗式校注》，人民文学出版社 2003 年版，第 14 页。

② 〔唐〕皎然著，李壮鹰校注：《诗式校注》，人民文学出版社 2003 年版，第 57 页。

③ 〔唐〕皎然著，李壮鹰校注：《诗式校注》，人民文学出版社 2003 年版，第 18 页。

又不露痕迹，不悖自然。 即其所谓"至丽而自然""至苦而无迹"①。 皎然基于自身深厚的学术根底对诗歌艺术进行了深入探讨，是唐代诗论中注重审美特征的重要代表人物之一。

第二节　高仲武选诗体现的诗学宗旨

高仲武的《中兴间气集》是继《河岳英灵集》之后的又一部唐诗选本。《中兴间气集》选录作品创作于安史之乱之后，起于肃宗至德元载（756），终于代宗大历末年，一共26位诗人的作品。 诗人之后都系以评语。 所选的诗人、诗歌以及评语，体现了高仲武的审美取向，且可见至德到大历诗风之一斑。

高仲武（生卒年不详），《中兴间气集》卷首自署为"渤海高仲武"。 唐代宗大历年间在世，生平事迹不可考。 关于书名缘起，编者自序中有云："唐兴一百七十载，属方隅叛涣，戎事纷伦，业文之人，述作中废。 粤若肃宗、先帝，以殷忧启圣，反正中兴。 伏惟皇帝，以出震继明，保安区宇。 国风雅颂，蔚然复兴；所谓文明御时，上以化下者也。"亦即肃宗、代宗两朝为戡平叛乱，故称中兴。 关于'间气'，《正蒙初义》载："间气谓间有之气，难得之贤才也。"②大约是指遴选的肃宗、代宗朝杰出诗人的作品。 关于该选集的编选宗旨，其自序有云："诗人之作，本诸于心。 心有所感，而形于言。 言合典谟，则列于风雅。暨乎梁昭明载述已往，撰集者数家，推其风流。《正声》最备，其余著录，或未至焉。 何者?《英华》失于浮游，《玉台》陷于淫靡，《珠英》但纪朝士，《丹阳》止录吴人。 此由曲学专门，何暇兼包众善。 使夫大雅君子，所以对卷而长叹也。"③他对此前的几个诗歌选本提出了批评：由萧统所编，今已亡佚的《古今诗苑英华》"失于浮游"。 徐陵所编的《玉台新咏》"陷于淫靡"。 崔融所编的《珠英学士集》因为专录参予修撰《三教珠英》的文人的作品，故而谓之"但纪朝士"。 今已亡佚的由殷璠所编的《丹阳集》因所辑乃古丹阳籍的包融、储光羲等十八名诗人，故称其"止录吴人"。 基于这样的背景，高仲武的"今之所收，

---

① 　［唐］皎然著，李壮鹰校注：《诗式校注》，人民文学出版社2003年版，第26页。

② 　［清］王植撰：《正蒙初义》卷十七，《景印文渊阁四库全书》第697册，第703页。

③ 　［唐］高仲武编，傅璇琮等整理：《中兴间气集·自序》，中华书局2014年版第451页。

殆革前弊。 但使体状风雅，理致清新，观者易心，听者竦耳，则朝野通取，格律兼收"①。 但是，高仲武选诗还高悬着一个"古之作者"的标准，谓之："古之作者，因事造端，敷弘体要，立义以全其制，因文以寄其心，著王政之兴衰，表国风之善否，岂其苟悦权右、取媚薄俗哉！"②由此大致可以窥见高仲武选评诗歌的审美取向及诗学观念主要在于"体状风雅，理致清新"③。"体状风雅"是高氏"今之所收"诗歌与内容相关的标准，也与其所规摹的诗歌"著王政之兴衰，表国风之善否"一致。 高氏自序中的这一标准在其品题诗人时也得到了印证。如：他评朱湾的诗歌："诗体幽远，兴用弘深。 因词写意，穷理尽性。 于咏物尤工。 如'受气何曾异，开花独自迟'。 所谓哀而不伤，《国风》之深也。"④称张继"'火燎原犹热，风摇海未平。 应将否泰理，一问鲁诸生。'比兴深矣"⑤。虽然对刘长卿有"诗体虽不新奇，甚能炼饰。 大抵十首已上，语意稍同。 于落句尤甚，思锐才窄也"⑥的贬评，而入选的根据可能是其有风雅遗韵，即其所谓："其'得罪风霜苦，全生天地仁'。 可谓伤而怨，亦足以发挥风雅矣。"⑦高仲武评孟云卿曰："祖述沈千运，渔猎陈拾遗，词意伤怨。 如'虎豹不相食，哀哉人食人'方于《七哀》，'路有饥妇人，抱子弃草间'则云卿之句深矣。"⑧但是，肃代朝是唐王朝由盛转衰的时期，文人的心态与时代精神都发生了很大的变化，盛唐时期的高亢豪迈之气消弥殆尽，因此，《中兴间气集》中"体状风雅"的

① ［唐］高仲武编，傅璇琮等整理：《中兴间气集·自序》，中华书局 2014 年版，第 451 页。

② ［唐］高仲武编，傅璇琮等整理：《中兴间气集·自序》，中华书局 2014 年版，第 451 页。

③ ［唐］高仲武编，傅璇琮等整理：《中兴间气集·自序》，中华书局 2014 年版，第 451 页。

④ ［唐］高仲武编，傅璇琮等整理：《中兴间气集》卷上《朱湾》，中华书局 2014 年版，第 485 页。

⑤ ［唐］高仲武编，傅璇琮等整理：《中兴间气集》卷下《张继》，中华书局 2014 年版，第 502 页。

⑥ ［唐］高仲武编，傅璇琮等整理：《中兴间气集》卷下《刘长卿》，中华书局 2014 年版，第 504 页。

⑦ ［唐］高仲武编，傅璇琮等整理：《中兴间气集》卷下《刘长卿》，中华书局 2014 年版，第 504 页。

⑧ ［唐］高仲武编，傅璇琮等整理：《中兴间气集》卷下《孟云卿》，中华书局 2014 年版，第 524 页。

作品并不占主流，其品题亦以标举清赡新奇为主。

当然，高仲武选诗品诗存在着这样一种两难情节：一方面，他选编《中兴间气集》的目的，希望能展示"肃宗先帝，以殷忧启圣，反正中原"以后的一段历史现实，通过诗歌"著王政之兴衰，表国风之善否"。他秉承了儒家的诗学传统，以求"言合典谟""体状风雅"。另一方面，这一时期的诗人们大多表现出的是经历了乱离之后，文士们对政治的失望、精神的消颓。但这些人一般都缺乏独立的人格精神，诚如钱起所云："鹪鹩无羽翼，愿假宪乌翔。"大多依附于权贵之门。这种特殊的人生经历，使他们的诗歌反映社会现实的深度与开元、天宝时期不可同日而语。虽然高仲武以"言合典谟""体状风雅"相标榜，但真正体现风雅精神的作品在《中兴间气集》中并不多。大多数诗歌的境界窄小凄清，多为疏雨、秋寒、惊鹊、残阳、寒塘等萧索孤寒的景色，作品中表现的多是悲愁苦闷、迷惘彷徨的情绪。

"理致清新"是高仲武遴选诗人及诗歌风格的主要标准。他在这二十六位诗人中，最为推重的当数钱起、郎士元，而尤以钱起为最。在高仲武看来，"挺冠词林"的钱起诗歌最显著的特点即"体格新奇，理致清赡"。他同样较为推重的皇甫冉的作品也是"发调新奇"。当然，从《中兴间气集》的品题文字中体现了一个显著的矛盾，这就是对藻丽绮靡的褒贬不定，如他批评李希仲诗云："希仲诗轻靡，华胜于质。"[1]但又称颂李嘉祐的诗歌"往往涉于齐梁，绮靡婉丽，盖吴均、何逊之敌也"[2]，对六朝诗风甚为推赞。这在论皇甫冉时也表现了同样的取向，谓其"可以雄视潘、张，平揖沈、谢"[3]。再如论及钱起与郎士元时，谓："就中郎公稍更闲雅，近于康乐。"[4]"又'暮蝉不可听，落叶岂堪闻。'古人谓谢朓工于发端，比之于今，有惭沮矣。"[5]多以六朝为标的，对六朝诗人也多有

①　〔唐〕高仲武编，傅璇琮等整理：《中兴间气集》卷上《李希仲》，中华书局2014年版，第468页。

②　〔唐〕高仲武编，傅璇琮等整理：《中兴间气集》卷上《李嘉祐》，中华书局2014年版，第470页。

③　〔唐〕高仲武编，傅璇琮等整理：《中兴间气集》卷上《皇甫冉》，中华书局2014年版，第478页。

④　〔唐〕高仲武编，傅璇琮等整理：《中兴间气集》卷下《郎士元》，中华书局2014年版，第494页。

⑤　〔唐〕高仲武编，傅璇琮等整理：《中兴间气集》卷下《郎士元》，中华书局2014年版，第494页。

褒评。何以如此？这与代、肃两代的诗坛与时代关系甚切。天宝之乱以后，一些诗人避乱江南，审美趣味也受到了江南文化的影响。大历诗坛一些知名诗人的地位一般都不高，他们往往依附于权贵。加之，"唐人燕集必赋诗，推一人擅场"①，因此，当时多以得钱、郎之诗为荣。皇甫汸《解颐新语》云，"钱起、郎士元并拥大名，自丞相以下，更出作牧，二子无诗祖饯，时论鄙之。"②但是，就风格而言，钱起的诗能够誉著一时，也是因为具有自身的特色在，而并不是仅仅以谀事权贵。如有诗云："长歌爱钱起，慷慨壮征魂。"（《京口舟中同钱孔周》）"钱起能诗多逸思，为渠吟啸不能孤。"（《写竹石赠钱自铭》）因此，后人对钱起的评价一般比较高。如王世贞云："人谓唐以诗取士，故诗独工，非也。凡省试诗类鲜佳者，如钱起湘灵之诗，亿不得一，李肱霓裳之制万不得一。"③同样，郎士元之诗亦得后世嘉评，如宋人王谠云："郎士元诗句清绝，绝轻薄，好为剧语。"④清人贺裳云；"郎士元诗不能高，而有谈言微中之妙，淡语中有腴味。"⑤虽然钱起、郎士元等人的诗歌没有盛唐时期的高迈气象，但也颇具自身特色。这实乃诗风转变的一个契点，其后的绮靡之风更盛，诚如贺裳所云："高仲武谓李嘉祐绮靡婉丽，涉于齐梁。由未见后来温李辈耳。"⑥对于这种转变，四库馆臣有精要的论述，谓之："大历以还，诗格初变，开、宝浑厚之气，渐远渐漓。风调相高，稍趋浮响。升降之关，十子实为之职志。起与郎士元，其称首也。然温秀蕴藉，不失风之之旨。前辈典型，犹有存焉。"⑦可见，这是一个诗坛既有盛唐余韵，亦开中晚唐先河的时期。缘乎此，我们就不难理解高仲武在

---

① 〔宋〕魏庆之编，王仲闻校勘：《诗人玉屑》卷十二，中华书局 1963 年版，第258 页。

② 引自〔明〕周子文编：《艺薮谈宗》卷三，周维德辑校《全明诗话》第 4 册，齐鲁书社 2005 年版，第 3056 页。

③ 〔明〕王世贞撰：《艺苑卮言》卷四，载丁福保辑《历代诗话续编》，中华书局 2006 年版，第 1015 页。

④ 〔宋〕王谠撰：《唐语林》，古典文学出版社 1957 年版，第 207 页。

⑤ 见〔清〕吴乔撰：《围炉诗话》卷三，郭绍虞编选、福寿荪校点《清诗话续编》2册，上海古籍出版社 2016 年版，第 542 页。

⑥ 见〔清〕吴乔撰：《围炉诗话》卷三，郭绍虞编选、福寿荪校点《清诗话续编》2册，上海古籍出版社 2016 年版，第 542 页。

⑦ 〔清〕永瑢等撰：《四库全书总目》卷一百五十《钱仲文集提要》，中华书局 1965年版，第 1286 页下。

《中兴间气集》中体现出的遴选标准和审美取向了。 一方面承初唐以来对藻丽绮靡之风的批评，对风雅兴寄传统的承桃。 另一方面，安史之乱以后，国势衰落，文人们多流走南方，往往寄情于山水，显示了对隐逸、方外生活的向慕。他们注意心灵的感受与体悟，又注重诗歌艺术形式。 从盛唐对汉魏风骨的向慕再到六朝遗风的回归。 这就是高仲武所说的"诗人之作，本诸于心"的时代背景。

从《中兴间气集》遴选的诗歌及其品题文字可以看出，高仲武很注重诗歌的艺术技巧，如：评钱起的诗"体格新奇，理致清赡"；评于良史诗"清雅，工于形似"；郑丹诗"剪刻婉密"；李希仲诗"轻靡，华胜于实"；"务为清逸"；李嘉祐诗"绮靡婉丽"；皇甫冉诗"巧于文字，发调新奇，远出情外"；朱湾"诗体幽远，兴用洪深"；郎士元诗与钱起比较"稍更闲雅，近于康乐"；崔峒诗"文彩炳然，意思方雅"；张继"诗体清迥，有道者风"；刘长卿"诗体虽不新奇，甚能炼饰"；灵一"刻意精妙"等等。 高仲武的审美取向与盛唐时期朗健沉雄的阳刚气象颇为不同，主要体现为清幽凄婉的阴柔之趣。

《中兴间气集》与《河岳英灵集》是唐代最为著名的诗选。 就时间而言，《间气集》紧承《英灵集》。 当然，两书的接受史稍有不同，后世对《英灵集》几乎一致褒赞，但对《间气集》的批评者甚众，如许学夷谓之："钱、刘、皇甫所选多非所长，且中唐虽称钱、刘，而钱实逊刘。 郎士元、皇甫诸君抑又次之。 仲武进钱、郎、皇甫而独抑刘，背庆滋甚。 其论钱起、皇甫冉赏其新奇，至论刘则曰诗体虽不新奇，甚能炼饰，是岂可以论大历乎？ 若朱湾咏物最为恶俗，乃云湾于咏物尤工，岂以恶俗为新奇耶？ ……仲武以之入选，其赏鉴可知。"①毋庸讳言，高仲武的品题确有因个人喜好的不尽公允之处。 如他虽然选录了刘长卿的诗歌，但品题较苛。 对此，清人余成教云："刘随州（长卿）以诗驰声上元、宝应间。 权德舆谓为五言长城。 皇甫湜叹'时人诗无刘长卿一句，已呼宋玉为老兵；语未有骆宾王一字，已骂宋玉为罪人矣。'高仲武云：'长卿有吏干而犯上，两度迁谪，皆自取之。 诗体虽不新奇，甚能炼饰。 十首以上，语意稍同。 于落句尤甚。 盖思锐才窄也。'愚谓仲武选肃、代两朝诗为《中兴间气集》，而其自

---

① ［明］许学夷撰：《诗源辩体》卷三十六，周维德辑校《全明诗话》第 4 册，齐鲁书社 2005 年版，第 3386 页。

作不传，是亦无长卿一句而善于攻人短者也。"①余氏所言堪称肯綮之论。

后世对《间气集》时有贬评，一个重要的因素在于大历诗坛与开元、天宝时期相比发生了较大的变化，诗歌成就与此前不可同日而语，审美取向也体现了不同的特点。严羽《沧浪诗话》将唐代诗歌按时间顺序分为几种诗体："唐初体（唐初犹袭陈隋文体）、盛唐体（景云以后开元天宝诸公之诗）、大历体（大历十才子之诗）、元和体（元白诸公）、晚唐体。"②《间气集》所选主要是大历年间的诗作，《英灵集》则主要选取盛唐时期作品。不同的选诗时限奠定了两部诗选的基调。事实上，高仲武选《间气集》，目的也是要体现当时诗坛的特点。高仲武在自序中就表现了他要展示至德到大历诗坛风貌的取向，即所谓"著王政之兴衰，表国风之善否，岂其苟悦权右、取媚薄俗哉"，而"因文以寄心"则体现了至德到大历诗人所特有的时代情结。"朝野通取"是其选诗的原则。至德到大历年间的文坛，主要分为以京洛地区与江南地区两大文人集团，京洛地区以十才子为代表，他们虽然不是朝廷命官，但多依附权贵，《间气集》中即收录了钱起、韩翃、崔峒等。除此郎士元等人虽然原本不在十才子之列，但与钱起等交往甚密，乃至有人也将其列入，如宋人计有功云："大历十才子，《唐书》不见人数，卢纶、钱起、郎士元、司空曙、李端、李益、苗发、皇甫曾、耿伟、李嘉祐。"③江南的诗人多流连山水，《间气集》即收录了其中最为著名的刘长卿、李嘉祐、皇甫冉、张继、皇甫曾等。可见，当时较为知名的诗人大多已收入。

《间气集》对钱起、郎士元、皇甫冉褒赞最甚，"前有沈宋，后有钱郎。"体现了高氏对钱起的评价。《中兴间气集》中选诗最多的，除了皇甫冉之外，就是钱起、郎士元、刘长卿、李嘉祐。据唐人范摅记载："刘长卿郎中，皆谓前有'沈宋王杜'，后有'钱郎刘李'。君曰：'李嘉祐、郎士元，焉得与予齐称也。'每题诗不言其姓，但言长卿而已，以海内合知之乎。士林或之讥也。"④

---

①　［清］余成教撰：《石园诗话》卷一，郭绍虞编选、福寿苏校点《清诗话续编》下册，上海古籍出版社 1983 年版，第 1752 页。

②　［宋］严羽著，郭绍虞校释：《沧浪诗话校释》，人民文学出版社 1961 年版，第 258 页。

③　［宋］计有功撰，王仲镛校笺：《唐诗纪事校笺》卷第三十，中华书局 2007 年版，第 1020 页。

④　［唐］范摅撰：《云溪友议》卷上《四背篇》，四部丛刊续编景明本。

可见，《间气集》所录诗人基本是大历朝的一时之选。但后人感到最为难以理解的是未选杜甫，原因可能有二：一方面，从"前有沈宋王杜"可见，当时将杜甫视为与钱起、郎士元不同时期的人。杜甫晚年的作品也延及大历，但还是普遍被视为与沈佺期、宋之问、王维一样，都是前辈诗人。另一方面，时人对杜甫的认识远非后世所尊的诗圣，元和时期的元白等人对杜甫尚有明显的异议，韩愈之"李杜文章在，光焰万丈长"当时实为振聋发聩之声。这在当时的选本中也可以看出，现存的十种唐人的唐诗选本中，仅韦庄的《又玄集》选录了杜甫的诗歌。因此可见，高仲武对杜甫的态度反映了当时人们对杜甫的普遍看法。

第三节　元结及新乐府理论产生的背景

元结（719—772），字次山，唐汝州鲁山（今河南）人，后魏常山王元遵十五代孙。天宝十二年进士。安史之乱时，上《时议》三篇，擢右金吾兵曹参军，摄监察御史，为山南西道节度参谋。因讨伐史思明战功迁监察御史，进水部员外郎。代宗时授著作郎，拜道州刺史。进授容管经略使，加左金吾卫将军。所著原集已散佚，后人辑有《元次山集》。元结是一位颇有建树的政治家，既有讨伐史思明的军功，又恤民勤政，在道州刺史任上"为民营舍给田，免徭役，流亡归者万余"①。政治实践加深了他对国事民生的关切，其政治观念影响了其文学思想与实践。

元结论诗以讽喻致政为基本特点，这在其《二风诗论》中得到了体现。在《二风诗论》中，他叙述了创作《二风诗》的目的是"欲极帝王理乱之道，系古人规讽之流"②。《二风诗》中有治风诗与乱风诗各五篇，分别赞美至仁、至慈、至劳、至正、至理的尧、舜、禹、殷宗、周成王，讽刺至荒、至乱、至虐、至惑、至伤的太康、夏桀、殷纣、周幽、周赧王。《二风诗》作于天宝六载（747）"以文辞待制阙下"之时，安史之乱还没有发生，元结借古以讽今，既显示了其政治卓识，又彰显了诗歌规讽时政的必要。安史之乱后，他创作了一系列的新乐府诗，标为"系乐府"，实开其后白居易、元稹等人新乐府运动的先河。对其

---

① 〔宋〕欧阳修等撰：《新唐书》卷一百四十三，中华书局1975年版，第4686页。
② 〔唐〕元结著，孙望点校：《元次山集》卷一，中华书局1960年版，第10页。

创作旨趣，他同样以小序的形式标示为："尽欢怨之声者，可以上感于上，下化于下。"①目的还是感讽君上，化成民俗。

为了实现歌诗讽喻、以诗观政的目的，他提出了学习古代采诗的传统。 元结在道州刺史任上，了解到百姓困苦，不忍加赋，遂上奏"请免百姓所负租税及租庸使和市杂物十三万缗"②。 同时，他作《春陵行》诗，"以达下情"，状写了民不堪命的情状，表达了不忍征赋的心情，结尾写道："何人采国风？ 吾欲献此辞。"《农臣怨》中也说："谣颂若采之，此言当可取。"元结的这些诗歌受到了杜甫的高度评价，誉其为"道州忧黎庶，词气浩纵横。 两章对秋月，一字偕华星"（《同元使君春陵行》）。 杜甫与元结同气相求，都以沉郁顿挫的风格状写了忧国悯时的情怀。

元结不但有致君以讽喻时政的政治情怀，还对文坛道丧，风雅比兴的传统中绝的现状发出由衷的感喟，云："於戏！ 文章道丧盖久矣，时之作者，烦杂过多，歌儿舞女，且相喜爱，系之风雅，谁道是邪？"③又云："风雅不兴，几及千岁，溺于时者，世无人哉？""近世作者，更相沿袭，拘限声病，喜尚形似；且以流易为辞，不知丧于雅正。"④这些都体现了元结意欲继承风雅传统，要求诗歌表现现实社会，讽喻朝政的意识。 这对其后白居易的新乐府、讽喻诗有先导之功。 当然，从元结的论述中可以看出，他对于当时已趋成熟的近体诗有明显的贬仰倾向。 所谓"拘限声病"，是指由六朝而至唐代趋于成熟的近体诗。 元结所处的盛唐后期、中唐前期，近体诗创作已取得了很大的成就，六朝的四声八病之弊已被唐代诗人们消化改造成了一种成熟的诗歌样式，完全排斥声律，显示了元结诗论的片面性。 所谓"喜尚形似"，似指南朝刘宋以来盛行，唐代又得到继承与发展的山水田园诗歌。 对于这类作品，刘勰《文心雕龙》曾予以称赞，谓之"自近代以来，文贵形似。 窥情风景之上，钻貌草木之中。 吟咏所发，志惟

---

① 〔唐〕元结著，孙望点校：《元次山集》卷二《系乐府十二首并序》，中华书局1960年版，第18页。

② 〔宋〕欧阳修等撰：《新唐书》卷一百四十三，中华书局1975年版，第4686页。

③ 〔唐〕元结著，孙望点校：《元次山集》卷三《刘侍御月夜宴会序》，中华书局1960年版，第37页。

④ 〔唐〕元结著，孙望点校：《元次山集》卷七《箧中集序》，中华书局1960年版，第100页。

深远；体物为妙，功在密附。"①元结对于这类作品的苛责，显示了其对文学功能认识的局限，以及对诗歌艺术形式审美价值认识的颇偏。事实上，元结的作品虽然具有强烈的现实关切，但确实存在着质直有余而文采稍乏的不足。元结的诗歌也多以古诗为主，近体诗的数量很少且不协音律，体现了他对近体诗及声律的排斥心理。

元结堪称是新乐府运动的先驱，他的《系乐府》12 首多用三字句，这与其后元、白的乐府诗颇为相近。同时，他的《二风诗》等都有诗前小序，体现了新乐府关注现实的特点。当然，与其他唐代诗人创作的乐府诗一样，元结传承的主要是乐府风雅比兴的精神，但大多数并不入乐。事实上，元结对于入乐的作品持明显的贬斥态度。他指斥近世作者的作品时说："指咏时物，会谐丝竹，与歌儿舞女，生污惑之声于私室可矣。若令方直之士，大雅君子，听而诵之，则未见其可矣。"②王运熙认为，元结所指主要是采用五七言近体诗而成的近代曲辞。③这些作品也带有闾阎里巷的泥土气息，虽然"元次山无限情事尽见于诗"，④但这主要是忧民饥寒，恤民纾困的情感，因此，他认为诗歌或微婉致讽，或救世劝俗，对于愉情悦性则只可囿于私室。元结的诗论体现了其德政情怀，但对诗歌功能及近体诗的认识都存在着一定的局限。

元结对唐代古文运动也具有承先启后之功。清人全祖望云："次山文章，上接陈拾遗，下开韩退之。"⑤元结之文多用散体文，其中的寓言、山水游记等近于白话，与萧颖士、李华等人比较，更加贴近现实，鲜有规摹六经的色彩，对其后的韩、柳确有一定的影响。

①　〔南齐〕刘勰著，范文澜注：《文心雕龙注》卷十《物色第四十六》，人民文学出版社 1958 年版，第 694 页。

②　〔唐〕元结著，孙望点校：《元次山集》卷七《箧中集序》，中华书局 1960 年版，第 100 页。

③　王运熙：《元结诗论述评》，《阴山学刊》，1990 年第 3 期。

④　〔明〕朱之瑜撰：《舜水先生文集》卷二十二《杂著·笔语》，日本正德二年刻本。

⑤　〔清〕全祖望著：《鲒埼亭集》卷三十七《唐元次山阳华三体石铭跋》，《清代诗文集汇编》第 302 册，第 706 页。

第四节　白居易的诗学思想

白居易（772—846），字乐天，晚年居香山，故号香山居士，因曾官太子少傅，后人亦称为白太傅。祖籍太原，后迁居下邽（今陕西渭南）。贞元十四年（798），以进士就试，擢升甲科，授秘书省校书郎。后为翰林学士、左拾遗、左赞善大夫，触忤权贵而被贬为江州司马。又任忠州、杭州、苏州刺史。太和年间，授太子少傅，会昌初官至刑部尚书。有《白氏长庆集》。白居易既是一位特色鲜明，在文学史上具有重要影响的文学家，《旧唐书》本传赞曰："文章新体，建安、永明。沈、谢既往，元、白挺生。"①同时，白居易又是一位重要的文学理论家。他与元稹等人因其"志在兼济"②的人生态度，以及为政经历，使其对生民疾苦有深切的了解。文学观念具有强烈的现实取向而与皎然等人有明显的不同。与诗歌创作有讽谕诗、感伤诗、闲适诗一样，白居易的诗学观念也具有较强的系统性和鲜明的色彩。

白居易所处的时代虽然没有安史之乱的动荡流离，但是，唐王朝的盛世已经过去，社会矛盾日益激化。当白居易在元和元年（806）与元稹参加制举试之前，拟作了七十五篇自励，系统地表达了期以"兼济"的理想，其中即有对艺术与政治的关系的论述：

> 臣闻乐者本于声，声者发于情，情者系于政。盖政和则情和，情和则声和，而安乐之音由是作焉。政失则情失，情失则声失，而哀淫之音由是作焉。斯所谓音声之道，与政通矣。③

白居易认为乐与政的逻辑关系是乐—声—情—政，其结论是"音声之道与政通"。白居易诗学的系统论述见之于《与元九书》，其中在述及自己的创作经历

---

① 〔后晋〕刘昫等撰：《旧唐书》卷一百六十六，中华书局1975年版，第4360页。

② 〔唐〕白居易著，谢思炜校注：《白居易文集校注》卷第八，中华书局，2011年版，第326页。

③ 〔唐〕白居易著，谢思炜校注：《白居易文集校注》卷第二十八《策林》第六十四，中华书局，2011年版，第1580页。

时云：

> 自登朝来，年齿渐长，阅事渐多。每与人言，多询时务。每读书史，多
> 求理道。始知文章合为时而著，歌诗合为事而作。是时皇帝初即位，宰府
> 有正人，屡降玺书，访人急病。仆当此日，擢在翰林。身是谏官，手请谏
> 纸。启奏之外，有可以救济人病，裨补时阙，而难于指言者，辄咏歌之，欲
> 稍稍递进闻于上。上以广宸聪，副忧勤；次以酬恩奖，塞言责；下以复吾平
> 生之志。①

白居易逐渐体悟到了"文章合为时而著，歌诗合为事而作"②的为文旨趣，
自己所作亦期以"救济人病，裨补时阙"，这也就是受到其特别重视的"讽
谕"诗。

同时，白居易的诗论又是全面的，除了这些关乎"人病""时阙"的"讽谕"
诗之外，还有闲适、感伤、杂律。《与元九书》中论述了这四类诗的特色：

> 自拾遗来，凡所遇所感，关于美刺兴比者，又自武德迄元和，因事立
> 题，题为"新乐府"者，共一百五十首，谓之讽谕诗。又或退公独处，或移病
> 闲居，知足保和，吟玩情性者一百首，谓之闲适诗。又有事物牵于外，情理
> 动于内，随感遇而形于叹咏者一百首，谓之感伤诗。又有五言、七言、长
> 句、绝句，自一百韵至两韵者四百余首，谓之杂律诗。③

可见，补察时政并非白居易诗歌的全部，泄导人情，以情为本，文质并重，
强调诗歌的艺术特点，是白居易诗论的重要内涵。白居易诗论较全面、多元的
色彩，与其论文时能超越于"人之文"，而从"三才各有文"的高度全面审察不

---

① 〔唐〕白居易著，谢思炜校注：《白居易文集校注》卷第八《与元九书》，中华书
局 2011 年版，第 324 页。

② 〔唐〕白居易著，谢思炜校注：《白居易文集校注》卷第八《与元九书》，中华书
局 2011 年版，第 324 页。

③ 〔唐〕白居易著，谢思炜校注：《白居易文集校注》卷第八《与元九书》，中华书
局 2011 年版，第 326 页。

无关系，云：

> 夫文尚矣。三才各有文。天之文三光首之，地之文五材首之，人之文
> 六经首之。就六经言，《诗》又首之。何者？圣人感人心而天下和平。感
> 人心者莫先乎情，莫始乎言，莫切乎声，莫深乎义。《诗》者，根情，苗言，华
> 声，实义。上自圣贤，下至愚騃，微及豚鱼，幽及鬼神，群分而气同，形异而
> 情一。未有声入而不应，情交而不感者。圣人知其然，因其言，经之以六
> 义；缘其声，纬之以五音。音有韵，义有类。韵协则言顺，言顺则声易入；
> 类举则情见，情见则感易交。①

情为根，言为苗，声为华，义为实。 他曾说："谓之讽谕诗，兼济之志也；
谓之闲适诗，独善之义也。 故览仆之诗，知仆之道焉。"可见，白居易的诗论是
一种兼及明道与缘情的全面的诗学理论。 当然，最终的归趣还在于现实之
"事"，现实之"政"，这就是他在《策林》中所说的："大凡人之感于事，则必
动于情，然后兴于嗟叹，发于吟咏，而形于歌诗矣。"②本于强烈的兼济情怀，白
居易对影响世风更为直接的乐特别关注，说："乐者本于声，声者发于情，情者
系于政。 盖政和则情和，情和则声和，而安乐之音由是作焉。"③白居易观乐知
政的主张直接继承了传统的儒家文艺思想。 这一传统从季札观乐，到"兴、
观、群、怨"，再到《礼记·乐记》中所谓"治世之音安以乐，其政和；乱世之音
怨以怒，其政乖；亡国之音哀以思，其民困"，借文艺以观世的思想不断受到申
述和强化。 但经过六朝艺术形式化的过程，文学艺术的技法虽然更加成熟，但
也使得文艺逐渐脱离现实，而被视为文人们所把玩的"雕虫之小艺"④。 因此，
白居易重新强调文学的观世讽政功能，号召诗歌"为时而著""为事而作"就不

---

① 〔唐〕白居易著，谢思炜校点：《白居易文集校注》卷第八《与元九书》，中华书
局 2011 年版，第 322 页。

② 〔唐〕白居易著，谢思炜校点：《白居易文集校注》卷第二十八《策林》第六十
九，中华书局 2011 年版，第 1599 页。

③ 〔唐〕白居易著，谢思炜校点：《白居易文集校注》卷第二十八《策林》第六十
四，中华书局 2011 年版，第 1580 页。

④ 〔隋〕李谔：《上隋高祖革文华书》，〔宋〕李昉等编：《文苑英华》卷六百七十
九，中华书局 1966 年版，第 3502 页。

是对前贤思想的简单重复。 再次申述这一思想是有强烈淑世情怀的政治家与诗人双重人格的白居易的必然选择。 他在《策林》中列举了以诗观政的历史：

> 闻《蓼萧》之诗，则知泽及四海也；闻《禾黍》之咏，则知时和岁丰也；闻《北风》之言，则知威虐及人矣。闻《硕鼠》之刺，则知重敛于下也；闻"广袖高髻"之谣，则知风俗之奢荡也；闻"谁其获者妇与姑"之言，则知征役之废业也。故国风之盛衰，由斯而见也；王政之得失，由斯而闻也；人情之哀乐，由斯而知也。①

白居易深感宦官干政、藩镇割据、农村凋敝、民不堪负之苦。 同时，作为诗人的白居易，对文坛的积习深感痛惜，他曾对同道挚友元稹说："仆常痛诗道崩坏，忽忽愤发，或食辍哺，夜辍寝，不量才力，欲扶起之。"②他以恢复风雅传统自任，并期望当政者"欲开壅蔽达人情，先向歌诗求讽刺。"③他对自己的四类诗并不是等而视之，认为明其道的是讽谕诗和闲适诗，云："故仆志在兼济，行在独善，奉而始终之则为道，言而发明之则为诗。 谓之讽谕诗，兼济之志也。 谓之闲适诗，独善之义也。 故览仆诗者，知仆之道焉。"④此之道即"志在兼济，行在独善"。 白居易眼中的诗之明道功能，指的是诗歌状写社会、人生的作用，这与韩愈所说的道统之道内涵不尽相同。 白居易所明之"道"，实乃其后泰州学派所说的"百姓日用之道"，是晓易平常而非高妙深邃的"道"。 他在《新乐府序》中说："其辞质而径，欲见之者易喻也。 其言直而切，欲闻之者深诫也；其事核而实，使采之者传信也；其体顺而肆，可以播于乐章歌曲也。 总而言之，为君、为臣、为民、为物为事而作，不为文而作也。"⑤强烈的淑世情怀，是白居易诗歌最显著的特征，也是其诗学思想的灵魂。

---

① 〔唐〕白居易著，谢思炜校注：《白居易文集校注》卷第二十八《策林》第六十九，中华书局 2011 年版，第 1600 页。

② 〔唐〕白居易著，谢思炜校注：《白居易文集校注》卷第八《与元九书》，中华书局 2011 年版，第 323 页。

③ 〔唐〕白居易著，谢思炜校注：《白居易诗集校注》卷第四，中华书局 2006 年版，第 443 页。

④ 〔唐〕白居易著，谢思炜校注：《白居易文集校注》卷八《与元九书》，中华书局 2011 年版，第 326—327 页。

⑤ 〔唐〕白居易著，谢思炜校注：《白居易诗集校注》卷三《新乐府序》，中华书局 2006 年版，第 267 页。

在"为时而著""为事而作"的强烈的现实意识驱使之下，白居易对诗歌流变史有这样的评述：

泊周衰秦兴，采诗官废，上不以诗补察时政，下不以歌泄导人情。乃至于谄成之风动，救失之道缺，于时六义始刓矣。①

《国风》变为《骚》辞，五言始于苏、李。苏、李、骚人，皆不遇者，各系其志，发而为文。故"河梁"之句，止于伤别，"泽畔"之吟，归于怨思。彷徨抑郁，不暇及他耳。然去《诗》未远，梗概尚存。故兴离别，则引双凫一雁为喻；讽君子小人，则引香草恶鸟为比。虽义类不具，犹得风人之什二三焉。于时六义始缺矣。②

晋、宋已还，得者盖寡。以康乐之奥博，多溺于山水。以渊明之高古，偏放于田园。江、鲍之流，又狭于此。如梁鸿《五噫》之例者，百无一二焉。于时六义寖微矣。③

陵夷至于梁、陈间，率不过嘲风雪、弄花草而已。噫！风雪花草之物，《三百篇》中岂舍之乎？顾所用何如耳。设如"北风其凉"，假风以刺威虐也。"雨雪霏霏"，因雪以愍征役也。"棠棣之华"，感华以讽兄弟也。"采采芣苢"，美草以乐有子也。皆兴发于此，而义归于彼。反是者可乎哉？然则"余霞散成绮，澄江净如练。""离花先委露，别叶乍辞风"之什，丽则丽矣，吾不知其所讽焉。故仆所谓嘲风雪、弄花草而已。于时六义尽去矣。④

在白居易看来，《诗经》以后，诗歌补察时政的传统渐失。屈原、苏武、李陵等人的作品，或伤别，或怨思，虽能得"风人之什二三"，但已"六艺始缺矣"。其后的六朝诗人，虽有谢灵运之奥博，陶渊明之高古，但或溺于山水，或

---

① 〔唐〕白居易著，谢思炜校注：《白居易文集校注》卷八《与元九书》，中华书局2011年版，第322页。

② 〔唐〕白居易著，谢思炜校注：《白居易文集校注》卷八《与元九书》，中华书局2011年版，第322页。

③ 〔唐〕白居易著，谢思炜校注：《白居易文集校注》卷八《与元九书》，中华书局2011年版，第322—323页。

④ 〔唐〕白居易著，谢思炜校注：《白居易文集校注》卷八《与元九书》，中华书局2011年版，第323页。

偏于田园，诗之六义已浸微陵夷。迄至梁陈之间，诗坛仅是嘲风雪、弄花草而已，六义的传统已丧失殆尽。就唐代二百年的诗歌发展史来看，可称的仅陈子昂的《感遇诗》、鲍防的《感兴诗》等。至于誉著诗坛的李、杜，他说："李之作才矣奇矣，人不逮矣，索其风雅比兴，十无一焉。杜诗最多，可传者千余首，……然撮其《新安》《石壕》《潼关吏》，《芦子关》《花门》之章，'朱门酒肉臭，路有冻死骨'之句，亦不过三四十，杜尚如此，况不逮杜者乎？"①面对他所认为的"崩坏"的诗坛，白居易意欲恢复风雅传统，以"唯歌生民病，愿得天子知"的讽谕诗，表现对社会人生的热情关切。当然，与陈子昂、杜甫相比较，白居易对屈原与李白作品的评价显然比较低，这源于他对于风雅比兴的执着，且屈、李浪漫奇诡的表现手法与白居易晓易自然的风格差异甚大。同时，强烈的现实情怀，是他品评屈、李稍失允洽的根本原因。

基于强烈的现实精神，白居易以新乐府相倡。对于其特征，《新乐府序》云：

> 篇无定句，句无定字；系于意，不系于文。首句标其目，卒章显其志，诗三百之义也。其辞质而径，欲见之者易谕也；其言直而切，欲闻之者深诫也；其事核而实，使采之者传信也；其体顺而肆，可以播于乐章歌曲也。总而言之，为君、为臣、为民、为物、为事而作，不为文而作也。②

白居易有强烈的文学经世情怀，将诗歌"救济人病，裨补时阙"的作用发挥到了极致。比较而言，白居易对于诗歌自身的艺术特点重视不够，他对于新乐府的艺术规范也显示了其孜求应用、孜求经世的急切心态。"系于意，不系于文"，多少有轻忽艺术的意味。为了使见之者易谕，闻之者深诫，采之者传信，他要求新乐府辞采质径，语言直切，记事核实。这几乎是对应用文体的要求。即使传统的儒家文学观，也主张要"主文而谲谏"，强调文学的审美效果。对于有较严格的声律、文辞要求的诗歌更是如此。即使白居易自己崇尚的风雅传

---

①　〔唐〕白居易著，谢思炜校注：《白居易文集校注》卷第八《与元九书》，中华书局 2011 年版，第 323 页。

②　〔唐〕白居易著，谢思炜校注：《白居易诗集校注》卷三《新乐府序》，中华书局 2006 年版，第 267 页。

统，也是注重比兴的。 白居易对于直白自然风格的崇尚本于其文以致用的创作宗旨，他在《策林·议文章》中曾批评当时"书事者罕闻于直笔，褒美者多睹其虚辞"的危害，认为："若行于时，则诬善恶而惑当代。 若传于后，则混真伪而疑将来"①。 显然，白居易反对虚假、华靡的文风有其现实的原因。 但尽管如此，轻视艺术性的诗学观还是体现了白居易矫激、偏颇的一面。 白居易的新乐府诗思想性胜于艺术性，诗歌创作的成就以及瑕疵都与其诗学诉求密切关联。他在《寄唐生》诗中借唐生记述了自己的作诗经历及心态：

> 贾谊哭时事，阮籍哭路歧。唐生今亦哭，异代同其悲。唐生者何人？五十寒且饥。不悲口无食，不悲身无衣。所悲忠与义，悲甚则哭之。太尉击贼日，尚书叱盗时。大夫死凶寇，谏议谪蛮夷。每见如此事，声发涕辄随。往往闻其风，俗士犹或非。怜君头半白，其志竟不衰。我亦君之徒，郁郁何所为。不能发声哭，转作乐府诗。篇篇无空文，句句必尽规。功高虞人箴，痛甚骚人辞。非求宫律高，不务文字奇。惟歌生民病，愿得天子知。未得天子知，甘受时人嗤。药良气味苦，瑟淡音声稀。不惧权豪怒，亦任亲朋讥。人竟无奈何，呼作狂男儿。每逢群盗息，或遇云雾披。但自高声歌，庶几天听卑。歌哭虽异名，所感则同归。寄君三十章，与君为哭词。②

白诗的这一特色对后世影响颇大，讥之者因俗易而轻贱，如宋人张扩云："从来白俗不入眼。"③即使以放旷豪纵而著名的苏轼亦有"元轻白俗"、"众作卑陋"④之评。 明人钟惺云："元白浅俚处皆不足为病，正恶其太直耳。 诗贵言其所欲言，非直之谓也，直则不必为诗矣。"⑤虽然批评的言辞过于峻厉，但也指

---

① 〔唐〕白居易著，谢思炜校注：《白居易文集校注》卷二十八《策林》第六十八，中华书局 2011 年版，第 1595 页。

② 〔唐〕白居易著，谢思炜校注：《白居易诗集校注》卷第一《寄唐生》，中华书局 2006 年版，第 78 页。

③ 〔宋〕张扩撰：《东窗集》卷二《景蕃复和再次韵》，《景印文渊阁四库全书》第 1129 册，第 17 页。

④ 〔宋〕苏轼著，李之亮笺注：《苏轼文集编年笺注》卷六三《祭柳子玉文》，巴蜀书社 2011 年版，第 393 页。

⑤ 〔明〕钟惺，谭元春选评，张国光点校：《唐诗归》卷二十八，湖北人民出版社 1985 年版，第 563 页。

出了白居易摒斥含蓄蕴藉作为诗歌的一种审美特征而持论失之偏颇的事实。 但也有学者推尊其元气淋漓、自然清新的诗风，如金人王若虚云："乐天之诗，情致曲尽，入人肝脾，随物赋形，所在充满，殆与元气相侔。 至长韵大篇，动数百千言，而顺适惬当，句句如一，无争张牵强之态。 此岂撚断吟须，悲鸣口吻者之所能至哉?"①清人施闰章亦云："今试取香山诗，沈吟三复，清真坦率，飘然欲仙，即其杂文短记，杼轴已怀，寓目流连，愁疾自解，不烦药石，岂可以'白俗'二字蔽之哉?"②后世的争议恰恰体现了白居易诗歌不假雕琢、浑成熨帖的风格为诗坛增添了别样的色彩。 其诗论虽然也可以见到儒家诗学的传统，但其不遮不掩、清楚明白的表述，将文学的致用功能强调到了极致，成就了中国古代诗论中独具特色的篇章。 当然，白居易的偏激理论在其创作中得到了某种程度的补救。 白居易对自己的讽谕诗最为推重，这也是践履其诗学观念的代表性作品。 白居易注重诗歌的致用以及明道功能，而对感伤诗、杂律诗较为轻视。 但其放怀适意、情文相生的《长恨歌》《琵琶行》等尤为后人称道。 这些作品都见列于"感伤诗"。《长恨歌》与《琵琶行》堪称元和间声名最著的诗歌。 明人胡应麟云："元和间乐天声价最盛，当时挽诗云：'孺子解吟长恨赋，胡人能诵《琵琶》篇。'"③乐天自为轻重，只是依"明道"为标准④。 而当艺术风格形成之后，艺术就按其自身的规律呈现出来，这样，元气淋漓、不事雕饰"体顺而肆"，不被白居易自己看好的作品，其审美价值在诗歌发展史上却占据了重要的地位。 白居易的创作实践在一定程度上弥补了其孜求"明道"而轻视艺术的诗论缺憾。

---

① 〔金〕王若虚著，胡传志、李定乾校注：《滹南遗老集校注》卷之三十八《诗话上》，辽海出版社 2006 年版，第 448 页。

② 〔清〕施闰章撰：《学余堂集·文集》卷四《西江游草序》，《景印文渊阁四库全书》第 1313 册，第 51 页。

③ 〔明〕胡应麟：《诗薮》内编三，上海古籍出版社 1979 年版，第 55 页。

④ 当然，白居易重明道之诗，而轻感伤诗、杂律诗还有以立教为本，撇清与时人效慕的元白体关系的因素，诚如计有功所云："余尝谓文章之难，在发源之难也。 元、白之心本乎立教，乃寓意于乐府雍容宛转之词，谓之讽谕，谓之闲适。 既持是取大名，时士翕然从之，师其词，失其旨，凡言之浮靡艳丽者，谓之元白体。 二子规规攘臂解辩，而习俗既深，牢不可破，非二子之心也，所以发源者非也，可不戒哉!"(《唐诗纪事》卷第五十二"徐凝"条。 中华书局 2007 年版，第 1762 页。)

第五节　元稹的诗论

元稹（779—831），字微之，河南洛阳人。 明经及第后官左拾遗，监察御史。 穆宗时任祠部郎中、知制诰、中书舍人、翰林学士承旨等职，一度官至同平章事。 文宗时曾官尚书左丞，卒于鄂州刺史、武昌军节度使任所。 著有《元氏长庆集》。《旧唐书》卷一百六十六将其与白居易合传，《白居易传》云："居易与河南元稹相善，同年登制举，交情隆厚。"①他们共同成就了唐代的新乐府运动。《旧唐书》中论唐代文学时云："向古者伤于太僻，徇华者或至不经，龌龊者局于宫商，放纵者流于郑、卫。 若品调律度，扬搉古今，贤不肖皆赏其文，未如元、白之盛也。"②元稹与白居易不但酬唱极多，而且诗歌理论相互发明。 以元、白为中坚而形成的元和体风行一时，并且对其后的文学产生了重要的影响。

首先，乐府诗、元和体及其体现出的诗学观念。

在文学史上是否存在着一个以元、白为首的新乐府运动，学术界有不同的看法。③ 但自 20 世纪 20 年代胡适在《白话文学史》中提出"新乐府运动"以来，学术界一般认为新乐府运动是唐代文学史上重要的现象。 陈寅恪称新乐府为"唐代诗中之巨制，吾国文学史上之盛业"④。 虽然创作新乐府并非最早始于元稹、白居易，杜甫、李绅、张籍、王建等人在元、白之前或大约同时也有新乐府诗的创作。 但是，元稹、白居易创作新题乐府诗的影响更大，特色更为显著，对新乐府的定义也更加明确，将他们视为新乐府运动的倡导者是合适的。⑤ 从

① 〔后晋〕刘昫等撰：《旧唐书》一百六十六，中华书局 1975 年版，第 4342 页。
② 〔后晋〕刘昫等撰：《旧唐书》一百六十六，中华书局 1975 年版，第 4360 页。
③ 如罗宗强：《"新乐府运动"种种》，《光明日报》1985 年 11 月 19 日。
④ 陈寅恪著：《元白诗笺证稿》，三联书店 2001 年版，第 121 页。
⑤ 蹇长春在《白居易评传》中将"新乐府诗派"的成员分三个层次："白居易、元稹、李绅，作为新乐府运动的倡导者，是这一诗派的核心和第一层次。 ……张籍、王建，作为新乐府运动的同盟军和参加者，是构成这一诗派的第二个层次。 唐衢、邓鲂作为白居易的追随者，李余、刘猛作为元稹的追随者，是构成这一诗派的第三个层次。"（《白居易评传》第九章，南京大学出版社 2002 年版，第 481 页。）但谢思炜《从张王乐府诗体看元白的"新乐府"概念》一文通过对张籍和王建的活动年谱分析后指出："张王乐府的创作时间大体在贞元中期至元和初，恰好在元、白开始《新乐府》创作之前。"（《北京师范大学学报》1999 年第 5 期）

目前的文献看来，最早在著述中提及"新题"乐府的是李绅与元稹。元稹《和李校书新题乐府二十首序》云："予友李公垂赠予《乐府新题》二十首，雅有所谓，不虚为文。"①又说："词实乐流，而止于模象物色者为新题乐府。"②当然，这些仅是对新乐府"不虚为文""止于模象物色"等特征的简要描述，更为详细的则是在《乐府古题序》中：

> 况自《风》《雅》，至于乐流，莫非讽兴当时之事，以贻后代之人。沿袭古题，唱和重复，于文或有短长，于义咸为赘剩。尚不如寓意古题，刺美见事，犹有诗人引古以讽之义焉。曹、刘、沈、鲍之徒，时得如此，亦复稀少。近代唯诗人杜甫《悲陈陶》《哀江头》《兵车》《丽人》等，凡所歌行，率皆即事名篇，无复依傍。予少时与友人乐天、李公垂辈，谓是为当，遂不复拟赋古题。昨梁州见进士刘猛、李余各赋古乐府诗数十首，其中一二十章，咸有新意，予因选而和之。其有虽用古题，全无古义者，若《出门行》不言离别，《将进酒》特书列女之类是也。其或颇同古义，全创新词者，则《田家》止述军输，《捉捕》词先蜾蚁之类是也。刘、李二子方将极意于斯文，因为粗明古今歌诗同异之音焉。③

这是元稹对于新乐府内涵、特征的全面概括。陈寅恪认为，白居易的新乐府成就在元稹之上，"但以创造此体诗之理论言，则见于《元氏长庆集者》，似尚较乐天自言者为详。"④元稹以杜甫《悲陈陶》《哀江头》《兵车》《丽人》等"即事名篇，无复依傍"为其特征。元稹还提出了新、旧乐府之分的复杂性。他在论述刘猛、李余所赋的古乐府中有一二十章虽用古题，"咸有新意"的作品。这又分为两种情况：一种是"虽用古题，全无古意"；另一种是"颇同古义，全创新词"。这些作品属于旧乐府还是新乐府？郭茂倩在《乐府诗集·新乐府辞》

---

① 〔唐〕元稹著，冀勤点校：《元稹集》卷第二十四《和李校书新题乐府》十二首序，中华书局 2010 年版，第 319 页。

② 〔唐〕元稹著，冀勤点校：《元稹集》卷第三十《叙诗寄乐天书》，中华书局 2010 年版，第 407 页。

③ 〔唐〕元稹著，冀勤点校：《元稹集》卷第二十三，中华书局 2010 年版，第 674 页。

④ 陈寅恪著：《元白诗笺证稿》，三联书店 2001 年版，第 121 页。

的题解中引述了元稹的这段话，并以此解释新乐府。但"用古题"显然不在元稹所论的新题乐府之列，只是元稹的态度比较融通，并不排斥这些用古题而有新意的作品而已。从这个意义上说，元稹对于新题、旧题并不十分胶执，只是不要摹袭古代作品，从内容上"无复依傍""不虚为文"；对于古代的诗学传统，只是继承《风》《雅》"讽兴当时之事"的精神，这与白居易《新乐府序》中所论亦颇为相似。白居易之新乐府，是"为君、为臣、为民、为物、为事而作，不为文而作也"。在形式上，白居易仅是继承《诗经》的传统，"首句标其目，卒章显其志"。辞质而径，言直而切，事核而实，目的在于切用，并没有严格的形式要求："篇无定句，句无定字。系于意，不系于文。"①元稹论乐府的形式较为详细，他将乐府进行了动态的考察。历史上的纂撰者将"诗、行、咏、吟、题、怨、叹、章、篇、操、引、谣、讴、歌、曲、词、调"十七名"尽编为乐录乐府等题"，但元稹认为可概分为两类。一类是由操而下八名，即"操、引、谣、讴、歌、曲、词、调"，其性质是"因声以度词，审调以节唱，句度短长之数，声韵平上之差，莫不由之准度"。这些都是"由乐以定词，非选调以配乐"。另一类是由诗而下九名，即"诗、行、咏、吟、题、怨、叹、章、篇"，这些都是"属事而作"。与操而下八名不同的是，这些都是先有词，后来有些将词配上乐，即他所谓"后之审乐者，往往采取其词，度为歌曲"，"选词以配乐，非由乐以定词"。②但也有徒词而无乐的可能，元稹说："除《铙吹》《横吹》《郊祀》《清商》等词在《乐志》者，其余《木兰》《仲卿》《四愁》《七哀》之辈，亦未必尽播于管弦明矣。"可见，元稹认为古乐府未必入乐，而"后之文人，达乐者少，不复如是配别，但遇兴纪题，往往兼以句读短长为歌、诗之异"。③入乐更不是判断的标准。总之，在艺术形式上，元稹与白居易相似，对乐府诗的定义相对宽泛。这与他们强烈的诗学经世观有关，元稹所谓"即事名篇"中的"即事"，就

---

① 〔唐〕白居易著，谢思炜校注：《白居易诗集校注》卷三，中华书局2006年版，第267页。

② 以上引自〔唐〕元稹著，冀勤点校：《元稹集》卷第二十三《乐府古题序》，中华书局2010年版，第291页。

③ 以上引自〔唐〕元稹著，冀勤点校：《元稹集》卷第二十三《乐府古题序》，中华书局2010年版，第291页。

是指当下的政治与时事，就是白居易"惟歌生民病"①的为诗取向。 为了现实的风雅比兴，新乐府除了继承古乐府以二字三字题为主的形式，又采用了歌行体的表现方法，在句法上多以三三七与以五字句为主的古乐府相区别。 这不但远比近体诗方便叙事，也比古乐府的五言句式增加了自由度和表现容量。 对于这一句法的形成缘起，陈寅恪记述了至今仍对我们有所启示的认识过程：

> 寅恪初时颇疑其与当时民间流行歌谣之体制有关，然苦无确据，不敢妄说。后见敦煌发见之变文俗曲殊多三三七句之体，始得其解。……然则乐天之作新乐府，乃用毛诗，乐府古诗，及杜少陵诗之体制，改进当时民间流行之歌谣。实与贞元元和时代古文运动巨子如韩昌黎元微之之流，以太史公书，左氏春秋之文体试作毛颖传，石鼎联句诗序，《莺莺传》等小说传奇者，其所持之旨意及所用之方法，适相符同。其差异之点，仅为一在文备众体小说之范围，一在纯粹诗歌之领域耳。②

与白居易一样，元稹对于讽谕寄兴之作最为重视，但其实元稹创作更多的是律体诗，亦即他在《上令狐相公诗启》中所说的"小碎篇章"。 这是因为元稹诗作不但表现了"公私感愤，道义激扬"的社会现实，还是抒写一己"当花对酒，乐罢哀余"的人生体验与情感。 他在《叙诗寄乐天书》中有这样的表述："每公私感愤，道义激扬，朋友切磨，古今成败，日月迁逝，光景惨舒，山川胜势，风云景色，当花对酒，乐罢哀余，通滞屈伸，悲欢合散，至于疾恙躬身，悼怀惜逝，凡所对遇异于常者，则欲赋诗。"③自谓"词直气粗"的讽谕诗"不敢陈露于人"，而"唯怀酒光景间，屡为小碎篇章，以自吟畅"，颇有自得之趣。 对于律体诗的认识，元稹认为："律体卑痺，格力不扬，苟无姿态，则陷流俗。"④与乐

---

① 〔唐〕白居易著，谢思炜校注：《白居易诗集校注》卷一《寄唐生》，中华书局2006年版，第78页。

② 陈寅恪著：《元白诗笺证稿》，三联书店2001年版，第125页。

③ 〔唐〕元稹著，冀勤点校：《元稹集》卷第三十《叙诗寄乐天书》，中华书局2010年版，第406页。

④ 〔后晋〕刘昫等撰：《旧唐书》卷一百六十六《元稹传》，中华书局1975年版，第4332页。

府诗相比较，有格力卑弱的不足。但若"姿态"脱俗，可具有"思深语近，韵律调新，属对无差，而风情宛然"①的效果，这是元稹对律体诗艺术追求的正面描绘。元稹虽然自谦其"病未能也"，但事实则是时人争相规慕仿作，而被称为元和体。

当然，对于元和体，后世的理解也不一致，一般认为指元稹、白居易所作诗歌的风格，如《新唐书·元稹传》："稹尤长于诗，与居易名相埒，天下传讽，号元和体。"②但李肇《唐国史补》云："元和已后，为文笔则学奇诡于韩愈，学苦涩于樊宗师，歌行则学流荡于张籍，诗章则学矫激于孟郊，学浅切于白居易，学淫靡于元微之，俱名为元和体。"③主要是指"学"元白的作品，当然，特色最鲜明的还是元、白的诗歌。所谓"浅切""淫靡"，亦即苏轼所说的"元轻白俗"。李肇批评的实是元白所作的新乐府和讽喻诗。但李肇所理解的"元和体"又"文""笔"兼有，内容相当宽泛。一般对元和体的认识多与元稹、白居易有关，因此，我们尤其需要注意的是元白二人对元和体的认识。白居易曾说"诗到元和体变新"，亦即白居易自己对元和体已有认识。但在此诗句之下，乐天还有这样的注语："众称元、白为千字律诗，或号元和格。"④即元和体在当时普遍被认为是以元白的排律为代表。对此，元稹的论述更为详细：

> 稹自御史府谪官……闲诞无事，遂专力于诗章。日益月滋，有诗向千余首。其间感物寓意，可备矇瞽之讽者有之，词直气粗，罪尤是惧，固不敢陈露于人。唯杯酒光景间，屡为小碎篇章，以自吟畅。然以为律体卑下，格力不扬，苟无姿态，则陷流俗。常欲得思深语近，韵律调新，属对无差，而风情宛然，而病未能也。江湖间多新进小生，不知天下文有宗主，妄相仿效，而又从而失之，遂至于支离褊浅之词，皆目为元和诗体。稹与同门生白居易友善，居易雅能为诗，就中爱驱驾文字，穷极声韵，或为千言，或

---

① 〔唐〕元稹著，冀勤点校：《元稹集》卷第六十《上令狐相公诗启》，中华书局2010年版，第727页。

② 〔宋〕欧阳修等撰：《新唐书》卷一百四十四，中华书局1975年版，第5228页。

③ 〔唐〕李肇撰：《唐国史补》卷下，《历代笔记小说大观》，上海古籍出版社2012年版，第81页。

④ 〔唐〕白居易著，谢思炜校注：《白居易诗集校注》卷二三《余思未尽加为六韵重寄微之》，中华书局2006年版，第1801页。

为五百言律诗，以相投寄。小生自审不能以过之，往往戏排旧韵，别创新词，名为次韵相酬，盖欲以难相挑耳。江湖间为诗者，复相仿效，力或不足，则至于颠倒语言，重复首尾，韵同意等，不异前篇，亦自谓为元和诗体。①

元稹的论述殊为详细，但这是身为膳部员外郎的元稹献诗给宰相令狐楚时的书启中所言，语含自谦。同时，对元和体亦有贬意。但从其所述中仍可以看出时人对元和体的认识，即所谓"新进小生"受到元稹"杯酒光景间"所作的"小碎篇章"的影响，"妄相仿效，而又从而失之"的作品。同时，又是指受元、白之间酬唱投寄的"或为千言，或为五百言律诗"的影响，"江湖间为诗者，复相仿效"的作品，这在《酬乐天余思不尽加为六韵之作》诗中的"次韵千言曾报答"句下的自注中得到了证明："乐天曾寄予千字律诗数首，予皆次用本韵酬和，后来遂以成风耳。"②但是，"感物寓意""词直气粗"的讽谕诗，因"不敢陈露于人"并没有为时人仿效，显然不在"元和体"之列。就元稹所言来看，"元和体"虽然与元白有关，但主要是仿效者所作。

对于元和体的渊源，清人李锳述梁元帝《燕歌行》诗时云："此种音节乃初唐四杰辈所本，少陵所云王杨卢骆当时体者，今人几不知其源于齐梁矣，白香山《长恨歌》《琵琶行》，元微之《连昌宫词》，当时称为元和体者，亦此体之流派也。"③李锳在论《长恨歌》时又云："此元和体也，亦名长庆体，香山自谓诗到元和体变新，其实仍源于齐梁及初唐耳，故附于齐梁体后论及之。近代吴梅村七古专宗此体，亦足名家。少陵论初唐四子体云，不废江河万古流。洵知言哉。"④李锳所述，其实是追寻古乐府的发展历程。《燕歌行》本为乐府平调曲名，初唐四杰的诗歌多用乐府旧题，以清新质朴之风，纠矫六朝以来淫靡浮艳的积习，消解"上官体"应制诗的影响。但这些其实与元和体关系不大。根据元稹所述，元和体无论是元稹所说的"小碎篇章"，还是白居易所说的"千字律

① 〔唐〕元稹著，冀勤点校：《元稹集》卷第六十《上令狐相公诗启》，中华书局2010 年版，第 727—728 页。
② 〔唐〕元稹著，冀勤点校：《元稹集》卷第二十二，中华书局 2010 年版，第 284 页。
③ 〔清〕李锳撰：《诗法易简录》卷七，《续修四库全书》第 1702 册，第 547 页。
④ 〔清〕李锳撰：《诗法易简录》卷七，《续修四库全书》第 1702 册，第 550 页。

诗"，都是近体律诗。李镆所列举的《长恨歌》等都是歌行体，元稹所说的元白之间"或为千言，或为五百言律诗，以相投寄"的，并不是这类歌行体的叙事诗，而是指长篇排律，如白居易的《长书诗一百韵寄微之》《和微之梦游春一百韵》，元稹的《酬翰林白学士代书一百韵》《酬乐天东南行一百韵》《梦游春七十韵》等。虽然元、白新乐府、元和体两体兼擅，影响同样巨大，但性质显然不同。李镆将其溯源而归一，颇令人费解，但也说明了元和体的流播与元白诗歌质朴自然风格的影响有关。虽然元和体本身未必是中国文学思想研究的题中之意，但由于其体现的诗歌通俗化对诗歌发展具有重要的影响，元和体的诗学实践包蕴着的诗学旨趣正是诗歌思想史中关键问题之一。

其次，围绕评价杜甫而体现出的诗学史观。元稹《唐故工部员外郎杜君墓系铭并序》云：

> 叙曰：予读诗至杜子美，而知小大之有所总萃焉。始尧舜时，君臣以赓歌相和。是后，诗人继作，历夏、殷、周千余年，仲尼缉拾选练，取其干预教化之尤者三百篇，其余无闻焉。骚人作而怨愤之态繁，然犹去风雅日近，尚相比拟。秦汉以还，采诗之官既废，天下俗谣民讴、歌颂讽赋、曲度嬉戏之词，亦随时间作。逮至汉武赋《柏梁》而七言之体具。苏子卿、李少卿之徒，尤工为五言，虽句读文律各异，雅郑之音亦杂，而词意简远，指事言情，自非有为而为，则文不妄作。建安之后，天下文士遭罹兵战，曹氏父子鞍马间为文，往往横槊赋诗，故其抑扬怨哀悲离之作，尤极于古。晋世风概稍存。宋齐之间，教失根本，士以简慢、歙习、舒徐相尚，文章以风容、色泽、放旷、精清为高，盖吟写性灵、流连光景之文也，意义格力无取焉。陵迟至于梁陈，淫艳、刻饰、佻巧、小碎之词剧，又宋齐之所不取也。
>
> 唐兴，官学大振，历世之文，能者互出，而又沈、宋之流，研练精切，稳顺声势，谓之为律诗。由是而后，文变之体极焉。然而莫不好古者遗近，务华者去实，效齐梁则不逮于魏晋，工乐府则力屈于五言，律切则骨格不存，闲暇则纤穰莫备。
>
> 至于子美，盖所谓上薄风骚，下该沈宋，古傍苏、李，气夺曹、刘，掩颜、谢之孤高，杂徐、庾之流丽，尽得古今之体势，而兼今人之所独专矣。使仲尼考锻其旨要，尚不知贵，其多乎哉！苟以为能所不能，无可不可，则诗人

以来，未有如子美者！①

元稹对杜甫的评价是以对文学史的历时考察为基础的。元稹与白居易一样，承祧风雅传统，强调采诗的观政功能。但与白居易相比，元稹对《诗经》以来的文学历史肯定的成分更多。其中，对于"俗谣民讴""曲度嬉戏之词"等民间俗文学的肯定，这在中国文学批评史上是十分鲜见的。元稹所指，主要是汉乐府中的作品，而乐府的风雅比兴传统正是他们创作新题乐府的基础。对于《柏梁》以及苏、李之作，肯定其"词意简远、指事言情，自非有为而为，则文不妄作"。对于建安文学，称颂其沉雄慷慨、冤哀悲离的风格与内容。对两晋文学，肯定其"风概"。对于南朝文字基本持否定的态度，但又略有区别，宋齐高于梁陈。对宋齐文坛虽然批评其风教渐失、文人简慢、文风舒徐而乏意义格力，但也对文学的风容色泽，放旷精清的取向，吟写性灵的内容有些许认同。对于梁陈文学则了无肯定，认为其病主要在于"词剧"。但何为词剧？鲜有人论及。宋人刘一止诗云："元丰应制规模在，奕奕风流自一家。词剧清新过小庾，情多儿女笑张华。"②刘一止所说的"词剧"似指辞采风格，这大概与元稹所谓"词剧"意义相似。元稹批评的是梁陈时期过于刻饰的文风，而"陵迟"的则是风教，评价客观公允。对于唐代文学，元稹特别肯定了沈、宋之于律诗的贡献。但在元稹看来，杜甫前的唐代诗坛还存在着不足。就诗体而言，虽然诸体皆备且已趋于成熟，但乐府诗风力不及魏晋五言诗，律诗虽格律工稳，但"骨力不存"。杜甫正是克服诸体不足，"尽得古今之体势，而兼今人之所独专"③的集诗歌之大成的伟大诗人。从他对杜甫的评价来看，尤其注意诗歌的风格技巧，而与白居易一依诗之"六艺"为标准不同。同时，元稹从诗学发展史的角度，认为杜甫是整个诗歌而非某种诗体的高标，杜诗的成就正是因为其海纳百川，博采众长，"上薄风骚，下该沈宋"，"掩颜谢之孤高，杂徐庾之流丽"，融摄

---

① 〔唐〕元稹著，冀勤点校：《元稹集》卷第五十六《唐故工部员外郎杜君墓系铭》，中华书局 2010 年版，第 690—691 页。

② 〔宋〕刘一止撰：《苕溪集》卷七《送吴兴太守行十绝句》之六，《景印文渊阁四库全书》1132 册，第 41 页。

③ 〔唐〕元稹著，冀勤点校：《元稹集》卷第五十六《唐故工部员外郎杜君墓系铭》，中华书局 2010 年版，第 691 页。

多方的结果，这也恰恰印证了杜甫"不薄今人爱古人，清词丽句必为邻"，"别裁伪体亲风雅，转益多师是汝师"的师习取向，元稹对杜甫的评价，几成不刊之论。

在此基础上，元稹还提出了对后世影响甚大的李杜优劣问题：

> 时山东人李白，亦以奇文取称，时人谓之李杜。予观其壮浪纵恣，摆去拘束，模写物象，及乐府歌诗，诚亦差肩于子美矣。至若铺陈终始，排比声韵，大或千言，次犹数百，词气豪迈，而风调清深；属对律切，而脱弃凡近，则李尚不能历其藩翰，况堂奥乎？①

简言之，元稹认为李白的歌行体与杜甫相差无几，但律诗则李白远不及杜甫。元稹的尊杜贬李之论显然带有一己的审美偏好，这与他们都秉承了乐府诗的现实精神不无关系。由于元稹分判李杜高下的主要依据是律诗，而李杜所擅诗体各有不同，因此，元稹基于一体而定李杜高下显然有失公允。元稹之论在当时及后代引起了颇多争议。其中非议者居多，如韩愈："李杜文章在，光焰万丈长，不知群儿愚，那用故谤伤？蚍蜉撼大树，可笑不自量。"②魏道辅云："公（韩愈）作此诗，为微之发。盖元稹作李杜优劣论，先杜后李故尔。"③胡仔、周紫芝等人亦多认为韩愈是针对元稹而发。其后，元好问、胡应麟等人也对元稹的评说持有异议。但是，肯认元稹之评的也不乏其人，如清人翁方纲就曾对元好问的异议提出质疑④。同样，清代王鸣盛也认为元稹评李杜优劣，"精妙之至。盖杜之胜李，全在铺陈排比，属对律切也。千古公论，至微之始定"。⑤虽然元稹之评不无偏颇，但通过评品比较李杜这两座诗歌高峰，表达不同的审美

---

① 〔唐〕元稹著，冀勤点校：《元稹集》卷第五十六《唐故工部员外郎杜君墓系铭》，中华书局 2010 年版，第 691 页。

② 〔唐〕韩愈著，钱仲联集释：《韩昌黎诗系年集释》卷九，上海古籍出版社 1984 年版，第 989 页。

③ 见〔唐〕韩愈撰，〔清〕方成珪笺正：《韩集笺正》卷二，《续修四库全书》1310 册，第 598 页。

④ 〔清〕翁方纲著，陈迩栋校点：《石洲诗话》卷一第 60 条，人民文学出版社 1981 年版，第 39 页。

⑤ 〔清〕王鸣盛著，顾美华整理标校：《蛾术编》卷七十六《杜子美》，上海书店出版社 2012 年版，第 1104 页。

理想，也使唐代诗歌双峰并峙成为公认的文化风景。

元稹的《唐故工部员外郎杜君墓系铭并序》通过对杜甫诗学成就的厘定，对杜诗的经典化产生了重要影响。 同时，这也是他对中国古代诗歌发展历程的一次品鉴，体现了其既重教化又重艺术技巧的文质相兼的诗学取向。

第九章

中唐古文家的文学思想

唐代中期兴起的古文运动是一次针对六朝唐初骈文泛滥之弊而发的具有鲜明学术背景的语体文风改革运动。韩愈是古文运动的杰出代表，但古文运动是一个历时的过程。"运动"之谓，体现出这是一大批古文家共同的文学思想、审美取向驱使下形成的文坛盛事。

第一节　古文运动先驱者的文学思想

唐代古文运动经历了较长的发展过程，"文起八代之衰"确不能为韩愈所专美。其中天宝年间的萧颖士、李华等都起到了重要作用。如时人独孤及云："帝唐以文德敷祐于下，民被王风，俗稍丕变。至则天太后时，陈子昂以雅易郑，学者浸而向方。天宝中，公（李华）与兰陵萧茂挺、长乐贾幼几勃焉复起，振中古之风，以宏文德。"[①]时人梁肃亦云："唐有天下几二百载，而文章三变，初则广汉陈子昂，以风雅革浮侈，次则燕国张公说以宏茂广波澜，天宝已还，则李员外、萧功曹、贾常侍、独孤常州比肩而作，故其道益炽。"[②]这种判断也受到了后代学人的普遍认同，如明代胡应麟说："大概六代以还，文尚排偶。至唐李华、萧颖士及次山辈，始解散为古文。"[③]清人蒋湘南对于唐代文之流变分判得

---

① 〔唐〕独孤及：《检校尚书吏部员外郎赵郡李公中集序》，〔清〕董诰等编：《全唐文》卷三八八，中华书局 1983 年版，第 3946 页。

② 〔唐〕梁肃：《补阙李君前集序》，〔清〕董诰等编：《全唐文》卷五百十八，中华书局 1983 年版，第 5261 页。

③ 〔明〕胡应麟著：《少室山房笔丛》卷二八《九流绪论》，中华书局上海编辑所 1958 年版，第 369—370 页。

更加清晰："唐之文凡三变：初则王杨卢骆沿六朝之格，而燕、许为大宗；继则元、梁、独孤牵东汉之绪，而萧、李为最雄；至昌黎先生出，约六经之旨，然后炳焉与三代同风。"①不难看出，萧颖士与李华等人的文论及实践为韩愈将古文运动推向高潮做了重要的铺垫。

萧颖士（约717—760），字茂挺，原籍兰陵（今江苏常州），出生于颍川（今河南许昌），开元二十三年进士及第，曾任桂州参军、秘书正字、河南参军等。安史之乱时，南奔避难。入山南节度使源洧幕中，后为淮南节度使李琦掌书记，兼扬州府功曹参军。后客死汝南。《郡斋读书志》载《萧颖士集》十卷，今不存。文收录于《全唐文》中。

萧颖士虽然居官不显，但在文坛具有重要的影响力。据《旧唐书》本传载："是时外夷亦知颖士之名，新罗使入朝言，言国人愿得萧夫子为师，其名动华夷若此。"②当时许多学子投其门下，扩大了影响，对古文运动起到了促进作用，清人田兰芳有诗云："卓哉萧夫子，高气凌九州。急中赋《樱桃》，权宰不见收。空有腹中策，一身难自周。素知掉臂去，弟子间来游。"③萧颖士有广泛的交游，与李华、颜真卿、贾至等同道交谊甚笃。同时，他还奖掖后进，据载："颖士以推奖后进为任，如李阳、李幼卿、皇甫冉、陆渭等数十人，由奖目皆为名士，天下推知人，称萧功曹。"④当时名士执弟子礼甚多，正是这些同道与弟子之间的声气相求，桴鼓相应，才使得古文运动产生了声宏气壮之势。同时，萧颖士、李华等人形成的萧李文学集团，也体现了崇尚古文风气的形成是一个由呼号者与附应者不断激荡向整个文坛逐渐漫溢的过程。因此，萧颖士、李华等人奖掖后学，凝聚才士，本身就是文学活动的一个重要组成部分。

在文章观念方面，萧颖士对前代文学，也是以魏晋以前的文章为范，而不取

---

① 〔清〕蒋湘南撰：《七经楼文钞》卷六《唐十二家文选序》，中州古籍出版社1991年版，第188页。

② 〔后晋〕刘昫等撰：《旧唐书》卷一百九十下，中华书局1975年版，第5048—5049页。

③ 〔清〕田兰芳撰：《逸德轩诗文集·诗集》上卷《岁暮杂感十首》之六，清康熙二十六年刻本。

④ 〔宋〕计有功撰，王仲镛校笺：《唐诗纪事校笺》卷第二十一《萧颖士》，中华书局2007年版，第681页。

魏晋以下，他说："平生属文，格不近俗，凡所拟议，必希古人，魏晋以来，未尝留意。"①对此，李华在《扬州功曹萧颖士文集序》中载引的萧颖士自述更为详细："君以为六经之后，有屈原宋玉，文甚雄壮，而不能经。厥后有贾谊，文词最正，近于理体。枚乘、司马相如亦瑰丽才士，然而不近风雅。扬雄用意颇深，班彪识理，张衡宏旷，曹植丰赡，王粲超逸，嵇康标举。此外皆金相玉质，所尚或殊，不能备举。左思诗赋有雅颂遗风，干宝著论近王化根源。此后夐绝无闻焉。"②可见，萧颖士所尚的都是晋代之前的文人。晋代文人的可取之处在于或具雅颂遗风，或具王化根源，均非形式之美。而此前的文士虽都各有胜场，但与六经比较，或"不能经"，或"不近风雅"。可见，萧颖士虽然"必希古人"，但其承祧风雅传统，尊经尚理是其慕古的根本祈向。对此，萧颖士自己亦有明确的表述："仆有识以来，寡于嗜好，经术之外，略不婴心。幼年方小学时，受《论语》《尚书》，虽未能究解精微，而依说与今不异。由是心开意适，日诵千有余言。"③认为有志之士，即使不能够"助人主视听"，但"尚应优游道术，以名教为己任，著一家之言，垂沮劝之益，此其道也"④。主张文以辅教，有助王化，这对其后韩愈承道统以论文有先发之功。这种尊经重道的文论观虽然有轻视艺文的倾向，但恰恰是对六朝以来华靡浮艳文风的有力反拨。

尊经重道，对风雅传统的承祧，其内在驱动力可能有所不同，一种可能是使文回归于致用，回归于表现现实社会生活，这与儒家强烈的人世情怀完全一致。另一种可能是恢复儒学的道德理性，使文成为教化的工具。因此，虽然二者都以明道、载道相标榜，但道的内容或有不同，一是现实之道，一是性理之道。韩愈论文虽然有形上之道的倾向，但他具有强烈的现实关切，以除弊救时为归趣，因此，韩愈主张文以明道必须有充实的内容，云："夫所谓文者，必有诸其

---

① 〔唐〕萧颖士:《赠韦司业书》，〔清〕董诰等编:《全唐文》卷三百二十三，中华书局 1983 年，第 3276 页。

② 见〔清〕董诰等:《全唐文》卷三百十五，中华书局 1983 年版，第 3198 页。

③ 〔唐〕萧颖士:《赠韦司业书》，〔清〕董诰等编:《全唐文》卷三百二十三，中华书局 1983 年，第 3277 页。

④ 〔唐〕萧颖士:《赠韦司业书》，〔清〕董诰等编:《全唐文》卷三百二十三，中华书局 1983 年，第 3275 页。

中，是故君子慎其实。"①柳宗元所明之道的现实性更加鲜明，他直接说："道之及，及乎物而已耳。"②与韩柳相比，此前萧颖士所论的道更多的是指名教、道德。因此，萧氏之恢复古道、古文，也主张作家当以德行为本，要"尊道成德"③。他的文论是基于"今之文人，雅操大缺，内不能自强于己，外有以求誉于时"④的现实而发的。他所谓道，乃是"著一家之言，垂沮劝之益，此其道也"⑤。李华亦有同样的取向，他在示外孙的信中云："汝等当学读《诗》《礼》《论语》《孝经》，此最为要也。"⑥他因时贤元鲁山、萧颖士、刘迅而作《三贤论》，称"元之志行，当以道纪天下，刘之志行，当以六经谐人心，萧之志行，当以中古易今世"⑦。

萧颖士尊经重道还体现在对文体风格的论述方面。他在《江有归舟序》中说：

> 猗尔之所以求，我之所以诲，学乎，文乎。学也者，非云征辨说，撼文字，以扇夫谈端，鞟厥词意，其于识也，必鄙而近矣。所务乎宪章典法，膏腴德义而已。文也者，非云尚形似，牵比类，以局夫俪偶，放于奇靡。其于言也，必浅而乖矣。所务乎激扬雅训，彰宣事实而已。⑧

①　〔唐〕韩愈著，马其昶校注，马茂元整理：《韩昌黎文集校注》卷二《答尉迟生书》，上海古籍出版社 1986 年版，第 145 页。

②　〔唐〕柳宗元：《柳宗元集》卷三十四《报崔黯秀才论为文书》，中华书局 1979 年版，第 886 页。

③　〔唐〕萧颖士：《江有归舟三章并序》，〔清〕彭定求等编：《全唐诗》卷一百五十四，中华书局 1960 年版，第 1593 页。

④　〔唐〕萧颖士：《赠韦司业书》，〔清〕董诰等编：《全唐文》卷三百二十三，中华书局 1983 年，第 3274 页。

⑤　〔唐〕萧颖士：《赠韦司业书》，〔清〕董诰等编：《全唐文》卷三百二十三，中华书局 1983 年，第 3275 页。

⑥　〔唐〕李华：《与外孙崔氏二孩书》，〔清〕董诰等编：《全唐文》卷三百十五，中华书局 1983 年，第 3195—3196 页。

⑦　〔唐〕李华：《三贤论》，〔清〕董诰等编：《全唐文》卷三百十七，中华书局 1983 年版，第 3214 页。

⑧　〔唐〕萧颖士：《江有归舟三章并序》，〔清〕彭定求等编：《全唐诗》卷一百五十四，中华书局 1960 年版，第 1594 页。

萧颖士对骈文提出了正面的批评，教诲弟子为文不能追求俪偶、绮靡，而需要激扬雅训，彰宣事实。萧颖士分判了为学、为文不同的途径，这在他陈说自己的习业的经历时可以看出："仆有识以来，寡于嗜好，经术之外，略不婴心。"①又说："仆幼闻礼经，长习篇翰。"②当然，两者又是相互关联的，所论之学，亦即其所论之"道"，正是其论述为文宗经的基础。

古文运动的宗经、明道之论，与刘勰《文心雕龙》持论相同，何以唐代文人并不引刘勰为据？罗根泽曾有这样的分析：

> 以常理论，刘勰主"原道""征圣""宗经"，应当是唐代古文的领导者。然以鄙见所知，称论其书者，只有卢照邻《南阳公集序》和刘知几《史通自叙》，真正宗经载道的古文家，则绝少论及。自然我不敢说唐代的古文家都没有读过《文心雕龙》，但漠视似是事实。这也足以证明他们继承的是北朝系统，对南朝只是一味的攻击；所以与他们同调的刘勰，也遭了"池鱼之殃"，不能打动他们的注意与同情。③

诚如罗先生所说，宗经、原道乃《文心雕龙》的重要论题，但无论是萧颖士、李华，还是韩愈、柳宗元、刘禹锡等人，都没有论及刘勰。罗先生从南北文化冲突的角度来考察这一问题，进而认为："古文实兴于北朝，实是以北朝的文学观打倒南朝的文学观的一种文学革命运动。"④这对于我们理解古文运动的兴起虽不无启迪，但似乎尚有可商之处。早期的古文家萧颖士虽然生于北方，但近祖已迁南兰陵，应该具有南方文化的背景。同样，李华也长期居于南方，卒于楚州，独孤及则终于常州刺史任上，作为大历年间仅存的一部完整的文集也是以常州古地名毗陵而命名。梁肃则九岁即迁居常州，并长期生活在南方。因此，他们都具有南方文化的背景，但同样没有提及刘勰与《文心雕龙》。事实

---

① ［唐］萧颖士：《赠韦司业书》，［清］董诰等编：《全唐文》卷三百二十三，中华书局1983年版，第3277页。

② ［唐］萧颖士：《为邵翼作上张兵部书》，［清］董诰等编：《全唐文》卷三百二十三，中华书局1983年版，第3272页。

③ 罗根泽著：《中国文学批评史》，上海书店出版社2003年版，第406—407页。

④ 罗根泽著：《中国文学批评史》，上海书店出版社2003年版，第406页。

上，对于钟嵘《诗品》，论者亦不太多，因此，这可能并不是南北方文化的问题，而是与取法的意识有关。他们讨论的是诗文自身的取法，而不是诗文理论。事实上，他们的文论都散见于其文集之中，或为书牍，或为集纪，或为碑铭，是零星而非系统的论述，而并非着意于理论的演绎。他们关注的是前人作品以及内容、风格等，而主要不是文学思想。这样，我们就不难理解他们对刘勰、钟嵘这些文学理论家鲜有承绍与论说了。这样的遗落，并不是古文家们的不屑或故意回避，而是因为着眼点不同。他们的著作中几乎没有文学专论，没有列述南方文论家的论著及思想亦在情理之中。但他们在专论中并没有排斥南方的著作，如李华的《著作郎厅壁记》主要论史家之贡献，诚如其所云："化成天下，莫尚乎文，文之大司，是为国史，职在褒贬惩劝，区别昏明。"①因此，他在历述前代史家时云："至于有晋，若史材之美，陈寿自佐郎迁，元舅之尊，庾亮以中书领，宋则徐爰、何承天。齐则沈约、裴子野，梁则陆云、姚察，陈则顾野王、张正见，后魏则崔光、高允。……皆一朝名选也。"②当然，《文心雕龙》乃主要以四六文所成，这是古文运动之靶的，因此，不引刘勰为据，这亦是情理之中。同时，宗经的意向使他们没有必要对于其他论者多予旁顾，他们对于屈原等人的评价即显示了唯经是尊的取向。他们隐然以承祧孟子以后的道统自居，这不但表现在韩愈"道济天下之溺"，而且在李华的《崔沔集序》中也体现了同样的取向。因为尊经，他们对屈原亦有贬抑，何论六朝？古文运动是与道统复兴相辅而行的一次文学运动，因此，即便是屈原，乃至孟子以后的儒士也未能入其法眼，遑论刘勰？这就是他们虽与刘勰宗经明道的思想暗合，但几无述及的原因。

李华（约715—774），字遐叔，祖籍赵州赞皇（今属河北）。开元二十三年（735）进士及第。曾任南和尉，秘书省校书郎，监察御史。安史之乱时，为乱军所获，伪署为凤阁舍人。安史之乱后被贬为杭州司功参军。后主要居南方，卒于楚州（今江苏淮安）。著作收于《全唐文》中。《四库全书》收有《李遐叔文集》。

李华具有明显的承祧道统的倾向，《崔沔集序》云：

---

① 〔清〕董诰等编：《全唐文》卷三百十六，中华书局1983年版，第3204页。
② 〔清〕董诰等编：《全唐文》卷三百十六，中华书局1983年版，第3205页。

夫子之文章，偃商传焉，偃商殁而孔伋、孟轲作，盖六经之遗也。屈平、宋玉哀而伤，靡而不返，六经之道遁矣。论及后世，力足者不能知之，知之者力或不足。则文义寝以微矣。①

这显然是要承续孟轲以来已失的道统。他对屈原、宋玉等楚辞作品亦持贬抑的态度。这并不是偶然的兴致之论，而是包含着深切的现实人生体悟。李华身经安史之乱，且在这场动乱中名节隳败，从此一蹶不振，兼济之心消失殆尽。李华等人对这场浩劫进行了反思，他们认为乱臣贼子产生的原因是王道消弭，礼义不存。李华的同道贾至云："近代趋仕靡然同风，致使禄山一呼而四海震荡，思明再乱而十年不复。向使礼让之道宏，仁义之风著，则忠臣孝子，比屋可封，逆节不得而萌也，人心不得而摇也。"②因此，李华示外孙时云："汝等当学读《诗》《礼》《论语》《孝经》，此最为要也。"③他想以六经为本，陶冶作者之志，云："文章本乎作者，而哀乐系乎时。本乎作者，六经之志也；系乎时者，乐文武而哀幽厉也。"④他在推尊六经的同时，尤其注重史书的功能。被他推为三贤之一的萧颖士，就是一位重史的学者，曾"罪子长不编年陈事，而为列传，后代因之，非典训也"，有编年史的计划，可惜"志未就而殁"⑤。他赞叹萧氏"当以律度百代为任"的志向。文与史的统一，既为古文提供了慕古的指向，又显示了文求征实、不尚华靡的意趣。但李华并不是唯古是尊的文人，他虽尊经重礼，但又要据于现实。他认为古代典籍之功在于用，而不可局限于恒教。有些可用，有些当存而不用，有些当简而行之，云："愚以为将求致理，始于学习经、史、《左传》《国语》《尔雅》《荀》《孟》等家，辅佐五经者也，及药石之方，行于天下，考试仕进者宜用之，其余百家之说，谶纬之书，存而不用。至于

① 〔清〕董诰等编：《全唐文》卷三百十五，中华书局 1983 年版，第 3196 页。

② 〔唐〕贾至：《议杨绾条奏贡举疏》，载〔清〕董诰等编：《全唐文》卷三百六十八，中华书局 1983 年版，第 3735 页。

③ 〔唐〕李华：《与外孙崔氏二孩书》，载〔清〕董诰等编：《全唐文》卷三百十五，中华书局 1983 年版，第 3195—3196 页。

④ 〔唐〕李华：《赠礼部尚书清河孝公崔沔集序》，载〔清〕董诰等编：《全唐文》卷三百十五，中华书局 1983 年版，第 3196 页。

⑤ 〔唐〕李华：《三贤论》，载〔清〕董诰等编：《全唐文》卷三百十七，中华书局 1983 年版，第 3214 页。

丧制之缛，祭礼之繁，不可备举者以省之。 考求简易，中于人心者以行之，是可以淳风俗，而不泥于坦明之路矣。 学者局于恒教因循，而不敢差失毫厘。 古人之说，岂或尽善。"①可见，李华慕古的归趣在于致用。 这种宗经尚古的倾向仅仅是显示承袭儒家经典的取向，其实，他慕古并不废今，对于当时的德行高洁之士同样推尊，他有专论《三贤论》，认为"无世无贤人"。 李华称赞萧颖士"若百炼之钢，不可屈折，当废兴去就之际，一生一死之间，而后见其大节"②。 推而言之，唐代古文运动的根本动因在于文士们的现实情怀。 他们超越六朝而追慕往古，根本原因是六朝之文靡不切于用。

李华认为文的品格决定于作者之德行，作者道德涵养的提高是救治文风衰靡的根本，他说："有德之文信，无德之文诈。"③又说："文顾行，行顾文，此其与于古欤。"④创作主体的道德品行对文章的品质具有至为重要的影响。 他认为，开元、天宝间虽然君子学人从容于学，但是掌管国家权柄的"将相屡非其人，化流于苟进成俗，故体道者寡矣"⑤。 可见，李华文行相顾之论有清晰的现实指向。 他以夫子门人的德行、言语、政事、文学四者相兼为极诣。 李华称颂杨齐物即在于其"希慕先贤，其著也，亦名高天下，行修言道以文"⑥。 因此，宗经与尚德是李华论文两个基本取向。

对于骈俪之文，虽然李华没有正面论及，但其《质文论》明显体现了重质轻文、贬抑过度矫饰的倾向，云："天地之道易简，易则易知，简则易从。 先王质文相变，以济天下。 易知易从，莫尚乎质。 质弊则佐之以文，文弊则复之以

① 〔唐〕李华:《质文论》，载〔清〕董诰等编:《全唐文》卷三百十七，中华书局1983 年版，第 3213 页。

② 见〔清〕董诰等编:《全唐文》卷三百十七，中华书局1983 年版，第 3214 页。

③ 〔唐〕李华:《赠礼部尚书清河孝公崔沔集序》，载〔清〕董诰等编:《全唐文》卷三百十五，中华书局1983 年版，第 3196 页。

④ 〔唐〕李华:《赠礼部尚书清河孝公崔沔集序》，载〔清〕董诰等编:《全唐文》卷三百十五，中华书局1983 年版，第 3196 页。

⑤ 〔唐〕李华:《杨骑曹集序》，载〔清〕董诰等编:《全唐文》卷三百十五，中华书局1983 年版，第 3198 页。

⑥ 〔唐〕李华:《杨骑曹集序》，载〔清〕董诰等编:《全唐文》卷三百十五，中华书局1983 年版，第 3198 页。

质，不待其极而变之。"①李华从天道易简的高度，开篇即显示了对过度文饰的排斥。他还说："质则俭，俭则固，固则愚，其行也丰肥，天下愚极则无恩；文则奢，奢则不逊，不逊则诈，其行也痼瘵，天下诈极则贼乱。"其结论是"愚之病，浅于诈之病也。"②"文弊则复之以质"，实乃是对骈俪之文长期流行于文坛的反拨。但李华又秉持儒家文质彬彬的传统，文质相兼相济是其基本取向。李华提出了为文之力的要求，他认为自孟子迄于唐代，文义逐渐寝微，其原因是"力足者不能知之，知之者力或不足"③。此之"力"即为文的技巧。李华虽然自谓其作品"直质而少文"④，但这仅是自谦而已。他不但有体现古文风格的杂文等开风气的作品，还有文辞绵丽的《含元殿赋》，更有悲凄惨楚、呜咽动人的《吊古战场文》，后者被清人王之绩视为"论断之体"的范则。⑤这些作品都是李华精心结构之作，体现了其重质而不废文的一面。

独孤及（725—777），字至之，河南洛阳（今属河南）人。天宝末年因洞晓道教及第。曾任华阴尉，太常博士。后迁礼部员外郎，又任濠、舒二州刺史，加检校司封郎，终于常州刺史任上。有《毗陵集》存世。

独孤及幼即有经世之志，据《新唐书》本传载："为儿时，读《孝经》，父试之曰：'儿志何语？'对曰：'立身行道，扬名于后世。'"⑥独孤及作为与萧颖士、李华、贾至齐名的古文运动的先驱者，其学术思想有与萧、李不尽相同之处。独孤及因精通玄经科及第，对道教有深入的研究，他的思想更具兼融的特质。

独孤及早年曾问学于萧颖士、李华，并对韩愈有直接的启示。据《旧唐书》卷一百六十《韩愈》本传载："大历、贞元之间，文字多尚古学，效扬雄、董

---

① 〔唐〕李华：《质文论》，载〔清〕董诰等编：《全唐文》卷三百十七，中华书局1983年版，第3213页。

② 〔唐〕李华：《质文论》，载〔清〕董诰等编：《全唐文》卷三百十七，中华书局1983年版，第3212—3213页。

③ 〔唐〕李华：《赠礼部尚书清河孝公崔沔集序》，载〔清〕董诰等编：《全唐文》卷三百十五，中华书局1983年版，第3196页。

④ 〔唐〕李华：《御史大夫厅壁记》，载〔清〕董诰等编：《全唐文》卷三百十六，中华书局1983年版，第3203页。

⑤ 〔清〕王之绩著：《铁立文起》前编卷四《文》，清康熙刻本。

⑥ 〔宋〕欧阳修等撰：《新唐书》卷一百六十二，中华书局1975年版，第4990页。

仲舒之述作，而独孤及、梁肃最称渊奥，儒林推重，愈从其徒游，锐意钻仰，欲自振于一代。"①可见，独孤及在古文运动中具有承上启下之功，其"作为文章，律度当世"②，在当时文坛具有巨大的影响力。

独孤及认为古文运动的兴起有这样的背景：

> 志非言不形，言非文不彰，是三者相为用，亦犹涉川者假舟楫而后济，自典谟缺，雅颂寝，世道陵夷，文亦下衰，故作者往往先文字，后比兴，其风流荡而不返，乃至有饰其辞而遗其意者，则润色愈工，其实愈丧，及其大坏也。俪偶章句，使枝对叶比，以八病四声为梏拲，拳拳守之如奉法令，闻皋繇史克之作则哑然笑之，天下雷同，风驱云趋，文不足言，言不足志，亦犹木兰为舟，翠羽为楫，玩之于陆而无涉川之用，痛乎流俗之惑人也。③

这是对骈俪之文的正面批评。此前的萧颖士虽然也指出了文坛"牵比类，以局夫俪偶，放于奇靡"的弊习，但言之甚简；李华对骈文没有正面的批评，只是倡导重质尚俭；独孤及则通过对志、言、文之间的关系，论述了先文而后意乃本末倒置，结果是"饰其辞而遗其意"。进而对俪偶章句、四声八病提出了批评，为古文运动的兴起理由进行了清晰的阐释。独孤及认为，作者之志、言、文三者应相辅而行，相济为用。虽然志为先，但志需以言、文为用。为此，他以"涉川者假舟楫而后济"为喻。言、文即如舟楫，志在涉川。假使以木兰为舟，翠羽为楫，但仅"玩之于陆而无涉川之用"，就会失去舟楫的价值，因此，如果专注于文辞的藻饰，则言辞害志，"其实愈丧"。同时，独孤及的另一个潜在含义同样不应忽视，这就是，志、言、文以及舟楫之喻所具有的肯定艺术形式的一面。

独孤及青年时曾师从萧颖士和李华等人，对萧颖士、李华等人的文学主张有深切的了解，他对韩愈之前古文运动先驱者的文学实践进行了述评，从其赞叹之

---

① 〔后晋〕刘昫等撰：《旧唐书》卷一百六十，中华书局1975年版，第4195页。

② 〔唐〕权德舆：《祭独孤常州文》，〔清〕董诰等编：《全唐文》卷五百九，中华书局1983年版，第5176页。

③ 〔唐〕独孤及撰，刘鹏、李桃校注：《毗陵集校注》卷十三《检校尚书吏部员外郎赵郡李公中集序》，辽海出版社2006年版，第285页。

中可见其为文旨趣。

> 帝唐以文德敷佑于下，民被王风，俗稍丕变。至则天太后时，陈子昂以雅易郑，学者浸而向方。天宝中，公（李华）与兰陵萧茂挺、长乐贾幼几勃焉复起，振中古之风，以宏文德。公之作本乎王道，大抵以五经为泉源，抒情性以托讽，然后有歌咏；美教化，献箴谏，然后有《赋》《颂》；悬权衡以辩天下公是非，然后有论议。至若记叙、编录、铭鼎、刻石之作，必采其行事以正褒贬。非夫子之旨不书，故风雅之指归，刑政之本根，忠孝之大伦，皆见于词。于时文士驰骛，飙扇波委。二十年间，学者稍厌《折杨》《皇华》，而窥咸池之音者什五六，识者谓之文章中兴，公实启之。①

独孤及既论述了萧颖士、李华、贾至"振中古之风"的共同特点，又揭示了李华之文歌咏、赋颂、论议等方面以五经为依归，重教化、辩是非的特征，这也是古文运动与六朝骈俪之文的根本区别，而宗经明道则是其核心，这也是独孤及所孜求的为文旨趣。 对此，独孤及的弟子梁肃对其有准确的概括："洎公为之，于是操道德为根本，总礼乐为冠带，以《易》之精义，《诗》之雅兴，《春秋》之褒贬，属之于辞。"②同时，独孤及对萧颖士、李华等人的文学观念又有变通与发展，并对其后韩愈等人有直接的启迪。 就"古文"的含义来看，萧颖士直截了当地提出"寡于嗜好，经术之外，略不婴心"③；李华也是"以《五经》为泉源"；但独孤及则稍有不同，他在汲取《易》之精义、《诗》之雅兴、《春秋》之褒贬的前提之下，还对萧颖士等人"略不婴心"的文献予以关注。 他除了同样认为"六籍其不可及"之外，又云："《荀》《孟》朴而少文，屈、宋华而无根，有以取正，其贾生、史迁、班孟坚云尔。"④这不但是其所言，从其作品中也可"复

① 〔唐〕独孤及撰，刘鹏、李桃校注：《毗陵集校注》卷十三《检校尚书吏部员外郎赵郡李公中集序》，辽海出版社2006年版，第285页。

② 〔唐〕梁肃：《常州刺史独孤及集后序》，〔清〕董诰等编：《全唐文》卷五百十八，中华书局1983年版，第5260页。

③ 〔唐〕萧颖士：《赠韦司业书》，见〔清〕董诰等编：《全唐文》卷三百二十三，中华书局1983年版，第3277页。

④ 〔唐〕梁肃：《常州刺史独孤及集后序》，见〔清〕董诰等编：《全唐文》卷五百十八，中华书局1983年版，第5261页。

睹两汉之遗风"①。 独孤及取法萧颖士与李华而又有新的拓展。 其承的一面在于萧、李认为贾谊文词最正，即汉代文章有雅正一脉存在。 其变的一面在于，指出了《荀》《孟》等先秦作品有"朴而少文"的缺憾。 这与李华有一定的区别。 李华将孔伋和孟子视为"《六经》之遗也"，持正面肯定的态度，而与屈原、宋玉的作品中"《六经》之道通"明显不同。 亦即独孤及注意到了儒学宗师"文"的一面。 同时，独孤及将汉代的雅正之文，由以政论文为主的贾谊拓展到以史传文体见长的司马迁和班固，这与萧颖士明显有别，萧颖士曾"罪子长不编年陈事"，而致其"烦"，认为司马迁、班固的作品"首末不足以振纲维，支条适足以助繁乱"，遂使"圣明之笔削，褒贬之文废"②。 独孤及认为纪传体较之编年体更重生动具体的描写，"文"的色彩更浓。 独孤及对班、马的肯定，也是其比萧氏更重文学性的体现。 这对其后的韩柳有直接的影响，古文运动中传记类文体取得的成就可以追溯到独孤及将班马与贾谊都视为汉代雅正文脉的代表作家。 独孤及对萧、李的发展，根本原因在于他并不完全胶执于经典以及风雅传统，而是主张志、言、文之间的相得益彰。

与古文理论不同，独孤及对诗歌的阐释体现了别样的取向。 这是我们理解独孤及文学思想时同样值得关注的。《唐故左补阙安定皇甫公集序》中云：

> 五言诗之源，生于《国风》，广于《离骚》，著于苏、李，盛于曹、刘，其所自远矣。当汉、魏之间，虽以朴散为器，作者犹质有余而文不足。以今揆者，则有朱弦疏越，大羹遗味之叹。历千余岁，至沈詹事、宋考功始裁成六律，彰施五色，使言之而中伦，歌之而成声。缘情绮靡之功，至是乃备。虽去雅浸远，其丽有过于古者。亦犹路鼗〔韒〕出于土鼓，篆籀生于鸟迹也。沈、宋既殁，而崔司勋颢、王右丞维崛起于开元、天宝之间，得其门而入者，当代不过数人，补阙其人也。③

① 〔唐〕梁肃：《常州刺史独孤及集后序》，见〔清〕董诰等编：《全唐文》卷五百十八，中华书局1983年版，第5260页。

② 〔唐〕萧颖士撰：《赠韦司业书》，见〔清〕董诰等编：《全唐文》卷三百二十三，中华书局1983年版，第3278页。

③ 〔唐〕独孤及撰，刘鹏、李桃校注：《毗陵集校注》卷十三，辽海出版社2006年版，第290页。

在论诗时，独孤及更加重视艺术形式，对于五言诗独孤及认为迄至汉魏之时仍"质有余而文不足"。到初唐沈佺期、宋之问之时，"言之而中伦，歌之而成声"，才得以完备。独孤及在对初唐诗歌与《诗经》进行比较时，以"路鼗出于土鼓，篆籀生于鸟迹"相喻，肯定了五言诗由质而文的转变过程。值得注意的是，独孤及肯定了《离骚》在五言诗产生中的作用，这与其论文时对屈宋的一概排斥有明显的区别，原因即在于独孤及认为文与诗具有不同的功能，文承荷着明道辅教之责，而诗歌则具"缘情绮靡之功"，这也是古文运动的先驱者对屈宋多有贬评的根本原因。换言之，他们对屈宋的批评并不是因风格内容，而在于文体。对于独孤及在古文运动中的作用，清人赵翼云："是愈之先早有以古文名家者。今独孤及文集尚行于世，已变骈体为散文，其胜处有先秦、西汉之遗风，但未自开生面耳。"①洵为允评。

梁肃（753—793），字敬之，一字宽中，郡望安定乌氏（今甘肃泾川县东北），生于居函关（今河南新安县东）。梁肃十八岁时即以文投谒前辈文人李华、独孤及。独孤及为常州刺史时，梁肃倍受器重，并得以结交了当时的许多文人。德宗建中元年（780）应制举文辞清丽科及第，曾任东宫校书郎，入淮南节度使幕。后入京为监察御史，直至太子侍读、史馆修撰、翰林学士三职齐署，士林归崇。文集已佚，《全唐文》收其文六卷。

梁肃的古文理论承袭李华、独孤及的色彩较为明显，他也主张为文应以道德为本，云："文之作，上所以发扬道德，正性命之纪；次所以财成典礼，厚人伦之义；又其次所以昭显义类，立天下之中……故文本于道。"②显然，梁肃所谓"道"还是以儒家的伦理道德为主，但其中也有"性命之纪"，这也是三教都讨论的命题。梁肃的学术背景比较复杂，这与其师独孤及有相似之处。梁肃少年时曾皈依天台九祖湛然门下，深受天台的影响，崔恭在《唐右补阙梁肃文集序》中谓其"以叙人伦，正褒贬，则人皆知之"，但其"释氏制作无以抗敌，大法将

① ［清］赵翼著，王树民校证：《廿二史札记校证》卷二十，中华书局 2013 年版，第 442 页。

② ［唐］梁肃：《补阙李君前集序》，载［清］董诰等编：《全唐文》卷五百十八，中华书局 1983 年版，第 5261 页。

灭，人鲜知之，唱和之者或寡矣"。 梁肃"心在一乘，故叙释氏最为精博"①。佛学的浸染，是理解梁肃所论之道理应关注的另一个重要维度。 梁肃有云："仲尼有言，道之不明也，我知之矣，由物累也。"期以佛教形上学以佐儒诠道的意图甚为明显，云："噫!《止观》其救世明道之书乎。 非夫圣智超绝，卓尔独立，其孰能为乎? 非夫聪明深达，得意忘象，其孰能知乎?"②他曾盛赞天台大师转法轮于常州一带，"尊天台之道以导后学。"③对佛道的教化之功亦深为服膺，云："予闻先觉云：大宝流辉之不变曰常，在宥布和之盛典曰教，率土知化之归宗曰行，交感人心之至极曰证。"称赞佛法"以道行御其时，以法性合其运"④。同时，他又览葛洪所记，以为"神仙之道昭昭焉"⑤。 可见，梁肃的学术思想确如崔元翰在《梁君（肃）墓志》中所说："贯极乎六籍，旁罗乎百氏。"⑥因此，与李华、独孤及等人相比，梁肃所论的为文之道具有两个方面的取向：一方面是因其"贯及乎六籍"，秉承了儒家的入世精神，强调了文与政的关系，云："文章之道，与政通矣。 世教之污崇，人风之薄厚，与立言立事者雅正臧否皆在焉。"⑦对世道人心的关切是为政、为文的根本之道，云："予尝论古者聪明睿智之君，忠肃恭懿之臣，叙六府三事，同八风七律，莫不言之成文，歌之成声。 然后浃于人心，人心安以乐；播于风俗，风俗厚以顺。"⑧他将文之兴废与世之治乱联系在一起，这与李华、独孤及等人将为文之道主要限于作者的道德修养有一

①　见〔清〕董诰等编：《全唐文》卷四百八十，中华书局 1983 年版，第 4903—4904 页。

②　〔唐〕梁肃：《止观统例议》，〔清〕董诰等编：《全唐文》卷五百十七，中华书局 1983 年版，第 5257 页。

③　〔唐〕梁肃：《常州建安寺止观院记》，〔清〕董诰等编：《全唐文》卷五百十九，中华书局 1983 年版，第 5275 页。

④　〔唐〕梁肃：《涅槃经疏释文》，〔清〕董诰等编：《全唐文》卷五百十九，中华书局 1983 年版，第 5278 页。

⑤　〔唐〕梁肃：《神仙传论》，〔清〕董诰等编：《全唐文》卷五百十九，中华书局 1983 年版，第 5277 页。

⑥　〔唐〕崔元翰：《右补阙翰林学士梁君墓志》，〔清〕董诰等编：《全唐文》卷五百二十三，中华书局 1983 年版，第 5322 页。

⑦　〔唐〕梁肃：《秘书监包府君集序》，〔清〕董诰等编：《全唐文》卷五百十八，中华书局 1983 年版，第 5259 页。

⑧　〔唐〕梁肃：《丞相邺侯李泌文集序》，〔清〕董诰等编：《全唐文》卷五百十八，中华书局 1983 年版，第 5259 页。

定的区别，而对其后的柳宗元多有启示。 另一方面因其"旁罗乎百氏"，梁肃所论之"道"，又是与气、辞相对应的，带有哲理化的范畴，他通过道、气、辞三者不同层次的范畴在创作中的不同功能的论述，使其文学观呈现了较显著的理论色彩，云："文本于道，失道则博之以气，气不足则饰之以辞。 盖道能兼气，气能兼辞，辞不当则文斯败矣。"①梁肃认为，道、气、辞虽然层次不同，道能兼气，气能兼辞，但若要使文能够"驰骛古今之际，高步天地之间"，还需要气全、辞辩，需要道、气、辞之间的配合。 因此，气、辞之于道并不是可有可无的，气对道，辞对气有反向的补益作用。 当道不足时，可博以气补之；气不足时，饰以辞补之。 同时，虽然本乎道，如果辞有不当，则是失败之文，其道也不能得到弘传。 在古文运动的前驱者那里，一般都强调道之于文的主宰作用，梁肃第一次论述了气、辞对于道的反向作用，这无疑是更加全面公允的文学观。现存梁肃的文章中述及"气"的颇为经见，如他说："季属文以气为主，以经为师，慕宗伯之贤，从州党之赋，则其志可知也。"②又说："富哉言乎！ 于是时弥远而气益振，世逾往而声不灭。"③"惟兄孝友仁恕，高明宽裕，何德之茂！ 何才之富！ 粹气积中，畅于四肢，发为斯文，郁郁耀辉。"④等等。 梁肃重气的文论，对于其后韩愈所谓"气盛则言之短长与声之高下者皆宜"⑤的影响宛然可见。

基于以上的文学观念，梁肃对于古文的取法对象也更加宽广。 他在独孤及的基础之上，对汉代之文的取法更见层次，云："炎汉制度，以霸王道杂之，故其文亦二：贾生、马迁、刘向、班固，其文博厚，出于王风者也；枚叔、相如、

① 〔唐〕梁肃：《补阙李君文集序》，〔清〕董诰等编：《全唐文》卷五百十八，中华书局1983年版，第5261页。

② 〔唐〕梁肃：《送张三十昆季西上序》，〔清〕董诰等编：《全唐文》卷五百十八，中华书局1983年版，第5268页。

③ 〔唐〕梁肃：《周公瑾墓下诗序》，〔清〕董诰等编：《全唐文》卷五百十八，中华书局1983年版，第5263页。

④ 〔唐〕梁肃：《为常州独孤使君祭李员外文》，〔清〕董诰等编：《全唐文》卷五百二十二，中华书局1983年版，第5305页。

⑤ 〔唐〕韩愈著，马其昶校注，马茂元整理：《韩昌黎文集校注》卷三《答李翊书》，上海古籍出版社1986年版，第171页。

扬雄、张衡，其文雄富，出于霸途者也。"①以政论、史传性文章为"出于文风"的"博厚"之文，以辞赋类文学性较强的作品为出于"霸途"的"雄富"之文。虽然隐然有前者高于后者之意，但是王霸道杂之是统治者常用的治国方略，两者不可完全替代。因此，梁肃肯定了富于文学性的雄富之文具有不可或缺的作用，实质上是既肯定了政论、史传等具有强烈经世特点的文章，又肯定了愉情悦性的文艺性文章的功能。

梁肃在"三职齐署"之后，备受儒林推重。他奖掖后进，识拔了一大批青年文人，如韩愈、李观、孟郊、李翱、柳宗元、欧阳詹等。李翱的《感知己赋序》云："是时，梁君之誉塞天下，属词求进之士，奉文章造梁君门下者，盖无虚日。"②洵为实情。古文运动中的中坚才俊几乎都受到梁肃的提携。识拔人才，是梁肃于古文创作与古文理论之外的另一项嘉惠中唐文坛的重要贡献。

柳冕（生卒年不详），字敬叔，河东（今山西永济）人，曾任吏部郎中、福建观察史等职，卒赠工部尚书。《全唐文》收其遗文一卷。虽然现存柳冕的文章并不多，但多直接论述古文，是强调文章以利风教最为集中的一位古文家。褒贬鲜明，文辞犀利。

柳冕在《答徐州张尚书论文武书》中云："夫文章者，本于教化，发于情性。本于教化，尧舜之道也；发于情性，圣人之言也。自成康殁，颂声寝，骚人作，淫丽兴，文与教分为二。不足者强而为文，则不知君子之道，知君子之道者，则耻为文。文而知道，二者兼难，兼之者，大君子之事，上之尧舜周孔也，次之游夏荀孟也，下之贾生董仲舒也。夫日月之丽，仰之愈明，金石之音，听之弥清，故圣人感之，而文章生焉，教化成焉，哀乐形焉。逮德下衰，文章教化，扫地尽矣。噫，圣人之道，犹圣人之文也，学其道，不知其文，君子耻之，学其文，不知其教，君子亦耻之。"③不难看出，柳冕所论存在着这样的悖论：一方面，他所述的文之历史，是包含着韵文在内的文，郭绍虞先生曾将柳冕与韩柳进行对比道："柳冕所谓'文'，是文学的文，是包括韵文而言的文；韩柳所谓

---

① 〔唐〕梁肃：《补阙李君前集序》，载〔清〕董诰等编：《全唐文》卷五百十八，中华书局 1983 年版，第 5261 页。

② 〔清〕董诰等编：《全唐文》卷六百三十四，中华书局 1983 年版，第 6397 页。

③ 〔清〕董诰等编：《全唐文》卷五百二十七，中华书局 1983 年版，第 5358 页。

'文'，才专指散行的文。"①另一方面，柳冕所论述的文之历史，是与教化之间关系的历史。 他对文章的性质、效用还有这样的定性，这就是："本于教化，发于情性。"前者所述的是尧舜之道，后者指圣人之言。 尧舜之道其实是虚悬一格，是通过六经等儒家文献传承下来的，因此，柳冕肯定的文章实际就是传统儒学所认为的体现尧舜之道，圣人之言的六经。 文章如此定性，必然是以宣教史来绳尺其后的文学史。 这样的悖论又使其对汉代文坛的评论产生了纠结：抒写幽怨情怀的骚体的出现，中断了先秦儒家文、教合一的理想境界。 但是，在柳冕看来，汉代的贾谊、董仲舒尚能承尧舜、孔孟的传统。 柳冕的意图就是要恢复文教或文道合一的传统。 这样，柳冕的文论便是一意于尚古，遂而感叹道："噫，古人之文不可及之矣。"②柳冕重教化，主张文、教合一的观念有浓厚的保守色彩。 这是一种从内容到形式的复古之途，与其后韩愈等人借古文以传道、表现现实，以摆脱骈俪之文的空靡浮泛有很大的区别。

当然，柳冕还有一些值得注意的论述，如："文章本于教化，形于治乱，系于国风，故在君子之心为志，形君子之言为文，论君子之道为教。"③将圣人之言广而至于君子，这体现了柳冕通达的一面，使文得以从圣人立言的六经之中解脱出来，为当代有德之士为文辅教提供了可能。 因此，柳冕在重经术之外，提出的"论君子之道为教"具有独特的理论价值。 柳冕还重视养才、为文，以鼓天下之气，对文有助风教的作用有足够的认识，云："天地养才而万物生焉，圣人养才而文章生焉，风俗养才而志气生焉。 故才多而养之，可以鼓天下之气，天下之气生，则君子之风盛。"④可见，在柳冕看来，好的文章会影响社会风气。他还说："如变其文即先变其俗。 文章、风俗，其弊一也。 变之之术在教其心，使人日用而不自知也。 伏维尊经术、卑文士。 经术尊则教化美，教化美则文章

---

① 郭绍虞著：《中国文学批评史》，上海古籍出版社1979年版，第125页。

② 〔唐〕柳冕：《与徐给事论文书》，〔清〕董诰等编：《全唐文》卷五百二十七，中华书局1983年版，第5357页。

③ 〔唐〕柳冕：《与徐给事论文书》，〔清〕董诰等编：《全唐文》卷五百二十七，中华书局1983年版，第5356页。

④ 〔唐〕柳冕：《答杨中丞论文书》，〔清〕董诰等编：《全唐文》卷五百二十七，中华书局1983年版，第5359页。

盛，文章盛则王道兴。"①与一般的文以明道、文学有助教化的正面论述不同，柳冕认为文章的风格关乎王道兴衰，文风的改变直接关系社会风习，实际强调了古文运动兴起具有重大的社会政治意义。

基于文道合一、重教化功能的文学观，柳冕必然会对抒写悱款恻之情感的楚辞进行贬斥。柳冕对屈原批评的言辞十分峻烈，云："自屈宋以降，为文者本于哀艳，务于恢诞，亡于比兴，失古义矣。虽扬马形似，曹刘骨气，潘陆藻丽，文多用寡，则是一技，君子不为也。"②又云："至于屈宋，哀而以思，流而不反，皆亡国之音也。至于西汉，扬马以降，置其盛明之代，而习亡国之音，所失岂不大哉！"③将屈原之作视为亡国之音，并且对屈宋以来的文学作品一概予以否定。虽然"潘陆藻丽"在唐代初年即有批评，但"曹刘骨气"，亦即建安风骨，则是自《文心雕龙》以来，迄于盛唐时期一直受到文人推赞的。柳冕一概都予以排斥。可见，柳冕肯定的是狭隘的教化之文。虽然他也说到"发于情性"，但他所说的情性也仅限于仁义之道，因此，他事实上对抒写一己之情感的文艺性作品，诸如诗歌辞赋等存在的价值几乎是一概抹杀。就此而言，柳冕堪称是一位卫道色彩极浓的文论家。

唐代古文运动的先驱者从不同的方面为韩愈、柳宗元古文理论的形成做了充分的铺垫，但韩柳（尤其是前者）的突出作用又非先驱者可及，苏轼对韩愈"文起八代之衰，道济天下之溺"④的评价，正可作为我们理解韩愈之于古文运动独特贡献的津筏。韩愈作《原道》揭示了文所载之道的确切含义，此乃"道济天下之溺"之功。对于"文起八代之衰"，清人蔡世远有这样中肯的论述："唐初陈伯玉虽有兴文之功，然未见其岸异，张燕公未脱排偶，能加以典重耳。柳冕、李翰笔颇疏快，而气力尚薄，独孤及、梁肃等自以为作手，终有愧于古也。如叙人文集，必摘其某篇佳者而列之序中，各下评语，此最是中唐习气。韩柳

①　〔唐〕柳冕：《谢杜相公论房杜二相书》，〔清〕董诰等编：《全唐文》卷五百二十七，中华书局1983年版，第5354—5355页。

②　〔唐〕柳冕：《与徐给事论文书》，〔清〕董诰等编：《全唐文》卷五百二十七，中华书局1983年版，第5356—5357页。

③　〔唐〕柳冕：《谢杜相公论房杜二相书》，〔清〕董诰等编：《全唐文》卷五百二十七，中华书局1983年版，第5354页。

④　〔宋〕苏轼著，孔凡礼点校：《苏轼文集》卷十七《潮州韩文公庙碑》，中华书局1986年版，第509页。

兴，始大复古，韩公神矣，亦缘学识冠绝一代也。唯李习之近似，皇甫湜、李汉、孙樵，但以刻琢字句为事，本领亦薄。"①

第二节　韩　愈

韩愈（768—824），字退之，河南河阳（今河南孟县）人，郡望为昌黎，故称为韩昌黎。唐德宗贞元八年（792）进士，官至吏部侍郎，是唐代的诗文大家。有《昌黎先生集》。其文受到了后世极高的评价，对古代文风具有振衰起弊的作用。同时，韩愈还有承祧儒学道统、肇理学之端的作用。对于韩愈之文在文学史上的地位，苏轼有这样的评价："诗至于杜子美，文至于韩退之，书至于颜鲁公，画至于吴道子。而古今之变，天下之能事毕矣。"②

韩愈的文论得益于"文起八代之衰"的创作成就。门人李汉在《昌黎先生集序》中描述韩愈一扫文衰道溺的颓势时，认为秦汉以前，文气浑然，"迨乎司马迁、相如、董生、扬雄、刘向之徒，尤所谓杰然者也。至后汉、曹魏，气象萎苶；司马氏已来，规范荡悉，谓《易》已下，为古文剽掠僭窃为工耳。文与道蓁塞，固然莫知也"。迄至韩愈："汗澜卓踔，渊泫澄深。诡然而蛟龙翔，蔚然而虎凤跃，铿然而《韶钧》发。日光玉洁，周情孔思，千态万貌，卒泽于道德仁义，炳如也。洞视万古，愍恻当世，遂大拯颓风，教人自为。……呜呼！先生于文，摧陷廓清之功，比于武事，可谓雄伟不赏者矣！"③不但如此，当时刘禹锡、皇甫湜等都对韩文有极评，如刘禹锡《祭韩吏部文》：

> 高山无穷，太华削成。人文无穷，夫子挺生。典训为徒，百家抗行。
>
> 当时勃者，皆出其下。古人中求，为敌盖寡。贞元中，帝鼓薰琴。奕奕金
>
> 马，文章如林。君自幽谷，升于高岑。鸾凤一鸣，蜩螗革音。手持文柄，高

---

①　［清］蔡世远：《陈便宜策》文后总评，载《古文雅正》卷四，《景印文渊阁四库全书》第1476册，第70页。

②　［宋］苏轼著，孔凡礼点校：《苏轼文集》卷七十《书吴道子画后》，中华书局1986年版，第2210页。

③　载［宋］吕大防等撰，徐敏霞校辑：《韩愈年谱》附录《唐吏部侍郎昌黎先生韩愈文集序》，中华书局1991年版，第193—194页。

视寰海。权衡低昂,瞻我所在。三十余年,声名塞天。公鼎侯碑,志隧表
阡,一字之价,辇金如山。①

如果说祭文难免因丧友之情而产生过誉之评,那么,以下所言,则可知刘禹
锡所论并非一时兴起之作:"子长在笔,予长在论,持矛举盾,卒不能困。"刘禹
锡所论,乃中唐文坛之实情。 作为韩愈的同道,刘禹锡对韩愈的推崇足见其在
文坛的巨大影响力。

韩愈文学思想及其影响主要体现在以下几方面。

首先,"修其辞以明其道"。

韩愈所谓"文学"与今义迥然有别,云:"读书以为学,缵言以为文,非以夸
多而斗靡也; 盖学所以为道,文所以为理耳。 苟行事得其宜,出言适其要,虽
不吾面,吾将信其富于文学也。"②因此,韩愈所谓"文学",实乃文道关系,他
说:"盖学所以为道,文所以为理耳。"③又云:"愈之所志于古者,不惟其辞之
好,好其道焉尔。"④当然,关于修辞与明道关系最直接的表述在《争臣论》
之中:

> 君子居其位,则思死其官;未得位,则思修其辞以明其道。我将以明
> 道也,非以为直而加人也。⑤

毋庸讳言,韩愈是以"居其位"作为人生的目标,明道是不得其位的第二选
择,而修其辞则是明其道的必要手段。 两相比较,明道更重于修辞。 韩愈"明
道"之"道",主要是儒家的仁义道德,他说:"博爱之谓仁,行而宜之之谓义;

---

① 〔唐〕刘禹锡著,卞孝萱校订:《刘禹锡集》卷四十,中华书局 1990 年版,第
604 页。

② 〔唐〕韩愈著,马其昶校注,马茂元整理:《韩昌黎文集校注》卷四《送陈秀才彤
序》,上海古籍出版社 1986 年版,第 260 页。

③ 〔唐〕韩愈著,马其昶校注,马茂元整理:《韩昌黎文集校注》卷四《送陈秀才彤
序》,上海古籍出版社 1986 年版,第 260 页。

④ 〔唐〕韩愈著,马其昶校注,马茂元整理:《韩昌黎文集校注》卷三《答李秀才
书》,上海古籍出版社 1986 年版,第 176 页。

⑤ 〔唐〕韩愈著,马其昶校注,马茂元整理:《韩昌黎文集校注》卷二《争臣论》,
上海古籍出版社 1986 年版,第 112—113 页。

由是而之焉之谓道，足乎己，无待于外之谓德。仁与义，为定名；道与德，为虚位。"①韩愈论道以承传孟子以来的绝学，即其所谓"尧以是传之舜，舜以是传之禹，禹以是传之汤，汤以是传之文武周公，文武周公传之孔子，孔子传之孟轲，轲之死，不得其传焉"②。韩愈在自述其儒学方面的祈向时说："余欲削荀氏之不合者，附于圣人之籍，亦孔子之志欤！孟氏醇乎醇者也，荀与扬，大醇而小疵。"③他俨然以承孟子道统者自居。同时，韩愈重道还在于"修道"，即作家的道德修养。他曾说："愈也道不加修而文日益有名。"④作为承绪儒道的学者而言，两者又是统一的。韩愈自己在《重答张籍书》中云："前书谓吾与人商论，不能下气，若好胜者然。虽诚有之，抑非好己胜也，好己之道胜也；非好己之道胜也，己之道乃夫子、孟轲、扬雄所传之道也。"⑤"己之道"，乃夫子、孟轲、扬雄所传之道，两者是统一的。因此，就创作过程而言，重道又是创作准备："将蕲至于古之立言者，则无望其速成，无诱于势利，养其根而俟其实，加其膏而希其光。根之茂者其实遂，膏之沃者其光晔。仁义之人，其言蔼如也。""道德之归也有日矣，况其外之文乎？"⑥韩愈重为文之本，这也是其重道的一个基本原因，他说："夫所谓文者，必有诸其中，是故君子慎其实，实之美恶，其发也不掩：本深而末茂，形大而声宏，行峻而言厉，心醇而气和；昭晰者无疑，优游者有余；体不备不可以为成人，辞不足不可以为成文。"⑦这是韩愈

---

① 〔唐〕韩愈著，马其昶校注，马茂元整理：《韩昌黎文集校注》卷一《原道》，上海古籍出版社 1986 年版，第 13 页。

② 〔唐〕韩愈著，马其昶校注，马茂元整理：《韩昌黎文集校注》卷一《原道》，上海古籍出版社 1986 年版，第 18 页。

③ 〔唐〕韩愈著，马其昶校注，马茂元整理：《韩昌黎文集校注》卷一《读荀》，上海古籍出版社 1986 年版，第 37 页。

④ 〔唐〕韩愈著，马其昶校注，马茂元整理：《韩昌黎文集校注》卷二《与陈给事书》，上海古籍出版社 1986 年版，第 190 页。

⑤ 〔唐〕韩愈著，马其昶校注，马茂元整理：《韩昌黎文集校注》卷二《重答张籍书》，上海古籍出版社 1986 年版，第 136 页。

⑥ 〔唐〕韩愈著，马其昶校注，马茂元整理：《韩昌黎文集校注》卷三《答李翊书》，上海古籍出版社 1986 年版，第 169 页。

⑦ 〔唐〕韩愈著，马其昶校注，马茂元整理：《韩昌黎文集校注》卷二《答尉迟生书》，上海古籍出版社 1986 年版，第 145 页。

深思而后得，乃至"有问于愈者，亦以是对"①。

韩愈以承续孟子之后的儒学道统自居，与孟子的养气说相似，他认为作文亦需修道养气，云："气，水也；言，浮物也。水大而物之浮者大小毕浮，气之与言犹是也，气盛则言之短长与声之高下者皆宜。"②韩愈所说的"气"，并不是作为个人天然禀赋的气质、个性，而是后天修养而成，因此，曾国藩谓韩愈这些论述"终事在养气"③。虽然其气与言的论述带有明显的儒家道德理性的色彩，但是，此之气，强调的是人的主体性，是作家的主体因素、个人特质的体现。韩愈之论在其作品中也得以体现。韩愈之文，气势非凡，苏明允上欧阳书云："孟子之文，语约而意深，不为巉刻斩绝之言，而其锋不可犯。韩子之文，如长江大河，浑浩流转，鱼鼋蛟龙，万怪遑惑，而抑绝蔽掩，不使自露，而人望见其渊然之光，苍然之色，亦自畏避不敢迫视。"④其门人皇甫湜《谕业篇》亦云："韩吏部之文，如长江秋注，千里一道，冲飙激浪，瀚流不滞。"⑤浑浩的文气是明道统、继绝学的襟怀使其然，他痛切地历述了汉代以来儒学殆危之状："汉氏已来，群儒区区修补，百孔千疮，随乱随失，其危如一发引千钧，绵绵延延，寖以微灭。"韩愈志在"使其道由愈而粗传，虽灭死万万无恨"⑥。

其次，师其意而不师其辞。

韩愈虽然重道，但他同样强调修辞，强调文艺自身的魅力，云："愈之志在古道，又甚好其言辞。"⑦又云："人声之精者为言，文辞之于言，又其精也。"⑧

① 〔唐〕韩愈著，马其昶校注，马茂元整理：《韩昌黎文集校注》卷二《答尉迟生书》，上海古籍出版社 1986 年版，第 145 页。

② 〔唐〕韩愈著，马其昶校注，马茂元整理：《韩昌黎文集校注》卷三《答李翊书》，上海古籍出版社 1986 年版，第 171 页。

③ 〔清〕曾国藩语，见马其昶校注，马茂元整理：《韩昌黎文集校注》卷三，上海古籍出版社 1986 年版，第 171 页。

④ 〔宋〕苏洵：《昌黎集叙说》，马其昶校注，马茂元整理《韩昌黎文集校注》，上海古籍出版社 1986 年版，第 1 页。

⑤ 见〔清〕董诰等编《全唐文》卷六百八十七，中华书局 1983 年版，第 7035 页。

⑥ 〔唐〕韩愈著，马其昶校注，马茂元整理：《韩昌黎文集校注》卷三《与孟尚书书》，上海古籍出版社 1986 年版，第 215 页。

⑦ 〔唐〕韩愈著，马其昶校注，马茂元整理：《韩昌黎文集校注》卷二《答陈生书》，上海古籍出版社 1986 年版，第 176 页。

⑧ 〔唐〕韩愈著，马其昶校注，马茂元整理：《韩昌黎文集校注》卷四《送孟东野序》，上海古籍出版社 1986 年版，第 233 页。

韩愈强调儒家经典就是注重修辞的典范："周王是歌，辞事相称，善并美具，号以为经。"①"昔者，圣人之作《春秋》也，既深其文辞矣。"②他承古道必重古文，云："愈之为古文，岂独取其句读不类于今者邪？思古人而不得见，学古道则欲兼通其辞。通其辞者，本志乎古道者也。"③韩愈以文自许，视其为立身之基，他说："愈少驽怯，于他艺能，自度无可努力，又不通时事，而与世多龃龉；念终无以树立，遂发愤笃专于文学。"④虽然他期期以明古圣贤之道，但又主张"陈言务去"。《南阳樊绍述墓志铭》云："然而必出于己，不袭蹈前人一言一句。"⑤他在《答李翊书》中自述其为文的经历时又说："惟陈言之务去，戛戛乎其难哉。"⑥何以理解韩愈对于古道与陈言绝然不同的去取态度呢？这是因为他是要师古人之"意"，而古代圣贤所要表达之意又"词必己出"⑦，因此，其师古之意，承古之道而又务去陈言，文从字顺以达其意。这是韩愈文道观的另一个维度，对此，他在《答刘正夫书》中云：

> 或问：为文宜何师？必谨对曰：宜师古圣贤人。曰：古圣贤人所为书具存，辞皆不同，宜何师？必谨对曰：师其意，不师其辞。又问曰：文宜易宜难？必谨对曰：无难易，惟其是尔。如是而已，非固开其为此，而禁其为彼也。
>
> 夫百物朝夕所见者，人皆不注视也；及睹其异者，则共观而言之：夫文岂异于是乎？汉朝人莫不能为文，独司马相如、太史公、刘向、扬雄为之

① 〔唐〕韩愈著，马其昶校注，马茂元整理：《韩昌黎文集校注》卷八《进撰平淮西碑文表》，上海古籍出版社 1986 年版，第 607 页。

② 〔唐〕韩愈著，马其昶校注，马茂元整理：《韩昌黎文集校注》卷二《重答张籍书》，上海古籍出版社 1986 年版，第 135 页。

③ 〔唐〕韩愈著，马其昶校注，马茂元整理：《韩昌黎文集校注》卷五《题哀辞后》，上海古籍出版社 1986 年版，第 304—305 页。

④ 〔唐〕韩愈著，马其昶校注，马茂元整理：《韩昌黎文集校注》卷二《答窦秀才书》，上海古籍出版社 1986 年版，第 138—139 页。

⑤ 〔唐〕韩愈著，马其昶校注，马茂元整理：《韩昌黎文集校注》卷七，上海古籍出版社 1986 年版，第 540 页。

⑥ 〔唐〕韩愈著，马其昶校注，马茂元整理：《韩昌黎文集校注》卷三，上海古籍出版社 1986 年版，第 170 页。

⑦ 〔唐〕韩愈著，马其昶校注，马茂元整理：《韩昌黎文集校注》卷七《南阳樊绍述墓志铭》，上海古籍出版社 1986 年版，第 542 页。

最。然则用功深者,其收名也远;若皆与世沈浮,不自树立,虽不为当时所怪,亦必无后世之传也。足下家中百物皆赖而用也,然其所珍爱者,必非常物;夫君子之于文,岂异于是乎?今后进之为文,能深探而力取之以古圣贤人为法者,虽未必皆是;要若有司马相如、太史公、刘向、扬雄之徒出,必自于此,不自于循常之徒也。若圣人之道不用文则已,用则必尚其能者;能者非他,能自树立,不因循者是也。有文字来,谁不为文,然其存于今者,必其能者也。①

文之"能"者的特征是"能自树立,不因循者",具有如同睹物见异的效果。 显然,这并非仅仅达意即可,而是要追求文的审美呈现。

当然,韩愈虽然偶有以文为戏之作,但其主导方面,诚如曾其自述:"(韩愈)以文名于四方。 前古之兴亡未尝不经于心也,当世之得失未尝不留于意也。"②文以明道,文以致用,是韩愈为文的主要目的,这决定了其必然孜求"唯其是尔",以及"文从字顺各识职"③。 毋庸讳言,韩愈所论之文,多指实用文体。 但是,韩愈在讨论为文事信理切之时,又是与修辞亦即文学相通的,这样的文体同样需以审美的形式体现出来。 他称颂于頔的作品云:"阁下负超卓之奇材,蓄雄刚之俊德,浑然天成,无有畔岸,而又贵穷乎公相,威动乎区极,天子之毗,诸侯之师;故其文章言语与事相侔,惮赫若雷霆,浩汗若河汉,正声谐《韶》《濩》,劲气沮金石,丰而不余一言,约而不失一辞,其事信,其理切。"④于頔之作,既是"言语与事相侔""其事信,其理切"的切实应用之文,同时又是"正声谐《韶》《濩》,劲气沮金石"音韵谐和,富有审美价值的作品。 韩愈论文,虽然并不是纯粹的文学性作品,但注重作品的审美特征及形象性,这理应被视为文学思想的有机部分。 更何况,韩愈所论之文,常常还涵括诗歌,如《与

---

① 〔唐〕韩愈著,马其昶校注,马茂元整理:《韩昌黎文集校注》卷三,上海古籍出版社 1986 年版,第 207 页。

② 〔唐〕韩愈著,马其昶校注,马茂元整理:《韩昌黎文集校注》卷三《与凤翔邢尚书书》,上海古籍出版社 1986 年版,第 203 页。

③ 〔唐〕韩愈著,马其昶校注,马茂元整理:《韩昌黎文集校注》卷七《南阳樊绍述墓志铭》,上海古籍出版社 1986 年版,第 542 页。

④ 〔唐〕韩愈著,马其昶校注,马茂元整理:《韩昌黎文集校注》卷二《上襄阳于相公书》,上海古籍出版社 1986 年版,第 148 页。

祠部陆员外书》："有刘述古者，其文长于为诗，文丽而思深，当今举于礼部者，其诗无与为比。"①韩愈文论所谓修辞以明道，亦与其所论之文的特点有关。

再次，"不平则鸣"与"专一之士"所作。

孟郊乃韩愈挚友，贞元十九年（803），孟郊迁溧阳尉，"有若不释然者"，韩愈作《送孟东野序》，"道其命于天者以解之"。所谓"命于天者"，亦即"物不得其平则鸣"的自然规律，缘此而撰成了一篇"雄奇创辟，横绝古今"②的为文专论：

> 大凡物不得其平则鸣：草木之无声，风挠之鸣；水之无声，风荡之鸣。其跃也或激之，其趋也或梗之，其沸也或炙之；金石之无声，或击之鸣。人之于言也亦然：有不得已者而后言，其歌也有思，其哭也有怀，凡出乎口而为声者，其皆有弗平者乎！乐也者，郁于中而泄于外者也；择其善鸣而假之鸣；金石丝竹匏土革木八者，物之善鸣者也。维天之于时也亦然，择其善鸣者而假之鸣；是故以鸟鸣春，以雷鸣夏，以虫鸣秋，以风鸣冬，四时之相推敚，其必有不得其平者乎！其于人也亦然：人声之精者为言，文辞之于言，又其精也，尤择其善鸣者而假之鸣。③

《送孟东野序》较集中地体现了韩愈文学思想，概有以下几个方面。其一，流传后世的杰出作品乃"不平"之作，这是与孔子论诗"可以怨"，司马迁"《诗》三百篇，大抵贤圣发愤之所为作也"（《太史公自序》）等思想一脉相承的。值得注意的是，韩愈虽然绍述道统，但是，对于温柔敦厚的儒家诗教并无论及。其二，通过列举各个时代的"善鸣者"，体现了其审美旨趣。其中，对于魏晋以下之"鸣"声贬斥甚烈，云："其下魏晋氏，鸣者不及于古，然亦未尝绝也；就其善者，其声清以浮，其节数以急，其辞淫以哀，其志弛以肆，其为言

---

① 〔唐〕韩愈著，马其昶校注，马茂元整理：《韩昌黎文集校注》卷三，上海古籍出版社 1986 年版，第 199 页。

② 〔清〕刘大櫆语，见马其昶校注，马茂元整理：《韩昌黎文集校注》卷四，上海古籍出版社 1986 年版，第 232 页。

③ 〔唐〕韩愈撰，马其昶校注，马茂元整理：《韩昌黎文集校注》卷四，上海古籍出版社 1986 年版，第 233 页。

也，乱杂而无章。将天丑其德莫之顾邪？何为乎不鸣其善鸣者也。"①体现了对魏晋以下道统与文统失坠的一贯认识。其三，韩愈之"文辞"，是包括文学而不仅限于文学的范畴，"不平则鸣"是文学、音乐、政论乃至四时草木等自然物象共通的特征。从他所列的"鸣者"来看，既有屈原、司马相如、扬雄、陈子昂、李白、杜甫、孟郊等文学家，也有孔子、孟轲、荀卿、墨翟、老聃、庄周等思想家，以及伊尹、周公等政治家。从"不平则鸣"的形上意义来看，这是韩愈从天地自然之道寻绎出的别样文论。与"不平则鸣"相联系，韩愈还述及作家的人生经历对作品的影响：

> 夫和平之音淡薄，而愁思之声要妙；欢愉之辞难工，而穷苦之言易好也。是故文章之作，恒发于羁旅草野；至若王公贵人气满志得，非性能而好之，则不暇以为。②

作家的经历、遭际之于作品的影响，这是文论家们常常论及的内容，如"西伯拘而演《周易》，仲尼厄而作《春秋》，屈原放逐乃赋《离骚》"③。其后的欧阳修因梅尧臣而提出"诗穷而后工"等，都与《荆潭唱和诗序》的意旨一脉相承。韩愈的"不平则鸣"之说，也是其自身为文的真切体悟，他曾自述："愈少鄙钝，于时事都不通晓，家贫不足以自活，应举觅官，凡二十年矣。薄命不幸，动遭谗谤，进寸退尺，卒无所成。性本好文学，因困厄悲愁无所告语，遂得究穷于经传史记百家之说，沈潜乎训义，反复乎句读，砻磨乎事业，而奋发乎文章。"④韩愈所论揭示了立功与立言之间的差异性，同时，也为"韦布里闾憔悴专一之士"留下了一方聊以自我慰藉的清静的心灵寓所。韩愈其实提出了一个文学创作的现实问题，即"专一之士"之于文学的独特作用。韩愈并不排斥王

---

① 〔唐〕韩愈撰，马其昶校注，马茂元整理：《韩昌黎文集校注》卷四，上海古籍出版社1986年版，第234页。

② 〔唐〕韩愈撰，马其昶校注，马茂元整理：《韩昌黎文集校注》卷四《荆潭唱和诗序》，上海古籍出版社1986年版，第262—263页。

③ 〔汉〕班固撰，〔唐〕颜师古注：《汉书》卷六十二《司马迁传》，中华书局1962年版，第2735页。

④ 〔唐〕韩愈撰，马其昶校注，马茂元整理：《韩昌黎文集校注》卷二《上兵部李侍郎书》，上海古籍出版社1986年版，第143页。

公贵人之作，王公贵人所作并非一概不能，而是"不暇以为"。 事实上，《荆潭唱和诗序》就是为爵禄两崇的裴均、杨凭的唱和诗集而作，称叹他们"存志乎诗书，寓辞乎咏歌，往复循环，有唱斯和，搜奇抉怪，雕镂文字，与韦布里闾憔悴专一之士较其毫厘分寸，铿锵发金石，幽眇感鬼神"①。 韩愈之文千回百折，羁旅穷愁者易工之论是映衬裴、杨唱和的成果得之不易的前奏与铺垫。 裴、杨唱和诗的不易是因为他们以"不暇"的身份而能够创作出与"专一之士较其毫厘分寸"的作品。 虽然历史上不乏关于个人遭际与作品之间关系问题的讨论，但将创作视为"专一之士"所为，实际涉及了职业作家身份的问题。 羁旅草野便不仅仅是作家因经历而成的独特心态的条件，而且是才士得以"有暇"创作的前提。 如果说"不平则鸣"说体现了作家的环境、遭际对于作品的影响，体现了韩愈对司马迁等人思想的承祧，那么，揭以"专一之士"的特质，则是韩愈的卓异之见。 韩愈所论，也屡屡在文学史中得到印证：明代后七子派成员以刑部官员为多，原因即在于明代六部缺员甚多，但刑部例外，因此，刑部官员有较宽裕的时间赋诗论文。 其中，谢榛因眇一目而被排斥在宦海之外，因此，其诗作最多，所作《四溟诗话》也是七子派中内容最为丰富的。

最后，诗崇李杜及其影响。 韩愈《荐士》诗云：

> 周诗三百篇，雅丽理训诰。曾经圣人手，议论安敢到？五言出汉时，苏李首更号。东都渐弥漫，派别百川导。建安能者七，卓荦变风操。逶迤抵晋宋，气象日凋耗。中间数鲍谢，比近最清奥。齐梁及陈隋，众作等蝉噪。搜春摘花卉，沿袭伤剽盗。国朝盛文章，子昂始高蹈。勃兴得李杜，万类困陵暴。后来相继生，亦各臻阃奥。有穷者孟郊，受材实雄骜。冥观洞古今，象外逐幽好。横空盘硬语，妥帖力排奡。敷采肆纡徐，奋猛卷海潦。②

"李杜文章在，光焰万丈长。 不知群儿愚，那用故谤伤？ 蚍蜉撼大树，可

① 〔唐〕韩愈撰，马其昶校注，马茂元整理：《韩昌黎文集校注》卷四，上海古籍出版社1986年版，第263页。
② 〔唐〕韩愈撰，钱仲联集释：《韩昌黎诗系年集释》卷五，上海古籍出版社1984年版，第527—528页。

笑不自量。"①方世举认为这是"因元、白之谤伤"②。 但周紫芝等都不以为然。 虽然韩愈的"群儿"之讥是否指元白并不能确认，但韩愈的审美趣味与元白并不相同则是事实。 韩愈兼学李、杜，清人王士祯说："贞元、元和间学杜者，唯韩公一人耳。"③在学习李、杜诗歌艺术的基础上而自成一家，开宋代诗风之先河。 韩愈规慕李、杜的意向不但表现在《调张籍》诗中，其《石鼓歌》云："少陵无人谪仙死，才薄将奈石鼓何！"④《醉留东野》云："昔年因读李白、杜甫诗，长恨二人不相从。"⑤《酬司门卢四兄云夫院长望秋作》："高揖群公谢名誉，远追甫白感至诚。"⑥《感春》四首之二："近怜李杜无检束，烂漫长醉多文辞。"⑦《荐士》："勃兴得李杜，万类困陵暴。"⑧清人赵翼说："韩昌黎生平所心摹力追者，惟李、杜二公。 顾李、杜之前，未有李、杜；故二公才气横恣，各开生面，遂独有千古。 至昌黎时，李、杜已在前，纵极力变化，终不能再辟一径。 惟少陵奇险处，尚可推扩，故一眼觑定，欲从此辟山开道，自成一家。"⑨赵翼所云虽未必全面，但师杜而得奇险，确是韩愈诗歌中最具风致的一面。 韩愈之文与元白之诗虽然都被元和以后的文人绍述，但内容风格各有不同，都对后世产生了深远的影响。

---

① 〔唐〕韩愈撰，钱仲联集释：《韩昌黎诗系年集释》卷九《调张籍》，上海古籍出版社 1984 年版，第 989 页。

② 〔清〕方世举语，见钱仲联集释《韩昌黎诗系年集释》卷九，上海古籍出版社 1984 年版，第 990 页。

③ 〔清〕王士祯撰，张宗柟纂集，戴鸿森校点：《带经堂诗话》卷四"纂辑类"，人民文学出版社 2006 年版，第 95 页。

④ 〔唐〕韩愈撰，钱仲联集释：《韩昌黎诗系年集释》卷七，上海古籍出版社 1984 年版，第 794 页。

⑤ 〔唐〕韩愈撰，钱仲联集释：《韩昌黎诗系年集释》卷一，上海古籍出版社 1984 年版，第 58 页。

⑥ 〔唐〕韩愈撰，钱仲联集释：《韩昌黎诗系年集释》卷七，上海古籍出版社 1984 年版，第 810 页。

⑦ 〔唐〕韩愈撰，钱仲联集释：《韩昌黎诗系年集释》卷四，上海古籍出版社 1984 年版，第 369 页。

⑧ 〔唐〕韩愈撰，钱仲联集释：《韩昌黎诗系年集释》卷五，上海古籍出版社 1984 年版，第 528 页。

⑨ 〔清〕赵翼著，江守义、李成玉校注：《瓯北诗话校注》卷三，人民文学出版社 2013 年版，第 80 页。

第三节　柳宗元、刘禹锡的文学思想

柳宗元（773—819），字子厚，祖籍河东（今山西永济），人称柳河东，曾贬官至柳州，因此又称为柳柳州。二十一岁登进士第，二十六岁第博学宏词科。贞元二十一年（805）与刘禹锡等一起参加主张政治革新的王叔文集团，升任礼部员外郎。革新失败后被贬为永州（今湖南零陵县）司马。十年后，改贬为柳州（今属广西）刺史，四年后卒于官。有《柳河东集》。柳宗元是唐代古文运动的倡导者之一，对当时的文风改革起过重大推动作用。

作为与韩愈齐名的古文运动的领袖，他们都主张文以明道。柳宗元在自述其为文经历时说："始吾幼且少，为文章，以辞为工。及长，乃知文者以明道，是固不苟为炳炳烺烺，务采色、夸声音而以为能也。凡吾所陈，皆自谓近道，而不知道之果近乎，远乎？吾子好道而可吾文，或者其于道不远矣。"①柳宗元所谓"炳炳烺烺，务采色、夸声音而以为能"，实乃指六朝盛行的骈俪之文。而"文者以明道"之"道"，与韩愈所论之"道"都是儒家之道，他说："本之《书》以求其质，本之《诗》以求其恒，本之《礼》以求其宜，本之《春秋》以求其断，本之《易》以求其动，此吾所以取道之原也。"②柳宗元明道是以《中庸》为门径，主张言理道而由《大》《中》出，这是韩柳共同承祧的儒学之道，也是他们倡导古文运动的共同旨趣。但两者又稍有不同，韩愈所说的道，主要是与佛学相颉颃的儒家正统的道统，承荷着浓重的复兴儒学的意识，韩愈本人也以五百年有王者兴的儒学传承者自期。柳宗元则更注重"辅时及物之道"。他自谓其在长安时，不以文取名誉，"意欲施之事实，以辅时及物为道"③。又说："物者，道之准也。守其物，由其准，而后其道存焉。苟舍之，是失道也。凡圣人之所以为经纪，为名物，无非道者。命之曰官，官是以行吾道云尔。是故

①　[唐]柳宗元著：《柳宗元集》卷三十四《答韦中立论师道书》，中华书局1979年版，第873页。

②　[唐]柳宗元著：《柳宗元集》卷三十四《答韦中立论师道书》，中华书局1979年版，第873页。

③　[唐]柳宗元著：《柳宗元集》卷三十一《答吴武陵论非国语书》，中华书局1979年版，第824页。

立之君臣、官府、衣裳、舆马、章绶之数，会朝、表著、周旋、行列之等，是道之所存也。 则又示之典命、书制、符玺、奏复之文，参伍、殷辅、陪台之役，是道之所由也。 则又劝之以爵禄、庆赏之美，惩之以黜远、鞭扑、梏拲、斩杀之惨，是道之所行也。 故自天子至于庶人，咸守其经分，而无有失道者，和之至也。 失其物，去其准，道从而丧矣。"①物乃道之准的，道之所存、所由、所行，贯及自然、社会的各个方面。 道的内涵远远超过韩愈所说的仁义。 因此，柳宗元"文以明道"与韩愈所说的"修其辞以明其道"具有不尽相同的内涵与更加鲜明的现实取向。 如他在《杨评事文集后序》中说：

> 文之用，辞令褒贬，导扬讽谕而已。虽其言鄙野，足以备于用。然而阙其文采，固不足以竦动时听，夸示后学。立言而朽，君子不由也。故作者抱其根源，而必由是假道焉。②

柳宗元认为，文具有积极与消极，亦即"导扬""讽谕"两方面的功能，这是"辅时及物为道"前提之下"文以明道"宗旨的逻辑展开。 值得注意的是，柳宗元并未因文具有"辞令褒贬，导扬讽谕"之用而轻忽文采的功能。 他认为"阙其文采"既不能"竦动时听"，产生社会效果，又不能立言不朽，传诸后世。 他又说："言而不文则泥，然则文者固不可少耶！"③柳宗元对文道关系的绵密公允论述还不仅限于此，他还认为，文既可明道，亦可害道，他对《国语》的评价即是如此，认为："夫为一书，务富文采，不顾事实，而益之以诬怪，张之以阔诞，以炳然诱后生，而终之以僻，是犹用文锦覆陷井也。"④对于道、辞、书的关系，柳宗元说："圣人之言，期以明道，学者务求诸道而遗其辞。 辞之传于世者，必由于书。 道假辞而明，辞假书而传，要之，之道而已耳。 道之及，及乎物而已

---

① 〔唐〕柳宗元著：《柳宗元集》卷三《守道论》，中华书局 1979 年版，第 82 页。

② 〔唐〕柳宗元著：《柳宗元集》卷二十一，中华书局 1979 年版，第 578—579 页。

③ 〔唐〕柳宗元著：《柳宗元集》卷三十一《答吴武陵论非国语书》，中华书局 1979 年版，第 824 页。

④ 〔唐〕柳宗元著：《柳宗元集》卷三十一《答吴武陵论非国语书》，中华书局 1979 年版，第 825 页。

耳，斯取道之内者也。 今世因贵辞而矜书，粉泽以为工，遒密以为能，不亦外乎?"①柳宗元认为，道分内外，道及于物，属于"道之内者"，而辞与书则是道之外。 这样，柳宗元所论的"道"就有了与韩愈相区别的含义。 柳宗元是从道器关系的路径，与韩愈的形上之道形成了区别。 辞与书，都是"之道"即通于"及物之道"的途径与工具。 依此思路，辞与书必当及于物，亦即致用性。 相反，如果仅仅游于道之外，"好辞工书"，则都是"病癖"，柳宗元自谦亦自省地剖析自己"不幸早得二病"②。

柳宗元在强调道之"物""实"的同时，与韩愈一样，依循《大学》《中庸》等儒家经典以立说，因此，他并未丢弃"道"的形上特征。 柳宗元认为能做到文以明道并不易，他认为，古今文章之难，并不在于"比兴之不足，恢拓之不远，钻砺之不工，颇颢之不除"③，因为如果得到高朗之道，并"探其深赜"，即使偶有芜败，也仅如同日月之蚀，大圭之微瑕而已。 因此，文之难，关键在于明道之难。 这是因为近世言理道者虽然很多，但并不如人意，主要表现在："迂回茫洋而不知其适；其或切于事，则苟峭刻核，不能从容，卒泥乎大道。 甚者好怪而妄言，推天引神，以为灵奇，恍惚若化而终不可逐。"④他不满《国语》"文胜而言尨，好诡而反伦，其道舛逆"，因此而作《非国语》。 比较而言，柳宗元重明道之于文的作用，而韩愈则更忧儒学道统的失坠。

柳宗元虽然主张文以明道，但是，他又将文与载道的《六经》区别开来，他说："作于圣，故曰经；述于才，故曰文。 文有二道：辞令褒贬，本乎著述者也；导扬讽谕，本乎比兴者也。 著述者流，盖出于《书》之《谟》《训》，《易》之《象》《系》，《春秋》之笔削。 其要在于高壮广厚，词正而理备，谓宜藏于简册也。 比兴者流，盖出于虞、夏之咏歌，殷、周之风雅，其要在于丽则清越，言

① 〔唐〕柳宗元著：《柳宗元集》卷三十四《报崔黯秀才论为文书》，中华书局 1979 年版，第 886 页。

② 〔唐〕柳宗元著：《柳宗元集》卷三十四《报崔黯秀才论为文书》，中华书局 1979 年版，第 886 页。

③ 〔唐〕柳宗元著：《柳宗元集》卷三十一《与友人论为文书》，中华书局 1979 年版，第 829 页。

④ 〔唐〕柳宗元著：《柳宗元集》卷三十一《与吕道州温论非国语书》，中华书局 1979 年版，第 822 页。

畅而意美，谓宜流于谣诵也。 兹二者，考其旨义，乖离不合。"①柳宗元首先分判经、文，将儒家经典与文区别开来。 其次再将文分为两类：一类是导源于《书》《易》《春秋》的著述，显然是指非文学性的政论应用之文。 一类是以比兴为特征的文学性作品，明显是指诗歌。 柳宗元的论述具有两方面的意义：一是经乃圣人所作，文乃才士所述。 两者既有区别，但是"作"与"述"，又具有源与流、体与用一体的关系。 二是文都是可以导源于经典的后世之所作。 因其渊源有别，各自具有不同的特征。 柳宗元的这一论述，既是分判，揭示其"乖离不合"的一面；又是融通，揭示其一体联系的一面。 基于一体融通的认识，他对于作家师习对象，除了原于六经之外，尚需要旁推交通，具有更广阔的视野，即他所谓："参之谷梁氏以厉其气，参之孟、荀以畅其支，参之庄、老以肆其端，参之《国语》以博其趣，参之《离骚》以致其幽，参之太史公以著其洁。"②其中，值得注意的是"参之《国语》以博其趣。"柳宗元曾作《非国语》，认为其"文胜而言尨，好诡而反伦，其道舛逆"③。 但他仍将《国语》列入作家旁推交通的视野之中，以"博其趣"。 可见，"道"与"文"可以不同体而自存。 就道而言，《国语》使"圣人之道翳"④，但就文而言，《国语》"深闳杰异"，"文胜而言尨"，能使学者"咸嗜悦焉"。 同样，他从《离骚》等各类作品中得其"气""支（枝）""端""趣""幽""洁"。 他还称赞"博如庄周，哀如屈原，奥如孟轲，壮如李斯，峻如马迁，富如相如：明如贾谊，专如扬雄"⑤。 可见其为文取法视野之广。 就时代而言，柳宗元并不唯古是尊，而对西汉的文章尤其重视，云："文之近古而尤壮丽，莫若汉之西京。 ……殷、周之前，其文简而野；魏、晋以降，则荡而靡；得其中者汉氏。 汉氏之东，则既衰矣。 当文帝时，始得贾

---

① 〔唐〕柳宗元著：《柳宗元集》卷二十一《杨评事文集后序》，中华书局 1979 年版，第 579 页。

② 〔唐〕柳宗元著：《柳宗元集》卷三十四《答韦中立论师道书》，中华书局 1979 年版，第 873 页。

③ 〔唐〕柳宗元著：《柳宗元集》卷三十一《与吕道州温论非国语书》，中华书局 1979 年版，第 822 页。

④ 〔唐〕柳宗元著：《柳宗元集》卷三十一《与吕道州温论非国语书》，中华书局 1979 年版，第 822 页。

⑤ 〔唐〕柳宗元著：《柳宗元集》卷三十《与杨京兆凭书》，中华书局 1979 年版，第 789—790 页。

生明儒术。 武帝尤好焉，而公孙弘、董仲舒、司马迁、相如之徒作，风雅益盛，敷施天下，自天子至公卿大夫士庶人咸通焉。 于是宣于诏策，达于奏议，讽于辞赋，传于歌谣，由高帝讫于哀、平，王莽之诛，四方之文章盖烂然矣。"①可见，柳宗元既有明道、原经的儒学执守，但同时也肯定了文学自身的特征，以及作家须多方取益，这体现了柳宗元对于文之艺术性的认识。

基于文以明道的宗旨，柳宗元为文的态度十分诚谨，云："故吾每为文章，未尝敢以轻心掉之，惧其剽而不留也；未尝敢以怠心易之，惧其弛而不严也；未尝敢以昏气出之，惧其昧没而杂也；未尝敢以矜气作之，惧其偃蹇而骄也。 抑之欲其奥，扬之欲其明，疏之欲其通，廉之欲其节，激而发之欲其清，固而存之欲其重，此吾所以羽翼夫道也。"②清人章学诚称赞柳宗元论文"不敢轻心掉之"、"怠心易之"、"矜气作之"、"昏气出之"。 据此提出为文之大旨乃是"临文主敬"，因为"主敬则心平而气有所摄，自能变化从容以合度也"。③ 柳宗元决不轻忽为文，与为文以明道的主旨有关。 为了表现道或奥或明，或通或节，或清或重的特征，他分别以抑、扬、疏、廉、激、固等不同的方法，体现了文章不同的审美效果。 当然，这只是柳宗元文论的一个方面。 另一方面，通过他对《国语》的态度可以看出，他还隐含着文、道不同体的思想端倪。 基于这样的思想背景，柳宗元并没有因为文以明道而否认文艺性文章的作用，他认为娱情悦性的戏谑之文同样具有审美的价值。 韩愈所作的《毛颖传》幽默诙谐，但也受到了时人的责难，即如其弟子张籍亦曾批评其"多尚驳杂无实之说"，乃至"有以累于令德"，于是致书韩愈，希望其"绝博塞之好，弃无实之谈"④。 柳宗元以《诗经·淇奥》"善戏谑兮，不为虐兮"以及《史记·滑稽列传》为据，为韩愈力辩。 事实上，柳宗元的寓言一般以状写动物为主，寓意隽永，文笔简练生动。 文艺性散文是柳宗元作品中最具特色的一部分。

① 〔唐〕柳宗元著：《柳宗元集》卷二十一《柳宗直西汉文类序》，中华书局 1979 年版，第 576—577 页。
② 〔唐〕柳宗元著：《柳宗元集》卷三十四《答韦中立论师道书》，中华书局 1979 年版，第 873 页。
③ 〔清〕章学诚著，叶瑛校注：《文史通义校注》卷三《文德》，中华书局 1985 年版，第 279 页。
④ 〔唐〕张籍：《上韩昌黎书》，〔清〕董诰等编：《全唐文》卷六百八十四，中华书局 1983 年版，第 7008 页。

在经、文一体贯通的背景之下，柳宗元十分注重作家的学术涵养，他说："大都文以行为本，在先诚其中。其外者当先读六经，次《论语》、孟轲书，皆经言；《左氏》《国语》、庄周、屈原之辞，稍采取之；谷梁子、太史公甚峻洁，可以出入；余书俟文成异日讨也。其归在不出孔子，此其古人贤士所懔懔者。求孔子之道，不于异书。秀才志于道，慎勿怪、勿杂、勿务速显。道苟成，则宪然尔，久则蔚然尔。源而流者岁旱不涸，蓄谷者不病凶年，蓄珠玉者不虞殍死矣。然则成而久者，其术可见。虽孔子在，为秀才计，未必过此。"①除此，柳宗元还认为，创作时当神志充盈饱满，具"远骋高厉"，"摩九霄，抚四海"的情志。柳宗元自述其经历时说："自遭责逐，继以大故，荒乱耗竭，又常积忧恐，神志少矣，所读书随又遗忘。一二年来，痞气尤甚，加以众疾，动作不常。眊眊然骚扰内生，霾雾填拥惨沮，虽有意穷文章，而病夺其志矣。"②人生的痛苦经历与遭际抑制了作家的神志，乃至茫茫而不能出言，更不能尽意于笔砚，这似乎与一般所认为的"国家不幸诗家幸，赋到沧桑句便工"③有别。其实，柳宗元所述，乃主要是就"文"而言。读书明道，以养其志，发而为文，与韩愈的明道养气思想正相顾盼。

韩柳虽然以古文相标榜，但目的则在于革新文风。柳宗元又很重视今人的创作，云："古人亦人耳，夫何远哉！凡人可以言古，不可以言今。桓谭亦云：亲见扬子云，容貌不能动人，安肯传其书？诚使博如庄周，哀如屈原，奥如孟轲，壮如李斯，峻如马迁，富如相如，明如贾谊，专如扬雄，犹为今之人，则世之高者至少矣。由此观之，古之人未始不薄于当世，而荣于后世也。"④因此，柳宗元对当代文学予以高度评价，云：

> 自古文士之多莫如今。今之后生为文，希屈、马者，可得数人；希王
> 褒、刘向之徒者，又可得十人；至陆机、潘岳之比，累累相望。若皆为之不

---

① ［唐］柳宗元著：《柳宗元集》卷三十四《报袁君陈秀才避师名书》，中华书局1979年版，第880—881页。

② ［唐］柳宗元著：《柳宗元集》卷三十《与杨京兆凭书》，中华书局1979年版，第790页。

③ ［清］赵翼著：《瓯北集》卷三十三《题元遗山集》，清嘉庆十七年刻本。

④ ［唐］柳宗元著：《柳宗元集》卷三十《与杨京兆凭书》，中华书局1979年版，第789—790页。

已,则文章之大盛,古未有也。后代乃可知之。今之俗耳庸目,无所取信,杰然特异者,乃见此耳。①

柳宗元认为当时的文坛空前繁盛,这一时期人才累累相望,只有俗耳庸目者才对其视而不见。 柳宗元认为,繁盛的原因是先理而后文。 同时,当时文坛所明之道、之理又不拘于古书老生,而是直接取法于尧舜、孔子。 可见,柳宗元称颂的文坛之盛,是文道相兼而以明道为归,这与六朝文坛绮丽华靡之盛迥然不同。 柳宗元认为中唐文学的杰出成就将获得后代的认可,这样的认识,堪称卓见。

刘禹锡(772—842),字梦得,洛阳(今属河南)人。 贞元九年(793)登进士第,贞元十一年(795),应吏部取士科考试合格,任监察御史。 永贞革新时,被擢为屯田员外郎,王叔文"引禹锡及柳宗元入禁中,与之图议,言无不从"②。 可见其是革新的核心人物之一。 失败后,被贬为朗州司马。 元和九年(814)与柳宗元等人一起奉召至京。 次年被外放为连州刺史,转任夔州刺史、和州刺史。 大和二年(828)任主客郎中,兼任集贤院学士。 后为苏州、汝州、同州刺史,改任太子宾客,分司东都,从此退居洛阳。 著有《刘梦得文集》。在中唐文坛,刘禹锡是一位与柳宗元、白居易相交甚深的重要作家,其文学观念也多与柳宗元、白居易相顾盼,并提出了一些独到的见解。

刘禹锡是永贞革新的参与者,虽仕途曲折多变,但济世之心不改。 他对于文学与时政之间的关系有深切的思考,云:"八音与政通,而文章与时高下。 三代之文至战国而病,涉秦、汉复起。 汉之文,至列国而病,唐兴复起。 夫政厖而土裂,三光五岳之气分,大音不完,故必混一而后大振。 初,贞元中,上方向文章。 昭回之光,下饰万物。 天下文士争执所长,与时而奋,粲焉如繁星丽天,而芒寒色正,人望而敬者,五行而已。"③刘禹锡所论,虽然与后世所谓"国家不幸诗家幸,赋到沧桑句便工"迥异,其中的"三代之文至战国而病"似乎也

① 〔唐〕柳宗元著:《柳宗元集》卷三十《与杨京兆凭书》,中华书局1979年版,第789页。

② 〔后晋〕刘昫等撰:《旧唐书》卷一百六十,中华书局1975年版,第4210页。

③ 〔唐〕刘禹锡著,卞孝萱校订:《刘禹锡集》卷十九《唐故尚书礼部员外郎柳君集纪》,中华书局1990年版,第236页。

有违历史真实，但刘禹锡所言，乃体现天下文士与时而奋的亢庄之气，以表现盛世"大音"。 如果就特定的体裁与风格而言，刘禹锡"八音与政通""文章与时高下"的结论，对传统文论还是提供了新的认识维度。 这样的论述，体现了刘禹锡对文以经世的强烈期许。 与其相关，刘禹锡还详述了文臣之于国家政治具有的特殊作用，为中国古代文士柄国的现象进行了诠释，云："天以正气付伟人，必饰之使光耀于世。 粹和纲缊积于中，铿锵发越形乎文。 文之细大视道之行止。 故得其位者，文非空言，咸系于訏谟宥密，庸可不纪？ 惟唐以神武定天下，群慝既奢，骤示以文。 韶英之音与鉦鼓相袭。 故起文章为大臣者，魏文贞以谏诤显，马高唐以智略奋，岑江陵以润色闻，无草昧汗马之劳，而任遇在功臣上。 唐之贵文至矣哉！ 后王纂承，多以国柄付文士。"①他称颂令狐楚"起文章而陟大位，丹青景化，焜耀藩方，如霏烟祥风，缘饰万物"②；称赞唐代君臣文采郁郁的气象，云："初，贞元中，天子之文章焕乎垂光，庆霄在上，万物五色。 天下文人，为气所召，其生乃蕃。"③他对盛唐治政与文坛气象的描述，正是其"文章与时高下"的注脚。

刘禹锡是古文运动的参与者，韩愈的学生李翱曾说："翱昔与韩吏部退之为文章盟主，同时伦辈，惟柳仪曹宗元、刘宾客梦得耳。"④刘禹锡的文学观念也与韩、柳有相通之处，如他说："古之为书者，先立言，而后体物。"⑤所谓"立言"，亦即论学明道。"体物"则是辞章文学。 他注重两者的联系，而又以前者为主，云："文之细大视道之行止。"⑥但由于他是判分人道与天道的论者，云："天，有形之大者也；人，动物之尤者也。 天之能，人固不能也；人之能，天亦

① ［唐］刘禹锡著，卞孝萱校订：《刘禹锡集》卷十九《唐故相国李公集纪》，中华书局 1990 年版，第 224 页。

② ［唐］刘禹锡著，卞孝萱校订：《刘禹锡集》卷十九《唐故相国赠司空令狐公集纪》，中华书局 1990 年版，第 229 页。

③ ［唐］刘禹锡著，卞孝萱校订：《刘禹锡集》卷十九《唐故衡州刺史吕君集纪》，中华书局 1990 年版，第 234 页。

④ ［唐］刘禹锡著，卞孝萱校订：《刘禹锡集》卷十九《唐故中书侍郎平章事韦公集纪》，中华书局 1990 年版，第 228 页。

⑤ ［唐］刘禹锡著，卞孝萱校订：《刘禹锡集》卷十九《唐故衡州刺史吕君集纪》，中华书局 1990 年版，第 235 页。

⑥ ［唐］刘禹锡著，卞孝萱校订：《刘禹锡集》卷十九《唐故相国李公集纪》，中华书局 1990 年版，第 224 页。

有所不能也。 故余曰：天与人交相胜耳。 其说曰：天之道在生植，其用在强弱；人之道在法制，其用在是非。"①因此，刘禹锡实乃虚化圣道而特重人道，重人的主体意识，乃至有"圣道本自我，凡情徒颙然"②。 因此，刘禹锡较多地论及主体性色彩甚浓的"心"、"志"与文的关系："今道未施于人，所蓄者志，见志之具，匪文谓何？ 是用颙颙恳恳于其间，思有所寓。 非笃好其章句，泥溺于浮华。 时态众尚，病未能也，故拙于用誉，直绳朗鉴，乐所趋也，故锐于求益。"③他将文视为见志、施道的工具，这是他颙颙恳恳于文学的目的。 他又说："心之精微，发而为文；文之神妙，咏而为诗。"④"五行秀气，得之居多者为俊人。 其色潋滟于颜间，其声发而为文章。"⑤或为心，或为五行秀气，体现了较鲜明的主体意识。 就儒学而言，刘禹锡具有承孟学的特色，而与韩愈、李翱相发明。 刘禹锡还敏感地意识到当时古文运动有"失于野"的倾向，云："窃观今之人，于文章无不慕古，甚者或失于野；于书疏独陋古而泊于浮。 二者同出于言而背驰，非不能尽如古也，盖为古文者得名声，为今书者无悔斋。"⑥其后原文已阙，但其基本取向仍然十分清楚。 该文前面还述及了他对古人的看法，认为："三代之尚未尝无弊。 由野以至僎，岂一日之为？ 渐靡使之然也。嫉其弊而救之以归于中道，必俟乎荐绅先生德与位并者，揭然建明之，斯易也。"⑦在刘禹锡看来，古未必尽是，唯古是尊并不公允。"野"与"僎"都是刘禹锡所欲纠矫的，其途径则在于中道。 由此可见，刘禹锡对于当时古文运动追随者一味以求古相标傍，轻忽文辞的倾向有充分的认识。

① 〔唐〕刘禹锡著，卞孝萱校订：《刘禹锡集》卷五《天论上》，中华书局 1990 年版，第 67—68 页。

② 〔唐〕刘禹锡著，卞孝萱校订：《刘禹锡集》卷二十六《华清词》，中华书局 1990 年版，第 345 页。

③ 〔唐〕刘禹锡著，卞孝萱校订：《刘禹锡集》卷十《献权舍人书》，中华书局 1990 年版，第 121 页。

④ 〔唐〕刘禹锡著，卞孝萱校订：《刘禹锡集》卷十九《唐故尚书主客员外郎卢公集纪》，中华书局 1990 年版，第 233 页。

⑤ 〔唐〕刘禹锡著，卞孝萱校订：《刘禹锡集》卷十九《唐故衡州刺史吕君集纪》，中华书局 1990 年版，第 234 页。

⑥ 〔唐〕刘禹锡著，卞孝萱校订：《刘禹锡集》卷十《答道州薛郎中论书仪书》，中华书局 1990 年版，第 133 页。

⑦ 〔唐〕刘禹锡著，卞孝萱校订：《刘禹锡集》卷十《答道州薛郎中论书仪书》，中华书局 1990 年版，第 132—133 页。

刘禹锡诗名较文名更著，对诗歌的特征体悟甚深，这在《董氏武陵集纪》中得到了集中体现：

> 片言可以明百意，坐驰可以役万景，工于诗者能之。风、雅体变而兴同，古今调殊而理冥①，达于诗者能之。工生于才，达生于明，二者还相为用，而后诗道备矣。……诗者，其文章之蕴邪！义得而言丧，故微而难能。境生于象外，故精而寡和。千里之缪，不容秋毫。非有的然之姿，可使户晓。必俟知者，然后鼓行于时。自建安距永明已还，词人比肩，唱和相发。有以"朔风""零雨"高视天下，"蝉噪""鸟鸣"蔚在史策。国朝因之，粲然复兴。由篇章以跻贵仕者相踵而起。②

刘禹锡认为赋诗要在"工""达"。所谓"工"，当是就诗歌的基本特征而言，主要在于语言高度凝炼，想象极其丰富；所谓"达"，当是就洞识诗歌的历史言。虽体裁因时而变，但兴寄以及隐含着的理趣经久不变，尤其是"理冥"的特征不但在刘禹锡诗歌创作中得到了体现，而且客观上也为其后宋诗的新变起着先导作用。刘禹锡所谓"境生于象外"，更成为中国诗学史上"意境说"形成过程中的一个重要节点。刘禹锡的诗文理论虽然没有韩愈、元、白系统，但他恰恰成为当时诗坛取向有别的两种诗学流派联系的纽带。元白等人注重现实，皎然等人孜求审美，刘禹锡则兼而有之。就交游而言，一方面他与白居易交谊甚密，多有唱和。刘禹锡去世后，白居易痛悼刘禹锡，其诗云："四海齐名白与刘，百年交分两绸缪。""杯酒英雄君与操，文章微婉我知丘。"③另一方面，他早年曾投师于皎然、灵澈，在《澈上人文集纪》中云："初，上人在吴兴，居何山，与昼公（皎然，字清昼）为侣。时予方以两髦执笔砚，陪其吟咏，皆曰：'孺子可教。'"④在诗僧中，他对皎然与灵澈诗歌的评价最高，云："世之言诗僧

---

① 黄公绍《诗集大成序》作"理契"。王世贞《艺苑卮言》作"理一"，似应作"理契"或"理一"为是。

② ［唐］刘禹锡著，卞孝萱校订：《刘禹锡集》卷十九，中华书局 1990 年版，第237—238 页。

③ ［唐］白居易著，顾学颉校点：《白居易集》卷三六《哭刘尚书梦得二首》之一，中华书局 1999 年版，第 841 页。

④ ［唐］刘禹锡著，卞孝萱校订：《刘禹锡集》卷十九，中华书局 1990 年版，第 239 页。

多出江左。 灵一导其源，护国袭之。 清江扬其波，法振沿之。 如么弦孤韵，瞥入人耳，非大乐之音。 独吴兴昼公能备众体。 昼公后，澈公承之。 至如《芙蓉园新寺诗》云：'经来白马寺，僧到赤乌年。'《谪汀州》云：'青蝇为吊客，黄耳寄家书。'可谓入作者阃域，岂独雄于诗僧间邪？"①正是受到佛学的浸润以及皎然等诗僧的艺术滋养，其诗论中充盈着佛学的空灵静寂之趣，"义得而言丧""境生于象外"等，显然有得于禅宗的悟道方法。 与白居易、韩愈等人比较，刘禹锡的诗论对于物象的体察更加精微深邃。 刘禹锡还论及佛教清虚之境与诗歌的关系。 他在《秋日过鸿举法师寺院便送归江陵引》中云：

> 梵言沙门，犹华言去欲也。能离欲则方寸地虚，虚而万景入，入必有所泄，乃形乎词。词妙而深者，必依于声律。故自近古而降，释子以诗闻于世者相踵焉。因定而得境，故脩然以清。由慧而遣词，故粹然以丽。信禅林之花萼，而诚河之珠玑耳。②

刘禹锡在强调"文章与时高下"的同时，对禅诗予以很高的评价，这显示了其广阔的审美视野以及对含蓄清寂风格的肯认。

虽然刘禹锡鲜有对作品类别的正面分判，但其在述及韦处厚的著述时有这样的论述："公未为近臣已前，所著词赋、赞论、记述、铭志，皆文士之词也，以才丽为主。 自入为学士至宰相以往，所执笔皆经纶制置财成润色之词也，以识度为宗。"③所谓以"才丽为主"的"文士之词"，是他所谓"文之细大"中之"细"文，是与国之宏业无甚关系的文学类作品。 另一类则是"以识度为宗"的"润色之词"，是关乎国政的"大"文，这显然是指政论应用之文。 刘禹锡尤其注重这一类文章，他称颂韦处厚的正是"逢时得君"时"发德音，福生人，沛然如时雨；褒元老，谕功臣，穆然如景风"④的作品。 显然，刘禹锡的为文取向与

---

① 〔唐〕刘禹锡著，卞孝萱校订：《刘禹锡集》卷十九，中华书局 1990 年版，第 240 页。

② 〔唐〕刘禹锡著，卞孝萱校订：《刘禹锡集》卷二十九，中华书局 1990 年版，第 394—395 页。

③ 〔唐〕刘禹锡著，卞孝萱校订：《刘禹锡集》卷十九《唐故中书侍郎平章事韦公集纪》，中华书局 1990 年版，第 228 页。

④ 〔唐〕刘禹锡著，卞孝萱校订：《刘禹锡集》卷十九《唐故中书侍郎平章事韦公集纪》，中华书局 1990 年版，第 228 页。

柳宗元更为相似。

刘禹锡还重视民间俗文学，他曾作《竹枝词》，其引言详述了该体乃源于民间文学：

> 四方之歌，异音而同乐。岁正月，余来建平，里中儿联歌《竹枝》，吹短笛，击鼓以赴节。歌者扬袂睢舞，以曲多为贤。聆其音，中黄钟之羽。其卒章激讦如吴声，虽伧儜不可分，而含思宛转，有淇、濮之艳。昔屈原居沅、湘间，其民迎神，词多鄙陋，乃为作《九歌》，至于今，荆、楚鼓舞之。故余亦作《竹枝词》九篇，俾善歌者扬之。①

刘禹锡从屈原《九歌》源本于沅、湘间鄙陋的迎神之词获得启发，据建平的民歌而作《竹枝词》，肯定了其"中黄钟之羽"，"含思宛转，有淇、濮之艳"的审美价值。 同时，他在《上淮南相公启》中也曾说："虽甿谣俚音，可俪风什"，可见其对民间文学的推重。

---

① 〔唐〕刘禹锡著，卞孝萱校订：《刘禹锡集》卷二十七，中华书局 1990 年版，第 359 页。

第十章

晚唐五代：诗歌思想的深化期

晚唐五代大约 120 年。 这一时期政治黑暗，唐王朝气脉浸微，士人们对于恢复唐代开元、天宝的盛世逐渐丧失了信心，遂注重艺术形式，怀古伤今，追求文学抒写个人情思。 当然，"文章虽限于时代，豪杰之士终不为风气所囿也"①。 作家、文学思想家的个人经历、才情不一，文学思想也呈现出了不同的特点。

第一节　杜牧、李商隐、皮日休、陆龟蒙的文学思想

杜牧（803—852），字牧之，京兆万年（今陕西西安）人。 大和二年（828）进士，曾任监察御史，黄、池、睦、湖四州刺史，司勋员外郎、考功郎中知制诰、中书舍人等职。 著有《樊川文集》。

杜牧的祖父是唐代宰相、史学家杜佑。 杜牧幼承家学，且有过为官一方的经历，因此，对于"治乱兴亡之迹，财赋兵甲之事，地形之险易远近，古人之长短得失"②有深切的体察，诗歌中不乏"将携健笔干明主，莫向山坛问白云"③的情怀。 杜牧的作品直而有讽，抑扬爽朗，是晚唐诗人中忧患意识和济世情怀较为强烈的诗人。 杜牧还就文坛的现状提出了自己的文学观，《答庄充书》一文表

---

① 〔清〕管世铭：《读雪山房唐诗序例》，见郭绍虞编选、富寿荪校点《清诗话续编》，上海古籍出版社 2016 年版，第 1474 页。

② 〔唐〕杜牧撰，吴在庆校注：《杜牧集系年校注·樊川文集》卷第十二《上李中丞书》，中华书局 2008 年版，第 860 页。

③ 〔唐〕杜牧撰，吴在庆校注：《杜牧集系年校注·樊川外集·卢秀才将出王屋高步名场江南相逢赠别》，中华书局 2008 年版，第 1273 页。

现得尤为集中：

> 凡为文以意为主，气为辅，以辞彩章句为之兵卫，未有主强盛而辅不飘逸者，兵卫不华赫而庄整者。四者高下圆折，步骤随主所指，如鸟随凤，鱼随龙，师众随汤、武，腾天潜泉，横裂天下，无不如意。苟意不先立，止以文彩辞句，绕前捧后，是言愈多而理愈乱，如入阛阓，纷纷然莫知其谁，暮散而已。是以意全胜者，辞愈朴而文愈高；意不胜者，辞愈华而文愈鄙。是意能遣辞，辞不能成意，大抵为文之旨如此。①

杜牧虽然对韩愈甚为推敬，他认为李杜、韩柳四人博大高妙，可以与古圣昔贤相比肩，其诗云："李杜泛浩浩，韩柳摩苍苍。近者四君子，与古争强梁。"②他在《读韩杜集》中亦云："杜诗韩集愁来读，似倩麻姑痒处抓。天外凤凰谁得髓，无人解合续弦胶。"③对于无人能够赓续韩文的传统深表惋惜。杜牧之文也颇得韩文的雄健爽朗的气韵。当然，杜牧的文论与韩愈也有所不同：韩愈主张文以明道，而杜牧则主张"文以意为主"。对此，罗根泽先生以为"道是圣人之道，意则是自己的意见"④。杜牧将意、气、辞彩章句之间的关系比喻为主、辅、兵卫之间的关系。杜牧强调创作主体之意的核心地位，与其为文以表现"治乱兴亡之迹，财赋兵甲之事"有关。以意为主，即作者可以自主地表现社会生活。而道则不同，道不但是圣人所述，同时，就内容来看，是抽象高妙的道德原则，与具体的财赋兵甲迥然不同。杜牧不是胶执于教条而不知通变的儒生，他认为，圣人是能够"参之于上古，复酌于见闻"的，而博士则是"滞于所见，不知适变"的腐儒⑤，因此，杜牧提出"文以意为主"，持论较通达自由，文

---

① 〔唐〕杜牧撰，吴在庆校注：《杜牧集系年校注·樊川文集》卷第十三《答庄充书》，中华书局 2008 年版，第 884—885 页。

② 〔唐〕杜牧撰，吴在庆校注：《杜牧集系年校注·樊川文集》卷第一《冬至日寄小侄阿宜诗》，中华书局 2008 年版，第 81 页。

③ 〔唐〕杜牧撰，吴在庆校注：《杜牧集系年校注·樊川文集》卷第二《读韩杜集》，中华书局 2008 年版，第 248 页。

④ 罗根泽：《中国文学批评史》，上海书店出版社 2003 年版，第 469 页。

⑤ 〔唐〕杜牧撰，吴在庆校注：《杜牧集系年校注·樊川文集》卷第十三《上池州李使君书》，中华书局 2008 年版，第 876—877 页。

不一定胶执于儒家传统，而能自由地表达作者之"意"。 由于杜牧"文以意为主"是强调文章应体现的主体性特征，这与先秦思想家所说的"书不尽言，言不尽意"①，"言者所以在意，得意而忘言"②所包含的意义并不相同。 先秦思想家主要从思辨的角度来认识言与意的关系，而杜牧论述意、气、辞彩，强调的是作品当以作者的主观意向为主，强调的是创作中的主体精神，而这种主体精神又是与作者强烈的济世情怀联系在一起的。 对此，杜牧提出文章应具有殷鉴历史兴废的作用，即他所谓关乎"治乱兴亡之迹"，"古人之长短得失"。 他在《上安州崔相公启》中说："铺陈功业，称校短长，措于《史记》、两《汉》之间，读于文士才人之口，与二子并无愧容……付于史官而不诬，悬于后代而不泯。"③文章重史志的背后，实质强调的是致用功能。

杜牧的文论是其理性化思维的体现，带着浓烈的儒学世家的文化色彩，但是，他所处的晚唐是一个政治昏暗，朋党比周，藩镇割据，宦官专权，社会矛盾激化的时期，杜牧虽有兼济之志，但现实给他留下的则是逼仄的空间，诚如其所谓："三守僻左，七换星霜，拘挛莫伸，抑郁谁诉？"④因此，他又借文学排遣心中磊块，文学娱情悦性的功能在杜牧的作品中同样得到了体现。"残花不一醉，行乐是何时？"⑤作品中表现的颓靡消沉的末世情结随处可见。 这样，我们看到杜枚的理论与创作之间存在着这样的悖论：一方面，高扬以意为文，赋写财富兵甲之事，具有强烈的现实情怀，期以高雅典正竟至于"付于史官而不诬，悬于后代而不泯"⑥。 因此，他借李戡之口痛诋元白诗歌："元和已来有元白诗者，纤艳不逞，非庄士雅人，多为其所破坏。 流于民间，疏于屏壁，子父女母，交口教

---

① 〔唐〕孔颖达等：《周易正义·系辞上》，〔清〕阮元校刻《十三经注疏》，中华书局 2009 年版，第 170 页。

② 〔清〕郭庆藩集释，王孝鱼点校：《庄子集释·外物》，中华书局 2012 年版，第 944 页。

③ 〔唐〕杜牧撰，吴在庆校注：《杜牧集系年校注·樊川文集》卷第十六《上安州崔相公启》，中华书局 2008 年版，第 992 页。

④ 〔唐〕杜牧撰，吴在庆校注：《杜牧集系年校注·樊川文集》卷第十六《上吏部高尚书状》，中华书局 2008 年版，第 988 页。

⑤ 〔唐〕杜牧撰，吴在庆校注：《杜牧集系年校注·樊川文集》卷第四《途中作》，中华书局 2008 年版，第 497 页。

⑥ 〔唐〕杜牧撰，吴在庆校注：《杜牧集系年校注·樊川文集》卷第十六《上安州崔相公启》，中华书局 2008 年版，第 992 页。

授，淫言媟语，冬寒夏热，人人肌骨，不可除去。吾无位，不得用法以治之。"①另一方面，诚如清人洪亮吉所说："元和、长庆以来诗人如白太傅、杜舍人，皆有节概，非同时辈流所及。其寄情声色亦同。"②因此而引起后人的颇多指斥，谓之："风流罪过，己尚不免，独奈何以此责乐天也。"③杜牧的悖论，实源于其受儒家思想的长久浸润与对文学特征深切体悟的矛盾。儒家的文学观向以重风教、明圣道为主旨，而文学自身具有娱情悦性的功能，这也是其区别于政教文书的特质所在。事实上，杜牧强调"文以意为主"以及"付于史官而不诬"，主要是就文而言，其中包含实用文体。即使其文艺性很强的《阿房宫赋》，也具有"以意为主"的特点，其《上知己文章启》云：

> 伏以元和功德，凡人尽当歌咏纪叙之，故作《燕将录》。往年吊伐之道未甚得所，故作《罪言》。自艰难来始，卒伍佣役辈，多据兵为天子诸侯，故作《原十六卫》。诸侯或恃功不识古道，以至于反侧叛乱，故作《与刘司徒书》。处士之名，即古之巢由、伊、吕辈，近者往往自名之，故作《送薛处士序》。宝历大起宫室，广声色，故作《阿房宫赋》。有庐终南山下，尝有耕田著书志，故作《望故园赋》。④

因此，真正体现杜牧文艺观的还在于他的诗论。对于诗，他曾引李戡之言："诗者，可以歌，可以流于竹，鼓于丝，妇人小儿皆欲讽诵。"⑤他将"诗"与"歌""竹""丝"等联系在一起，实际肯认了娱乐的功能。当然，他也秉持了

---

① 〔唐〕杜牧撰，吴在庆校注：《杜牧集系年校注·樊川文集》卷第九《唐故平卢军节度巡官陇西李府君墓志铭》，中华书局 2008 年版，第 744 页。
② 〔清〕洪亮吉撰，刘德权点校：《洪亮吉集·北江诗话》卷六，中华书局 2001 版，第 2310 页。
③ 〔清〕贺贻孙撰：《诗筏》，见郭绍虞编选，富寿荪校点：《清诗话续编》，上海古籍出版社 2016 年版，第 174 页。
④ 〔唐〕杜牧撰，吴在庆校注：《杜牧集系年校注·樊川文集》卷第十六《上知己文章启》，中华书局 2008 年版，第 998 页。
⑤ 〔唐〕杜牧撰，吴在庆校注：《杜牧集系年校注·樊川文集》卷第九《唐故平卢军节度巡官陇西李府君墓志铭》，中华书局 2008 年版，第 744 页。

儒家的教化观念，谓之"国俗薄厚，扇之于诗，如风之疾速"①。 但他并不偏执，孜求中道是其论诗原则，云："某苦心为诗，本求高绝，不务奇丽，不涉习俗，不今不古，处于中间。"②因此，他虽然对元白诗歌有所批评，但其实所指仅限于元白的艳诗。 他的基本主张则是辞、理相谐，对《离骚》、李杜、韩柳以及李贺的作品都很推崇。 对于李贺的诗歌，他说：

> 云烟绵联，不足为其态也；水之迢迢，不足为其情也；春之盎盎，不足为其和也；秋之明洁，不足为其格也；风樯阵马，不足为其勇也；瓦棺篆鼎，不足为其古也；时花美女，不足为其色也；荒国陊殿，梗莽丘垄，不足为其恨怨悲愁也；鲸呿鳌掷，牛鬼蛇神，不足为其虚荒诞幻也。盖《骚》之苗裔，理虽不及，辞或过之。《骚》有感怨刺怼，言及君臣理乱，时有以激发人意。乃贺所为，无得有是！贺能探寻前事，所以深叹恨今古未尝经道者，如《金铜仙人辞汉歌》《补梁庾肩吾宫体谣》，求取情状，离绝远去笔墨畦迳间，亦殊不能知之。贺生二十七年死矣，世皆曰："使贺且未死，少加以理，奴仆命《骚》可也。"③

杜牧极言李贺的诗歌风采无限，与《离骚》相比，仅辞稍过而理略欠而已，乃至认为如果李贺不是如此早逝，"少加以理，奴仆命《骚》可也"。 由此可见者有三：其一，杜牧诗论极重分寸，诚如其所谓"处于中间"，讲求的是理与辞的谐合。 其二，可见其"不今不古"的持论原则。 他既崇《离骚》，又极为推敬当世才俊，今人乃至可以"奴仆命《骚》"的地步。 品评诗人诗作，今古无碍。 其三，虽然评鉴中也涉及理辞谐合，但更注重其审美价值，这与其政教文学观相配合，共同体现了"处于中间"孜求中道的诗学旨趣。 杜牧经世与达意相结合的文论，体现了由中唐到晚唐文坛风习嬗变的大致脉络。

---

① 〔唐〕杜牧撰，吴在庆校注：《杜牧集系年校注·樊川文集》卷第九《唐故平卢军节度巡官陇西李府君墓志铭》，中华书局 2008 年版，第 744 页。

② 〔唐〕杜牧撰，吴在庆校注：《杜牧集系年校注·樊川文集》卷第十六《献诗启》，中华书局 2008 年版，第 1002 页。

③ 〔唐〕杜牧撰，吴在庆校注：《杜牧集系年校注·樊川文集》卷第十《李贺集序》，中华书局 2008 年版，第 774 页。

与杜牧一起代表晚唐文坛最高成就，而被并称为"小李杜"的李商隐（约813—858），字义山，号玉溪生。怀州河内（今河南沁阳）人。开成二年（837）进士及第，一生主要在令狐楚、王茂元、郑亚、卢弘正、柳仲郢等人幕下。他是晚唐成就最高的文学家，诗文兼擅，风格独特。有《李义山诗集》、《李义山文集》。

李商隐对于古文家的文道观进行了反拨，《上崔华州书》云：

> 愚生二十五年矣。五年读经书，七岁弄笔砚。始闻故老言，学道必求古，为文必有师法，常悒悒不快。退自思曰：夫所谓道，岂古所谓周公、孔子者独能邪？盖愚与周、孔俱身之耳。以是有行道不系今古，直挥笔为文，不爱攘取经史，讳忌时世。百经万书，异品殊流，又岂能意分出其下哉！①

他对元结的作品予以很高的评价，其《唐容州经略使元结文集后序》云：

> 次山之作，其绵远长大，以自然为祖，元气为根，变化移易之。……论者徒曰：次山不师孔氏，为非。呜呼！孔氏于道德仁义外有何物？百千万年，圣贤相随于途中耳。次山之书曰："三皇用真而耻圣，五帝用圣而耻明，三王用明而耻察。"嗟嗟此书，可以无书。孔氏固圣矣，次山安在其必师之邪？②

李商隐之尊元结，固然与元结的作品因乎"自然""元气"有关，但更重要的似乎还在于元结"三皇用真而耻圣"之言深得李商隐之意。这样，李商隐显示了与古文运动所持的文道观迥然不同的取向。孔圣也仅是相随于途中的平凡之人而已，其长仅在于道德仁义。言下之意在于，为文不必师之。李商隐肯认元结，崇三皇，用真耻圣，固然与唐代较为开放的文化氛围有关，更体现了李商

---

① 〔唐〕李商隐著，刘学锴、余恕诚校注：《李商隐文编年校注》，中华书局 2002 年版，第 108 页。

② 〔唐〕李商隐著，刘学锴、余恕诚校注：《李商隐文编年校注》，中华书局 2002 年版，第 2256—2257 页。

隐对当时文坛复古风气的不满。

这种"用真"的文化取向,也在其文论中得到了体现。他反对在创作中"攘取经史",宗经师孔,而以抒写性灵为尚,这与其论元结之文时所指出的一样,也是因乎自然元气的哲学根基,云:

> 人禀五行之秀,备七情之动,必有咏叹,以通性灵。故阴惨阳舒,其涂不一;安乐哀思,厥源数千。远则鄘、邶、曹、齐,以扬领袖;近则苏、李、颜、谢,用极菁华。嘈囋而钟鼓在悬,焕烂而锦绣入玩。刺时见志,各有取焉。①

但李商隐的文论及非圣之辞并非刻意为之,是一秉于元气自然而得。这种自然之作,虽然多种风格不加轩轾,但总体上追求富丽精巧,既真且美。他曾在致杜悰的信中对自己的作品有这样的精到描述:"其或绮霞牵思,珪月当情,乌鹊绕枝,芙蓉出水,平子《四愁》之日,休文《八咏》之辰,纵时有斐然,终乖作者。"②其审美取向就是对于"焕烂而锦绣入玩"的"见志"之作的偏好。具体而言,诗则属对律切,造词丽缛;文则经历了喜好古文到四六文的转变。对此,《樊南甲集序》中载曰:"樊南生十六能著《才论》《圣论》,以古文出诸公间。后联为郓相国、华太守所怜,居门下时,敕定奏记,始通今体。后又两为秘省房中官,恣展古集,往往咽噱于任、范、徐、庾之间。有请作文,或时得好对切事,声势物景,哀上浮壮,能感动人。"③李商隐根植于自然元气的文学论,具有迥绝于时的特色。在韩愈文以明道成为文坛主流之时,李商隐的文学孜求丰富了唐代文坛的色彩。可惜的是,这一富有特色的文论,为其作品精巧富丽的艺术形式所遮掩,因此,李商隐在文学历史上留下的仅仅是晚唐精工唯美的代表作而已。

---

① 〔唐〕李商隐著,刘学锴、余恕诚校注:《李商隐文编年校注》,中华书局 2002 年版,第 1911—1912 页。

② 〔唐〕李商隐著,刘学锴、余恕诚校注:《李商隐文编年校注》,中华书局 2002 年版,第 1919—1920 页。

③ 〔唐〕李商隐著,刘学锴、余恕诚校注:《李商隐文编年校注》,中华书局 2002 年版,第 1713 页。

皮日休（约834—883），字逸少，后改字袭美，襄阳（今属湖北）人。咸通八年（867）曾为苏州刺史崔璞的军事判官。与隐逸诗人陆龟蒙多有唱和，后入朝任著作郎、太常博士等职。参加黄巢起义，被任命为翰林学士。其死因诸说不一，有说是因触怒黄巢被杀，有说是兵败被杀。有《皮子文薮》以及与陆龟蒙相酬唱的《松陵唱和集》。

皮日休是一个积极用世，承祧儒家思想的文人。他推崇孟子、王通、韩愈等人，曾作《请以孟子为学科》《请韩文公配飨太学》等，并以韩愈的继承者自居。挚友陆龟蒙亦将其视为韩愈的继承人加以推赞，作诗云："孔圣铸颜事，垂之千载余。其间王道乖，化作荆榛墟。天必授贤哲，为时攻蒉除。轲雄骨已朽，百氏徒越趄。近者韩文公，首为闲辟锄。夫子又继起，阴霾终廓如。搜得万古遗，裁成十编书。"[1]皮日休在纷乱的晚唐，秉持着儒者的现实精神，与当时诗坛流行的绮靡纤弱、感伤抑郁之风不同，他标举传统文论的讽谕精神，高扬文以载道的传统，确是晚唐"一塌胡涂的泥塘里的光彩和锋芒"[2]。他在《文薮序》中曾自述其作品的创作缘起：

> 赋者,古诗之流也。伤前王太佚,作《忧赋》；虑民道难济,作《河桥赋》；念下情不达,作《霍山赋》；悯寒士道壅,作《桃花赋》。……其余碑、铭、赞、颂、论、议、书、序,皆上剥远非,下补近失,非空言也。[3]

可见，皮日休的作品都是关注现实，"上剥远非，下补近失"的有为而作。受韩愈所标举的道统、文统的影响，皮日休在《请韩文公配飨太学书》中有这样的论述：

> 仲尼之道,否于周、秦,而昏于汉、魏,息于晋、宋,而郁于陈、隋。遇于吾唐,万世之愤,一朝而释。……夫孟子、荀卿翼传孔道,以至于文中子。

① 〔唐〕陆龟蒙著，何锡光校注：《陆龟蒙全集校注·唐甫里先生文集》卷二《奉和因赠至一百四十言》，凤凰出版社2015年版，第202页。

② 鲁迅撰：《小品文的危机》，《鲁迅杂文选》，译林出版社2009年版，第245页。

③ 〔唐〕皮日休著，萧涤非点校，郑庆笃整理：《皮子文薮·皮日休文集》卷首，上海古籍出版社2017年版，第1页。

文中子之末，降及贞观、开元，其传者醨，其继者浅，或引刑名以为文，或援纵横以为理，或作词赋以为雅，文中之道，旷百祀而得室授者，唯昌黎文公焉。文公之文，蹴杨、墨于不毛之地，蹂释、老于无人之境，故得孔道巍然而自正。夫今之文，千百士之作，释其卷，观其词，无不裨造化，补时政，繄公之力也。①

皮日休描述的儒学道统是孔、孟、荀、王通、韩愈。这与韩愈、李翱等人所论略有不同，其区别主要是在孟子之后又有荀子与王通。那么，皮日休为何将荀、王谱入儒家学脉正统？对于荀子，他在《春申君碑》中有云："当斯时也，苟任荀卿之儒术，广圣深道，用之期月，荆可王矣。"②关于王通，他曾作《文中子碑》，称赞王通："设先生生于孔圣之世，余恐不在游、夏之亚，况七十子欤？惜乎！德与命乖，不及睹吾唐受命而殁。苟唐得而用之，贞观之治，不在于房、杜、褚、魏矣。"③可见，荀卿与王通都有用世之才。而韩愈的承祧之功主要在于蹴杨墨，蹂释老，恢复孔道正宗。由此亦可以推及他所谱的道统是一个摒斥释老、杨墨，有裨造化、补察时政，与社会现实密切相关的现实之道。他曾发出这样的感叹："于戏！圣人之道，不过乎求用。"④因此，还有一些具有杰出经世才能的文人，虽然没有被他谱入儒家道统，但也极为推崇，如他读贾谊《新书》，"见其经济之道，真命世王佐之才也"。⑤由此他提出："圣人之文与道也，求知与用。"⑥有些文人并不能见用于时，但可以见著于百世之后。他的朋友元征君虽然行奇操峻，但退隐林下，踞见青山，傲视白云。他劝其"翻然

① 〔唐〕皮日休著，萧涤非点校，郑庆笃整理：《皮子文薮·皮日休文集》第九卷，上海古籍出版社 2017 年版，第 104—105 页。

② 〔唐〕皮日休著，萧涤非点校，郑庆笃整理：《皮子文薮·皮日休文集》第四卷，上海古籍出版社 2017 年版，第 45 页。

③ 〔唐〕皮日休著，萧涤非点校，郑庆笃整理：《皮子文薮·皮日休文集》第四卷，上海古籍出版社 2017 年版，第 42 页。

④ 〔唐〕皮日休著，萧涤非点校，郑庆笃整理：《皮子文薮·皮日休文集》第九卷《请韩文公配飨太学书》，上海古籍出版社 2017 年版，第 104 页。

⑤ 〔唐〕皮日休著，萧涤非点校，郑庆笃整理：《皮子文薮·皮日休文集》第二卷《悼贾并序》，上海古籍出版社 2017 年版，第 20 页。

⑥ 〔唐〕皮日休著，萧涤非点校，郑庆笃整理：《皮子文薮·皮日休文集》第二卷《悼贾并序》，上海古籍出版社 2017 年版，第 21 页。

而起，醒然而用”，如果这样，“朝廷必处足下于大谏，次用足下于宰辅”；其在大谏，则“以直气吹日月之翳，以正道立天地之根，先黜陟于朝廷，次按察于侯国”；其在宰辅，则“外以道宁四夷，内以法提百揆，俾天地反妖为瑞，使阴阳易愆为穰”①，正是在致用之道的趋使之下，皮日休对于元白为首的新乐府运动予以高度评价，《正乐府序》云：

> 乐府，尽古圣王采天下之诗，欲以知国之利病，民之休戚者也。得之者，命司乐氏入之于埙篪，和之以管籥。诗之美也，闻之足以观乎功；诗之刺也，闻之足以戒乎政。故《周礼》，太师之职，掌教六诗；小师之职，掌讽诵诗。由是观之，乐府之道大矣。今之所谓乐府者，唯以魏晋之侈丽、陈梁之浮艳，谓之乐府诗，真不然矣。②

皮日休所谓采诗以知“国之利病，民之休戚”的传统，与元白的新乐府运动正相符合。他批评了晚唐时期乐府诗中的侈丽、浮艳之风，在他看来，这并不是真正的乐府精神。在这方面，与杜牧对元白的批评明显不同，皮日休刻意为元白回护，指出杜牧的批评带有个人因素，并非公允之论。云：

> 祜元和中作宫体诗，词曲艳发，当时轻薄之流重其才，合噪得誉。及老大，稍窥建安风格，诵乐府录，知作者本意，讲讽怨谲时，与六义相左右，此为才之最也。……乐天方以实行求才，荐凝而抑祜，其在当时，理其然也。令狐楚以祜诗三百篇上之，元稹曰：“雕虫小技，或奖激之，恐害风教。”祜在元白时，其誉不甚持重。杜牧之刺池州，祜且老矣，诗益高，名亦重。然牧之少年，所为亦近于祜，为祜恨白，理亦有之。……元白之心，本乎立教，乃寓意于乐府，雍容宛转之词，谓之“讽谕”，谓之“闲适”。既持是取大名，时士翕然从之，师其词，失其旨。凡言之浮靡艳丽者，谓之“元白

---

① 〔唐〕皮日休著，萧涤非点校，郑庆笃整理：《皮子文薮·皮日休文集》第九卷《移元征君书》，上海古籍出版社 2017 年版，第 103 页。

② 〔唐〕皮日休著，萧涤非点校，郑庆笃整理：《皮子文薮·皮日休文集》第十卷，上海古籍出版社 2017 年版，第 126 页。

体"，二子规规攘臂解辩，而习俗既深，牢不可破。非二子之心也。①

杜牧对元白的批评受到了后世普遍的质疑，皮日休对元白的回护则是从张祜诗歌前后有别，以说明元白对张祜的批评并无不妥。认为杜牧对白居易的指斥乃是"为祜恨白"，这与后人驳斥杜牧的批评与自身的创作经历的矛盾有所不同。同时，还认为元白体是元白取得大名之后末流附应流衍而成，而非"元白之心"，这基本依照元白自己的说法。他称元白乐府"雍容宛转"，显然是褒；而末流之作"浮靡艳丽"，显然是贬。由此也可见皮日休对元白的回护不遗余力。乃至他在《七爱诗·白太傅》中，对白居易的所有诗歌都一概予以高度评价，云："吾爱白乐天，逸才生自然。谁谓辞翰器，乃是经纶贤。欻从浮艳诗，作得典诰篇。立身百行足，为文六艺全。清望逸内署，直声惊谏垣。所刺必有思，所临必可传。"②皮日休无视元白诗歌中艳情诗的不足，显然有失公允。何以如此？这可能与元白赠答互寄而衍为元和体，皮日休与陆龟蒙酬唱甚多，而有《松陵集》，为诗意趣相近有一定的关系。辛文房《唐才子传·皮日休》中的论述亦可窥见其中消息：

> 夫次韵唱酬，其法不古，元和以前，未之见也。暨令狐楚、薛能、元稹、白乐天集中，稍稍开端。以意相和之法，渐废闲作。逮日休、龟蒙，则飚流顿盛，犹空谷有声，随响即答。韩偓、吴融以后，守之愈笃，汗漫而无禁也。于是天下翕然。③

在审美形式上，皮日休承古文运动的余绪，反对晚唐重新蔓延的骈俪之风。他曾历述南朝以来的文风，云："歌诗之风，荡来久矣。大抵丧于南朝，坏于陈叔宝。然今之业是者，苟不能求古于建安，即江左矣；苟不能求丽于江左，即

---

① 〔唐〕皮日休著，萧涤非点校，郑庆笃整理：《论白居易荐徐凝屈张祜》，《皮子文薮·皮日休集外诗文》，上海古籍出版社 2017 年版，第 272—273 页。

② 〔唐〕皮日休著，萧涤非点校，郑庆笃整理：《皮子文薮·皮日休文集》第十卷《白太傅》，上海古籍出版社 2017 年版，第 125 页。

③ 〔元〕辛文房著，傅璇琮等校笺：《唐才子传校笺》卷第八，中华书局 1995 年版，第 507 页。

南朝矣。 或过为艳伤丽病者，即南朝之罪人也。"①皮日休虽然对浮靡之风提出批评，但他对文质相兼的藻饰还是称赞的。 他对屈赋及受其影响的赋作都予以肯定，表现了对这些作品"丽词""逸藻"审美价值的艳羡：

> 在昔屈平既放，作《离骚经》，正诡俗而为《九歌》，辨穷愁而为《九章》。
> 是后词人，摭而为之，皆所以嗜其丽词，撢其逸藻者也。至若宋玉之《九
> 辩》、王褒之《九怀》、刘向之《九叹》、王逸之《九思》，其为清怨素艳，幽抉古
> 秀，皆得芝兰之芬芳，鸾凤之毛羽也。②

皮日休对于屈原之后的文人们继踵屈原，"嗜其丽词，撢其逸藻"，在艺术上得"芝兰之芬芳，鸾凤之毛羽"的努力深为赞佩，皮日休也"复嗣数贤之作"，以"广《骚》、悼《骚》"而自得，创作了《九讽》《反招魂》等。 皮日休创作的立意虽然是"惧来世任臣之君因谤而去贤，持禄之士以猜而远德"③，但是规仿屈原，点染幽芬，足见其对审美形式的追求。 皮日休对艺术规律有深切的体悟，在他看来，歌诗之作，李白堪称极诣，其"言出天地外，思出鬼神表，读之则神驰八极，测之则心怀四溟，磊磊落落，真非世间语"。 同样，对于后来歌诗者"雕金篆玉，牢奇笼怪，百锻为字，千练成句"④精心结构的佳作也推崇甚至。 皮日休质文相兼的文学观随处可见，如他作《正乐府》，这是因为魏晋以后的乐府丧失了古乐府的传统，或为"魏晋之侈丽"，或为"陈梁之浮艳"，均非乐府正声，而真正的乐府精神，是既有"知国之利病，民之休戚"的致用功能，又是"入之于埙箎，和之以管籥"⑤，具"诗之美"的艺术效果。 因此，他以"正

---

① 〔唐〕皮日休著，萧涤非点校，郑庆笃整理：《皮子文薮·皮日休文集》第四卷《刘枣强碑》，上海古籍出版社 2017 年版，第 45 页。

② 〔唐〕皮日休著，萧涤非点校，郑庆笃整理：《皮子文薮·皮日休文集》第二卷《九讽系述》，上海古籍出版社 2017 年版，第 13 页。

③ 〔唐〕皮日休著，萧涤非点校，郑庆笃整理：《皮子文薮·皮日休文集》第二卷《九讽系述》，上海古籍出版社 2017 年版，第 14 页。

④ 〔唐〕皮日休著，萧涤非点校，郑庆笃整理：《皮子文薮·皮日休文集》第四卷《刘枣强碑》，上海古籍出版社 2017 年版，第 45—46 页。

⑤ 〔唐〕皮日休著，萧涤非点校，郑庆笃整理：《皮子文薮·皮日休文集》第十卷《正乐府十篇》，上海古籍出版社 2017 年版，第 126 页。

乐府"以纠魏晋以来之偏，以回归文质相兼的传统。值得注意的是，皮日休的作品之前往往冠以篇幅不短的序文，多述其为文缘起，点示其创作目的，其中往往含有值得关注的文学观念。这种较为独特的创作方式，体现了皮日休在正文因形式所囿之外，尚有值得讨论的观念需要申说，这也是我们在文学思想史上需要讨论皮日休的原因之一。如在《霍山赋》前，即有这样的序文：

> 臣日休以文为命士，所至州县山川，未尝不求其风谣，以颂以文，幸上发轺軒，使得采以闻。六年，至寿之骈邑曰霍山。山，故岳也。邑赘于趾。至之二日，离邑一舍，望乎岳，将颂之文也。及见之，则目乎爨，手乎韠，心乎耸，神乎瞀。始欲狂其文，写其状，如丹青之不差也。颂其风，文其谣，如金石之永播也。既而其精怯然搏敌，躁然械囚，纷然棼丝，恍然堕空，浩然涉溟，幽然久疹。则知才智之劣，如耄而加疾，将杖而奔者。……其辰既决，其精忽渝，怯然而胜，躁然而适，纷然而静，恍然而安，浩然而济，幽然而愈，如壮而能决，将阵而敌者。于是狂其文，写其状。①

序文以形象生动的语言记述了始欲狂文写状，既而思纷心怯，恍然堕空，不能达意，终至澄心静虑，整理思绪，信心渐足，命笔为文。虽然包括《文心雕龙》在内的文论著作对于作家的创作构思等曾有细致的论述，但皮日休真切具体地描述了作者创作过程的心路历程，其独特的价值理应得到重视。

当然，对皮日休文学思想的总体判断亦有不同的声音。如罗根泽先生在论及晚唐文论时说："杜牧是事功派，所以侈谈事功，将原来的古文拉到事功方面。皮陆是隐逸派，所以栖隐林泉，又将原来的古文拉到隐逸方面。"②这固然与皮日休"自有唐已来，或农竟陵，或隐鹿门，皆不拘冠冕，以至皮子"③的自述有关；另一方面，他与隐逸诗人陆龟蒙的交流唱和，也强化了其隐逸的色彩，但隐逸实出于无奈，闲适而不失激愤，儒家入世情怀才是皮日休的思想的底色，

---

① ［唐］皮日休著，萧涤非点校，郑庆笃整理：《皮子文薮·皮日休文集》第一卷，上海古籍出版社 2017 年版，第 1—2 页。

② 罗根泽著：《中国文学批评史》，上海书店出版社 2003 年版，第 470 页。

③ ［唐］皮日休著，萧涤非点校，郑庆笃整理：《皮子文薮·皮日休文集》卷末《皮子世录》，上海古籍出版社 2017 年版，第 138 页。

文论的基调。

陆龟蒙（？—约881），字鲁望，号江湖散人、天随子。自比涪翁、渔父、江上丈人。吴郡（今江苏苏州）人，举进士不第，隐居松江甫里。著有《甫里集》《笠泽丛书》等。陆龟蒙虽然长期过着潇散的生活，但并没有忘怀时事。这不但体现在他的作品中，还表现在其继承风雅传统，化下讽上的文学观。他与皮日休一样，对屈原的作品甚为推崇，在《读〈襄阳耆旧传〉因作诗五百言寄皮袭美》中有云："《离骚》既日月，《九辩》即列宿。卓哉悲秋辞，合在风雅右。"①在《苔赋序》中，他通过对江淹《青苔赋》的批评更直接表现了其为文祈向，曰："江文通尝著《青苔赋》，置苔之状则有之，惩劝之道则未闻。如此则化下风上之旨废。因复为之，以嗣其声云。"②他认为江淹的《青苔赋》状物而不劝道，失去了风化的作用，因此，他"复为之"，以补其憾。这样的论文取向与其为学的经历具有直接的关系，他曾说："仆少不攻文章，止读古圣人书，诵其言思行其道，而未得者也。每涵咀义味，独坐日炅，案上有一杯藜羹，如五鼎七牢馈于左右，加之以撞金石，《万》羽籥也。"③樊开在《甫里陆先生文集序》中谓其"通六籍，尤长于《春秋》"④。所以，其为文的取向"所养者厚，故其为文气完而志直，言辩而意深，一归于尊君爱民、崇善沮恶，兹非所谓循于道而不悖者耶"⑤。

陆龟蒙虽然有与皮日休相似的济世之心，但作为一位生性野逸无羁检的隐者，其创作与文论也具有以诗文寄一己之性情的特点，状写自己的生活、性情的作品，如《江湖散文传》《甫里先生传》《散人歌》《自遣诗》《自怜赋》等。对此，他在《自遣诗序》中有明确表述：

---

① 〔唐〕陆龟蒙著，何锡光校注：《陆龟蒙全集校注·唐甫里先生文集》卷一，凤凰出版社2015年版，第64页。

② 〔唐〕陆龟蒙著，何锡光校注：《陆龟蒙全集校注·唐甫里先生文集》卷十四，凤凰出版社2015年版，第803页。

③ 〔唐〕陆龟蒙著，何锡光校注：《陆龟蒙全集校注·唐甫里先生文集》卷十八《复友生论文书》，凤凰出版社2015年版，第1018页。

④ 〔唐〕陆龟蒙著，何锡光校注：《陆龟蒙全集校注·唐甫里先生文集》卷二十附录，凤凰出版社2015年版，第1069页。

⑤ 〔宋〕朱衮：甫里陆先生文集后序》，〔唐〕陆龟蒙著，何锡光校注：《陆龟蒙全集校注·唐甫里先生文集》卷二十附录，凤凰出版社2015年版，第1071页。

自遣诗者,震泽别业之所作也。故疾未平,厌厌卧田舍中,农夫日以耒耜事相聒。每至夜分不睡,则百端兴怀搅人思,益纷乱无绪。且诗者,持也,谓持其情性,使不暴去。①

从中可见陆龟蒙文论的基本特点:一方面,"诗者持也,谓持其情性",以诗歌遣怀述志;另一方面,又持守儒家温柔敦厚的传统,"使不暴去"。对于何谓"暴去",钱锺书先生有这样的解释:"'暴去'者,'淫''伤''乱''愆'之谓,过度不中节也。"②钱锺书先生所训甚是。袁枚认为陆龟蒙之说源于《孝经·含神雾》,其实《含神雾》乃《诗纬》。袁枚的理解大致近实:

张燕公称阎朝隐诗,炫装倩服,不免为风雅罪人。王荆公因之作《字说》,云:"诗者,寺言也。寺为九卿所居,非礼法之言不入,故曰'思无邪'。"近有某太史恪守其说,动云诗可以观人品。余戏诵一联云:"'哀筝两行雁,约指一勾银。'当是何人之作?"太史意薄之,曰:"不过冬郎、温、李耳!"余笑曰:"此宋四朝元老文潞公诗也。"太史大骇。余再诵李文正公昉《赠妓》诗曰:"便牵魂梦从今日,再睹婵娟是几时?"一往情深,言由衷发,而文正公为开国名臣。夫亦何伤于人品乎?《孝经·含神雾》云:"诗者,持也。持其性情,使不暴去也。"其立意比荆公差胜。③

但是,陆龟蒙又是一位萧散隐逸之士,颇有追奇逐怪之趣。他曾述及自己的审美情趣的流变过程:"少攻歌诗,欲与造物者争柄,遇事辄变化不一。其体裁始则凌轹波涛,穿穴险固,囚锁怪异,破碎阵敌,卒造平澹而后已。"④其中,"穿穴险固,囚锁怪异"的审美取向尤其值得关注。其《怪松图赞序》云:

① 〔唐〕陆龟蒙著,何锡光校注:《陆龟蒙全集校注·笠泽丛书》卷一,凤凰出版社2015年版,第1109页。
② 钱锺书著:《管锥编》,中华书局1979年版,第57页。
③ 〔清〕袁枚著,顾学颉校点:《随园诗话》卷二,人民文学出版社1982年版,第35页。
④ 〔唐〕陆龟蒙著,何锡光校注:《陆龟蒙全集校注·笠泽丛书》卷一《甫里先生传》,凤凰出版社2015年版,第1107页。

天之赋才之盛者,早不得用于世,则伏而不舒,薰蒸沈酣,日进其道,权挤势夺,卒不胜其阨。号呼呶挐,发越赴诉,然后大奇出于文彩,天下指之为怪民。呜呼!木病而后怪,不怪不能图其真;文病而后奇,不奇不能骇于俗。非始不幸而终幸者耶?①

陆龟蒙观《怪松图》有感,遂而得出了"文病而后奇,不奇不能骇于俗"的结论。陆氏尚奇之论的根源则在于才盛之士,"早不得用于世"使其然。对于其"怪",其"病",陆龟蒙并不以其为憾,而是以一种隐者超迈的心态,以激赏的情怀,为怪民、病木喝彩,为奇文击节。因为在他看来,其"怪"、"病"、"奇",都是"真"的表征。求真而不随俗,是人生的态度,为诗为文的态度,也是其审美趣味形成的根据。这往往是潇散超逸、疏狂任诞的文人们普遍的人生情怀与审美取向。如晚明文人多嗜奇逐怪,并与其审美趣味、文学观念相联系,袁宏道曾说:"余观世上语言无味面目可憎之人,皆无癖之人耳。"②不随流俗地"号呼呶挐,发越赴诉",抒写一己之真情性,这是陆龟蒙以及闲散之士普遍追寻的为文境界。

陆龟蒙的文学观念虽然内容不多,但颇具特色。其中,在形式上,陆龟蒙还通过诗歌的形式赋写魏晋以来的文论家:

> 邺下曹父子,猎贤甚熊罴。发论若霞驳,裁诗如锦摛。徐王应刘辈,头角咸相衰。或有妙绝赏,或为独步推。或许润色美,或嫌诋诃痴。倏以中利病,且非混醇醨。雅当乎魏文,丽矣哉陈思。不肯少选妄,恐贻后世嗤。吾祖(指陆机)仗才力,革车蒙虎皮。手持一白旄,直向文场麾。轻若脱钳鈇,豁如抽痎瘥。精钢不足利,腰裹何劳追。大可罩山岳,微堪析毫厘。十体免负赘,百家咸起痿。争入鬼神奥,不容天地私。一篇迈华藻,万古无孑遗。刻鹄尚未已,雕龙奋而为。刘生吐英辨,上下穷高卑。下臻宋与齐,上指轩从羲。岂但标八索,殆将包两仪。人谣洞野老,骚怨明湘

① 〔唐〕陆龟蒙著,何锡光校注:《陆龟蒙全集校注·唐甫里先生文集》卷十八《怪松图赞序》,凤凰出版社 2015 年版,第 1006 页。

② 〔明〕袁宏道著,钱伯城笺校:《袁宏道集笺校》卷二十四《瓶史·十好事》,上海古籍出版社 2013 年版,第 826 页。

累。立本以致诘，驱宏来抵牗。清如朔雪严，缓若春烟羸。或欲开户牗，或将饰缨緌。虽非倚天剑，亦是囊中锥。皆由内史意，致得东莞词。①

　　从曹氏父子，到陆机的《文赋》，再到刘勰的《文心雕龙》，该诗都做了简括而形象的描述。 对于曹氏父子之"发论若霞驳"，黄丕烈校本注为"魏文帝《典论》有《论文篇》"，表现了陆龟蒙对曹丕文学观的赞佩。 同时，他还对建安时期文人相互激荡推挹的良好品评风气表现了艳羡之情。 对陆机，主要描述了其统摄古今，牢笼文坛万有的宏阔之气，赞佩的主要是其势，其中不无对同为陆氏"吾祖"的溢美之辞。 比较而言，陆龟蒙对刘勰《文心雕龙》的描述更为允当，认为《文心雕龙》溯源上古，下迄南朝，纵论文学流变。 包举雅俗，立本以品鉴，立论颖锐，如囊中之锥。 陆龟蒙对陆机的推崇更过于刘勰，对陆机评曰"一篇迈华藻，万古无孑遗"，堪称极评。 但对刘勰，则谓其"虽非倚天剑，亦是囊中锥"。 似乎认为其"势"尚不及陆机。 倚天剑之喻，一般都状写其劈空而来之势，如李白谓司马将军"手中电曳倚天剑，直斩长鲸海水开"②。 尽管如此，陆龟蒙对刘勰与《文心雕龙》的重视在《文心雕龙》的接受史上仍具有一定的地位。《文心雕龙》问世以来，虽然在《隋书·经籍志》中已有著录，但元明之前对其正面论述的文字并不多，唐代除刘知几《史通·自叙》中对《文心雕龙》的文学批评意义做了正面肯定之外，其余的论述甚为鲜见。 而陆龟蒙以诗歌的形式对刘勰与《文心雕龙》做出形象简明的描述与评价，亦属难得。

第二节　司空图的诗歌理论

　　晚唐时期最具价值的诗论家是司空图。 司空图（837—908），字表圣，自号知非子，又号耐辱居士，河中虞乡（今山西永济）人。 咸通进士，僖宗朝召拜知制诰，迁中书舍人，后屡征不起。 据《唐才子传》载："后闻哀帝遇弑，不食，

　　① 〔唐〕陆龟蒙著，何锡光校注：《陆龟蒙全集校注·唐甫里先生文集》卷一《袭美先辈以龟蒙所献五百言既蒙见和复示荣唱至于千字提奖之重蔑有称实再抒鄙怀用伸酬谢》，凤凰出版社 2015 年版，第 82 页。
　　② 〔唐〕李白著，〔清〕王琦注：《李太白全集》卷四《乐府三十七首·司马将军歌》，中华书局 1977 年版，第 248 页。

扼腕，呕血数升而卒，年七十有二。"①《唐诗纪事》载其著述有《一鸣集》十卷，杂著八卷，碑版二卷。前有《自序》云："所撰《密史别编》，又有《绝麟集述》，亦其自著也。"②但北宋时，司空图所编的《一鸣集》已亡佚。通行本《司空表圣诗文集》乃后人所编。其中，《与李生论诗书》《与王驾评诗书》《与极浦书》《题柳柳州集后序》等体现了其诗学主张。

首先，关于"象外之象，景外之景"。其《与极浦书》云：

> 戴容州云："诗家之景，如蓝田日暖，良玉生烟，可望而不可置于眉睫之前也。"象外之象，景外之景，岂容易可谈哉？然题纪之作，目击可图，体势自别，不可废也。③

司空图所谓"象外之象""景外之景"将"象"与"景"分为两种不同的意思。显然，前者之"象""景"，乃常人所见之"象"，所见之"景"。而后者乃"诗家之景（象）"。两者有何联系与区别？他用了戴叔伦的"蓝田日暖，良玉生烟"为喻。戴氏所述的上下文难以索见，但这一比喻在李商隐的《锦瑟》诗中亦有述及，其诗云："锦瑟无端五十弦，一弦一柱思华年。庄生晓梦迷蝴蝶，望帝春心托杜鹃。沧海月明珠有泪，蓝田日暖玉生烟。此情可待成追忆，只是当时已惘然。"④对此，宋人《缃素杂记》以适怨清和解之。其中的沧海月明珠有泪，为清；蓝田日暖玉生烟，是和。王良臣谓此为"外剥格"，其意是说："谓取他事明题意，而更取义于事外，中二联或引两事，或引四事，事外立意，使读者自得之。"⑤李商隐所作，乃是受到戴叔伦的启发，但因为戴氏所述的语言环境我们不甚明了，姑以李氏所作为切入点略做讨论。王良臣谓李商隐诗中"蓝田日暖玉生烟"恰如状琴声之"和"。声难状而见诸于形，此乃诗家用喻的通则。但李商隐所用之喻恰恰是一浑沌之喻，乃戴叔伦所说的"可望而不可置

---

① 〔元〕辛文房著，傅璇琮等校笺：《唐才子传校笺》卷第八，中华书局1995年版，第527页。

② 〔清〕王士禛撰，靳斯仁点校：《池北偶谈》卷十八，中华书局1982年版，第433页。

③ 〔清〕董诰等编：《全唐文》卷八百七，中华书局1983年版，第8487页。

④ 〔唐〕李商隐著，聂石樵等笺：《玉谿生诗醇》，中华书局2008年版，第308页。

⑤ 〔明〕王良臣辑：《诗评密谛》卷一，北京出版社1988年版，第3页。

于眉睫之前"。他所说的"诗家之景",是以玉之烟状日之暖。前者已混沌于视觉与感觉之间,其暖之感觉更是全凭意会而得之。可见,"诗家之景"乃是缘起于实象、实景,以诗人凭借想象而建构起的"象"与"景"。此之景是含蓄的、朦胧的。同样,给鉴赏者也是一种朦胧的美、含蓄的美。因此,司空图所谓的"象外之象""景外之景"意在揭示"诗家"的审美趣味,诗性与艺术性乃是其本质特征。

关于"韵外之致""味外之旨"。其《与李生论诗书》云:

> 文之难而诗尤难。古今之喻多矣,而愚以为辨于味而后可以言诗也。江岭之南,凡足资于适口者,若醯非不酸也,止于酸而已;若鹾非不咸也,止于咸而已。中华之人以充饥而遽辍者,知其咸酸之外,醇美者有所乏耳。彼江岭之人,习之而不辨也宜哉!诗贯六义,则讽谕抑扬,渟蓄温雅,皆在其中矣。然直致所得,以格自奇,前辈诸集,亦不专工于此,矧其下者耶!王右丞韦苏州,澄澹精致,格在其中,岂妨于道学哉!贾阆仙诚有警句,然视其全篇,意思殊馁,大抵附于蹇涩,方可致才,亦为体之不备也,矧其下者哉!噫!近而不浮,远而不尽,然后可以言韵外之致耳![1]

又云:

> 绝句之作,本于诣极,此外千变万状,不知所以神而自神也,岂容易哉?足下之诗,时辈固有难色,倘复以全美为上,即知味外之旨矣。[2]

韵与味,是齐梁以来较为常用的审美范畴。对于司空图所谓"韵外之致""味外之旨",论者多重视其对于诗歌韵味说的贡献,如:"过去文论家在谈论艺术性时,已经提到韵和味,但大抵分别言之,司空图把二者结合起来,指出韵致是诗歌美味的重要根源,韵味因而成为后来文论者常常使用的一个重要概

---

[1] 〔清〕董诰等编:《全唐文》卷八百七,中华书局1983年版,第8485—8486页。

[2] 〔清〕董诰等编:《全唐文》卷八百七,中华书局1983年版,第8485—8486页。

念。"①对于"韵外之致",论者据司空图"近而不浮,远而不尽"的描述,进行了切实的诠释,"'近而不浮',可以说是他要求诗之意象使人感到真实、具体,如在眼前;'远而不尽',则是说诗能够引人联想给人启示,从而使人产生的美感历久不衰。 二者一是讲诗之意象的真实性,一是讲诗之意象的启示性,司空图认为诗必须具备这两个条件,才谈得上'韵外之致'"②。 这些都对我们理解司空图《与李生论诗书》中体现的诗歌美学思想颇多启迪,尤其后者揭示了"韵外之致""味外之旨"有别于"韵""味"本身的意蕴。 当然,"韵外之致""味外之旨"实现的另一个条件似乎也需要引起注意,这就是这一美学境界需"全"而后可得。 司空图所孜求之全,概有二义:一是作品与作家人格的浑融一体呈现,他说:"王右丞、韦苏州澄澹精致,格在其中,岂妨于道学哉!"③显然,"澄澹精致",乃王维、韦应物诗歌中呈现的审美特征,而"遒举"显然是内蕴于其中的人之"格",人格与诗格、"遒举"与"澄澹"之间形成的张力,远胜于诗歌所体现出的"澄澹"之韵,如此,方可言"韵外之致"。 二是全篇浑成为一,形成统一完整的审美意象,而非有名句而无全篇者所能及,这就是其是王维、韦应物而非贾岛的原因:"贾阆仙诚有警句,视其全篇,意思殊馁,大抵附于蹇涩,方可致才,亦为体之不备也。"④所谓"倘复以全美为上,即知味外之旨矣",表达的也是同样的意蕴。 超越于诗歌文字之表,体现诗人内在精神气禀,并通过全篇整体显现,才能产生"近而不浮,远而不尽"的恒久、丰厚,弥满于时空的意境,这也许是司空图所说的"韵外之致""味外之旨"的内涵。 显然,这是超越于"韵""味"本身,注重韵、味之外(尤其是诗格与人格的结合)的诗学命题。基于这样的审美旨趣,司空图对唐代诗坛有这样的认识:

> 国初,上好文章,雅风特盛,沈宋始兴之后,杰出于江宁,宏肆于李杜,极矣。右丞苏州,趣味澄夐,若清沇之贯达。大历十数公,抑又其次。元白力勍而气孱,乃都市豪估耳。刘公梦得、杨公巨源,亦各有胜会。浪仙、

---

① 王运熙、顾易生主编:《中国文学批评史新编》,复旦大学出版社 2007 年版,第252 页。

② 成复旺等著:《中国文学理论史》第二册,北京出版社 1987 年版,第 266 页。

③ 〔清〕董诰等编:《全唐文》卷八百七,中华书局 1983 年版,第 8485—8486 页。

④ 〔清〕董诰等编:《全唐文》卷八百七,中华书局 1983 年版,第 8485—8486 页。

无可、刘德仁辈，时得佳致，亦足涤烦。厥后所闻，徒褊浅矣。①

值得注意的是司空图对于王维、韦应物"趣味澄夐"诗风的推赞以及认为元稹、白居易"力勍而气孱，乃都市豪估耳"。从审美取向亦可以透视其追求个人超然闲雅的精神境界，而经世精神较之于前人则大为消减。当然，司空图对于诗歌"韵外之致""味外之旨""象外之象""景外之景"的讨论，对后世诗学发展起到了重要影响，其后的境界说、神韵说，都承绪了司空图的这一诗学追求。在中国古代以明道实用为主脉的文论传统之外，开辟了一条深入探讨诗歌艺术特征的道路。

其次，关于《二十四诗品》。

论及司空图，势必会述及《二十四诗品》。长期以来被认为是司空图所作的《二十四诗品》，自20世纪90年代始，其作者问题受到了学者的质疑，并引起了热烈的讨论，堪称为20世纪末学术界最具影响力的"公案"。认为《二十四诗品》不是司空图所作的证据主要是从梁开平二年（908）司空图去世，直到明代万历年间的约七百年之中，无人论及此书，也未有人经见或引录此书。以往学界认为司空图作《二十四诗品》的重要证据是苏轼《书黄子思诗集后》有载："唐末司空图，崎岖兵乱之间，而诗文高雅，犹有承平之遗风。其论诗曰：'梅止于酸，盐止于咸。'饮食不可无盐、梅，而其美常在咸、酸之外。盖自列其诗之有得于文字之表者二十四韵，恨当时不识其妙。予三复其言而悲之。"②质疑者认为"二十四韵"并不是《二十四诗品》，而是指司空图的二十四联诗，并进而认定《二十四诗品》出自明人怀悦所作的《诗家一指》之中。其后又有学者考出《诗家一指》一书明初人赵撝谦的《学范》曾引用过，而《学范》一书撰成于洪武22年以前，因此，认为明景泰年间的怀悦仅出资刊刻而已，并不是其书的作者，作者很可能是元代的虞集。但肯定者仍认为司空图所作，苏轼所记载的"二十四韵"正是《二十四诗品》，而非"二十四联诗"。更有学者对《二十四诗品》的用韵特点进行了分析，认为其与司空图的诗吻合而与元人虞集的用韵情

---

① ［唐］司空图撰：《司空表圣文集》卷第一《与王驾评诗书》，四部丛刊景旧钞本。

② ［宋］苏轼撰，孔凡礼点校：《苏轼文集》卷六十七，中华书局1986年版，第2124—2125页。

况迥异。 基于目前尚无能够否认司空图为《二十四诗品》作者的"铁证"，因此，我们仍在司空图的名下讨论《二十四诗品》。

《二十四诗品》由二十四则四言韵文组成，每则四言十二句，其目分别是：雄浑、冲淡、纤秾、沉着、高古、典雅、洗炼、劲健、绮丽、自然、含蓄、豪放、精神、缜密、疏野、清奇、委曲、实境、悲慨、形容、超诣、飘逸、旷达、流动。许印芳将二十四目分为性质不同的两类，各有十二目：一类是诗人成家之后而形成的"品格"，亦即不同的风格，如"雄浑""高古"等；一类是"诗家功用"，如"实境""精神"等①。 根据许印芳的理解，"诗家功用"乃是作诗的方法，可见，《诗品》是一部品鉴诗歌、且助益诗歌创作的作品。 作者以诗性的语言描述抽象的风格与诗法，本身就给读者以充分的想象余地。 同时，又因为司空图重"味外之味""韵外之致"，推尚含蓄朦胧之美。《二十四诗品》以象摹神，意旨浑涵，品玩者亦需要通过具体的事象悟求其意，得其味于酸咸之外，因此，品悟其内容亦不可胶执拘泥。 诚如杨振纲所云："读者但当领略大意，于不可解处以神遇而不以目击，自有一段活泼泼地栩栩于心胸间。 若字摘句解，又必滞于所行，不惟无益于己，且恐穿凿附会，失却作者苦心也。"②

《二十四诗品》以精练的语言形象地描述了二十种诗歌的妙境，四库馆臣谓之"所列诸体毕备，不主一格"。 既有"雄浑""劲健""豪放"等壮美之品，亦有"纤秾""绮丽"等华美之格。 但总体而言，司空图更偏爱冲和淡远的格调，体现了浓厚的道家色彩。 哲理与形象的结合，是《二十四诗品》的特色，分析其哲学底蕴，是解读《二十四诗品》的一个重要维度。 事实上，赞叹《二十四诗品》的学者也注意到了这一特征，如孙联奎《诗品臆说自序》云："（《诗品》）其命意也，月窟游心；其修词也，冰瓯涤字。 得其意象，可与窥天地，可与论古今；掇其词华，可以润枯肠，可以医俗气。"③许印芳亦谓其"比物取象，目击道存"④。 正因为"道"具有至上性、超越性，使其自然物象与审美风格一体浑融，使比喻具有共通的基础。 这恰如其在"自然"中所说的"俱道适往，著手成

① 〔清〕许印芳：《二十四诗品跋》，郭绍虞集解《诗品集解》附录二，人民文学出版社 1963 年版，第 73 页。
② 〔清〕杨振纲：《诗品续解自序》，郭绍虞集解《诗品集解》附录二，人民文学出版社 1963 年版，第 68 页。
③ 郭绍虞集解：《诗品集解》附录二，人民文学出版社 1963 年版，第 71—72 页。
④ 〔清〕许印芳：《二十四诗品跋》，郭绍虞集解《诗品集解》附录二，人民文学出版社 1963 年版，第 73 页。

春"；以及"形容"中所说的"风云变态，花草精神。 海之波澜，山之嶙峋。 俱似大道，妙契同尘。"虽然有二十四种风格，但首条"雄浑"与次条"冲淡"在全篇中具有独特的作品，实乃理解全篇的关键，故而重点分析这两条以展现其要旨及特色。

《二十四诗品》以"雄浑"开篇，该条不仅仅是一种诗歌风格的描述，且具有独特的意思，相当于《文心雕龙》中的"文之枢纽"，可视为诗歌哲学的总纲领，主要述及的是诗与道之间的关系：

> 大用外腓，真体内充。返虚入浑，积健为雄。具备万物，横绝太空。荒荒油云，寥寥长风。超以象外，得其环中。持之非强，来之无穷。①

论"雄浑"而从体用关系，从"具备万物，横绝太空"，"超以象外，得其环中"等高妙处说起。 杨振纲《诗品浅解》释"得其环中"为"理之圆足混成无缺，如太极然"，正是从道体着眼。 这样，"荒荒油云，寥寥长风"就不仅仅是喻体，而其恰恰就是"雄浑"风格的直接体现。 作为开全篇之首的"雄浑"揭橥的是浑融的道体理论，恰具统领全篇之功。 诚所谓"'雄浑'具全体"②，一体既立，具体的形象描摹之"万殊"便为其统摄并得到安顿，诸如："纤秾"中的"采采流水，蓬蓬远春"，"碧桃满树，风日水滨。 柳阴路曲，流莺比邻"。"典雅"中的"白云初晴，幽鸟相逐。 眠琴绿阴，上有飞瀑"。"绮丽"中的"雾余水畔，红杏在林。 月明华屋，画桥碧阴"。"自然"中的"幽人空山，过雨采苹"。"缜密"中的"水流花开，清露未晞"。"清奇"中"娟娟群松，下有漪流。 晴雪满汀，隔溪渔舟。 可人如玉，步屟寻幽"。"委曲"中的"杳霭流玉，悠悠花香"。"实境"中的"清涧之曲，碧松之阴。 一客荷樵，一客听琴"。"悲慨"中的"萧萧落叶，漏雨苍苔"。 由于有道体为基础，《二十四诗品》就不仅仅是通常所认为的以喻体写成的诗学著作，而是从道体的层面对诗学进行的更高视野的观照。 这与传统的将诗学依附于经学，将《诗经》等作品视为儒家教化的工具，以提高诗歌的地位不同，《二十四诗品》以道体论诗，诗性与审美充盈于"荒荒坤轴，悠悠天枢"。 从这个意义上说，《二十四诗品》既是倾寰宇之貌以

---

① 郭绍虞集解：《诗品集解》，人民文学出版社 1963 年版，第 3 页。
② ［清］蒋斗南：《诗品目录绝句》，郭绍虞集解《诗品集解》附录二，人民文学出版社 1963 年版，第 76 页。

状写诗性之美，又是对宇宙万物的诗性诠释。因此，《二十四诗品》又是一部诗性哲学著作，较多地显示了道家和光同尘以及道法自然的思想特征。

与"雄浑"为全篇奠定道体的基础不同，"冲淡"才真正具有开篇的意义。司空图在审美取向上，崇尚自然尚真、冲和淡远的审美境界。对于"冲淡"的风格、境界，司空图状写道："素处以默，妙机其微。饮之太和，独鹤与飞。犹之惠风，荏苒在衣。阅音修篁，美曰载归。遇之匪深，即之愈希。脱有形似，握手已违。"①正如《皋兰课业本原解》所云："要非情思高远，形神萧散者，不知其美也。"②"冲淡"的诗学风格何以列为第二？杨振纲的理解是："雄浑矣，又恐雄过于猛，浑流为浊。惟猛惟浊，诗之弃也，故进之以冲淡。"③我们以为，这样的理解可能未必完全符合司空图的本意。冲淡对于诸种风格而言，更具有标示后文的作用，其中一个重要的因素在于"冲淡"的结构别具特点。"冲淡"的开篇是"素处以默，妙机其微"。这与其后的几种风格多以直接状物写景开篇不同，如"纤秾"的开篇是"采采流水，蓬蓬远春"；"沉着"的开篇是"绿林野屋，落日气清"；"高古"的开篇是"畸人乘真，手把芙蓉"，等等。从这个意义上说，"素处以默，妙机其微"毋宁是诗人的审美视角。但诗家的冲淡之境又是自然偶得，而非刻意遇求的，因此，"遇之匪深，即之愈希。脱有形似，握手已违"。司空图申论的乃是冲淡的自然特征。而"独鹤与飞。犹之惠风，荏苒在衣。阅音修篁，美曰载归"都是写自然之状，冲和淡荡，似即似离。其意在于表现冲淡恍兮惚兮，不可言及的特征，于自然中见高妙，即所谓"妙机其微"。这何尝不是司空图在状写其诗性的感悟？其境朦胧淡雅，隽逸雅致，宛曲回环，这也与司空图所尚的"三外"之境相通贯。冲淡是司空图尤其推尚的风格，他在《与李生论诗书》中，就称颂王、韦的诗歌"澄淡精致，格在其中"。事实上，冲淡的风格韵致贯及《二十四诗品》的大多数风格之中，如："典雅"中的"落花无言，人淡如菊"等。与"淡"相联系，司空图还多次语及"素"。如"冲淡"中的"素处以默，妙机其微"；"高古"中的"虚伫神素，脱然畦封"；"洗炼"中的"体素储洁，乘月返真"；"劲健"中的"蓄素守中，喻彼行健"；"形容"中的"绝伫灵素，少回清真"，等等。何谓"素"？郭绍虞谓之"素，

---

① 　郭绍虞集解：《诗品集解》，人民文学出版社 1963 年版，第 5 页。

② 　郭绍虞集解：《诗品集解》，人民文学出版社 1963 年版，第 5 页。

③ 　郭绍虞集解：《诗品集解》，人民文学出版社 1963 年版，第 5 页。

淡也。"①又说:"象之真谓之素。"②可见,其"素"之本意与《老子》中所谓"见素抱朴,少私寡欲"中所说的素、朴相似,都是指道所具有的与文饰相对立的自然本性。唐人张君相云:"见素者,当见素守真不尚文饰也。抱朴者,当抱其质朴以示天下令可法则也。"③庄子论素曰:"故素也者,谓其无所与杂也;纯也者,谓其不亏其神也。能体纯素,谓之真人。"④显然,司空图论诗尚素朴冲淡,体现的是道家精神。

尽管近年来学界对《二十四诗品》的作者提出了疑问,但明清以来《二十四诗品》深受文士们的喜爱与关注,几将其视若诗坛秘钥,虽深知"解也难,说之亦难"⑤,但尝试为"浅解""臆说"者不乏其人,甚而"至后世有人就而详释数千万言"⑥。《二十四诗品》以其独特的艺术魅力在中国文学思想史上产生过重大的影响,对此,郭绍虞先生有这样全面的总结:

> 正由于它的影响之大,所以后此继作,波及到其它艺事,如马力本(荣祖)、许劂坪(奉恩)本以品文,魏滋伯(谦升)本以品赋,郭祥伯(麐)、杨伯夔(夔生)、江秋珊(顺诒)本以品词;至如黄左田(钺)本以品画,杨召林(景曾)本以品书法,那是推演余波,与文学无关了。其继续品诗者,又有袁随园(枚)、顾兼塘(翰)二家。⑦

近代演补《诗品》的顾翰、曾纪泽等,或法表圣四言旧制,或循二十四品之目,踵事增华,这一切,都体现了《二十四诗品》对后世诗论的影响。

---

① 郭绍虞集解:《诗品集解》,人民文学出版社1963年版,第6页。

② 郭绍虞集解:《诗品集解》,人民文学出版社1963年版,第11页。

③ 〔唐〕张君相集解:《道德真经集解》卷二,清嘉庆宛委别藏本。

④ 〔清〕郭庆藩集释:《庄子集释》卷六上《刻意十五》,中华书局2012年版,第546页。

⑤ 〔清〕孙联奎:《诗品臆说自序》,郭绍虞集解《诗品集解》,人民文学出版社1963年版,第72页。

⑥ 佚名:《二十四诗品注释跋》,郭绍虞集解《诗品集解》,人民文学出版社1963年版,第75页。

⑦ 郭绍虞:《诗品集解 续诗品注·序》,郭绍虞集解《诗品集解》,人民文学出版社1963年版,第1页。

第十一章

北宋前期：诗文革新运动理论

赵宋王朝虽然没有汉唐那样雄视百代之势，但在文化方面取得了异常绚丽的成就，对此，陈寅恪曾说："华夏民族之文化，历数千载之演进，造极于赵宋之世。"①其中，文学思想也开出了新的境界。

第一节　北宋初期的诗文

五代末期，文坛骫骳弊极。宋王朝建立后，"杨亿、刘筠犹袭唐人声律之体，柳开、穆修志欲变古而力弗逮。庐陵欧阳修出，以古文倡，临川王安石、眉山苏轼、南丰曾巩起而和之，宋文日趋于古矣"②。《宋史·文苑传序》的简括记载，基本勾勒出了宋代古文运动兴起的大致脉络，亦可作为我们考察北宋文学思想的基本线索。当然，在杨亿之前，就诗坛而言，还有白体与晚唐体的流行。诚如元人方回所说："宋初诗人惟学'白体'及晚唐。杨大年一变而学李义山，谓之'昆体'。"③对于宋初白体、晚唐体、昆体的诗人，方回在《送罗寿可诗序》中有这样的记载："诗学晚唐，不自四灵始，宋铲五代旧习，诗有白体、昆体、晚唐体。白体如李文正（昉）、徐常侍昆仲（铉、锴），王元之（禹偁）、王汉谋。昆体则有杨、刘《西昆集》传世。二宋（宋祁、宋庠）、张乖崖（咏）、钱僖公（惟演）、丁崖州（谓）皆是。晚唐体则九僧最逼真，寇莱公（准）、鲁三交（交）、林和靖（逋）、魏仲先父子（野、闲）、潘逍遥（阆）、赵清献之父

---

① 陈寅恪著：《金明馆丛稿二编》，生活·读书·新知 三联书店 2001 年版，第 277 页。
② 〔元〕脱脱等撰：《宋史》卷四百三十九，中华书局 1985 年版，第 12997 页。
③ 〔元〕方回选评、李庆甲集评校点：《瀛奎律髓汇评》卷之二十二，上海古籍出版社 1986 年版，第 925 页。

（湘）凡数十家。"①方回所言，实乃宋初的诗坛大概。 而就文而言，在欧阳修激扬古文，以闳肆彪炳、浩博无涯之势力矫文坛风气之前，柳开、王禹偁、穆修等人能卓然特立，不为风气所囿，奋力追古。 他们都追慕韩愈之文，主张文道合一。 如柳开宗尚韩愈，因名肩愈。 韩愈作《师说》，柳开作《续师说》，又作《韩文公双鸟诗解》。 但是，柳开与王禹偁师韩的路径则稍有不同。 昌黎之文一方面主张"务去陈言"，强调语言的独创性，时常托物取譬，抑扬讽谕，以奇取胜。 另一方面，又主张"文从字顺"，说理论事，轩昂洞豁。 因此，当时有得于韩愈的文人或以尚奇称著，如皇浦湜；或文风平易，论述明晰，如李翱。宋初文坛的开风气之先的学者亦借崇韩以矫卑弱之弊，变偶俪为古文，但风格亦颇有殊异。 柳开的作品"其体艰涩"（陈振孙《直斋书录解题》），王禹偁则以古雅简淡的风格而求传道明心之效。 他们都以复古为旗帜，为纠矫晚唐五代的浮艳文风做出了各自的努力。"作始也难，承藉也易。"②作为开风气者，他们气禀各异，或"尚气自任，不顾小节"③或以"吾勇过孟轲"④自况，或"性刚介"，"诋诮权贵"⑤，力辟蓁莽，对北宋诗文革新运动具有荜路蓝缕之功。

一、尚古慕韩：柳开、王禹偁古文理论的不同途辙

柳开（947—1000），字仲涂，自号东郊野夫、补亡先生，大名（今属河北）人。 开宝六年（973）进士，历任常州、润州、环州、忻州、沧州之知州、刺史及殿中侍御史等职。 有李可风点校《柳开集》（中华书局 2015 年版）。 柳开对宋初古文革新运动的贡献，四库馆臣谓之："就其文而论，则宋朝变偶俪为古文，实自开始。"⑥

① 〔元〕方回撰：《桐江续集》，影印《文渊阁四库全书》本，台湾商务印书馆 1986 年版，第 1193 册第 662 页。

② 卢文弨：《新雕柳仲涂先生河东集序》，〔宋〕柳开撰，李可风点校：《柳开集》，中华书局 2015 年版，第 1 页。

③ 〔元〕脱脱等：《宋史》卷四百四十《柳开本传》，中华书局 1985 年版，第 13024 页。

④ 引自欧阳修：《祖徕石先生墓志铭》，《祖徕石先生文集》附录，中华书局 1984 年版，第 260 页。

⑤ 〔元〕脱脱等：《宋史》卷四百四十二，中华书局 1985 年版，第 13069 页。

⑥ 〔清〕永瑢等撰：《四库全书总目》卷一百五十二《河东集提要》，中华书局 1965 年版，第 1305 页下。

柳开先尊韩愈，其后又慕王通。这从其更改名与字的经历可以看出，据《东郊野夫传》载："东郊野夫，肩愈者，名也；绍先者，字也。"①当其二十四岁时，"大探六经之旨，已而有包括扬、孟之心，乐与文中子王仲淹齐其述作，遂易名曰开，字曰仲途。其意谓将开古圣贤之道于时也；将开今人之耳目，使聪且明也；必欲开之为其途矣，使古今由于吾也。故以仲途字之，表其德焉"②。其后对韩愈不无微辞，认为，圣人之《诗》《书》《礼》《乐》，以及其后的《孟子》、扬雄之《太玄》《法言》、王通之《玄经》，都是顺乎天性之作，是"生即合其道，不在乎学焉"之书。比较而言，"韩氏有其文，次乎下也"③。乃至"既而所著文章与韩渐异，取六经以为式"④。可见，在文道关系方面，柳开几乎丢却了韩愈对古文"辞之好"（韩愈《答李秀才书》）的一面。当然，柳开并没有将文与道完全分开，也有文道合一的表述："吾之道，孔子、孟轲、扬雄、韩愈之道；吾之文，孔子、孟轲、扬雄、韩愈之文也。"⑤他认为传古道必须用古文，云：

> 吾若从世之文也，安可垂教于民哉？亦自愧于心矣。欲行古人之道，反类今人之文，譬乎游于海者，乘之以骥，可乎哉！⑥

何为古文？柳开有明确的论述：

> 古文者，非在辞涩言苦，使人难读诵之；在于古其理，高其意，随言短

---

① ［宋］柳开撰，李可风点校：《柳开集》卷二，中华书局 2015 年版，第 13 页。

② ［宋］柳开撰，李可风点校：《柳开集》卷二《补亡先生传》，中华书局 2015 年版，第 17—18 页。

③ ［宋］柳开撰，李可风点校：《柳开集》卷五《上王学士第三书》，中华书局 2015 年版，第 57 页。

④ ［宋］柳开撰，李可风点校：《柳开集》卷二《东郊野夫传》，中华书局 2015 年版，第 16 页。

⑤ ［宋］柳开撰，李可风点校：《柳开集》卷一《应责》，中华书局 2015 年版，第 12 页。

⑥ ［宋］柳开撰，李可风点校：《柳开集》卷一《应责》，中华书局 2015 年版，第 12 页。

长，应变作制，同古人之行事，是谓古文也。①

柳开期以恢复的古文，并不是得古奥之形，而是得其古理高意，亦即所载之古道。 为了达到这一目的，其形式必然是"随言短长，应变作制"，不拘骈偶而有碍道的表现。 当然，柳开慕古不免也有胶执之失，乃至"同古人之行事"。

对于文与道的关系，柳开承绪了传统的筌鱼之喻，云：

> 文章为道之筌也，筌可妄作乎？ 筌之不良，获斯失矣。 女恶容之厚于德，不恶德之厚于容也；文恶辞之华于理，不恶理之华于辞也。②

辞与理相比较，柳开可以允许理胜而辞弱，而不可辞胜于理，显示了其重道重理的取向。 柳开的文道观对纠矫晚唐五代以来文坛盛行的骈偶之风具有积极意义，但持论又不无偏颇，显示了轻视艺术形式的一面。 柳开所论之"文"，是传道教化之文，经是其最高典范。 显然，这并不是辞章家之文，乃至与古文家之文亦有差异。 柳开倡导的"古文"往往缺乏通变，这与韩愈、柳宗元借古以创新，或宏中肆外，或比事属辞，抒意立言自成一家不同。 柳开之文更加胶执于与高深之古道相符称，因此，虽然他力戒"辞涩言苦，使人难读诵之"③，但其实他自己的文章最为人诟病的恰恰是近于艰涩。 如，清人陆以湉云："柳仲涂文近于艰涩，盖承五代骫骳之习，力矫其弊，意在于古其理，高其意，而文辞之工拙不暇计也。"④这也与其孜求文"简而深，淳而精"⑤有关。 他为了"古其理，高其意"，孜求精深，卑薄浅俗，"异乎时俗之所闻见"⑥。 其《晦箴》云：

---

　　① 〔宋〕柳开撰，李可风点校：《柳开集》卷一《应责》，中华书局 2015 年版，第12 页。

　　② 〔宋〕柳开撰，李可风点校：《柳开集》卷五《上王学士第三书》，中华书局 2015年版，第 58 页。

　　③ 〔宋〕柳开撰，李可风点校：《柳开集》卷一《应责》，中华书局 2015 年版，第12 页。

　　④ 〔清〕陆以湉撰，冬青校点：《冷庐杂识》，上海古籍出版社 2012 年版，第 141 页。

　　⑤ 〔宋〕柳开撰，李可风点校：《柳开集》卷五《上王学士第四书》，中华书局 2015年版，第 59 页。

　　⑥ 〔宋〕柳开撰，李可风点校：《柳开集》卷十三《五箴》，中华书局 2015 年版，第175 页。

道之明,有时而明;道之晦,有时而晦。维晦维明,与世谦盈。明不可苟,晦不可舍。苟之则妄作乎中,舍之则患生其下,故圣人有云:用行舍藏者,惟我与汝也。①

《浅箴》云:

山之浅,松柏不茂焉。水之浅,蛟龙不生焉。世之浅,忠良不辅焉。人之浅,道德不存焉。浅之若是,我所以弃。②

道之明晦有时,因此而"晦不可舍",作为道之言筌自然是深晦的。弃浅而求深晦,其文失之艰涩便不难理解了。

柳开以承载儒家道统为期,因此,他的文论必然是慕古贱今的,如其所云:"文取于古,则实而有华;文取于今,则华而无实。"③但是,柳开认为,文是关乎为政、教化的大事,因此,他又孜求文而有实,并施之于行,云:"实有其华,则曰经纬人之文也,政在其中矣;华无其实,则非经纬人之文也,政亡其中矣。""吾之于文,得而行之也,有时矣。"④

柳开在强调"文章为道之筌"的同时,还主张文以表心,强调人与文的统一。他在《上王学士第四书》中有云:"文不可遽为也。由乎心智而出于口,君子之言也度,小人之言也玩,号令于民者,其文矣哉,心正则正矣,心乱则乱矣。发于内而主于外,其心之谓也;形于外而体于内,其文之谓也。心与文,

---

① 〔宋〕柳开撰,李可风点校:《柳开集》卷十三《五箴·晦箴》,中华书局 2015 年版,第 176 页。
② 〔宋〕柳开撰,李可风点校:《柳开集》卷十三,中华书局 2015 年版,第 176—177 页。
③ 〔宋〕柳开撰,李可风点校:《柳开集》卷六《答臧丙第二书》,中华书局 2015 年版,第 75 页。
④ 〔宋〕柳开撰,李可风点校:《柳开集》卷六《答臧丙第二书》,中华书局 2015 年版,第 75 页。

一者也。"①文是发于心、通于道、达于政的重要载体，因此，"文不可遽为也"②。"文哉！ 文哉！ 不可苟也已！"③值得注意的是，柳开并未因强调文以载道而否认文的主体性特征。 他所谓"心与文，一者也"，强调文与创作主体的关系。 当然，心之所发的最高境界，应一本于圣人之意，他称颂昌黎云："酌于先生之心与夫子之旨，无有异趣者也。"④在柳开看来，文与道、人是相通的。 柳开的重文之论，正是基于人、道、文一体的认识，目的在于道行于天下。 柳开通过唐征辞气，"不待见足下之他文，以知足下亦可交之人也"⑤。 而任氏"自外地而至，直诣我门"，柳开谓之，足下"爱于我也，爱于我夫子之道也"。又云："是夫子之道，果在于我之身乎？ 足下苟能不易今日爱我之心，化于众人，使爱于我；爱于我者，则显亲我之身，同我之道。 如是，见天下之人皆从于我也，不难矣。 道德仁义之所依归，礼乐刑政之所攸用。 国无争杀之虞，人有信让之风。"⑥有道之人，乃道之载体，并通过其文得以显现。 在柳开看来，古代的杰出人物正是如此，他称赞韩愈："若先生者，不有人不知其道者乎？"⑦

柳开在北宋初期文坛偶对风气甚盛之时，标举古道、古文，主张"随言长短，应变作制"，对其后的古文家具有先导之功。 柳开执守儒家仁义之道，似乎缺乏鲜活的内容，不无保守之憾。 但应该看到，经历了五代士风衰敝之后，柳开汲汲于弘扬儒家之道，发出"大哉斯道也，非吾一人之私者也，天下之至公者

① ［宋］柳开撰，李可风点校：《柳开集》卷五《上王学士第四书》，中华书局 2015年版，第 58 页。

② ［宋］柳开撰，李可风点校：《柳开集》卷五《上王学士第四书》，中华书局 2015年版，第 58 页。

③ ［宋］柳开撰，李可风点校：《柳开集》卷五《上王学士第三书》，中华书局 2015年版，第 57 页。

④ ［宋］柳开撰，李可风点校：《柳开集》卷十一《昌黎集后序》，中华书局 2015 年版，第 156 页。

⑤ ［宋］柳开撰，李可风点校：《柳开集》卷九《与任唐征书》，中华书局 2015 年版，第 132 页。

⑥ ［宋］柳开撰，李可风点校：《柳开集》卷九《与任唐征书》，中华书局 2015 年版，第 132 页。

⑦ ［宋］柳开撰，李可风点校：《柳开集》卷十一《昌黎集后序》，中华书局 2015 年版，第 156—157 页。

也"①的议论，其目的在于重塑儒家的理想人格，扶名教，振士风。这虽然溢出了文论的范围，但宋初士人提出道德修为，重视究究天道人性，深深影响了宋代以后文学理论的发展。因此，柳开的古道、古文观，在文化史上也占有一定的地位，这也许是人们对柳开多予以较高评价的原因。

二、王禹偁的文学观

王禹偁（954—1001），字元之，济州钜野（今属山东）人。世为农家，太平兴国八年（976）擢进士。官至翰林学士，曾三掌制诰。王禹偁性情刚狷，数忤权贵，故屡遭摈斥。王禹偁喜奖拔后进，当世名士多出其门下。著有《小畜集》。

王禹偁在《送孙何序》中说："咸通以来，斯文不竞；革弊复古，宜其有闻。"②可见，王禹偁力图纠矫晚唐五代以来颓靡的文风。王禹偁自谓："以文章负天下之望。"③在文坛的作用，诚如其为宋湜所作的挽词："枢前言顾命，笔下定鸿基。"④王禹偁勇于自任，他力矫文坛流弊的勇气和影响受到了广泛认同。宋人苏颂在《小畜外集序》中云："文章末流，由唐季涉五代，气格摧弱，沦于鄙俚。国初屡有作者，留意变风，而习尚难移，未能复雅。至公特起，力振斯文，根源于六经，枝派于百氏，斥浮伪，去陈言，作而述之，一变于道。"⑤就文而言，王禹偁与柳开一样，都是崇尚古文，破偶用奇，但路径并不相同。柳开虽然也说过"非在辞涩言苦"，但仍失之艰涩，实际是以深晦之文论道。何以宗经传道，道明而不失于艰涩？王禹偁在《答张扶书》中，提出了与柳开不同的方法：

---

① 〔宋〕柳开撰，李可风点校：《柳开集》卷一《应责》，中华书局2015年版，第12页。

② 〔宋〕王禹偁撰：《小畜集》卷第十九，《文渊阁四库全书》本，台湾商务印书馆1986年版，第1086册，第186页。

③ 〔宋〕王禹偁撰：《小畜集》卷第十八《答郑褒书》，《文渊阁四库全书》本，台湾商务印书馆1986年版，第1086册，第174页。

④ 〔宋〕吴处厚撰：《青箱杂记》卷六，中华书局1985年版，第59页。

⑤ 〔宋〕苏颂撰，王同策、管成学、颜中其等点校：《苏魏公文集》卷六十六《小畜外集序》，中华书局1988年版，第1011页。

夫文，传道而明心也。古圣人不得已而为之也。且人能一乎心至乎道，修身则无咎，事君则有立。及其无位也，惧乎心之所有，不得明乎外，道之所畜，不得传乎后，于是乎有言焉；又惧乎言之易泯也，于是乎有文焉。信哉不得已而为之也！既不得已而为之，又欲乎句之难道邪？又欲乎义之难晓邪？……今为文而舍六经，又何法焉？若第取其《书》之所谓"吊由灵"，《易》之所谓"朋盍簪"者，模其语而谓之古，亦文之弊也。近世为古文之主者，韩吏部而已。吾观吏部之文，未始句之难道也，未始义之难晓也。其间称樊宗师之文必出于己，不袭蹈前人一言一句；又称薛逢为文，以不同俗为主。然樊、薛之文，不行于世；吏部之文，与六籍共尽。此盖吏部诲人不倦，进二子以劝学者。故吏部曰："吾不师今，不师古，不师难，不师易，不师多，不师少，惟师是尔。"①

　　王禹偁道出的为文之难在于既不可舍六经，但又不能模仿古人。何以为之？在王禹偁看来，樊宗师、薛公达之文虽然不袭前人或不同流俗，但两人的文章都不显于世，显然，这些都不可以为法。他总结并依循的是韩愈的为文原则："不师今，不师古，不师难，不师易，不师多，不师少，惟师是尔。"但这样的表述不见于韩愈文集，且"不师古"又与他所说的"吏部之文，与六籍共尽"意有乖离，王禹偁所说的韩愈为文之法当据韩愈《答刘正夫书》，原文为："或问为文宜何师？必谨对曰：宜师古圣贤人。曰：古圣贤人所为书具存，辞皆不同，宜何师？必谨对曰：师其意，不师其辞。又问曰：文宜易宜难？必谨对曰：无难易，惟其是尔。如是而已。"因此，王禹偁推崇韩愈为文的完整意义当是：虽师古代圣贤之作，但要以真实为旨归，即师古人之意而不拘于辞。王禹偁"惟师是尔"在一定程度上冲淡了古文革新运动中的道学色彩。他在《再答张扶书》中还谈到，虽然六经之中不免也有语艰义奥的文字，但这并非古人故意为之，而是"语当然也"，亦即表达事理之所必然。显然，王禹偁的为文孜求以"是"为本，涵茹六经，以易道易晓的风格发之。

　　王禹偁在论及为文传道之外，还提出了"明心"一目。这显示了王禹偁文

---

　　① 〔宋〕王禹偁撰：《小畜集》，影印《文渊阁四库全书》第 1086 册，台湾商务印书馆 1986 年版，第 175 页。

论别样的时代特征，对于宋代文化转向的积极作用不可忽视。虽然王禹偁所说的"明心"仍是指圣人而言，但还是与"传道"有明显的区别。道的内容虽然言人人殊，但都是指普适万物之通理。如，老子说："道者，万物之奥。"①韩非说："道者，万物之所然也，万理之所稽也。"②儒家所论之"道"多带有政教的色彩。对此，孔、孟虽然对其没有正面述及，但荀子曾说："道者何也？曰，君道也。君者何也？曰，能群也。能群也者何也？曰，善生养人者也，善班治人者也，善显设人者也，善藩饰人者也。"③而"明心"则稍有不同，圣贤除了传道布教之外，还有一己之情感寄托，如孔子所谓"诗可以兴"，"可以怨"。宋初的文论家们论文时已注入了这样的时代元素，如，柳开说："古之时，声随己出，以舒其悲怨喜惧之心。"④同时，心性又是宋明理学讨论的核心问题，内涵十分丰富。除了儒家尤其是孟学的传统之外，还受佛学的浸染。心具有的主体性特征与道之浩渺宏阔气象并不相同。因此，文以明心，是王禹偁提出的一个带有鲜明宋学色彩的文学观，与柳开所说的著述"得之于心，记之于言"⑤一样，都体现了宋代理学产生之时在文论界的些许表征。

王禹偁与柳开一样，都追慕韩愈，力求纠矫文坛卑弱轻靡的五代流风。柳开将韩愈谱入道统、文统，对韩愈推尊甚至，谓"先生（韩愈）之心与夫子之旨，无有异趣者也"⑥。王禹偁对韩愈同样推崇备至，但两人推尊韩愈的角度稍有不同，柳开推尊韩愈的道更重于文。肯定韩愈之文，亦在于其能够明道，云："俾韩愈氏骤登其区，广开以辞，圣人之道复大于唐焉。"⑦王禹偁则文重于

---

① ［魏］王弼注，楼宇烈校释：《老子道德经注校释》，中华书局 2008 年版，第161页。

② ［清］王先慎撰，钟哲点校：《韩非子集解·解老第二十》，中华书局 1998 年版，第146页。

③ ［清］王先谦撰，沈啸寰、王星贤点校：《荀子集解》卷第八《君道篇第十二》，中华书局1988年版，第237页。

④ ［宋］柳开撰，李可风点校：《柳开集》卷十一《送程说序》，中华书局 2015 年版，第160页。

⑤ ［宋］柳开撰，李可风点校：《柳开集》卷一《默书》，中华书局 2015 年版，第 1 页。

⑥ ［宋］柳开撰，李可风点校：《柳开集》卷十一《昌黎集后序》，中华书局 2015 年版，第156页。

⑦ ［宋］柳开撰，李可风点校：《柳开集》卷六《答臧丙第一书》，中华书局 2015 年版，第73页。

道，他说："吏部之文，与六籍共尽。"他推崇的主要是韩愈为文征圣明道的方法。 他在教诲张扶为文技法时云：

> 姑能远师六经，近师吏部，使句之易道，义之易晓，又辅之以学，助之以气，吾将见子以文显于时也。[①]

显然，在王禹偁看来，师习吏部（韩愈）乃是解开六经之古奥与文应"易道""易晓"矛盾的有效途径。 但其实韩愈之文有"佶屈聱牙""文从字顺"两个方面，王禹偁所说的"近师吏部"，显然是指韩愈"文从字顺"的一面。 比较而言，柳开得之于韩愈的当是"佶屈聱牙"的一面。[②] 虽然他们都尊奉韩文，但审美趣味迥然有异。 因此，当我们寻绎北宋古文理论形成的基本脉络的同时，还须注意这些古文论者的审美差异。

王禹偁与柳开审美取向的迥异，在对扬雄的态度中得到了体现。 柳开对扬雄推敬至甚，将扬雄也列入道统、文统之中。 其《汉史扬雄传论》中云："且子云之著书也，非圣人耶？ 非圣人也，则不能言圣人之辞，明圣人之道；能言圣人之辞，能明圣人之道，则是圣人也。 子云苟非圣人也，则又安能著书而作经籍乎？ 既能著书而作经籍，是子云圣人也。"[③]柳开推尊扬雄之甚，乃令四库馆臣直言："（柳开）尊崇扬雄太过，至比之圣人，持论殊谬。"[④]王禹偁对扬雄的态度则几乎与柳开完全相反。 张扶为文三十篇，王禹偁认为其"语皆迂而艰也，义皆昧而奥也"。 这是因为其选择了错误的师法方向，王禹偁认为这与其对扬雄的崇仰过度有关，他说："子之所谓扬雄以文比天地，不当使人易度易测

① 〔宋〕王禹偁：《小畜集》卷第十八《答张扶苏》，《文渊阁四库全书》，台湾商务印书馆 1986 年版，第 1086 册第 176 页。

② 据柳开《食邑九百户柳公行状》记载："天水赵生，老儒也，持韩愈文数十篇授公，曰：'质而不丽，意若难晓，子详之，何如？'公一览不能舍，叹曰：'唐有斯文哉，其余不足观也。'因为文章，直以韩为宗尚。"（《河东集》卷第十六）可见，柳开以韩文为宗尚，视其为有唐一代之斯文所在，与"意若难晓"有关。

③ 〔宋〕柳开撰，李可风点校：《柳开集》卷三《汉史扬雄传论》，中华书局 2015 年版，第 29 页。

④ 〔清〕永瑢等撰：《四库全书总目》卷一百五十二《河东集提要》，中华书局 1965年版，第 1305 页下。

者，仆以为扬雄自大之辞也，而非格言也，不可取而为法矣。"又说："雄之《太玄》，既不用于当时，又不行于后代，谓雄死已来，世无文王、周、孔，则信然矣，谓雄之文过于伏羲，吾不信也。仆谓雄之《太玄》，乃空文尔，今子欲举进士，而以文比《太玄》，仆未之闻也。"①如果说对韩愈的态度是衡鉴作者是否为古文家的标志之一，那么，对扬雄的态度则是区分古文家不同审美取向的重要表征。

北宋初期文坛，王禹偁理论与创作兼胜。其古文理论又是与诗学审美旨趣结合在一起的。王禹偁是宋初白体诗的代表，时人有云："当今名贤诗，方之唐人，皆云，王元之似乐天，……斯言为中的。"②《彦周诗话》云："本朝王元之诗可重，大抵语迫切而意雍容，如'身后声名文集草，眼前衣食簿书堆'。又云：'泽畔骚人正憔悴，道旁山鬼谩揶揄。'大类乐天也。"③对白居易的唱和诗与讽谕诗都有追慕，一些反映生民疾苦，表现诗人内心感喟的作品，明显继承了白居易新乐府的现实精神。同时，他又进而师习杜甫，云："本拟乐天为后进，敢期子美是前身。"（《自贺》）他是首先推尊杜甫的文人之一，诗云："子美集开诗世界。"④他不但为得杜、白诗歌的神韵而自得，还对他人规仿杜、白的现象予以称赞："其诗效杜子美，深入其间。"（《送丁渭序》）"须知文集里，全似白公诗。"（《司空相公挽歌》）杜甫、白居易的诗歌多写生民疾苦的内容，质朴自然，了无奇僻刻削的痕迹，这与王禹偁为文追慕韩愈而得其易晓是相通的。需要指出的是，王禹偁崇尚晓易平实的文风，并不意味着浅薄，在传道明心以立其本的前提下，还强调"辅之以学，助之以气"，以丰厚的学植，培根养气。这样的认识是较为全面稳实的。

① 〔宋〕王禹偁撰：《小畜集》卷第十八《再答张扶书》，《文渊阁四库全书》本，台湾商务印书馆 1986 年版，第 1086 册第 176 页。

② 〔宋〕何汶撰，常振国、绛云点校：《竹庄诗话》卷一，中华书局 1984 年版，第 12 页。

③ 〔清〕何文焕辑：《历代诗话》，中华书局 2004 年版，第 388 页。

④ 〔宋〕王禹偁撰：《小畜集》卷第九《日长简仲咸》，《文渊阁四库全书》本，台湾商务印书馆 1986 年版，第 1086 册第 88 页。

第二节　西昆体及西昆批判

一、西昆体及其诗学旨趣

西昆体因宋代初年杨亿、刘筠、钱惟演等十七位诗人唱和形成的《西昆酬唱集》而得名，其影响诚如欧阳修所说："杨大年与钱、刘数公唱和。自《西昆集》出，时人争效之，诗体一变。"①研究西昆派诗人的文学思想须注意两个现象：其一，杨亿乃西昆体的核心。《西昆酬唱集》共收诗 250 首，杨、刘、钱三人的诗歌即达 202 首。其中杨亿作 75 首。作为当时的文坛领袖，杨亿往往是唱者而非和者，因此，无论是诗题还是风格，杨亿的作用都无人可及，杨亿实乃西昆体文学的灵魂。其二，理解西昆派作家的文学思想还需结合杨亿的《武夷新集》等文献。《西昆酬唱集》是一部唱和诗集，从中虽可见其诗歌的内容、风格概貌，但由于受到唱和形式的影响，直接反映其文学思想的内容甚少。同时，在宋代文坛，西昆的存在也是宋代古文兴起的重要背景，而"文"的形式在诗集《西昆酬唱集》中显然难觅踪迹。因此，西昆派作家的作品集理应成为研究西昆派文学思想不可或缺的资源。当然，虽然西昆派主要作家杨亿、刘筠、钱惟演著作甚丰，但遗憾的是大多亡佚，唯杨亿《武夷新集》等尚存，弥足珍贵。

杨亿（974—1020），字大年，建州浦城（今属福建）人，性鲠介，尚名节。文名早著，十一岁召试诗赋，授秘书省正字，淳化中命试翰林，赐进士。官至工部侍郎，翰林学士兼史馆修撰。著作多佚，今仅存《武夷新集》。其文学思想可从内容与形式两个方面进行考察。

首先，在内容方面："激扬颂声"与"辅明良于治世"的统一。杨亿及西昆体的流行，改变了当时文坛的状貌，对此，田况谓之："五代以来芜鄙之气，由此尽矣。"②方回在评杨亿《南朝》时云："组织华丽，盖一变晚唐诗体、香山诗体，而效李义山，自杨文公、刘子仪始。"③这些都是平允之论。虽然此前的王

---

① 〔宋〕欧阳修撰，郑文校点：《六一诗话》，人民文学出版社 1962 年版，第 13 页。

② 〔宋〕田况撰，张其凡点校：《儒林公议》卷上，中华书局 2017 年版，第 6 页。

③ 〔元〕方回选评，李庆甲集评校点：《瀛奎律髓汇评》卷三，上海古籍出版社 1986 年版，第 124 页。

禹偁等人曾为纠矫卑弱的五代流风做出了努力，但其作品"一望平弱，虽云独开有宋风气，但于其间接引而已"①。文坛风貌并未完全改变。其后的西昆肇兴，《西昆酬唱集》成于《册府元龟》的编修过程之中，作者都是饱饫博学之士，他们的赡博也曾为文坛带来些许"深刻"，对此，元人方回在评西昆诗人钱惟演的诗作时曾略述了西昆流行文坛的过程，云："昆体诗一变，亦足以革当时风花雪月、小巧呻吟之病，非才高学博，未易到此。久而雕篆太甚，则又有能言之士变为别体，以平淡胜深刻，时势相因，亦不可一律立论也。"②同时，西昆的出现，也是宋初时代气象的反映。石介虽曾痛诋西昆，但也客观地指出了西昆体的雍容华贵之辞，实乃时代精神使其然，云："国朝祥符中，民风豫而泰，操笔之士，率以丽藻为胜。"③其作品即杨亿所谓："润色帝载，与三代同气。"（杨亿《送倚序》）而四库馆臣在论及杨亿《武夷新集》及西昆体时，谓其"大致宗法李商隐，而时际升平，春容典赡，无唐末五代衰飒之气"④。他们都肯定了西昆体革除五代文坛积弊之功。西昆所采取的方法，则是"历览遗编，研味前作，挹其芳润，发于希慕"⑤。他们研味前作，以李商隐、温庭筠为主。对于温李之作的流传，袁枚认为："温李皆末僚贱职，无门生故吏为之推挽，公然名传至今。"⑥学温李者，唐有韩偓，宋有刘筠、杨亿，"皆忠清鲠亮人也"。西昆体取材赡博，雍和华丽，但因为是耿介之士所作，而不为谀美，诗歌中颇多婉曲寄意，尤其以咏史诗为最。如，杨亿《始皇》："衡石量书夜漏深，咸阳宫阙杳沉沉。沧波沃日虚鞭石，白刃凝霜枉铸金。万里长城穿地脉，八方驰道听军音。儒坑未冷骊山火，三月青烟绕翠岑。"王仲荦先生注曰："馆臣亦借始皇以讽宋真

————————

① 〔清〕翁方纲撰，陈迩冬校点：《石洲诗话》，人民文学出版社 1981 年版，第 80 页。

② 〔元〕方回选评，李庆甲集评校点：《瀛奎律髓汇评》卷三，上海古籍出版社 1986 年版，第 134 页。

③ 〔宋〕石介撰，陈植锷点校：《徂徕石先生文集》卷十八《石曼卿诗集序》，中华书局 1984 年版，第 212 页。

④ 〔清〕永瑢等撰：《四库全书总目》卷一百五十二《武夷新集提要》，中华书局 1965 年版，第 1307 页。

⑤ 〔宋〕杨亿编，王仲荦注：《西昆酬唱集注》，中华书局 1980 年版，第 2 页。

⑥ 〔清〕袁枚撰，顾学颉校点：《随园诗话》卷五，人民文学出版社 1982 年版，第 161 页。

宗也。"①刘筠的和诗中更有"从臣嘉颂徒虚美，不奈卢生讖国亡"之句。 再如，刘筠的《宣曲二十二韵》中"八月收民算，三千异典章。 天机从此浅，国艳或非良"，显然是因当时掖庭宫女的现状而发。《西昆酬唱集》之成书，郑再时《西昆集笺注序》有这样的记载："（杨亿）徒以鲠直之故，屡犯主颜，又遭王钦若、陈彭年等谮诉得行，郁郁不得申其志。 然志终不可閟，发而为诗，即此集是。 非'情动于中而形于言'耶？ 集中若《受诏修书》诗之显然，固无论，他如《代意》《禁中鹤》、前后《无题》《直夜》《怀旧居》《因人话建溪旧居》《属疾》等题，随处可见其感慨寄托。"因此，《西昆酬唱集》中的现实指向同样不应忽视。 尽管囿于唱和诗体裁所限，《西昆酬唱集》的这一取向还是隐约可寻的。比较而言，在杨亿的《武夷新集》中表现出的文学旨趣则更加清晰，如，在《送人知宣州诗序》中杨亿称宣城太守：

> 君以治剧之能,奉求瘼之寄。所宜宣布王泽,激扬颂声。采谣俗于下民,辅明良于治世。当俾《中和》《乐职》之什,登荐郊丘;岂但亭皋陇首之篇,留连景物而已。②

《中和》《乐职》乃汉辩士王褒颂汉德所作的三篇中的两篇。 颜师古注曰："《中和》者，言政教隆平，得中和之道也；《乐职》，谓百官万姓乐得其常道也。"③"亭皋""陇首"是梁柳恽所作的诗句，据《南史》载："恽立性贞素，以贵公子早有令名，少工篇什，为诗云：'亭皋木叶下，陇首秋云飞'，琅邪王融见而嗟赏。"④即使是唱和诗，他也注重教化之功，如，《送致政朱侍郎归江陵唱和诗序》称赞朱侍郎等十二人："藻绣纷敷，琳琅焜燿。 登于乐府，何愧《中和》《乐职》之诗；布于郢中，足掩阳春白雪之唱。 雅言四达，颂声载扬，俾贞退之

---

① 以上引自〔宋〕杨亿编，王仲荦注《西昆酬唱集注》卷上，中华书局 1980 年版，第 162—163 页。

② 〔宋〕杨亿撰，徐德明、余奎元、邱文彬点校：《武夷新集》，福建人民出版社2007 年版，第 118—119 页。

③ 〔汉〕班固撰，〔唐〕颜师古注：《汉书》卷八十六，中华书局点校本 1962 年版，第 3481 页。

④ 〔唐〕李延寿撰：《南史》卷三十八《柳恽传》，中华书局 1975 年版，第 988 页。

有光，致风俗之归厚。"①当然，杨亿诗论的根本旨趣是"风俗之归厚"，但事实则是以"雅言四达，颂声载扬"为基本特征。

其次，对西昆体创作方式的理性分析。西昆体的创作方法在杨亿《西昆酬唱集》中得到了呈现：

> 予景德中，忝佐修书之任，得接群公之游。时今紫微钱君希圣、秘阁刘君子仪，并负懿文，尤精雅道，雕章丽句，脍炙人口，予得以游其墙藩而咨其模楷。二君成人之美，不我遐弃，博约诱掖，置之同声。因以历览遗编，研味前作，挹其芳润，发于希慕，更迭唱和，互相切劘。而予以固陋之姿，参酬继之末，入兰游雾，虽获益以居多，观海学山，欲知量而中止。既恨其不至，又犯乎不韪，虽荣于托骥，亦愧乎续貂，间然于兹，颜厚而已。凡五、七言律诗二百五十章，其属而和者，计十有五人，析为二卷，取玉山策府之名，命之曰《西昆酬唱集》云尔。②

杨亿等诗人的特点是"并负懿文，尤精雅道"，诗歌的特点则是"雕章丽句"，较之于表现内容，西昆体的创作方式备受学者非议。"历览遗编，研味前作，挹其芳润。"西昆体追慕李商隐，缘古以寄意。但是，何以理解杨亿的这一表述？杨亿等人（主要是杨亿、刘筠、钱惟演）当时在藏书秘阁里修《历代君臣事迹》（后定名《册府元龟》），因此，"历览遗编，研味前作"是他们司职秘阁的基本要求，这也是其创作的《西昆酬唱集》的共同背景，但是，这是否是西昆体创作的基本方法尚需分析。因为"历览遗编，研味前作"并非创作方法的特点，而是古典诗歌创作的必由之路，更何况司职于秘阁，而成《册府元龟》巨帙的杨、刘诸人。稍具方法意味的仅"挹其芳润"一句。但毋庸置疑，仅"挹其芳润"，摘古典诗歌之精粹，显然并不能成就各各完整的诗歌篇什。更何况，乘司职秘阁之便，"挹其芳润"，汲取古典诗学精华，乃文士们的不二追求。不难看出，杨亿所述乃缘于酬唱集创作独特情境的形象表达，而非理性陈述。显

---

① 〔宋〕杨亿撰，徐德明、余奎元、邱文彬点校：《武夷新集》，福建人民出版社2007年版，第117页。

② 〔宋〕杨亿编，王仲荦注：《西昆酬唱集注》，中华书局1980年版，第1—3页。

然，这些作品并非仅古典诗歌之"芳润"的简单呈现，而是说西昆体倡导的是重视古典传统，注意汲取精华，最终发以己意的创作方式。因此，对于杨亿所述，并不能胶执凿空，当应联系到杨、刘等人当时身居秘阁酬唱的情境、文学侍从的身份而后做理性分析。"雕章丽句，脍炙人口"是因审美而产生的传播效果。"脍炙人口"，当然是作家孜孜以求的目标，"雕章丽句"则是杨亿追慕的审美旨趣；这也是颇受时人物议的内容。作家的才情有别，或清真，或雅丽，创作过程亦不尽相同，各各有流传于后世的经典之作。但酬唱实乃群贤在唱和之中逞才斗胜的过程，各各"雕章丽句"以成佳构，亦在情理之中。事实上，杨亿的创作并非以雕章丽句胜。恰恰相反，杨亿是一位援笔立就的才子。据载，"亿天性颖悟，自幼及终，不离翰墨。文格雄健，才思敏捷，略不凝滞。"①显然，"雕章丽句"并非杨亿的创作风格，而仅是描述诸贤唱和之时斟词酌句的情形而已。因此，对于西昆体的审美取向，我们不能兢兢于杨亿在《西昆酬唱集序》的表述，而应据杨、刘、钱等人的创作实践，结合杨亿《武夷新集》中的表述做出综合分析。事实上，总体而言，西昆派文人位崇而忠鲠，他们通过富丽而不乏批判精神的作品，反映了北宋初期的社会状貌，对于纠矫五代体的流风起到了一定的作用。但由于这一诗派的主体毕竟是位居崇阁之上的文人，生活环境限制了他们作品的内容。同时，还应看到，唱和是诗歌娱情游戏的一种形式，据欧阳修《归田录》载："杨大年每欲作文，则与门人宾客饮、博、投壶、弈棋，语笑喧哗，而不妨构思。以小方纸细书，挥翰如飞，文不加点，每盈一幅则命门人传录，门人疲于应命，顷刻之际，成数千言。真一代之文豪也。"②于"投壶弈棋，语笑喧哗"之时所作，《西昆酬唱集》采取的是同题唱和的形式，而没有唱和诗常见的"戏答"等字样，但其于唱和之中，以审美的形式愉情悦性的性质并没有改变。要求这些作品还具有深广的现实寄意，不免强人所难。显然，西昆的审美取向并非一般作家孜求的普遍原则。尽管如此，《西昆酬唱集》还是受到了宋真宗的严斥，《续资治通鉴长编》载之曰："御史中丞王嗣宗言：'翰林学士杨亿、知制诰钱惟演、秘阁校理刘筠，唱和《宣曲诗》，述前代掖庭事，词涉浮靡。'上曰：'词臣，学者宗师也，安可不戒其流宕！'乃下诏风励学

---

① 〔元〕脱脱等撰：《宋史》卷三百五，中华书局 1985 年版，第 10083 页。
② 〔宋〕欧阳修撰，李逸安点校：《欧阳修全集》卷一百二十六，中华书局 2001 年版，第 1923 页。

者：'自今有属词浮靡，不遵典式者，当加严谴。'"对此，江休复释之曰："上在南衙，尝召散乐伶丁香昼承恩幸，杨、刘在禁林作《宣曲》诗。王钦若密奏以为寓讽，遂著令戒僻文字。"①看来，王钦若之密奏难说是空穴来风。而杨亿等人于唱和诗作中尚能逗露禁中消息，以讽君主，于妍华之辞中不乏兴象，已是殊为难得了。尽管如此，因唱和体裁的影响，西昆体的存在与流行成为文坛过客，其后的批判与纠矫其有必然的原因。但西昆与西昆批判都是一定时代的产物，共同反映了文学演进过程的不同时代特征，都是中国古代文苑之中风姿各别的花朵，其存在的条件与理由各有不同。西昆反映的是宋初的雍和国势，西昆批判则更多地体现了理学文化兴起对文学的新诉求。

二、西昆体批判

在柳开、王禹偁倡行古文之后，真宗朝和仁宗初年，杨亿为首的西昆派风靡一时，对此，欧阳修有这样的记载："天圣之间，予举进士于有司，见时学者务以言语声偶摘裂，号为时文，以相夸尚。"②又云："是时天下学者杨、刘之作，号为时文。能者取科第，擅名声，以夸荣当世，未尝有道韩文者。"③可见，柳、王改变文坛淫靡之风的努力还没有产生显著的效果，柳开、王禹偁等人仅是形单影只的先导者。同时，由于西昆体的流行，以古文改变文坛风习又有新的内涵。穆修、石介等人正是对西昆派攻营拔寨的批判悍将。尽管如此，西昆的余韵并没有因此而中绝，乃至在黄庭坚等人的作品中，余味犹存。

首先，穆修是西昆批评与古文运动兴起统绪中的重要一环。穆修（979—1032），字伯长，郓州（今山东东平县）人。大中祥符二年（1009）进士④，调泰州司理参军。著作被门人祖无择编为《穆参军集》。据《宋史》本传载："自

---

① 以上引自〔宋〕李焘撰：《续资治通鉴长编》卷七十一《真宗大中祥符二年》，中华书局 2004 年版，第 1589 页。

② 〔宋〕欧阳修著，李逸安点校：《欧阳修全集》卷四十三《苏氏文集序》，中华书局 2001 年版，第 614 页。

③ 〔宋〕欧阳修著，李逸安点校：《欧阳修全集》卷七十三《记旧本韩文后》，中华书局 2001 年版，第 1056 页。

④ 此据邵伯温《易学辨惑》及穆修《上颍州刘侍郎书》所载。而《宋史》本传则载："真宗东封，诏举齐、鲁经行之士，修预选，赐进士出身。"（《宋史》卷四百四十二《穆修本传》，第 13069 页）

五代文敝，国初，柳开始为古文。 其后，杨亿、刘筠尚声偶之辞，天下学者靡然从之；修于是时独以古文称，苏舜钦兄弟多从之游。 修虽穷死，然一时士大夫称能文者必曰穆参军。"①不难看出，在柳开倡以古文之后，文坛又经西昆声偶之辞的流行。 柳开对古文虽有首倡之功，但影响几乎及身而止，晁公武谓之："文章自唐末卑弱，本朝柳开始为古学，天圣初与穆修大振起之。"②穆修初登文坛之时，古文鲜见流行。 据邵伯温《易学辨惑》载，穆修"有唐本韩柳集，乃丐于所亲厚者，得金募工镂板印数百帙，携入京师相国寺，设肆鬻之，伯长坐其旁，有儒生数辈至其肆，辄取阅，伯长夺取，怒视，谓曰：'先辈能读一篇，不失句读，当以一部为赠。'自是经年不售。 时学者方从事声律，未知为古文，伯长首为之倡，其后尹源子渐、洙师鲁兄弟始从之学古文"③。 虽然邵伯温所谓"伯长首为之倡"并非事实，但柳开肇始而影响不著，穆修传尹洙，尹洙影响欧阳修，宋之古文遂成宏阔之势，这是宋代前期古文"文统"大概。 但我们还应注意这一事实，虽然穆修与柳开一样尊奉韩柳之文，但所针对的文坛状貌则有明显不同。 柳开针对的是"五代体"，而穆修则主要是因西昆流行而发。④ 因此，邵伯温所谓"伯长首为之倡"如果因西昆的影响言，其说可通。 当然，"五代体"与"西昆体"亦有相通之处，他们都倡古文而排击偶俪之文，这也是穆修到欧阳修之间传承的内在脉理。 据范仲淹《尹师鲁〈河南集〉序》说："洎杨大年以应用之才独步当世。 学者刻词镂意，以稀仿佛，未暇及古也。 其间甚者专事藻饰，破碎大雅，反谓古道不适于用，废而弗学者久之。 洛阳尹师鲁，少有高识，不逐时辈，从穆伯长游，力为古文。 ……遽得欧阳永叔，从而大振之，由是天

---

① 〔元〕脱脱等撰：《宋史》卷四百四十二《穆修本传》，中华书局 1985 年版，第 13070 页。

② 〔宋〕晁公武撰，孙猛校证：《郡斋读书志校证》，上海古籍出版社 2011 年版，第 988 页。

③ 〔宋〕邵伯温：《易学辨惑》，文渊阁四库全书本，台湾商务印书馆 1986 年版，第 9 册第 404 页。

④ 因《宋史·文苑传》的失实记载，学界对穆修力倡古文的背景时有误识。《宋史·文苑传》云："国初，杨亿、刘筠犹袭唐人声律之体，柳开、穆修志欲变古而力弗逮，庐陵欧阳修出，以古文倡，临川王安石、眉山苏轼、南丰曾巩起而和之，宋文日趋附于古矣。"柳开长杨亿二十七岁，柳开卒后（1000）八年《西昆酬唱集》始成书（大中祥符元年，即 1008 年）。 因此，变杨亿、刘筠之西昆体，实为穆修、石介，而非柳开。

下之文一变而古，其深有功于道欤！"①范氏所述，洪迈称之为"其论最为至当"。② 尹洙受穆修的影响而为古文，而"欧阳子祖韩昌黎之谨严，习师鲁之简古"③。 可见，穆修对于欧阳修振兴古文具有先导之功。

穆修对当时文坛的浮靡轻浅之风提出批评，谓："今世士子，习尚浅近，非章句声偶之词不置耳目。 浮轨滥辙，相迹而奔，靡有异途焉。"④尊奉韩愈、柳宗元，力倡古文，其《唐柳先生文集后序》云：

> 唐之文章，初未去周、隋五代之气；中间称得李、杜，其才始用为胜，而号专雄歌诗，道未极其浑备。至韩、柳氏起，然后能大吐古人之文，其言与仁义相华实而不杂。如韩《元和圣德》《平淮西》，柳《雅章》之类，皆辞严义伟，制述如经，能卓然耸唐德于盛汉之表，蔑愧让者，非二先生之文则谁与？⑤

当然，穆修与其后的石介直接抨击西昆并不完全一致。 这是因为西昆体首先是据《西昆酬唱集》体现出的一种诗风，而西昆作家的"文"风并非严格意义上的西昆体。 只是因为这些作家颇多赋颂奏章之文，为文也以切对为工，诚如陈师道《后山诗话》所载："国初士大夫例能四六，然用散语与故事尔。 杨文公刀笔豪赡，体亦多变，而不脱唐末与五代之气；又喜用古语，以切对为工，乃进士赋体耳。"⑥穆修对韩柳古文的推赞，即是对西昆流行之时"文"风的反拨。

穆修关于传道之文虽然论述不多，但已被后世理学家谱入了理学发展史之中。 二程云："先生（邵雍）得之于李挺之，挺之得之于穆伯长，推其源流，远

---

① ［宋］范仲淹撰，［清］范能濬编，薛正兴校点：《范仲淹全集》，凤凰出版社2004年版，第158页。

② ［宋］洪迈撰，孔凡礼整理：《容斋随笔·续笔》卷九，中华书局2005年版第334页。

③ ［宋］林駉：《古今源流至论前集》卷四《欧苏之学》，文渊阁四库全书本，台湾商务印书馆1986年版，第942册第55页。

④ ［宋］吕祖谦编，齐治平点校：《宋文鉴》卷第一百一十二《答乔适书》，中华书局1992年版，第1558页。

⑤ ［宋］吕祖谦编，齐治平点校：《宋文鉴》卷第八十五，中华书局1992年版，第1214页。

⑥ 转引自［清］何文焕辑：《历代诗话》，中华书局2004年版，第310页。

有端绪。"①同时，这又是北宋古文兴起的重要一环。 据宋人方功惠记载："往功惠在羊城，陈兰甫京卿劝以刻柳仲涂、穆伯长、尹师鲁三家集，谓三家古文实为欧阳公开先，凡治古文者不可不读。"②穆修的文论及创作，虽然其特色与成就不及石介，但其相对平和的持论，使得其在理学及古文兴起统绪之中的地位有过于石介。

其次，西昆批判的悍将——石介。 石介（1005—1045），字守道，兖州奉符（今属山东）人。 天圣间举进士甲科，历官至国子监直讲。 曾居于徂徕山下，世称徂徕先生。 石介掊击佛老、时文，备笔如挥戈。 是孙复的高足，乃理学名士。 他以"有慕韩愈节，有肩柳开志"（《赠张绩禹功》）的决心，以"披甲执锐，摧坚阵，破强敌"（《上孙先生书》）的勇气，对当时流行的西昆体进行了猛烈的掊击。《怪说》三篇的批评言辞尤其峻烈，其中"上篇言佛老，下篇言杨亿"。 石介认为儒家垂于万世之经，不可易之道，被"佛、老以妖妄怪诞之教坏乱之，杨亿以淫巧浮伪之言破碎之"③。 他将杨亿的西昆体与"妖诞幻惑之说"的佛老相提并论，痛斥之曰：

昔杨翰林欲以文章为宗于天下，忧天下未尽信己之道，于是盲天下人目，聋天下人耳，使天下人目盲，不见有周公、孔子、孟轲、扬雄、文中子、韩吏部之道；使天下人耳聋，不闻有周公、孔子、孟轲、扬雄、文中子、韩吏部之道。俟周公、孔子、孟轲、扬雄、文中子、韩吏部之道灭，乃发其盲，开其聋，使天下唯见己之道，惟闻己之道，莫知有他。

今杨亿穷妍极态，缀风月，弄花草，淫巧侈丽，浮华纂组，刓镂圣人之经，破碎圣人之言，离析圣人之意，蠹伤圣人之道。使天下不为《书》之《典》《谟》《禹贡》《洪范》，《诗》之《雅》《颂》，《春秋》之经，《易》之《繇》《爻》《十翼》，而为杨亿之穷妍极态，缀风月，弄花草，淫巧侈丽，浮华纂组。其

① 〔宋〕程颢、程颐撰，王孝鱼点校：《二程集》卷第四《明道先生文》，中华书局2004年版，第503页。

② 方功惠：《重刻三宋人集跋》，《柳开集》附录，中华书局2015年版，第248页。

③ 〔宋〕石介撰，陈植锷点校：《徂徕石先生文集》卷五，中华书局1984年版，第63页。

为怪大矣。①

　　这堪称讨伐杨亿和西昆体的檄文。 石介自谓其驳论时"跃起身数尺，瞋目作色"（《怪说下》），不免矫激，因此，"苏轼深以介说为谬"②。 不但苏轼以其为谬，欧阳修亦认为其"书字怪且异，古亦无，今亦无"③。 石介在《答欧阳永叔书》中做出的辩解颇能体现其文道观："仆文字实不足动人，然仆之心能专正道，不敢跬步叛去圣人，其文则无悖理害教者，斯亦鄙夫硁硁然有一节之长也。"④可见，石介孜求的是"专正道"，而对于表现形式之文并不重视，能做到"无悖理害教"即可。 他在《上范思远书》中也说："学为文必本仁义，凡浮碎章句、淫巧文字、利诱势逐，宁就于死，曾不肯为。"⑤在《上蔡副枢书》中更将文与天地自然、政教刑名诸范畴相对应，谓之："两仪，文之体也；三纲，文之象也；五常，文之质也；九畴，文之数也；道德，文之本也；礼乐，文之饰也；孝悌，文之美也；功业，文之容也；教化，文之明也；刑政，文之纲也；号令，文之声也。"⑥显然，石介的文论是以道为本，文统与道统合一的文论。 这虽然对于西昆体的掊击十分有力，但又走向了另一极端，削弱了文学的独立性，不利于文学自身的发展。 这也是理学家论文共同的取向。 石介毕竟与其后的理学家有所不同，他并未将文统与道统完全统一，而开示了有别于道统之外的文统，这就是在孔子之后，有"孟轲、扬雄、董仲舒、司马相如、贾谊、韩吏部、柳宗元之

---

　　① ［宋］石介撰，陈植锷点校：《徂徕石先生文集》卷五《怪说》中，中华书局1984年版，第62—63页。

　　② ［清］永瑢等撰：《四库全书总目》卷一五二《武夷新集提要》，中华书局影印本1965年版，第1308页上。

　　③ ［宋］石介撰，陈植锷点校：《徂徕石先生文集》卷十五《答欧阳永叔书》，中华书局1984年版，第175页。

　　④ ［宋］石介撰，陈植锷点校：《徂徕石先生文集》卷十五《答欧阳永叔书》，中华书局1984年版，第175页。

　　⑤ ［宋］石介撰，陈植锷点校：《徂徕石先生文集》卷十三《上范思远书》，中华书局1984年版，第151—152页。

　　⑥ ［宋］石介撰，陈植锷点校：《徂徕石先生文集》卷十三《上蔡副枢书》，中华书局1984年版，第143—144页。

才之雄也"，略而言之，即"三代、两汉、钜唐之文之懿也"①。 又说："周公、孔子之道，孟轲、扬雄之文。"②可见，石介基本承袭了韩愈将文统与道统两分的观点，而不同于柳开混文道于一统，即"吾之道，孔子、孟轲、扬雄、韩愈之道；吾之文，孔子、孟轲、扬雄、韩愈之文也"③。 但石介将董仲舒、贾谊列于"才雄"，又隐然直启了朱熹文道合一统绪的基本构架。 朱熹曾指斥韩愈的文统曰："故其论古人，则又直以屈原、孟轲、马迁、相如、扬雄为一等，而犹不及于董、贾；其论当世之弊，则但以词不己出而遂有神徂圣伏之叹。 ……盖未免裂'道'与'文'以为两物，而于其轻重缓急、本末宾主之分，又未免于倒悬而逆置之也。"④董仲舒、贾谊是朱熹与韩愈文道统构成差异的重要表征。 石介列董、贾于其统，这又有别于韩愈，而与其后的朱熹相似，也体现了石介理学家论文的基本特征。 石介对西昆的抨击，从一个侧面体现了理学家文论对文行之士文学观的批评。 石介的文论虽然与欧阳修等人的古文观念有相通之处，客观上对宋代古文复兴起到了促进作用，但其立意与欧阳修等人并不相同。 欧阳修的文论是因致用的目的而强调散体文的作用，客观上为道学的兴起做了铺垫。 而石介的文论则以传道为旨归，对文学思想自身的发展并无多少助益。 虽然西昆体有内容空泛之失，但其"穷妍极态"的审美追求不应完全否定，石介将"杨亿之徒"与佛老并置，认为其都是"尧、舜、禹、汤、文王、武王、周、孔之道"的敌人："佛、老以妖妄怪诞之教坏乱之，杨亿以淫巧浮伪之言破碎之。"⑤视当时作声律对偶之文者为"蠹书鱼"，云："魏、晋以降迄于今，又有声律对偶之言，彫镂文理，刓刻典经，浮华相淫，功伪相衒，劚削圣人之道，离析六经之

① 〔宋〕石介撰，陈植锷点校：《徂徕石先生文集》卷十二《上赵先生书》，中华书局 1984 年版，第 137 页。

② 〔宋〕石介撰，陈植锷点校：《徂徕石先生文集》卷十四《与士建中秀才书》，中华书局 1984 年版，第 163 页。

③ 〔宋〕柳开撰，李可风点校：《柳开集》卷一《应责》，中华书局 2015 年版，第 12 页。

④ 〔宋〕朱熹撰，朱杰人、严佐之、刘永翔主编：《朱子全书·晦庵先生朱文公文集》，上海古籍出版社 2002 年版，第 23 册，第 3375 页。

⑤ 〔宋〕石介撰，陈植锷点校：《徂徕石先生文集》卷五《怪说下》，中华书局 1984 年版，第 63 页。

旨，道日以刻薄而不修，六经之旨日以解散而不合，斯文其蠹也。"①痛诋乃至近于訾骂。 他对付佛老及西昆的方法也异常峻烈，援《王制》以及以舜、周公、孔子诛四凶、管蔡、少正卯为据，痛陈"天下皆干乎四诛而不诛"的现象，作《明四诛》云："不为孔子之经，而淫文浮词聋瞽天下后生之耳目，罪莫大焉，而不诛。 夫不诵《诗》以讽，而为倡优郑、卫之戏以乱君耳；夫不执艺以谏，而为雕丽淫巧之气以荡君心，罪莫大焉，而不诛。"②只欲诛杀而后快。 如此矫激的卫道之论，实属罕见。 石介将文学的审美特征与儒家之道对立起来，漠视文学自身的发展规律。 其原因在于石介仍以学与文尚未分途之前的文的涵意以绳尺宋代之文，从而将讲求声律对偶等审美要求的文学作品置诸乱道的境地。 他对文的理解是："在天成象，在地成形，变化见矣，文之所由生也。 天垂象，见吉凶，圣人象之；河出图，洛出书，圣人则之，文之所由见也。""故两仪，文之体也；三纲，文之象也；五常，文之质也；九畴，文之数也；道德，文之本也；礼乐，文之饰也；孝悌，文之美也；功业，文之容也；教化，文之明也；刑政，文之纲也；号令，文之声也；圣人，职文者也。"在对"文"的概念理解的前提之下，他对西昆体的痛斥便成为必然："今夫文者，以风云为之体，花木为之象，辞华为之质，韵句为之数，声律为之本，雕镂为之饰，组绣为之美，浮浅为之容，华丹为之明，对偶为之纲，郑、卫为之声，浮薄相扇，风流忘返，遗两仪、三纲、五常、九畴而为之文也，弃礼乐、孝悌、功业、教化、刑政、号令而为之文也。 圣人职之，君子章之，庶人由之，君臣何由明？ 父子何由亲？ 夫妇何由顺？ 尊卑何由纪？ 贵贱何由叙？ 内外何由别？ 而化日以薄，风日以淫，俗日以僻，此其为今之时弊也。"③他尤重化成之文的功能，并将其律于娱情审美的作品。 明乎此，石介的偏激之论便不难理解了。

石介对韩愈极推崇，将韩愈尊为贤人之卓，谓："孔子后，道屡塞，辟于孟子，而大明于吏部。 道已大明矣，不生贤人可也。 故自吏部来三百有年矣，不

---

① 〔宋〕石介撰，陈植锷点校：《徂徕石先生文集》卷七《录蠹书鱼辞》，中华书局1984年版，第81页。

② 〔宋〕石介撰，陈植锷点校：《徂徕石先生文集》卷六《明四诛》，中华书局1984年版，第71页。

③ 以上引自〔宋〕石介撰，陈植锷点校：《徂徕石先生文集》卷十三《上蔡副枢书》，中华书局1984年版，第143—144页。

生贤人。""噫！ 孟轲氏、荀况氏、扬雄氏、王通氏、韩愈氏五贤人，吏部为贤人而卓。 不知更几千万亿年复有孔子，不知更几千百数年复有吏部。 孔子之《易》《春秋》，自圣人来未有也；吏部《原道》《原仁》《原毁》《行难》《对禹问》《佛骨表》《诤臣论》，自诸子以来未有也。 呜呼！ 至矣。"[1]"余不敢厕吏部于二大圣人之间，若箕子、孟轲，则余不敢后吏部。"[2]显然，石介对韩愈的推尊，根本在于对道统的承桃。 即使其论及韩愈之文，也着眼于传道之功，有诗称韩愈云："道德既淳厚，声光何葳蕤。 烈烈日精散，闵闵雷声施。 施焉如飞龙，潜焉如蟠螭。 祖述兼宪章，后世唯吾师。 永言二《典》往，群言或孳离。亦既二《雅》末，六义多陵迟。 寥寥千余年，颠危谁扶持？ 揭揭韩先生，雄雄周孔姿。 披榛启其途，与古相追驰。"[3]他对韩愈作品的推赞，也在于"必本于教化仁义，根于礼乐刑政，而后为之辞。"[4]重视的是作品具有的教化治世功能，谓之："大者驱引帝、皇、王之道，施于国家，敷于人民，以佐神灵，以浸虫鱼；次者正百度，叙百官，和阴阳，平四时，以舒畅元化，缉安四方。"[5]作为理学家的文论，石介并未限于文以求道，还涉及了其后理学家论及的性、诚等范畴与文的关系问题，云："夫与天地生者，性也；与性生者，诚也；与诚生者，识也。 性厚则诚明矣，诚明则识粹矣，识粹则其文典以正矣。"[6]韩愈虽然在《原性》中提出了"性三品"说，但他并未论及性、诚与文学的关系。 李翱论述了性于仁义者，自然见于文，即其所谓"夫性于仁义者，未见其无文也；有文而能到者，吾未见其不力于仁义也"。"由仁义而后文者，性也。"[7]与李翱相比较，石

---

① 以上引自〔宋〕石介撰，陈植锷点校：《徂徕石先生文集》卷七《尊韩》，中华书局 1984 年版，第 79—80 页。

② 〔宋〕石介撰，陈植锷点校：《徂徕石先生文集》卷七《读原道》，中华书局 1984 年版，第 78 页。

③ 〔宋〕石介撰，陈植锷点校：《徂徕石先生文集》卷三《读韩文》，中华书局 1984 年版，第 36 页。

④ 〔宋〕石介撰，陈植锷点校：《徂徕石先生文集》卷十二《上赵先生书》，中华书局 1984 年版，第 135 页。

⑤ 〔宋〕石介撰，陈植锷点校：《徂徕石先生文集》卷十二《上赵先生书》，中华书局 1984 年版，第 135—136 页。

⑥ 〔宋〕石介撰，陈植锷点校：《徂徕石先生文集》卷十八《送龚鼎臣序》，中华书局 1984 年版，第 213 页。

⑦ 〔唐〕李翱撰：《李文公集》卷八《寄从弟正辞书》，文渊阁四库全书本，台湾商务印书馆 1986 年版，第 1078 册，第 141 页。

介由性厚溯及诚明、识粹，从而寻及文之典正风格的内在根据。石介并未胶执于仁义等具体德目，而讨论了更具超越意义的诚、识等范畴与文的内在联系。这一方面体现出儒学在理学转型过程中达到了一个新的阶段，尤其是在论及与文之间关系时，关于"诚"的范畴的提出，这正是理学家所推尊的《中庸》的核心范畴，以及周惇颐在《通书》中讨论甚多的体现理学基本特质的理论元素，也是其融学于文的论文路径的必然归宿；另一方面，石介从性、诚、识的维度论文，较之于李翱直接以仁义论文，文论的色彩更浓，这体现了石介既是理学的先驱之一，同时又是文论家的一面。

石介痛快淋漓的责伐文字对于抑制文坛浮靡之风确实起到了一定的作用，乃至"新进后学不敢为杨（亿）、刘（筠）体，亦不敢谈佛老"①。但其粗疏与偏颇是显而易见的。这与石介乃一理学家的身份不无关系。理学家以承祧道统自任，维系道统不堕乃是他们的首务。文以辅道，是他们论文的动力。文以害道，则是他们"瞋目作色"，跃起抨击文坛流弊的现实背景。石介抨击西昆，其根本原因是他认为杨亿等"刌镂圣人之经，破碎圣人之言，离析圣人之意，蠹伤圣人之道"。这种强烈的卫道情怀乃至使其丧失了基本的理性而枉顾事实，将老子亦视为"自胡来入我中国"②。在复古意识驱使之下，石介追慕韩愈之文，以力矫时习，锋芒所向，直指庙堂之上的君臣，《上赵先生书》云：

> 今之为文，其主者不过句读妍巧、对偶的当而已。极美者不过事实繁多、声律调谐而已。彫镂篆刻伤其本，浮华缘饰丧其真，于教化仁义、礼乐刑政，则缺然无仿佛者。……今之文何其衰乎！去唐百余年，其间文人计以千数，而斯文寂寥缺坏，久而不振者，非今之人尽不贤于唐之人、尽不能为唐之文也。盖其弊由于朝廷敦好时俗习尚，渍染积渐，非一朝一夕也。不有大贤奋袂于其间，崛然而起，将无革之者乎！
>
> ……唐之文章所以坦然明白，揭于日月，浑浑灏灏，浸如江海，同于三

① 〔清〕黄宗羲撰，〔清〕全祖望补修，陈金生、梁运华点校：《宋元学案》卷二《泰山学案》，中华书局1986年版，第111页。

② 〔宋〕石介撰，陈植锷点校：《徂徕石先生文集》卷第十《中国论》，中华书局1984年版，第116页。

代,驾于两汉者,吏部与数十子之力也。①

为了纠矫文坛风习,石介尤其重视杰出人物的贡献,云:"道大坏,由一人存之;天下国家大乱,由一人扶之。"②他称叹宋真宗赵恒与执政冯文懿纠矫文坛侈靡浮艳之风的作用,并有这样的深思与忧患:"为天子能知乎文之本而思复于古,非英主欤? 为宰相能悼乎风之变而思救其弊,非贤相欤? 介窃惧圣君贤相之事异日泯落。"③虽然真宗之诏并非如石介所说的那样仅为了纠浮艳之风,而是因杨亿等人所赋的《宣曲》诗所写的史事与真宗朝的后宫有几分相似引起的,但真切地表现了石介期冀宋代亦有杰出人物以恢张斯文,使"圣人之道大开通而无榛塞",并暗含了对当朝君相的不满。 对宋代文坛,石介特别推重柳开,云:"唐去今百余年,独崇仪克嗣吏部声烈。"其后王禹偁、孙何、贾同等人则"零丁羁孤不克振,故本朝文章视于唐差劣"。 为了寻求振兴文坛的盟主,石介"汲汲焉狂奔浪走数千里外,以访以寻",乃至为斯文失坠而"临飱忘食,中夜泣下"④。 这与道学家重"继绝学"杰出人物的作用是一脉相承的。

石介的文学思想另有两点也应得到关注:其一,石介在痛诋西昆流行之弊时,对于西昆流行的原因有客观的认识,云:"国朝祥符中,民风豫而泰,操笔之士,率以丽藻为胜。"⑤肯定了文与时运之间的关系,隐然承认了西昆流行的必然性。 他也承认这样的事实:"杨亦学问通博,笔力宏壮,文字所出,后生莫不爱之。"排击杨亿的根本原因是杨氏之文"破碎大道,雕刻元质,非化成之文"⑥。 其二,石介在倡求古文传道、融学论文的同时,对诗的审美特征、抒情

---

① 〔宋〕石介撰,陈植锷点校:《徂徕石先生文集》卷十二《上赵先生书》,中华书局 1984 年版,第 136—137 页。
② 〔宋〕石介撰,陈植锷点校:《徂徕石先生文集》卷八《救说》,中华书局 1984 年版,第 84 页。
③ 〔宋〕石介撰,陈植锷点校:《徂徕石先生文集》卷十九《祥符诏书记》,中华书局 1984 年版,第 221 页。
④ 以上引自〔宋〕石介撰,陈植锷点校:《徂徕石先生文集》卷十五《与君贶学士书》,中华书局 1984 年版,第 180—181 页。
⑤ 〔宋〕石介撰,陈植锷点校:《徂徕石先生文集》卷十八《石曼卿诗集序》,中华书局 1984 年版,第 212 页。
⑥ 〔宋〕石介撰,陈植锷点校:《徂徕石先生文集》卷十九《祥符诏书记》,中华书局 1984 年版,第 220 页。

写意功能亦有清醒的认识，云："诗之作，与人生偕者也。函愉乐悲郁之气，必舒于言。能者述之，传于律，故其流行无穷，可以播管弦而交鬼神也。……诗之于时，盖亦大物，于文字尤为古尚，但作者才致鄙迫不扬，不入其域耳。"①石介《石曼卿诗集序》因同见于《苏学士文集》，也往往被视为苏舜钦文学思想的代表之作。但文渊阁四库全书本《徂徕集》亦载有此文，且宋文诸选本或宋代学者引此文多著于石介名下②，因此，我们将该文视为石介之作。这些难得一见的平允之论同样需要引起注意，因为这恰恰映现出了其几乎一以贯之的矫激之论，是基于强烈的卫道意识而产生的，是在理学的背景之下形成的。因此，石介论文之失，一定程度上体现了理学家对文学较普遍的认识。

对于石介的文论，尚需与欧阳修所反对的"太学体"联系起来进行考察。据《四朝国史本传》载：欧阳修"知嘉祐二年贡举，时士子尚为险怪奇涩之文，号太学体。修痛排抑之，凡如是者辄黜。……场屋之习，从是遂变"。③太学体之文的特点是险怪奇涩，石介当时即司职于太学。同时，欧阳修与石介之间还有过关于"奇怪"的辩驳，其缘起是欧阳修对石介的批评。当然，欧阳修所言乃"书字"怪且异，而并非直接批评其文。欧阳修之所以对石介提出字体要求，主要是石介"端然于学舍，以教人为师友，率然笔札自异，学者无所法"④。石介在复信时力辩书字与传道的关系并不密切，云："数千百年间，独钟、王、虞、柳辈以书垂名。今视钟、王、虞、柳，其道、其德孰与荀、孟诸儒，皋夔众臣胜哉！夫治世者道，书以传圣人之道者已。能传圣人之道足矣，

　　① 〔宋〕石介撰，陈植锷点校：《徂徕石先生文集》卷十八《石曼卿诗集序》，中华书局1984年版，第212页。

　　② 傅平骧、胡问陶校注：《苏舜钦集编年校注》将该文移至该书附录部分，且注曰："宋魏齐贤、叶棻编《五百家播芳大全文粹》卷一〇七收有此文，题石守道作。宋无名氏编《宋文选》（《四库全书总目》谓集于宋室南渡前）卷一七亦引石守道著此文。宋刘克庄《后村诗话》续集卷一云：'石曼卿诗……，晚得其集，石徂徕作序，称其与穆参军以古文自任，而曼卿尤豪于诗。'可见宋人多以此文为石介作。今判为石介所作，姑移附于此。"（《苏舜钦集编年校注》，巴蜀书社1990年版，第709页）

　　③ 〔宋〕欧阳修撰，李逸安点校：《欧阳修全集》附录卷二，中华书局2001年版，第2679页。

　　④ 〔宋〕石介撰，陈植锷点校：《徂徕石先生文集》卷十五《答欧阳永叔书》，中华书局1984年版，第176页。

奚必古有法乎？今有师乎？永叔何孜孜于此乎？"①字之正与怪，无碍于传圣人之道。欧阳修知贡举之时纠"太学体"之险怪，指文风而非字体。但论者往往认为石介误会了欧阳修尺牍的用意，亦即欧公本意并不在于字，而在于文，因此，欧公之针对太学士子险怪奇涩之文便可溯及端居于学舍的石介。认为石介误解欧公之意的证据便是欧阳修《与石推官第二书》中强调："凡仆之所陈者，非论书之善不，但患乎近怪自异以惑后生也。……仆岂区区劝足下以学书者乎？"②但是，通观欧公的两通致书，指责石介手书之怪异的目的十分清楚。其"非论书之善不"，是欧公在石介的反批评之后据书法而引伸出的结论。因为欧公第一书，清楚地记述了是因在王拱辰家得到石介的手作书一通，因骇然不可识，后经仔细"辨其点画，乃可渐通"，遂而有"何怪之甚也"③之叹。在其第二书中，仍然对石介的反批评进行辩说，如："今足下以其直者为斜，以其方者为圆，而曰我第行尧、舜、周、孔之道，此甚不可也。""则书虽末事，而当从常法，不可以为怪，亦犹是矣。"④因此，欧阳修批评纠矫怪险奇涩的太学体，当与石介的关系并不密切。因为一个最明显的证据便是石介虽然疏狂矫激，但《徂徕石先生文集》怪险奇涩的特点并不明显。石介"名心过重，好为诡激，不合中庸"⑤。身为学官，其性情或许对于太学体的产生有一定的影响，但将"太学体"归诸石介则不符合史实。对于太学体，与欧公同时的韩琦、苏辙等人都有明确的记载，即"是时，进士为文以诡异相高，号太学体"⑥。因此，对于"太学体"的流行范围并无异议。宋代初年的太学虽然规模并不大，但由于一改过去主要以品官贵族子弟为生源的传统，而无分士庶，凭考试升进，遂使士子们趋

① 〔宋〕石介撰，陈植锷点校：《徂徕石先生文集》卷十五《答欧阳永叔书》，中华书局1984年版，第176页。

② 〔宋〕欧阳修撰，洪本健校笺：《欧阳修诗文集校笺》外集卷十六《与石推官第二书》，上海古籍出版社2009年版，第1768页。

③ 〔宋〕欧阳修撰，洪本健校笺：《欧阳修诗文集校笺》外集卷十六《与石推官第一书》，上海古籍出版社2009年版，第1764页。

④ 〔宋〕欧阳修撰，洪本健校笺：《欧阳修诗文集校笺》外集卷十六《与石推官第二书》，上海古籍出版社2009年版，第1767—1768页。

⑤ 〔清〕永瑢等撰：《四库全书总目》卷一百五十二《河东集提要》，中华书局1965年版，第1305页下。

⑥ 〔明〕胡广等编：《性理大全》卷五十八，文渊阁四库全书本，台湾商务印书馆1986年版，第711册，第292页。

之若鹜，并对地方官学起到了引导作用。因此，太学的学风对于全国的学校教育具有示范意义。同时，太学作为宋代的最高学府，还有直接释褐做官的优势，乃至其后崇宁三年（1104）到宣和三年（1121）曾一度废除科举，而径由学校升贡取士，太学成为当时士子们唯一的仕进之途，生员应科举以奇异绝俗搏取考官注意当是太学体流行的重要原因。虽然嘉祐年间的太学远不及其后隆盛，但自庆历新政后，地方学校已逐渐兴起，太学的影响便具有全局的意义。因此，太学体虽囿于太学，但影响会广及整个知识界乃至政界。欧阳修的诗文革新，所革的对象为"太学体"，其影响同样并不仅仅囿于太学。

由于穆修、石介等人对于西昆的批判主要是基于其有碍于道统传衍的角度，而不是就文学的艺术本身所做的评价，因此，西昆的影响并没有因穆修、石介等人的批难而完全中断。欧阳修、苏轼等人正视西昆的影响，西昆诗人在唱和争胜的情绪中的诗歌创作，于推敲锤炼之中所得的典正精工、温文闲雅之作，对于诗歌艺术的提高，以及诗歌由唐音到宋调的嬗变，起到了关键作用。

第三节　梅尧臣的诗论

梅尧臣（1002—1060），字圣俞，世称宛陵先生，宣城（今属安徽）人，曾任国子监直讲、尚书都官员外郎等职。有经世之志而屡屡受困于科场，穷困一生。朱东润先生有《梅尧臣集编年校注》。梅尧臣以诗名家，对其在宋代文学史上的地位，刘性有这样的表述："宛陵梅先生以道德文学发而为诗，变晚唐卑陋之习，启盛宋和平之音，有功于斯文甚大。"[1]其诗以"深远古淡为意，间出奇巧"[2]。人们往往与当时的文坛领袖欧阳修相较，如宋绩臣曰："虽宗工大儒如欧阳永叔，尝景慕畏服，不敢自为比数，谓当时士无贤愚，语诗者必求之圣俞。"[3]欧阳修本人对梅尧臣的诗作亦极推崇，谓"论诗赖子（梅尧臣）初指

①　［宋］梅尧臣撰，朱东润编年校注：《梅尧臣集编年校注》，上海古籍出版社2006年版，第1169页。

②　［元］脱脱等撰：《宋史》卷四百四十三《梅尧臣本传》，中华书局1985年版，第13091页。

③　［宋］梅尧臣撰，朱东润编年校注：《梅尧臣集编年校注》，上海古籍出版社2006年版，第1163页。

迷"。尤其赞叹梅尧臣得之于乐、发之于情的特征,谓其"体长于本人情,状风物,英华雅正,变态百出,哆兮其似春,凄兮其似秋,使人读之可以喜,可以悲,陶畅酣适,不知手足之鼓舞也"。"其感人之至,所谓与乐同其苗裔者邪!"①又谓其"近诗尤古硬,咀嚼苦难嗑。初如食橄榄,真味久愈在"②。欧阳修将他们之相得喻为子期伯牙,谓其得梅尧臣诗稿,"如伯牙鼓琴,子期听之,不相语而意相知也"③。梅尧臣,企慕平淡的审美理想,堪称宋代诗坛的开山祖师。梅尧臣以诗名世,诗论也主要是通过诗歌表现出来的。

一、平淡与《诗》《骚》古意的统一

陈寅恪先生有云:"华夏民族之文化,历数千载之演进,造极于赵宋之世。"④宋代文人的审美趣味与唐代的绚丽不尽相同,而多尚平淡之美,然而,此之"平淡"又与陶渊明的东篱采菊,悠然南山之自然平淡有别,其义蕴更加丰厚,成因也颇为复杂。同时,宋代诗学平淡理论又是经历了一个变化的过程,在不同的文化俊杰那里体现出来的风貌又有些许差异,他们共同组成了宋代诗歌美学旨趣相近、风格不同的发展史。其中,梅尧臣"去浮靡之习于昆体极弊之际,存古淡之道于诸大家未起之先"⑤,实开宋代"平淡"诗风之先河。

平淡或古淡,是在梅尧臣诗作中屡屡出现的诗学概念,如,《答中道小疾见寄》:"诗本道情性,不须大厥声。方闻理平淡,昏晓在渊明。"⑥《依韵和晏相

---

① 〔宋〕欧阳修著,洪本健校笺:《欧阳修诗文集校笺》外集卷二十三《书梅圣俞稿后》,上海古籍出版社 2009 年版,第 1907 页。

② 〔宋〕欧阳修著,洪本健校笺:《欧阳修诗文集校笺》居士集卷二《水谷夜行寄子美圣俞》,上海古籍出版社 2009 年版,第 46 页。

③ 欧阳修对梅诗的体味最为精要,并为后世公认。近人夏敬观作梅尧臣诗导言时曾数易其稿,仍感挂一漏万,"没有方法,只好仍请出他的老友欧阳修先生,和他同代的几位诗人,出场讲演,我再引伸其说,发挥他的义蕴"。(《梅尧臣集编年校注》逐录十五《夏敬观梅尧臣诗导言》,上海古籍出版社 2006 年版,第 1175 页。)

④ 陈寅恪:《金明馆丛稿二编》,生活·读书·新知 三联书店 2001 年版,第277 页。

⑤ 〔清〕吴之振等选,〔清〕管庭芬、蒋光煦补:《宋诗钞》,中华书局 1986 年版,第 207 页。

⑥ 〔宋〕梅尧臣撰,朱东润编年校注:《梅尧臣集编年校注》,上海古籍出版社 2006 年版,第 293 页。

公》："因吟适情性，稍欲到平淡。"①《和江邻几见寄》："江子方谪官，复有拟古才，远寄平淡辞，曷报琼与环。"②平淡决非浅俗，梅尧臣说："诗句义理虽通，语涉浅俗而可笑者，亦其病也。"③他在《林和靖先生诗集序》中说："其顺物玩情为之诗，则平澹邃美，读之令人忘百事也。"④"邃"，是梅尧臣平淡诗学的一个重要内涵。 梅氏之平淡，是深得诗学三昧，技法圆成而后得，因此，梅尧臣虽尚平淡，但屡屡言其不易得，如其云："作诗无古今，唯造平淡难。"⑤其挚友欧阳修也屡屡论及圣俞之"闲淡""古淡"乃苦吟而后成："圣俞覃思精微，以深远闲淡为意。"⑥又云："圣俞平生苦于吟咏，以闲远古淡为意，故其构思极艰。"⑦为了达到平淡邃美，需要精思苦吟，以求"意新语工"。 对此，欧阳修记述了与梅尧臣的一段对话：

> 圣俞尝语余曰："诗家虽率意而造语亦难。若意新语工，得前人所未道者，斯为善也。必能状难写之景，如在目前；含不尽之意，见于言外，然后为至矣。贾岛云'竹笼拾山果，瓦瓶担石泉'，姚合云'马随山鹿放，鸡逐野禽栖'，等是山邑荒僻，官况萧条；不如'县古槐根出，官清马骨高'为工也。"余曰："语之工者固如是。状难写之景，含不尽之意，何诗为然？"圣俞曰："作者得于心，览者会以意，殆难指陈以言也。虽然亦可略道其仿佛。若严维'柳塘春水漫，花坞夕阳迟'，则天容时态，融和骀荡，岂不如在目前乎？又若温庭筠'鸡声茅店月，人迹板桥霜'，贾岛'怪禽啼旷野，落日恐行人'，则道路辛苦，羁愁旅思，岂不见于言外乎？"⑧

① ［宋］梅尧臣撰，朱东润编年校注：《梅尧臣集编年校注》，上海古籍出版社 2006年版，第 368 页。

② ［宋］梅尧臣撰，朱东润编年校注：《梅尧臣集编年校注》，上海古籍出版社 2006年版，第 344 页。

③ ［宋］欧阳修撰，郑文校点：《六一诗话》，人民文学出版社 1962 年版，第 11 页。

④ ［宋］梅尧臣撰，朱东润编年校注：《梅尧臣集编年校注》，上海古籍出版社 2006年版，第 1150 页。

⑤ ［宋］梅尧臣撰，朱东润编年校注：《梅尧臣集编年校注》，上海古籍出版社 2006年版，第 845 页。

⑥ ［宋］欧阳修撰，郑文校点：《六一诗话》，人民文学出版社 1962 年版，第 10 页。

⑦ ［宋］欧阳修撰，郑文校点：《六一诗话》，人民文学出版社 1962 年版，第 6 页。

⑧ ［宋］欧阳修撰，郑文校点：《六一诗话》，人民文学出版社 1962 年版，第 9—10 页。

可见，梅尧臣的平淡诗论，承传了中国古典审美理想，具有丰厚的内涵和意蕴，诚如清人刘熙载所说："梅诗幽淡极矣，然幽中有隽，淡中有旨。"①需要指出的是，宋代的平淡诗学多是外枯中膏的统一，而外枯又处于支配地位。但作为开宋代"平和之音"的梅尧臣诗作或审美理想隐然具有古典意趣，在枯与膏、俗与雅之间，他似乎更重后者的存在。因此，梅尧臣的平淡诗论又具有独特的内涵。诚如明人宋仪望论其诗云："陶写性灵，名状物理，辞清而兴逸，颇与宋调殊致。"②正因如此，他往往倡以"古淡"，欧阳修诗云："子（梅尧臣）言古淡有真味，太羹岂须调以齑。"欧阳修本人亦云："圣俞平生苦于吟咏，以闲远古淡为意，故其构思极艰。"③梅尧臣诗作中之"古"趣，最重要的在于承绪《诗》《骚》传统，以纠西昆体"研味前作，挹其芳润"、"更迭唱和，互相切劘"以浮艳相高、脱离现实的诗风，即如其诗所云："诗教始二《南》，皆著贤圣迹。后世竟剪裁，破碎随刀尺。"④他主张发扬儒家传统的美刺传统，其诗云：

> 圣人于诗言，曾不专其中。因事有所激，因物兴以通。自下而磨上，是之谓《国风》。《雅》章及《颂》篇，刺美亦道同，不独识鸟兽，而为文字工。屈原作《离骚》，自哀其志穷，愤世嫉邪意，寄在草木虫。迩来道颇丧，有作皆言空，烟云写形象，葩卉咏青红，人事极诙诡，引古称辨雄，经营唯切偶，荣利因被蒙。遂使世上人，只曰一艺充。⑤

梅尧臣是惩诗坛"迩来道颇丧，有作皆言空"的现象发愤而作。他开出的疗救诗坛之病的药方是《诗》《骚》所具有的美刺兴寄传统。其中值得注意的在于：其一，"自下而磨上"，重视诗与政教、社会的关系。这也是儒家诗学思想的基本特征。对此，《诗大序》有这样的表述："风，风也，教也。风以动之，

———————————

① 〔清〕刘熙载撰，袁津琥校注：《艺概注稿》，中华书局2009年版，第319页。

② 〔宋〕梅尧臣撰，朱东润编年校注：《梅尧臣集编年校注》，上海古籍出版社2006年版，第1171页。

③ 〔宋〕欧阳修撰，郑文校点：《六一诗话》，人民文学出版社1962年版，第6页。

④ 〔宋〕梅尧臣撰，朱东润编年校注：《梅尧臣集编年校注》，上海古籍出版社2006年版，第909页。

⑤ 〔宋〕梅尧臣撰，朱东润编年校注：《梅尧臣集编年校注》，上海古籍出版社2006年版，第336页。

教以化之。""上以风化下，下以风刺上。"①从"化下""刺上"两个维度论述诗歌的社会功能，这是汉儒承先秦儒家文学思想的现实精神。 梅尧臣唯求"自下而磨上"，亦即"刺上"一端，别具只眼。 这与梅尧臣的人生经历有关。 梅尧臣穷困一生，沉居下僚，与宋代的道学家、政治家的诗论主张道同风一不同，他给诗歌赋予的现实精神，以纠矫"所作皆言空"，是"因事有所激"而作，是源自现实生活的反映，他所作的《田家语》《猛虎行》《陶者》《汝坟贫女》《大水后城中坏庐舍千余作诗自咎》等诗歌正是"自下而磨上"之作。 其二，注重《离骚》"愤世嫉邪意，寄在草木虫"抒写一己情怀的功能。 与《诗经》作为儒家经典受到后世的尊崇稍有不同，屈原的《离骚》因其主要是体物写志之作，虽然受到了司马迁、李白等人的崇仰，但诚如鲁迅所说"后儒之服膺诗教者，或訾而绌之"②，梅尧臣则将屈原《离骚》所表现的一己之侘傺噫郁的情怀与《诗经》的美刺精神相提并论。 认为以"寄在草木虫"托陈引喻的表现手法，抒写诗人的真实情感，是诗歌在《诗经》美刺功能之外应有之义。 事实上，梅尧臣诗歌中最具价值的正是他"文字出肝胆""因吟适性情"（《依韵和晏相公》）之作。 梅尧臣"累举进士，辄抑于有司"，在《许生南归》、《送甥蔡骃下第归广平》等诗歌中抒写了下第的悲慨。 梅尧臣中年丧妻，悲怆难以自持，在《悼亡三首》《泪》《怀悲》《新冬伤逝呈李殿丞》《七夕有感》等诗歌中抒写了凄清苍凉的情感。 需要指出的是，梅尧臣虽然在论诗诗中承桃了美刺讽谕的传统，但仅在一两首诗中述及，相比而言，"文字出肝胆"以及相似的表述更为多见，这也与他推尚的《离骚》传统更加契合。

不难看出，梅尧臣的平淡诗学，是继承了《诗》《骚》传统，与现实精神结合在一起的。 他的诗歌具有强烈的现实情怀，诗人虽沉于下僚，但仍有"愿执戈与戟，生死事将坛"（《读邵不疑诗卷》）的豪情。 这也是学者们对梅诗"平淡"说时有异议的原因。③ 我们认为，平淡是梅尧臣追慕的审美理想，而不是指

---

① 李学勤主编：《十三经注疏·毛诗正义》卷第一，北京大学出版社1999年版，第13页。

② 鲁迅：《汉文学史纲要》，上海古籍出版社2005年版，第20页。

③ 如朱东润先生指出："平淡二字是尧臣对邵不疑的作品的评价。 当然，他对于平淡的作品，在这里也得称许一番，但是他随即把自己的道路全盘托出，他的目标是李白、杜甫、韩愈；他的志愿是手执长戈大戟，在诗坛做一位出生入死的战士。 世间有这样的平淡诗人吗？ 没有的。 有人以为这是尧臣的自许，以为尧臣对于平淡的作品，有这样的估计，其实完全是一种误解。"（《梅尧臣集编年校注·叙论一》，第28页）

诗歌的内容。 梅氏之平淡，乃是具"邃美"的平淡，其中包蕴着丰厚的内涵，也可以抒写诗人的现实情怀。 梅氏的平淡实际是以平淡为旗帜冲破西昆体的影响，在内容上则回归现实。 这与陶渊明等人的诗歌又有明显不同。 诚如朱自清所言："平淡有二，韩诗云：'艰宕怪变得，往往造平淡'，梅'平淡'是此种。朱子谓'陶渊明诗平淡出于自然'，此又是一种。"[1]虽然梅尧臣对陶诗十分推崇，体现了两种平淡的相通处，但朱自清的两分，注意到了梅尧臣之平淡独特的一面：在形式上平淡与险怪的统一，在内容上不排拒抒写淑世情怀。

二、关于《续金针诗格》

据《吟窗杂录》载，梅尧臣曾慕白居易《金针诗格》而作《续金针诗格》，其引言云："予游庐山，宿西林，与僧希言谈诗，极有玄理。 常鄙学者不知意格，徒摘叶搜奇，而不能入雅正之奥阃。 希白评唐贤诗，讽诵乐天数联，言乐天之诗，尤长于意理，出乐天在草堂中所述《金针诗格》，观其大要，真知诗之骨髓者也。 乐天寄元微之云：'多被老元偷格律，苦教短李伏歌行'，乃知乐天诗格自有理也。 且诗之道虽小，然用意之深，可与天地参功，鬼神争奥。 予爱乐天作金针之格，乃续之，以广乐天之用意，得者宜绎而思之。"[2]其内容大致据署名白居易的《金针诗格》而稍有损益、改动。 宋人魏庆之《诗人玉屑》、胡仔《苕溪渔隐丛话》、蔡正孙《诗林广记》亦有论及。《郡斋读书志》《文献通考》等都著录为梅尧臣撰。 清人梁中孚重刻《宛陵集》，还曾附《续金针诗格》于后。[3] 但陈振孙、许学夷、冯班、罗根泽等认为是伪作。 陈振孙《直斋书录解题》云："《续金针格》一卷，梅尧臣撰，大抵皆假托也。"[4]许学夷《诗源辩体》云："宋梅尧臣有《续金针诗格》，又有《梅氏诗评》，亦属伪撰。"[5]仅述其判断，并未论证。 但对于此前的一些诗格伪作则有这样的论述："世传上官仪、

---

① 朱自清：《宋五家诗钞》，上海古籍出版社1981年版，第1页。

② 周义敢、周雷编：《梅尧臣资料汇编》附录《续金针诗格序》，中华书局2007年版，第295页。

③ 见〔清〕钱泰吉：《甘泉乡人稿·余稿》卷一《跋梁氏中孚重刻宛陵集》，续修四库全书本，上海古籍出版社2002年版，第1519册第544页。

④ 〔宋〕陈振孙撰，徐小蛮、顾美华点校：《直斋书录解题》，上海古籍出版社1987年版，第644—645页。

⑤ 〔明〕许学夷撰，杜维沫校点：《诗源辩体》，人民文学出版社1998年版，第335页。

李峤、王昌龄各有诗格，昌龄又有《诗中密旨》，白居易有《金针集》，又有《文苑诗格》，贾岛有《二南密旨》，浅稚卑鄙，俱属伪撰。予曩时各有辩论，以今观之不直一笑。盖当时上官仪、李峤、王昌龄、白居易俱有盛名，而贾岛为诗。晚唐人亦多慕之，故伪撰者托之耳。"①或许，对于《续金针诗格》的判断亦依同理。比较而言，冯班则直接就《续金针诗格》发论，云："阮逸注《文中子》，不解八病，知宋时声韵之学已微。有一恶书，名曰《金针诗格》(实为《续金针诗格》，引者注)，托之梅尧臣，言八病绝可笑。王弇州《卮言》不能知其谬也。"②冯班谓其"恶书"，主要是因其"言八病绝可笑"，但对于"托之梅尧臣"并没有提出具体的文献证据。而对于"言八病绝可笑"，他进行了论证："盖声病之学，至宋而伪，故阮逸注《文中子》云'八病未详也'。"遂而他得出这样的结论："如今《金针诗格》及周密所言，皆以意妄测，误也。"③显然，冯班所证的是宋人所言之"八病"之伪，而非梅尧臣所作之"伪"。罗根泽先生则在《中国文学批评史》中对于署名白居易、梅尧臣的这些作品有较详细的论述，说："《金针诗格》和《文苑诗格》的不作于白居易，《续金针诗格》和《诗评》的不作于梅尧臣，是无问题的，问题在伪作的时代。"④他对《金针诗格》与《续金针诗格》进行了细致比对，得出了"《续金针诗格》大概是《金针诗格》的改装"的结论，推测《续金针诗格》产生的原因"大概宋初承晚唐五代之绪，颇讲究格律，所以有许多'诗格'书。至欧阳修等改革诗体以后，才换一个新局面。但新局面来了，也还有人留恋于旧的窠臼，此书便是其中的一例"⑤。虽然诸家论述甚详，但对于托名梅氏的直接证据并不充分，仅是据内容猜度而得。从该书的著录情况来看，晁公武《郡斋读书志》即已载录，因此，至迟在南宋初年即已有此书。虽然冯班谓其"言八病绝可笑"，并疑其为伪作。但即使是伪作，

① 〔明〕许学夷撰，杜维沫校点：《诗源辩体》，人民文学出版社1998年版，第333页。

② 〔清〕冯班撰，〔清〕何焯评：《钝吟杂录》卷三《正俗》，中华书局2013年版，第46—47页。

③ 〔清〕冯班撰，〔清〕何焯评：《钝吟杂录》卷五《严氏纠谬》，中华书局2013年版，第88页。

④ 罗根泽著：《中国文学批评史·晚唐五代文学批评史》，上海书店出版社2003年版，第505页。

⑤ 罗根泽著：《中国文学批评史·晚唐五代文学批评史》，上海书店出版社2003年版，第507页。

从两宋文人托梅氏之名而续《金针诗格》透露出这样的信息：梅氏在北宋诗坛的影响一如唐代诗坛的白居易。同时，托名的目的是以赝品而乱真。托名的诗格，从一个侧面体现了梅氏的诗学取向，《续金针诗格》虽然内容不多，但正体现了梅尧臣琢刻的一面，梅氏在《和绮翁游齐山寺次其韵》中即有云："辞韵险绝兹所骇，何特杜牧专当年。"①其实亦是他诗作的自况，或者说是他追求的审美理想的一种，陆游评其诗所谓"置字如大禹之铸鼎，炼句如后夔之作乐，成篇如周公之致太平"②。欧阳修亦谓其诗"间亦琢刻以出怪巧"，其"怪巧"风格，从某种程度上恰恰与"言八病绝可笑"的应合之处。还应看到的是，从诗格到诗话是一个重要的变化，诚如罗根泽先生所说："五代前后的诗学书率名为'诗格'，欧阳修以后的诗学书率名为'诗话'，已显然的说明了'诗话'是对于'诗格'的革命。"③诗话始自欧阳修，而欧阳修的《六一诗话》又是其"退居汝阴"后的晚年之作。梅尧臣先欧阳修十二年而卒，亦即"诗话"这一样式，梅尧臣在世时还尚未形成。但梅尧臣又是一位以诗名世，开北宋诗坛风气的名家，对欧阳修多有启教，欧公曾自谓"论诗赖子初指迷"。因此，梅尧臣如果撰有诗格专论，亦在情理之中。罗根泽先生对于《金针诗格》《续金针诗格》有精到的分析，他着意于将诗格变而为诗话与诗体的变化结合起来分析，说："大概宋初承晚唐五代之绪，颇讲究格律，所以有许多'诗格'书。至欧阳修等改革诗体以后，才换一个新局面。"④但欧诗与梅诗的技法其实稍有不同，诚如刘克庄所说："欧公诗如昌黎，不当以诗论。本朝诗惟宛陵为开山祖师。宛陵出然后桑濮之淫哇稍熄，风雅之气脉复续，其功不在欧、尹下。"⑤强调了梅诗之于恢复古典审美理想之功。梅诗之苦吟，重技法的特色亦得到了欧阳修的认同，谓其

① 〔宋〕梅尧臣撰，朱东润编年校注：《梅尧臣集编年校注》，上海古籍出版社 2006 年版，第 115 页。

② 〔宋〕梅尧臣撰，朱东润编年校注：《梅尧臣集编年校注·附录》，上海古籍出版社 2006 年版，第 1164 页。

③ 罗根泽著：《中国文学批评史·晚唐五代文学批评史》，上海书店出版社 2003 年版，第 517 页。

④ 罗根泽著：《中国文学批评史·晚唐五代文学批评史》，上海书店出版社 2003 年版，第 507 页。

⑤ 〔宋〕刘克庄撰，王秀梅点校：《后村诗话》前集卷二，中华书局 1983 年版，第 22 页。

"平生苦于吟咏，以闲远古淡为意，故其构思极艰"①。 罗根泽先生对于《续金针诗格》的产生有这样的推测："但新局面来了，也还有人留恋于旧的窠臼，此书便是其中的一例。"②这其实也是罗先生判断《续金针诗格》非梅尧臣所作的基本根据。 当我们注意到梅、欧之诗的殊异，以及梅尧臣与诗话时代无涉时，便会对《续金针诗格》为伪作的判断留下些许余地。 从这个意义上说，无论《续金针诗格》是否为伪作，也不失为一种分析梅尧臣诗学观的背景材料。

第四节　欧阳修与北宋诗文革新

欧阳修（1007—1072），字永叔，号醉翁，晚年更号六一居士，宋庐陵（今江西永丰）人。 天圣八年（1030）进士，官至枢密副使、参知政事。 欧阳修是北宋古文运动的领袖，"三苏"、曾巩、王安石皆出其门下。 在政治上，他曾分别参与范仲淹、曾公亮的政治改革。 对于文坛风气的改变贡献尤著。 著有《诗本义》《新五代史》等，与宋祁等合纂《新唐书》。 后人将其诗文编为《欧阳文忠集》。

欧阳修乃北宋中期的文坛祭酒，是一位对北宋文坛乃至社会风气产生重要影响的名公巨卿，这从苏轼与王安石的评价可见一斑。 苏轼云："宋兴七十余年，民不知兵，富而教之，至天圣、景祐极矣；而斯文终有愧于古。 士亦因陋守旧，论卑气弱。 自欧阳子出，天下争自濯磨，以通经学古为高，以救时行道为贤，以犯颜纳说为忠。 长育成就，至嘉祐末，号称多士，欧阳子之功为多。"③王安石谓之"器质之深厚，智识之高远，而辅学术之精微，故充于文章，见于议论，豪健俊伟，怪巧瑰琦"④，在北宋文坛具有无人可及的巨大影响力。

---

① 〔宋〕欧阳修撰，郑文校点：《六一诗话》，人民文学出版社1962年版，第6页。

② 罗根泽著：《中国文学批评史·晚唐五代文学批评史》，上海书店出版社2003年版，第507页。

③ 〔宋〕苏轼撰，孔凡礼点校：《苏轼文集》卷十《六一居士集叙》，中华书局1986年版，第316页。

④ 〔宋〕欧阳修撰，李之亮笺注：《欧阳修集编年笺注》附录卷三《祭欧阳文忠公文》，巴蜀书社2007年版，第8册第478—479页。

一、力矫"太学体"，倡行自然古文

欧阳修诗文革新所革的对象为何？ 这也是厘定欧阳修历史地位的前提。 对此，《续资治通鉴长编》有这样的记载："嘉祐二年，春正月癸未，翰林学士欧阳修权知贡举。 先是，进士益相习为奇僻，钩章棘句，寖失浑淳，修深疾之，遂痛加裁抑，仍严禁挟书者。 及试榜出，时所推誉，皆不在选。 嚣薄之士，候修晨朝，群聚诋斥之，至街司逻吏不能止；或为《祭欧阳修文》投其家，卒不能求其主名置于法。 然文体自是亦少变。"①欧阳修所裁抑的即"太学体"。 时人韩琦有这样的记载："举者务为险怪之语，号太学体，公一切黜去，取其平淡造理者即预奏名。 初虽怨讟纷纭，而文格终以复故者，公之力也。"②当然，对"太学体"文风的具体内容，学界聚讼不已，清人沈德潜认为"太学体"即杨亿、刘筠的西昆体骈文，曾枣庄、葛晓音以及日本东英寿等学者认为"太学体"是奇涩险怪的古文。③ 朱刚认为："'太学体'主要不是石介的影响在历史上的残留，而是欧阳修后辈企图超越前人的尝试。"④张兴武认为："'太学体'并非'古文'，而是一种流行于学校与科场之间的应试文风，其文体范畴包括'赋''策'和'论'。""石介以'庆历新政'为背景创作的《庆历圣德颂》，集中体现了议论怪诞、语言僻涩的文风特点，是一篇'太学体'的范文。"⑤根据时人韩琦等的记载，我们认为，"太学体"是流行于太学，蔓延于科场的一种以险怪为特征的文风。 欧阳修于嘉祐二年知贡举，其登第与黜落之判，影响不仅仅囿于科选，而是对当时古文中的险怪新弊的纠矫作用。 这在苏轼的《谢欧阳内翰书》中得到了印证：

> 天下之事，难于改为。 自昔五代之余，文教衰落，风俗靡靡，日以涂

① 〔宋〕李焘编：《续资治通鉴长编》卷一百八十五，中华书局 2004 年版，第 4467 页。

② 〔宋〕欧阳修撰，李之亮笺注：《欧阳修集编年笺注》附录卷四《故观文殿学士太子少师致仕赠太子太师欧阳公墓志铭》，巴蜀书社 2007 年版，第 8 册第 514 页。

③ 详见曾枣庄《北宋古文运动的曲折过程》（《文学评论》1982 年第 5 期），葛晓音《欧阳修排抑"太学体"新探》（《北京大学学报》1983 年第 5 期）及东英寿《"太学体"考》（载东英寿《复古与创新》，上海古籍出版社 2005 年版）。

④ 朱刚：《"太学体"及其周边诸问题》，《文学遗产》2007 年第 5 期。

⑤ 张兴武：《"太学体"文风新论》，《文学评论》2008 年第 6 期。

地。圣上慨然太息，思有以澄其源，疏其流，明诏天下，晓谕厥旨。于是招来雄俊魁伟敦厚朴直之士，罢去浮巧轻媚丛错彩绣之文，将以追两汉之余，而渐复三代之故。士大夫不深明天子之心，用意过当，求深者或至于迂，务奇者怪僻而不可读，余风未殄，新弊复作。大者镂之金石，以传久远；小者转相摹写，号称古文。纷纷肆行，莫之或禁。①

　　苏轼乃欧阳修嘉祐二年知贡举时的局中人，当其被欧阳修"擢在第二"后，随即呈书致谢。该文历述了宋代以来的文坛风习流变过程，表彰了欧阳修借科举"收拾先王遗文"，改变文坛风习的功绩。大意是指西昆熄而古文兴，然古文家因"用意过当"，遂有"求深者或至于迂，务奇者怪僻而不可读"之"新弊"。苏轼所述士大夫为文之"新弊"，与"太学体"的特征正相符合。显然，"太学体"是指文人因"不深明天子之心"②，流行于太学而广及整个文坛的求深务奇的文体风格。

　　欧阳修是北宋诗文革新运动的旗帜，但这一运动所革对象则并不十分清晰。有人认为，欧阳修的诗文理论，乃针对西昆而发，如，有诗云："庐陵之诋杨、钱，无异公安毁王李。"我们有必要引据欧阳修对当时诸种文学现象的态度以说明。因为当时西昆体的影响较大，论者往往认为欧阳修的诗文革新乃是因西昆而起，但事实上，欧阳修对杨亿及西昆派颇多褒赞，如《六一诗话》载：

　　　　杨大年与钱、刘数公唱和，自《西昆集》出，时人争效之，诗体一变。而先生老辈患其多用故事，至于语僻难晓，殊不知自是学者之弊。如子仪《新蝉》云："风来玉宇乌先转，露下金茎鹤未知。"虽用故事，何害为佳句也。又如："峭帆横渡官桥柳，叠鼓惊飞海岸鸥。"其不用故事，又岂不佳乎？盖其雄文博学，笔力有余，故无施而不可，非如前世号诗人者，区区于

---

　　①　〔宋〕苏轼撰，孔凡礼点校：《苏轼文集》卷四十九，中华书局1986年版，第1423页。

　　②　所谓"天子之心"当是欧阳修所谓"天圣中，天子下诏书，敕学者去浮华，其后风俗大变"（《欧阳修诗文集校笺》卷四十七《与荆南乐秀才书》，上海古籍出版社2009年版，第1174页）。

风云草木之类,为许洞所困者也。①

在《归田录》中又云:"杨大年每欲作文,则与门人宾客饮、博、投壶、奕棋,语笑喧哗,而不妨构思。 以小方纸细书,挥翰如飞,文不加点,每盈一幅则命门人传录,门人疲于应命,顷刻之际,成数千言。 真一代之文豪也。"②欧阳修在洛阳期间曾做过钱惟演的幕僚,其诗有云:"我昔初官便伊、洛,当时意气尤骄矜。 主人乐士喜文学,幕府最盛多交朋。"③称钱的诗作云:"西洛故都,荒台废沼,遗迹依然,见于诗者多矣。 惟钱文僖公一联最为警绝,云:'日上故陵烟漠漠,春归空苑水潺潺。'"④不但如此,对于西昆之后劲晏殊亦评价甚高,如:

> 晏元献公喜评诗,尝曰:"'老觉腰金重,慵便枕玉凉',未见富贵语,不如'笙歌归院落,灯火下楼台',此善言富贵者也。"人皆以为知言。⑤

又云:

> 晏元献公文章擅天下,尤善为诗,而多称引后进,一时名士往往出其门。⑥

从欧阳修的著述来看,他对西昆派了无贬辞。 当然,欧阳修为宦以原则为本,评诗衡文也秉持同样的原则。 欧阳修虽然主观上对西昆体并无强烈的纠矫

① [清] 何文焕辑:《历代诗话·六一诗话》,中华书局 2004 年版,第 270 页。
② [宋] 欧阳修撰,李逸安点校:《欧阳修全集》卷一百二十六《归田录》卷一,中华书局 2001 年版,第 1923 页。
③ [宋] 欧阳修撰,李逸安点校:《欧阳修全集》卷五《送徐生之渑池》,中华书局 2001 年版,第 85 页。
④ [宋] 欧阳修撰,李逸安点校:《欧阳修全集》卷一百二十八,《诗话》,中华书局 2001 年版,第 1955 页。
⑤ [宋] 欧阳修撰,李逸安点校:《欧阳修全集》卷一百二十七《归田录》卷二,中华书局 2001 年版,第 1928—1929 页。
⑥ [宋] 欧阳修撰,郑文校点:《六一诗话》,人民文学出版社 1962 年版,第 13 页。

或变革意识，但客观上还是显示了与西昆迥然不同的文学取向。欧阳修是操文柄者，以文学经世是其必然选择，他屡屡申论"文章不为空言而期于有用"（《荐布衣苏洵状》），对文坛最大的改变也在于使文章"系乎治乱"，他改变科场及"太学体"的目的亦在于此。其《与黄校书论文章书》云：

> 蒙问及丘舍人所示杂文十篇，窃尝览之，惊叹不已。其《毁誉》等数短篇尤为笃论，然观其用意在于策论，此古人之所难工，是以不能无小阙。其救弊之说甚详，而革弊未之能至。见其弊而识其所以革之者，才识兼通，然后其文博辩而深切，中于时病而不为空言。盖见其弊，必见其所以弊之因，若贾生论秦之失，而推古养太子之礼，此可谓知其本矣。然近世应科目文辞，求若此者盖寡，必欲其极致，则宜少加意，然后焕乎其不可御矣。文章系乎治乱之说，未易谈，况乎愚昧，恶能当此？愧畏愧畏！①

欧阳修对于丘舍人所作《毁誉》诸篇杂文"惊叹不已"，即是因为丘舍人就科目而发的救弊之论。欧阳修不但期期以革弊，且要"必见其所以弊之因"，主张"发声通下情"②。文以经世，这是他倡导古文的根本动力，也是我们判断"太学体"的特征，以及他所革文坛之"弊"的内涵的依据。

二、文道观

苏轼《祭欧阳文忠公夫人文》云：

> 契阔艰难，见公汝阴。多士方哗，而我独南。公曰子来，实获我心。我所谓文，必与道俱。见利而迁，则非我徒。又拜稽首，有死无易。③

---

① ［宋］欧阳修撰，洪本健校笺：《欧阳修诗文集校笺》外集卷十七，上海古籍出版社 2009 年版，第 1784 页。

② ［宋］欧阳修撰，李逸安点校：《欧阳修全集》卷一《赠杜默》，中华书局 2001 年版，第 14 页。

③ ［宋］苏轼撰，孔凡礼点校：《苏轼文集》卷六十三《祭欧阳文忠公夫人文》，中华书局 1986 年版，第 1956 页。但朱熹认为"我所谓文，必与道俱"，乃苏轼所说，显系误读。

"我所谓文，必与道俱"，是欧阳修文道观的清晰表述。除此，欧阳修在《答吴充秀才书》中，还曾提出"道胜文至"：

夫学者未始不为道，而至者鲜焉，非道之于人远也，学者有所溺焉尔。盖文之为言，难工而可喜，易悦而自足。世之学者往往溺之，一有工焉，则曰："吾学足矣。"甚者至弃百事不关于心，曰："吾文士也，职于文而已。"此其所以至之鲜也。……圣人之文虽不可及，然大抵道胜者，文不难而自至也。故孟子皇皇不暇著书，荀卿盖亦晚而有作。若子云、仲淹，方勉焉以模言语，此道未足而强言者也。后之惑者，徒见前世之文传，以为学者文而已，故愈力愈勤而愈不至。此足下所谓终日不出于轩序，不能纵横高下皆如意者，道未足也。若道之充焉，虽行乎天地，入于渊泉，无不之也。①

对于文道关系，欧阳修还有这样的表述："道纯则充于中者实，中充实则发为文者辉光。"②又说："君子之于学也务为道，为道必求知古，知古明道，而后履之以身，施之于事，而又见于文章而发之，以信后世。"③这些表述似乎与道学家的文论颇有相通之处，并成为研究欧阳修文学思想的一个难题。茅坤云："论为文本乎学道，道胜者文不难而自至，最是确论。"④茅坤等唐宋派文人浸淫于阳明学，论文亦带有性理之学的色彩，对欧阳修道胜文至之论的称赞也与其学术背景有关。而叶向高则认为欧阳修所论是指作家人品而非道学，云："自宋以前，词章人品犹相为引重，故曰：'道胜者文不难而自至。'仁义之人，其言蔼如。而今稍知雕刿，不问操持，放浪形骸，希心旷达，课以伦常，茫如拼

---

① ［宋］欧阳修撰，洪本健校笺：《欧阳修诗文集校笺·居士集》卷四十七，上海古籍出版社 2009 年版，第 1177 页。

② ［宋］欧阳修撰，李逸安点校：《欧阳修全集》卷六十九《居士外集》卷十九《答祖择之书》，中华书局 2001 年版，第 1010 页。

③ ［宋］欧阳修撰，李逸安点校：《欧阳修全集》卷六十七《居士外集》卷十七《与张秀才棐第二书》，中华书局 2001 年版，第 978 页。

④ ［明］茅坤：《唐宋八大家文钞》卷三十九，文渊阁四库全书本，台湾商务印书馆 1986 年版，第 1383 册第 452 页。

影。"①清人卢锡晋、张照等人则认为欧阳修的文道观是对韩柳文论的继承。 卢锡晋《书醉翁亭记后》云："欧阳子以善学昌黎之文名后世，昌黎《答李秀才书》云：'吾于古非好其辞也，好其道焉耳。'即欧阳子《送吴充秀才》亦云'道胜者文不难而自至也'。 道一而已，穷而善其身，达而施之于民，皆是也。"②张照云："韩柳而后，人推欧阳在李孙之上，今三人论文之语具在，若出一口。 韩之言曰：'根之茂者其实遂，膏之沃者其光晔，仁义之人，其言蔼如。'柳之言曰：'大都文以行为本，在先诚其中。'与此文所云'大抵道胜者文不难而自至'，真如一堂两琴，鼓此而彼应者矣。 学文者不以三人者为归，则奚归? 如以此三人为准的，则所以用其心者，当不在文辞之末矣。"③后代学人认为欧阳修承绪韩柳最突出的印记就在于文道关系的表述。

考察欧阳修文道观时需要与道学（理学）家所论进行必要的辨析。 与道学家不同，欧阳修论道不论性。《中庸》云："率性之谓道。"朱熹释之曰："性即理也。""人物各循其性之自然，则其日用事物之间，莫不各有当行之路，是则所谓道也。"④可见，性乃道之实，心性是道学的根本，即所谓"能率性即道心"⑤。对于理与性的关系，陈淳曰："理是泛言天地间人物公共之理，性是在我之理，只这道理受于天而为我所有，故谓之性。"⑥因此，道学本质上是性理之学。 理学是内圣外王之学，内圣是他们论学的根本与出发点。 与"泛言天地间人物公共之理"相比较，他们更重视"在我之理"，亦即性的讨论。 因此，论学是否以性为核心范畴之一，是判断其是否理学或道学家的重要标准。 欧阳修长周敦颐十岁，欧阳修论学时，理学尚未形成系统规模。 但理学的形成是一个历时的过程，韩愈"寻坠绪之茫茫，独旁搜而远绍"⑦，承绪儒学先王之道，《原道》依

---

① 〔明〕叶向高撰：《苍霞草》卷十二《丁酉应天试录》，明万历刻本。

② 〔清〕卢锡晋撰：《尚志馆文述》，卷九《书醉翁亭记后》，清康熙刻雍正增修本。

③ 〔清〕张照撰：《唐宋文醇》卷二十二，文渊阁四库全书，台湾商务印书馆1986年版，第1447册第442页。

④ 〔宋〕朱熹撰：《四书章句集注·中庸章句》，中华书局1983年版，第17页。

⑤ 〔元〕许谦撰：《读中庸丛说》上，四部丛刊续编景元本。

⑥ 〔明〕胡广等纂修，周群、王玉琴校注，《四书大全校注》（上），武汉大学出版社2015年版，第141页。

⑦ 〔后晋〕刘昫等撰：《旧唐书》卷一百六十《韩愈本传》，中华书局1975年版，第4196页。

《大学》清晰地表达了内圣外王的学术路径。 更重要的是，他在《原性》中，详论"性情之品有三"，其论学路向实开理学心性论之先河。 同时的李翱则依《中庸》提出了"复性论"，以灭情复性为根本宗旨，并汲取了佛学心性论的内容建构了心性学说，为宋代理学的形成具有骅骝开道之功。 与韩愈、李翱相比较，欧阳修显示了迥然不同的学术路向，元人刘壎即认为，欧苏与周程学术殊异，其《合周程欧苏之裂》一文云：

> 永嘉有言,洛学起而文字坏。此语当有为而发。闻之云卧吴先生曰：
> "近时水心一家欲合周程欧苏之裂。又言,先儒谓欧文粹如金玉,又以为
> 有造化在其胸中而未有以道视之者。《答吴充秀才》一书,则其知道可见
> 矣。南丰说理则精于其师,如曰："及其心有所得而下二三百言,非所诣之
> 至,何以发明透彻。"东坡雄伟固所不逮伊洛,微言或未有过也。予详此
> 言,似谓欧曾可以合周程,而苏自一家,未知然否？反复绅绎,虽以道许六
> 一,以说理许南丰,终是未曾深入阃域,而千载唯以文章许二公也。况晦
> 翁诋斥苏文不遗余力,水心虽欲合之以矫俗,然其地位亦只文章家尔,终
> 不见其往复讲辨如吕陆也。晦庵《答杨履正》有曰："世之儒者,既大为利
> 禄所决溃于前而文辞组丽之习,见闻掇拾之工,又日夜有以渗泄之于其
> 后,使其心不复自知道之在是,虽欲慕其名而勉为之,然其所安,终在彼而
> 不在此也。"详味此语,则文章乃学道家之所弃,安可得而合哉?[①]

刘壎对于叶适欲弥合周程欧苏之裂颇不以为然，他认为，"以道许六一，以说理许南丰"乃"未曾深入阃域"而得出的不实结论。 欧、曾终不过是文章家，而与吕祖谦、陆九渊等人那样往复讲辨绝然不同。 同时，其后的朱熹等人更是排诋文章家，因此，欲合周程欧苏之裂并无事实根据。 刘壎还作《欧公言道不言性》，揭示了欧阳修与道学家的不同："《中庸》曰，'率性之谓道'，是性即道也。 欧阳公《答李诩书》曰'性非学者之所急，而圣人之所罕言'，六经所载，皆人事之切于世者，是以言之甚详，至于性也，百不一二言之，或因言而及焉，或专为性而言也，故虽言而不究。 ……'今之学者，于古圣人所皇皇汲汲者学

---

① 〔元〕刘壎撰：《隐居通议》卷二《欧公言道不言性》，清海山仙馆丛书本。

之行之，或未至其一二，乃好说性，以穷圣贤之所罕言而不究者，执后儒之偏说，事无用之空言。 此予所不暇也。'"①刘壎认为："盖公之意，以仁义礼乐为道之实，而不欲说性者，惧其沦于虚，亦其生平恶佛而恐其涉于禅也，故曰，执后儒之偏说，事无用之空言。 当是时，道学之说未盛也，公固已有忧矣。"由于这些根本的殊异，欧阳修之论受到了理学家的批评，杨龟山云："孟子遇人便道性善，永叔却言圣人之教，人性非所先。 永叔论列是非利害，文字上尽去得，但于性分之内全无见处，更说不行。 人性上不可添一物，尧舜以为万世法，亦只是率性而已。"刘壎深以为然，云："龟山之论为是。"②清人李驎亦有类似的评述："忠孝仁义皆性，而仁非性外物，尼父之教人莫先焉，则学者之所急，莫如性学，而欧阳子谓性非学者之所急，是为不知性是皆深得乎圣贤之意指，而取舍向背无所戾于道者也。"③在这种种批评声中，欧阳修所言之"道"与理学的殊异也得到了充分的彰显。

虽然欧阳修也谈到了"理"，但他所论"理"的内涵与道学家并不一致。 当理与心性情等内倾性范畴发生关系时，亦即作为性理时才具有理学的意义。 欧阳修所言之理则不同，他说："凡物有常理，而推之不可知者，圣人之所以不言也：磁石引针，螗蛆甘带，松化虎魄。"④"盛必有衰而生必有死，物之常理也。"⑤可见，欧阳修所言之理，是指自然界的规律而已，与理学家的理迥然有异。 欧阳修对"事无用之空言"⑥的批评即是因初兴的理学家而发。

理学是以性与天道为核心命题的学说，其核心观念之一是在天人关系方面以万物一体为特征。《中庸》谓："诚者物之终始，不诚无物。""诚者，非自成己而已也，所以成物也。 成己，仁也；成物，知也。 性之德也，合外内之道也。"⑦

①　〔元〕刘壎撰：《隐居通议》卷二《欧公言道不言性》，清海山仙馆丛书本。

②　〔元〕刘壎撰：《隐居通议》卷二《欧公言道不言性》，清海山仙馆丛书本。

③　〔清〕李驎撰：《虬峰文集》卷十五《重刻读书一得序》，《泰州文献》第四辑第60册，凤凰出版社2015年版，第458页。

④　〔宋〕欧阳修撰，李逸安点校：《欧阳修全集》卷一百二十九《物有常理说》，中华书局2001年版，第1970页。

⑤　〔宋〕欧阳修撰，李逸安点校：《欧阳修全集》卷五十《祭蔡端明文》，中华书局2001年版，第708页。

⑥　〔宋〕欧阳修著，洪本健校笺：《欧阳修诗文集校笺》居士集卷四十七《答李诩第二书》，上海古籍出版社2009年版，第1170页。

⑦　〔宋〕朱熹撰：《四书章句集注》，中华书局1983年版，第34页。

以"诚"作为合外内之道的中介，这也是理学的基本学术路向。《中庸》在理学体系中占据特殊的地位，与其"合外内之道"的理论特质密切相关。 在这方面，欧阳修同样与理学持论迥异。 欧阳修在《新五代史·司天考第二》中曰："盖圣人不绝天于人，亦不以天参人。 绝天于人则天道废，以天参人则人事惑，故常存而不究也。"[①]所谓"不以天参人"，显然与理学的路数不同。 他虽然也说"绝天于人则天道废"，但天人之所以不绝，仅是为天道存在的理由而已，而"天参人则人事惑"才是他持论的基本点。 因此，他公然说："昔孔子作《春秋》而天人备，予述本纪，书人而不书天。"[②]因此，后世对欧阳修"不以天参人"的观点也物议甚多。 如，宋人胡寅《读史管见》云："夫天人无二道，心迹不可判，此孔孟之学也。 于《司天考》而见欧阳氏之分天于人，于论为人后而见欧阳氏之别心于迹。 使其概乎有闻，则其论不至若是慎，而使天下之为父子者不定也。"[③]胡寅乃至将欧阳修"不以天参人"之说与其在"濮议"时拥濮王为皇考的表现联系起来，认为欧阳修之失是因分天于人所致。 宋人王应麟《困学纪闻》亦云："欧阳子之论笃矣，而'不以天参人'之说，或议其失。"[④]

欧阳修虽然以文章命世，但他并不是一个纯粹的文章家，而是北宋中期社会有重要影响的政治人物。 他在政治上参加了范仲淹的改革，其诗文革新理论也是因应政治改革的大背景而产生的。 范仲淹曾这样描述当时的文坛风习不变大势："（尹师鲁）其文谨严，辞约而理精。 章奏疏议，大见风采。 士林方耸慕焉。 遽得欧阳永叔从而大振之，由是天下之文一变而古，其深有功于道欤。"[⑤]尹师鲁的谨严文风，主要见之于章奏疏议。"从而大振之"的欧阳修也因承了尹师鲁的传统，这也是欧阳修与理学家们迥异的论文动因。 虽然欧阳修文道关系的一些论述与理学家颇为形似，但内容迥然不同，他的道，绝不是性理之道，而

---

① 〔宋〕欧阳修撰：〔宋〕徐无党注：《新五代史》卷五十九《司天考第二》，中华书局 1974 年版，第 705 页。

② 〔宋〕欧阳修撰：〔宋〕徐无党注：《新五代史》卷五十九《司天考第二》，中华书局 1974 年版，第 705 页。

③ 〔清〕吴光耀撰：《五代史记纂误续补》卷六，《续修四库全书》第 292 册，上海古籍出版社 2002 年版，第 520 页。

④ 〔宋〕王应麟撰，〔清〕翁元圻辑注，孙通海点校：《困学纪闻注》卷十四《考史》，中华书局 2016 年版，第 1810 页。

⑤ 〔宋〕范仲淹撰，〔清〕范能濬编，薛正兴校点：《范仲淹全集》，凤凰出版社 2004 年版，第 183 页。

是现实之道，寓"百事"之道。 据载："方贬夷陵时，无以自遣，因取旧案反覆观之，且见其枉直乖错不可胜数，于是仰天叹曰：'以荒远小邑，且如此，天下可知！'自尔，遇事不敢忽。 学者求见，所与言未尝及文章，惟谈吏事，谓文学止于润身，政事可以及物。"①因此，欧阳修的文道之论实质讨论的是文学与社会生活而不是与儒家道统的关系，这从其对李翱的作品的评介与道学家的殊异中亦可看出。 李翱在理学思想史上是首先以《中庸》为据，旁及《易》《大学》等儒学经典论述其心性理论的学者，其心性理论在《复性书》中表现得最为充分，但欧阳修对其评价甚低，云："予始读翱《复性书》三篇，曰此《中庸》之义疏尔。 智者诚其性，当读《中庸》，愚者虽读此，不晓也，不作可焉。"但当其读《幽怀赋》之时，则浩叹不已："然后置书而叹，叹已复读，不自休。 恨翱不生于今，不得与之交，又恨予不得生翱时，与翱上下其论也。"②《幽怀赋》乃忧时痛国之作。 可见，欧阳修对李翱所重，乃在于文之经世。 就其文体而言，称道李翱的是赋而非性理之文。 因此，欧阳修文论中的重"道"之论，实际是对孜求藻丽而不及于物的文风的反拨，与理学家重视性理之道迥然不同。 欧阳修既重道，亦重文，这在其《代人上王枢密求先集序书》论及信与文的关系时表现得尤为明显："君子之所学也，言以载事，而文以饰言，事信言文，乃能表见于后世。《诗》《书》《易》《春秋》，皆善载事而尤文者，故其传尤远。""甚矣，言之难行也！ 事信矣，须文；文至矣，又系其所恃之大小，以见其行远不远也。""其言之所载者大且文，则其传也章；言之所载者不文而又小，则其传也不章。"③"道胜""事信""言文"兼顾，是政治家、文学家欧阳修文论的总体风貌。

三、"穷而后工"说以及对诗文艺术特征的探讨

欧阳修与理学家文论最重要的区别在于欧阳修是当时公论的文坛领袖，他对

---

① 〔清〕黄宗羲撰，〔清〕全祖望补修，陈金生、梁运华点校：《宋元学案》卷四《庐陵学案》，中华书局 1986 年版，第 183—184 页。

② 〔宋〕欧阳修著，洪本健校笺：《欧阳修诗文集校笺》外集卷二十三《读李翱文》，上海古籍出版社 2009 年版，第 1910—1911 页。

③ 〔宋〕欧阳修著，洪本健校笺：《欧阳修诗文集校笺》外集卷十七《代人上王枢密求先集序书》，上海古籍出版社 2009 年版，第 1777—1778 页。

文的功能有清醒的认识。《薛简肃公文集序》云：

> 君子之学，或施之事业，或见于文章，而常患于难兼也。盖遭时之士，功烈显于朝廷，名誉光于竹帛，故其常视文章为末事，而又有不暇与不能者焉。至于失志之人，穷居隐约，苦心危虑而极于精思，与其有所感激发愤惟无所施于世者，皆一寓于文辞。①

欧阳修不但孜求文学以经世，对文学之于"失志之人"的遣兴功能亦有充分的认识。 他在《梅圣俞诗集序》中提出了"诗穷而后工"说：

> 予闻世谓诗人少达而多穷，夫岂然哉？盖世所传诗者，多出于古穷人之辞也。凡士之蕴其所有而不得施于世者，多喜自放于山巅水涯。外见虫鱼、草木、风云、鸟兽之状类，往往探其奇怪。内有忧思感愤之郁积，其兴于怨刺，以道羁臣、寡妇之所叹，而写人情之难言，盖愈穷则愈工。然则非诗之能穷人，殆穷者而后工也。②

这是欧阳修为其挚友梅尧臣的诗作而发，更是欧阳修对于文学规律深切思考后的感喟之言。 欧阳修所谓"穷"，主要不是指作家的生活状况，而是指作家政治、事业上的困厄。 因其困厄而"内有忧思感愤之郁积"，遂有"人情之难言"，不同凡响的作品得以形成。 同时，欧阳修所论还涉及了隐逸之士触事感物，得江山之助以抒襟怀的内容。 当然，隐士之隐，乃险恶的政治环境使其不得不隐，虽隐而忧思不绝，现实始终是欧阳修关注的文学创作之源。 欧阳修之"穷而后工"说，是继司马迁"发愤著书"、韩愈"不平则鸣"之后，又一次对社会政治之于作家的情感、创作激情以及审美境界作用的深刻揭示。 欧阳修所谓"工"，就是指作家能"写人情之难言"的独特技法。 就具体的体裁而言，则是各自不同的表现特色与原则，亦即"法"。 欧阳修诸体皆工，对于不同的体裁，

---

① 〔宋〕欧阳修著，洪本健校笺：《欧阳修诗文集校笺》居士集卷四十四，上海古籍出版社 2009 年版，第 1128—1129 页。

② 〔宋〕欧阳修著，洪本健校笺：《欧阳修诗文集校笺》居士集卷四十二，上海古籍出版社 2009 年版，第 1092—1093 页。

他提出了不同的原则。 对于文，则期以"简而有法"①，当然，这是一个极高的
标准："在孔子六经惟《春秋》可当之。"②对于"法"的内容，欧阳修虽未及详
论，但他在《代人上王枢密求先集序书》中说："事信言文，乃能表见于后世。
《诗》《书》《易》《春秋》，皆善载事而尤文者，故其传尤远。"③在《与陈之方
书》中称赞陈氏之文曰："若吾子之文，辩明而曲畅，峻洁而舒迟，变动往来，有
驰有止，而皆中于节，使人喜慕而不厌者，诚难得也。"④就墓志而言，从他为范
仲淹所作的神道碑和为尹洙所作的墓志铭中可见一斑，首先，循《春秋》之义，
"痛之益至则其辞益深"。 其次，志文与主人文风相谐："师鲁之志用意特深而语
简，盖为师鲁文简而意深。"⑤再次，"所纪事，皆录实，有稽据，皆大节与人之
所难者。"⑥对于诗，他则是"责之愈切则其言愈缓"⑦。 欧阳修虽然追求各种
体裁的工巧，但仍以合乎自然为要，他说："君子之欲著于不朽者，有诸其内而
见于外者，必得于自然。"⑧"与造化争巧。"这在其晓畅自然的诗文风格中得到
了体现。 对此，理学家朱熹有这样的允评："文字到欧、曾、苏，道理到二程，
方是畅。"⑨

---

① 〔宋〕欧阳修著，洪本健校笺：《欧阳修诗文集校笺》外集卷二十三《论尹师鲁墓志》，上海古籍出版社 2009 年版，第 1916 页。

② 〔宋〕欧阳修著，洪本健校笺：《欧阳修诗文集校笺》外集卷二十三《论尹师鲁墓志》，上海古籍出版社 2009 年版，第 1916 页。

③ 〔宋〕欧阳修著，洪本健校笺：《欧阳修诗文集校笺》外集卷十七，上海古籍出版社 2009 年版，第 1777 页。

④ 〔宋〕欧阳修著，洪本健校笺：《欧阳修诗文集校笺》外集卷十八，上海古籍出版社 2009 年版，第 1826 页。

⑤ 〔宋〕欧阳修著，洪本健校笺：《欧阳修诗文集校笺》外集卷二十三《论尹师鲁墓志》，上海古籍出版社 2009 年版，第 1918 页。

⑥ 〔宋〕欧阳修著，洪本健校笺：《欧阳修诗文集校笺》外集卷十九《再与杜诉论祁公墓志书》，上海古籍出版社 2009 年版，第 1844 页。

⑦ 〔宋〕欧阳修著，洪本健校笺：《欧阳修诗文集校笺》外集卷二十三《论尹师鲁墓志》，上海古籍出版社 2009 年版，第 1917 页。

⑧ 〔宋〕欧阳修撰，李逸安点校：《欧阳修全集》卷一百四十《集古录跋尾·唐元结阳华岩铭》，中华书局 2001 年版，第 2239 页。

⑨ 〔宋〕黎靖德编，王星贤点校：《朱子语类》卷第一百三十九，中华书局 1986 年版，第 3309 页。

四、《六一诗话》及其对诗学批评样式的贡献

欧阳修晚年所作的《六一诗话》，虽自谓为"资闲谈"之作，且篇制不长，但颇具价值。

首先，体现了欧阳修的诗学审美取向。 欧阳修虽然强调文学当反映现实社会，但他同样重视艺术形式，尤其是在晚年所作的《六一诗话》中表达得最为明显。 如，对于诗歌的风格，欧阳修并不专美，这从他对两位友人梅尧臣、苏舜钦的诗歌评价中可以看出："圣俞、子美，齐名于一时，而二家诗体特异。 子美笔力豪隽，以超迈横绝为奇；圣俞覃思精微，以深远闲淡为意。 各极其长，虽善论者不能优劣也。"①他对西昆体的态度也比梅尧臣等人通达。 如，他对杨亿（大年）等人的西昆体时有称叹之辞：

> 杨大年与钱、刘数公唱和。自《西昆集》出，时人争效之，诗体一变；而先生老辈，患其多用故事，至于语僻难晓。殊不知自是学者之弊。如子仪《新蝉》云："风来玉宇乌先转，露下金茎鹤未知。"虽用故事，何害为佳句也！ 又如"峭帆横渡官桥柳，叠鼓惊飞海岸鸥"，其不用故事，又岂不佳乎？ 盖其雄文博学，笔力有余，故无施而不可，非如前世号诗人者，区区于风云草木之类，为许洞所困者也。②

对于艺术技巧的态度较为通达平和，而将西昆"语僻难晓"之憾，归因于"学者之弊"，而并非因文学本身。 其对于偶俪之文，亦不一意排斥，谓其"苟合于理，未必为非"③。 认为西昆诗人追慕的晚唐诗，虽然失却了李杜的豪放之格，然充分肯定了其"务以精意相高"的努力，称赞晚唐诗人周朴"构思尤艰，每有所得，必极其雕琢。 故时人称朴诗'月锻季炼，未及成篇，已播人口。'其名重当时如此"④。《六一诗话》屡屡表现了推重精思锤炼之意，如，他称颂梅尧

---

① 〔宋〕欧阳修撰，郑文校点：《六一诗话》，人民文学出版社 1962 年版，第 10 页。

② 〔宋〕欧阳修撰，郑文校点：《六一诗话》，人民文学出版社 1962 年版，第 13 页。

③ 〔宋〕欧阳修著，洪本健校笺：《欧阳修诗文集校笺》外集卷二十三《论尹师鲁墓志》，上海古籍出版社 2009 年版，第 1917 页。

④ 〔宋〕欧阳修撰，郑文校点：《六一诗话》，人民文学出版社 1962 年版，第 9 页。

臣"平生苦于吟咏，以闲远古淡为意，故其构思极艰"①。 对于郑谷的诗，虽然称其"极有意思，亦多佳句"，但指出其"格不甚高"。"以其易晓，人家多以教小儿。"②视其为不足。 对梅尧臣所说的"诗句义理虽通，语涉浅俗而可笑者，亦其病也"③深为赞同。 他还记述了补杜诗缺字实为炼字的细节：

> 陈公（从易）时偶得杜集旧本，文多脱误，至《送蔡都尉诗》云："身轻一鸟"，其下脱一字。陈公因与数客各用一字补之，或云"疾"，或云"落"，或云"起"，或云"下"，莫能定。其后得一善本，乃是"身轻一鸟过"。陈公叹服，以为："虽一字，诸君亦不能到也。"④

欧阳修实乃梅尧臣之桓谭，而推挹梅氏之作，即在于其能与音乐一样，具有感发人心之效，云：

> 盖诗者，乐之苗裔与！汉之苏、李，魏之曹、刘，得其正始。宋、齐而下，得其浮淫流佚。唐之时，子昂、李、杜、沈、宋、王维之徒，或得其淳古淡泊之声，或得其舒和高畅之节，而孟郊、贾岛之徒，又得其悲愁郁堙之气。由是而下，得者时有，而不纯焉。今圣俞亦得之。然其体长于本人情，状风物，英华雅正，变态百出，哆兮其似春，凄兮其似秋，使人读之可以喜，可以悲，陶畅酣适，不知手足之将鼓舞也。斯固得深者邪！其感人之至，所谓与乐同其苗裔者邪。⑤

诗乐合一，实即强调诗歌的声律之美，这在其对韩愈诗歌工于用韵的推求中得到了体现，他认为韩诗"盖其得韵宽，则波澜横溢，泛入傍韵，乍还乍离，出入回合，殆不可拘以常格，如《此日足可惜》之类是也；得韵窄，则不复傍出，

---

① 〔宋〕欧阳修撰，郑文校点：《六一诗话》，人民文学出版社 1962 年版，第 6 页。
② 〔宋〕欧阳修撰，郑文校点：《六一诗话》，人民文学出版社 1962 年版，第 7 页。
③ 〔宋〕欧阳修撰，郑文校点：《六一诗话》，人民文学出版社 1962 年版，第 11 页。
④ 〔宋〕欧阳修撰，郑文校点：《六一诗话》，人民文学出版社 1962 年版，第 8 页。
⑤ 〔宋〕欧阳修著，洪本健校笺：《欧阳修诗文集校笺》外集卷二十三《书梅圣俞稿后》，上海古籍出版社 2009 年版，第 1907 页。

而因难见巧，愈险愈奇，如《病中赠张十八》之类是也。 余尝与圣俞论此，以谓譬如善驭良马者，通衢广陌，纵横驰逐，惟意所之；至于水曲蚁封，疾徐中节，而不少蹉跌，乃天下之至工也"①。 对于西昆体的称赞，其实亦源于欧阳修追慕艺术技巧的诉求。

其次，赋予诗话体兼及纪事、述事的性质，展示了诗歌的创作背景。 由于中国古典诗歌推重含蓄蕴藉之美，对于诗歌的内涵鲜有直接的反映，但诗歌本质上是"感于哀乐，缘事而发"②。 因此，理解诗歌的题旨，首先需要了解诗歌的创作背景。 欧阳修精于史学，《六一诗话》对于诗歌创作的缘起、背景多有记述，这成为理解诗歌的重要参考，并受到学界的高度关注。 引史论诗，成为后世论诗的重要方式。 由于其具有史家怀抱，欧阳修在《六一诗话》中往往考求事理是否近实，如，他说："诗人贪求好句而理有不通，亦语病也。 如：'袖中谏草朝天去，头上宫花侍宴归。'诚为佳句矣；但进谏必以草疏，无直用稿草之理。 唐人有云：'姑苏台下寒山寺，半夜钟声到客船。'说者亦云句则佳矣，其如三更不是打钟时！ 如贾岛《哭僧》云：'写留行道影，焚却坐禅身。'时谓烧杀活和尚，此尤可笑也。 若'步随青山影，坐学白塔骨'，又'独行潭底影，数息树边身'，皆岛诗。 何精粗顿异也。"③据事理以论诗，遂成为其后诗话的重要内容。 欧阳修关于张继"姑苏台下寒山寺，半夜钟声到客船"批评，还引起了后世学者的注意，围绕着这一问题展开了诗歌特征以及诗歌真实性问题的讨论，大致反映了宋代以来关于诗歌真实性问题的变化轨迹。 如，宋人陈岩肖则根据自己居官苏州时的经历，证明"姑苏每三鼓尽四鼓初，即诸寺钟皆鸣，想自唐时已然也"④。 而范元实《诗眼》则据《南史》载，齐武帝景阳楼有三更五更钟为据，认为张继乃据实之作。⑤ 宋人王楙则认为半夜钟"盖有处有之，有处无

① 〔宋〕欧阳修撰，郑文校点：《六一诗话》，人民文学出版社 1962 年版，第 16 页。
② 〔汉〕班固撰，〔唐〕颜师古注：《汉书》卷三十《艺文志》，中华书局 1962 年版，第 1756 页。
③ 〔宋〕欧阳修撰，郑文校点：《六一诗话》，人民文学出版社 1962 年版，第 12 页。
④ 丁福保辑：《历代诗话续编·庚溪诗话》，中华书局 2006 年版，第 171 页。
⑤ 〔宋〕胡仔纂集，廖德明校点：《苕溪渔隐丛话》（前集），人民文学出版社 1962 年版，第 156 页。

之，非谓吴中皆如此"①。可见，宋人较注重诗歌的生活真实。而明人胡应麟则不屑于钟声闻否，云："张继：'夜半钟声到客船'，谈者纷纷，皆为昔人愚弄。诗流借景立言，惟在声律之调，兴象之合，区区事实，彼岂暇计？无论夜半是非，即钟声闻否，未可知也。"②许学夷附应胡应麟之论，云："足以破语皆实际之惑。"③清人尤侗也认为不必拘于是否真实，"诗人兴到之言，原不拘时刻，而今寒山寺僧遂于半夜撞钟，盖因张继之诗而寔之也"④。袁枚更将其视为有碍诗学发展的例证，谓："欧公讥其夜半无钟声，作诗话者又历举其夜半之钟以证实之，如此论诗，使人夭阏性灵，塞断机括，岂非'诗话作而诗亡'哉？"⑤可见，明清文人对于诗歌的文学性特征有了更多的理解。不难看出，欧阳修开出的诗学话头，成为后世讨论诗学特征的典型材料。值得一提的是，美国学者宇文所安从《六一诗话》的第八条关于杜甫《送蔡都尉诗》中的"身轻一鸟"后的脱字，经查善本而得知是"过"字，悟出了这样的道理："欧阳修告诉我们，如果我们不再学习和保存这些传统，将面临一个严重后果：会出现难以逾越的鸿沟，最优秀的东西将消失不见，任何一个当代诗人都无法弥补。"⑥他甚至指出，"教导读者正确关注并保存那些行将消失的东西是《六一诗话》作者默默承担的责任"⑦。《六一诗话》虽然篇幅不长，但纪实、征实的取向颇为清晰，并为其后的诗话体烙下了恒久的印记。

最后，开启了随笔体的诗学批评形式，为古代诗论提供了新的范式。欧阳修在《六一诗话》开篇即云："居士退居汝阴，而集以资闲谈也。"⑧但根据欧阳

---

① 〔宋〕王楙撰，王文锦点校：《野客丛书》卷第二十六，中华书局 1987 年版，第 299 页。

② 〔明〕胡应麟撰：《诗薮》外编卷四，上海古籍出版社 1979 年版，第 195 页。

③ 〔明〕许学夷撰，杜维沫校点：《诗源辩体》，人民文学出版社 1998 年版，第 5 页。

④ 〔清〕尤侗撰，李肇翔、李复波整理：《艮斋杂说·续说》卷八，中华书局 1992 年版，第 158 页。

⑤ 〔清〕袁枚撰，顾学颉校点：《随园诗话》卷八，人民文学出版社 1982 年版，第 249 页。

⑥ 〔美〕宇文所安著，王柏华、陶庆梅译，《中国文论：英译与评论》上海社会科学院出版社 2003 年版，第 406 页。

⑦ 〔美〕宇文所安著，王柏华、陶庆梅译，《中国文论：英译与评论》上海社会科学院出版社 2003 年版，第 407 页。

⑧ 〔宋〕欧阳修撰，郑文校点：《六一诗话》，人民文学出版社 1962 年版，第 5 页。

修一贯的创作态度，以及"晚年最后之笔"①的记载，《六一诗话》实乃作者精心结撰之作。 这种随笔体的诗学批评方式，对后世影响巨大，乃至几乎成为诗学批评的主要形式。 这种由欧阳修肇端的诗论形式受到后世诗家的普遍喜爱与追慕，而追求结构完整、系统的诗论著作十分鲜见。 这一现象实与中国古典诗歌的审美特征不无关系。 诗歌是一种最能体现作家创作个性的文学样式，其品评方式亦应与诗歌特征联系在一起。 当我们对《文心雕龙》《沧浪诗话》予以褒赞之时，恰恰忽略了严羽关于"诗有别材，非关书也；诗有别趣，非关理也"的忠告，诗歌的这一特点，在诗歌审美风格的多样性方面得到了体现。 诗歌风格问题是中国古代诗论的核心问题之一，但又极难名状，虽然诗论家亦有细致论列，但很难做到穷尽具足；《二十四诗品》以比物取象的方法，胜在象而非论，于诗"论"并无实质推进。 诗学批评只有把握诗歌自身的审美特征，真切地展示不同诗歌的个体差异，然后方可言诗。 肇始于欧阳修的这种随悟而得，看似零星而缺乏结构系统的批评样式，恰可灵活自如地表达诗学批评中具体而微的问题。它既不同于《文心雕龙》的"体大而虑周"，又不同于《二十四诗品》的飘忽不定，《六一诗话》以自然灵活的散记形式，记述了诗歌的风格、背景等内容。 作者以轻松机智的"资闲谈"笔调，表达了作者的意旨，似"闲谈"而寓深意。如，记述关于"梅都官诗"之谶，显然含有对于梅尧臣怀才不达之怨。《六一诗话》中还记述了仁宗朝达官慕"白乐天体"创作的趣事：

> 尝有一联云："有禄肥妻子，无恩及吏民。"有戏之者云："昨日通衢遇一辐辏车，载极重，而羸牛甚苦，岂非足下'肥妻子'乎？"闻者传以为笑。②

虽然涉笔戏谑，但其中蕴含着对效慕"白乐天体"浅俗之作的嘲讽；而对于杜甫诗"身轻一鸟"后的补字过程的记载，于简明的记述之中，又表达了欧阳修对诗歌语言追求精严、黜落浅俗的旨趣。

《六一诗话》对当时及后世产生了巨大的影响，如，德行功业冠绝一代的司

---

① ［清］永瑢等撰：《四库全书总目》卷一九五《六一诗话提要》，中华书局1965年版，第1781页。

② ［宋］欧阳修撰，郑文校点：《六一诗话》，人民文学出版社1962年版，第5页。

马光，即据《六一诗话》而作《续诗话》。 其后又有刘攽撰《中山诗话》、陈师道的《后山诗话》、魏泰的《临汉隐居诗话》、许顗《彦周诗话》、吕本中的《紫微诗话》、叶梦得的《石林诗话》，等等。 由欧阳修开启的诗话体，因其灵活自如的形式，促进了诗学批评的普及与深入。

五、《诗本义》在《诗经》学史上的地位

欧阳修重经学，所谓"众辞淆乱质诸圣"①。 但又有鲜明的疑经倾向，他怀疑《系辞》《文言》非孔子所作，《春秋》三传不可尽信，认为《诗经》毛郑传注存在诸多误说，等等。 他将经文比为水，把注疏、训诂比为沙土，认为，只有尽去沙土，经文之水才能澄明。 他在《诗本义》中对《诗序》的质疑，起到了改变学坛风气的作用。 诚如四库馆臣所云："自唐以来，说《诗》者莫敢议毛、郑。虽老师宿儒亦谨守《小序》。 至宋而新义日增，旧说几废。 推原所始，实发于（欧阳）修。"②朱熹正是从这个意义上肯定欧阳修地位的，云："旧来儒者不越注疏而已，至永叔、原父、孙明复诸公，始自出议论，如李泰伯文字亦自好。 此是运数将开，理义渐欲复明于世故也。"③虽然朱熹及四库馆臣肯定了欧阳修诠释经典的价值，其实欧阳修《诗本义》更多的是以文章家的角度来诠释《诗经》的，并无开启理学风气的意图。 或者说，欧阳修仅仅是在对待经典的态度上与理学家不约而同而已。 欧阳修因为家贫而未受经师的指导，据载，其"四岁而孤，母郑守节，亲诲之学。 家贫，以荻画地学书"④，因此，欧阳修之注经不同于经学家那样恪守师法、家法门户，并无先入之见。 欧阳修的种种疑经之论，并非有意破经注，他的疑经，是本于求实的为学态度。 如，他证《文言》非孔子所作云："穆姜卜而遇艮之《随》，乃引《文言》之辞以为卦说。 夫穆姜始筮

---

① ［宋］欧阳修撰，李逸安点校：《欧阳修全集》卷四十八《武成王庙问进士策》，中华书局 2001 年版，第 672 页。

② ［清］永瑢等撰：《四库全书总目》卷一五《毛诗本义提要》，中华书局 1965 年版，第 121 页。

③ ［宋］黎靖德编，王星贤点校：《朱子语类》卷第八十《解诗》，中华书局 1986 年版，第 2089 页。

④ ［清］黄宗羲撰，［清］全祖望补修，陈金生、梁运华点校：《宋元学案》卷四《庐陵学案》，中华书局 1986 年版，第 181 页。

时，去孔子之生尚十四年尔，是《文言》先于孔子而有乎。 不然，左氏不为诞妄也！"①欧阳修之论经，主要是依自己的感悟所得，并非以疑经非传注为目的，并非为新学张本。 因此，欧阳修对经传的态度，不能与理学的兴起做过多的联系。 理学家对于经典的态度最关键的不在于疑经，而是选定了符合他们学术思想的经典。 欧阳修重《易》《诗》《春秋》，而理学家则重"四书"。 这是欧阳修与理学家们显性的学术殊异。

欧阳修对经典的诠解，开启了文章家而非经学家的解经途径，他将《诗经》当成普通的作品进行学理分析，而不是据师法、家法传统。 如其《诗本义》载：

> 《卫风·氓》论曰：今考其诗一篇始终皆是女责其男之语。凡言子言尔者，皆女谓其男也。郑于"尔卜尔筮"独以谓告此妇人曰"我卜汝宜为室家"，且上下文初无男子之语，忽以此一句为男告女，岂成文理？②

据"文理"或上下"文义"而判断郑注之非，这在《诗本义》中在在皆是，如，释《野有死麕》云："'有女如玉'乃是作诗者叹其女德如玉之辞，尤不成文理，是以失其义也。"③释《柏舟》云："郑氏云，德备而不遇，所以愠者，则是仁人愠群小尔。 以文理考之，当是群小愠仁人也。"④释《九罭》曰："九罭之义，毛郑自相违戾，以文理考之，毛说为是也。"⑤释《鸿雁》曰："诗云'鸿雁于飞，肃肃其羽，之子于征，劬劳于野'。 以文义考之，当是以鸿雁比之子，而康成不然，乃谓鸿雁知辟阴就阳，喻民知就有道之子，自是侯伯卿士之述职者，

---

① ［宋］欧阳修著，洪本健校笺：《欧阳修诗文集校笺》外集卷十《十五国次解》，上海古籍出版社 2009 年版，第 1605 页。

② ［宋］欧阳修：《诗本义》卷第三，《文渊阁四库全书》第 70 册，台湾商务印书馆1986 年版，第 201 页。

③ ［宋］欧阳修：《诗本义》卷第二，《文渊阁四库全书》第 70 册，台湾商务印书馆1986 年版，第 192 页。

④ ［宋］欧阳修：《诗本义》卷第二，《文渊阁四库全书》第 70 册，台湾商务印书馆1986 年版，第 194 页。

⑤ ［宋］欧阳修：《诗本义》卷第五，《文渊阁四库全书》第 70 册，台湾商务印书馆1986 年版，第 216 页。

上下文不相须，岂成文理。 郑于三章所解皆然，则一篇之义皆失也。"①等等，欧阳修在《诗本义》中屡屡以文理破郑注，这与经学家郑玄以《易》笺《诗》或《诗》《礼》互证的路数迥然不同。

正因为如此，欧阳修有关经典的论述即使是门人亦有异议。 诚如《宋元学案》所记："王厚斋曰：欧阳公以《河图》《洛书》为怪妄。 东坡云：'著于《易》，见于《论语》，不可诬也。'南丰云：'以非所习见，则果于以为不然，是以天地万物之变为可尽于耳目之所及，亦可谓过矣。'苏、曾皆欧阳公门人，而议论不苟同如此！"②如果说欧阳修以文理判断《诗》之经注，客观上对宋学的铺垫作用尚属无心插柳之举，那么，他对经注神圣色彩的些许消解，改变了汉儒以《诗》为儒家教化工具的解《诗》路径，为其后将《诗》视为文学作品，探究其审美价值起到了先导作用，这或许是欧阳修欲发而不便发的胸中应有之意。

① ［宋］欧阳修撰：《诗本义》卷第六，《文渊阁四库全书》第70册，台湾商务印书馆1986年版，第224页。

② ［清］黄宗羲撰，［清］全祖望补修，陈金生、梁运华点校：《宋元学案》卷四《庐陵学案》，中华书局1986年版，第203页。

第十二章

北宋中期：学术与文学思想的深层互动期

第一节　理学家文论的多元性

　　宋代是理学形成与兴盛的时期。 总体而言，理学是排斥文学的，理学与诗学存在着异致，这是由理学与诗学各自的基本内涵与特征决定的。 但由于孔子即有"不学诗无以言"之训，《诗经》本身即见列于"五经"。 加之，科举赋诗更使诗歌成为士子们言志抒情的重要表现形式。 因此，文学是儒学及此后的理学不可回避的内容，但"诗人之赋丽以则，辞人之赋丽以淫"，由于创作主体的身份特征不同，作品的风格与内涵也具有一定的差异。 四库馆臣在论及金履祥所编的《濂洛风雅》时说："道学之诗与诗人之诗千秋楚越矣。 ……以濂洛之理责李杜，李杜不能争，天下亦不敢代为李杜争。 然而天下学为诗者，终宗李杜，不宗濂洛也。"①四库馆臣道出了道学之诗与诗人之诗的差异。 当然这只是概而言之，且持论较为偏激。 事实上，理学家的文论也经历了历时的过程。 其中，宋初"理学三先生"胡瑗、孙复、石介等人与欧阳修等古文家一样，都有重道之论，都推崇韩愈。 当然，由于理学家们论文具有较强烈的卫道意识，他们的文论与欧阳修等古文家又有殊异。 他们所论的道乃性理之道，而欧阳修等古文家则并不以持守性理之道为旨归。 理学家的文学观在文学观念史上并无显著的地位，其中一些偏宥的表述客观上对文学观念史的演进起到了一定的阻滞作用。 当然，理学家的文论决非铁板一块。"作文害道"并不是理学家文论的全

---

　　① 〔清〕永瑢等撰：《四库全书总目》卷一九一《濂洛风雅提要》，中华书局 1965 年版，第 1737 页。

部。 这也是我们专列一节，以北宋五子中文论颇具特点的周敦颐、邵雍、程颐以及程颢为主讨论理学家文论的多元性的目的。

周敦颐（1017—1073），字茂叔，道州营道（今湖南道县）人。 原名敦实，避宋英宗旧讳，改名。 官至知南康军。 周敦颐是一位"上接洙泗之统，下启河洛百世之传"①的"有宋理学之宗祖"②。 著有《通书》和《太极图说》。 其中《通书》第二十八有《文辞》篇：

> 文所以载道也。轮辕饰而人弗庸，徒饰也；况虚车乎！……文辞，艺也；道德，实也。笃其实，而艺者书之，美则爱，爱则传焉。贤者得以学而至之，是为教。故曰："言之无文，行之不远。"……然不贤者，虽父兄临之，师保勉之，不学也；强之，不从也。……不知务道德而第以文辞为能者，艺焉而已。噫！弊也久矣！③

周敦颐所论，与传统儒学一脉相承。 在文道关系中，道为主，文为辅，道如车载之物（实），文辞仅是"艺"而已。 他批评了"不知务道德而第以文辞为能"之弊。 但周敦颐又是理学家中文人情结较重的一位，黄庭坚云："春陵周茂叔人品甚高，胸中洒落，如光风霁月。 好读书，雅意林壑。"④他又肯定了"艺"的效用："美则爱，爱则传焉。"⑤文辞欠美，则无以传之。 周敦颐径以形象的车载之喻以论文道，可见其是一位注重道之审美表现的理学家。 以形象体现性理是周敦颐论学的一个特征。 他缘太极图以言说，借莲花以赞孤贞。 他赋诗以明道，论学亦注重节律声韵。 文道相兼而以道为本，是周敦颐文论的基本

① 〔宋〕朱熹撰，朱杰人等主编：《朱子全书·晦庵先生朱文公文集》卷七十九《韶州州学濂溪先生祠记》（第24册），上海古籍出版社2002年版，第3769页。

② 〔清〕李光地等撰：《御纂性理精义》，《文渊阁四库全书》第719册，台湾商务印书馆1986年版，第596页。

③ 〔宋〕周敦颐撰，陈克明点校：《周敦颐集》卷二《通书》，中华书局1990年版，第35—36页。

④ 〔宋〕黄庭坚撰，刘琳、李勇先、王蓉贵校点：《黄庭坚全集》正集卷第十二《濂溪诗》，四川大学出版社2001年版，第308页。

⑤ 〔宋〕周敦颐撰，陈克明点校：《周敦颐集》卷二《通书》，中华书局1990年版，第36页。

特点。周氏之道，乃道德之道。他说："圣人之道，仁义中正而已矣。"①
"道"内化而视其为"实"，这是理学家所持之道。周敦颐的文论虽然十分简括，但性理之学肇兴的色彩已十分明显。

北宋五子中创作诗歌最多的是邵雍（1011—1077）。邵雍，字尧夫，号安乐先生，共城（今河南辉县）人。著有《皇极经世》《渔樵问对》以及诗集《伊川击壤集》。其文学观念主要集中在《伊川击壤集·自序》之中，云："《击壤集》，伊川翁自乐之诗也。非唯自乐，又能乐时，与万物之自得也。"②对于诗之自乐功能，前人不乏其论，但邵雍将乐与"万物之自得"之乐相联系，体现了理学家万物一体的思维路径。这样，邵雍所归慕的乐，是一种大群之乐。同时，他还对《诗大序》中"吟咏情性"中的"情性"内涵进行了理学改造。在他看来，"情有七，其要在二，二谓身也、时也"。具体而言，"谓身则一身之休戚也，谓时则一时之否泰也"③。将"情"之要释之为"身"与"时"，并无经典依据。邵雍之强释，目的是要将"情"进行性理与社会学的改造，消解了"情"的一己性特征，而赋予内圣外王的理学含义，正如其以自乐而及于"万物之自得"之乐一样。且看："谓身则一身之休戚也，谓时则一时之否泰也。一身之休戚则不过贫富贵贱而已，一时之否泰则在夫兴废治乱者焉。""身"与"时"恰如内圣与外王的两翼。这样，情性便包含了更多的社会性内涵。邵雍批评诗人溺于情而失诸理的现象，云："近世诗人，穷戚则职于怨憝，荣达则专于淫佚。身之休戚发于喜怒，时之否泰出于爱恶，殊不以天下大义而为言者，故其诗大率溺于情好也。"④但邵雍为克服这一流弊开出的药方，并不是通过理学家们通常所秉持的一体的方法，因为"性者道之形体也，性伤则道亦从之矣。心者性之郛郭也，心伤则性亦从之矣。身者心之区宇也，身伤则心亦从之矣"⑤。邵雍认为"离乎害"的方法是"以道观道，以性观性，以心观心，以身观身，以物观物"，这样便可克服一己之休戚对于身、心、性、道因一体贯通而产生的危害。

---

① ［宋］周敦颐撰，陈克明点校：《周敦颐集》卷二《通书·道第六》，中华书局1990年版，第19页。

② ［宋］邵雍撰，郭彧整理：《邵雍集》，中华书局2010年版，第179页。

③ ［宋］邵雍撰，郭彧整理：《邵雍集》，中华书局2010年版，第179页。

④ ［宋］邵雍撰，郭彧整理：《邵雍集》，中华书局2010年版，第179页。

⑤ ［宋］邵雍撰，郭彧整理：《邵雍集》，中华书局2010年版，第179—180页。

通过"以物观物"的方法，也使得诗歌"吟咏情性"而不累于情。因为"人世之乐何尝有万之一二"，而"观物之乐复有万万"。① 这样，通过观物以赋诗，便可实现人世之乐。由于秉守着"以物观物"的方法，人生之乐便"未尝淫"而"溺于情"，亦即"吟咏情性"而不累于情。这样就自然守持了"哀而不伤，乐而不淫"的儒家中和传统。秉守"以物观物"的方法，"志士在畎亩，则以畎亩言"，其诗集《伊川击壤集》也是得名于此。不难看出，邵雍有关诗学的论述虽然不多，但颇具特色。邵雍通过纯然观物以赋诗，杜绝了"吟咏情性"溺于情的可能，其实是消解了诗歌寄兴抒情的作用，而成为不染情感的自然本体的呈现，即"如鉴之应形，如钟之应声"②。从这个意义上说，邵雍与王维诗歌表现的随缘澄净，一念不起的境界颇多相似，但不同的是王维乃得之于佛禅诸法皆空，而邵雍则是因其植根于皇极经世之高远宏大之学，从宇宙万物"以道生天地"的视角，消解了情感的存在。虽然邵雍的诗作并非真正忘怀世情，但鲜明的学术背景为邵雍诗学观念赋予了独特的色彩。邵雍的诗学是其观物思想的一种表现。他尚求"以物观物"，以发现"天地亦万物"；反对"以我观物"，认为"以我观物，情也"。这是其消解诗歌寄兴抒情传统的学术基础。

北宋理学家中二程对后世影响最大。程颢（1032—1085），字伯淳，河南洛阳人。嘉祐二年（1057）进士，世称明道先生。程颐（1033—1107）字正叔，程颢弟，世称伊川先生。二程都长期从事讲学活动。著作收于《河南二程全书》之中。

二程理学思想有异，对文学的态度也明显不同。程明道较重文学，"十岁能为诗赋"③，而程颐无一诗作存世。程颢《明道先生文》中单列"铭诗"一卷。其中不乏寓理趣于形象之中，妙证天道的作品。《偶成》一首，更是一篇脍炙人口的佳什。同时，他很重视《诗》的功能，云"学之兴起，莫先于《诗》。《诗》有美刺，歌诵之以知善恶治乱废兴"④，认为"学者不可以不看《诗》，看《诗》

---

① 〔宋〕邵雍撰，郭彧整理：《邵雍集》，中华书局 2010 年版，第 180 页。
② 〔宋〕邵雍撰，郭彧整理：《邵雍集》，中华书局 2010 年版，第 180 页。
③ 〔宋〕程颢、程颐撰，王孝鱼点校：《二程集·文集》卷十一《明道先生行状》，中华书局 2004 年版，第 630 页。
④ 〔宋〕程颢、程颐撰，王孝鱼点校：《二程集·程氏遗书》卷第十一《明道先生语》，中华书局 2004 年版，第 128 页。

便使人长一格价"①。 又说："必有《关雎》《麟趾》之意，然后可行周公法度。"②重视《诗》以涵养德性以及经世功能。

理学家重道轻文最为矫激的当数程颐。 对于道学与文学之间的关系，绕不开程颐关于"文"的极富争议的一些表述。 如，他说："今之学者有三弊：一溺于文章，二牵于训诂，三惑于异端。"③这一观点最为集中地体现在以下的对话之中：

> 问："作文害道否？"曰："害也。凡为文，不专意则不工，若专意则志局于此，又安能与天地同其大也？《书》曰'玩物丧志'，为文亦玩物也。吕与叔有诗云：'学如元凯方成癖，文似相如始类俳。独立孔门无一事，只输颜氏得心斋。'此诗甚好。古之学者，惟务养情性，其佗则不学。今为文者，专务章句，悦人耳目。既务悦人，非俳优而何？"④

毋庸讳言，程颐之论，堪称是理学贬斥文学最为矫激的一种表述，但还应看到的是，程颐的"害道"说，主要反对的是"专意"于文，"专务章句"，亦即"溺于文章"之弊。 他说的是不能局限于此，而应"与天地同其大"。 他并不完全否认文学的作用，这在"此诗甚好"中即可得到证明。 他反对的是刻意为文，强调的是在"务养情性"基础上的自然为文。 这从以上对话之后紧接着的后文中可以看出：

> 曰："古者学为文否？"曰："人见《六经》，便以谓圣人亦作文，不知圣人亦摅发胸中所蕴，自成文耳。所谓'有德者必有言'也。"曰："游、夏称文学，何也？"曰："游、夏亦何尝秉笔学为词章也？且如'观乎天文以察时变，

① 〔宋〕程颢、程颐撰，王孝鱼点校：《二程集·程氏外书》卷第十二，中华书局2004年版，第428页。

② 〔宋〕程颢、程颐撰，王孝鱼点校：《二程集·程氏外书》卷第十二，中华书局2004年版，第428页。

③ 〔宋〕程颢、程颐撰，王孝鱼点校：《二程集·程氏遗书》卷十八《伊川先生语》，中华书局2004年版，第187页。

④ 〔宋〕程颢、程颐撰，王孝鱼点校：《二程集·程氏遗书》卷十八《伊川先生语》，中华书局2004年版，第239页。

观乎人文以化成天下',此岂词章之文也。"①

显然,程颐所论并不包括诗歌。 还应注意的是,程颐反对的是"作"。 人们见到"六经",便认为圣人亦"作文",程颐认为这是误解,他认为圣人是情性养成而后之"自成文"。 这也印证了程颐之"作文害道",其着意点在于"作",而非"文"。 可见,程颐文学观的真实内涵在于:其一,主张修养德性而后自然成文,而非刻意"作"文。 其二,严分诗文。 他认为"文"乃是《论语》中作为四科之一的子游、子夏之"文学"。 在程颐看来,游夏之文学是无关乎词章的,是万物一体基础之上的自然之文。 其三,他对于诗歌及文学都是持否定态度,这从如下的对话中可以看出:

> 或问:"诗可学否?"曰:"既学时,须是用功,方合诗人格。既用功,甚妨事。古人诗云'吟成五个字,用破一生心';又谓'可惜一生心,用在五字上'。此言甚当。"先生尝说:"王子真曾寄药来,某无以答他,某素不作诗,亦非是禁止不作,但不欲为此闲言语。且如今言能诗无如杜甫,如云'穿花蛱蝶深深见,点水蜻蜓款款飞',如此闲言语,道出做甚?某所以不常作诗。"②

程颐对于诗的轻漠,是因为其"闲言语"而无用。 这与文有所不同,文如是因"作"而成,则有害道之嫌。 但对于儒家经典《诗经》,他依《诗大序》为本,极言《诗》感发人心之效,云:"《诗》者,言之述也。 言之不足而长言之,咏歌之,所由兴也。 其发于诚感之深,至于不知手之舞,足之蹈,故其入于人也亦深,至可以动天地,感鬼神。"③这既体现了程颐作为儒士体现的尊经态度,又是对其后诗歌"作"之不满。 当然,程颐之尊《诗》,仍体现了与文人不

---

① 〔宋〕程颢、程颐撰,王孝鱼点校:《二程集·程氏遗书》卷十八,中华书局2004年版,第239页。

② 〔宋〕程颢、程颐撰,王孝鱼点校:《二程集·程氏遗书》卷十八,中华书局2004年版,第239页。

③ 〔宋〕程颢、程颐撰,王孝鱼点校:《二程集·程氏经说》卷第三,中华书局2004年版,第1046页。

同的取向。 程颐解诗一依《诗序》，云："夫子虑后世之不知《诗》也，故序《关雎》以示之。 学《诗》而不求《序》，犹欲入室而不由户也。"《诗序》强调的正是《诗》作为儒家经典的教化之功，程颐云："夫子删之，得三百篇，皆止于礼义，可以垂世立教，故曰'兴于《诗》'，又曰'诵《诗》三百，授之以政，不达，使于四方，不能专对，虽多亦奚以为？'古之人，幼而闻歌诵之声，长而识刺美之意，古人之学，由《诗》而兴。"他作《诗解》，不是为了求得《诗》作为文学作品的本义，而是要因循《诗序》所昭示的"垂世立教"之功、"刺美之意"，是有感于"后世老师宿儒，尚不知《诗》义，后学岂能兴起也"①。 显然，这样的解《诗》与大致同时的欧阳修并不相同：欧阳修求《诗》本义而据"文理"，程颐则秉承了《诗序》关于《诗》之教化的传统。

同时，程颐之解《诗》，还体现了理学的特质，如，他据《大学》八条目以解《诗》，云："天下之治，正家为先。 天下之家正，则天下治矣。《二南》，正家之道也，陈后妃夫人大大夫妻之德，推之士庶人之家，一也。 故使邦国至于乡党皆用之；自朝廷至于委巷，莫不讴吟讽诵，所以风化天下。"②对于《二南》，《诗大序》谓其乃"正始之道，王化之基"③，程颐则首次提出其为"正家之道"，并得到了后世解《诗》的理学家们的认同。 同样，对于"雅"，《诗序》云："雅者，正也，言王政之所由废兴也。"程颐的解释则带有明显的理学色彩，云："雅者，陈其正理，'天生蒸民，有物有则，民之秉彝，好是懿德'是也。"④循理以解《诗》，借《诗》以明理。 程颐所解并非全《诗》，而是选取了便于发抒其理念的作品，并对此做出自己的诠释，这与欧阳修孜孜于据《诗》文以考其本义迥然有别。 如，《伐木》篇的宗旨，毛诗与三家诗认识不一。《毛序》云："《伐木》，燕朋友故旧也。"三家诗则认为该诗为刺诗，《韩序》曰："《伐木》废，朋友之道缺。 劳者歌其事，诗人伐木，自苦其事，故以为文。"鲁说曰：

① 〔宋〕程颢、程颐撰，王孝鱼点校：《二程集·程氏经说》卷第三，中华书局 2004 年版，第 1046 页。

② 〔宋〕程颢、程颐撰，王孝鱼点校：《二程集·程氏经说》卷第三，中华书局 2004 年版，第 1046 页。

③ 李学勤主编：《毛诗正义》（上），北京大学出版社 1999 年版《十三经注疏》标点本，第 20 页。

④ 〔宋〕程颢、程颐撰，王孝鱼点校：《二程集·程氏经说》卷第三，中华书局 2004 年版，第 1047 页。

"周德始衰，《伐木》有'鸟鸣'之刺。"①程颐则援据毛诗而敷演成逻辑严密的疏解文字："山中伐木，非一人能独为，必与同志者共之。既同其事，则相亲好，成朋友之义。伐木之人，尚有此义，况士君子乎？故赋伐木之人，叙其情，推其义，以劝朋友之义，燕朋友故旧则歌之，所以风天下也。"②而欧阳修则严格依凭《诗》文，略于敷衍引申之意，乃至意脉乖悖之处也如实列陈："《诗》云'伐木丁丁，鸟鸣嘤嘤。出自幽谷，迁于乔木。'又曰：'相彼鸟矣，犹求友声，矧伊人矣，不求友生。'考《诗》之意，是鸟在木上，闻伐木之声，则惊鸣而飞，迁于他木。方其惊飞，仓卒之际，犹不忘其类相呼而去，其在人也，可不求其友乎？其义甚明矣。然果如此义，则是此诗主以鸟鸣求友为喻尔，至其下章则了不及鸟鸣之意，但云'伐木许许''伐木于阪'便述朋友之事，与首章意殊不类。盖失其本义矣，故阙其所未详。"③

再如，《湛露》，《毛序》："天子燕诸侯也。"从诗中的"不醉无归"可以看出宴会热烈的场景，其中的"显允君子，莫不令德"之"令德"，当为畅饮之酒德。但程颐则据郑笺而进一步发挥，对"湛湛露斯，在彼杞棘"之"杞棘"做这样的解释："'杞'、'棘'，卑下之物，与小国诸侯，言诸国之君，皆明信君子，承王惠泽，莫不修德以奉上，忠顺之心，温克之容，皆令德也。"对于"其桐其椅"之"桐""椅"（程颐《诗解》作"梓"），程颐释之曰："'桐'、'梓'，高大之木，兴大国诸侯。湛露在桐梓之上，二物之茂盛，其实离离然，言大国之君，承王惠泽，莫不皆修其令善之仪。"④欧阳修则明显不同。对于《湛露》，欧阳修主要据《诗》文句以斥郑笺的穿凿之解，云："郑又以露之在物，柯叶低垂，喻诸侯有似醉之儿，天子赐爵，则儿变肃敬，有似露见日而晞，何其臆说也。《诗》但言露匪阳不晞尔，初无柯叶低垂之文，郑何从而得此义？"⑤所论一本于《诗》

①　〔清〕王先谦撰，吴格点校：《诗三家义集疏》卷十四《伐木》，中华书局1987年版，第569页。

②　〔宋〕程颢、程颐撰，王孝鱼点校：《二程集·程氏经说》卷第三，中华书局2004年版，第1072。

③　〔宋〕欧阳修：《诗本义》卷第六，四部丛刊三编景宋本。

④　〔宋〕程颢、程颐撰，王孝鱼点校：《二程集·程氏经说》卷第三，中华书局2004年版，第1076—1077页。

⑤　〔宋〕欧阳修：《诗本义》卷第六，四部丛刊三编景宋本。

句。四库馆臣有云:"盖文士之说《诗》,多求其意;讲学者之说《诗》,则务绳以理。"①欧阳修之《诗本义》,正是文士说《诗》的典范,程颐虽然与汉唐讲学的经师不同,但"务绳以理"则恰恰道出了程颐说《诗》主旨。据《诗》以演说天德的程度远过于其后的理学集大成者朱熹。

程颐的重道轻文之论实源于他对"文"的体认,程颐所论之"文"是基于理学万物一体,与万物相通的"人文"。应该看到,程颐的偏激之论对于文学思想的发展几无正面意义,但程颐之论还是给文留下了余地,其"摅发胸中所蕴"之"自成文",实乃与唐宋推重古文(散文)的文论家亦有相通之处。这种相通的深层次原因则在于古文乃理学学理得以展开的前提。程颐的重道轻文之论虽然对于文学思想的演进并无多少积极贡献,但从一个侧面体现了理学与文学之间的关系。

第二节　王安石前期实用文学观及其晚年诗论

欧阳修曾主天下文章之盟达三十年,在其影响之下,王安石、苏轼等人继踵于后而各有偏胜,从不同的方面将北宋文学思想推向了新的高度。

王安石(1021—1086),字介甫,号半山,临川(今属江西)人。科举中式后曾任地方官,仁宗嘉祐年间官至知制诰。神宗熙宁二年(1069)任参知政事,后两度为相,实行变法。后隐居江宁。有《临川集》。

王安石作为政治家,其文学以致用为上,较为集中地体现在《上人书》之中:

> 尝谓文者,礼教治政云尔。其书诸策而传之人,大体归然而已。而曰"言之不文,行之不远"云者,徒谓"辞之不可以已也",非圣人作文之本意也。
>
> 自孔子之死久,韩子作,望圣人于百千年中,卓然也。独子厚名与韩并。子厚非韩比也,然其文卒配韩以传,亦豪杰可畏者也。韩子尝语人文矣,曰云云,子厚亦曰云云。疑二子者,徒语人以其辞耳,作文之本意,不如是其已也。孟子曰:"君子欲其自得之也。自得之,则居之安;居之安,则资之深;资之深,则取诸左右逢其原。"孟子之云尔,非直施于文而已,然

① [清]永瑢等撰:《四库全书总目》卷一五《毛诗本义提要》,中华书局1965年版,第121页。

亦可托以为作文之本意。且所谓文者,务为有补于世而已矣。所谓辞者,犹器之有刻镂绘画也。诚使巧且华,不必适用;诚使适用,亦不必巧且华。要之以适用为本,以刻镂绘画为之容而已。不适用,非所以为器也。不为之容,其亦若是乎? 否也。然容亦未可已也,勿先之,其可也。①

　　这本质上是一种实用主义文学观,其文是"书诸策"的致用之文。 王安石又云:"治教政令,圣人之所谓文也。"②他以孜求适用、有补于世为本。 提出文章"及其能工也,大则不足以用天下国家,小则不足以为天下国家之用"③。 为了说明这一观念,乃至对孔子"言之不文,行之不远"以及叔向所说的"辞之不可以已也"做了重新诠释,认为这只是偶然之论,而"非圣人作文之本意",可见王安石为文唯求适用之笃。 王安石的这一论学旨趣,在其《诗新义》等经学著作中也得到了充分体现。《诗新义》努力抉发《诗经》中的政治伦理以救时济世,该书也是王安石文学观的学术背景之一。 当然,王安石并不完全否认形式的作用,他认为文辞形式即如同器物上的刻镂绘画之"容",虽然并不是全然无用("容亦未可已"),但应服从于适用为第一的原则("勿先之,其可也")。

　　基于文之内涵的认识,王安石认为韩柳的文道观"徒语人以其辞耳"。 这是因为韩柳等古文家虽然主张文以明道,但重点还在于为文,在于对文坛风习的"摧陷廓清"之功。 而王安石的人生理想显然不止于此,他婉拒了欧阳修的殷殷寄意,赋诗云:"欲传道义心虽壮,强学文章力已穷。 他日若能窥孟子,终身何敢望韩公!"④其上窥孟子,欲传道义之心更胜于传承韩公之文的期许。 不但如此,他还作讥韩之诗,云:"纷纷易尽百年身,举世何人识道真? 力去陈言夸末俗,可怜无补费精神!"⑤王安石对于韩愈的訾议,源于政治家急切的为文

　　① 〔宋〕王安石撰,李之亮笺注:《王荆公文集笺注》,巴蜀书社 2005 年版,第 1362—1363 页。

　　② 〔宋〕王安石撰,李之亮笺注:《王荆公文集笺注·与祖择之书》,巴蜀书社 2005 年版,第 1367 页。

　　③ 〔宋〕王安石撰,李之亮笺注:《王荆公文集笺注·上仁宗皇帝言事书》,巴蜀书社 2005 年版,第 34 页。

　　④ 〔宋〕王安石撰,李壁笺注:《王荆文公诗笺注·奉酬永叔见赠》,上海古籍出版社 2010 年版,第 827 页。

　　⑤ 〔宋〕王安石撰,李壁笺注:《王荆文公诗笺注·韩子》,上海古籍出版社 2010 年版,第 1313 页。

"有补于世"的现实情怀，而并不是要真正否定辞章的功能和价值。 王安石的这一观念在执政之后的实践之中得到了充分体现，据载："从王安石议，罢诗赋及明经诸科，专以经义、论、策试士。"①王安石执政之时的文学观，与其欲改变北宋积贫积弱、四郊多垒的政治局面有关。 但王安石较为偏激的功利实用的文学观对于文学的消极影响亦不容否认，这也是苏轼批评"王氏之文未必不善也"，但"好使人同己"，结果只能导致"惟荒瘠斥卤之地，弥望皆黄茅白苇"。② 王安石济世致用的文学观，还表现在对杜甫现实主义传统的追慕方面。王安石极尊杜甫，尝言："世间好语言，已被老杜道尽。"③他曾选四家诗，以杜甫为首，李白为末。 在《杜甫画像》诗中，推赞杜诗具有"力能排天斡九地，壮颜毅色不可求"④的气韵。 他推尊杜甫，根本原因是杜诗具有强烈的现实精神，即其所谓："常愿天子圣，大臣各伊周。 宁令吾庐独破受冻死，不忍四海赤子寒飔飔。"⑤

尽管如此，并不意味着王安石对文学功能缺乏认识。 他文列唐宋八大家之一，风格雄肆悍厉，识见卓绝，文学成就也从一个侧面体现了其文学思想。如，其《祭欧阳文忠公文》称叹欧阳修道："如公器质之深厚，智识之高远，而辅学术之精微，故充于文章，见于议论，豪健俊伟，怪巧瑰琦。 其积于中者，浩如江河之停蓄；其发于外者，烂如日星之光辉。 其清音幽韵，凄如飘风急雨之骤至；其雄辞闳辩，快如轻车骏马之奔驰。"⑥从阅读清音幽韵、雄辞闳辩的欧文的审美感受中，可见欧公之器质、智识、学术。 王安石在对欧公的缅怀之中，也道出了其对文质关系的真切体验。

---

①　[明]冯琦原编，陈邦瞻纂辑：《宋史纪事本末·学校科举之制》，中华书局 1977年版，第 371 页。

②　[宋]苏轼撰，孔凡礼点校：《苏轼文集》卷四十九《答张文潜县丞书》，中华书局 1986 年版，第 1427 页。

③　[宋]胡仔纂集，廖德明校点：《苕溪渔隐丛话》（前集），人民文学出版社 1962年版，第 90 页。

④　[宋]王安石撰，李壁笺注：《王荆文公诗笺注·杜甫画像》，上海古籍出版社 2010 年版，第 315 页。

⑤　[宋]王安石撰，李壁笺注：《王荆文公诗笺注·杜甫画像》，上海古籍出版社 2010 年版，第 316 页。

⑥　[宋]王安石撰，李之亮笺注：《王荆公文集笺注·祭欧阳文忠公文》，巴蜀书社 2005 年版，第 1669 页。

王安石晚年辞官隐居江宁后，文学观念也悄然发生了变化，尊体，亦即注重文学作品的规律渐成主流。他除了在文论方面提出"先体制而后工拙"，对诗歌艺术的论述尤为多见。他曾以解字言诗，云："诗字从言从寺。寺者，法度之所在也。"①以法度言诗，是王安石晚年文学观的一个重要改变，并在诗歌创作中得到了体现。陈师道在《后山诗话》中谓其"暮年诗益工"②。黄庭坚在《跋荆公禅简》中亦谓其"暮年小语，雅丽精绝，脱去流俗，不可以常理待之也"③。王安石的晚年诗作，造语新奇，在由唐风变而宋韵的过程中起到了不可忽视的作用，胡应麟《诗薮》有云："六一虽洗削西昆，而体尚平正，特不甚当行耳。推毂梅尧臣诗，亦自具眼。王介甫创撰新奇，唐人格调始一大变。苏黄继起，古法荡然。"④王安石晚年"诗益工，用意益苦"⑤，《石林诗话》云："荆公晚年诗律尤精严，造语用字间不容发。然意与言会，言随意遣，浑然天成，殆不见有牵率排比处。"⑥其绝句《泊舟瓜洲》"春风又绿江南岸"中的"绿"，曾屡改"十许字始定"⑦，而成为炼字的典范之作。又据严有翼《艺苑雌黄》载："行可云：王介甫最善下字，如'荒埭野鸡催月晓，空场老雉挟春骄'，下得'挟'字最好。"⑧等等。王安石炼字尤精于动词，这对宋诗风格特征的形成不无影响。

历代的诗话作品中还有一些关于王安石的论诗记载，颇受好评。

如，关于使事用典：

《蔡宽夫诗话》云："荆公尝云：'诗家病使事太多，盖皆取其与题合者

①　〔宋〕李之仪撰：《姑溪居士后集·文集卷十五〈杂题跋〉》，《文渊阁四库全书》第 1120 册，台湾商务印书馆 1986 年版，第 695 页。

②　〔清〕何文焕辑：《历代诗话·后山诗话》，中华书局 2004 年版，第 304 页。

③　〔宋〕詹大和等撰：《王安石年谱三种》，中华书局 1994 年版，第 220 页。

④　〔明〕胡应麟撰：《诗薮》外编卷五，上海古籍出版社 1979 年版，第 211 页。

⑤　〔宋〕何汶撰，常振国、绛云点校：《竹庄诗话》卷九，中华书局 1984 年版，第 168 页。

⑥　〔宋〕叶梦得撰：《石林诗话》卷上，〔清〕何文焕辑：《历代诗话》，中华书局 2004 年版，第 406 页。

⑦　〔宋〕洪迈撰，孔凡礼点校：《容斋随笔·续笔》卷八，中华书局 2005 年版，第 320 页。

⑧　傅璇琮编：《黄庭坚和江西诗派资料汇编》卷下，中华书局 1978 年版，第 491 页。

类之。如此乃是编事,虽工何益? 若能自出己意,借事以相发明,变态错出,则用事虽多,亦何所妨?'"①

关于诗人风格特征的凝练归纳:

　　荆公云:"诗人各有所得。'清水出芙蓉,天然去雕饰',此李白所得也。'或看翡翠兰苕上,未掣鲸鲵碧海中',此老杜所得也。'横空盘硬语,妥帖力排奡',此韩愈所得也。"②

关于对偶:

　　荆公云:"凡人作诗,不可泥于属对,如欧阳公作《泥滑滑》云:'画帘阴阴隔宫烛,禁漏杳杳深千门。''千'字不可以对'宫'字。若当时作'朱门',虽可以对,而句力便弱耳。"③

关于含蓄:

　　王荆公云:"'梨花一枝春带雨','桃花乱落如红雨','珠帘暮卷西山雨',皆警句也。"④

关于陶诗:

　　荆公尝言,渊明诗有"奇绝不可及"之语,如"结庐在人境"至"心远地

①　〔宋〕何汶撰,常振国、绛云点校:《竹庄诗话》卷一,中华书局 1984 年版,第 6 页。
②　〔宋〕胡仔纂集,廖德明校点:《苕溪渔隐丛话》(前集),人民文学出版社 1962 年版,第 30 页。
③　〔宋〕胡仔纂集,廖德明校点:《苕溪渔隐丛话》(前集),人民文学出版社 1962 年版,第 210 页。
④　张健辑校:《珍本明诗话五种·古今诗话》,北京大学出版社 2008 年版,第 228 页。

自偏", 由诗人以来, 无此句也。①

关于诗家语:

> 荆公晚年诗极精巧, 如"木落山林成自献, 潮回洲渚得横陈""一水护田将绿绕, 两山排闼送青来"之类, 可见其琢句工夫, 然论者犹恨雕刻太过。公尝读杜荀鹤《雪》诗云"江湖不见飞禽影, 岩谷惟闻折竹声", 改云宜作"禽飞影""竹折声"。又王仲至试馆职诗云:"日斜奏罢长杨赋, 闲拂尘埃看画墙。"公又改为"奏赋长杨罢", 云如此语健。②

这些论述常常被后世诗论家们引据。 王安石由前期的文以致用到后期诗学的精审思考, 不仅仅是识随人老的自然变化过程, 而更多地体现了文论家社会身份变化对于文论的显性影响。 明乎此, 也有助于我们对王安石前期不无偏狭的文论多一分理性的思考。

值得注意的是, 王安石以政论文的观念并非孤立的存在, 与其同时或稍早的李觏、司马光、曾巩等人都曾有过相近的论述。 李觏与曾巩都是王安石推重的友人。 司马光与王安石政治主张相左, 但在文学观念方面则大有殊途同归的意味。

李觏(1009—1059), 字泰伯, 南城(今属江西)人。 历任太学助教、直讲、太学说书等职。 有《盱江集》。 今有王国轩点校《李觏集》(中华书局 2011年版)。

李觏的文学观注重政治教化的功能, 实开王安石以政论文的先声。 他说:"贤人之业, 莫先乎文。 文者, 岂徒笔札章句而已, 诚治物之器焉。 其大则核礼之序, 宣乐之和, 缮政典, 饰刑书。 上之为史, 则怗乱者惧; 下之为诗, 则失德者戒。 发而为诏诰, 则国体明而官守备; 列而为奏议, 则阙政修而民隐露。

周还委曲，非文曷济？"①此之"文"，乃"治物之器"，显然是指应用性文体，与王安石视为"器"其意正同。 同时，与王安石视文为礼教治政的工具相近，李觏也论述文的化成之效，云："窃谓文之于化人也深矣，虽五声八音，或雅或郑，纳诸听闻而瀹入心窍，不是过也。 尝试从事于简策间，其读虚无之书，则心颓然而厌于世；观军阵之法，则心奋起而轻其生；味纵横之说，则思谲诡而忘忠信；熟刑名之学，则喜苛刻而泯廉隅；诵隐遁之篇，则意先驰于水石；咏宫体之辞，则志不出于衾匣。 文见于外，心动乎内，百变而百从之矣。"②虽然李觏所论之文远过于文学之文的范围，但他强调"文"的化人之功，这与道学家重道轻文，政治家视文仅为刻镂绘画之容不同。 李觏的文论虽不精纯，但显示了其重文的倾向，这是与王安石文论的同中之异，而与欧阳修等人相顾盼的一面。李觏论述文的化人之功，是基于文与心具有应合作用，因此，必然会强调文对自然人性，包括利、欲等内容的体现，他在《原文》中说："于《诗》则道男女之时，容貌之美，悲感念望，以见一国之风，其顺人也至矣。"③在李觏看来，自然之利欲是客观存在的，文学亦应"顺人情"，真实地反映现实的人性与社会。 尤其可贵的是，李觏还反对模拟因袭古人，对当时的文坛风习提出批评，云："今之学者，谁不为文？ 大抵摹勒孟子，劫掠昌黎，若为文之道止此而已，则但诵得古文十数篇，拆南补北，染旧作新，尽可为名士矣。"④这在古文家尊韩已甚，道学家尊孟渐兴的北宋，李觏之论不啻是一帖清醒剂。

曾巩（1019—1083），字子固，南丰（今属江西）人。 嘉祐二年（1057）进士，官至中书舍人。 有《元丰类稿》。 今有陈杏珍点校的《曾巩集》。

曾巩乃欧阳修门人，同时亦受教于李觏。《宋史·曾巩本传》谓其："立言于

① ［宋］李觏撰，王国轩点校：《李觏集》卷第二十七《上李舍人书》，中华书局2011年版，第288页。

② ［宋］李觏撰，王国轩点校：《李觏集》卷第二十七《上宋舍人书》，中华书局2011年版，第290页。

③ ［宋］李觏撰，王国轩点校：《李觏集》卷第二十九《原文》，中华书局2011年版，第326页。

④ ［宋］李觏撰，王国轩点校：《李觏集》卷第二十八《答黄著作书》，中华书局2011年版，第324页。

欧阳修、王安石间，纡徐而不烦，简奥而不晦，卓然自成一家。"①曾巩受学多门，这在其文学观念中也得到了体现。曾巩承绪了古文家的文道观，对于文章之道，他屡有论及，云："其语则博而精，丽而不浮，其归要不离于道。"②林希在其《墓志》中谓其："议论古今治乱得失贤不肖，必考诸道，不少贬以合世。其为文章，句非一律，虽开合驰骋，应用不穷，然言近指远。"他在《答李沿书》中说："夫足下之书，始所云者欲至乎道也，而所质者则辞也，无乃务其浅，忘其深，当急者反徐之欤？夫道之大归非他，欲其得诸心，充诸身，扩而被之国家天下而已，非汲汲乎辞也。其所以不已乎辞者，非得已也。"③在曾巩看来，道德修养乃为文之急者，而辞章形式仅是"浅者""徐者"。"道"是曾巩文论的核心范畴。从文中可以看出，曾巩所谓"深"者之道，既是本于《大学》理论结构的德性，具有性理的色彩，又是见诸经典的圣人之道、先王之道。从这方面来看，刘壎称其"于周、程之先首明理学"④，并非无稽之谈。

从身份来看，曾巩与欧阳修、王安石都有所不同，曾巩主要是因文章立世，因此，他对于辞章之学的作用有较充分的认识，云："文章为国之光华。"⑤在给欧阳修的书信中亦云："而其辞之不工，则世犹不传。于是又在其文章兼胜焉。"⑥曾巩是欧阳修诗文革新运动中的一员骁将，他承绪了欧阳修的"道胜文至"的观点，而与徒事藻饰的时文迥然不同。但古文运动兴起之时，也带有文道统一浑成的特点，文的独特性并未受到重视，这也是古文乍兴之时难免的矫枉环节。比较而言，曾巩所谓"文章兼胜"则注意了文道关系、文质关系中"文"或"辞"的独立性。文道相兼，文不再是"道胜"之后的自然结果，而是自有特殊性，是与道有别的存在。曾巩的认识是对欧阳修、王安石文道观的发展，成

① 〔元〕脱脱等撰：《宋史》卷三百一十九《曾巩本传》，中华书局1985年版，第10396页。

② 〔宋〕曾巩撰，陈杏珍、晁继周点校：《曾巩集》卷第十六《答孙都官书》，中华书局1984年版，第260页。

③ 〔宋〕曾巩撰，陈杏珍、晁继周点校：《曾巩集》卷第十六《答李沿书》，中华书局1984年版，第258页。

④ 〔元〕刘壎撰：《隐居通义》卷十四《南丰先生学问》，清海山仙馆丛书本。

⑤ 〔宋〕曾巩撰，陈杏珍、晁继周点校：《曾巩集》卷第三十七《越州贺提刑夏倚状》，中华书局1984年版，第518页。

⑥ 〔宋〕曾巩撰，陈杏珍、晁继周点校：《曾巩集》卷第十六《寄欧阳舍人书》，中华书局1984年版，第253页。

为苏轼等人将诗文革新运动推向高潮的一个重要环节。曾巩的文论主要讨论古文，这种别出于诗论之外的文章学理论，在当时及后世都产生了影响，明代唐顺之、茅坤等人将其列为文章"大家"，与其古文理论的贡献不无关系。

司马光（1019—1086），字君实，号迂叟。陕州夏县（今属山西）涑水乡人，世称"涑水先生"。宝元元年（1038）进士，累进龙图阁直学士。神宗时，因反对王安石变法，离开朝廷十五年，主持修纂了《资治通鉴》。哲宗时官至宰相。著作甚多，有《温国文正司马公文集》《稽古录》《涑水记闻》等。

司马光虽然在政治观念上与王安石形同水火，但因为同是政治家，他们论文都关乎治政，重礼乐教化。如，司马光云：

> 然则古之所谓文者，乃诗书礼乐之文，升降进退之容，弦歌雅颂之声，非今之所谓文也。今之所谓文者，古之辞也。孔子曰："辞达而已矣"。明其足以通意斯止矣，无事于华藻宏辩也。必也以华藻宏辩为贤，则屈、宋、唐、景、庄、列、杨、墨、苏、张、范、蔡，皆不在七十子之后也。颜子不违如愚，仲弓仁而不佞，夫岂尚辞哉？足下所谓"学积于内则文发于外。积于内也深博，则发于外也淳奥。则夫文者，虽不学焉，而亦可以兼得之。学不充于中，而徒外事其文，则文盛于外，而实困于内，亦将兼弃其所学"。斯言得之矣。①

司马光通过稽古以分别古今"文"的嬗变过程，他认为古代之文不包括"弦歌雅颂之声"。显然，司马光注意到了诗文之别，即使是位崇为经的《雅》《颂》亦不在文之列。司马光所说的古代之"文"，当是指政论应用之文，因此，对于司马光的轻辞重道之论，不能简单地视为轻漠文艺，否定文学的艺术功能，而应看到司马光注意文体的区别，对诸种文体做分别的基础上，从功能的角度，论述了各自的特征。他认为"文"在当时的含意相当于古代的"辞"，并以孔子"辞达而已矣"为据，说明辞"无事于华藻宏辩"。显然，司马光所体论之文，并不具有文体的意义，而仅是表现形式而已。司马光隐然以继承古代异在

---

① 〔宋〕司马光撰，李之亮笺注：《司马温公集编年笺注·答孔文仲司户书》，巴蜀书社 2009 年版，第 547 页。

于"弦歌雅颂"的文的传统自任。 对于这些以应用、论政为主的文体，他认为
"通意"即可，而不应追求"华藻宏辩"。

重质尚用的文论集中体现在对于科场取士的标准方面，云："取士之道，当
以德行为先，其次经术，其次政事，其次艺能。 近世以来，专尚文辞。 夫文辞
者，乃艺能之一端耳，未足以尽天下之士也。"①又云："取士之道，当以德行为
先，文学为后。 就文学之中，又当以经术为先，辞采为后。"②司马光期望通过
科举以实现人尽其用，以"尽天下之士"之能，以立太平之基。 对于上书公文，
他也"但求理道切当，不取文辞华美"③。 他认为，文应以明道为本，厌恶徒有
文辞华美的作品，云："夫唯文胜而道不至者，君子恶诸。 是犹朽屋而涂丹膜，
不可处也；堙井而幂绮缋，不可履也。"④其切责的奸邪贪猥之人往往也是以
"文章之外别无所长"为特征。 他还作《务实》一文，集中地表现了先实后文的
观点，云："为国家者，必先实而后文也。 ……实之不存，虽文之盛美，无
益也。"⑤

由于司马光论文是以援"古之所谓文"亦即"礼乐之文"为前提的，因此他
的诸种重实致用的文论并不包括诗歌。 对于诗歌，包括"弦歌雅颂之声"的审
美取向，司马光也有充分的认识，云："在心为志，发口为言；言之美者为文，文
之美者为诗。 如鼓钟者，声必闻于外；灼龟者，兆必见于表。 玉蕴石而山木
茂，珠居渊而岸草荣，皆物理自然，虽欲掩之，不可得已。"⑥当然，这些出于自
然情感志趣的诗作主要是古代作品。 在司马光看来，就"用"而言，诗不及文，
后世更是如此，云："近世之诗，大抵华而不实，虽壮丽如曹、刘、鲍、谢，亦无

---

① ［宋］司马光撰，李之亮笺注：《司马温公集编年笺注·论举选状》，巴蜀书社
2009 年版，第 87 页。

② ［宋］司马光撰，李之亮笺注：《司马温公集编年笺注·起请科场札子》，巴蜀书
社 2009 年版，第 273 页。

③ ［宋］司马光撰，李之亮笺注：《司马温公集编年笺注·乞转对札子》，巴蜀书社
2009 年版，第 425 页。

④ ［宋］司马光撰，李之亮笺注：《司马温公集编年笺注·斥庄》，巴蜀书社 2009
年版，第 466 页。

⑤ ［宋］司马光撰，李之亮笺注：《司马温公集编年笺注·务文》，巴蜀书社 2009
年版，第 85 页。

⑥ ［宋］司马光撰，李之亮笺注：《司马温公集编年笺注·赵朝议文稿序》，巴蜀书
社 2009 年版，第 187 页。

益于用。"①司马光虽然继踵于欧阳修之后，作《续诗话》，但比较而言，他对实用之文更为重视，这与其作通鉴以"资治"的史学观一脉相承。 司马光与王安石文论的共同倾向，与他们身为宰臣以董理实务，"安国家，利百姓"为职志，期以建立名垂青史的功业不无关系。 诚如其所云："为贤公卿，功业烜赫于当时，名声彰彻于后世，竹帛所不能纪，金石所不能颂，诗何为哉？ 诗何为哉？"②

第三节　苏轼对文学规律的深入探索

王安石、司马光、曾巩等人虽然各自提出了自己的文学主张，但总体而言，他们言文都注重治政功能，乃至他们所言之文径为政论应用之文，而对辞章之文多较为轻视，就其对文学的发展而言，与道学家的文论可谓殊途而同归。 真正将北宋诗文革新运动推向高峰，且对文学理论进行深入探讨的则是北宋最重要的文学家苏轼及其父苏洵、其弟苏辙。 其中，苏轼的文论及其影响最为卓著。

苏轼（1037—1101），字子瞻，号东坡居士。 嘉祐二年（1057）在欧阳修知贡举之时及进士第。 历事仁宗、英宗、神宗、哲宗，累官端明殿翰林侍读学士。其间因反对熙宁变法等原因，屡遭贬谪。 元丰二年（1079）更因"讪谤"罪被捕（史称"乌台诗案"），被贬为黄州团练副使。 徽宗即位始由儋州北归，逝于常州。 著作繁富，有《苏东坡全集》。 今有孔凡礼点校《苏轼文集》《苏轼诗集》。

当苏轼登上北宋文坛之时，欧阳修、梅尧臣领导的诗文革新运动已经兴起，文坛的状况诚如苏轼自己所言："招来雄俊魁伟敦厚朴直之士，罢去浮巧轻媚丛错采绣之文，将以追两汉之余，而渐复三代之故。 士大夫不深明天子之心，用意过当，求深者或至于迂，务奇者怪僻而不可读，余风未珍，新弊复作。"③作为

---

① 〔宋〕司马光撰，李之亮笺注：《司马温公集编年笺注·答齐州司法张秘校正彦书》，巴蜀书社 2009 年版，第 571 页。

② 〔宋〕司马光撰，李之亮笺注：《司马温公集编年笺注·答齐州司法张秘校正彦书》，巴蜀书社 2009 年版，第 572 页。

③ 〔宋〕苏轼撰，孔凡礼点校：《苏轼文集》卷第四十九《谢欧阳内翰书》，中华书局 1986 年版，第 1423 页。

一代文艺巨擘，苏轼虽然没有系统的文学理论著作，但其学通三教，诸艺皆精，作为一代旷世全才，其广博的学术背景，多元化的艺术实践使其文学艺术思想具有丰富的内涵，成为卓立于北宋文坛的一座丰碑。

一、苏轼的人格特征及文学思想的学术背景

苏轼的人生经历极尽起伏，在政治上反对新党，但旧党执政之后，他同样不见容，原因即在于他独立的人格精神。

苏轼思想不守一脉，而以己为意。苏轼并非醇儒，早年以儒为本，期期经世，经历坎坷之后，以桑榆末景，忧患余生，乃出入佛道。苏辙在《亡兄子瞻端明墓志铭》中述及其学植："初好贾谊、陆贽书，论古今治乱，不为空言。既而读《庄子》，喟然叹息曰：'吾昔有见于中，口未能言，今见《庄子》，得吾心矣。'……后读释氏书，深悟实相，参之孔、老，博辩无碍，浩然不见其涯也。"①融摄众家而出以己意，在《祭龙井辩才文》中曰："呜呼。孔老异门，儒释分宫。又于其间，禅律相攻。我见大海，有北南东。江河虽殊，其至则同。"②这固然与蜀学原本较为驳杂的特征有关，更是其不墨守传统的人格使其然。他虽然出入佛道，但事实上，他对佛道亦以己意判之，如，他虽然习佛，但又说："佛法浸远，真伪相半。"③即使对于《六祖坛经》，他亦认为"尚少一喻"④。在苏轼看来，佛学只是体现人生态度、认识方法的一种学术形态而已，云："予观范景仁、欧阳永叔、司马君实皆不喜佛，然其聪明之所照了，德力之所成就，皆佛法也。"⑤与喜、信无关。同样，他对于道家思想也多是趋同而非向慕，诚如其在读《庄子》时所言："吾昔有见于中，口未能言，今见《庄子》，

① ［宋］苏辙著，陈宏天、高秀芳点校：《苏辙集》卷二十二《亡兄子瞻端明墓志铭》，中华书局 1990 年版，第 1126—1127 页。

② ［宋］苏轼撰，孔凡礼点校：《苏轼文集》卷六十三，中华书局 1986 年版，第 1961 页。

③ ［宋］苏轼撰，孔凡礼点校：《苏轼文集》卷六十六《题僧语录后》，中华书局 1986 年版，第 2065 页。

④ ［宋］苏轼撰，孔凡礼点校：《苏轼文集》卷六十六《论六祖坛经》，中华书局 1986 年版，第 2082 页。

⑤ ［宋］苏轼撰，孔凡礼点校：《苏轼文集》卷六十六《跋刘咸临墓志》，中华书局 1986 年版，第 2071 页。

得吾心矣!"①佛道只是苏轼可资利用的学术资源,而并非笃信不渝的精神寄托。 这种赡博的学术资源,为苏轼纵放自如地挥洒才情,创造艺术佳构提供了广阔的学术空间。

苏轼诸艺皆精,这是其文学思想能够融会出新的另一个重要条件。 他谈艺论文,评诗品画,往往秉持着共同的审美理想。 诸艺之间相互发明,相得益彰,使得其文艺思想表达得更加细腻形象,生动精确。 如,他论诗画一律,云:"诗画本一律,天工与清新。"②又云:"古来画师非俗士,妙想实与诗同出。"③"文以达吾心,画以适吾意。"④他在《书摩诘蓝田烟雨图》中说:"味摩诘之诗,诗中有画;观摩诘之画,画中有诗。"⑤苏轼通过诗与画的会通,深化了再现自然的能力,丰富了中国古代诗画理论的内涵。 诗画在"天工""清新"方面的一律,对于纠矫文坛"场屋后进,挟声技以相夸;王公大人,顾雕虫而自笑"⑥的风气不无裨益。

二、"随物赋形":自然与法度的统一

苏轼以潇洒自恣、跌荡多姿的雄文为时所倾。 其《自评文》既是其为文的体会,也是其文论的经典表述:

> 吾文如万斛泉源,不择地皆可出,在平地滔滔汨汨,虽一日千里无难。
>
> 及其与山石曲折,随物赋形,而不可知也。所可知者,常行于所当行,常止

---

① 引自苏辙《亡兄子瞻端明墓志铭》,《苏辙集》卷二十二,中华书局 1990 年版第 1126 页。

② 〔宋〕苏轼撰,孔凡礼点校:《苏轼诗集》卷二十九《书鄢陵王主簿所画折枝》,中华书局 1982 年版,第 1525—1526 页。

③ 〔宋〕苏轼撰,孔凡礼点校:《苏轼诗集》卷三十六《次韵吴传正枯木歌》,中华书局 1982 年版,第 1962 页。

④ 〔宋〕苏轼撰,孔凡礼点校:《苏轼文集》卷七十《书朱象先画后》,中华书局 1986 年版,第 2211 页。

⑤ 〔宋〕苏轼撰,孔凡礼点校:《苏轼文集》卷七十,中华书局 1986 年版,第 2209 页。

⑥ 〔宋〕苏轼撰,孔凡礼点校:《苏轼文集》卷四十六《谢秋赋试官启》,中华书局 1986 年版,第 1334 页。

于不可不止,如是而已矣。其他虽吾亦不能知也。①

　　这段为文之论概有以下几方面的含义。

　　首先,因乎道——以水状文的思想背景。 苏轼对于作品随物赋形,是本于水性而得,他又云:"随物赋形,画水之变,号称神逸。"②这不仅仅是苏轼的偶然引喻,而是基于其法自然之道的学术底蕴。 他说:"阴阳一交而生物,其始为水。 水者,有无之际也,始离于无而入于有矣。 老子识之,故其言曰:'上善若水'。 又曰:'水几于道'。 圣人之德虽可以名言,而不囿于一物。 若水之无常形,此善之上者,几于道矣,而非道也。"③苏轼认为,有无之际的水是通过艺术形象体现无形之道、几于道的存在。 水之性在于变化,"今夫水之在天地之间者,下则为江湖井泉,上则为雨露霜雪,皆同一味之甘,是以变化往来,有逝而无竭"④。 道,乃是苏轼为文、论文的一个基本的学术背景。 他以继踵欧阳修为幸,在他看来,欧阳修最重要的贡献在于"其学推韩愈、孟子以达于孔氏,著礼乐仁义之实,以合于大道。"⑤苏轼同样也是从道体的角度来认识文艺随物赋形的表现特征的。

　　其次,表现审美对象的自然之态。 真实、自然,是艺术的生命。 对此,苏轼屡屡对有违真实的画作提出批评:"黄筌画飞鸟,颈足皆展。 或曰:'飞鸟缩颈则展足,缩足则展颈,无两展者。'验之信然。 乃知观物不审者,虽画师且不能,况其大者乎? 君子是以务学而好问也。"⑥又记曰:"蜀中有杜处士,好书画,所宝以百数。 有戴嵩《牛》一轴,尤所爱,锦囊玉轴,常以自随。 一日曝

---

　　①　[宋] 苏轼撰,孔凡礼点校:《苏轼文集》卷六十六,中华书局 1986 年版,第2069 页。

　　②　[宋] 苏轼撰,孔凡礼点校:《苏轼文集》卷十二《画水记》,中华书局 1986 年版,第 408 页。

　　③　[宋] 苏轼撰,李之亮笺注:《苏轼文集编年笺注》附录五《东坡易传》卷七,巴蜀书社 2011 年版,第 258 页。

　　④　[宋] 苏轼撰,孔凡礼点校:《苏轼文集》卷一《天庆观乳泉赋》,中华书局 1986 年版,第 15 页。

　　⑤　[宋] 苏轼撰,孔凡礼点校:《苏轼文集》卷十《六一居士集叙》,中华书局 1986 年版,第 316 页。

　　⑥　[宋] 苏轼撰,孔凡礼点校:《苏轼文集》卷七十《书黄筌画雀》,中华书局 1986 年版,第 2213 页。

书画，有一牧童见之，拊掌大笑，曰：'此画斗牛也。牛斗，力在角，尾搐入两股间，今乃掉尾而斗，谬矣。'处士笑而然之。古语有云：'耕当问奴，织当问婢。'不可改也。"①书画如此，文学亦然，都应自然地呈现物象。

最后，行止有度。"随物赋形"所表现的为文自然畅达之意不难理解，但其行止有度中暗含的是表现审美对象的自然之态。规矩格法的涵义容易为人们所忽视。"止"正是体现的为文之法度。当然，法无碍于创新，因法而创新，乃是为文为艺的高妙之处，诚如《书吴道子画后》中所说："出新意于法度之中，寄妙理于豪放之外。"循法之作谓之工，作品之精工与自然是统一的，他说："夫昔之为文者，非能为之为工，乃不能不为之为工也。"②文之工，乃发之自然而后工，这也是行止得宜的根本所在。苏轼为文正是明快畅达、行止有度的典范，诚如刘熙载《艺概》所云："东坡文虽打通墙壁说话，然立脚自在稳处。譬如舟行大海之中，把柁未尝不定，视放言而不中权者异矣。"③

三、"辞达""言文"：对艺术形式的追求

对于质与文的关系，孔子有两种表述为后世所宗："言之无文，行而不远"④与"辞达而已矣"⑤。但这两个重要的经典之源，后世文人往往执其一端以申己意。对此，苏轼也屡屡引据，其中《与谢民师推官书》云：

> 孔子曰："言之不文，行而不远。"又曰："辞达而已矣。"夫言止于达意，即疑若不文，是大不然。求物之妙，如系风捕影，能使是物了然于心者，盖千万人而不一遇也。而况能使了然于口与手者乎？是之谓辞达。辞至于

① 〔宋〕苏轼撰，孔凡礼点校：《苏轼文集》卷七十《书戴嵩画牛》，中华书局 1986 年版，第 2213—2214 页。

② 〔宋〕苏轼撰，孔凡礼点校：《苏轼文集》卷十《南行前集叙》，中华书局 1986 年版，第 323 页。

③ 〔清〕刘熙载撰，袁津琥校注：《艺概注稿》卷一《文概》，中华书局 2009 年版，第 143 页。

④ 〔清〕洪亮吉撰，李解民点校：《春秋左传诂》卷十三《襄公二十五年》，中华书局 1987 年版，第 578 页。

⑤ 〔宋〕朱熹撰：《四书章句集注·论语集注》卷八《卫灵公第十五》，中华书局 1983 年版，第 169 页。

能达,则文不可胜用矣。①

苏轼所论与当时的文坛状貌有关。 在古文运动兴起之后,论者往往以
"辞,达而已矣"荡涤西昆藻丽之风,倡导文学的致用功能,而对文学自身的规
律认识不够,道学家鄙薄艺文的观点姑且不论,王安石、司马光等人亦多有重功
用、轻艺文之论。 苏轼阐释圣人之言,同样是本于己见的"想当然耳"。 苏氏
将孔子的"辞达而已"赋以了丰富的艺术要求:"求物之妙","了然于心",是极
难臻达的艺术境界。 以经学为奥援而论及艺术性,这主要是针对当时王安石改
革科举之后,造成的轻视艺文、文坛衰弊的现状而发。 苏轼在西昆与实用文论
之后,给文艺形式予以了允当的定位。

首先,关于"求物之妙"。 苏轼之"物之妙"当是物之形、神的统一。 苏
轼主张作品当传神达意,根本目的在于写出物之真态。 而要摹写真态,自然需
要形神兼备。 对于摹形逼真,苏轼也屡有记述,如,他赞叹吴道子的画作云:
"道子画人物,如以灯取影,逆来顺往,旁见侧出,横斜平直,各相乘除,得自然
之数,不差毫末。"②但仅得形似还不够,苏轼更重视通过传神写意以描写艺术
形象的内在精神气韵。《书鄢陵王主簿所画折枝二首》其一云:"论画以形似,见
与儿童邻。 赋诗必此诗,定非知诗人。 诗画本一律,天工与清新。 边鸾雀写
生,赵昌花传神。"③形似还不是真正的艺术创作,写生传神,方能传达出艺术
形象的神韵。 他在《传神记》中说:"传神与相一道,欲得其人之天,法当于众
中阴察之。 今乃使人具衣冠坐,注视一物,彼方敛容自持,岂复见其天乎?"④
苏轼虽然是就画人物而言,但体现了其传神论的基本内涵。 其一,传神需得自
然之趣。 所谓"其人之天",就是指人物精神气质的自然之态。 欲得之,需暗
中观察方可得自然之趣。 其二,传神是传其独特神韵。《传神记》中的画人是通

① 〔宋〕苏轼撰,孔凡礼点校:《苏轼文集》卷四十九《与谢民师推官书》,中华书
局 1986 年版,第 1418 页。

② 〔宋〕苏轼撰,孔凡礼点校:《苏轼文集》卷七十《书吴道子画后》,中华书局
1986 年版,第 2210 页。

③ 〔宋〕苏轼撰,孔凡礼点校:《苏轼诗集》卷二十九,中华书局 1982 年版,第
1525—1526 页。

④ 〔宋〕苏轼撰,孔凡礼点校:《苏轼文集》卷十二,中华书局 1986 年版,第 401 页。

过众人的比较中捕捉人物的特异气秉。集中表现人物的个性所在。他说："传神之难在目。顾虎头云：'传形写影，都在阿睹中。'其次在颧颊。吾尝于灯下顾自见颊影，使人就壁模之，不作眉目，见者皆失笑，知其为吾也。目与颧颊似，余无不似者。眉与鼻口，可以增减取似也。"①相反，如果仅抓住次要部分，则难以达到传神的效果。苏轼基于形、神统一的"求物之妙"，将经典中的文质关系完全引入了文艺的领域，成为艺术创作的基本途径与方法。

其次，关于"了然于心"。文学创作是作家通过运思、想象，创造艺术形象，亦即"系风捕影"的过程。这需要作家具有常人鲜有的精骛八极、神与物游的想象能力。对此，他在《文与可画篔筜谷偃竹记》中有这样的描述："竹之始生，一寸之萌耳，而节叶具焉。自蜩腹蛇蚹以至于剑拔十寻者，生而有之也。今画者乃节节而为之，叶叶而累之，岂复有竹乎？故画竹必先得成竹于胸中，执笔熟视，乃见其所欲画者，急起从之，振笔直遂，以追其所见，如兔起鹘落，少纵则逝矣。"②"了然于心"之"了"不但是形象的整体，亦即"常形"，还在于无常形之物的"常理"。他说："余尝论画，以为人禽宫室器用皆有常形。至于山石竹木，水波烟云，虽无常形，而有常理。常形之失，人皆知之，常理之不当，虽晓画者有不知。……世之工人，或能曲尽其形，而至于其理，非高人逸才不能办。与可之于竹石枯木，真可谓得其理者矣。如是而生，如是而死，如是而挛拳瘠蹙，如是而条达畅茂根茎节叶，牙角脉缕，千变万化，未始相袭，而各当其处。合于天造，厌于人意。盖达士之所寓也欤！"③这种了然于心之功，或"千万人而不一遇"，或"非高人逸才不能办"，"达士之所寓"，亦即作家艺术观察、运思、创作具有鲜明的独特性，是不同于思维常理的审美活动。苏轼对作家独特能力的夸饰，是对艺术特征的强化，是对"村学中体"的超越。再考虑到苏轼谈艺论文背后深后的学术背景，"了然于心"之所"了"，不但有"常形""常理"，更有贯及天人的"大道"。

---

① 〔宋〕苏轼撰，孔凡礼点校：《苏轼文集》卷十二《传神记》，中华书局 1986 年版，第 401 页。

② 〔宋〕苏轼撰，孔凡礼点校：《苏轼文集》卷十一《文与可画篔筜谷偃竹记》，中华书局 1986 年版，第 365 页。

③ 〔宋〕苏轼撰，孔凡礼点校：《苏轼文集》卷十一《净因院画记》，中华书局 1986 年版，第 367 页。

再次，"了然于口与手"。作家的创作需由构思到表现的系统过程方能完成，"了然于心"尚处于想象、构思的阶段，而"了然于口与手"，亦即以口手写心则是具体的艺术创作、实践过程，就是刘勰所谓："属采附声，亦与心而徘徊。"①如果说"了然于心"尚是与"知"相关的精神活动，那么"了然于口与手"则是作家"艺""文""技"能力的充分展现，诚如他在《答虔倅俞括》中所说："物固有是理，患不知之，知之患不能达之于口与手。所谓文者，能达是而已。"②又说："有道有艺，有道而不艺，则物虽形于心，不形于手。"③这是作家才情展露、艺术技法充分施展的过程。因为"了然于心"还仅是作家个人的审美体验，是个人所体悟的艺术形象，还没有成为艺术作品。只有通过作家的摹形写意，以辞达之，才能成为呈现在读者或观者面前的艺术作品。即使是才大如海的苏轼，亦曾有过口手难以达意的经历，遑论他人："所居临大江，望武昌诸山咫尺，时复叶舟纵游其间，风雨雪月，阴晴早暮，态状千万，恨无一语略写其仿佛耳。"④而后人叹服苏轼之过人之处，亦在于"了然于口与手"的非凡才能，刘熙载谓东坡"过人处在能说得出，不但见得到已也"⑤。

复次，"辞至于达，则文不可胜用也"。孔子言"辞达而已"，因为还有"言之无文，行而不远"相对应，因此，对于"辞达"的含意，后世注家有不同的解法。一般来说，经学家们多认为是直陈质实之意，排斥藻饰之辞，如，孔颖达曰："凡事莫过于实，辞达则足矣，不烦文艳之辞。"但文学家们往往认为辞达并不排斥藻丽形象，如，清人邓绎云："《鲁论》曰：'辞达而已矣。'达能兼巧，巧不能兼达。"⑥苏轼之时，文坛质实之风在司马光、王安石等政治家借助行政力量的推进之下占据主导地位。比较而言，苏轼之论更显公允稳实，他反对扬雄

---

① 范文澜：《文心雕龙注·物色第四十六》，人民文学出版社 1958 年版，第 693 页。

② ［宋］苏轼撰，孔凡礼点校：《苏轼文集》卷五十九，中华书局 1986 年版，第 1793 页。

③ ［宋］苏轼撰，孔凡礼点校：《苏轼文集》卷七十《书李伯时山庄图后》，中华书局 1986 年版，第 2211 页。

④ ［宋］苏轼撰，孔凡礼点校：《苏轼文集》卷五十七《与上官彝三首》其三，中华书局 1986 年版，第 1713 页。

⑤ ［清］刘熙载撰，袁津琥校注：《艺概注稿》卷一《文概》，中华书局 2009 年版，第 145 页。

⑥ 王水照编：《历代文话·藻川堂谭艺·唐虞篇》，复旦大学出版社 2007 年版，第 6132 页。

的雕刻文风，云："扬雄好为艰深之词，以文浅易之说，若正言之，则人人知之矣。 此正所谓雕虫篆刻者，其《太玄》《法言》皆是类也。 而独悔于赋，何哉？ 终身雕虫，而独变其音节，便谓之经，可乎？ 屈原作《离骚经》，盖风雅之再变者，虽与日月争光可也。 可以其似赋而谓之雕虫乎？"①苏轼将扬雄与屈赋分而论之，褒贬有别，可见，辞达是美与真的统一，而并不是质而无文，即其所谓："即疑若不文，是大不然。"②他见石曼卿《红梅》诗，云："'认桃无绿叶，辨杏有青枝。'此至陋语，盖村学中体也。"③浅近直白而无诗味，亦即"不文"，显然不合"辞达"之意。

最后，"系风捕影"与灵感骤至。 作家创作时灵感乍现的情形时有记述，如陆机《文赋》中所谓"来不可遏，去不可止"的"应感之会"，刘勰所谓"神思方运，万涂竞萌"④，等等。 苏轼在描述"求物之妙"之时，"系风捕影"的情形，这既是运思之始的情形，同样也可视为灵感骤至，"了然于心"与"了然于口与手"的一体过程。 对此，苏轼曾记述了黄知微作画的情形：

> 始，知微欲于大慈寺寿宁院壁作湖滩水石四堵，营度经岁，终不肯下笔。一日，仓皇入寺，索笔墨甚急，奋袂如风，须臾而成。作输泻跳蹙之势，汹汹欲崩屋也。⑤

苏轼在描述文与可画筼筜谷偃竹时，文氏在成竹于胸之后也是"执笔熟视，乃见其所欲画者，急起从之，振笔直遂，以追其所见，如兔起鹘落，少纵则逝矣"⑥。

① ［宋］苏轼撰，孔凡礼点校：《苏轼文集》卷四十九《与谢民师推官书》，中华书局 1986 年版，第 1418—1419 页。

② ［宋］苏轼撰，孔凡礼点校：《苏轼文集》卷四十九《与谢民师推官书》，中华书局 1986 年版，第 1418 页。

③ ［宋］苏轼撰，孔凡礼点校：《苏轼文集》卷六十八，《评诗人写物》，中华书局 1986 年版，第 2143 页。

④ 范文澜：《文心雕龙注·神思第二十六》，人民文学出版社 1958 年版，第 493 页。

⑤ ［宋］苏轼撰，孔凡礼点校：《苏轼文集》卷十二《画水记》，中华书局 1986 年版，第 408—409 页。

⑥ ［宋］苏轼撰，孔凡礼点校：《苏轼文集》卷十一《文与可画筼筜谷偃竹记》，中华书局 1986 年版，第 365 页。

苏轼自己亦有"作诗火急追亡逋，清景一失后难摹"①的经历。从见物而起，到神思运化，最终呈现于口与手的艺术作品。"辞达"虽然主要见于艺术作品最后形成过程，但其从触物起兴，到了然于心，就诗文而言，无不与"辞"或"文"紧密地联系在一起。从这个意思上说，"辞达"，亦可见苏轼文学创作论的基本轮廓。

四、平淡诗论

苏轼晚年所尚的平淡、枯淡为宋代诗坛的主流审美理想。尽管如此，作家、批评家的人生经历、性情、审美理想都各有不同。如，梅尧臣推尚平淡的美学理想，而苏轼则稍有不同，他的人生极尽起伏，晚年所尚的平淡诗学，是与推赞陶渊明的诗歌境界相联系的，具有两方面的特点；其一，他的平淡观，基于深厚的思想背景，从其"寄蜉蝣于天地，渺沧海之一粟"，"自其变者而观之，则天地曾不能以一瞬。自其不变者而观之，则物与我皆无尽也"②，平淡是基于其万物一体、物化同一的理性思维而成，因此，苏轼的平淡美学中蕴含着道家因子。其二，是政治、人生经历的催发之下形成的，苏轼前期强调为文适于世用，在经"乌台诗案"之后，人生态度以及审美观念都出现了显著的变化，尚平淡是其后期，但前期的积极人生态度的底色在晚年仍然不可忽视。苏轼之"平淡"具有以下几方面的内涵。

首先，平淡的内涵："外枯而中膏"，"似淡而实美"。据苏辙《子瞻和陶渊明诗集引》记载，苏轼晚年谪居儋耳，独喜为诗，精深华妙，不见老人衰惫之气，并对苏辙说："吾于诗人无所甚好，独好渊明之诗。渊明作诗不多，然其诗质而实绮，癯而实腴，自曹、刘、鲍、谢、李、杜诸人皆莫及也。"③苏轼在《评韩柳诗》中说：

① ［宋］苏轼撰，［清］王文诰辑注，孔凡礼点校：《苏轼诗集》卷七《腊日游孤山访惠勤惠思二僧》，中华书局1982年版，第318页。

② ［宋］苏轼撰，孔凡礼点校：《苏轼文集》卷一《赤壁赋》，中华书局1986年版，第6页。

③ ［宋］苏辙著，陈宏天、高秀芳点校：《苏辙集》卷二十一《子瞻和陶渊明诗集引》，中华书局1990年版，第1110页。

柳子厚诗在陶渊明下，韦苏州上。退之豪放奇险则过之，而温丽靖深不及也。所贵乎枯淡者，谓其外枯而中膏，似淡而实美。渊明、子厚之流是也。若中边皆枯淡，亦何足道。佛云："如人食蜜，中边皆甜"。人食五味，知其甘苦者皆是，能分别其中边者，百无一二也。①

苏轼对陶诗评价之高，几乎无人能出其右，不但在他所喜爱的柳宗元诗之上，且李、杜都有所不及，因此而作了多达一百余首的和陶诗。 在苏轼看来，陶诗乃枯淡诗风的典范。 对其特征，苏轼使用了几个对立统一的范畴进行了描述："外枯而中膏，似淡而实美。""质而实绮，癯而实腴。"不难看出，苏轼所论的枯淡或平淡美学风格，本质是膏、美、绮、腴，而见之于外的表象则是枯、淡、质、癯。 何以产生内与外、似与实等差异性的统一？ 苏轼在《书黄子思诗集后》中的一段论述有助于对这一审美风格的理解：

予尝论书，以谓钟、王之迹，萧散简远，妙在笔画之外。至唐颜、柳，始集古今笔法而尽发之，极书之变，天下翕然以为宗师，而钟、王之法益微。至于诗亦然。苏、李之天成，曹、刘之自得，陶、谢之超然，盖亦至矣。而李太白、杜子美以英玮绝世之姿，凌跨百代，古今诗人尽废，然魏、晋以来高风绝尘，亦少衰矣。李、杜之后，诗人继作，虽间有远韵，而才不逮意，独韦应物、柳宗元发纤秾于简古，寄至味于澹泊，非余子所及也。唐末司空图，崎岖兵乱之间，而诗文高雅，犹有承平之遗风。其论诗曰："梅止于酸，盐止于咸。"饮食不可无盐、梅，而其美常在咸、酸之外。盖自列其诗之有得于文字之表者二十四韵，恨当时不识其妙。予三复其言而悲之。②

苏轼由书法的萧散简远风格而论及诗坛。 在他看来，唐代以来，陶谢等人的高风绝尘之韵渐至衰弱，唯有韦应物、柳宗元"发纤秾于简古，寄至味于澹泊"，稍承魏晋以来的高逸风韵。 苏轼又称"柳子厚诗在陶渊明下，韦苏州

① 〔宋〕苏轼撰，孔凡礼点校：《苏轼文集》卷六十七，中华书局1986年版，第2109—2110页。

② 〔宋〕苏轼撰，孔凡礼点校：《苏轼文集》卷六十七《书黄子思诗集后》，中华书局1986年版，第2124—2125页。

上。"显然，苏轼认为柳、韦都是与陶"枯淡"诗风相近者。 其后引述司空图关于美在咸酸之外的论述，显然是就陶、柳、韦所具有的"枯淡"诗风而言。 不难看出，苏轼关于枯与膏、美与淡、绮与质、腴与癯的统一，如同司空图所论的咸、酸之外的美，"韵外之致""味之外旨"一样。 苏轼的平淡论又是与意境分不开的，这同样可以从对陶诗的论述中得到佐证："'采菊东篱下，悠然见南山。'因采菊而见山，境与意会，此句最有妙处。 近岁俗本皆作'望南山'，则此一篇神气都索然矣。 古人用意深微，而俗士率然妄以意改，此最可疾。"①他又说："永禅师书，骨气深稳，体兼众妙，精能之至，反造疏淡。 如观陶彭泽诗，初若散缓不收，反覆不已，乃识其奇趣。"②看似散缓淡然的陶诗实具"深微"用意与"奇趣"。

其次，平淡是随着人生体验而产生的，是作家经历了绚烂人生之后的老成之境时方可创作出的一种审美韵味。 宋代平淡诗风以梅尧臣为著，欧阳修在《梅圣俞墓志铭》中评价梅诗时云："其初喜为清丽闲肆平淡，久则涵演深远，间亦琢刻以出怪巧，然气完力余，益老以劲。"③但清丽平淡是欧阳修对梅诗的最初印象，"久则涵演深远"。 显然，"平淡"乃其初期的诗风，而梅尧臣自己提出"平淡"范畴则是在庆历六年（1046），当时梅氏已四十五岁，其诗《依韵和晏相公》之中有"因吟适情性，稍欲到平淡"④。 此时之平淡，应与欧阳修所说的"清丽闲肆平淡"具有了不同的内涵，其中也包含了"涵演深远"的意味在，是在承绍《风》《雅》传统而后得。 而到了至和三年（1056）梅尧臣作《读邵不疑学士诗卷杜挺之忽来因出示之且伏高致辄书一时之语以奉呈》时则有"作诗无古今，唯造平淡难"⑤。 其"难"至之况味，在欧阳修的《六一诗话》中得到了印

① 〔宋〕苏轼撰，孔凡礼点校：《苏轼文集》卷六十七《题渊明饮酒诗后》，中华书局1986年版，第2092页。

② 〔宋〕苏轼撰，孔凡礼点校：《苏轼文集》卷六十九《书唐氏六家书后》，中华书局1986年版，第2206页。

③ 〔宋〕梅尧臣撰，朱东润编年校注：《梅尧臣集编年校注·逸录一》，上海古籍出版社2006年版，第1157页。

④ 〔宋〕梅尧臣撰，朱东润编年校注：《梅尧臣集编年校注》卷十六，上海古籍出版社2006年版，第368页。

⑤ 〔宋〕梅尧臣撰，朱东润编年校注：《梅尧臣集编年校注》卷二十六，上海古籍出版社2006年版，第845页。

证:"圣俞平生苦于吟咏,以闲远古淡为意,故其构思极艰。"①可见,梅尧臣自谓之平淡,乃覃思苦吟而后至。 苏轼在两位座师平淡观的基础上进一步发展。与梅尧臣之苦吟稍有不同,苏轼之平淡则是"气象峥嵘,采色绚烂"之后而成,这在其给侄儿的家书中得到了体现:"凡文字,少小时须令气象峥嵘,采色绚烂,渐老渐熟乃造平淡;其实不是平淡,绚烂之极也。 汝只见爷伯而今平淡,一向只学此样,何不取旧日应举时文字看,高下抑扬,如龙蛇捉不住,当且学此。 只书字亦然,善思吾言。"②这段文字对于"平淡"的内涵表述得至为清晰。 此乃苏轼指导侄儿学习书法、文章的家书。 因担心晚辈理解有误而致学习不得要领,特作申明:"其实不是平淡,绚烂之极也。"苏轼所言,有两方面的意义:其一,"平淡"即"绚烂之极";其二,平淡之美的时间维度,是经"旧日""高下抑扬""如龙蛇捉不住"的风格演进而来。 习之者当循此序而渐至。 同时,就内容而言,"应举时文字"是起点。 苏轼应举文字是以强烈的入世情怀为特征的。 不难看出,平淡虽然主要体现了苏轼道家美学的影响,但其前期儒学底蕴仍未消尽。 或者说,苏轼之平淡与客观的社会因素关系更加密切,是因特定的人生经历促使了这一审美趣味的改变。 因此,其中"峥嵘"与"平淡"的矛盾两极更加突出。 但使迥然不同的两极统一背后的学术因子同样需要值得注意,文以明道是苏轼谈艺论文的时代背景。 苏轼所言之道虽然与道学家所论之"道"涵义不同,但对大道的体认仍是其文论的学理基础。 苏轼《赤壁赋》之中"纵一苇之所如,凌万顷之茫然"的豪迈激越,与"自其不变者而观之,则物与我皆无尽也"的淡泊超然并存,这为其后"峥嵘"与"平淡"美学风格的统一奠定了学理基础,这是理解苏轼平淡观不应被忽视的维度。

作为宋代文坛巨擘,苏轼还有许多真切精到的经验之论。 如,对于作家与作品的关系,他曾以书法为例以说明:"古之论书者,兼论其平生,苟非其人,虽工不贵也。 ……世之小人,书字虽工,而其神情终有睢盱侧媚之态。"③作家的修养与人格精神是艺术创造的基础,决定了作品的审美价值。 作家的道与技

---

① 〔宋〕欧阳修撰,郑文校点:《六一诗话》,人民文学出版社 1962 年版,第 6 页。

② 〔宋〕苏轼撰,孔凡礼点校:《苏轼文集·佚文汇编》卷四《与二郎侄》,中华书局 1986 年版,第 2523 页。

③ 〔宋〕苏轼撰,孔凡礼点校:《苏轼文集》卷六十九《书唐氏六家书后》,中华书局 1986 年版,第 2206—2207 页。

是保证作品的两个条件。 他在《记欧阳公论文》中引述欧阳修的经验乃在勤读多为而后自工。[①] 当然，他也承认天分差异，认为自己与苏辙才情有别，各有所长，子由之文体气高妙，自己之文则词理精确，坦言"虽各欲以此自勉，而天资所短，终莫能脱"[②]。 对自身条件的客观认识，是扬长避短，选择不同文体形式的重要因素。 再如，对于作家的观察与创作，他提出神与物交，身与物化，以臻于忘我浑一之境，云："与可画竹时，见竹不见人。 岂独不见人，嗒然遗其身。 其身与竹化，无穷出清新。 庄周世无有，谁知此疑神。"[③]作家泯会自然，以真切地传达出自然神韵。 借道家思想探寻艺术的真谛，丰富与深化了中国传统文论的内涵。 苏轼超旷豪迈的人格精神，诸艺皆精的卓越艺术成就成为文坛宗宋之风的主要标杆，并对后世产生了巨大影响，乃至明代中后期文坛曾出现"东坡临御"的奇观。 其文论受到了后世的热议，褒（如李贽、袁宏道等）贬（如朱熹）东坡的种种言论又成就了中国古代文论新的篇章。

第四节　苏洵、苏辙、张耒对苏轼文学思想的启示、附应与继承

苏轼这一北宋文坛高峰的形成是与苏氏父子的影响以及苏门四学士的继承与发展分不开的。 苏洵初辟榛莽于前，离道而言文，直探文学自身的规律。 苏辙援孟子养气说以论文，张耒以天理证自然，从不同的维度，为北宋中叶的文学思想注入了新的内涵。

一、离道而言文的苏洵

苏洵（1009—1066），字明允，眉山（今属四川）人。 苏洵虽"少年不学，生二十五岁，始知读书"[④]，经过十多年的广泛习读，"又不遂刻意厉行，以

---

① 详见〔宋〕苏轼撰，孔凡礼点校:《苏轼文集》卷六十六，中华书局 1986 年版，第 2005 页。

② 〔宋〕苏轼撰，孔凡礼点校:《苏轼文集》卷六十六《书子由超然台赋后》，中华书局 1986 年版，第 2059 页。

③ 〔宋〕苏轼撰，孔凡礼点校:《苏轼诗集》卷二十九《书晁补之所藏与可画竹》，中华书局 1982 年版，第 1522 页。

④ 〔宋〕苏洵撰，曾枣庄、金成礼笺注:《嘉祐集笺注》第十二卷《上欧阳内翰第一书》，上海古籍出版社 1993 年版，第 329 页。

古人自期"①。于嘉祐年间携子苏轼、苏辙游京师，为苏氏父子登上北宋文坛，形成巨大的社会影响创造了条件。著作有通行本《嘉祐集》。

苏洵虽然并没有管领枢要之职，但他对于国是民瘼极为关心，一部《嘉祐集》，或论几策、权书，或上书君臣，纵论古今，多治国理政之论，惶惶有忧天下之心。论及文学，也强调文章的实用功能，说："君子之为书，犹工人之作器也，见其形以知其用。"②但尽管如此，他论文时还是与王安石、司马光乃至欧阳修都有所不同，他不再孜孜于文以明道，这是因为他的学术背景较之于这些秉政者更加驳杂。他虽然也言及"道"，但并非儒家一贯之道，诚如金人王若虚论老苏时所云"喜纵横而不知道"③。他在《上田枢密书》中论及自己的人生经历，云："数年来，退居山野，自分永弃，与世俗日疏阔，得以大肆其力于文章。诗人之优柔，骚人之精深，孟、韩之温淳，迁、固之雄刚，孙、吴之简切，投之所向，无不如意。"④与欧阳修、王安石、司马光等人都有所不同，苏洵唯"大肆其力于文章"一途。他的自评亦是以文章议论"自足于一世"⑤。以文立身，从一个侧面体现了"文"的独立性。他得于前人者，除了诗、骚之外，虽然还有孟韩，但不是就其道统而言，而是指他们为文温淳的风格。同样，得之于迁、固、孙、吴等人的亦是他们为文的雄刚之气、简切之风，而非儒学道统。

由于苏洵之谓"文"，道的色彩弱化了，因此，文无需荷"道"以成，而可以自然书写作者的情感、意志，就文而论文。他说："我以此书为不得已而言之之书也。"⑥在《上欧阳内翰第一书》中述及自己的写作体验时又说："时既久，

---

① 〔宋〕苏洵撰，曾枣庄、金成礼笺注：《嘉祐集笺注》第十二卷《上欧阳内翰第一书》，上海古籍出版社1993年版，第329页。

② 〔宋〕苏洵撰，曾枣庄、金成礼笺注：《嘉祐集笺注》第七卷《太玄论上》，上海古籍出版社1993年版，第171页。

③ 〔金〕王若虚撰，胡传志、李定乾校注：《滹南遗老集校注》卷之三十《议论辨惑》，辽海出版社2006年版，第337页。

④ 〔宋〕苏洵撰，曾枣庄、金成礼笺注：《嘉祐集笺注》第十一卷，上海古籍出版社1993年版，第319页。

⑤ 〔宋〕苏洵撰，曾枣庄、金成礼笺注：《嘉祐集笺注》第十三卷《答雷太简书》，上海古籍出版社1993年版，第362页。

⑥ 〔宋〕苏洵撰，曾枣庄、金成礼笺注：《嘉祐集笺注》第二卷《权书叙》，上海古籍出版社1993年版，第26页。

胸中之言日益多，不能自制，试出而书之，已而再三读之，浑浑乎觉其来之易矣。"①论述自然为文，也成为苏洵卓立于时，发东坡先声的最重要的理论特色，其中，最为精彩的是为文如同风、水不期而相遭的比喻：

> 且兄尝见夫水之与风乎？油然而行，渊然而留，渟洄汪洋，满而上浮者，是水也，而风实起之。蓬蓬然而发乎大空，不终日而行乎四方，荡乎其无形，飘乎其远来，既往而不知其迹之所存者，是风也，而水实形之。今夫风水之相遭乎大泽之陂也，纤余委蛇，蜿蜒沦涟，安而相推，怒而相凌，舒而如云，蹙而如鳞，疾而如驰，徐而如徊，揖让旋辟，相顾而不前，其繁如縠，其乱如雾，纷纭郁扰，百里若一。汩乎顺流，至乎沧海之滨，磅礴汹涌，号怒相轧，交横绸缪，放乎空虚，掉乎无垠，横流逆折，溃旋倾侧，宛转胶戾，回者如轮，萦者如带，直者如燧，奔者如焰，跳者如鹭，跃者如鲤，殊状异态，而风水之极观备矣。故曰"风行水上涣"。此亦天下之至文也。然而此二物者，岂有求乎文哉？无意乎相求，不期而相遭，而文生焉。是其为文也，非水之文也，非风之文也。二物者非能为文，而不能不为文也。物之相使而文出于其间也，故曰：此天下之至文也。今夫玉非不温然美矣，而不得以为文；刻镂组绣，非不文矣，而不可与论乎自然。故夫天下之无营而文生之者，唯水与风而已。昔者，君子之处于世，不求有功，不得已而功成，则天下以为贤；不求有言，不得已而言出，则天下以为口实。②

该文乃苏洵为其仲兄文甫所作的字说，仲兄名涣，苏洵从《周易》"风行水上涣"而言及"文"。苏洵在形象地描绘为文如风、水相遭的自然之状时，论及了为文的细致过程和特征，如，文之生，若风、水"不期而相遭"，而非风、水孤行独至而成，亦即，为文需要两个要素。以水喻作家的主体的修养，以风喻因客观外物而产生的灵感与激情，两者神会而兴，遂产生自然之至文。为文得乎自然，而非刻镂组绣是其宗旨。苏洵关于为文风水相遭之说，虽然与司马迁

---

① ［宋］苏洵撰，曾枣庄、金成礼笺注：《嘉祐集笺注》第十二卷《上欧阳内翰第一书》，上海古籍出版社 1993 年版，第 329 页。

② ［宋］苏洵撰，曾枣庄、金成礼笺注：《嘉祐集笺注》第十五卷《仲兄字文甫说》，上海古籍出版社 1993 年版，第 412—413 页。

发愤著书，韩愈"不平则鸣"，柳宗元"发其郁积"等创作论不无应合之处，但比较而言，苏洵的论述更加精细，更重自然，而不局限于某一种情绪状态。苏洵之论更准确地描述了触物而起，兴会神运的自然过程。由于苏洵论文着意于文的艺术特征，因此，他品鉴作家作品，能纯粹就艺术风格发出肯綮之论。如："孟子之文，语约而意尽，不为巉刻斩绝之言，而其锋不可犯；韩子之文，如长江大河，浑浩流转，鱼鼋蛟龙，万怪惶惑，而抑遏蔽掩，不使自露，而人自见其渊然之光，苍然之色，亦自畏避，不敢迫视；执事（欧阳修）之文，纡余委备，往复百折而条达疏畅，无所间断，气尽语极，急言竭论，而容与闲易，无艰难劳苦之态。此三者，皆断然自为一家之文也。"①以审美而非道学或政治家的目光论文，是苏洵文论的卓异处。

二、以气论文的苏辙

苏辙（1039—1112），字子由，晚号颍滨遗老。嘉祐二年（1057）与苏轼同登进士第。官至尚书右丞、门下侍郎。著有《栾城集》。苏辙的文论主要体现在将孟子的养气说与为文联系起来，云：

> 辙生好为文，思之至深，以为文者气之所形。然文不可以学而能，气可以养而致。孟子曰："我善养吾浩然之气。"今观其文章，宽厚宏博，充乎天地之间，称其气之小大。太史公行天下，周览四海名山大川，与燕赵间豪俊交游，故其文疏荡，颇有奇气。此二子者，岂尝执笔学为如此之文哉？其气充乎其中而溢乎其貌，动乎其言而见乎其文，而不自知也。②

关于气与文的关系，自孟子养气说之后，曹丕在《典论·论文》中有"文以气为主，气之清浊有体，不可力强而致"③的论述。但曹丕所论之气，与孟子所

①　〔宋〕苏洵撰，曾枣庄、金成礼笺注：《嘉祐集笺注》第十二卷《上欧阳内翰第一书》，上海古籍出版社 1993 年版，第 328—329 页。

②　〔宋〕苏辙著，陈宏天、高秀芳点校：《苏辙集》卷二十二《上枢密韩太尉书》，中华书局 1990 年版，第 381 页。

③　〔魏〕曹丕撰，夏传才、唐绍忠校注：《曹丕集校注》，河北教育出版社 2013 年版，第 237 页。

论尚有不同，孟子养气说是承认气之强弱可变的，但曹丕所论的为文之气，强调的是先天秉赋，他还说："譬诸音乐，曲度虽均，节奏同检，至于引气不齐，巧拙有素，虽在父兄，不能以移子弟。"而苏辙所论则不同，他认为："文不可以学而能，气可以养而致。"同时，苏辙所养之气有较丰富的内容，其中有孟子所谓"浩然之气"。根据其《孟子解》所释："'不动心'与'浩然之气'，'诚'之异名也。"①这与道学家所论之气并无本质不同。但可贵的是苏辙所论不限于此，他还认为，司马迁通过"周览四海名山大川，与燕赵间豪俊交游"而得其"奇气"。显然，这个"奇气"与孟子的"浩然之气"明显有别，"浩然之气"是内修而成，后世的学者一般理解养气乃是"集义"的过程，如显之于文，韩愈称之为"气盛言宜"。而苏辙所说的司马迁通过周览交游而得的"奇气"，则是得之于外，是通过阅历与交游而成。苏辙还通过自己的经历以说明，他十九岁时辞别乡里，以"求天下奇闻壮观，以知天地之广大。过秦汉之故都，恣观终南、嵩、华之高，北顾黄河之奔流，慨然想见古之豪杰；至京师，仰观天子宫阙之壮与仓廪、府库、城池、苑囿之富且大也，而后知天下之巨丽。见翰林欧阳公，听其议论之宏辩，观其容貌之秀伟，与其门人贤士大夫游，而后知天下文章聚乎此也"②。不难看出，苏辙所论，与传统的养气说大有不同，他实际是借孟子之养气说而论及作家的社会阅历与作品内容的关系问题。苏辙谓之为"奇气"，而非盛大充沛的"浩然之气"。"奇"实乃得之于江山有奇峰峻岭，社会有奇闻壮观，这一切是作家形成自己特色的根本保证。因此，如果说"浩然之气"仅是文得乎"正"，那么"奇气"则是形成作家特色的根本原因。更重要的是，传统文论中的养气说，因其"集义"的内涵，主要还是德性层面的意义，就文体而言，对政论驳辩影响较著。而得江山之助，览山川奇观，交游人间奇伟之士，则对于文艺性作品的影响更大。虽然苏辙所举的是史家司马迁的例子，但《史记》乃"无韵之《离骚》"，其形象性较《孟子》更强。因此，苏辙将为文养气说赋予了更具文学性、形象性的内涵。但同样需要注意的是，苏辙的文学理论较之于其兄重道的成分较重，这在其诗学批评中得到了体现。但何以在《上枢密韩太

①　〔宋〕苏辙著，陈宏天、高秀芳点校：《苏辙集》卷六《孟子解二十四章》，中华书局 1990 年版，第 949 页。

②　〔宋〕苏辙著，陈宏天、高秀芳点校：《苏辙集》卷二十二《上枢密韩太尉书》，中华书局 1990 年版，第 381 页。

尉书》中，他又对传统的"养气说"赋予了较明显的形象性色彩？我们认为，这与其初至京师视野大阔之时的真切感悟有关。但随着仕履的变化，苏辙论文致用的色彩渐浓，这在其诗论中得到了体现。

苏辙的诗论主要集中在晚年所作的《诗病五事》之中，其中有些是针对王安石新法而发，批评王安石"不忍贫民而深疾富民"①的政策，谓其"小丈夫也"，偏于政论。有些则批评"唐人工于为诗，而陋于闻道"②，体现了苏辙诗论重道的一面。但仍有一些颇具价值的论述，如，他对周民族的史诗《诗经·绵》予以高度评价，认为前面几章与最后一章之间，"事不接，文不属，如连山断岭，虽相去绝远，而气象联络，观者知其脉理之为一也"③，认为"附离不以凿枘，此最为文之高致耳"④。由此而论及杜甫的《哀江南》诗，称叹道："予爱其词气如百金战马，注坡蓦涧，如履平地，得诗人之遗法。"相反，"白乐天诗，词甚工，然拙于纪事，寸步不遗，犹恐失之，此所以望老杜之藩垣而不及也"⑤。对诗歌艺术特征的认识颇为精到。但《诗病五事》中对李白的评价则较为峻厉，认为："李白诗类其为人，骏发豪放，华而不实，好事喜名，不知义理之所在也。"⑥而与杜甫有"好义之心"不同。对李白的评价与苏轼迥然有异。苏辙对李白的苛评，与其指斥"唐人工于诗而陋于闻道"是一脉相承的，显示了苏辙后期文论保守的一面。对于苏辙的抑李之论，清人吴乔有较为公允的评论："宋人不知比兴，不独三百篇，即说唐诗亦不得实。太白胸怀有高出六合之气，诗则寄兴为之，非促促然诗人之作也。饮酒学仙，用兵游侠，又其诗之寄兴也。子

---

① 〔宋〕苏辙著，陈宏天、高秀芳点校：《苏辙集》卷八《杂说·诗病五事》，中华书局 1990 年版，第 1230 页。

② 〔宋〕苏辙著，陈宏天、高秀芳点校：《苏辙集》卷八《杂说·诗病五事》，中华书局 1990 年版，第 1229 页。

③ 〔宋〕苏辙著，陈宏天、高秀芳点校：《苏辙集》卷八《杂说·诗病五事》，中华书局 1990 年版，第 1228—1229 页。

④ 〔宋〕苏辙著，陈宏天、高秀芳点校：《苏辙集》卷八《杂说·诗病五事》，中华书局 1990 年版，第 1229 页。

⑤ 〔宋〕苏辙著，陈宏天、高秀芳点校：《苏辙集》卷八《杂说·诗病五事》，中华书局 1990 年版，第 1229 页。

⑥ 〔宋〕苏辙著，陈宏天、高秀芳点校：《苏辙集》卷八《杂说·诗病五事》，中华书局 1990 年版，第 1228 页。

由以为赋而讥之，不知诗，何以知太白之为人乎？"①

三、以天理证自然的张耒

黄庭坚、秦观、晁补之、张耒被称为"苏门四学士"。就文学思想来看，张耒承祧东坡的色彩最为显著。兹简述张耒的文学思想，以见东坡文学思想影响之一斑。

张耒（1054—1114?），字文潜，号柯山，楚州淮阴（今江苏靖江）人，熙宁进士，曾任太常少卿等职。著有《柯山集》。

东坡既是文坛巨擘，同时还有深厚的蜀学背景。同被列为苏门四学士的秦观有云："苏氏之道最深于性命自得之际，其次则器足以任重，识足以致远。至于议论文章，乃其与世周旋至粗者也。"又云："阁下论苏氏，而其说止于议论文章，意欲尊苏氏，适卑之耳。"②同样，列于苏门的张耒亦是一位学植颇深的学者，并在其文论中得到了体现。或者说，张耒是苏门中最能体现苏氏蜀学特色的文人。对于文、意、理、气之间的关系，张耒以诗言之：

> 我虽不知文，尝闻于达者。文以意为车，意以文为马。理强意乃胜，气盛文如驾。理惟当即止，妄说即虚假。气如决江河，势盛乃倾泻。文莫如六经，此道亦不舍。但于文最高，窥不见隙罅。故令后世儒，其能及者寡。文章古亦众，其道则一也。譬如张众乐，要以归之雅。区区为对偶，此格最污下。求之古无有，欲学固未暇。君为时俊髦，我老安苟且。聊献师所传，无以吾言野。③

当然，张耒文论中尤为注重文之"理"，即其所谓"理胜者文不期工而工"。这也被视为张耒最重要的文论，乃至被移录于《宋史》本传之中。云："自《六

---

① 郭绍虞编选，富寿荪校点：《清诗话续编·围炉诗话》卷四，上海古籍出版社1983年版，第580页。

② ［宋］秦观撰，周义敢、程自信、周雷编注：《秦观集编年校注·答傅彬老简》，人民文学出版社2001年版，第672页。

③ ［宋］张耒撰，李逸安、孙通海、傅信点校：《张耒集》卷九《与友人论文因以诗投之》，中华书局1990年版，第128—129页。

经》以下，至于诸子百氏、骚人辩士论述，大抵皆将以为寓理之具也。是故理胜者文不期工而工，理诎者巧为粉泽而隙间百出。"①理，是北宋文人常常论及的一个范畴，欧阳修之理，乃经世之理。理学家之理，则为性理之理。张耒所论之理或天理，主要体现的是自然之则，即其所谓："文章之于人，有满心而发，肆口而成，不待思虑而工，不待雕琢而丽者，皆天理之自然而情性之道也。"②再如，他在论及天下之分时说："夫理者，本于天地，而莫知其所从始者也。惟其理设而不可易，故分立而不可犯。"③显然，这与理学家所谓"在天为命，在义为理，在人为性"④以德性言理，或从本体的角度言理不同。张耒之理，是指通乎天地的规律，因此，张耒或言"文理"或言"物理"。张耒在论及为文记事辨理的功能时又云："古之文章，虽制作之体不一端，大抵不过记事辨理而已。记事而可以垂世，辨理而足以开物，皆词达者也。"⑤"辨理"之理，显然为事理之理。但张耒接着还有这样的表述："词生于理，理根于心，苟邪气不入于心，僻学不接于耳目，中和正太之气溢于中，发于文字言语，未有不明白条畅。何观于语者乎？"⑥"根于心"之理，显然具有性理的含义。张耒文论趋近理学的现象，我们也应予以正视。当理学流行之时，理学心性观念已明显影响到了文学之士的文论。当然，张耒并没有理学家重道轻文之论，他论述文章之理，主要限于文之功能的方面。更重要的是，他援"天理"以证文之"自然"，云："文章之于人，有满心而发，肆口而成，不待思虑而工，不待雕琢而丽者，皆天理之自然而情性之道也。"⑦这与江西诗派的文学观念迥然不同。他还

---

① 〔宋〕张耒撰，李逸安、孙通海、傅信点校：《张耒集》卷五十五《答李推官书》，中华书局 1990 年版，第 829 页。

② 〔宋〕张耒撰，李逸安、孙通海、傅信点校：《张耒集》卷四十八《贺方回乐府序》，中华书局 1990 年版，第 755 页。

③ 〔宋〕张耒撰，李逸安、孙通海、傅信点校：《张耒集》卷三十八《晋论》，中华书局 1990 年版，第 620 页。

④ 〔宋〕程颢、程颐撰，王孝鱼点校：《二程集·程氏遗书》卷十八，中华书局 2004 年版，第 204 页。

⑤ 〔宋〕张耒撰，李逸安、孙通海、傅信点校：《张耒集》卷五十五《答汪信民书》，中华书局 1990 年版，第 826 页。

⑥ 〔宋〕张耒撰，李逸安、孙通海、傅信点校：《张耒集》卷五十五《答汪信民书》，中华书局 1990 年版，第 826 页。

⑦ 〔宋〕张耒撰，李逸安、孙通海、傅信点校：《张耒集》卷四十八《贺方回乐府序》，中华书局 1990 年版，第 755 页。

与苏东坡一样，以水喻文：

> 夫决水于江河淮海也，水顺道而行，滔滔汩汩，日夜不止，冲砥柱，绝吕梁，放于江湖而纳之海。其舒为沦涟，鼓为波涛，激之为风飙，怒之为雷霆，蛟龙鱼鼋，喷薄出没，是水之奇变也。而水初岂如此哉？是顺道而决之，因其所适而变生焉。沟渎东决而西竭，下满而上虚，日夜激之，欲见其奇，彼其所至者，蛙蛭之玩耳。江河淮海之水，理达之文也，不求奇而奇至矣。激沟渎而求水之奇，此无见于理，而欲以言语句读为奇之文也。《六经》之文莫奇于《易》，莫简于《春秋》，夫岂以奇与简为务哉？势自然耳……自唐以来至今，文人好奇者不一。甚者或为缺句断章，使脉理不属，又取古书训诂希于见闻者，捋扯而牵合之，或得其字不得其句，或得其句不得其章，反覆咀嚼，卒亦无有，此最文之陋也。[①]

张耒以水喻文，称叹水之奇变，是江淮河海得乎自然之"奇"之"变"。相反，因人为所设，"沟渎东决而西竭，下满而上虚，日夜激之，欲见其奇"，仅是"蛙蛭之玩"而已。张耒痛诋为奇而奇，"最文之陋"。张耒崇尚自然，肆口而成，这在其为贺铸词的序文中得到了体现，他称赞贺铸之词云："'是所谓满心而发，肆口而成，虽欲已焉，而不得者。'若其粉泽之工，则其才之所至，亦不自知也。夫其盛丽如游金、张之堂，而妖冶如揽嫱、施之祛，幽洁如屈、宋，悲壮如苏、李，览者自知之，盖有不可胜言者矣。"[②]值得注意的是，张耒的"满心而发，肆口而成"之论是因词而发，显然承秉了苏轼词学的审美取向，而与同列于苏门的陈师道、晁补之等人有别。从张耒的文学观亦可窥见，在江西诗派盛行的北宋文坛，东坡的影响仍然不可忽视。

---

① 〔宋〕张耒撰，李逸安、孙通海、傅信点校：《张耒集》卷五十五《答李推官书》，中华书局1990年版，第829页。

② 〔宋〕张耒撰，李逸安、孙通海、傅信点校：《张耒集》卷四十八《贺方回乐府序》，中华书局1990年版，第755页。

第十三章

北宋专论:黄庭坚及北宋诗话

第一节 黄庭坚与江西诗派的诗论

黄庭坚（1045—1105），字鲁直，号山谷，又号涪翁，分宁（今江西修水）人，英宗治平四年（1067）进士。熙宁初授北京国子监。哲宗立，召为校书郎，迁著作佐郎，加集贤校理，编《神宗实录》，擢起居舍人。苏轼知贡举，聘为参详官。因新党章惇、蔡卞用事，被谪涪州别驾，黔州安置，移戎州。后被贬宜州，卒于贬所。有《豫章黄先生文集》等。

黄庭坚与秦观、张耒、晁补之并称为"苏门四学士"。苏轼称其诗文"超轶绝尘，独立万物之表，世久无此作"①。黄庭坚尤以诗著称，与苏轼并称"苏黄"。当然，两人的风格亦有差异，清人潘德舆云："苏黄并称，其实相反。苏豪宕纵横而伤于率易，黄劲直沈著而苦于生疏。"②苏、黄二体影响了元祐以后的诗坛风气。南宋严羽云："至东坡、山谷始自出己意以为诗，唐人之风变矣。山谷用工尤为深刻，其后法席盛行，海内称为江西宗派。"③黄庭坚与苏轼稍有不同的是，苏轼因职之所在，文章中尚有大量政论文体，比较而言，黄庭坚则更加着意于辞章之业，被认为是宋代最具影响的江西诗派的盟主，可见其在文学史上的巨大影响。

---

① 〔元〕脱脱等撰：《宋史》卷四百四十四《黄庭坚本传》，中华书局 1985 年版，第 13109 页。

② 〔清〕潘德舆撰，朱德慈辑校：《养一斋诗话》卷一，中华书局 2010 年版，第 14 页。

③ 〔宋〕严羽撰，郭绍虞校释：《沧浪诗话校释·诗辨》，人民文学出版社 1961 年版，第 26—27 页。

黄庭坚在政治上与苏轼一致且持论相对缓和，仕履亦深受政治态度的影响，两人文学上虽相互推重，但殊异亦颇明显。黄庭坚与王安石政治观念殊异，但对其甚为敬重，褒赞王安石作品颇多，乃至认为王安石"论刘敞侍读晚年文字，非东坡所及"①。黄庭坚虽列于苏门四学士之首，但文学思想则具有自己的特色，概有以下几个方面。

一、重修养与学植

黄庭坚是受宋代儒学安定学派影响甚深的一位学人。黄庭坚对理学开山周敦颐甚为推敬，在《濂溪诗》中云："舂陵周茂叔，人品甚高，胸中洒落，如光风霁月。"②著作中颇多心性修养之论，如："以心为田，我耒耜之。慈祥弟友，种而茂之。忠信不贪，苗而立之。"③其对文道关系的认识，基本秉承了韩愈以来文以贯道的思想。黄庭坚所谓"道"的内涵还具有佛道的因子。但黄庭坚不是空谈心性的理学家，这与其人生经历与环境不无关系。黄庭坚岳父孙觉乃安定学派盟主胡瑗的高足。对于安定学派的特色，全祖望有云："宋世学术之盛，安定、泰山为之先河，程、朱二先生皆以为然。安定沈潜，泰山高明，安定笃实，泰山刚健，各得其性禀之所近。"④安定学派"笃实"的学风影响了黄庭坚的立身行事，为学旨趣，乃至文学观念。黄庭坚强调作家要读书习古，博识多闻，而且要化为"孝友忠信"等具体的德行。黄庭坚德行高洁，"孝友之行，追配古人"⑤。他将德行修养与诗可弦歌作为人生期许："行要争光日月，诗须皆可弦

---

① 〔宋〕黄庭坚撰，刘琳、李勇先、王蓉贵校点：《黄庭坚全集·正集》卷二十五《跋王介甫帖》，四川大学出版社 2001 年版，第 671 页。

② 〔宋〕黄庭坚撰，刘琳、李勇先、王蓉贵校点：《黄庭坚全集·正集》卷十二《濂溪诗并序》，四川大学出版社 2001 年版，第 308 页。

③ 〔宋〕黄庭坚撰，刘琳、李勇先、王蓉贵校点：《黄庭坚全集·正集》卷二十一《李商老殖斋铭》，四川大学出版社 2001 年版，第 533 页。

④ 〔清〕黄宗羲撰，〔清〕全祖望补修，陈金生、梁运华点校：《宋元学案·宋元儒学案序录》中华书局 1986 年版，第 1 页。

⑤ 〔宋〕苏轼撰，孔凡礼点校：《苏轼文集》卷二十四《举黄庭坚自代状》，中华书局 1986 年版，第 714 页。

歌。"①他勉励外甥洪驹父"不但用文章照映今古",且"但愿极加意于忠信孝友之地"。②"孝友忠信,是此物(文章)之根本,极当加意养以敦厚醇粹,使根深蒂固,然后枝叶茂尔。"③德行是创作之根本,作品则是体现作家内在修养的"枝叶"。 他认为文章、言、行的关系是:"文章者,道之器也;言者,行之枝叶也。"④结合人品论诗品,是黄庭坚诗学批评的重要维度,如,他的政治观念虽然与王安石不同,但他赞叹王安石"暮年小诗,雅丽精绝,脱去流俗,不可以常理待之也"。 其诗如此,源于王安石人品的高洁,云:"余尝熟观其风度,真视富贵如浮云,不溺于财利酒色,一世之伟人也。"⑤他所推尊的陶渊明、杜甫、苏轼,无一不是诗品与人品统一的典范。

黄庭坚强调学植的作用,首先要通过博学从根本上做一个归向古人的有道之士,云:"从文章之士,学妄言绮语,增长无明种子也。 聪老尤喜接高明士大夫,渠开卷论说,便穿得诸儒鼻孔,苦于义理得宗趣,却观旧所读书,境界廓然,六通四辟,极省心力也。 然有道之士须以至诚恳恻归向,古人所谓下人不精,不得其真,此非虚语。"⑥他认为读书习古,除了阅读唐代的杜甫、韩愈等人的作品之外,最重要的在于治经,经学是学植根本,具有导向引领的作用。 他称潘子真书及诗,天材高妙,钟山川之美,有名世之资。 喻其为"黄鹄一举千里,非荆鸡之材所能啄蒍",但"致远者不可以无资,故适千里者三月聚粮。 又当知所向,问其道里之曲折,然后取涂而无悔。 钩深而索隐,温故而知新,此治经之术也。 经术者,所以使人知所向也。 博学而详说之,极支离以趋简易,

① 〔宋〕黄庭坚撰,刘琳、李勇先、王蓉贵校点:《黄庭坚全集·正集》卷八《再用前韵赠子勉四首》,四川大学出版社 2001 年版,第 202 页。

② 〔宋〕黄庭坚撰,刘琳、李勇先、王蓉贵校点:《黄庭坚全集·正集》卷十八《答洪驹父书》,四川大学出版社 2001 年版,第 473 页。

③ 〔宋〕黄庭坚撰,刘琳、李勇先、王蓉贵校点:《黄庭坚全集·外集》卷二十一《与洪驹父书》,四川大学出版社 2001 年版,第 1365 页。

④ 〔宋〕黄庭坚撰,刘琳、李勇先、王蓉贵校点:《黄庭坚全集·正集》卷六《次韵杨明叔四首》,四川大学出版社 2001 年版,第 124 页。

⑤ 〔宋〕黄庭坚撰,刘琳、李勇先、王蓉贵校点:《黄庭坚全集·正集》卷二十六《跋王荆公禅简》,四川大学出版社 2001 年版,第 696 页。

⑥ 〔宋〕黄庭坚撰,刘琳、李勇先、王蓉贵校点:《黄庭坚全集·正集》卷十八《与胡少汲书》,四川大学出版社 2001 年版,第 477—478 页。

此观书之术也"。^① 治经,"探其渊源,乃可到古人耳"。^② 他说:"其未至者,探经术未深,读老杜、李白、韩退之诗不熟耳。"^③其次,从读书习古学习前人创作的方法,他在致王观复的书信中指出:"所送新诗,皆兴寄高远,但语生硬,不谐律吕,或词气不逮初造意时,此病亦只是读书未精博耳。'长袖善舞,多钱善贾',不虚语也。 南阳刘勰尝论文章之难云:'意翻空而易奇,文征实而难工。'此语亦是沈、谢辈为儒林宗主时,好作奇语,故后生立论如此。"^④他称赞陈履常:"读书如禹之治水,知天下之络脉,有开有塞,而至于九川涤源、四海会同者也。 其作诗渊源,得老杜句法,今之诗人不能当也。 至于作文,深知古人之关键。 其论事救首救尾,如常山之蛇,时辈未见其比。"^⑤再次,要掌握读书要领,精读要籍,得古人之用心处,得其神韵,云:"比来不审读书何似? 想以道义敌纷华之兵,战胜久矣。 古人有言:'并敌一向,千里杀将。'要须心地收汗马之功,读书乃有味;弃书策而游息,书味犹在胸中,久之乃见。 古人用心处如此,则尽心于一两书,其余如破竹节,皆迎刃而解也。"^⑥最后,从创作准备的维度读书,善于将前人作品化为"作诗之器"。 他屡屡教诲晚辈积学为创作做准备,云:"杜子美云:'读书破万卷,下笔如有神。'此作诗之器也。"^⑦为此,黄庭坚还提出更具体的本于创作的读书门径,云:"作赋要读左氏,《前汉》精密,其佳句善字,皆当经心,略知某处可用,则下笔时源源而来矣。"^⑧黄庭坚

① 〔宋〕黄庭坚撰,刘琳、李勇先、王蓉贵校点:《黄庭坚全集·正集》卷十九《与潘子真书》,四川大学出版社 2001 年版,第 481 页。

② 〔宋〕黄庭坚撰,刘琳、李勇先、王蓉贵校点:《黄庭坚全集·正集》卷十八《答洪驹父书》,四川大学出版社 2001 年版,第 475 页。

③ 〔宋〕黄庭坚撰,刘琳、李勇先、王蓉贵校点:《黄庭坚全集·正集》卷十九《与徐师川书》,四川大学出版社 2001 年版,第 479 页。

④ 〔宋〕黄庭坚撰,刘琳、李勇先、王蓉贵校点:《黄庭坚全集·正集》卷十八《与王观复书》,四川大学出版社 2001 年版,第 470 页。

⑤ 〔宋〕黄庭坚撰,刘琳、李勇先、王蓉贵校点:《黄庭坚全集·正集》卷十八《答王子飞书》,四川大学出版社 2001 年版,第 467 页。

⑥ 〔宋〕黄庭坚撰,刘琳、李勇先、王蓉贵校点:《黄庭坚全集·正集》卷十八《与王子予书》,四川大学出版社 2001 年版,第 468 页。

⑦ 〔宋〕黄庭坚撰,刘琳、李勇先、王蓉贵校点:《黄庭坚全集·续集》卷五《答徐甥师川》,四川大学出版社 2001 年版,第 2028 页。

⑧ 〔宋〕黄庭坚撰,刘琳、李勇先、王蓉贵校点:《黄庭坚全集·正集》卷十九《答曹荀龙》,四川大学出版社 2001 年版,第 495 页。

极重读书之于创作的作用，乃至认为杜甫、韩愈的作品"无一字无来处"，提出"夺胎换骨""点铁成金"的矫激之法。

黄庭坚涵茹学术，在其诗文理论中留下了明显的"学"的印记。他认为文章"当以理为主。理得而辞顺，文章自然出群拔萃"①。黄庭坚论学有万物一体的倾向，其"心"也是通乎万物，牢笼百态的，他说："险易之实在人心，不在山川。夫奇与常相倚也，险与易相乘也，古之人正心诚意，而游于万物之表，故六经我之陈迹也，山林冠冕吾又何择焉？"②在性理之学的背景之下，表现性情、心的艺术便具有了超越层面的内涵。黄庭坚受佛道濡染甚深，并深深地影响了他的艺术评论，他说："余初未尝识画，然参禅而知无功之功，学道而知至道不烦，于是观图画悉知其巧拙工俗，造微入妙，然此岂可为单见寡闻者道哉！"③又云："予尝评书：'字中有笔，如禅家句中有眼。'至如右军书，如《涅槃经》说伊字具三眼也。此事要须人自体会得，不可见立论便兴诤也。"④其"夺胎换骨""点铁成金"法也受到佛学的启示，朱熹曰："佛家多有'夺胎'之说。"⑤《景德传灯录》有载："问：'还丹一粒，点铁成金，至理一言，点凡成圣，请师一点。'师曰：'还知齐云点金成铁么？'曰：'点金成铁，未之前闻。至理一言，敢希垂示。'"⑥适当关注黄庭坚学术的复杂性、多元性，对于准确理解黄庭坚这一抱道之士的文学观不无裨益。

二、诗可"忿世疾邪"而不可"怒邻骂座"

黄庭坚晚年所作的《书王知载〈朐山杂咏〉后》向为史家重视，其中对诗歌本质、风格有这样的认识：

---

① 〔宋〕黄庭坚撰，刘琳、李勇先、王蓉贵校点：《黄庭坚全集·正集》卷十八《与王观复书》，四川大学出版社 2001 年版，第 470 页。

② 〔宋〕黄庭坚撰，刘琳、李勇先、王蓉贵校点：《黄庭坚全集·正集》卷二十七《跋元圣庚清水岩记》，四川大学出版社 2001 年版，第 724 页。

③ 〔宋〕黄庭坚撰，刘琳、李勇先、王蓉贵校点：《黄庭坚全集·正集》卷二十七《题赵公佑画》，四川大学出版社 2001 年版，第 728 页。

④ 〔宋〕黄庭坚撰，刘琳、李勇先、王蓉贵校点：《黄庭坚全集·正集》卷二十八《题绛本法帖》，四川大学出版社 2001 年版，第 747 页。

⑤ 〔宋〕黎靖德编，王星贤点校：《朱子语类》卷第一百二十六，中华书局 1986 年版，第 3032 页。

⑥ 〔宋〕释道原撰：《景德传灯录》卷第十八，四部丛刊三编景宋本。

诗者,人之情性也,非强谏争于廷,怨忿诟于道,怒邻骂坐之为也。其人忠信笃敬,抱道而居,与时乖逢,遇物悲喜,同床而不察,并世而不闻,情之所不能堪,因发于呻吟调笑之声,胸次释然,而闻者亦有所劝勉,比律吕而可歌,列于羽而可舞,是诗之美也。其发为讪谤侵陵,引颈以承戈,披襟而受矢,以快一朝之忿者,人皆以为诗之祸,是失诗之旨,非诗之过也。①

理解黄庭坚对于诗歌本质的认识需要注意其两面性:一方面,他承认诗歌是个人情感所发;另一方面,在他看来,诗歌又是诗人"与时乖逢"之时,抒写悲喜,以求"胸次释然"之作。 这种情感不是诗歌中表现出来的积极的怨刺讽喻,而是消弭诗人因时而产生的"不能堪"的情感,因此,这是消解于内的遣兴,而与前者迥然不同。 前者是借诗以用世,后者是借诗以遁世。 黄庭坚反对诗歌"发为讪谤侵陵",以避免"引颈以承戈,披襟而受矢"的诗祸发生。 这是黄庭坚屡尝诗祸之后对诗歌本质的认识,这样的认识虽然钝化了诗歌社会批判的功能,但恰恰回到了诗歌的本质,即诗歌作为抒写个人情感的作用。 当然,黄庭坚并没有完全放弃诗歌的社会功能,诗既有能使人"胸次释然"的一面,也有"闻者亦有所劝勉"的社会效果。 黄庭坚对诗歌情感的控制,并不是《毛诗序》所要求的"发乎情,止乎礼义",不是外在的社会规约,而主要是内在的道德修为,是"为人忠信笃敬,抱道而居"。 但是,黄庭坚主张赋诗以释胸次,主要是为避诗祸。 黄庭坚不"怒邻骂座"的出发点并不是为了持守中和,而是历观诗祸、诗案后沉静思考而得,情之"不能堪"的导因来自社会。

黄庭坚反对"怒邻骂座",显然是向"温柔敦厚"儒家诗教的回归,而儒家强调诗歌的社会功能,重视"兴观群怨"社会作用。"吟咏情性"是与"以风其上"两位一体的。 黄庭坚也继承了儒家的诗学传统,这从其反对"怒邻骂座"又推尊"忿世疾邪"的《楚辞》可以看出。 他说:"士有抱青云之器,而陆沈林皋之下,与麋鹿同群,与草木共尽,独托于无用之空言,以为千岁不朽之计。谓其怨邪,则其言仁义之泽也;谓其不怨邪,则又伤己不见其人。 然则其言,不怨之怨也。 夫寒暑相推,草木与荣衰焉。 庆荣而吊衰……其兴托高远,则附

---

① 〔宋〕黄庭坚撰,刘琳、李勇先、王蓉贵校点:《黄庭坚全集·正集》卷二十五《书王知载〈胸山杂咏〉后》,四川大学出版社 2001 年版,第 666 页。

于《国风》；其忿世疾邪，则附于《楚辞》。"①"兴托高远"体现的是《国风》的风格，"忿世疾邪"则是《楚辞》的风格。黄庭坚对于《国风》《楚辞》都很推崇。如，他说："子美诗妙处，乃在无意于文。夫无意而意已至，非广之以《国风》《雅》《颂》，深之以《离骚》《九歌》，安能咀嚼其意味、闯然入其门邪。"②他认为《诗》《骚》相承，云："章子厚尝为余言，楚词盖有所祖述。余初不谓然，子厚遂言曰：'《九歌》盖取诸《国风》，《九章》盖取诸二《雅》，《离骚经》盖取诸《颂》'。余闻斯言也，归而考之，信然。顾尝叹息斯人妙解文章之味。"③他还仿《楚辞》而作《楚词》七首。不难看出，黄庭坚并不排斥诗歌"忿世疾邪"。他反对"怒邻骂座"，实乃因其可能引起"引颈以承戈，披襟而受矢"的结果。事实上，黄庭坚是反对作遁世之文的，他说："文章功用不经世，何异丝窠缀露珠。"④只不过他更注意诗文济世的方式，他之尊崇杜诗，亦在于杜诗能"善陈时事"。基于这样的认识，我们便不能苛责其弱化诗歌的入世精神。同时，还应看到，黄庭坚反对诗歌中矫激愤世的情感，这与其承祧《国风》"兴托高远"的艺术风格有关，他在《与王观复书》中云："所送新诗，皆兴寄高远，但语生硬，不谐律吕，或词气不逮初造意时，此病亦只是读书未精博耳。"⑤在《白山茶赋》中亦云："姨母文城君作《白山茶赋》，兴寄高远。"⑥可见，"兴寄高远"，是黄庭坚孜求的审美理想。黄庭坚重经典，尚传统，征诸《国风》《楚辞》，是我们理解黄庭坚诗歌情感论及社会功能时不应被忽略的路径。

---

① ［宋］黄庭坚撰，刘琳、李勇先、王蓉贵校点：《黄庭坚全集·正集》卷十五《胡宗元诗集序》，四川大学出版社 2001 年版，第 410—411 页。

② ［宋］黄庭坚撰，刘琳、李勇先、王蓉贵校点：《黄庭坚全集·正集》卷十六《大雅堂记》，四川大学出版社 2001 年版，第 437 页。

③ ［宋］黄庭坚撰，刘琳、李勇先、王蓉贵校点：《黄庭坚全集·别集》卷六《书圣庚家藏楚词》，四川大学出版社 2001 年版，第 1561—1562 页。

④ ［宋］黄庭坚撰，刘琳、李勇先、王蓉贵校点：《黄庭坚全集·正集》卷四《戏呈孔毅父》，四川大学出版社 2001 年版，第 90 页。

⑤ ［宋］黄庭坚撰，刘琳、李勇先、王蓉贵校点：《黄庭坚全集·正集》卷十八《与王观复书》，四川大学出版社 2001 年版，第 470 页。

⑥ ［宋］黄庭坚撰，刘琳、李勇先、王蓉贵校点：《黄庭坚全集·正集》卷十二《白山茶赋》，四川大学出版社 2001 年版，第 300 页。

三、法度与自然

江西诗派是讲求作诗之法的学术流派。 法是黄庭坚诗文中屡屡论及的范畴。 他论及最多的是"句法"，如，他说："句法提一律，坚城受我降。"①"诗来清吹拂衣巾，句法词锋觉有神。"②"传得黄州新句法，老夫端欲把降幡。"③"所寄诗醇淡而有句法。"④他称赞雷太简之诗："用字稳实，句法刻厉而有和气，他人无此功也。"⑤自谓"庭坚之诗卒从谢公得句法。"⑥"句法俊逸清新，词源广大精神。"⑦堪称是其句法的理想。 任渊注此诗句云："老杜诗'清新庾开府，俊逸鲍参军'。"⑧不难看出，黄庭坚关于诗之句法，主要是指诗歌体现出的风格。 除此，他还注重诗歌的章法、字法。 对于章法，他说："但始学诗，要须每作一篇，辄须立一大意，长篇须曲折三致焉，乃为成章耳。"⑨对于字法，黄庭坚说："高子勉作诗以杜子美为标准，用一事如军中之令，置一字如关门之键。"⑩诗之"关门之键"，即所谓"诗眼"，亦即以最传神、最凝练之字赋予全

① ［宋］黄庭坚撰，刘琳、李勇先、王蓉贵校点：《黄庭坚全集·正集》卷一《子瞻诗句妙一世乃云效庭坚体盖退之戏效孟郊樊宗师之比以文滑稽耳——恐后生不解，故次韵道之》，四川大学出版社 2001 年版，第 16 页。

② ［宋］黄庭坚撰，刘琳、李勇先、王蓉贵校点：《黄庭坚全集·正集》卷七《次韵奉答文少激纪赠二首》，四川大学出版社 2001 年版，第 164 页。

③ ［宋］黄庭坚撰，刘琳、李勇先、王蓉贵校点：《黄庭坚全集·正集》卷十一《次韵文潜立春日三绝句》，四川大学出版社 2001 年版，第 279 页。

④ ［宋］黄庭坚撰，刘琳、李勇先、王蓉贵校点：《黄庭坚全集·正集》卷十八《答何静翁书》，四川大学出版社 2001 年版，第 464 页。

⑤ ［宋］黄庭坚撰，刘琳、李勇先、王蓉贵校点：《黄庭坚全集·正集》卷二十五《跋雷太简梅圣俞诗》，四川大学出版社 2001 年版，第 662 页。

⑥ ［宋］黄庭坚撰，刘琳、李勇先、王蓉贵校点：《黄庭坚全集·外集》卷二十二《黄氏二室墓志铭》，四川大学出版社 2001 年版，第 1387 页。

⑦ ［宋］黄庭坚撰，刘琳、李勇先、王蓉贵校点：《黄庭坚全集·正集》卷八《再用前韵赠子勉》，四川大学出版社 2001 年版，第 202 页。

⑧ ［宋］黄庭坚撰，［宋］任渊注：《山谷内集诗注》，《文渊阁四库全书》第 1114 册，台湾商务印书馆 1986 年版，第 192 页。

⑨ ［宋］黄庭坚撰，刘琳、李勇先、王蓉贵校点：《黄庭坚全集·别集》卷十一《论作诗文》，四川大学出版社 2001 年版，第 1684 页。

⑩ ［宋］黄庭坚撰，刘琳、李勇先、王蓉贵校点：《黄庭坚全集·正集》卷二十五《跋高子勉诗》，四川大学出版社 2001 年版，第 669 页。

篇丰厚的意象。黄庭坚极尊杜诗，认为杜诗的特点是"拾遗句中有眼"①。秦少游之婿范温（元实），学诗于山谷，作《诗眼》一卷，山谷炼字的意脉宛然可见。黄庭坚所谓"句中有眼"开启了后世炼字的诸多法门。如《诗人玉屑》中有"句中有眼"，云："汪彦章移守临川，曾吉甫以诗迓之云：'白玉堂中曾草诏，水晶宫里近题诗。'先以示子苍，子苍为改两字，云：'白玉堂深曾草诏，水晶宫冷近题诗。'迥然与前不侔。盖句中有眼也。古人炼字，只于眼上炼，盖五字诗以第三字为眼，七字诗以第五字为眼也。"②当然，以求一字之奇，后世亦不乏异议，如，明人胡应麟云："盛唐句法浑涵，如两汉之诗，不可以一字求。至老杜而后，句中有奇字为眼，才有此，句法便不浑涵。昔人谓石之有眼为研之一病，余亦谓句中有眼为诗之一病。"③明人方弘静也针对山谷"拾遗句中有眼"云："有无字可摘者，乃诗之化境，更为高古耳。"④黄庭坚所标举的杜诗也成为炼字精审的典范。

对具体的诗歌创作技法，黄庭坚亦有论及，如，他说："盖诗之言近而指远者，乃得诗之妙。唐人吟诗绝句云：'如二十个君子，不可著一个小人也。'唐诗僧《吟草》诗云：'时平生战垒，农惰人春田。'如此语，少时常记百十联，思其的切。如此作诗句，要须详略用事精切，更无虚字也。如老杜诗，字字有出处，熟读三五十遍，寻其用意处，则所得多矣。"⑤但黄庭坚之论法主张化法度于无形，得自然之趣。这在对杜甫与陶渊明的诗作同时推崇可见一斑，诚如其在《赠高子勉》诗中所云："拾遗句中有眼，彭泽意在无弦。"⑥在黄庭坚看来，诗法之极则是杜甫，他在称赞陈履常时云："作诗渊源，得老杜句法，今之诗人

① 〔宋〕黄庭坚撰，刘琳、李勇先、王蓉贵校点：《黄庭坚全集·正集》卷八《赠高子勉四首》，四川大学出版社 2001 年版，第 201 页。

② 〔宋〕魏庆之撰，王仲文点校：《诗人玉屑》卷之八，中华书局 2007 年版，第 241—242 页。

③ 〔明〕胡应麟：《诗薮》内编卷五，上海古籍出版社 1958 年版，第 91 页。

④ 〔明〕方弘静：《千一录》卷九，《续修四库全书》第 1126 册，上海古籍出版社 2002 年版，第 238 页。

⑤ 〔宋〕黄庭坚撰，刘琳、李勇先、王蓉贵校点：《黄庭坚全集·别集》卷十一《论作诗文》，四川大学出版社 2001 年版，第 1685 页。

⑥ 〔宋〕黄庭坚撰，刘琳、李勇先、王蓉贵校点：《黄庭坚全集·正集》卷八《赠高子勉四首》，四川大学出版社 2001 年版，第 201 页。

不能当也。"①"拾遗句中有眼"便是褒赞杜诗诗法谨严,但他又同样称叹"彭泽意在无弦"。 黄庭坚有诗云"琴为无弦方见心"②,以自然之音抒写超逸恬淡的襟怀与意趣,是黄庭坚推赞陶诗,以与"句中有眼"的杜诗相对举的原因。 黄庭坚同尊杜甫、陶渊明,是因为他认为两者又是相通的,云:"但熟观杜子美到夔州后古律诗,便得句法。 简易而大巧出焉,平淡如山高水深,似欲不可企及。"③他认为杜诗是无意而意自至之作。 他对杜诗还有这样更全面的表述:"子美诗妙处,乃在无意于文。 夫无意而意已至,非广之以《国风》《雅》《颂》,深之以《离骚》《九歌》,安能咀嚼其意味,阅然入其门邪? 故使后生辈自求之,则得之深矣。 使后之登大雅堂者,能以余说而求之,则思过半矣。 彼喜穿凿者,弃其大旨,取其发兴,于所遇林泉人物、草木鱼虫,以为物物皆有所托,如世间商度隐语者,则子美之诗委地矣。"④黄庭坚之法杜,根本还是要得杜之"大旨",得杜诗"无意而意已至"之"妙处",而反对商度隐语,考稽、穿凿典实。 或者说,这才是黄庭坚认为的得杜诗的最高境界,这便与"不烦绳削而自合"⑤的陶诗冥会归一。 入诸法度而出之以自然,"从容中玉珮之音"⑥,是黄庭坚论诗法的大意。

四、"夺胎换骨"与"点铁成金"

黄庭坚诗文理论中最具争议的是他提出的"点铁成金"与"夺胎换骨"的创作方法。

关于"换骨夺胎",《冷斋夜话》有这样的记载:

---

① 〔宋〕黄庭坚撰,刘琳、李勇先、王蓉贵校点:《黄庭坚全集·正集》卷十八《答王子飞书》,四川大学出版社2001年版,第467页。

② 〔宋〕黄庭坚撰,刘琳、李勇先、王蓉贵校点:《黄庭坚全集·外集》卷十五《送陈萧县》,四川大学出版社2001年版,第1231页。

③ 〔宋〕黄庭坚撰,刘琳、李勇先、王蓉贵校点:《黄庭坚全集·正集》卷十八《与王观复书》,四川大学出版社2001年版,第471页。

④ 〔宋〕黄庭坚撰,刘琳、李勇先、王蓉贵校点:《黄庭坚全集·正集》卷十六《大雅堂记》,四川大学出版社2001年版,第437—438页。

⑤ 〔宋〕黄庭坚撰,刘琳、李勇先、王蓉贵校点:《黄庭坚全集·正集》卷二十五《题意可诗后》,四川大学出版社2001年版,第665页。

⑥ 〔宋〕黄庭坚撰,刘琳、李勇先、王蓉贵校点:《黄庭坚全集·正集》卷二十五《跋书柳子厚诗》,四川大学出版社2001年版,第656页。

山谷云："诗意无穷，而人之才有限；以有限之才，追无穷之意，虽渊明、少陵，不得工也。然不易其意而造其语，谓之换骨法；窥入其意而形容之，谓之夺胎法。"如郑谷《十日菊》曰："自缘今日人心别，未必秋香一夜衰。"此意甚佳，而病在气不长；西汉文章雄深雅健者，其气长故也。曾子固曰："诗当使人一览语尽而意有余，乃古人用心处。"所以荆公《菊》诗曰："千花万卉雕零后，始见闲人把一枝。"东坡则曰："万事到头终是梦，休！休！休！明日黄花蝶也愁。"又如李翰林诗曰："鸟飞不尽暮天碧。"又曰："青天尽处没孤鸿。"然其病如前所论。山谷作《登达观台》诗曰："瘦藤拄到风烟上，乞与游人眼界开。不知眼界阔多少，白鸟去尽青天回。"凡此之类，皆换骨法也。顾况诗曰："一别二十年，人堪几回别。"其诗简拔而立意精确。舒王作《与故人》诗云："一日君家把酒杯，六年波浪与尘埃。不知乌石江边路，到老相逢得几回。"乐天诗曰："临风杪秋树，对酒长年身。醉貌如霜叶，虽红不是春。"东坡《南中作》诗云："儿童误喜朱颜在，一笑那知是醉红。"凡此之类，皆夺胎法也。学者不可不知。①

黄庭坚仅述其大概，实例乃惠洪所列。后世对于"夺胎换骨"的理解与惠洪所列的例证不无关系。但学者对于惠洪的实例是否得黄庭坚之旨也不无怀疑，如，明人郎瑛论《夺胎换骨》时云："《冷斋夜话》载山谷曰：'不易其意而造其说，谓之换骨；规摹其意而形容之，谓之夺胎。'觉范复引乐天'醉貌如霜叶，虽红不是春'。至东坡则曰：'儿童误喜朱颜在，一笑那知是酒红？'此谓夺胎。予以山谷之言自是，而觉范引证则非矣，盖东坡变乐天之辞正是换骨。"②惠洪对黄庭坚极其推崇，其诗作"规模东坡""借润山谷"，实乃江西派诗僧，即使这样深得黄庭坚诗学三昧的学者对"夺胎换骨"的理解也未必真得黄庭坚之意，可见"夺胎换骨"的意蕴本身即存在着含混之处。大致可以理解为化古人诗意为诗料的作诗方法。

关于"点铁成金"，黄庭坚《答洪驹父书》云：

---

① ［宋］惠洪撰，陈新点校：《冷斋夜话》卷之一《换骨夺胎法》，中华书局 1988 年版，第 15—16 页。

② ［明］郎瑛撰，安越点校：《七修类稿·辩证类》，文化艺术出版社 1998 年版，第 346—347 页。

自作语最难，老杜作诗，退之作文，无一字无来处。盖后人读书少，故谓韩、杜自作此语耳。古之能为文章者，真能陶冶万物，虽取古人之陈言入于翰墨，如灵丹一粒，点铁成金也。文章最为儒者末事，然既学之，又不可不知其曲折，幸熟思之。至于推之使高如泰山之崇，崛如垂天之云，作之使雄壮如沧江八月之涛，海运吞舟之鱼，又不可守绳墨，令俭陋也。①

"点铁成金""夺胎换骨"，可视为黄庭坚读书习古，以求深湛学植的一种极端表述。重视学习古人，从经典作品中汲取营养、资源，是创作的重要准备。古代诗学重含蓄蕴藉，化用前人的诗句而赋以己意可以增强诗歌的意蕴，因此，对于黄庭坚所尚的这种作诗之法，后世也不乏称叹者，如明人杨慎有"杜诗夺胎之妙"："陈僧慧标咏水诗：'舟如空里泛，人似镜中行。'沈佺期钓竿篇：'人如天上坐，鱼似镜中悬。'杜诗：'春水船如天上坐，老年花似雾中看。'虽用二句之字，而壮丽倍之，可谓得夺胎之妙矣。"②尽管如此，黄庭坚孜孜以"取古人之陈言入于翰墨"，又不无胶执于古人，限制创新之失，因此，后人对于这些作诗之法亦颇有异议，如，金人王若虚曰："山谷论诗有'夺胎换骨、点铁成金'之喻，世以为名言。以余观之，特剽窃之黠者耳。山谷好胜而耻其出于前人，故为此强辞而私立名字。夫既已出于前人，纵加工，要不足贵。虽然，物有同然之理，人有同然之见，语意之间岂容全不相犯哉。昔之作者初不较此，同者不以为嫌，异者不以为夸，皆不害其名家而各传于后也。"③元人王构亦云："夺胎者，因人之意触类而长之，虽不尽为因袭，又口不至于转易，盖亦大同而小异耳。"④明人宋孟清云："夺胎者，因人之意触类而长之，虽不尽为因袭，又不至于转易，盖亦大同而小异耳。"⑤含英咀华的目的在于自铸伟辞，一味地泥于

---

① 〔宋〕黄庭坚撰，刘琳、李勇先、王蓉贵校点：《黄庭坚全集·正集》卷十八《答洪驹父书》，四川大学出版社 2001 年版，第 475 页。

② 〔明〕杨慎撰，王大淳笺证：《丹铅总录笺证》卷十九，浙江古籍出版社 2013 年版，第 838 页。

③ 郭绍虞编选，富寿荪校点：《清诗话续编·退庵随笔》，上海古籍出版社 1983 年版，第 1955 页。

④ 〔元〕王构：《修辞鉴衡》卷之一，元至顺刻本。

⑤ 〔明〕宋孟清：《诗学体要类编》卷一，《续修四库全书》第 1695 册，上海古籍出版社 2002 年版，第 205 页。

"无一字无来处"，必然窒息艺术的生命。 后代学人对黄庭坚诗学的批评多聚焦于此，这不能不说是黄庭坚诗学中最为胶执之论。 同时还应看到，黄庭坚本人的创作也并未践行"无一字无来处"，他反对文章（黄庭坚所谓"文章"包括诗歌）作"奇语"，云："沈、谢辈为儒林宗主时，好作奇语，故后生立论如此。 好作奇语自是文章病。 ……文章盖自建安以来，好作奇语，故其气象衰尔，其病至今犹在。"①但是，后人恰恰又认为"奇"乃黄庭坚的特色。 如，陈师道云："诗欲其好，则不能好矣。 王介甫以工，苏子瞻以新，黄鲁直以奇。"②吴可云："东坡豪，山谷奇。"③张戒云："山谷只知奇语之为诗，而不知常语亦诗也。"④黄庭坚在宋代所以能够法席盛行，开启了宋代最具影响的江西诗派，最根本的原因即在于他们突破了唐诗的藩篱而别开一路，诚如批评他的严羽所说："山谷始自出己意以为诗。"⑤黄庭坚自己亦以戛戛独造以自期，其《赠高子勉》诗云："妙在和光同尘，事须钩深入神。 听它下虎口著，我不为牛后人。"⑥如此看来，"无一字无来处"只是其重学植的夸张表述，"夺胎换骨""点铁成金"并不碍其文学开新，或本具有开新之义。 这是我们在评骘黄庭坚诗论时同样应兼具的视野。

第二节　北宋的诗话

诗话是宋代兴起并盛行的一种谈论诗歌的体裁。 由欧阳修的《六一诗话》肇其始，其后，诗话著作纷呈，成为诗论的主要形式。 欧阳修记其功在"资闲谈"，具有灵活自如、平易浅近的特征。 当然，从文学思想史的角度考察，其诗学理论价值理应是判断其价值的第一要素。 一般认为，北宋诗话中，叶梦得

① 〔宋〕黄庭坚撰，刘琳、李勇先、王蓉贵校点：《黄庭坚全集·正集》卷十八《与王观复书》，四川大学出版社 2001 年版，第 470—471 页。

② 〔宋〕陈师道：《后山诗话》，载〔清〕何文焕辑：《历代诗话》，中华书局 2004 年版，第 306 页。

③ 丁福保辑：《历代诗话续编·藏海诗话》，中华书局 2006 年版，第 339 页。

④ 丁福保辑：《历代诗话续编·岁寒堂诗话》卷上，中华书局 2006 年版，第 464 页。

⑤ 〔宋〕严羽撰，郭绍虞校释：《沧浪诗话校释·诗辨》，人民文学出版社 1961 年版，第 26 页。

⑥ 〔宋〕黄庭坚撰，刘琳、李勇先、王蓉贵校点：《黄庭坚全集·正集》卷八《赠高子勉四首》，四川大学出版社 2001 年版，第 201 页。

《石林诗话》的理论价值稍高①，故而单节专论。这里主要对北宋诗话的概貌论述如次。

自欧阳修《六一诗话》之后，司马光作《温公续诗话》、刘攽作《中山诗话》，这三部诗话被视为宋代诗话三古，这些早期诗话多为资"闲谈"之作，篇幅短小，以记事为主。其后，随着江西诗派的兴起，一方面，江西派、或受黄庭坚影响的诗人们往往借诗话体现诗学旨趣。另一方面，一些诗论家则针对江西派进行了或明或隐的驳议，提出了自己的诗学观念。

一、江西诗派或受江西诗派影响的诗话

江西诗派是宋代诗坛影响最大的以黄庭坚为核心的诗歌流派。严羽在《沧浪诗话》中论及江西诗派的产生时说："国初之诗，尚沿袭唐人。王黄州学白乐天，杨文公、刘中山学李商隐，盛文肃学韦苏州，欧阳公学韩退之古诗，梅尧臣学唐人平淡处。至东坡、山谷始自出己意以为诗，唐人之风变矣。山谷用工尤为深刻，其后法席盛行，海内称为江西诗派。"所谓"东坡、山谷始自出己意以为诗"，是指苏黄有别于唐诗的"以文字为诗，以才学为诗，以议论为诗"。②当然，苏黄二人又有不同，宋人刘克庄谓"苏、黄二体"，云："元祐后，诗人迭起，一种则波澜富而句律疏，一种则锻炼精而情性远，要之不出苏、黄二体而已。"③东坡大致以才情为诗，即如其所云："大略如行云流水，初无定质，但常行于所当行，常止于所不可不止，文理自然，姿态横生。"④而山谷则是讲求技法，如所谓"点铁成金""夺胎换骨"法等。由于东坡诗依才情而难以师法，山谷诗有规矩可规模，因此，山谷诗体更易于为师法者所依循，"遂为本朝诗家宗

---

① 如，郭绍虞先生曾作《题〈宋诗话考〉效遗山体得绝句二十首》，其第六首评《石林诗话》云："随波截流与同参，白石沧浪鼎足三。解识蓝田良玉妙，那关门户逞私谈。"将《石林诗话》与南宋姜夔的《白石道人诗话》、严羽的《沧浪诗话》并提，视为宋代诗话中最为卓荦者之一。

② 〔宋〕严羽撰，郭绍虞校释：《沧浪诗话校释》，人民文学出版社1961年版，第26页。

③ 〔宋〕刘克庄撰，王秀梅点校：《后村诗话》，中华书局1983年版，第26页。

④ 〔宋〕苏轼撰，孔凡礼点校：《苏轼文集》卷四十九《与谢民师推官书》，中华书局1986年版，第1418页。

祖"①。 随着江西诗派的肇兴，一批江西诗派或受黄庭坚影响的诗人撰有多种诗话类著作，如《后山诗话》《洪驹父诗话》《王直方诗话》《优古堂诗话》《潘子真诗话》以及不以"诗话"为名，而有"诗话"之实的作品，如《潜溪诗眼》等②。这些诗话基本体现了江西诗派的诗学主张。 如，《优古堂诗话》，吴开撰，共一百五十四条，主要内容诚如四库馆臣所云："论诗家用字炼句、相承变化之由。夫夺胎换骨，翻案出奇，作者非必尽无所本，实则无心暗合，亦多有之。 必一句一字求其源出某某，未免于求剑刻舟。"③兹对影响较大的《后山诗话》《潜溪诗眼》略述如次。

首先，陈师道与《后山诗话》。

《后山诗话》题为陈师道撰，但自陆游起即对该书的作者提出疑议，谓其乃"妄人窃其名为此书耳"④。 但陆游并未说明得出这一结论的原因。 元人方回虽然曾举诸例以说明《后山诗话》"不为此等语"或"非后山语也"⑤，但比较而言，四库馆臣证其伪的证据似乎更加有力："谓苏轼词如教坊雷大使舞，极天下之工，而终非本色。 案蔡条《铁围山丛谈》称：'雷万庆宣和中以善舞隶教坊。轼卒于建中靖国元年六月，师道亦卒于是年十一月，安能预知宣和中有雷大使借为譬况。 其出于依托，不问可知矣。'"⑥郭绍虞先生据此而有这样的结论："窃以为方回所举师道少山谷八岁必不识其父，与《提要》所举雷大使事，一为师道不及见，一为师道不能预知，此二证最坚强有力，铁案如山，不容翻矣。"⑦但近人周祖撰则力辩《后山诗话》乃陈师道所作，认为四库馆臣将"雷大使"之"雷中庆"误为"雷万庆"。 认为陆游以来的疑问殊不足证其伪，所论颇具说服力。

① 〔宋〕刘克庄撰，辛更儒笺校：《刘克庄集笺校》卷九十五《黄山谷》，中华书局2011年版，第4023页。

② 惠洪《冷斋夜话》因收录一些与诗歌无关的内容，诸如《罗汉第五尊失队》《宋神宗诏禁中不得牧猳豘因悟太祖远略》等，宜视为笔记类著作。

③ 〔清〕永瑢等撰：《四库全书总目》卷一九五《优古堂诗话提要》，中华书局1965年版，第1782页。

④ 〔宋〕陆游：《放翁题跋》，《津逮秘书》本（第9册），广陵书社2015年版，第398页。

⑤ 〔元〕方回：《桐江集·读后山诗话跋》，《续修四库全书》第1322册，上海古籍出版社2002年版，第412页。

⑥ 〔清〕永瑢等撰：《四库全书总目》卷一九五《后山诗话提要》，中华书局1965年版，第1781页。

⑦ 郭绍虞：《宋诗话考》卷上《后山诗话》，中华书局1979年版，第16—17页。

更何况，郭绍虞先生在《沧浪诗话校释》中也引《后山诗话》以证"后山学杜之说"①。 姑从周祖撰先生之说。

陈师道是江西诗派中仅次于黄庭坚的核心人物，曾对黄庭坚表示"愿立弟子行"②，曾迳云："仆之诗，豫章之诗也。"③其诗学主张体现了江西诗派的基本倾向。 但其诗论及诗歌风格又具有自己的特色，严羽在《沧浪诗话》中在论及诗体时，虽然将"山谷为之宗"的"江西宗派体"归于一类，但与其并列的尚有以"苏黄陈诸公"为代表的"元祐体"④。 可见，陈师道与黄庭坚开宗的江西诗派并不完全一致。 这在严羽以人分别诗体时则表现得更加清楚，他将宋诗分为"东坡体、山谷体、后山体、王荆公体"⑤等。 不难看出，陈师道的诗歌风格与黄庭坚颇有不同。 陈师道与黄庭坚诗学思想的同中有异，首先表现在取法对象及路径方面。

师杜是黄庭坚与陈师道及其江西诗派共同的诗学倾向。 陈师道亦云："欧阳永叔不好杜诗，……余每与黄鲁直怪叹，以为异事。"⑥因此，元人方回提出江西诗派的"一祖三宗"，将杜甫标为江西诗派之祖。 但宋代的江西诗派归慕老杜又是以循径于黄庭坚为特征的。 黄庭坚才是宋代江西诗派的"本朝诗家宗主"，刘克庄在《江西诗派小序》中即指出："豫章稍后出，会粹百家句律之长，穷极历代体制之变，搜猎奇书，穿穴异闻，作为古律，自成一家。 虽只字半句不轻出，遂为本朝诗家宗祖。"⑦对此，陈师道也认为学诗应循由黄入杜的途径，云："黄诗韩文，有意故有工，左杜则无工矣。 然学者先黄后韩，不由黄韩而为左

---

① 〔宋〕严羽撰，郭绍虞校释：《沧浪诗话校释·诗体》，人民文学出版社 1961 年版，第 66 页。

② 〔宋〕陈师道：《后山居士文集·赠鲁直》，上海古籍出版社 1984 年影印本，第 285 页。

③ 〔宋〕陈师道：《后山居士文集·答秦觏书》，上海古籍出版社 1984 年影印本，第 542 页。

④ 〔宋〕严羽撰，郭绍虞校释：《沧浪诗话校释》，人民文学出版社 1961 年版，第 53 页。

⑤ 〔宋〕严羽撰，郭绍虞校释：《沧浪诗话校释·诗体》，人民文学出版社 1961 年版，第 59 页。

⑥ 〔清〕何文焕辑：《历代诗话·后山诗话》，中华书局 2004 年版，第 303 页。

⑦ 〔宋〕刘克庄撰，辛更儒笺校：《刘克庄集笺校》卷九五，中华书局 2011 年版，第 4023 页。

杜，则失之拙易矣。"①当然，陈师道虽尊奉黄庭坚而又不失理性，云："世语云：'苏明允不能诗，欧阳永叔不能赋。曾子固短于韵语，黄鲁直短于散语。苏子瞻词如诗，秦少游诗如词。'"②与黄庭坚"学杜诗而不为"不同，陈师道尊杜的意识更加坚定，云："诗欲其好，则不能好矣。王介甫以工，苏子瞻以新，黄鲁直以奇。而子美之诗，奇常、工易、新陈莫不好也。"③陈师道直造老杜而循径于黄庭坚的原因，似乎仅限于谨防"拙易"一失的可能而已。师杜，才是陈师道最为根本的诗学追求。这从其师习陶渊明、杜甫的殊异中可以看出，云："学诗当以子美为师，有规矩故可学。退之于诗，本无解处，以才高而好尔。渊明不为诗，写其胸中之妙尔。学杜不成，不失为工。无韩之才与陶之妙，而学其诗，终为乐天尔。"④陈师道极慕陶渊明"不为诗"，亦即不刻镂有为而"写其胸中之妙"的创作境界。但陈师道赋诗则有苦吟的倾向，黄庭坚有"闭门觅句陈无已"（《病起荆江亭即事》）之说，可见，陈师道赋诗追求工丽、本色，锤炼苦吟，而与秦观"对客挥毫"迥然不同。不难看出，陈师道之师杜，某种程度上，是追慕陶渊明而不得的一种选择，但这并不妨碍他对自然之作的追慕，这从其对李白的评价中亦可看出："余评李白诗，如张乐于洞庭之野，无首无尾，不主故常，非墨工楘人所可拟议。吾友黄介读《李杜优劣论》曰：'论文正不当如此。'余以为知言。"⑤他论文时也体现了这一取向，云："扬子云之文，好奇而卒不能奇也，故思苦而词艰。善为文者，因事以出奇，江河之行，顺下而已。至其触山赴谷，风抟物激，然后尽天下之变。子云惟好奇，故不能奇也。"⑥追慕陶诗的取向在其诗歌中得到了体现，诚如陈振孙所说："后山虽曰见豫章之诗，尽弃其学而学焉，然其造诣平澹，真趣自然，实豫章之所缺也。"⑦陈师道所尚与黄庭坚生新瘦硬的诗风有明显不同。

基于这样的取法因由，陈师道的审美取向也与黄山谷稍有不同，他说："宁

① ［清］何文焕辑：《历代诗话·后山诗话》，中华书局 2004 年版，第 305 页。
② ［清］何文焕辑：《历代诗话·后山诗话》，中华书局 2004 年版，第 312 页。
③ ［清］何文焕辑：《历代诗话·后山诗话》，中华书局 2004 年版，第 306 页。
④ ［清］何文焕辑：《历代诗话·后山诗话》，中华书局 2004 年版，第 304 页。
⑤ ［清］何文焕辑：《历代诗话·后山诗话》，中华书局 2004 年版，第 312 页。
⑥ ［清］何文焕辑：《历代诗话·后山诗话》，中华书局 2004 年版，第 309 页。
⑦ ［宋］陈振孙撰，徐小蛮、顾美华点校：《直斋书录解题》，上海古籍出版社 1987 年版，第 597 页。

拙毋巧，宁朴毋华，宁粗毋弱，宁僻毋俗，诗文皆然。"①拙、朴、粗都与黄庭坚的诗风迥然有异。 陈师道的诗歌创作实践也与黄庭坚奇拗硬峭、晦涩深奥诗风不同。 因此，严羽将后山体与山谷体相区别，实乃客观公允之见。 尽管如此，陈师道追慕并取径黄庭坚，明显体现了江西诗派的基本旨趣，而其对陶渊明、杜甫的尊奉，也为后世对江西诗派师法取向描绘出了大致轮廓。

其次，范温与《潜溪诗眼》。

《潜溪诗眼》的作者范温，乃范祖禹之子，秦观之婿。《潜溪诗眼》体现了其诗学思想。 原书已佚，但宋代的多种诗学著作中有称引《潜溪诗眼》的内容。郭绍虞先生在《宋诗话辑佚》中辑有二十九条。 范温受黄庭坚影响甚深，《潜溪诗眼》也主要体现了江西诗派的诗学旨趣，其中称引或论述黄山谷的诗学观念的如第十四《山谷言诗法》、第十七《山谷论诗文优劣》；或规模杜甫的内容，如第八《杜诗学沈佺期》、第十《杜诗用月字例》、第十六《杜诗巧而能壮》、第十八《杜诗体制》等。 范温也甚重诗文之法度、布置，一依山谷之说："山谷言文章必谨布置；每见后学，多告以《原道》命意曲折。 后予以此概考古人法度，如杜子美《赠韦见素诗》云：'纨绔不饿死，儒冠多误身'，此一篇立意也，故使人静听而具陈之耳。 ……此诗前贤录为压卷，盖布置最得正体，如官府甲第厅堂房室，各有定处，不可乱也。 韩文公《原道》，与《书》之《尧典》盖如此，其他皆谓之变体可也。 盖变体如行云流水，初无定质，出于精微，夺乎天造，不可以形器求矣。 然要之以正体为本，自然法度行乎其间。 譬如用兵，奇正相生，初若不知正而径出于奇，则纷然无复纲纪，终于败乱而已矣。"②其奇正之别，某种意义上体现了东坡、山谷诗文创作的取向与特质，也体现了范温承山谷为正脉的旨趣。 范温受黄庭坚的影响还体现在《炼字》条，他肯定乐天《金针集》中的"炼句不如炼意"，而对"炼字不如炼句"的提法颇有异议，认为"好句要须好字"③。 所列的是李白、杜甫等人的诗歌，堪称是黄山谷"拾遗句中有眼"（《赠高子勉》）的具体注脚。 其《句法以一字为工》条更是循山谷诗论的路径，云："句法以一字为工，自然颖异不凡，如灵丹一粒，点铁成金也。"④这使

---

① 〔清〕何文焕辑：《历代诗话·后山诗话》，中华书局 2004 年版，第 311 页。
② 郭绍虞：《宋诗话辑佚·潜溪诗眼》，中华书局 1980 年版，第 323—325 页。
③ 郭绍虞：《宋诗话辑佚·潜溪诗眼》，中华书局 1980 年版，第 321 页。
④ 郭绍虞：《宋诗话辑佚·潜溪诗眼》，中华书局 1980 年版，第 333 页。

江西诗派的诗学旨趣更加具体明晰。

与北宋诸诗话一般多为由篇制较短的各自独立的论述组成不同,《潜溪诗眼》中普遍篇幅较长,其中的《论韵》(原作《王偁诗》)一则,长达数千言,受到了学者的高度评价。 钱锺书先生谓之:"因书画之'韵'推及诗文之'韵',洋洋千数百言,匪特为'神韵说'之弘纲要领,抑且为由画'韵'而及诗'韵'之转捩进阶。"[①]该篇通过与王偁关于韵的对话,表达了范温对韵的认识。 对于韵的内涵,范温云:"有余意之谓韵。"[②]在范温看来,韵是"不俗""潇洒""神""理"之上更高的一种审美境界。"韵"与"法度"的关系是:"夫惟曲尽法度,而妙在法度之外,其韵自远。"[③]范温重点从"韵"形成的角度讨论了"韵"之种类:

其一,包括众妙(善)以成韵,云:"以文章言之,有巧丽,有雄伟,有奇,有巧,有典,有富,有深,有稳,有清,有古。 有此一者,则可以立于世而成名矣。 然而一不备焉,不足以为韵。"当然,虽具众善,亦不可"露才用才",而"必也备众善而自韬晦,行于简易闲澹之中,而有深远无穷之味,观于世俗,若出寻常"[④]。 此之"韵"形成的前提与基础是"备众善(妙)"。 可见,巧丽、雄伟等具体的审美风格对于作品最终神韵的形成都具有铺垫作用。

其二,"一长有余,亦足以为韵"。 诸如"巧丽者发之于平澹,奇伟有余者行之于简易"[⑤]。 不难看出,范温所谓"一长有余",是指两种对立风格的相融相济。 此之极致,范温以体兼众妙而不露锋芒的陶彭泽为"出于有余"而成韵的典则,遂而得出这样的结论:"质而实绮,癯而实腴,初若散缓不收,反覆观之,乃得其奇处;夫绮而腴,与其奇处,韵之所从生,行乎质与癯,而又若散缓不收者,韵于是乎成。"[⑥]"有余"而成韵,又是超乎审美领域的共同法则:孔子乃"圣有余之韵",颜回乃"学有余之韵",汉高祖乃"功业有余之韵",张子房乃"智策有余之韵",谢东山乃"器度有余之韵"[⑦]。

① 钱锺书:《管锥编》,中华书局 1979 年版,第 1361 页。
② 郭绍虞:《宋诗话辑佚·增订》,中华书局 1980 年版,第 373 页。
③ 郭绍虞:《宋诗话辑佚·增订》,中华书局 1980 年版,第 374 页。
④ 郭绍虞:《宋诗话辑佚·增订》,中华书局 1980 年版,第 373 页。
⑤ 郭绍虞:《宋诗话辑佚·增订》,中华书局 1980 年版,第 373 页。
⑥ 郭绍虞:《宋诗话辑佚·增订》,中华书局 1980 年版,第 373 页。
⑦ 郭绍虞:《宋诗话辑佚·增订》,中华书局 1980 年版,第 374—375 页。

其三，"不足"亦可致韵，云："至于山谷书，气骨法度皆有可议，惟偏得《兰亭》之韵。或曰'子前所论韵，皆生于有余，今不足而韵，又有说乎？'盖古人之学，各有所得，如禅宗之悟入也。山谷之悟入在韵，故关（？ 开）辟此妙，成一家之学，宜乎取捷径而径造也。如释氏所谓一超直入如来地者，考其戒、定、神通，容有未至，而知见高妙，自有超然神会，冥然吻合者矣。是以识有余者，无往而不韵也。"①

范温之韵论，错综于诗书画不同的领域。范温虽然认为山谷之书"不足"亦可致韵，但其重"有余意"之韵，显示了与江西诗派不同的审美取向。这也是《潜溪诗眼》的卓异之处。诚如钱锺书先生所说，这段系统的"韵"论，堪称是神韵说的"弘纲要领"，虽然这并未引起后世学者的广泛关注，影响远不及严羽《沧浪诗话》，但范温论述的价值理应得到充分肯定。

二、与江西诗派异趣的《诗话》

当江西诗派法席盛行之时，也有一些诗人或批评家对江西诗派的诗论提出了或隐或显的批评，其中，魏泰的《临汉隐居诗话》较早显示了与江西诗派别样的审美取向，其后叶梦得的《石林诗话》、蔡居厚的《蔡宽夫诗话》也与其意趣有别。他们对其后的《岁寒堂诗话》《沧浪诗话》的出现起到了导夫先路的作用。或者说，他们在攻驳江西诗派诗论的过程中，将宋代诗论推向了高峰。虽然这一高峰出现于南宋，但其逻辑起点则始于北宋。其中，魏泰的《临汉隐居诗话》是较早对江西诗派诗学观点提出批评的一部诗话。

《临汉隐居诗话》乃魏泰所作，魏泰一生未仕，人品颇有可议之处。著作颇丰，但大多散佚。存世的《东轩笔录》颇具史料价值。《临汉隐居诗话》则显示了与江西诗派别样的诗学取向。

魏泰是较早直接对黄庭坚的诗学观念提出批评的学者。虽然评骘黄庭坚的言辞较为峻厉，但确能揭示其不足：

> 黄庭坚喜作诗得名，好用南朝人语，专求古人未使之事，又一二奇字，缀葺而成诗，自以为工，其实所见之僻也。故句虽新奇，而气乏浑厚。吾

---

① 郭绍虞：《宋诗话辑佚·增订》，中华书局 1980 年版，第 374 页。

尝作诗题其编后,略云:"端求古人遗,琢抉手不停。方其拾玑羽,往往失鹏鲸。"盖谓是也。①

　　尽管魏泰论诗与黄庭坚及江西诗派的诗学观念颇多异致,但也能平允持论,如,他并不反对诗用典故,云:"前辈诗多用故事,其引用比拟,对偶亲切,亦甚有可观者。"②也重视诗之技法,云:"老杜云:'美名人不及,佳句法如何。'盖诗欲气格完邃,终篇如一,然造句之法亦贵峻洁不凡也。"③但魏泰的诗学旨趣与江西诗派并不相同:

　　　　沈括存中、吕惠卿吉父、王存正仲、李常公择,治平中,同在馆下谈诗。存中曰:"韩退之诗乃押韵之文尔,虽健美富赡,而格不近诗。"吉父曰:"诗正当如是,我谓诗人以来未有如退之者。"正仲是存中,公择是吉父,四人交相诘难,久而不决。公择忽正色谓正仲曰:"君子群而不党,公何党存中也?"正仲勃然曰:"我所见如是,顾岂党邪? 以我偶同存中,遂谓之党,然则君非吉父之党乎?"一坐大笑。予每评诗,多与存中合。④

　　魏泰是沈括而非吕惠卿,认为韩愈以文为诗乃"格不近诗"。 这是与以江西诗派为代表的宋诗有别的诗学取向。 魏泰极崇杜甫,但推崇杜诗的原因与黄庭坚及江西诗派并不相同:

　　　　刘攽诗话载杜子美诗云:"萧条六合内,人少豺虎多。少人慎勿投,多虎信所过。饥有易子食,兽犹畏虞罗。"言乱世人恶甚于豺虎也。予观老杜《潭州诗》云:"岸花飞送客,樯燕语留人。"与前篇同。意丧乱之际,人无乐善喜士之心,至于一将一迎,曾不若岸花樯燕也。诗主优柔感讽,不在逞豪放而致怒张也。老杜最善评诗,观其爱李白深矣,至称白则曰:"李侯有佳句,往往似阴铿。"又曰:"清新庾开府,俊逸鲍参军。"信斯言也,而观

①　〔清〕何文焕辑:《历代诗话·临汉隐居诗话》,中华书局2004年版,第327页。
②　〔清〕何文焕辑:《历代诗话·临汉隐居诗话》,中华书局2004年版,第330页。
③　〔清〕何文焕辑:《历代诗话·临汉隐居诗话》,中华书局2004年版,第333页。
④　〔清〕何文焕辑:《历代诗话·临汉隐居诗话》,中华书局2004年版,第323页。

阴铿鲍照之诗,则知予所谓主优柔而不在豪放者为不虚矣。①

江西诗派推重杜诗,尤重杜诗的作诗技法,如黄庭坚评陈师道诗云:"其作诗渊源,得老杜句法,今之诗人不能当也。"②称赞高子勉时亦云:"以杜子美为标准,用一事如军中之令,置一字如关门之键,而充之以博学,行之以温恭,天下士也。"③而魏泰则不同,他尤取杜甫优柔含蓄的韵味,并提出了"余味"说:

> 诗者述事以寄情,事贵详,情贵隐,及乎感会于心,则情见于词,此所以入人深也。如将盛气直述,更无余味,则感人也浅,乌能使其不知手舞足蹈;又况厚人伦,美教化,动天地,感鬼神乎?"桑之落矣,其黄而陨。""瞻乌爰止,于谁之屋。"其言止于乌与桑尔,及缘事以审情,则不知涕之无从也。"采薜荔兮江中,搴芙蓉兮木末","沅有芷兮澧有兰,思公子兮未敢言","我所思兮在桂林,欲往从之湘水深"之类,皆得诗人之意。至于魏晋南北朝乐府,虽未极淳,而亦能隐约意思,有足吟味之者。唐人亦多为乐府,若张籍王建元稹白居易以此得名。其述情叙怨,委曲周详,言尽意尽,更无余味。及其末也,或是诙谐,便使人发笑,此曾不足以宣讽。恕之情况,欲使闻者感动而自戒乎?甚者或谲怪,或俚俗,所谓恶诗也,亦何足道哉!④

魏泰以是否有余味为标准,考察了诗歌的历史。 他推崇的屈原等人"得诗人之意"的作品,都是含蓄而富韵味的作品。 反之,述情叙怨,言尽意尽的作品则难以达到感发人心,实现美教化、动天地、感鬼神的社会效果。 他还对欧阳修的诗歌提出了这样中肯的评价:

---

① 〔清〕何文焕辑:《历代诗话·临汉隐居诗话》,中华书局 2004 年版,第 319 页。

② 〔宋〕黄庭坚撰,刘琳、李勇先、王蓉贵校点:《黄庭坚全集·正集》卷十八《答王子飞书》,四川大学出版社 2001 年版,第 467 页。

③ 〔宋〕黄庭坚撰,刘琳、李勇先、王蓉贵校点:《黄庭坚全集·正集》卷二十五《跋高子勉诗》,四川大学出版社 2001 年版,第 669 页。

④ 〔清〕何文焕辑:《历代诗话·临汉隐居诗话》,中华书局 2004 年版,第 322 页。

凡为诗，当使挹之而源不穷，咀之而味愈长。至如永叔之诗，才力敏迈，句亦清健，但恨其少余味尔。[①]

　　虽然尚求"余味"在诗歌美学史上并非魏泰独创，但是，在江西诗派流行之时，魏泰从尊奉儒家诗学传统的角度，提出了与时风迥异的诗学审美旨趣，其价值当然不能仅从是否具有独创意义来认识。当我们对其后严羽提出"妙悟"说多有赞叹之时，理应对此前魏泰孜求诗歌"余味"的努力予以适当的首肯。

　　四库馆臣认为魏泰之作带有政治色彩，云："作此书，亦党熙宁而抑元祐，如论欧阳修则恨其诗少余味，而于'行人仰头飞鸟惊'之句始终不取。论黄庭坚则讥其自以为工，所见实僻，而有'方其拾玑羽，往往失鹏鲸'之题。……惟于王安石则盛推其佳句。盖坚执门户之私，而甘与公议相左者。"[②]魏泰尊奉王荆公的态度较为明显，乃至对于荆公家妇人能诗的情况亦有载录，但其赞叹的"佳句"[③]多庸常浅俗，难觅"脱洒可喜"之处，"党熙宁"的痕迹宛然可见。但除此之外，魏泰颇能作持平公允之论，如，他对于西昆体的态度与欧阳修相似，批评而不一概否定，云："杨亿刘筠作诗务积故实，而语意轻浅。一时慕之，号'西昆体'，识者病之。欧阳文忠公云：'大年诗有"峭帆横渡官桥柳，叠鼓警飞海岸鸥"，此何害为佳句！'予见刘子仪诗句有'雨势宫城阔，秋声禁树多'，亦不可诬也。"[④]

　　郭绍虞先生认为，魏泰"其人殊不足取"[⑤]，但其《临汉隐居诗话》"真合时人刻骨铭"[⑥]。该书的价值似不在四库馆臣所谓"未尝不足备考证也"[⑦]，而在于当江西诗派渐起之时，不惜与"公议相左"，对诗歌传统审美旨趣的持守。

　　①　〔清〕何文焕辑：《历代诗话·临汉隐居诗话》，中华书局 2004 年版，第 323 页。
　　②　〔清〕永瑢等撰：《四库全书总目》卷一九五《临汉隐居诗话提要》，中华书局 1965 年版，第 1782 页。
　　③　〔清〕何文焕辑：《历代诗话·临汉隐居诗话》，中华书局 2004 年版，第 333 页。
　　④　〔清〕何文焕辑：《历代诗话·临汉隐居诗话》，中华书局 2004 年版，第 328 页。
　　⑤　郭绍虞：《宋诗话考》上卷《临汉隐居诗话》，中华书局 1979 年版，第 12 页。
　　⑥　郭绍虞：《宋诗话考·题〈宋诗话考〉效遗山体得绝句二十首》，中华书局 1979 年版，第 4 页。
　　⑦　〔清〕永瑢等撰：《四库全书总目》卷一九五《临汉隐居诗话提要》，中华书局 1965 年版，第 1782 页。

第三节　叶梦得与《石林诗话》

叶梦得（1077—1148），字少蕴，号石林，苏州长洲（今江苏苏州）人。绍圣四年（1097）年登进士第，调丹徒尉。大观年间除起居郎，迁翰林学士。政和年间知蔡州。南宋初，历任江东安抚制置大使兼知建康府，崇信军节度使等职。叶梦得著述繁富，现存的有《建康集》《春秋传》《春秋考》《春秋谳》《石林燕语》以及《石林诗话》等。

目录学著录的《石林诗话》有一卷与三卷之别，但诚如郭绍虞先生所说："一卷与三卷本，不过分合之异，与内容完缺无关。"今有逯铭昕《石林诗话校注》。叶梦得历经两宋，对于《石林诗话》成书，逯铭昕经综合分析后认为："《石林诗话》的撰写主要集中在叶梦得知颍昌时，其成书时间似在宣和三年，最晚不过宣和五年党禁之时。"[1]我们姑将其视为北宋末年的作品论之。

诗话是中国诗学发展中的一种重要形式，早期的诗话一般以记事为主，如欧阳修《六一诗话》体兼说部，自嘲为"资闲谈"之作。许顗在《彦周诗话》中说："诗话者，辨句法，备古今，纪盛德，录异事，正讹误也。"[2]可见，当时的诗话对于诗歌理论甚少涉及。但这一时期的《石林诗话》虽然仍有较多的记事内容，具有早期诗话的色彩，但不乏对诗歌本身的评价，涉及了诗歌理论问题的讨论。郭绍虞先生在《题〈宋诗话考〉效遗山体得绝句二十首》之六中给《石林诗话》予以了较高的评价："随波截流与同参，白石沧浪鼎足三。解识蓝田良玉妙，那关门户逞私谈。"[3]将其视为与姜夔《白石道人诗话》、严羽《沧浪诗话》鼎足而三的作品。与白石、沧浪比较，叶梦得更早，《石林诗话》对其后的诗话还具有启导之功。郭绍虞先生的诗作简括地揭示了该诗话的内涵及其特征，可作为我们评介《石林诗话》的门径。

---

[1] ［宋］叶梦得撰，逯铭昕校注：《石林诗话校注·前言》，人民文学出版社 2011 年版，第 11 页。

[2] ［清］何文焕辑：《历代诗话·彦周诗话》，中华书局 2004 年版，第 378 页。

[3] 郭绍虞：《宋诗话考·题〈宋诗话考〉效遗山体得绝句二十首》，中华书局 1979 年版，第 4 页。

一、"那关门户逞私谈":持正平和、"深中窾会"的诗学观念

对于《石林诗话》的创作倾向,四库馆臣认为其论诗推重王安石,而对欧阳修、苏轼等人的作品则多有贬抑:"盖梦得出蔡京之门,而其婿章冲则章惇之孙,本为绍述余党,故于公论大明之后,尚阴抑元祐诸人。"[1]尽管如此,四库馆臣亦不得不承认:"梦得诗文,实南北宋间之巨擘,其所评论往往深中窾会,终非他家听声之见,随人以为是非者比。"[2]事实上,叶梦得并无"阴抑元祐诸人"的意图,其持论"深中窾会",于北宋诗坛尤为难得。"那关门户逞私谈"恰为允评。 自宋代以来,欧阳修、苏轼等人的创作及其文学理论虽然取得了超迈前贤的成就,但文坛普遍存在着持论矫激失允的不足。 宋初的西昆派文人孜孜于"历览遗编,研味前作,挹其芳润"[3],偏于雕章丽句的形式。 其后,文与道的关系成为诗文理论的主脉,道或性理在诗文理论中的作用殊为显豁,道学家的文论姑且不论,即使是一代文宗欧阳修也曾认为"道胜者文不难而自至",这不能不影响到对诗歌艺术的深入研究。 黄庭坚堪称是论诗最为细致深刻者,但其持论有过于重视学植、胶执前人之偏,且森然于法,稍失容与平和之气。 比较而言,叶梦得的《石林诗话》持论则较为平和优容。

叶梦得的持正平和之论首先表现在他能就诗论诗,不以溯源《诗》《骚》为雅,不以出自小说为俗。《石林诗话》卷上第一九:

> "开帘风动竹,疑是故人来",与"徘徊花上月,空度可怜宵",此两联虽见唐人小说中,其实佳句也。郑谷诗"睡轻可忍风敲竹,饮散那堪月在花",意盖与此同。[4]

---

① 〔清〕永瑢等撰:《四库全书总目》卷一百九十五《石林诗话提要》,中华书局1965年版,第1783页。

② 〔清〕永瑢等撰:《四库全书总目》卷一百九十五《石林诗话提要》,中华书局1965年版,第1783页。

③ 〔宋〕杨亿编,王仲荦注:《西昆酬唱集注·西昆酬唱集序》,中华书局1980年版,第2页。

④ 〔宋〕叶梦得撰,逯铭昕校注:《石林诗话校注》卷上,人民文学出版社2011年版,第38页。

中国文学思想史(先秦至北宋)

472

唐人蒋防《霍小玉传》中有"开帘风动竹，疑是故人来"，而任渊《山谷内集诗注》、王十朋《东坡诗集注》都注为唐李益诗。 吴开《优古堂诗话》则认为是《霍小玉传》改李益诗而成，云："唐李益《竹窗闻风早发寄司空曙》诗云：'微风惊暮坐，窗牖思悠哉。 开门复动竹，疑是故人来。 时滴枝上露，稍沾阶上苔。 幸当一人幌，为拂绿琴埃。'《异闻集》《霍小玉传》为'开帘复动竹'，改一'风'字，遂失诗意。 然此句乃袭乐府《华山畿》词耳。 词云：'夜相思，风吹窗帘动，言是所欢来。'"①宋人吴曾的《能改斋漫录》将《优古堂诗话》中的这条全部移录，被列为卷八"沿袭"类之中。 但叶梦得则不溯其源，径称："虽见唐人小说中，其实佳句也。"品评不废小说，持论平和宽缓。

当然，这种不逞门户的平和之论更多地表现在对于历代诗人诗作的品评之中。 对于杜甫，叶梦得极为推崇，他因杜甫的《病柏》等诗发论，云："自汉、魏以来，诗人用意深远，不失古风，惟此公（杜甫）为然，不但语言之工也。"②但与江西诗派不同，叶梦得之推尊显得气象从容，平和允洽，云：

> 长篇最难，晋、魏以前，诗无过十韵者。盖常使人以意逆志，初不以序事倾尽为工。至老杜《述怀》《北征》诸篇，穷极笔力，如太史公纪传，此固古今绝唱。然《八哀》八篇，本非集中高作，而世多尊称之不敢议，此乃揣骨听声耳，其病盖伤于多也。如李邕、苏源明诗中极多累句，余尝痛刊去，仅各取其半，方为尽善，然此语不可为不知者言也。③

叶梦得不因尊杜而作耳食之言，也不因杜诗微憾而否定杜诗的崇高地位。叶梦得既推崇杜诗《述怀》《北征》诸篇为"古今绝唱"，但又指出《八哀》诗中多累句之憾。《八哀诗》是杜甫的一组传记诗，争议较多，肯定者众，如郝敬曰："《八哀》诗雄富，是传纪文字之用韵者。 文史为诗，自子美始。"④但对《八哀

① 丁福保辑：《历代诗话续编·优古堂诗话》，中华书局 2006 年版，第 241 页。
② 〔宋〕叶梦得撰，逯铭昕校注：《石林诗话校注》卷上，人民文学出版社 2011 年版，第 67 页。
③ 〔宋〕叶梦得撰，逯铭昕校注：《石林诗话校注》卷上，人民文学出版社 2011 年版，第 47—48 页。
④ 引自〔唐〕杜甫撰，〔清〕仇兆鳌注：《杜诗详注》卷十六，中华书局 1979 年版，第 1420 页。

诗》的异议也有不少，如，刘克庄说："《八哀》诗中，如郑、苏二首，非无可说，但每篇多芜辞累句，或为韵所拘，殊欠条鬯，不如《饮中八仙》之警策。"①王士禛亦云："《八哀诗》钝滞冗长，绝少剪裁。"②肯定者往往称赞杜甫"创格"的贡献。 但尽管如此，《八哀诗》存在的"累句"现象是事实，尤其是苏源明与郑虔的事迹不足与严武、李光弼等人相埒，因此，仇兆鳌注云："《八哀诗》，苦心力索，未免人胜于天。 就诸章而论，前五篇精悍苍古，后三首却繁密不疏，尚须分别而观。"而对该诗提出异议的叶梦得堪称最早者之一，杜甫乃后世"议论不敢到"的"诗圣"，叶梦得能以平允的态度提出问题，且受到了后世学者的应和，其允洽公正的批评心态，在北宋诗坛殊为难得。

叶梦得的持平之论还表现在对于黄庭坚诗论的态度方面。 如，他与黄庭坚一样，极尊杜甫，也不反对一字之工，且认为最高境界是"出于自然，略不见其用力处"。 这与黄庭坚持论都有相通处。 当然，他反对模仿杜甫而成死法。 云：

> 诗人以一字为工，世固知之，惟老杜变化开阖，出奇无穷，殆不可以形迹捕诘。如"江山有巴蜀，栋宇自齐梁"，远近数千里，上下数百年，只在"有"与"自"两字间，而吞纳山川之气，俯仰古今之怀，皆见于言外。《滕王亭子》"粉墙犹竹色，虚阁自松声"，若不用"犹"与"自"两字，则余八言凡亭子皆可用，不必滕王也。此皆工妙至到，人力不可及，而此老独雍容闲肆，出于自然，略不见其用力处。今人多取其已用字模放用之，偃蹇狭陋，尽成死法。不知意与境会，言中其节，凡字皆可用也。③

与黄庭坚点铁成金不同，叶梦得对诗人用古诗之意有别样的理解，这就是熟谙古诗，自然运化，得古人意趣而不自觉：

① 引自〔唐〕杜甫撰，〔清〕仇兆鳌注：《杜诗详注》卷十六，中华书局 1979 年版，第 1414 页。

② 〔清〕王士禛撰，张鼎三点校：《王士禛全集·居易录》卷四，齐鲁书社 2007 年版，第 3743 页。

③ 〔宋〕叶梦得撰，逯铭昕校注：《石林诗话校注》卷中，人民文学出版社 2011 年版，第 103—104 页。

读古人诗多，意所喜处，诵忆之久，往往不觉误用为己语。"绿阴生昼寂，孤花表春馀"，此韦苏州集中最为警策，而荆公诗乃有"绿阴生昼寂，幽草弄秋妍"之句。大抵荆公阅唐诗多，于去取之间，用意尤精，观《百家诗选》可见也。如苏子瞻"山围故国城空在，潮打西陵意未平"，此非误用，直是取旧句纵横役使，莫彼我为辨耳！①

叶梦得与黄庭坚都主张熟读前人优秀作品，区别在于叶梦得不像黄庭坚那样着意于取人之陈言入于翰墨，而是无意之中"取旧句纵横役使"。叶梦得所论更重诗人无意识间取古人旧句以使之。当然，对于黄庭坚的诗学观念，叶梦得亦于客观陈述之中，隐含了批评的意旨。如，

顷见晁无咎举鲁直诗："人家围橘柚，秋色老梧桐。"张文潜云："斜日两竿眠犊晚，春波一眼去凫寒。"皆自以为莫能及。②

叶梦得虽对黄庭坚所尚之"夺胎换骨""点铁成金"并无直接的评述，但深婉的讥讽之意已蕴含其中。晁无咎所举鲁直诗不见于《豫章黄先生文集》，但此诗实本于李白的《秋登宣城谢朓北楼》而来，明人王世贞本于叶梦得所记，遂有这样的评论："李太白有'人烟寒橘柚，秋色老梧桐'句，而黄鲁直更之曰：'人家围橘柚，秋色老梧桐。'晁无咎极称之，何也？余谓中只改两字，而丑态毕具，真点金作铁手耳。"③王世贞所论虽然直白峻厉，但确道出了"点铁成金"最易陷人的窠臼。援诗例以隐证诗学意趣，不作矫激之论，是《石林诗话》的一个特征。在江西诗派蔚成风气之时，叶氏对黄庭坚诗论能持平允的态度，殊为难得。

二、"解识蓝田良玉妙"：对诗歌艺术特征的精到论述

司空图《与极浦书》载："戴容州云：'诗家之景，如蓝田日暖，良玉生烟，

① 〔宋〕叶梦得撰，逯铭昕校注：《石林诗话校注》卷中，人民文学出版社 2011 年版，第 106 页。
② 〔宋〕叶梦得撰，逯铭昕校注：《石林诗话校注》卷上，人民文学出版社 2011 年版，第 72 页。
③ 丁福保辑：《历代诗话续编·艺苑卮言》，中华书局 2006 年版，第 1019 页。

可望而不可置于眉睫之前也。'象外之象，景外之景，岂容易可谭哉！"①蓝田良玉之喻，遂成诗歌难以言说的意象的代名词。叶梦得《石林诗话》对诗歌艺术特点有较丰富的解识与体悟，其中有些是叶氏的独得之妙，更多的则是综汇兼融，不偏宕，不矫激。如，他崇尚不假绳削的"直寻"之作，云：

> "池塘生春草，园柳变鸣禽。"世多不解此语为工，盖欲以奇求之耳。此语之工，正在无所用意，猝然与景相遇，借以成章，不假绳削，故非常情之所能到。诗家妙处，当须以此为根本，而思苦言难者，往往不悟。钟嵘《诗品》论之最详，其略云："'思君如流水'，既是即目，'高台多悲风'，亦惟所见，'清晨登陇首'，差无故实，'明月照积雪'，非出经史。古今胜语，多非补假，皆由直寻。"②

在叶梦得看来，人们对于谢灵运著名的诗句"池塘生春草，园柳变鸣禽"创作过程多有误解，该诗并不是有为而作，而是诗人猝然与景相遇而成，亦即钟嵘《诗品》中所谓"直寻"之作。虽然叶梦得所引的钟嵘之"直寻"，只是指"猝然与景相遇"这一独特情境之中的作品，但这一表述很好地体现了叶梦得屡屡反对的"刻削之痕""绳削"等人力痕迹，以及求奇的诗坛风尚。因此，"直寻"亦可视为叶梦得归慕钟嵘的一种表现形式。当然，钟嵘认为，吟咏情性之诗作，"何贵于用事"？叶梦得认为古今胜语，除了即景会心的"直寻"之作外，并不排斥用事，云：

> 诗之用事，不可牵强，必至于不得不用而后用之，则事辞为一，莫见其安排斗凑之迹。苏子瞻尝为人作挽诗云："岂意日斜庚子后，忽惊岁在己辰年。"此乃天生作对，不假人力。温庭筠诗云有用甲子相对者，云："风卷蓬根屯戊己，月移松影守庚申。"两语本不相类。其题云："与道士守庚申，时闻西方有警事。"邂逅适然，固不可知，然以其用意附会观之，疑若得此

———

① ［宋］司空图撰，祖保泉、陶礼天笺校：《司空表圣诗文集笺校》，安徽大学出版社 2002 年版，第 215 页。

② ［宋］叶梦得撰，逯铭昕校注：《石林诗话校注》卷中，人民文学出版社 2011 年版，第 137—138 页。

对而就为之题者。此蔽于用事之弊也。①

叶梦得不是排斥用事，而是要善于用事。关键在于两个方面：其一是用事得当，即"必至于不得不用而后用之"，用事方能最准确地表达诗旨而后可为；其二是自然用事，即"事辞为一，莫见其安排斗凑之迹"，用事而浑然无迹，同样不违自然"直寻"之妙。这种"直寻"和用事的统一与其追求的"天然工妙"的艺术效果完全一致，他说："诗语固忌用巧太过，然缘情体物，自有天然工妙，虽巧而不见刻削之痕。老杜'细雨鱼儿出，微风燕子斜'，此十字殆无一字虚设。雨细著水面为沤，鱼常上浮而淰，若大雨则伏而不出矣。燕体轻弱，风猛则不能胜，唯微风乃受以为势，故又有'轻燕受风斜'之语。至'穿花蛱蝶深深见，点水蜻蜓款款飞'，'深深'字若无'穿'字，'款款'字若无'点'字，皆无以见其精微如此。然读之浑然，全似未尝用力，此所以不碍其气格超胜。使晚唐诸子为之，便当入'鱼跃练波抛玉尺，莺穿丝柳织金梭'体矣。"②诗之"工"，是指诗歌的格法，但叶梦得所尚的是"天然工妙"的艺术效果，具体言之，则是"虽巧而不见刻削之痕"。通过所举的杜诗可以看出，"天然工妙"是极精微、极简炼，"无一字虚设"，一字不可易的。但又"读之浑然，全似未尝用力"。这种"天然工妙"又如"初日芙渠""弹丸脱手"，而又不失韵外之致、味外之旨。云：

> 古今论诗者多矣，吾独爱汤惠休称谢灵运为"初日芙渠"，沈约称王筠为"弹丸脱手"两语，最当人意。"初日芙渠"，非人力所能为，而精彩华妙之意，自然见于造化之妙，然灵运诸诗，可以当此者亦无几。"弹丸脱手"，虽是输写便利，动无留碍，然其精圆快速，发之在手，筠亦未能尽也。然作诗审到此地，岂复更有余事。韩退之《赠张籍》云："君诗多态度，霭霭春空云。"司空图记戴叔伦语云："诗人之辞，如蓝田日暖，良玉生烟。"亦是形似

① 〔宋〕叶梦得撰，逯铭昕校注：《石林诗话校注》卷上，人民文学出版社 2011 年版，第 56—57 页。

② 〔宋〕叶梦得撰，逯铭昕校注：《石林诗话校注》卷下，人民文学出版社 2011 年版，第 170 页。

之微妙者,但学者不能味其言耳。①

叶梦得追慕的诗学境界,一方面是"初日芙蕖"所体现的"自然见于造化之妙","弹丸脱手"体现的是爽豁流利,得诗之活法而了无斧凿痕迹,妙造自然之境。 另一方面,则是戴叔伦所说的"蓝田日暖,良玉生烟",亦即司空图所谓"象外之象,景外之景"。 叶梦得追慕的是含蓄蕴藉,具有深远韵味的诗作,而非"失于快直,倾困倒廪,无复余地"的作品。 当然,这样的作品是需要积累、历练而后成,这在其叙述王安石诗风的历时变化中可以看出,王安石"少以意气自许,故诗语惟其所向,不复更为涵蓄","直道其胸中事"。"后为群牧判官,从宋次道尽假唐人诗集,博观而约取,晚年始尽深婉不迫之趣。 乃知文字虽工拙有定限,然亦必视初壮,虽此公,方其未至时,亦不能力强而遽至也。"②王安石晚年诗作体现的深婉不迫的老成之境,虽然与"蓝田日暖,良玉生烟"的韵外之致风格完全一致,但都是经博观约取的学术涵养而后成。 当然,叶梦得所论与江西诗派着意于以才学为诗,以文字为诗又有不同。 他对"古人好奇之过,欲以文字示其巧也"③颇有不满,"天然工妙"中的"天然"是其在论诗时尤其措意的。

最后,"截断众流与同参",以禅论诗及其影响。

> 禅宗论云门有三种语:其一为随波逐浪句,谓随物应机,不主故常;其二为截断众流句,谓超出言外,非情识所到;其三为函盖乾坤句,谓泯然皆契,无间可伺。其深浅以是为序。予尝戏谓学子言,老杜诗亦有此三种语,但先后不同。以"波漂菰米沉云黑,露冷莲房坠粉红"为函盖乾坤句;以"落花游丝白日静,鸣鸠乳燕青春深"为随波逐浪句;以"百年地僻柴门

① 〔宋〕叶梦得撰,逯铭昕校注:《石林诗话校注》卷下,人民文学出版社 2011 年版,第 194—195 页。

② 〔宋〕叶梦得撰,逯铭昕校注:《石林诗话校注》卷中,人民文学出版社 2011 年版,第 93 页。

③ 〔宋〕叶梦得撰,逯铭昕校注:《石林诗话校注》卷中,人民文学出版社 2011 年版,第 90 页。

迥，五月江深草阁寒"为截断众流句。若有解此，当与渠同参。①

　　首先我们需了解叶梦得为何要以禅论诗。这需了解他对佛禅的认识，对此，他在《避暑录话》中有这样的一段论述可资参证："大抵儒以言传，而佛以意解。非不可以言传，谓以言得者未必真解，其守之必不坚，信之必不笃，且堕于言，以为对执而不能变通旁达尔。此不几吾儒所谓默而识之，不言而信者乎。两者未尝不通。自言而达其意者，吾儒世间法也；以意而该其言者，佛氏出世间法也。"②缘此可知，言意关系，理应是考察叶梦得借禅论诗时需注意的一个视角。叶梦得这是援云门三句以论诗。"云门三句"是缘密禅师据文偃的思想总结出的云门禅法特征。据《五灯会元》载："鼎州德山缘密圆明禅师，上堂：'僧堂前事，时人知有。佛殿后事作么生？'上堂：'我有三句语示汝诸人：一句函盖乾坤，一句截断众流，一句随波逐浪。作么生辨？若辨得出，有参学分；若辨不出，长安路上辊辊地。'"③对于三句之意，云门宗禅师有不同的理解，如智才禅师与僧人有这样的问答："僧问：'如何是截断众流句？'师曰：'好。'曰：'如何是随波逐浪句？'师曰：'随。'曰：'如何是函盖乾坤句？'师曰：'合。'"④而元妙禅师与僧人之间则有这样的问答："僧问：'如何是截断众流句？'师曰：'佛祖开口无分。'曰：'如何是函盖乾坤句？'师曰：'匝地普天。'曰：'如何是随波逐浪句？'师曰：'有时入荒草，有时上孤峰。'"⑤云门三句是开示学人的禅悟之法，是具有内在联系的整体。"函盖乾坤"是说真如遍在。"截断众流"是指破烦恼妄执，截断葛藤，不执语言名相，直悟真如本体。"随波逐浪"是指随顺自然，自识本性，得天然本真的本来面目。叶梦得引云门

---

　　① 〔宋〕叶梦得撰，逯铭昕校注：《石林诗话校注》卷上，人民文学出版社 2011 年版，第 18 页。

　　② 〔宋〕叶梦得撰，徐时仪校点：《避暑录话》，上海古籍出版社 2012 年版，第 105 页。

　　③ 〔宋〕普济撰，苏渊雷点校：《五灯会元》卷第十五《云门偃禅师法嗣·德山缘密禅师》，中华书局 1984 年版，第 935 页。

　　④ 〔宋〕普济撰，苏渊雷点校：《五灯会元》卷第十二《石门进禅师法嗣·瑞岩智才禅师》，中华书局 1984 年版，第 751 页。

　　⑤ 〔宋〕普济撰，苏渊雷点校：《五灯会元》卷第十六《灵隐光禅师法嗣·中竺元妙禅师》，中华书局 1984 年版，第 1103 页。

三句论诗，实乃借禅法以表现诗歌的言意关系，因此，"云门三句"中最核心的则是"截断众流"句。

叶梦得是一位对佛学颇有研究，对佛学理解较透彻的学者。在这方面，他似乎比其后的严羽更胜一筹。叶梦得对于唐代以来的僧诗颇不以为然，如，他说："陵迟至贯休、齐己之徒，其诗虽存，然无足言矣。中间虽皎然最为杰出，故其诗十卷独全，亦无甚过人者。近世僧学诗者极多，皆无超然自得之气，往往反拾掇摹效士大夫所残弃。又自作一种僧体，格律尤凡俗，世谓之酸馅气。"[1]叶梦得借禅论诗，言意关系方面，其"截断众流"句也是我们理解叶氏诗禅论的关键。对此，他举杜甫《严公仲夏枉驾草堂兼携酒馔得寒字》诗中的颈联"百年地僻柴门迥，五月江深草阁寒"为例。叶氏取释氏"截断众流"之意当如黄生注所云："极喧闹事，写得极幽适，非止笔妙，亦由襟旷。"[2]颈联与首联所写的"竹里行厨洗玉盘，花边立马簇金鞍"之盛极场景形成了鲜明的对比。加之五月仲夏而"草阁寒"。颈联与全诗意象迥绝，如孤峰兀立，截断全诗意脉。使诗篇波澜骤起，恰如禅家的言语道断，打住问者话头、意脉，截断葛藤的悟证方法。值得指出的是，叶梦得以老杜诗与云门三句相对应，仅是叶梦得论诗的一种方便"戏谓"，并非严格的学理演绎。严格来说，所有的诗禅之喻均非如此，因为"不立文字"的禅法本质上与作为语言艺术的诗歌都存在着学理乖悖。因此，清人潘德舆谓其"未免武断之失"[3]，实乃胶执之论。当然，更不能将其理解为探究杜诗学理内涵的一种努力，因为杜甫生活于文偃肇创云门宗之前。但叶梦得以禅论诗为后世提供了一个新的论诗路径，他援"孤危耸峻，人难凑泊"的云门禅法以证诗，与此前的皎然于佛学兼及洪州与天台，其后的严羽推尊宗杲都稍有不同，为诗论者提供了别样的"切玉刀"。

① ［宋］叶梦得撰，逯铭昕校注：《石林诗话校注》卷中，人民文学出版社 2011 年版，第 135 页。

② 引自［唐］杜甫撰，［清］仇兆鳌注：《杜诗详注》卷十一，中华书局 1979 年版，第 904 页。

③ ［清］潘德舆撰，朱德慈辑校：《养一斋诗话》卷七，中华书局 2010 年版，第113 页。

参考书目

古籍类

白居易诗集校注.白居易著.谢思炜校注.北京：中华书局 2006 年版

白居易文集校注.白居易著.谢思炜校注.北京：中华书局 2011 年版

北齐书.李百药撰.北京：中华书局 1972 年版

避暑录话.叶梦得撰.徐时仪校点.上海：上海古籍出版社 2012 年版

沧浪诗话校释.严羽著.郭绍虞校释.北京：人民文学出版社 1961 年版

曹丕集校注.曹丕撰.夏传才、唐绍忠校注.石家庄：河北教育出版社 2013 年版

程氏遗书.程颢、程颐撰.严佐之校点.上海：华东师范大学出版社 2010 年版

池北偶谈.王士禛撰.靳斯仁点校.北京：中华书局 1982 年版

楚辞补注.洪兴祖撰.白化文等点校.北京：中华书局 1983 年版

春秋左传诂.洪亮吉撰.李解民点校.北京：中华书局 1987 年版

春秋左传正义.孔颖达等.北京：中华书局 2009 年版

徂徕石先生文集.石介撰.陈植锷点校.北京：中华书局 1984 年版

带经堂诗话.王士禛撰.张宗柟纂集.戴鸿森校点.北京：人民文学出版社 2006 年版

丹铅总录笺证.杨慎撰.王大淳笺证.杭州：浙江古籍出版社 2013 年版

读杜心解.浦起龙撰.北京：中华书局 1961 年版

读书堂杜工部诗文集注解.张溍著.济南：齐鲁书社 2014 年版

杜牧集系年校注.杜牧撰.吴在庆校注.北京：中华书局 2008 年版

杜诗镜诠.杜甫著.杨伦笺注.上海：上海古籍出版社 1998 年版

杜诗详注.杜甫著.仇兆鳌注.北京：中华书局 1979 年版

钝吟杂录.冯班著.北京：中华书局 2013 年版

蛾术编.王鸣盛著.顾美华整理标校.上海：上海书店出版社 2012 年版

二程集.程颢、程颐撰.王孝鱼点校.北京：中华书局 2004 年版

法言义疏.扬雄著.汪荣宝注疏.北京：中华书局 1987 年版

范仲淹全集.范仲淹撰.范能濬编.薛正兴校点.南京：凤凰出版社 2004 年版

管子校注.黎翔凤撰.北京：中华书局 2011 年版

韩昌黎诗系年集释.韩愈著.钱仲联集释.上海：上海古籍出版社 1984 年版

韩昌黎文集校注.韩愈著.马其昶校注.马茂元整理.上海：上海古籍出版社 1986
　　年版

韩非子集解.韩非著.王先慎集解.钟哲点校.北京：中华书局 1998 年版

韩诗外传笺疏.屈守元笺疏.成都：巴蜀书社 2012 年版

韩愈文集汇校笺注.韩愈著.刘真伦、岳珍校注.北京：中华书局 2010 年版

汉书.班固撰.颜师古注.北京：中华书局 1962 年版

河岳英灵集.殷璠编.北京：中华书局 2014 年版

弘明集校笺.释僧祐撰.李小荣校笺.上海：上海古籍出版社 2013 年版

洪亮吉集.洪亮吉撰.刘德权点校.北京：中华书局 2001 年版

后村诗话.刘克庄撰.王秀梅点校.北京：中华书局 1983 年版

后汉书.范晔撰.李贤等注.北京：中华书局 1965 年版

滹南遗老集校注.王若虚撰.胡传志、李定乾校注.沈阳：辽海出版社 2006 年版

淮南鸿烈集解.刘安编.刘文典集解.北京：中华书局 2013 年版

黄庭坚全集.黄庭坚撰.刘琳、李勇先、王蓉贵校点.成都：四川大学出版社 2001
　　年版

嘉祐集笺注.苏洵撰.曾枣庄、金成礼笺注.上海：上海古籍出版社 1993 年版

薑斋诗话笺注.王夫之著.戴鸿森笺注.上海：上海古籍出版社 2012 年版

金楼子校笺.萧绎著.许逸民校笺.北京：中华书局 2011 年版

晋书.房玄龄等撰.北京：中华书局 1974 年版

旧唐书.刘昫等撰.北京：中华书局 1975 年版

郡斋读书志校证.晁公武撰.孙猛校证.上海：上海古籍出版社 2011 年版

孔子家语通解.杨朝明.宋立林主编.济南：齐鲁书社 2013 年版

困学纪闻注.王应麟著.翁元圻辑注.孙通海点校.北京：中华书局 2016 年版

老子道德经注校释.楼宇烈校释.北京：中华书局 2008 年版

老子校释.朱谦之校释.北京：中华书局 2000 年版

冷庐杂识.陆以湉撰.冬青校点.上海：上海古籍出版社 2012 年版

冷斋夜话.惠洪撰.陈新点校.北京：中华书局 1988 年版

礼记集解.孙希旦撰.北京：中华书局 1989 年版

礼记正义.孔颖达等.北京：中华书局 2009 年版

李觏集.李觏撰.王国轩点校.北京：中华书局 2011 年版

李商隐文编年校注.李商隐著.刘学锴、余恕诚校注.北京：中华书局 2002 年版

李太白全集.李白著.王琦注.北京：中华书局 1977 年版

历代赋评注·宋金元卷.赵逵夫主编.成都：巴蜀书社 2010 年版

历代诗话.何文焕辑.北京：中华书局 2004 年版

历代诗话续编.丁福保辑.北京：中华书局 2006 年版

历代文话.王水照编.上海：复旦大学出版社 2007 年版

梁书.姚思廉撰.北京：中华书局 1973 年版

列朝诗集小传.钱谦益著.上海：古典文学出版社 1957 年版

刘克庄集笺校.刘克庄撰.辛更儒笺校.北京：中华书局 2011 年版

刘禹锡集.刘禹锡著.卞孝萱校订.北京：中华书局 1990 年版

柳开集.柳开撰.李可风点校.北京：中华书局 2015 年版

柳宗元集.柳宗元撰.北京：中华书局 1979 年版

六一诗话.欧阳修撰.郑文校点.北京：人民文学出版社 1962 年版

卢照邻集校注.卢照邻著.李云逸校注.北京：中华书局 1998 年版

陆龟蒙全集校注.陆龟蒙著.何锡光校注.南京：凤凰出版社 2015 年版

论衡校释.王充著.黄晖校释.北京：中华书局 1990 年版

论语集释.程树德集释.程俊英、蒋见元点校.北京：中华书局 1990 年版

吕氏春秋集释.吕不韦编.许维遹集释.梁运华整理.北京：中华书局 2009 年版

毛诗传笺通释.马瑞辰撰.陈金生点校.北京：中华书局 1989 年版

毛诗正义.孔颖达等.北京：中华书局 2009 年版

梅尧臣集编年校注.梅尧臣撰.朱东润编年校注.上海：上海古籍出版社 2006 年版

孟子正义.焦循撰、沈文倬点校.北京：中华书局 1987 年版

孟子注疏.赵岐等.北京：中华书局 2009 年版

明儒学案.黄宗羲著.沈芝盈点校.北京：中华书局 2008 年版

明诗话全编.吴文治主编.南京：江苏古籍出版社 1997 年版

明史.张廷玉等撰.北京：中华书局 1974 年版

墨子闲诂.墨翟著.孙诒让注.孙启治点校.北京：中华书局 2001 年版

南齐书.萧子显撰.北京：中华书局 1972 年版

南史.李延寿撰.北京：中华书局 1975 年版

廿二史札记校证.赵翼著.王树民校证.北京：中华书局 2013 年版

瓯北诗话.赵翼撰.北京：人民文学出版社 1963 年版

欧阳修全集.欧阳修撰.李逸安点校.北京：中华书局 2001 年版

欧阳修诗文集校笺.欧阳修著.洪本健校笺.上海：上海古籍出版社 2009 年版

皮子文薮.皮日休著.萧涤非点校.郑庆笃整理.上海：上海古籍出版社 2017 年版

毗陵集校注.独孤及撰.刘鹏、李桃校注.沈阳：辽海出版社 2006 年版

切韵考.陈澧著.北京：中国书店 1984 年版

秦观集编年校注.秦观撰.周义敢、程自信、周雷编注.北京：人民文学出版社 2001
　　年版

清代诗文集汇编.清代诗文集汇编编纂委员会编.上海：上海古籍出版社 2010 年版

清诗话.王夫之等撰.北京：中华书局 1963 年版

清诗话续编.郭绍虞编选.富寿荪校点.上海：上海古籍出版社 1983 年版

全明诗话.周维德辑校.济南：齐鲁书社 2005 年版

全上古三代秦汉三国六朝文.严可均编.北京：中华书局 1958 年版

全唐诗.彭定求等编.北京：中华书局 1960 年版

全唐文.董诰等.北京：中华书局 1983 年版

儒林公议.田况撰.张其凡点校.北京：中华书局 2017 年版

三国志.陈寿撰.裴松之注.北京：中华书局 1982 年版

商子校本.商鞅著.孙诒让校注.祝鸿杰点校.北京：中华书局 2014 版

上海博物馆藏战国楚竹书（一）.马承源主编.上海：上海古籍出版社 2001 年版

尚书今古文注疏.孙星衍撰.北京：中华书局 2004 年版

邵雍集.邵雍撰.郭彧整理.北京：中华书局 2010 年版

诗集传.朱熹撰.南京：凤凰出版社 2007 年版

诗品集解.司空图著.郭绍虞集解.北京：人民文学出版社 1963 年版

诗品集注（增订本）.钟嵘著.曹旭集注.上海：上海古籍出版社 2011 年版

诗人玉屑.魏庆之著.北京：中华书局 2007 年版

诗三家义集疏.王先谦撰.王星贤点校.北京：中华书局 1987 年版

诗式校注.皎然著.李壮鹰校注.北京：人民文学出版社 2003 年版

诗薮.胡应麟著.上海：上海古籍出版社 1979 年版

诗源辩体.许学夷撰.杜维沫校点.北京.人民文学出版社 1998 年版

石林诗话校注.叶梦得撰.逯铭昕校注.北京：人民文学出版社 2011 年版

石洲诗话.翁方纲撰.陈迩冬校点.北京：人民文学出版社 1981 年版

史记.司马迁撰.北京：中华书局 1982 年版

史通通释.刘知几著.浦起龙通释.王煦华整理.上海：上海古籍出版社 2009 年

世说新语校笺.刘义庆著.徐震堮校笺.北京：中华书局 1984 年版

司空圣表诗文集笺校.司空图撰.祖保泉、陶礼天笺校.合肥：安徽大学出版社 2002
年版

司马温公集编年笺注.司马光撰.李之亮笺注.成都：巴蜀书社 2009 年版

四库全书总目.永瑢等.北京：中华书局 1965 年版

四书大全校注.胡广等纂修.周群、王玉琴校注.武汉：武汉大学出版社 2015 年版

四书章句集注.朱熹撰.北京：中华书局 1983 年版

宋高僧传.赞宁撰.范祥雍点校.北京：中华书局 1987 年版

宋集序跋汇编.祝尚书编.北京：中华书局 2010 年版

宋诗钞.吴之振等选.管庭芬、蒋光煦补.上海：上海古籍出版社 1986 年版

宋诗话辑佚.郭绍虞辑.北京：中华书局 1980 年版

宋史.脱脱等撰.北京：中华书局 1985 年版

宋史纪事本末.冯琦原编.陈邦瞻纂辑.北京：中华书局 1977 年版

宋书.沈约撰.北京：中华书局 1974 年版

宋元学案.黄宗羲撰.全祖望补修.陈金生、梁运华点校.北京：中华书局 1986 年版

苏轼文集.苏轼著.孔凡礼点校.北京：中华书局 1986 年版

苏舜钦集编年校注.苏舜钦撰.傅平骧、胡问陶校注.成都：巴蜀书社 1990 年版

苏魏公文集.苏颂撰.王同策、管成学、颜中其等点校.北京：中华书局 1988 年版

苏辙集.苏辙撰.陈宏天、高秀芳点校.北京：中华书局 1990 年版

隋书.魏征、令狐德棻撰.北京：中华书局 1973 年版

随园诗话.袁枚著.顾学颉校点.北京：人民文学出版社 1982 年版

岁寒堂诗话校笺.陈应鸾著.成都：巴蜀书社 2000 年版

太玄校释.扬雄著.郑万耕注疏.北京：中华书局 2014 年版

汤显祖集.汤显祖著.徐朔方笺校.北京：中华书局 1962 年版

唐才子传校笺.辛文房著.傅璇琮等校笺.北京：中华书局 1995 年版

唐诗别裁集.沈德潜选注.上海：上海古籍出版社 1979 年版

唐诗归.钟惺、谭元春选评.张国光点校.武汉：湖北人民出版社 1985 年版

唐诗纪事校笺.计有功撰.王仲镛校笺.北京：中华书局 2007 年版

唐音癸签.胡震亨编.上海：上海古籍出版社 1981 年版

唐语林.王谠.上海：古典文学出版社 1957 年版

苕溪渔隐丛话.胡仔纂集.廖德明校点.北京：人民文学出版社 1962 年版

王荆文公诗笺注.王安石撰.李壁笺注.上海：上海古籍出版社 2010 年版

王荆公文集笺注.王安石撰.李之亮笺注.成都：巴蜀书社 2005 年版

王士禛全集.王士禛著.袁世硕主编.济南：齐鲁书社 2007 年版

文赋集释.陆机撰.张少康集释.上海：上海古籍出版社 1984 年版

文镜秘府论汇校汇考.［日］遍照金刚著.卢盛江校考.北京：中华书局 2006 年版

文史通义校注.章学诚著.叶瑛校注.北京：中华书局 1985 年版

文献通考.马端临撰.北京：中华书局 1958 年版

文心雕龙今译.周振甫著.北京：中华书局 2013 年版

文心雕龙校释.刘永济校释.武汉：武汉大学出版社 2013 年版

文心雕龙义证.刘勰著.詹锳义证.上海：上海古籍出版社 1989 年版

文心雕龙译注.刘勰著.陆侃如、牟世金译注.济南：齐鲁书社 2009 年版

文心雕龙札记.黄侃著.北京：中华书局 2006 年版

文心雕龙注.刘勰著.范文澜注.北京：人民文学出版社 1958 年版

文选.萧统编.李善注.上海：上海古籍出版社 2016 年版

文苑英华.李昉等编.文渊阁四库全书本。

五灯会元.普济撰.苏渊雷点校.北京：中华书局 1984 年版

武夷新集.杨亿撰.徐德明、余奎元、邱文彬点校.福州：福建人民出版社 2007 年版

西昆酬唱集注.杨亿编.王仲荦注.北京：中华书局 1980 年版

习学记言.叶适撰.北京：中华书局 1977 年版

新唐书.欧阳修等.北京：中华书局 1975 年版

新五代史.欧阳修撰.徐无党注.北京：中华书局 1974 年版

续资治通鉴长编.李焘撰.北京：中华书局 2004 年版

荀子集解.荀况著.王先谦集解.北京：中华书局 1988 年版

研经室集.阮元著.北京：中华书局 1993 年版

颜氏家训集解.颜之推著.王利器集解.北京：中华书局 1993 年版

养一斋诗话.潘德舆撰.朱德慈辑校.北京：中华书局 2010 年版

野客丛书.王楙撰.王文锦点校.北京：中华书局 1987 年版

义门读书记.何焯著.崔高维点校.北京：中华书局 2013 年版

艺概注稿.刘熙载撰.袁津琥校注.北京：中华书局 2009 年版

隐居通议.刘壎撰.清海山仙馆丛书本

瀛奎律髓汇评.方回选评.李庆甲集评校点.上海：上海古籍出版社 1986 年版

由拳集校注.屠隆撰.李亮伟.张萍校注.杭州：浙江大学出版社 2016 年版

玉谿生诗醇.李商隐著.聂石樵等笺.北京：中华书局 2008 年版

元次山集.元结著.孙望点校.北京：中华书局 1960 年版

元稹集.元稹著.冀勤点校.北京：中华书局 2010 年版

袁宏道集笺校.袁宏道著.钱伯城笺校.上海：上海古籍出版社 2013 年版

增订文心雕龙校注.黄叔琳注.李详补注.杨明照校注拾遗.北京：中华书局 2012
    年版

张耒集.张耒撰.李逸安、孙通海、傅信点校.北京：中华书局 1990 年版

昭昧詹言.方东树撰.北京：人民文学出版社 1961 年版

珍本明诗话五种.张健辑校.北京：北京大学出版社 2008 年版

直斋书录解题.陈振孙撰.徐小蛮、顾美华点校.上海：上海古籍出版社 1987 年版

中说校注.王通著.张沛校注.北京：中华书局 2013 年版

钟嵘诗品笺证稿.钟嵘著.王叔岷笺证.北京：中华书局 2007 年版

周敦颐集.周敦颐撰.陈克明点校.北京：中华书局 1990 年版

周易正义.孔颖达等.北京：中华书局 2009 年版

朱子全书.朱熹撰.朱杰人、严佐之、刘永翔主编.上海：上海古籍出版社 2002
    年版

朱子语类.黎靖德编.王星贤点校.北京：中华书局 1986 年版

竹庄诗话.何汶撰.常振国、绛云点校.北京：中华书局 1984 年版

庄子集解.王先谦撰.沈啸寰点校.北京：中华书局 1987 年版

庄子集释.郭庆藩撰.王孝鱼点校.北京：中华书局 2012 年版

著作类

管锥编.钱钟书著.北京：中华书局 1979 年版

汉文学史纲要.鲁迅著.上海：上海古籍出版社 2005 年版

金明馆丛稿初编.陈寅恪著.上海：上海古籍出版社 1980 年版

金明馆丛稿二编.陈寅恪著.北京：生活·读书·新知 三联出版社 2001 年版

鲁迅全集.鲁迅著.北京：人民文学出版社 2005 年版

诗言志辨.朱自清著.上海：华东师范大学出版社 1996 年版

宋诗话考.郭绍虞著.北京：中华书局 1979 年版

元白诗笺证稿.陈寅恪.北京：生活·读书·新知 三联书店 2001 年版

照隅室古典文学论集.郭绍虞著.上海：上海古籍出版社 1983 年版

中国中古文学史讲义.刘师培著.上海：上海古籍出版社 2000 年版

中国历代文论选.郭绍虞主编.上海：上海古籍出版社 2001 年版

中国文论：英译与评论.［美］宇文所安著.王柏华、陶庆梅译.上海：上海社会科
    学院出版社 2003 年版

中国文学理论批评史.张少康著.北京：北京大学出版社 2005 年版

中国文学理论史.成复旺等著.北京：北京出版社 1987 年版

中国文学批评史.陈钟凡著.上海：中华书局 1927 版

中国文学批评史.郭绍虞著.上海：上海古籍出版社 1979 年版

中国文学批评史.罗根泽著.上海：上海书店出版社 2003 年版

主要人名索引

重要词语索引

后　记

　　由蒋广学教授主编的《中国学术思想史》是继《中国思想家评传丛书》之后，南京大学中国思想家研究中心开展的又一项重要的学术研究工程。作为中国思想家研究中心的"老兵"，自然当承荷其相应的写作任务。由于多年来主要从事中国文学思想史的教学与研究，故而承担了《中国文学思想史（先秦至北宋）》的撰著任务。当然，这也是一个很具挑战性的任务：虽然涉足中国文学思想史有年，但多以明清为主，于宋前研究甚少。而这又是充满诱惑力的课题，沿明清而溯其源，乃走之夙愿。然由于所涉文献繁富，一一课读费时甚多，以至虽承荷课题多年但进展十分缓慢。蒋广学教授每逢时节或抒怀，或示以摄影新作，虽不着催稿一字，然愚钝若我亦尽得其意。每每及此，便不知何以为应：如实以告，拂逆殷殷之意于心难忍；虚言以慰，届时无稿可呈，其情更甚于一时拂逆，不得已常常佯作不解其意而哑然以应。稿竣之时，尴尬顿失，释然心境理应于后记志之。但更甚的不安油然而生：撰著之时，虽倾狮子搏象之力，然碍于学植之不逮，认识偏颇不周，尚有材料未曾经眼，判断失允定然在在可见，此憾唯祈高明以指谬。

　　拙作的撰写也是完成本人担任首席专家的国家社科基金重大项目"中国汉传佛教文学思想史"（18ZDA239）过程中，对中国文学思想背景进行全面探索的契机，从这个意义上说，本成果也是这一重大项目的阶段性成果之一。在撰写过程中，刘立群、魏刚、于文蔚、董韦彤、刘鑫鹏、丁友芳、刘正浩、范林丽、马茜等同学检核文献，省却了我很多精力。主编蒋广学教授的理解与通融使我深为感动。值此对他们表示由衷的感谢。

2019 年 11 月 16 日于远山近藤斋

图书在版编目（CIP）数据

中国文学思想史.先秦至北宋 / 周群著.—南京：
南京大学出版社，2019.12
（中国学术思想史/蒋广学主编）
ISBN 978 - 7 - 305 - 22220 - 7

Ⅰ.①中…　Ⅱ.①周…　Ⅲ.①中国文学－古典文学－
文学思想史－先秦时代－北宋　Ⅳ.①I209.2

中国版本图书馆 CIP 数据核字（2019）第 098451 号

出版发行　南京大学出版社
社　　　址　南京市汉口路 22 号　　　　　邮　编 210093
出 版 人　金鑫荣
中国学术思想史
蒋广学　主编
中国文学思想史（先秦至北宋）
周　群　著
责任编辑　卢文婷
责任校对　李朝森
装帧设计　赵　秦
封底篆刻　阎明罡
照　　排　南京紫藤制版印务中心
印　　刷　江苏苏中印刷有限公司
开　　本　718×1000　1/16　印张 32.25　字数 525 千
版　　次　2019 年 12 月第 1 版　2019 年 12 月第 1 次印刷
ISBN　978 - 7 - 305 - 22220 - 7
定　　价　178.00 元

网　　址　http://www.njupco.com
官方微博　http://weibo.com/njupco
官方微信　njupress
销售咨询　（025）83594756

ISBN 978-7-305-22220-7

9 787305 222207 >

南京大学出版社
官方微信

南京大学出版社
淘宝天猫旗舰店
njdxcbs.tmall.com